Best Time

白马时光

一日三餐

上册

多梨 著

百花洲文艺出版社
BAIHUAZHOU LITERATURE AND ART PRESS

图书在版编目（CIP）数据

一日三餐 / 多梨著 . — 南昌 : 百花洲文艺出版社，
2023.10
ISBN 978-7-5500-5275-8

Ⅰ . ①一… Ⅱ . ①多… Ⅲ . ①长篇小说－中国－当代
Ⅳ . ① I247.5

中国国家版本馆 CIP 数据核字（2023）第 167134 号

一日三餐

YI RI SAN CAN

多梨　著

出 版 人	陈　波
出 品 人	李国靖
特约监制	Lexie
责任编辑	黄文尹　程昌敏　雷芯玥
特约策划	Lexie　常亦行
特约编辑	Lexie　常亦行
营销编辑	王亚青
封面设计	樱　瑄
版式设计	申　佳　童　磊
出版发行	百花洲文艺出版社
社　　址	南昌市红谷滩区世贸路 898 号博能中心 I 期 A 座 20 楼
邮　　编	330038
经　　销	全国新华书店
印　　刷	三河市金元印装有限公司
开　　本	880mm × 1230mm　1/32
印　　张	16
字　　数	480 千字
版　　次	2023 年 10 月第 1 版
印　　次	2023 年 10 月第 1 次印刷
书　　号	ISBN 978-7-5500-5275-8
定　　价	69.80 元（全二册）

赣版权登字：05-2023-304

发行电话　0791-86895108　　网　址　http://www.bhzwy.com
图书若有印装错误，影响阅读，可向承印厂联系调换。

喜欢一个人是没有理由的，
看她也没有理由。

Contents 目录

卷一 · 青春

卷二 · 长夏

卷三 · 商秋

卷四 · 玄冬

夏皎 × 温崇月

他倾身，捏了捏夏皎的脸，

带着询问的口吻："祖国的花朵？"

夏皎认真点头。

温崇月说："我就偷偷摘一朵。"

一日三餐

卷一

青春

月相 蛾眉新月

初三

三月

荠菜鲜，桃花盛

清明雨后，吐故纳新

宜 栽种

宜 结婚

宜 搬家

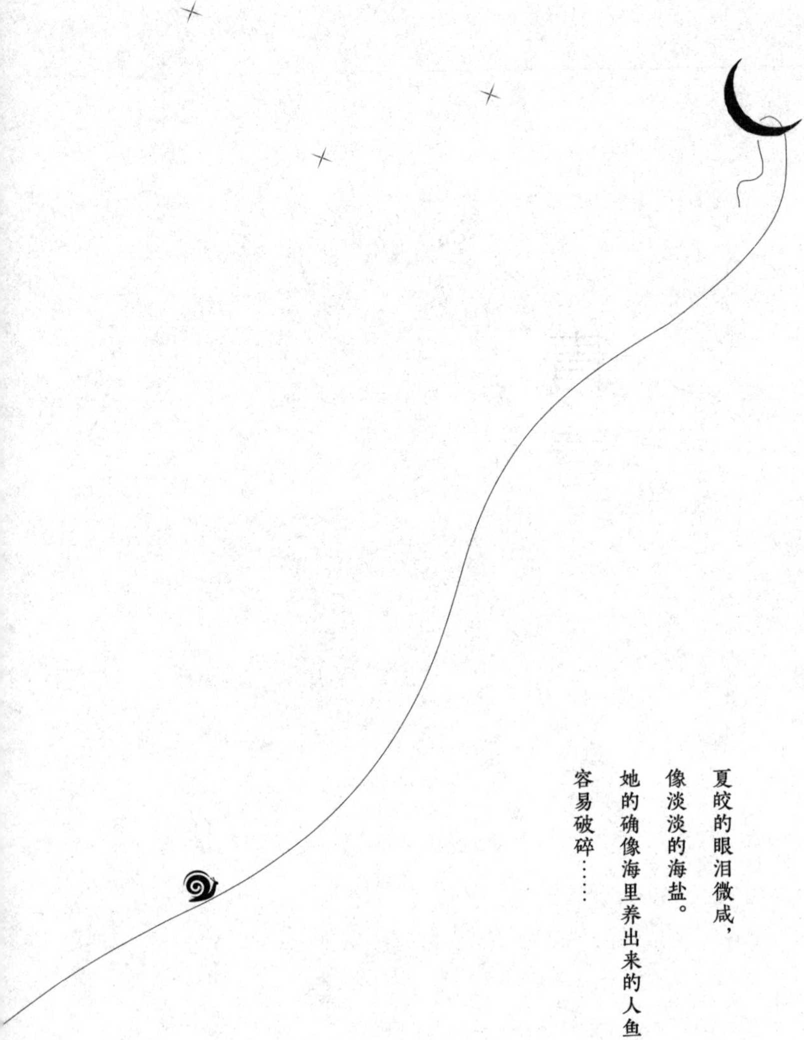

夏皎的眼泪微咸，
像淡淡的海盐。
她的确像海里养出来的人鱼，
容易破碎……

第一章 排骨南瓜盅

接到家人打来催她去相亲的电话时，夏皎还在和朋友一起吃火锅。

今年的春节小长假，夏皎不打算回家了。好友江晚橘恰好归国，计划在北京短暂逗留几日，两个人一商量，决定去附近的一家综合滑雪度假区滑雪。

度假区说近不近，说远也不远，虽然在河北，但乘高铁从清河站到太子城站只要一个多小时，出了高铁站就有接驳车。

江晚橘是比夏皎高一级的学姐。夏皎如今的工作就是江晚橘内推进去的。可惜夏皎自知性格腼腆，不若江晚橘放得开，如今已经工作了一年，每天都在想着该如何辞职，还是决定为了年终奖再忍一忍。

中午吃的是火锅。俩人也不指望度假区的东西能有多美味，不过是冬天好友聚会，除了火锅、烤肉外，再没其他更适宜的佳肴。

江晚橘去巴黎总部工作了两年，如今归来，职位已经步步高升，她不太理解夏皎为什么想辞职。夏皎想了想，最终告诉她："太累了。"她不仅仅是工作累，心也累。

夏皎半开玩笑地说："我都不想和人打交道，要是有不用和人沟通交流的工作就好了。"

江晚橘夹了一片薄薄的雪花牛肉，在火锅里烫了烫，十五秒后夹出来，表层已然烫熟，红润润的，散发着香气。

江晚橘说："不用和人沟通？那就只有殡葬行业了吧，顾客绝对不需要沟通。"

夏皎笑起来，她刚想回答，被江晚橘的手机铃声打断了。江晚橘的电话今天响了好几次，夏皎无意间窥见，屏幕备注是“× × 哥”，第二个字看着像个“仁”。

江晚橘挂了电话，面无异色地继续和夏皎喝茶聊天。当电话第五次打来时，江晚橘绷不住了，她放下筷子，对夏皎说了声“失陪”，去另一侧安静的地方打电话。

夏皎低头看手机，短信没什么好翻的，除了快递取件码就是各大网店发来的促销信息。一个一个删掉太麻烦，放着不管又很碍眼，夏皎想着明天再删，滑了几下，看到前几个相亲对象发的消息，皱了眉。

说来也奇怪，夏皎读书的时候，家里人严防死守，禁止恋爱，完全视男人如洪水猛兽，就像将夏皎供奉在象牙塔里的忠诚侍卫，一毕业，就开始暗示——是时候找个男朋友了，不要多么好看，安稳就行，有编制的优先……夏皎听得头昏脑涨。

第一年还好，第二年，也就是今年，家里开始安排各种各样的相亲，对象良莠不齐，夏皎真不知道父母和亲戚是从哪里聚来如此多“奇葩异宝”的。

有刚坐下来就教育夏皎不要好高骛远，还是个把“好女不过百”这句话放在嘴边、辞了职去考编的大肚男。也有表面文质彬彬的男性，在吃饭结束后和夏皎正常 AA，结果过了两个小时，忽然发短信过来——“昨晚你喝的那杯白桃汁是鲜榨的，我一口没喝，一杯三十五元，这个钱不该 AA，你应该转我十七块五。”夏皎客客气气地转给他三十五块钱，并礼貌地拒绝了对方约第二顿饭的邀请。

也不是没有正常人，只是夏皎从小就不擅长和陌生人打交道，尤其是在尴尬的相亲场合，偶尔遇到闷葫芦一样的，男方不说话，她也不说话，一顿饭吃得比“上坟”还沉重。

这次又是催相亲，夏皎简单地敷衍着说“好好好”，一抬头，看到江晚橘走过来。俩人关系匪浅，江晚橘撂下手机，问：“还是催婚？”

夏皎做了个无奈的手势。

“相亲，”夏皎头痛地说，“这么说吧，我宁可扛着哈士奇跑三千米，也

温老师私厨营养三餐 LIST

→ 今日限供

早餐 Breakfast

萝卜糕、脆烧饼、溏心蛋、牛油果玉米甜碗、花菜扇贝橙汁腌渍沙拉、焗鹰嘴豆、煎培根、现烤番茄面包、鲜榨豆浆

¥ ~~99~~ 早安吻

午餐 Lunch

班尼迪克蛋、蜜桃烤排骨、酸奶油土豆煎饼、百里香炒蘑菇、现烤可颂、玉米奶油浓汤、蔬菜沙拉、红心猕猴桃酸奶、现煮奶茶

¥ ~~1314~~ ↙ 迟到的七夕礼物

晚餐 Dinner

香烤羊排、蛤蜊拌西芹、南乳空心菜、水果沙拉、冬瓜莲子汤

¥ ~~521~~ 《生日快乐歌》

温老师深夜加餐

小虾饺

皎皎

~~顾客~~ 是上帝

皎皎　评价

温老师的手艺，可以去开店了耶！

不想去相亲局。”

江晚橘被她逗笑了，轻声说：“胡说八道。”她用刚做的指甲轻轻地点了点手机，顶端彩绘的红色小猫咪像是红宝石。

江晚橘想起一件事，若有所思，问夏皎：“我倒是认识一个人，也在为相亲发愁……人长得很帅，你要不要试一试？”

夏皎抬头，目光炯炯：“有多帅？”

江晚橘回答：“和你的‘纸片人老公’一样帅。”

夏皎是个典型的社恐，社恐到去餐厅吃饭，有什么需求也要在心里铺垫几分钟，攒够勇气才敢叫侍应生；和陌生人说话绝不对视，偶尔视线交流也会飞快移开；工作面试更是全程靠打气才撑下来，入职后，至少过去一周才能和同事们正常交流；假期更是大部分时间都窝在家里。

逢年过节，前来拜访的亲戚客人不断，夏皎就闷在房间里，除非上卫生间，否则绝不出房门。

不过在网络上，夏皎能和陌生人谈天论地，谈笑风生。但不管她在社交媒体上如何向“纸片人老公”疯狂告白、口吐狂言，实际上一到线下，就立刻缩成一团，和同性聊天都会紧张。这也是夏皎想要辞职的原因之一，她自认为不适合这种需要八面玲珑、心思剔透的岗位。

江晚橘的办事效率极高，直接给了夏皎微信。夏皎刚从度假城离开，当天晚上就去见了对方。

这次见面地点是江晚橘选的，她是中间人，也一块儿过来。餐厅深藏在胡同中，颇有大隐隐于市的感觉，占了一整个四合院，雅致干净，还展示着梅兰芳先生穿过的戏服。

不过夏皎已经无暇欣赏这里的陈设和戏服，她和江晚橘来迟了两分钟。

夏皎向来守时，她自觉有些愧疚，也就不那么在意对方的长相究竟怎么样了。

远远看去，身穿黑衬衫的男人坐在位置上，八宝格上一簇翠绿的盆栽文竹遮住了他的上半张脸，看不太真切。对方露出的下半张脸很英俊，肤色偏白，如同一块上等美玉，温润儒雅。

他正在喝茶，一双手修长干净，令人联想到细雨中的新竹。

夏皎靠近，没有文竹的遮蔽，终于看清对方的相貌，高鼻深眸，清俊疏朗。

夏皎愣了愣。她一小步一小步地挪到位置上，规规矩矩坐好，双手小心翼翼地重叠，坐姿端正，就像在课堂上回答老师的问题。她毕恭毕敬地对面前的男人说："好久不见，温老师好。"

夏皎做梦都没有想到，好友口中的"一个朋友"，竟然是她曾经的英语老师。

夏皎还小的时候，父母在天津开着一家水果店，打拼中顾不得女儿，就将她托付给住在小镇上的奶奶照顾。夏皎在那里长到初中，这才被父母接到身边读书。小城镇的教育资源和其他地方不能比，小学三年级夏皎才开始学英语，授课的英文老师跳过音标，生硬地教学生跟读单词。等到了初中，初中英语老师又觉得"你们小学老师肯定教过音标"，也直接跳过音标的学习。

夏皎的英文基础薄弱，不敢张口说英语，120 分的卷面成绩，她只能拿到 50 多分。父母终于注意到孩子的偏科，商议许久，最终咬咬牙，在暑假时期花大价钱送夏皎去首都上了辅导班。

这个辅导班是一批名校大学生自己组织的，小班制，一个班只有 16 个学生。读初中那会儿，夏皎的身体刚开始发育，像竹子抽条儿似的猛长，一些同龄的男生都不如她高。她的座位就被理所应当地排在两侧，为的是不耽误后面的同学看黑板。

夏皎从小城镇猛然到了繁华的大都市，处处都觉得不适应。

一起上辅导班的同学喝豆汁儿、吃焦圈，夏皎吃不下；同学放学后都各回各家，夏皎唯一能去的就是在北京开馒头店的大伯家——她和大伯家的姐姐一起睡在阁楼上，上楼需要从卫生间拉下扶梯，还得小心翼翼地注意不要碰到头，腰都直不起来。

夏皎知道自己对大伯家的姐姐多有打扰，因此放课后会留在辅导班的自习室中埋头学习，一直拖到快要赶不上末班公交车，才收拾书包离开。

她的普通话讲得不算好，感觉自己和整个光鲜亮丽的世界格格不入，就像误闯了他人的世界，鲜活明亮都是别人的，她只是绿化带里最不起眼的草。

青春期的少女心思本来就敏感。交不下朋友，夏皎除了埋头学习、上课外，剩下的时间就用来发呆，努力让自己不去想这些。

只是有次发生了意外，夏皎晚自习时睡了一觉，醒来时才发现睡过了头，末班公交车已经开走了。

她身上带的钱不多，如果打出租车回去，未免有些太过奢侈，而且打车的话，就没办法再买刚出的《漫客绘意》……

沮丧中，夏皎听到有人敲了敲教室门，白炽灯灯光明亮，对方的声音温和："夏同学，遇到什么麻烦了吗？"

夏皎抬头。如今没有白炽灯的光，没有黑板，没有散发着油墨气息的印刷资料。

现在是闺密帮忙安排的一次相亲见面，在一家雅致的四合院餐厅之中。私密的包厢，一码三箭的隔扇窗外，风吹细细绢竹，身着黑色衬衫的成熟男性，正略疑惑地注视着她。

和之前相比较，他的容貌并没有过多变化，岁月只沉淀了气质，如今更加温润、随和，如上好的玉，经过时间雕琢，更显内敛。

他说："抱歉，你——"

"我叫夏皎，"夏皎小心翼翼地说，"温老师，您还记得吗？二〇一二年的时候，我上过您的辅导班，学英语。"

温崇月扬眉："辅导班？"

"是的，"夏皎说，"有天晚上，我错过了公交车，您开车送我回了家。"说这些话的时候，夏皎的声音很小，她本就不擅长和陌生人打交道，读书的时候也怕老师。更何况，现在的温崇月简直集"陌生人＋异性＋老师"于一身，夏皎还能正常交流，已经很不容易了。

起初还在疑惑的江晚橘明白了，她说："难道这就是传说中的缘分？"

温崇月看着夏皎，笑了："好巧，夏皎。"

夏皎已经开始㞞了。她就像只小刺猬，努力想要缩起来，再锁起来，最好团成一整个球，跑到草丛里，谁都看不见她。

夏皎做梦都没想到会和自己曾经的老师相亲，忍不住向江晚橘投去求助的目光。遗憾的是江晚橘只拍了拍她的肩膀，噙着笑说："好好把握。"说完便给二人留下了相处空间，离开去忙自己的事了。

夏皎："……"

夏皎完全不知道应该把握什么，她没办法将温崇月当作普通的异性来看待，只好僵硬地坐在座位上。就在她忍不住开始掐手心时，听到温崇月问："你想喝什么茶？毛尖、珠蓝、雨前，还是香片？"

夏皎小声说："香片。"

她永远选最后一个选项。"选择困难症＋社恐"，无论是在冰激凌店面对店员的推荐，还是在餐厅面对饮料选择，她的答案永远都是最后一个。人在紧张的情况下，往往只有最后一个选项还能记住名字。

茶水很快送来，一只闪亮的黄铜茶盘子，上摆着细瓷茶壶，两只小茶杯。这里不用盖碗，温崇月亲手为夏皎倒了茶，夏皎忍不住站起来双手去接，毕恭毕敬道："谢谢温老师。"

温崇月忍俊不禁："你对每一个想和你结婚的男性都称呼老师？"

夏皎脑袋木了一下，她张了张口，想说些什么。

温崇月将斟了七分满的茶杯递给夏皎，说："我已经不是你的老师了，你不用这样拘束……我可以叫你小夏吗？"

他的声音并不高，如同安抚一只受惊的小刺猬。

夏皎点头："可以。"

"直接叫我名字吧，"温崇月说，"我叫温崇月，晚橘应该告诉过你？"

"是的。"夏皎这样公式化地回答着，心里还惦记着刚才那句话。

温崇月说："我比你年长八岁，目前从事 IT 相关——"

"等等，"夏皎打断他，犹豫了一下，迟疑道，"你这是？"

“我已经到了结婚的年龄，”温崇月双手合拢，微笑着说，“小夏，我认为你是很完美的结婚人选。”

夏皎蒙了。她第一次遇到这么打直球的，直接挑明目的，让一个社恐人士更加无所遁形，连委婉的话都说不出口。

菜品在这个时候送上来，鸳鸯鸡粥、蛤肉双笋珍珠鲍、凤梨糖醋菊花鱼、荷塘小炒、鲜果牛肉粒、豆沙丸子搭配鲜果牛肉粒……

很明显，温崇月不是那种要求“食不言寝不语”的人，在夏皎低头吃饭的时候，他和缓地表达自己的需求。

“坦白来说，我想自己选择后半生的伴侣，”温崇月慢慢解释，“而不是被长辈安排。”

夏皎明白了。她想起来，江晚橘说过，温崇月想在短时间内结婚，为的就是拒绝长辈安排的相亲。

夏皎没想到进展会这么快。她安静地听着。

温崇月说：“我会承担起丈夫应该承担的责任。在工作方面，如果没有意外情况——这个意外，指每月偶尔有一次或者两次会比较晚——我会在七点钟结束工作，然后回家。

“我没有烟酒方面的瘾，偶尔才会抽烟，饮酒也是少量。如果你介意，我不会在家中抽烟。

“我喜好户外运动，登山、滑雪或者冲浪，目前的频率是每月外出一次。当然，假如你喜欢安静的话，我也很乐意在家中陪你读书。”

夏皎慢吞吞地喝粥。粥里的鸡肉已经完全融化，肉香味很浓，油菜汁又很好地中和、平衡了荤素，鲜而不腻。

“我听晚橘说了你的工作性质，也理解你的辛苦。我想，相对来说，我的私人时间比你更多。”温崇月说，“我可以负责更多的家务工作，包括整理衣物、打扫卫生，以及做饭。”

夏皎放下勺子，睁大眼睛：“您还会做饭？”

“可以称呼我为‘你’吗？”温崇月半开玩笑，“我们是相亲，不是工作汇报。”

夏皎耳朵有些发热，她懊恼地想，早晨不应该多穿厚厚的保暖内衣。

温崇月说：“我会做一些不太复杂的菜式，可以负责家里的早餐和晚餐。当然，你想带便当去上班的话，我也可以负责你的中午饭。”

夏皎捏起筷子，试探地问：“你认为什么菜式算复杂？”

温崇月回答：“举个例子——茄鲞。如果你想吃的话，在我们休假、时间充裕的情况下，我也很乐意为你尝试，不过我无法保证新菜式的美味。”

夏皎抿唇笑了一下，夹起一块牛肉粒。

温崇月不疾不徐地说：“我明白，没有感情基础的婚姻会让你感到惶恐，所以我们可以慢慢商议，关于家庭，关于婚姻，关于孩子。”

夏皎抬头。

“在未来的六年之内，我的计划中并不包含生孩子这个选项；不过如果意外有了孩子，我也会承担起父亲和丈夫的责任，和你一起养育孩子，”温崇月凝视着她，“你可以接受吗？”

夏皎猛烈点头。

温崇月观察她的神色，耐心地等待她说话，顺手给夏皎的杯子添满了茶水。七分满，这是沏茶的规矩，太满会溢，要留三分空，等待时间慢慢催发茶香。

夏皎问：“你对自己未来的妻子有什么要求吗？”

她很犹豫，温崇月的条件实在太好了。虽然俩人没有谈论钱财方面的问题，但江晚橘事先已经给夏皎透露过，温崇月的物质条件极其优渥，而且是那种几乎不会出现在相亲市场上的优渥。这也是温崇月第一次“相亲”。

世界上不存在所谓的完美。即使有，也不会落在夏皎这个毫无准备的社恐人士身上。夏皎的警惕心很高，即使温崇月看上去是个几近完美的结婚对象，她也想知道背后有没有陷阱，或者说——缺陷。

“有，”温崇月说，“我需要妻子的陪伴。”

夏皎如释重负，认真保证：“这个当然。”

“以及，”温崇月温文尔雅地说，“我需要长久的夫妻生活。”

旧样式的留声机播着低低的唱腔，窗外月光落在影壁上，映照着上面石刻的祥云松鹤。私密包厢中极为安静，一尾金鱼在鱼缸中游曳，忽而甩了一下尾巴，激起轻柔的一声“啵”，水声涟涟，将夏皎惊醒。

她试探着问：“抱歉，我刚刚是不是听到了不应该听的东西？”

温崇月面色如常，说道：“我想应该没有。”

夏皎：“……”

她坐姿端正，实际上已经开始心猿意马，坐立不安了。

虽然昨晚她还在和圈内好友热火朝天地讨论纸片人的新卡面，但现在面对对方一句客气的坦白，她支支吾吾，一句话也说不出口。

大家都是成年人了，夏皎想。假如温崇月给她发短信，他们说不定已经开始认真地讨论起来。但没有“假如”，如今是面对面的沟通，是社恐人士最怕的和不熟悉的人单独相处的情形。就算她心里汹涌澎湃，无数话想要说出口，最终也只是短促而疑惑地说了一声“啊”。

温崇月看出了她的惶恐不安。他很平静，缓声说：“我认为这也是保持婚姻稳定的一种因素。”

夏皎答：“是的。”她又出了汗，忍不住喝了口茶。茶水还带点热，压不下她的躁动。

“所以我认为有必要对你说明，”温崇月凝视着她的脸，“我会保证对你忠诚——这一点，你不用担心。”

夏皎犹豫了，她原本还想问问对方“长久的夫妻生活”的具体意思，可惜无论如何做心理建设，都说不出口，只好闷头继续吃菜。

“关于这点，如果你能接受的话，我们再往下谈。”温崇月说，“这很重要，你不需要勉强。”

夏皎说：“我可以。”

她真的可以。

虽说相亲相了好几次，上来就很直白的也有，但没有人像温崇月这样，条理清晰，直接将他所能够提供的价值、优点和缺点全都大方摆出来的，就像是谈合同。虽然听起来有些冷淡、没有人情味儿……可这的确就是相亲时最好的局面了，大家客客气气地说出自己的目标和需求，再决定要不要深入了解。

这很省时间，但唯独没有感情。不过，相亲本身就是两个没感情的人尝试培养感情的过程。夏皎不讨厌这样。她性格有敏感的一部分，倘若对方不直接说明，她可能还得花时间去慢慢琢磨对方话里的意思。温崇月不需要她多想，直截了当地将自己的目的说明。

荷塘小炒是常见的家常菜了，这里的藕做得格外清脆爽口，夏皎一点一点地吃着，和温崇月慢慢聊。她问话仍旧小心翼翼，不过倒也悄悄向对方透露出自己的目的。

夏皎如今在奢侈品集团工作，普通员工，美妆品牌的公关部门。她不太喜欢目前的工作，有些焦虑，不确定什么时候会辞职。

她是"纸性恋"，业余娱乐活动就是读书、追剧、打游戏，精神层面一片"荒芜"，除此之外，没有太多不良嗜好。

她不抽烟，可以喝一些酒，虽然酒量不好，但偶尔和温崇月一起喝点倒没关系。

她不擅长做饭，也不怎么做，为了省时间，基本上都是点外卖，或者去餐厅吃。

如果可以的话，顺利找到新工作后她想养一只猫。

…………

夏皎越说越心虚，遗憾地发现自己似乎的确没有太多优点，这让她有一点小沮丧。可温崇月始终微笑着，似乎对她的话很感兴趣。

夏皎有些尴尬："……这么说起来，我好像不能为你提供什么。"

"我所需要的东西，你已经完美拥有了，"温崇月说，"你年轻、聪慧，这些都是无价之宝。"

"我不太擅长做家务，也不太擅长处理一些生活上的问题，"夏皎主动袒露自己的想法，"嗯……关于育儿和其他方面的问题，我很认同你的观点。"

温崇月问："那你愿意考虑一下我的提议吗？"

夏皎点头。

俩人又简单聊了一些其他的东西，不知不觉，话题换到了夏皎最近喜欢的几款游戏上。夏皎的眼睛瞬间明亮起来，和温崇月分享在游戏超话里看到的趣事，还有游戏那可怕的掉率……少不了为对方普及一些专业名词，说了好久，夏皎停下，问道："你会觉得这些东西很枯燥吗？"

"不，"温崇月说，"很有趣，谢谢你，帮我普及了很多知识。"

夏皎紧握的拳头慢慢松开。她放松下来，笑了，眉眼弯弯："也谢谢你。"

离开的时候，天空飘了一些小雪，温崇月是开车过来的，他住的地方离这里不远，现在不是上下班高峰期，开车回去很方便。夏皎坐在副座上，车内的味道很干净，没有那种容易让人头晕目眩的皮革气息，也没有直冲鼻子的香精净化的气味，更没有烟酒痕迹，只是淡淡的凉薄荷气息。

夏皎对气味很敏感，她很在意这个，嗅到不好闻的味道，会让她有一种像是走在路上被殴打的不适感。

温崇月很干净，他的味道也很清新，幽幽草木香，泛着一点温柔的苦，犹如夏末秋初的山林风，悠然回甘。

夏皎说："温老师，你还记得吗？我上辅导班那次，你送我回家，是个下雨天。"

温崇月说："嗯？"

他明显不记得了，但愿意听她说下去。

夏皎抱紧书包，她侧头看着温崇月："你那时还对我说了一句话。你说'不必从众'。"

温崇月笑了，说："这么多年了，你还记得。"

夏皎点点头，说："我一直很想谢谢您，可惜没有找到机会。"

不知不觉中，她又使用了敬辞。不过这一次，温崇月没有纠正。

温崇月将夏皎送回她租住的公寓。和夏皎合租的同事回家过年了，只剩下夏皎一人，他没有上楼，只送到楼下，礼貌地和夏皎互相说了"晚安"。

夏皎晚上没怎么睡好。前两天滑雪的时候，她就有些着凉。不确定是不是昨晚被吓到了，她睡不着，早晨起来头就开始痛了。江晚橘上午打电话问她情况，她瓮声瓮气地回答，说自己现在头痛，想多睡一会儿，详细情况等下午再打回去。

房间里很闷，在这个小区租房子的大多是外地人，春节将至，人走了很多，顿时显得空荡荡的，什么声音都没有。窗帘紧闭，阳光进不来。夏皎闷在床上，头疼催发着一点孤独感，忽然有些想家，想妈妈，想炖得香喷喷的鸡汤。

夏皎倒头就睡，不知过了多久，才听见门铃响，大概是江晚橘到了。她迷迷糊糊地穿着拖鞋过去开门——温崇月拎着两个袋子，正讶然地看她。

夏皎不困了。

她下意识想将门关上，但显然不可行，只好克制着捏住门把手，僵硬地站着。

衣冠楚楚、白衬衫黑裤的温崇月，身后是晴朗日光。而夏皎，穿着睡皱了的裙子，脸也没洗，头也没梳，乱糟糟的。

她想起《了不起的麦瑟尔夫人》，前期的麦瑟尔夫人精致到会在丈夫起床前化好妆、做好头发，而她敢于还没有睡醒就见未来有可能结婚的对象。

夏皎觉得自己也能写一本书，书名就叫《了不起的夏皎小姐》。

呆愣很久，夏皎听到温崇月说："晚橘说你病得很严重。"

夏皎张口："啊，啊，是病了……"她让开一条路，请温崇月进来，不禁庆幸，昨天刚请钟点工打扫完房间，现在一切都还干净整洁。

"病人最好不要点外卖，"温崇月说，"应该吃些清淡有营养的东西，滋补身体。"

他拆开饭盒，一样一样地取出来。

排骨南瓜盅，金黄色的南瓜挖空，盛着细嫩的排骨，点缀着切碎后的小香葱；牛尾菌菇汤炖得香喷喷的，汤汁黏稠；番茄肉酱意大利面，色香味俱全；还有一小碟晶莹剔透的凉拌菜，夏皎认不出来是什么。

她裹着毛毯，看到温崇月拿来水果，后知后觉地意识到自己应该招待客人——她不太擅长处理人际关系，也鲜少邀请客人来家里做客。她站起来说道:“厨房里还有一些樱桃，我去洗——”

温崇月轻轻按住她的肩膀，掌心的温热隔着衬衫幽幽地传递到夏皎身上:“不用，你坐着，我来。”

他自然地拿了水果去清洗，夏皎怔了两秒，才想起来去卫生间刷牙洗脸。以最快的速度处理好后，她才重新坐回餐桌前，认真品尝今日的早午饭。

温崇月打开窗帘，金灿灿的冬日阳光照进来，明亮光辉。

南瓜的绵软和豉香浓郁的排骨碰撞出奇妙的美味；牛尾熬出浓浓胶质，融到菌汤中，剔除了油腻；凉拌菜清爽可口；裹满了番茄肉酱的意面柔韧、筋道。

晨起的人其实没有太好的胃口，奈何食物味道太美，不知不觉，夏皎吃下去好多。

她问:“你在休假吗？”

“对，”温崇月颔首，“我的年假比较早。”

她大口大口地吃着意面，很快吃掉了一整份，意犹未尽，忍不住问:“你是在哪里订的餐呀？”

温崇月倒了一杯温水给她，里面泡了红枣和桂圆干:“我自己做的。”

夏皎愣住。她想起来了，昨晚他的确说过自己会做饭。

“你好厉害，”夏皎忍不住赞叹，“我就不会。”

“人都有自己擅长和不擅长的事情，”温崇月笑着说，“比如，我就不擅长打游戏，在这方面，你比我要厉害。”

夏皎抿了抿唇，吃掉最后一块清爽的凉菜。“关于结婚这件事……”夏皎告诉他，“我觉得我可以接受。”

温崇月笑了:“那我们可以讨论一下登记结婚的时间。”

夏皎道:“啊？”

“身份证、户口簿、婚姻状况证明我都带着，”温崇月倾身问夏皎，“你什么时候方便？”

夏皎随时都方便。

她不确定是病中的这份餐食迷惑了她的头脑，还是对方的容貌迷惑了她的心。方才她吃到肚子里的东西既暖和又动人。即将过年，她孑然一人，尚在生病，于这个不属于自己的城市中吃到了对方精心烹饪的饭菜。

她不知道婚姻会有什么样的价值，但温崇月所提到的那些，都可以满足她的需求。

陌生城市中，有人做伴的话，或许生活不会那样枯燥。

第二章 红枣枸杞养生汤

下午四点钟，夏皎和温崇月顺利地领了结婚证，照片上的红色背景幕布前，穿着白衬衫的两个人离得不远不近，笑得温柔。

照片拍得很好看，夏皎极其满意，甚至有种想偷看一眼摄像机牌子的冲动。

这简直就是夏皎人生中做过的最大胆的事情。

上车后，她低头看着手中的结婚证，想了想，又抬头，看向旁侧的温崇月。他正在低头整理衣袖，暮光下，眉骨愈显硬挺。

夏皎犹豫着，谨慎地问："温老师，今晚需要我提供夫妻生活吗？"

温崇月原本在低头整理衬衫上的袖扣，闻言怔了一下，转过脸。

暮光透过玻璃车窗投过来，夏皎手里捏着红彤彤的结婚证书，沉而红的颜色，将她的指尖也染上淡淡的红。她只涂了淡妆，像一只伶仃的雀。

她说话声音不大，慢声细气的，小心翼翼，像是唯恐冒犯他人。

"虽然可能有些突然，但我觉得伸头是一刀、缩头也是一刀……"夏皎说，"还有长痛不如短痛、早死早超生……"

温崇月忍俊不禁："你知道自己在说什么吗？"

夏皎有点迷茫，眨了一下眼睛，有些懊恼，连连道歉："对不起，我不是那个意思。"

温崇月见不得她这样惶恐不安的模样，伸出手，盖在她的手背上。夏皎轻轻颤了一下，没有移开。对方的手掌宽大，手指修长，中指上一粒小痣，有些别样的性感。他身材高大，体温也比夏皎要高，温暖柔和地熨帖着她的手背。

“我是你的丈夫，”温崇月说，“在我面前，不需要这样小心。”

夏皎说：“好的，温老师。”

她也觉得有趣，和温崇月的第一次牵手，竟然是在领证之后，这么“保守”。不过这场婚姻至少是她和温崇月经过协商、分析利弊才开启的。

“别紧张，”温崇月安慰她，“事情没有你想的那么恐怖，别对它产生畏惧心理，好吗？”

他这样温言劝导，夏皎倒有些不好意思了。她并不怕，经历过网络和“乙游圈”各位太太的产粮投喂，她对某方面的知识所知并不少，也充满好奇。

“我也没有那么着急，可以等你慢慢适应，”温崇月温和地说，“在此之前，我们先讨论一下婚礼的事情。”

夏皎点了点头。

晚上俩人吃粤菜，是温崇月订的餐厅。

二十一天的乳鸽肉厚骨嫩，从卤水中捞起，用醋和麦芽糖上皮后风干，在滚油中生炸到金黄，搭配经典的瑞士汁，甘香味鲜；生炒骨的甜酸汁是用山楂饼和山楂干熬汁煮酱出的，搭配青红椒和子姜，远比夏皎平日里点的美味许多；鲜竹牛肉不大不小，两口一颗，外壳如荔枝皮，是最完美的形态，马蹄和肉粒的比例不多不少，汁液鲜美；干荷叶包裹糯米鸡，冬菇、鸡件、腊肠、虾肉、笋粒、瑶柱、叉烧等味道融合在一起，浸透糯米，每一口都是轻巧满足。还有清蒸菜心、排骨玉米山药汤……

夏皎没有在吃这件事上花过心思，不禁连连赞叹。

她诚恳地说：“我不知道还有这么多好吃的餐厅……和你比起来，我之前简直就是野蛮地活着。”

临近过年，餐厅还送了一份传统的广东年糕，用精巧的竹叶小藤碟盛着。夏皎夹了一小片，浓郁的蔗糖香味，细滑香软，糯而不煳。

“其实广州人吃海味最细，不过这家餐厅做得不行。”温崇月说，“我有个朋友在广州一德路那边开店，给我寄了一些花胶、海参和鲍鱼，下次去我家，我做给你吃。”

夏皎一口答应。

关于婚礼，两个人的目标一致。夏皎想要好看一些，而温崇月的意思是请专业的策划设计。夏皎想要户外草坪婚礼，而只要钱足够，这一项很容易安排。意见相同，俩人沟通十分顺利，就这么初步定下。说到宾客方面的时候，夏皎忽然睁大眼睛，呆呆地看着温崇月。

她说：“有件事情我忘记了。”

温崇月问：“什么？”

夏皎说：“我忘记和爸爸妈妈说我结婚了。”

温崇月：“……”

他说：“先吃饭，吃完再打电话。”

夏皎美美地吃完一顿餐食，结束时温崇月和某位经理说了些话，后者取了一个精致的小木盒出来。夏皎没有细看，走开几步，去给父母打电话，先问对方的身体，又问店里忙不忙。

显而易见，父母很忙，妈妈没什么闲聊的时间，背景音嘈杂，伴随着讨价还价的声音。她抽空问夏皎要不要相亲，二姨的四妯娌的五叔的三表侄女给夏皎又找了几个备选名单，这次保证都是年龄差不超过十岁、没有大肚子、绝非一无是处的“老实”男人，只要夏皎要，立刻就能推给她微信名片。

夏皎犹豫着说：“那个，妈妈……不用相亲了，我今天刚领了证。”

妈妈嗓门儿很亮：“嗐，你这孩子，行吧，不相就不相。我还忙，等会再给你打过去啊！”就这么结束了。夏皎捏着手机思考，要不要再给神经迟钝的妈妈重新说明一下。

温崇月拎着包装袋过来，递给夏皎。夏皎看了看，纸袋里放着木质的小盒，盒子里放着一个精致的玻璃罐，盛着小果子，正是刚才那个经理捧出来的。

夏皎抬头：“这是什么？”

“甘草榄，”温崇月说，“听你今天嗓音有些不对，最近先别吃薯片之类干巴巴的零食，吃这个，生津利肺。”

夏皎应了一声，侍应生打开门，弯腰鞠躬，温崇月的手掌根轻贴着她的肩膀，将她往自己身边轻轻带了带。几个哭闹不停的小孩从夏皎身边经过，刚好避开。

夏皎想说什么，手机响起，妈妈重新打来电话。她接通，兜头而来的是妈妈难以置信的声音："啥？你个小兔崽子说啥？领啥？啥证？"

夏皎花了将近两小时，才让妈妈明白她真的"闪婚"了。木已成舟，多说无益。父母连连责备夏皎，怎么这么大的事情也不和家里人商量一声。

这件事少不了温崇月出马。夏皎不确定对方是怎么和自己的父母沟通的，总之在短暂的十分钟视频会晤中，夏皎的事情就这么悄无声息地解决了。父母不再提这件事，而是开始热切地问夏皎：婚礼什么时候办？在哪里办？……问题一个接一个地抛过来，夏皎头昏脑涨，好不容易安抚结束，抬头看时钟，已经晚上十点了。明天夏皎还得去上班，可怜"打工人"，要再上一天班，等到后天才可以休年假。时间已经很晚了，夏皎没有留温崇月，对方也不要夏皎送，自己下了楼。

从单身到已婚只用了不到二十四小时。夏皎的脑袋晕晕乎乎的，她吃了一口甘草榄，舌尖小心翼翼地含住，咸酸微甘，醒脑提神。

她闭上眼睛，嚼了一口，酸到发颤……睡前不该吃这个，她怕是又要晚睡了。

温崇月说好等夏皎下班后去接她。

温崇月家在这里，夏皎今年不回家，温崇月自然不能让她一个人孤零零过年，准备接她回自己家。

夏皎没有拒绝。她起初还想着准备节日礼物，紧张兮兮地问温崇月他父母的喜好，哪里想到温崇月已经备下了，只等她本人过去。

和他相处真的十分自然、舒适，夏皎好奇能教出温崇月这样性格的，会是怎样的父母。她有些忐忑，毕竟闪婚这种事老一辈的人很难接受。

车上，她忍不住问："温老师，温叔叔和温阿姨有什么禁忌吗？就是等会儿聊天的时候，有什么事不可以讲吗？"

温崇月全神贯注看路况：“没有——对了，我爸爸、妈妈已经离婚分居了，今天晚上只有我爸爸在，你不要紧张，他人很好。”

夏皎愣了一下：“抱歉。”

温崇月笑道：“不要经常道歉。”

车窗外的流光落在他的脸上，夏皎发现他的右脸下颌线靠近脖颈的位置上，有一粒小小的痣，不太明显。他肤色白，这粒小痣的颜色也浅，褐色的，如小米。

“是我疏忽，”温崇月说，“我应该早些告诉你，小夏，你已经做得很好了。”

夏皎摸着安全带的边缘，车内放着一首舒缓柔和的西语歌曲。她穿着厚厚的外套，车内的暖气将她寒冷的身体一点一点暖热过来。她忽然觉得，自己的这次冲动，幸运地在对方掌中慢慢融化。

温父是高校教授，住的也是学校分的房子，面积并不算大，装潢简单质朴，墙上挂的多是书法和山水画。他身高和温崇月相仿，气质则更温和，戴着一副眼镜，头发花白。

温父请夏皎尝了自己的茶，还有他今日下厨做的饭菜，醋椒活鱼、炒麻豆腐、芫荽炒羊肉片、糖醋小排、笋干老鸭煲……红木圆桌摆得满满当当。他为人和善，只聊家常琐事，又爱笑，晚饭宾主尽欢。

他晚上不熬夜，休息得也早，刚刚过了九点钟，就准备去休息了。

到了这时候，夏皎才想起来最重要的事情。她努力踮起脚，一手扒住温崇月的肩膀，要他倾身，另一只手拢在他的耳朵上。

淡淡的青草气息，如同被碾碎的无花果叶，温柔的椰奶味道从汁液中渐渐渗出，裹着淡淡雪松，她的味道如此清凉而富有生机。

呼吸的热气轻柔地喷在温崇月耳侧，他的脖颈和耳朵都是敏感位置，受不得痒，也受不了这样的呵气。温崇月不动声色地偏了偏身子。夏皎丝毫没有察觉，仍旧贴过来。她压低声音，极小声地问：“温老师，今天晚上我睡哪个房间？”

温崇月笑了。他示意夏皎站好，自己倾身将一只手拢在夏皎耳朵旁，同样压低声音问："夏同学，今天晚上我可以和妻子一起睡吗？"

夏皎低头，想了想，认真地告诉他："我们好像没有买防护用的东西。"

温崇月说："我准备好了。"

"会不会不好清理？"

"我的卧室有独立卫生间。"

夏皎抬头，问温崇月："还有什么是温老师没有准备的吗？"

温崇月说："我想应该没有。"他的语气如岩石落清泉，自然而然。

温父早就睡下了，上了年纪的人似乎都喜欢早睡。夏皎迈入温崇月的卧室，好奇地打量着周围的一切。温崇月说过，这是他从中学到大学毕业前一直居住的地方。房屋整体是双主卧设计，温崇月的卧室和温父的卧室中间隔着客厅和阳台，他的卧室中有一扇通往阳台的门。

阳台上种满了各种各样的植物，还有一张小书桌，三角梅开出红红的颜色，蜡梅疏疏斜斜地插在瓷瓶中，旱金莲的叶子圆圆，犹如微缩荷叶。冬天开花的植物不多，茉莉、月季、牡丹都只有漂亮的叶子，点缀出一些绿意。

她粗略看了下，心里更加紧张了。

温崇月调好水温，让她先去洗澡。她一颗心七上八下，慢吞吞地挪过去，脑袋里胡思乱想，猜测温崇月会不会突然打开门进来，要求和她一起。

并没有。

直到夏皎洗完澡，他都没有进来，而是在阳台上的书桌前看书。

夏皎来得着急，没有带睡衣。温崇月为她买了新的睡袍，薄薄一件，浅淡的颜色。夏皎认得吊牌，La Perla，意大利的内衣品牌。她穿上睡袍，往外悄悄探头，温崇月合拢书，问她："洗完了？"

夏皎点点头。

他问："需要我帮你吹头发吗？"

夏皎摇头："我自己可以。"

温崇月这才拿了衣服进浴室。吹风机没什么声音，哪怕靠在耳朵旁，也遮不住里面"哗啦啦"的水声。夏皎心里紧张，反复深呼吸四五次后，将头发吹干，掀开被子躲了进去。

温崇月平时不住在这里，他有自己的房子，这次大抵是过年陪伴父亲，才在这里久住。

他现在休假，应该是白天打扫过房间，被褥晒得暖烘烘的。夏皎侧躺着，闭上眼睛，努力回想起自己曾经看过的那么多相关视频，遗憾的是，并没有关于新手入门的专业指导。

大概过了十分钟，夏皎听到吹风机的细微声音。

声音停止。夏皎没动，一双手横过来，触碰到她的手。温崇月问她："你很紧张？"

夏皎张口回答，底气并不是很足："一点点，温老师。"

温崇月苦笑："皎皎，这时候还叫温老师？"

夏皎改口："温崇月。"

"嗯。"

可惜事情进行得并不顺利。温崇月最终选择退让，伸手轻拍夏皎的背。夏皎语调都变了："对……对不起啊，温老师。"又是"温老师"，好不容易纠正过来的称呼，她再一次使用。

"没事，"温崇月说，"是我的错，你还好吗？"

他张开双手。夏皎并没有往他的怀抱中去，而是拱着身体，将自己遮得严严实实，眼睛红了一大圈。她吸了口气："睡衣好贵的。"

"明天再去买新的，"温崇月的手贴在夏皎的肩背上，声音放软安慰道，"先睡觉，好吗？"

夏皎背对着他。温崇月听到她的回答，一声低低的"好"。

无论如何，他们要共眠到清晨。她从小到大，受了伤，跌破膝盖，都得自己呼呼，吹一吹就好了，这次未必。夏皎和温崇月盖着同一床被子，她努力贴靠着床边入睡。

虽然房子有些年头了，但因为住的都是老教授们，基础设施和服务都十分到位，所以供暖十分充足。夏皎睡到半夜，迷迷糊糊伸出胳膊和大半个肩膀，又被温崇月捉住，往被子里放。

夏皎困极了，迷糊不清地说了声“热”。

她听到温崇月说：“别着凉。”

夏皎认为对方在说谎，就像安抚一只玩偶。被人搂着睡的感觉并不太好，只是抗议显然没有效果。她还是被这样抱住，一直到天明。

夏皎睡了很久，直到太阳悄悄透入窗子，她才猛然坐起，惊愕地发现已经十点钟了。她慌忙找拖鞋下床：“天哪，天哪！”

她自己睡懒觉倒无所谓，但这毕竟是她第一次做客——温父不在家，温崇月一个人在喝茶，电视开着，放着科普教育片。听到声音，他抬起头问：“想吃点什么？”

夏皎说：“什么都行。”

夏皎想，自己口中的“什么都行”，和温崇月的理解似乎出了一点点差错。

夏皎以为的早餐：加热的吐司、果酱，或者速冻包子加豆浆。

温崇月做的早餐：南瓜浓汤，蒜香虾仁番茄意面，一枚花朵形状的甜椒煎蛋，水果蔬菜沙拉，还有那天他带给夏皎的同款凉拌菜。

夏皎用筷子夹起一小片凉拌菜，薄薄一片，能透光，有清香的甜味，吃着熟悉，却又分辨不出到底是什么，好奇地问：“这是什么？山药吗？还是洋姜？”

温崇月说：“是萝卜。”

夏皎傻眼了。她最讨厌的蔬菜就是萝卜，可是这个萝卜，完全没有会呛鼻子的辣味，甚至还有些甜。

好像是看穿她的想法，温崇月解释：“这是国产的青萝卜，比其他品种的萝卜甜。靠近缨的部分很甜，最适合凉拌。”

夏皎说：“我上次吃青萝卜是夏天的事了，但是不甜，还辣。”

“不同季节产出的萝卜，味道也有差别，”温崇月解释，“春天的萝卜适合腌渍；夏天的时候，萝卜辣味最重，适合煮汤；秋天产的萝卜软，可以晒成萝卜干；冬天的脆甜，最适合拿来凉拌。”

夏皎佩服得五体投地。温崇月准确无误地记着这么多大大小小的事情，不只是萝卜，他在阳台上还种了好几个种类的罗勒。

夏皎喜好植物花草，但没有种过罗勒，温崇月挨个儿教她辨认：有着特殊丁香味道的是丁香罗勒，南方人用得最多，台湾叫它“九层塔”；叶片圆圆的是甜罗勒，有着细腻的甜香，仔细闻还有细微花香；带有柠檬气息的是柠檬罗勒，可可爱爱，他喜欢在烹饪结束时往饭菜中加它；叶子颜色最深、有着甘草和薄荷气味的是泰国罗勒；紫叶罗勒最容易辨认，紫色叶子的那株就是……

他们都没有提昨晚的事情，温崇月也不勉强她，在她能够接纳之前，他绝不会做任何有违她意愿的行为。

夏皎迅速闪婚这件事情，只通知了家人和好友江晚橘。江晚橘最近似乎和她那个前男友正处在拉锯暧昧之中，对此只有一个反应：“温表哥下手这么快？”

夏皎敏锐地捕捉到关键词：“什么表哥？”

江晚橘说：“他是陈昼仁，也就是我前男友的表哥……啊，这个不重要。你们这么快的吗？”她语气中满是不可思议，感慨结束后，笑着问夏皎：“相处还好吗？”

夏皎用力点头。

能让挑剔的江晚橘夸赞优秀的男性并不多。和夏皎不同，江晚橘在人际关系方面相当敏锐，看人也准。夏皎曾在江晚橘醉酒落水后跳下去救过她一次，从那之后，江晚橘对夏皎就格外好，还说夏皎于她是救命之恩。在介绍两人认识之前，江晚橘也思考了很久，关于他们两人的性格、对未来伴侣的期望，等等。事实上，也正如江晚橘预测的一样，夏皎和温崇月相处得十分融洽。

温父是已经退休的数学教授，温和从容，爱好就是和同楼的好友下下象棋、聊聊天，在家的话，就和温崇月喝茶、看报、看电视。

和夏皎想象中醉心学术、不修边幅的教授形象不同，温父很随和，也会和夏皎聊现在流行的游戏、电视剧和电影。当然，老人不会玩，但他很乐意了解这些新事物。

为了过年，他还特意炸了丸子——团成乒乓球大小的肉团儿在温油锅里“滋滋溜溜”地冒着香味。刚炸出来的丸子干香适口，外焦里嫩，“暄腾”。

夏皎按照温崇月的配方调了“老虎酱”，黄酱、甜面酱、虾皮、蒜泥、香油调和好，刚炸好的丸子蘸酱吃，又香又鲜。

年夜饭是温崇月、夏皎和温父一起准备的，不过夏皎主要打下手，洗个水果或者拿个碟子。温父掌勺，温崇月做其他的素菜。

根据传统，红烧鲤鱼必不可少，除此之外，还有芥末墩儿和豆儿酱。这俩都是早早就准备好了的。芥末墩儿甜酸清脆，解油化腻；豆儿酱清凉嫩滑，点上温父打的腊八醋，非常开胃。年夜饭夏皎吃得开怀。

逢年过节，温父这里少不了学生前来拜访，温崇月知道夏皎内向怕生，主动和温父说明。温父表示理解，让温崇月带夏皎去看看电影、逛逛商城——“怎么自在怎么来”，这是温父的宗旨。

遇上实在免不了要打招呼的，也都是温崇月微笑着介绍：“这是我妻子。”夏皎还没有适应这个称呼，一连好几天脸上的红热都没消下去过。

新年结束后，夏皎的头有些不舒服，又请了两天假，温崇月的年假长，还剩两天，就带夏皎去医院检查了一下。医生说没什么大问题，可能是精神过度紧张所致，建议夏皎不要有太大的工作压力，保持心情愉悦。

工作压力——夏皎当然知道压力源自哪里。她的性格与这份光鲜亮丽的工作并不符合，每天强戴着微笑面具上班，硬着头皮和各路人士打交道，让她筋疲力尽。

但如果辞职了呢？辞职后，她应该找什么样的工作？夏皎更泄气了。

为了更好地照顾夏皎，温崇月将她带回了自己的房子。

他自己的房子比温父那边还要大一些，装修简洁大方，阳台上花草不多，种了不少罗勒和薄荷。夏皎没有仔细观察，倒头就睡。都说犯春困，立春第一天，她就开始乏上了。

等夏皎醒来时已经到了中午。闻到扑鼻的香气，她睁开眼睛，看到温崇月侧坐在床边——他原本准备触碰夏皎的脸，见她醒来，便直起身体，缩回手，含笑问她："要不要吃饭？"

春打六九头。立春这天，按照传统得吃炒春饼，这叫"咬春"，寄予"天地一家春"的祝愿。

面饼烙得薄如宣纸，圆圆一张，筋骨软韧。夏皎去年吃过一次春饼，是店里做的，配的荤菜是炒猪里脊和蒜黄，素菜是早春青韭、"火焰儿"菠菜和绿豆芽。

温崇月准备得更细致、更丰盛，除了以上一荤一素传统合菜外，还准备了一盘切成条的松仁小肚儿、一盘切成丝的酱肉、一盘炉肉丝、一小碟羊角细葱丝、一小碟鲜芥菜丝、一小碟鲜黄瓜丝，搭配香稻米粥。

夏皎吃得开心，一口气吃掉六个，还想再来第七个，被温崇月含笑按住："别吃了，站起来，消消食，别把胃撑坏了——喜欢吃的话，下次再给你做，好吗？"

夏皎遗憾极了："我才吃了六个。"

"据说当年溥仪吃了六个，被领班太监叫人提着胳膊拎起来往地上蹾，"温崇月说，"看过砸年糕吗？就像那被上下抡的锤子似的来回砸夯。"

夏皎扑哧一声笑了，说："你这话说得就像你看到过似的。"

温崇月用茶漱口，笑了一下："我可以认为你是在夸我讲得绘声绘色吗？"

夏皎双手托腮："不，当年能亲眼看到这一幕的肯定都是太监。"

温崇月反应过来，站起来。夏皎拔腿想跑，可惜晚了一步，被温崇月掐着腰抱起来上下蹾。她扒着温崇月的胳膊，笑起来："好好好，我投降，对不起，温老师，我不该这样说……"

双脚离地的感觉，夏皎已经好久没有体验过了。温崇月拎她就像拎小鸡崽，这种感觉可一点也不好。笑到流出眼泪，胳膊压得胸疼，她拍拍温崇月的手，想要求饶，谁知对方的手反而收得更紧了。

夏皎抬头，只见温崇月垂首看她。

温崇月目不转睛地看了半晌，倾身亲了亲她的脸颊。

夏皎仰着脸，没有拒绝，紧紧拽住他衣袖的手指慢慢松开。

阳光正好，温崇月说："我们再试试。"

夏皎从小就是怕老师的性格。她很难说清对老师的这种恐惧感从何而来，就像有些人天生怕医生、有些人天生怕警察一样。夏皎只隐约记得，小时候调皮不听话，爷爷奶奶就吓唬她——

"再不吃饭就告诉你的老师！"

"不老实就让医生用针扎你！"

"还不听话就让警察抓走你！"

老人家的教育方式或许有些问题，但他们的确是疼爱夏皎的。向来拮据的爷爷会拿准备修眼镜的钱为夏皎买她心心念念好久的香妃同款头饰，奶奶总会将其他人送来的水果和牛奶留给夏皎。

遗憾的是爱和童年阴影永远都是并行的，夏皎能感受到他们的爱，同时也始终没有打破对老师的畏惧心理。从小到大，她能不和老师联系就不联系，竭尽所能地避开和老师在课堂外的任何接触。如果老师有事情委托给她，她也会竭尽全力地完成，包括现在。

"放松，别乱动。

"好，呼吸，正常呼吸……不会在接吻时换气？没关系，我教你，我们慢慢来。

"很好，你做得很棒，就是这样。

"张开唇，不要拒绝。"

要做一个"乖学生"，乖乖听他的教导、跟随他的指引、满足他的欲念吗？

夏皎了解过温崇月的教学技巧，也知道他是一位很优秀的辅导老师。几年前，在上完那个短暂的英语辅导班后，她的成绩再没低于100分过。

如今的温崇月，"教学能力"并不比那时候差。他是位极具耐心、温和成熟的男性。

夏皎仰面看着头顶，房间里的装修照明几乎全用灯带，兼有落地的台灯，她的眼前笼罩着一层柔软的光芒。卧室窗帘白纱轻闭，气流温热，有着淡淡的佛手柑香气。

温崇月的唇是热的。他平时话不算多，但有着极其灵巧的舌头。夏皎仰起脸，眼睛眯起来，看到头顶一层一层晕开的柔光，恍若置身温柔浮海，难分西东，不辨南北。

“别害怕，别担心。

“我不会伤害到你，放心交给我。”

他的手掌温暖、厚重，呼吸如三月暖流，唇舌似五月微风。春和景明，烈日破空，绢绢柔风拂重樱，千万树花次第开。痛觉如花，爱意未察。

夏皎抓住温崇月的胳膊，侧头看到对方小臂上的青筋，像她童年时喜欢捏的空心草秸秆。她的指甲深深嵌入对方的手臂，目光迷茫：“温老师。”

温崇月安抚地亲吻她的脸颊：“我在。”

是的。

他在。

他是夏皎的丈夫，是她最亲密的人。

夏皎闭上眼睛。温崇月没有松手，他温柔地吻着她的脸颊低语，让她放松、冷静。

在年纪尚小的时候，夏皎也曾经思考过未来，觉得自己一定会找一个互相喜欢的人踏入婚姻的殿堂。地球上有三十五亿男人，怎么可能找不到一个互相喜欢、能满足她所有期待的男性呢？

还真是很难找到，比出门右拐买张彩票就中五百万元大奖都难。

夏皎这次结婚，其实也并没抱太大的期待，说她“丧”也好，说她悲观主义也好，都改变不了这个事实——婚前沟通的时候，两个人都确认这份婚姻并不包含爱情，更像是在为自己今后几十年的人生寻找合得来的伴侣。

伴侣伴侣，自然会有共同执行其他事情的时候，比如温崇月强调过的这件事。夏皎本来以为自己可以接受无爱的事实，但不知为何，她还是不争气地哭出来，不是那种梨花带雨的啼哭，更像是小孩跌倒在地、磕破了膝盖后的泪水。

但温崇月并没有因为她的眼泪而中止。

他无奈地叹息，看着夏皎这副瑟瑟不禁霜寒的模样，抱紧她，沉默地将唇贴在她的眼皮上。夏皎的眼泪微咸，像淡淡的海盐。她的确像海里养出来的人鱼，容易破碎，就算经历分尾的苦楚，也只是委屈得不敢声张，偏偏这种易碎感只会成为促使恶魔更加堕落的催化剂。

不会有好心肠的神来拯救她，有的只会是必须承载的妄念深谷，是早有预谋的宣泄和志在必得。

温崇月胳膊上的皮肤被抓出三道红痕，他捉住夏皎的手，侧脸去吻她泛白的指尖和断裂的指甲。盛满眼泪的温柔深渊中，夏皎第一次体验到何为“温柔刀”。

亲吻和强势并不相悖，温柔与暴烈可以共存。

夏皎做了一个极长极长的梦。

她梦到小时候跟着爷爷、奶奶去野外玩，挎着一个小篮子，在雨后的草地上开开心心地采蘑菇，却一不小心踩空，失足摔下深渊。深渊中有一条手腕粗的紫蟒，缠她手足，钻裙破衣，吓得她拼命哭着往外爬，却还是被蟒缠住腰往深渊中拽。

梦中的恐惧过于真实，醒来后的夏皎热汗涔涔。她尚未睁眼，便听到温崇月的呼吸声。他轻轻地吸了口气，听不出是缓解还是享受。

夏皎迷迷糊糊地问：“几点了？”

“时间还早，”温崇月简单地回答，将她按回去，压住她的肩膀，俯身在她后脑勺的发上落下一吻，“皎皎，继续睡，不用管我。”

夏皎：“……”

怎么可能不管他？高中物理课本上就讲了，物体的振动频率和音调是成正比的，求知欲旺盛的温崇月乐意去测量这个正比例曲线的最高峰点在哪儿。他看上去温文尔雅，却藏了一颗不知足的心。夏皎昏昏沉沉睡去，再度醒来时，外面已经黑透。

夏皎坐起来，按了按脑袋，闻到淡淡的香味。拖鞋就摆在床边，规规整整，她想要穿鞋，脚趾触碰到温热的木地板，皱了眉，忍不住吸了一口凉气。

声音惊动了外面的人。“醒了？”穿着黑色睡衣的温崇月走来，他示意夏皎坐好，温和地问，“想吃东西吗？”

夏皎点头。她不知道温崇月究竟有没有休息，他煮了南瓜浓汤，颜色金灿灿的，没有额外放糖，只有南瓜自身的清甜；做了鲜冬笋生炒鸽松，补气血的红枣枸杞养生汤，还有香菇白菜混汤面，餐后小甜点是糖渍橙皮，清口提神。

温崇月对下午之事颇有歉疚：“抱歉，有些久。”

夏皎的眼睛还红着，她小声回答：“没事，我喜欢这样。”

“那我放心了，”温崇月松了口气，盛了一碗红枣枸杞养生汤，递到夏皎面前，诚恳地问，“今晚还可以吗？”

夏皎：“……”

经过两日相处，夏皎用黑眼圈切身领悟到温崇月口中的“频繁”是什么意思。

温崇月没有说谎，他的确擅长厨艺，也会研究养生汤饮——当然，这些都是为了夏皎而准备的。和之前每日吃外卖或者在公司楼下的餐厅应付了事相比，现在的夏皎脸色的确红润了许多。

第三章 巴斯克奶酪蛋糕

开年复工的第一天，夏皎就跑断了腿，春季新品发布，还有一系列的宣传活动和策划，她的太阳穴突突地跳着痛。医生开了谷维素片，在温崇月的监督下，她每日都吃，可惜并没有见好。

夏皎暂时没有搬到温崇月那边去，她租的房子还剩一个月才到期，合租的室友不打算继续北漂了。近十年，除非站在风口上起飞，不然很难攒够钱在北京买房，和大部分“曲线救国”的人一样，室友和男友在天津那边入了集体户口，两家人一起买了一套房子，刚装修好，过完年就搬进去了。

夏皎也不打算继续租了，只是还没想好该怎么和房东说。在她重新回到这套房子的第二天，房东上门，第一句话就是客客气气地要涨房租。

“受疫情影响啊，肉涨价了，大爷我也得吃肉啊！”房东是个喜欢在早高峰挤公交车去遛鸟的老大爷，声音洪亮，满面红光，“大家工作都不容易，你也看到了，现在卷钱就跑的二房东那么多，我一个月多收你五百块房租，算不算厚道？”

夏皎客客气气地告诉他：“大爷，我不打算续租了。”

房东瞪圆了眼睛，皱眉道：“你怎么回事？不打算续租你得提前俩月告诉我啊，到了这个时候，你说不续就不续，我怎么找租客？”

夏皎提醒他：“我记得合同上是提前两周。”

“我说俩月就俩月，”老大爷提高声音，很不高兴，“你这孩子——”

他嗓门儿大，一句话喊亮了楼道灯。夏皎工作劳累一天，本来想和声和气地沟通，没想到又被他突然这样吼，愣了两秒，还没说话就听到一个熟悉的声音："皎皎，怎么了？"

老大爷转身，只看到一个身材高大的男性，面容清俊，西装革履，外面套着黑色大衣，领带打得一丝不苟，看上去像是刚从谈判桌上下来，手里却拎着饭盒。

这幢楼好几层都是大爷的，他确定自己不认识这个租客，问道："你是？"

温崇月礼貌地说："我是皎皎的丈夫。"他将饭盒递到夏皎手中，看着妻子的表情，轻拍她的肩膀，示意她先进去，低声说："我来解决。"

夏皎拎着饭盒进了房间，也没有心情吃。不到两分钟，门铃又被按响，夏皎跑过去开门，只看到温崇月，房东已经离开了。

夏皎请他进来，小心翼翼地告诉对方："今晚你可能无法'频繁'，我生理期到了。"

温崇月原本在脱大衣，闻言扬起眉。

他张开双臂，无奈地说："过来，摸一下，告诉我，你感受到什么？"

夏皎感觉他的要求有些奇怪，但也不是不能理解。贴过去后，她诚实地回答："烫。"

温崇月沉默两秒。

他握住夏皎的手，往上移，按在他的胸膛上，斟酌言辞："皎皎，我想让你摸我的良心，而不是摸会让我丧失良心的东西。"

夏皎摸到温崇月的心跳，和缓有力。她愣了两秒钟，才抽回手。关于"良心"的论证暂时告一段落，温崇月颇有些无奈，调侃道："在你心里，我就是一个色狼？"

夏皎正在拆温崇月带来的饭盒，被他一句话堵得脸涨红，好久才小声告诉对方："……因为你说了，这个很重要。"

温崇月挽起衬衫袖子，卷到手肘，露出一截肌肉流畅的手臂，青筋显露，颇具隐而不发的成熟韵味，映衬着被夏皎指甲抓伤的痕迹。

夏皎移开视线。

温崇月将盛着餐食的小方格挨个儿取出，黄豆炖猪蹄、西芹腰果、萝卜糕、红豆板栗粥，摆在夏皎布满草莓图案的桌子上。

“我和房东谈妥了，”温崇月对夏皎说，“这个周末，你搬到我那边去，他把押金和剩下这几天的租金退给你。”

夏皎愣神：“他这么好说话？”

红豆煮得酥烂，板栗香喷喷，她很饿，很快就吃掉了一小碗。温崇月将他那份未动的饭菜摆到夏皎面前，拿走她面前还剩一点点的粥碗，顺着她的话说：“的确挺好说话。”

夏皎仍旧觉得不可思议。她工作一年半，搬了三次家，现在这个房东事情最多、最喜欢为难人。之前因为水费纠纷，夏皎和对方沟通，结果自己没憋住，被他说哭了，温崇月怎么这么容易就解决了？

夏皎收回视线，用筷子夹着碗里的食物，听到温崇月说：“过几天我要去苏州。”

夏皎抬眼，目不转睛地看着他。

“工作上的事情，”温崇月解释，“放心，我就去一周，很快就回来陪你。”

夏皎应了一声，筷子不小心夹碎了一小块绵软的板栗。

她只知道温崇月在公司做到了执行副总的位置，对于他具体的工作内容却并不清楚，只记得是 IT 相关。夏皎以为这个行业的人常常加班，没想到温崇月的个人时间其实很充裕。偶尔出差，她也能理解。

这个周末，温崇月把夏皎的东西都归置好、搬到了他的房子里。

温崇月有一个独立的衣帽间——是的，他平时工作也不穿 T 恤或者格子衫，衣柜中满满当当的衬衫，大部分是黑白灰三色，按照颜色由浅到深、有无花纹、是否纯色等整齐排列。

相比之下，夏皎的衣服就要少很多，除了一些工作场合撑场面的衣服外，剩下的所有私服加起来，数量不及温崇月衬衫的一半。

夏皎的工作性质要求她在工作时注重衣着，虽说品牌有员工内购，能以折扣价买到一些衣服和包包，但夏皎所在的部门并没有这个福利。她自己没有特别好的朋友代买，只有一些江晚橘用自己的名额帮她挑的，数量不多，毕竟夏皎也无法坦然地随便买两三万元一件的卫衣。

在日常情况下，睡衣、穿了两三年的柔软宽松 T 恤，才是夏皎休假时窝在家里打游戏的穿着。

温崇月惊讶于夏皎的睡衣竟然有这么多。他从打包专用的纸箱中将一件又一件睡衣取出来，衣服并不怎么皱，展开就可以用衣架撑起来，夏皎负责递衣架。

温崇月拿起一件上面全是小鸭子图案的睡裙。夏皎解释："是我读大四的时候买的。"

温崇月夸奖："很活泼。"

他又拎起一件有着毛茸茸兔尾巴和兔耳朵的睡裙。夏皎说："嗯……逛漫展的时候，在一个小众品牌店看到的。"

温崇月评价："新奇有趣。"

他拎起一件纯棉 T 恤，上面印着夏皎的纸片人"男友"，露着上半身，肌肉分明——夏皎一个激灵，上前将睡衣拿走，团了团，抱在怀里："我来！我自己可以的！"

温崇月不勉强，将这里让给夏皎，去整理其他东西。

夏皎花了半小时将衣服整理好，出了衣帽间，看到温崇月在阳台上给花浇水。夏皎站定，看了一阵儿，认真地告诉他："不可以这样浇水。"

温崇月停下，夏皎自然地从他手中接过水壶："龟背竹喜水耐涝，要浇透，你这样只是洒一点不行……"

夏皎喜欢这些花花草草，她认真地讲着小技巧，久久没有听到温崇月说话。她停下，抬头，看到温崇月正笑着看她。

"我说错了？"夏皎忐忑不安，不自信，"不是这样的吗？"

温崇月摇头："你说得很好，我不擅长照顾植物。"

夏皎松了口气，有点不好意思："我爷爷喜欢种花，我才学了一点点。"

温崇月夸赞："你很棒。"

夏皎并不认为自己哪里棒。在她心里，温崇月才是真的棒。

温崇月拥有惊人的体力和精力，夏皎见过他给下属打电话沟通时的模样，语调温和，语言锋利，但在面对她的时候，仍旧是笑吟吟的。他在家也遵守着先前的允诺，负担部分家务，包括下厨料理。

夏皎不会打理真丝衣物，真丝裙起了褶皱，温崇月将裙子铺开，用热蒸汽均匀地烫平；那些因为挂法不当而出现褶皱的纯棉衬衫，也被温崇月重新熨烫平整，整齐悬挂。他还会用夏皎闲置的电子煎烤盘做出美味的比萨和可丽饼，细心地将蔬菜和肉类分开、用不同的方法冷冻。

周日清晨，温崇月去附近的公园晨跑，归来时捧了一束鲜花。夏皎找到两个透明干净的玻璃瓶，开心地将鲜花斜着剪掉秸秆，用美工刀划开小十字，准备分开插花。温崇月将两层滤纸叠在一起，用热水过滤一遍后，加入碾磨成细粉的咖啡豆，缓慢注入小炉煮开的沸水，为她冲泡早晨的第一杯咖啡。

洁白的洋牡丹如雪，香松气息清淡，隔着疏疏斜斜横插的雪柳望过去，夏皎看到温崇月正专注地将冲泡好的咖啡放在木质托盘上。

烤面包机叮的一声响，温崇月将煮好的鸡蛋放入冷水中。滚滚的鸡蛋将水面激起细细碎碎的小水花，又被温崇月捞出，和切成片的牛油果搭配。

奶油奶酪、枫糖浆和炼乳的味道融合在一起，在空气中如雾扩散，温柔地包裹着植物清香。

这是俩人正式新婚同居后的第一个周末，看上去完美无瑕。

夏皎剪掉洋牡丹在打包过程中被损伤的花茎末端。她知道，温崇月和她之前并不存在爱情。

如果当初和温崇月相亲的不是夏皎，是另外一个他觉得合得来的人，或许温崇月仍旧会这样对她好；倘若当时和夏皎相亲的不是温崇月，是另一位不令她排斥的男性，大概她也会一样尝试与之交往。

夏皎深呼吸，将洋牡丹倾斜插在雪柳旁，有着新切痕的茎秆轻柔坠入水中，隔着玻璃瓶，荡出细雾般的涟漪。

人生没有如果。

没有“假如”，也不存在“如果当初”，更没有“倘若当时”。

那天见面的温崇月和夏皎，他需要一个能够陪伴他的妻子，而她需要一只可以将她从死水一般的生活中拉出来的手。

他们两个搭档默契，谁都不提爱字。

温崇月出差前夜，表现得明显比平时要重一些，夏皎本想在清晨送一下温崇月，但完全不想晨起。温崇月摸了摸她发红的掌心，俯身低声说："好好休息，等我回来。"夏皎迷迷糊糊地答应了一声。

除此之外，夏皎认为目前的婚姻生活的确满足了她一开始的期待。在温崇月离开的这些时间内，她尝试着起床准备一些简单的三明治和牛奶谷物做早餐，尽量做到晚上十一点放下手机睡觉，而不是打开小说或漫画。

离开前，温崇月准备好了谷物麦片和酸奶，告诉了她如果想喝水果麦片酸奶的话，一杯要加多少。每天晚上九点，他都会约好水果商，准时在次日将新鲜水果送上门，夏皎只要签收和吃就好。

只是工作仍旧未见起色，尤其是新活动策划方面，夏皎提出的几个方案都被全盘否决。总监脾气不好，动辄就在部门小群中长篇大论地发表不满……甲方的每一个否定都会令他大发雷霆，将怒火发泄在下属身上。夏皎很不幸，首当其冲。一连好几天，夏皎晚上都难受到偷偷地哭，却在和家人视频聊天时努力保持若无其事的样子。

温崇月每天晚上睡前都会给夏皎打一个电话，不过俩人交流不多，大部分是温崇月问，夏皎回答。

两个人保持着基本的礼貌。与其说是婚姻，不如说是互相履行义务、相敬如宾的合同契约。

如今同组的几个同事，只剩下她和另外一个女孩"单身"，闪婚的事情夏皎还没说，毕竟解释起来又要头痛。在新一轮的酒局上，夏皎和那个单身女孩被带出去应酬。

这次的甲方十分棘手，是个极为难啃的骨头，更要命的是，负责谈判的其中一位，曾在大学时狂热地追求过夏皎。他手段过于卑劣，在朋友的建议下，夏皎不得已报过警。冤家路窄，圈子就这么大，夏皎也不确定对方是不是故意的。

今天晚上，对方的确有种下一秒就可以去表演"莫欺少年穷"的气焰，动不动就瞧着夏皎笑，拐弯抹角地让她喝酒，好像看她出丑就能扬眉吐气。总监特意带了两个社会阅历尚浅的女孩子来，看着她们被灌酒，顶多会笑着象征性地阻拦一两下，剩下的时间只顾着和人聊天。

夏皎的胃不舒服，然而总监的眼睛像刀子，她只能硬着头皮接过。喝到半截，她忍不住去了卫生间，难受地干呕了许久。胃部空空，只有一些食物残渣，她晚上都没怎么吃东西。休息片刻后，她还是强撑着漱口，用棉签小心翼翼地沾掉因为生理性反胃而流出的眼泪，补好口红，在脸颊扑了一些散粉。

整理好仪容，夏皎重新走出卫生间，她喝得有点头晕了，走路也轻飘飘的，经过转角时不小心撞到人，对方没事，自己却狼狈地半坐在地上，连声说着抱歉。

那人自然而然地俯身，伸出双手，是要搀扶她的姿态："怎么喝成这样？"

酒劲渐渐上头，夏皎听着声音熟悉，一时却认不出是谁。

对方的姿态如此亲密，甚至像是要将她抱起来。夏皎担心惹上事情，一想到在被搭讪，社恐人士立刻头皮发麻，几乎要跳窗逃走了。她躲开对方想要搀扶自己的手，用最大的勇气礼貌地说："谢谢你，不过请离我远一些，我老公很喜欢吃醋。"

她听到那人笑了一下，继而俯身揉了揉她的脑袋，语气温柔和善："皎皎，七天不见，你就认不出自己爱吃醋的老公了？"

夏皎终于抬头，餐厅中讲究氛围，灯光并不算多么明亮，隐约可以闻到淡淡的阔叶植物的香味。

在酒精的作用下，她的眼睛聚焦慢了一些，但仍旧看清了眼前人的长相。隔了几日不见，他还是那样，像是将西方人的骨骼和东方皮相完美融合在一起，下颌线边缘的淡淡小痣精巧漂亮，有些性感。

她茫茫然将手搭上去，借着他的力量从地上站起，头脑还有些晕，小声说："温老师。"她有些尴尬，裙子弄脏了，于是低头拍上面的灰尘。

温崇月又问："怎么喝成这样？"

夏皎低头，说道："同事聚会。"

温崇月颔首，说："我今天见朋友，也在这里吃饭。等聚会结束，你打电话给我——还记得怎么打电话吗？"

夏皎的脸涨红了："当然知道。"

温崇月笑了，他捏捏夏皎的脸，软乎乎一团。温崇月松开手，说："少喝点酒，对身体不好。"看着夏皎点头，他才转身离开。

巧的是，俩人去的包厢也是隔壁，一左一右。

温崇月下午才到，本想着在家休息，但朋友一定要他出来见面谈事情，这才出来。他推门进包厢，里面只有陈昼仁一人，白衬衫开了两粒纽扣。温崇月说："怎么今天有时间？"

陈昼仁笑着示意他过来："我时间很多，倒是某位已婚人士，三次约你出来，两次都有事要忙，忙着和妻子培养感情。"温崇月未置可否，坐了下来。他是开车来的，等会儿还要接夏皎回家，不能喝酒。

想到这里，温崇月思考了一下，忘记问夏皎有没有考驾照。他对夏皎并不怎么了解，回忆里只有她怯怯的模样，如果有驾照的话，等以后也给她——

"小姨问了你的近况，"陈昼仁说，"结婚这么大的事情，也不打算告诉她？"

温崇月按按太阳穴，闭上眼睛："真要是告诉她，恐怕连婚也结不成。"

陈昼仁说："我刚才还看到了兆聪，说是谈合同，就在隔壁，你不打算过去打个招呼？"

温崇月一口回绝："不了。"

陈昼仁又说："好歹也是你亲弟弟。"

温崇月说："我和他没话谈。"顿了顿，他抬头，问陈昼仁："你说兆聪在隔壁谈合同？和哪家？"

夏皎重新进入酒局，果不其然，同事已经喝得醉醺醺，趴在桌子上了，然而为首的宋兆聪仍旧不肯放过，话里话外意思很明显，合同签不签就在他们的一念之间。

夏皎僵持了五分钟，没有去碰酒。她不想再喝了，这是长久以来的第一次反抗。指甲深深掐住手掌心，但疼痛感并不重，至少不会比胃里更难受，她说："据我所知，酒桌上签的合同不具备法律效力。"

宋兆聪说："你我不说，谁知道这合同是在哪里签下的？"

总监叫她："小夏。"

夏皎张口，想要说话，宋兆聪的手机却响起来，他接通后语调轻松地叫了一声"表哥"，没有丝毫避讳。不清楚对面的人说了些什么，宋兆聪坐正身体，打量了夏皎一眼，应了一声。

接过这个电话之后，宋兆聪稍微收敛了一些，圆滑地让大家吃菜，不再提喝酒的事情。总监心里忐忑，试探着问了一句，宋兆聪便扭头对助理说："拿过来看看，没问题就这么定了。"话是这么说，但宋兆聪脸上不太高兴。

总监喜不自胜。夏皎心里纳罕，不知道那通电话是谁打来的，也不知道宋兆聪的态度为什么变得这么快。

宋兆聪是她的学长，读书的时候是出了名的性子执拗。他狂热追求夏皎，各种围堵拦截，逼得夏皎报了警，也没消了气焰。

夏皎的疑惑在饭局结束后得到了答案。宋兆聪站在夏皎旁侧，有些惊奇地问："江晚橘是你朋友？"

夏皎不卑不亢地回答："是。"

宋兆聪不再多说，抬脚就走。

总监搀着醉醺醺的同事，夏皎帮忙将人扶到出租车上，没再跟上车，而是告诉总监："我男友在上面等我。"

总监感到意外："你什么时候交的男友？"

夏皎说："前两天。"

喝多了酒的脑袋不适合聊天，喝完酒后的身体也发冷，夏皎关上车门，站在酒店门口裹紧围巾，拿出手机准备给温崇月打电话。

虽说节气已经到了立春，但风还是冷的，冻得她手指发红，翻了几下，刚找到电话号码，就听到身后传来温崇月的声音："皎皎。"

夏皎回头，脸颊上还带着喝多了晕出来的红，唯独眼睛发亮，像从水里捞起来的月亮，皎皎生光。

她惊喜地叫："温老师！"

温崇月开车载夏皎回家。不确定是酒精的作用，还是讨厌的应酬终于结束，夏皎大脑完全放松，身体靠着副驾驶座背，老老实实地系好安全带，叽叽喳喳地说了一路。

她说自己不喜欢现在这份工作，而且很不适合。不擅长处理人际关系的她，每天都要对着镜子练习微笑，装出温柔友好的模样和人打交道，努力地了解新风向，试图融入同事的话题圈子……她很累。但目前还没有比现在更合适的工作。

夏皎也想让生活过得更轻松、惬意，只是好像没有那么多的精力。

夏皎觉得自己的状态很糟糕，想努力改善目前的状况，又担心发奋图强、努力之后仍旧一无所获、一潭死水，陷入更深的失望。她害怕失败，不敢去尝试。

后面还说了些什么，她记不清楚了，只记得自己说了好多好多，说得嗓子都干了。温崇月冲了蜂蜜水，她一口气喝掉，可怜巴巴地牵着他的衣服，小声问："今晚可以抱着我睡觉吗？"

夏皎第一次比温崇月醒得早。她枕着温崇月的胳膊，嗅到对方身上深深浅浅的温柔气息。

她小心谨慎，没有动，也不敢过去贴贴，只保持着这个姿态。放在枕边的手机响个不停，她小心翼翼地从被窝中拱出来，探头去看，是温崇月的手机，人名在屏幕上跳动——白若琅。

她犹豫着要不要接电话，温崇月已经被惊醒。他拿起手机，直接拒接，拉着夏皎的胳膊，重新将她塞回被窝："再睡会儿。"

夏皎提醒他："已经七点半了。"

"没关系，"温崇月将下巴搁在她脑袋上，半闭着眼睛，"春宵苦短，再让我抱一会儿。"

夏皎："……"

他还真的只是单纯抱了抱，什么都没做，直到回笼觉结束，才起床去准备早餐。

夏皎自告奋勇，要帮他打下手。温崇月指挥她去摘两枝新鲜的罗勒叶子，她左看右看，挑了两枝剪下，争取不影响植株的美观。

厨房中放着昨晚买的蛏子和蛤蜊，已经吐了一晚的泥沙，焯水后，温崇月耐心地剔除蛏子身上黑褐色的线。

夏皎将切成两半的草莓和蓝莓放进两个杯子中，倒入新鲜的酸奶，然后将生菜球、黄瓜、小番茄、苦苣、雪梨等切好装起来，均匀地洒上温崇月调配好的油醋汁。

她的工作很快就结束，就站在旁边看着温崇月做饭。意大利面煮在锅中，沸腾的水泛起咕噜咕噜的气泡。

夏皎感慨："果然，意大利菜的灵魂就是意面啊！"

温崇月补充："或许还有罗勒和番茄。"他划了几刀，红色的小番茄瞬间如花绽开。

夏皎目不转睛地看着他的手，灵巧，修长，既能令人欲生欲死，也能将饭菜料理美味。这双漂亮的手把罗勒梗丢掉，只选嫩叶切碎，罗勒的伤口散发出特有的清香。

温崇月在料理食材时很专注。细长的葱白如碎雪，映衬着旁侧预备摆盘的小珍珠洋葱，白与皎洁相辉映，如月照雪。

夏皎的手机响起来，她看了一眼，没精打采地叹气："又是团建通知，还不给加班费。"

伴随着轻微的嘶啦声，蛏子、蛤蜊和鲜虾在锅中翻炒出迷人的香气。温崇月说："既然不喜欢，那就辞职，我们换一个工作试试。"

夏皎坐在矮凳上，双手托腮，忧愁地说："我不太擅长处理人际关系，肯定不能去教育机构误人子弟，而编制也很难考。呀！上次橘子说了，殡仪馆不用和人打交道——"

温崇月一边往锅中加入白葡萄酒和鱼露，一边好心提醒她："虽然殡仪馆的客人都已经过世了，但你还是需要和他们的家属沟通。”

夏皎泄劲儿了。

温崇月用筷子蘸了一点酱汁，递到夏皎唇边。她探头，在温崇月的注视下，舌尖飞快地舔了一下，是淡淡的鲜味。

她说：“味道淡了点。”

温崇月将筷子搁在一旁，撒了些许海盐。

夏皎垂头丧气：“还有什么工作不需要和人打交道呢？不用和人沟通，就可以赚到钱，我有点着急了。”

温崇月将番茄酱加入锅中，若有所思：“不用沟通就能拿到钱，抢银行？”

夏皎：“……”

温崇月声音带笑：“赌球？”

夏皎说：“温老师。”

温崇月倒入意大利面，从容不迫地翻炒：“嗯？”

夏皎认真地说：“我突然不着急了，我觉得自己还没到要去刑法中找工作的地步。”

虾、蛤蜊和蛏子均匀地铺在盘子周边，中间放着炒好的意大利面，调制的酱汁均匀地裹在每一根面条上。温崇月挤了一点番茄酱做装饰，又撒了一些罗勒的嫩叶，在盘子周围摆上玲珑剔透的珍珠洋葱和切开的小番茄。

夏皎惊叹：“你这手艺，可以去开店了！”

温崇月用筷子点了一下她的鼻子：“嘴巴真甜。”

夏皎极力称赞他的厨艺：“我说的是事实呀，你做饭真的很好吃，而且特别好看……我都想发条朋友圈。”

温崇月放下筷子：“朋友圈晒图？谢谢你对我的肯定。”

夏皎已经饿坏了，率先将沙拉和酸奶端到桌子上，等待来自温老师的投喂。

每日早餐，温崇月还会吃水煮蛋，他注重身体锻炼和保养。而夏皎没有那么注意，她更喜欢吃煎蛋。她的白色小瓷碟里有一朵完美的煎蛋花，边缘泛着焦黄，正中间的蛋黄恰好是刚凝固的状态，撒了一些细碎的芝麻和黑胡椒粉。

夏皎吃东西的速度并不慢，不过她喜欢在餐桌上分享自己喜欢的东西。比如公司那盆水仙终于开花了，不然同事又要怀疑那是花贩子用大蒜骗人；再比如小区里的迎春已经开始鼓花苞了，不过很小，必须要贴上去才能看到……

温崇月没有她那么强烈的分享欲，他不太喜欢分享自己的日常，只含笑听夏皎说。他对自己妻子的了解在一点一点地增加。

起初，温崇月对夏皎的印象只有温柔平和，还有胆怯。后者或许并不是一个优点，但后来发现夏皎的胆怯并不是懦弱，她只是不习惯和陌生人打交道，不擅长处理人际关系。

夏皎也不吝啬对他人的夸赞，相熟后，会很开心地和对方分享自己喜欢的东西。

温崇月对自己未来的婚姻生活并不抱太过宏大的愿景，毕竟先前未曾设想过，这次也有部分原因是情势所迫。他清楚地意识到自己是在强人所难，因此多有歉疚，但夏皎似乎并不觉得这是一件糟糕的事。

遗憾的是他的工作计划有所更改，必须有人为此做出让步，或者双方都要妥协。温崇月还没想好该如何向夏皎坦白这件事情。

一周未归，房子中的一切仍旧是温崇月离开前的模样。虽然夏皎不擅长做家务，但仍在努力地维护着这个家的每一部分。

温崇月看到书架中的一格斜斜地插着几枝雪柳。他昨晚忙着照顾小醉鬼，没有察觉，这株雪柳刚购置时枝条干巴巴的，像是枯枝，现在在夏皎的照顾下已经开出如雾般的白色小碎花，一簇又一簇，似雪飘柳枝。

夏皎站在阳台上，正在给角落里一小盆造景山水石喷水。那是一盆小苔藓，也是温崇月新年前收到的礼物之一。说来也奇怪，平时在山林里随处可见的东西，一旦移植到盆中，却娇气得要命，没几天就发黄枯萎，病恹恹的。

温崇月走过去的时候，夏皎正好放下喷壶，她拍了拍手，影子笼罩在受她照顾的花草之上。

阳光晒不到的地方，这盆小苔藓正重新焕发生机，支棱起一根根嫩绿的小芽。

温崇月说："没想到你也会照顾苔藓，我以为你只喜欢花。"

"苔藓也是花呀，"夏皎兴致勃勃地说，"听过一句诗吗？'苔花如米小，也学牡丹开。'虽然它的花朵很小，但也很美呀。"

她弯腰仔细观察这深浅明暗的一角，告诉温崇月："养护苔藓需要耐心，不能急。我最喜欢苔藓了，不争不抢，在阴影里慢慢地长……"

她说得开心，温崇月的注意力却转移到别处。

夏皎俯身触碰花盆边缘，手指纤白，顶端沾了一些泥，正尝试将一些快要长出花盆的苔藓重新移植到盆内。她年纪比温崇月要小很多——正常情况下，温崇月不会考虑和自己年龄差距这么大的女性进入婚姻，这势必会产生代沟，而温崇月择偶的唯一标准就是聊得来。

不过夏皎虽然年龄小些，经历少，生长环境和温崇月也不相同，但与她交谈，却令温崇月觉得有趣。她的脑袋里有许多古古怪怪的奇思妙想，那是他不曾触及的领域。

她有些像春日里的鲜笋，嫩生生的。遗憾的是不经折弄，稍不注意，泪水就像三月春雨，止不住地下坠，惹得人心生不忍，或更想摧枝折叶。

"……其实我觉得，青苔搭配针叶或者蕨类植物也很美，就像天鹅绒裙子……"夏皎兴致勃勃地边说边回头，"温老师，温老师，你在听吗？"

温崇月点头："你的想法很好。"

下午时分，俩人终于去看了婚纱和戒指。

婚期定在五月份左右，时间很仓促，必需的东西却一样也不少。温崇月对戒指没有太多想法，一切按照夏皎的意思来。夏皎提前做好功课，直接去店里试戴。

试戴戒指的过程中，温崇月的手机响了几次。前两次他直接挂断，第三次响起时，他对夏皎说了一声，利落地摘掉戒指放在盘中，出去接电话。

夏皎低头，想要将戒指从手指上拔下来，只是这个尺寸刚刚好，将手指关节卡住了。她试了两次都没有成功，还是店员戴着手套，笑眯眯地帮夏皎揉了揉手指，一点一点地往下取。

“您和您先生很般配呢，”店员将戒指从夏皎的无名指上取下，语调柔和，“郎才女貌。”

夏皎笑了笑：“谢谢。”

恰好温崇月走过来，夏皎仰脸，问他：“你觉得这对戒指怎么样？”

温崇月说：“你定。”

夏皎转身，对店员说：“就这款吧，谢谢。”

不过戒指目前没有现货，俩人先付钱，等到货后店员通知他们，再过来取。

凳子有点高，夏皎下来的时候，温崇月不着痕迹地扶了一把，将她微微翘起的裙子压下。

出了店门，夏皎问：“刚才是谁打来的电话呀？”

温崇月平静地说：“工作上的同事，没事。”

夏皎点了点头。

晚上也是去吃温崇月预订的餐厅，在79层，位置靠窗，遥遥可望紫禁城。他们抵达的时候尚有落日余晖，位置上点缀了玫瑰。

温崇月微笑着告诉夏皎：“这家餐厅虽然味道算不上最好，但夜景不错。我等会儿要开车，不能喝酒，你想来点红酒吗？”

夏皎摇头拒绝。这样浪漫的氛围，其实适合喝一杯，只是昨天刚刚喝了那么多酒，她现在完全提不起兴趣。

温崇月没有勉强，在参考了夏皎的意见后点了单，澳洲和牛西冷牛排、龙虾浓汤、香煎鹅肝、烟熏三文鱼沙拉、生蚝……最后一道甜品是巴斯克奶酪蛋糕，这也是夏皎最喜欢的一道菜，芝士味道浓郁。

夏皎总觉得这样的氛围适合说些什么。温崇月似乎有话要对她讲。

她安静地等了一阵儿，果不其然，听到温崇月问：“你想离开这里吗？”

夏皎猛然抬头看他。

“工作上有些小变动，”温崇月看着夏皎，“或许未来三年，我的工作重心都会转移到苏州去。”

夏皎明白了：“这算是长期出差吗？”

“不，”温崇月摇头，“我在想，如果要求你跟我一块儿过去，是不是对你来说太残忍了？”

夏皎没有立刻回应。虽然北京也不是她的家乡，但这里有她的朋友和同学，还有工作。而苏州是一个陌生的城市，夏皎只去过一次，走马观花地游玩，印象最深刻的就是包裹着两个咸蛋黄的肉粽。

温崇月说：“或者每个周末，我回北京看你。”

夏皎问：“我现在可以点一杯热红酒吗？”

侍应生将热红酒送上来，她小口喝着，侧脸看去，外面是光华璀璨的夜景，像是烟花绽放的夜空，笼罩着钢铁森林，亮如银河倾坠。

她差点以为自己终于找到了一盏灯。

夏皎问：“必须要去吗？”

“我知道可能会令你为难，”温崇月斟酌着字词，“但我不想放弃这次机会。”

夏皎低头，蛋糕还没有完全吃光，但已没有刚才那么美味，好像被时间啪的一下冲淡了芝士的香甜。她有些沮丧地垂下头，用小叉子轻轻地戳了一下，又戳一下。

“……时间好久呢。”夏皎小声说，“苏州还没有机场，从这里过去，高铁要五个小时呢。”

“我明白，”温崇月看着夏皎的眼睛说，“可以飞无锡。”

餐厅内音乐悠扬，夏皎还在认真思考。

“事情很突然，很抱歉，现在才和你商议。等婚礼结束后，我可能就要过去。”他声音和缓地安慰她，“我知道这样聚少离多的生活你不喜欢，但这件事无法更改。皎皎，如果给予你适当的补偿，你能不能稍微忍受一下？”

夏皎抬头：“什么补偿？”

“每个月我把工资转入你的银行卡，”温崇月说，“你拿这些零花钱去买些衣服或者鞋子，吃些让自己开心的食物。”

夏皎喝掉剩下的热红酒。

温崇月说：“家务方面不要担心，我会雇用可靠的家政阿姨上门。如果你觉得孤单，我们现在就可以联系猫舍，尽可能快地预约一只小猫咪陪你。”

夏皎眼睛亮了。

小——猫——咪！！！一只能够软绵绵地在她膝盖上打呼噜的小猫咪！！！

“至于夫妻生活，”温崇月说，“我每月至少过来三次，好好陪你，好吗？”

夏皎小心翼翼地说：“好的呀，如果你忙的话，不回来也可以的。”

安静了两秒后，温崇月示意她继续吃蛋糕：“我再想想。”

第四章 清蒸炉肉

夏皎吃掉了小蛋糕，一点也没有浪费。回家的路上，温崇月在一家花店前稍微一停，再上车时捧了一束花，塞到夏皎的怀中。

一大束淡绯浅粉的花朵搭配在一起，夹杂着几点蓝绿，珍珠金合欢、紫菀、翠珠花、麝香碗豆花、落新妇、粉玫瑰……夏皎捧在怀中，用力吸了一口气，温柔馨香。

夏皎星星眼："好漂亮的花，是你选的吗？"

"我哪里会挑，"温崇月摇头，"我对花朵一窍不通，是店员搭配好的。"

夏皎爱怜地轻轻触碰着点缀的落新妇和清新纤弱的矢车菊："这家店的花艺师真的好会搭配，颜色温温柔柔的。"

温崇月边开车边说："我看你也很会照顾植物，上次你插的花也不错，很有天分。"

夏皎的衣襟贴着幽幽散发丝光绿的绵毛水苏和珍珠金合欢，植物的味道让她感到放松，不好意思地回答："不是天分，是因为上大学的时候，我选修过一段时间的花艺课。"

"哦？我有个姑姑，在苏州那边开了家花艺工作室，"温崇月若有所思地说，"下次你可以见见她，我想你们应该会有很多共同话题。"

夏皎脸红："其实我就学了一点点。"

她怀中抱着花朵，低头看花时，脸上弥漫出一种特别而温柔的专注，仿佛抱着无价的珍宝——下午试那些价格高昂的钻石戒指和婚纱时，她也没有这样的神采。

温崇月侧脸看她亮晶晶的眼睛、微微垂首的姿态，还有略带怯怯的柔和。

她似乎仍旧有些胆怯，并未完全向他打开。无论是心，还是身。

后者的话倒容易。

洗澡时，温崇月让夏皎帮忙递一下干净的浴巾，他忘记带了。夏皎先他一步清洗，头发已经吹干了。

哪怕已经结为夫妻，夏皎似乎仍旧有些羞怯，就连递浴巾这种事情，也是谨慎地躲在外面。温崇月微微眯起眼睛，用手擦了一下顺着湿发落在眼睛周围的水珠，隔着被水沾湿的睫毛，看到浴室门被谨慎打开一条仅供一只手出入的缝隙。

一只纤白的手握着浴巾递过来。夏皎说："你接着。"她此刻的声音很轻，完全看不出来平时会在网络上大胆发表"今天的裤子就穿到这里了"之类的"豪迈"言论。

温崇月握住她的手腕，往自己身边带了一下。夏皎发出仓促的声音。温崇月推开浴室门，将她整个儿搂住。

花洒没关，水流落下来，夏皎哆嗦一下，说："冷。"她个子矮，水落在她身上时，热量流失，的确有些凉了。

温崇月抱着她，举到和自己差不多的高度："现在还冷不冷？"

夏皎不冷了。温崇月的身上很热，像是暖炉。

夏皎也疑心自己简直就是叶公好龙，明明看到纸片人就喊"我可以"，现在抱着自己经过认证的合法老公，却有些胆怯。她在心中默默骂了自己好几声不争气，提醒温崇月："我的衣服和头发都湿掉了。"

"你衣服脏了，"温崇月说，"我帮你。"这样说着，他终于将夏皎放下来，俯身弯腰，将下巴搁在她的肩膀上。

洗了一阵子，温崇月轻声叹气："糟糕，洗不干净。"

夏皎的脸如红苹果。温崇月直起身体，亲吻她的额头："看来需要换种方式。"

夏皎认为他简直疯掉了。长时间在充满水蒸气的半封闭空间中，她得不到充足的氧气，脑袋晕晕乎乎的，濒临窒息。遗憾的是温崇月并不放她自由。不知过了多久，她才终于从玻璃门内离开，宛若重获新生。

她大口呼吸着救命的氧气，还未从缺氧的感觉中回过神。温崇月侧躺在床的一侧，低头，再度吻过来。

隐约间，夏皎听见温崇月问："选择小猫，还是选择我？"

夏皎都快哭了："你。"

"我是谁？"

"温老师。"

"名字？"

"温崇月。"

温崇月仍不满意："大点声。"

"温崇月，"夏皎搂住他的脖子，可怜巴巴地看着他的眼睛，"我选择温崇月。"

夏皎不知道别人如何，但温崇月的确喜欢让她叫自己的名字。他喜欢声音，喜欢让夏皎出声。

夏皎庆幸次日是周末，不必早起上班。

早上，温崇月没有叫她。

他已经从健身房归来。周日上午他例行去健身房锻炼，然后挑选一些新鲜的食材和水果。周末的时间充裕，他会做一些稍微复杂的菜式。

夏皎半梦半醒间，闻到了煲汤的味道。手机在旁边"嘀嘀嘀"响个不停，她睡眼蒙眬地拿起来看，是陌生人发来的消息。

陌生人："我是宋兆聪。"

陌生人："晚上一块儿吃饭吗？"

消息是上午九点钟发的，或许是看到夏皎没回，在十分钟后，他又发了两条。

陌生人："我订好座位了。"

陌生人："怎么，你不满意？"

夏皎看到他的消息就头痛，仿佛再度回到被他疯狂追求、信息轰炸的日子里，她简单地回了对方两句。

夏皎：“不用。”

夏皎：“我老公做好饭了。”

发完之后，夏皎放下手机，伸个懒腰，捂着肚子，慢慢地往厨房的方向移动。

温崇月正在整理用过的食材，小锅正在火上慢慢炖。夏皎好奇地凑过去，看着那些晒干的东西：“这是……章鱼？”

“是，”温崇月含笑，“还记得吗？我和你提起过，这是广州的朋友寄过来的干货。”

夏皎看着这些干货，指着其中一种问：“这是什么？”

“瑶柱，”温崇月回答，“等过两天，给你煲玉米胡萝卜马蹄汤的时候就加这个，提味。”

夏皎重复了一遍：“提味？”

“广州人在吃海味干货方面比较仔细，”温崇月说，“像明目鱼、墨鱼、北菇、沙虫干、花菇、海螺干……这些都适合提鲜。煲木瓜汤的时候，就可以加墨鱼增味。我不喜欢用味精，用这些海味提鲜就够了。”

夏皎用力嗅了嗅空气中的香味，看了看锅，又看了看温崇月：“今天吃什么？”

“今天买的莲藕粗壮，适合煲老火汤。”温崇月说，“午饭有莲藕章鱼煲猪腱——虽然不是夏天，但你前些天喝酒太多，最好吃清淡下火的。”

夏皎星星眼：“还要根据时令吃菜吗？”

温崇月忍俊不禁。他正在切胡萝卜，抬手喂给夏皎一片：“时令当然要尝鲜——春雨贵如油，春天的菜也吃一个鲜。等春笋上市，我给你做腌笃鲜。好了，自己玩一会儿，等饭好了我叫你。”

夏皎咬着胡萝卜，甜丝丝的，清香怡口。她举手问：“温老师，还有什么事情需要我帮忙吗？”

“夏同学，”温崇月飞快地将胡萝卜切成小菱形，“能麻烦你将客厅桌上的水果暂时归一下类吗？作为奖励，你可以先吃草莓——抱歉，现在没有蛇皮果，我不确定你还喜欢吃什么水果。”

夏皎愣了一下，将整片胡萝卜吞下去，立正：“保证完成任务。”

温崇月家中的水果也有固定的摆放位置，等夏皎将它们都用水洗干净，认真地放到水果的专类储存箱里时，午饭也好了。

温崇月又做了鲜蔬炒鱼球、小油菜炒口蘑、凉瓜蟹煲和西芹百合。夏皎是南方人，主食喜欢吃米，他将泰国香米和东北五常大米放在一起蒸，还加了磨碎的小米和玉米碎末进去，香喷喷的。夏皎一口气吃掉了两碗米饭。

温崇月问她：“周末了，你不想出去走走吗？”

夏皎一听见“走走”两个字，就猛烈摇头：“不要，我喜欢的东西都在家里，外面只有我不想见的人。”

温崇月笑了，说：“我很荣幸成为你喜欢的东西之一。”

他炖的汤味道鲜美，夏皎原本正在细细品里面的浓郁鲜香，闻言差点呛住，睁大眼睛看着他。

温崇月自然地伸手过来，替她拍了拍后背：“小心点，没人和你抢，喜欢的话，下次再给你做。”他的语气熟稔自然。

夏皎小口小口地喝汤。

“不喜欢出去玩也好，”温崇月说，“生活的意义就是让自己开心，那些影响你开心的事情不用做。”

夏皎小声问：“真的吗？”

温崇月颔首：“真的。”

她放下汤勺，认真地看着温崇月的眼睛：“那，我们可不可以举一反三，将‘频繁’的频率降低到一日三餐？”

温崇月眯起眼睛。

“你说的呀，”夏皎谨慎地表达自己的观点，“影响我开心的事情都可以不用做。熬夜和朋友聊天、看剧、看小说会让我开心，清晨起来舒舒服服在被窝里看动漫、刷微博也会让我开心。但是温老师呀，自从我们住在一起，我已经好久好久没有体验过这样的双重开心了——当然，我不是拒绝您的意思，我就是想说，如果您将这个‘频繁’的频率每天稍微降低那么一点点的话，我会很开心。”

她补充道：“毕竟您刚刚说过，生活的意义就是让自己开心。”

温崇月问：“我上句话说的是什么？”

夏皎想了想：“真的。”

“再上一句。”

这一句，夏皎记得牢，她不假思索地说：“生活的意义就是让自己开心，那些影响你开心的事情不用做。”

“没错，”温崇月说，“我收回，当我没有说过。”

夏皎从来没有想过温崇月还会这样反悔。她吃惊地睁大眼睛，张口想说什么。温崇月夹了一个勾好芡的鱼球填到她口中。夏皎的注意力被口中的鲜美鱼球吸引住了，用力嚼了几口，说道：“好好吃。我以前也买过鱼球，不过没有味道这么好的，这是哪个牌子的呀？”

“我自己做的。”温崇月说，“很简单，拿新鲜剔刺的草鱼肉加上姜末，放进料理机里打成蓉，加上春天的小香葱和盐，揉搓到有韧性后再团成鱼球。”

夏皎感叹：“好麻烦，要花好多心思啊！”

温崇月笑道：“不麻烦，随手的事。”

夏皎拼命摇头：“我小时候吃鱼被鱼刺卡过一次，去医院才取出，嗓子肿了好几天。从那之后，我就少吃刺多的鱼了。其实我还挺喜欢吃鱼的……哎，我们刚刚聊到哪里了？”

温崇月面色如常：“聊到你为什么不喜欢出去玩。”

夏皎恍然大悟，开心地顺着往下聊：“因为出去玩很容易碰到半生不熟的人，我觉得很多客套都没有必要，耽误自己的时间不说，对方也未必想和你聊天……”

美食、美色当前，夏皎已经完全忘记了自己之前想说的话。

印象中，似乎从大学毕业后，夏皎的记忆力就开始变差了。

夏皎是江苏人。江苏是“高考大省”。虽然国内有好几个“高考大省”，但江苏和其他因为考生多而导致竞争激烈的省份有些不同，江苏高考的“难”在于试题难度以及从中考就开始的分流。

早晨六点起床晨读晨跑、晚自习上到晚上九点半是高三时的常态。那时是夏皎记忆力的巅峰，一首七言绝句她看两遍就能背下，一个早读就能背下整篇英语课文，两分钟就能判断东西经、南北纬，政治经济讲得头头是道，历史事件如数家珍。

读大学时稍稍松懈，那时她的记忆力巅峰在期末考试周，越是临近考试，记忆力越强，尤其是进考场的前几分钟，还在走廊上默记，堪称“最强大脑”。

毕业后记忆力就不行了，无法拒绝加班，调休又很难找到时间休息，她的精力被无数事情消磨。

午餐结束后，夏皎想要查一下北京到无锡的航程、票价和时间，下意识点进购物网先看了看最近买的东西到了哪里，又打开朋友圈看朋友们发的最新动态——江晚橘发了一张餐厅的测评，夏皎看到桌上有两份餐具，应该是在约会——最后点开微博刷热搜，浏览首页有没有太太喂粮、需不需要自己转发……

心满意足地看了一圈后，夏皎关掉手机，呆住——刚才是想干什么来着？

夏皎努力想，还是没想起来，只能摇了摇头，实在想不起来就算了，等过段时间就好了。

周末一下而过，像是折好后就朝着远处冲的尖头纸飞机。

次日，夏皎再度开启不幸的“社畜”生活，唯一的庆幸就是温崇月准备好的早餐以及午餐便当。

“便当放进微波炉热五分钟就好。里面还有一份水果沙拉，不能加热，记得拿出来。”温崇月叮嘱，“多喝水，经常面对电脑屏幕伤眼，偶尔站起来活动一下。”

夏皎说：“你简直像是第一天送孩子去学校的家长。”

温崇月拍了下她的额头：“如果你能改掉依赖外卖这个习惯，或许我会稍微放心些。”

俩人的上班时间差不多，只是并不顺路，一南一北。温崇月原计划送夏皎去公司，遗憾的是夏皎完全没办法提前起床。她觉得自己在晨练后还能爬起来已经很努力了，毕竟一个平平无奇、不爱运动爱可乐的宅女，经不起温老师的千锤百炼。

距情人节没多久了，工作在按部就班地进行着。公关部和市场部一起做策划方案，寻找明星，拍摄大片和视频，做情人节的活动。做情人节策划都不容易，尤其是奢侈品牌的美妆产品，要联合许多外部公司一起完成。

距离情人节不到一周的时候，线下预投放的物料已经准备好，线上视频也在有序投放中——偏偏邀请的明星来了一个螺旋升天大翻车。

该男星明明已婚，却在自己的公寓招特殊行业从业者上门，被群众举报。警方带他去做药检，意外发现他还沾染了违禁药物。

这条新闻爆出来的时候，夏皎正在美滋滋地等待微波炉热完午餐。

等待过程中，她先吃了温崇月叮嘱过不可加热的水果沙拉。盐煮鸡胸肉丝，混合着白梨丁、小番茄、核桃仁、香茅和茗荷，还有新鲜采摘下来的薄荷叶，用黑松露和黑胡椒调味，口感淡而清爽。夏皎一口气吃光光，才听到同事惊讶的一声“我的老天爷”。

夏皎凑过去问：“什么老天爷？”

同事将手机递给夏皎，社交媒体的热搜第一位，该明星的名字后面带着一个“爆”字。

夏皎点进去，看到了新闻。她很想爆粗口问候该明星他大爷。

现在甚至来不及考虑这种事情，高层都已经过去开会。事态紧急，他们连午餐都顾不上吃。

夏皎稍微好一些，毕竟只是公司的小虾米，在上面安排任务之前，可以先吃午饭填饱肚子。微波炉“叮”的一声响，她的午餐热好了。

同事大部分都吃外卖，或者去外面店里吃，唯独夏皎吃便当。放在平时，她少不了要被问“哪里买的”或者“你竟然自己带饭”，不过今天的新闻过于劲爆，大家心里都沉甸甸的，无心玩笑。

该明星肯定无法继续代言，这就意味着物料需要重新做、广告需要重新拍……夏皎只是一个小小“打工人”，也感觉到了头痛欲裂。

好在还有美食可以安抚她即将加班的心痛。温崇月知道她对自己的体重有要求，便当营养均衡：一份莳萝酸奶油煎鲑鱼，重新加热后还有诱人的柠檬香味；三个西兰花金枪鱼饭团，用的是杂粮，升糖指数低，金枪鱼馅料里加了爽口的胡萝卜；猪肉卷表面撒了胡椒粉，裹着一层淀粉煎到香喷喷，一口咬下去，里面是水煮芦笋和细细的甜椒。

恼人的是宋兆聪又打了好几个电话过来，问夏皎在做什么。夏皎没搭理，他仍旧不依不饶地发短信过来。

“别逃避，我明白你的意思。

“欲擒故纵?

“你在挑战我的耐心……”

夏皎不胜其烦。如果不是因为对方和自己是合作伙伴，她真的打算再去报警了。

今天的午休算是泡汤。两点十分，公司公关部联系各大平台，开始撤掉和那位明星有关的所有物料和广告，同时在官方社交媒体账号上发布声明，表示正在走解约程序，绝不会和劣迹艺人继续合作。

发微博容易，后期的事情却艰难且烦琐，公司内部人仰马翻，开始紧急和之前的代言人以及亚太地区的推广大使进行洽谈，询问是否能用之前拍摄的某组旧照做情人节宣传海报……

下午三点钟，温崇月给夏皎打了个电话。夏皎忙得口干舌燥，声音有些哑，简单地告诉他来龙去脉后，跟他说：“今晚我不回家吃饭了。”温崇月没说什么，只是嘱咐她注意身体。

不确定温崇月是不是福星体质，和他通完电话半小时，上边就通知下来——和明星工作室谈判顺利，已经将文件和高清照片、视频等传给他们部门，可重新制作物料和平面广告。

劣迹明星的新闻在热搜上挂了八小时，夏皎也连续工作了近八小时，直到晚上九点半才终于下班。

她没给温崇月打电话，在便利店买了欧包当晚饭，面包上涂着蓝莓酱，咬下去硬硬的、冷冷的。

春寒料峭，夏皎裹紧围巾和大衣，这时的地铁里没有那么多人了，但还是不可能找到空座。她站在车厢中，握着拉环，看到玻璃窗上倒映的自己，虽然衣着光鲜、拎着名牌包包、用昂贵的化妆品精心装扮，但一身疲惫。

夏皎闭上眼睛。她从来没有像此刻这么想逃离目前的职业。她想换个工作，去深山里种地，自给自足，或者去花店打工，做一个负责照顾花草的店员……

地铁到站了。夏皎拖着疲惫的身躯顺着人流往前走，庆幸温崇月买的房子离地铁站很近，不需要走太久。

她裹紧围巾，刷了门禁卡，进入小区，穿过中心喷泉。

夜晚的迎春花在静悄悄地萌芽。

夏皎穿过春夜安稳的庭院，刷卡进门，上电梯。

夏皎迈出电梯门，就看到温崇月站在房门前。他上前一步，接过夏皎手中的包，自然地问："饿了吗？快，洗手过来吃饭。"

夏皎的鼻子有点发酸。她"嗯"了一声，不想出声暴露。

温崇月牵着夏皎的手进门，仔细看她的脸，俯身问道："怎么了？受什么委屈了？"

夏皎哽咽："你刚刚说的话，让我想到一个人。"

温崇月明白了："爸爸？"

"不是，"夏皎摇头，"像我奶奶。"

温崇月沉吟片刻，说："其实有时候不用这么诚实。"

即使夏皎加班到深夜，饭菜仍是预留着的。坚果杂蔬沙拉、花胶雪蛤炖木瓜、龙井虾仁、菜粥……夏皎一边吃，一边看着温崇月将一个系着墨绿缎光绸带的礼物盒放在了桌上。

他含笑说："我今天在公司楼下看到的，觉得你会喜欢，就带了回来。"

夏皎放下筷子，轻轻触碰礼物盒的外壳："里面是什么？"

温崇月说："猜猜看……别晃，你别晃！"已经晚了。

夏皎站起来，抱着礼物盒上下左右晃了晃，想知道里面是什么，可惜她生活中所有的经验都没用上——直到她听到一声有些不满的"喵呜"。

夏皎惊呼一声，赶紧将礼物盒放在桌子上，飞快地拆开缎带——一只可爱的、只比巴掌稍微大点的狸花猫露出毛茸茸的小脑袋，看上去好像一口就能吞掉。

她"啊啊啊"地叫着，不知如何是好。

小狸花猫精神抖擞，眼睛有点蓝灰调，不知是年龄小还是被晃晕了，走路有点摇摇晃晃。它明显已经洗过澡了，晃了晃脑袋，用力冲着夏皎"喵呜"一声，努力做出凶悍的样子，可惜仍旧是奶奶的小猫音调。

夏皎抬头，惊喜不已："你给它取名字了吗？它是公猫还是母猫？"

"是个小公主，"温崇月笑着说，"还没有名字，你试试？"

"嗯……"夏皎想了想，"我同事养的猫咪都是外国名字哎，比如香奈儿、罗意威……"

温崇月赞同："也不错，不过外文名容易撞，你有想好的名字吗？"

夏皎抚摸着小狸花猫的头："要不用日式英语名？比较特别。"

温崇月问："嗯？什么日式英语名？"

夏皎说："Yoxi。"

温崇月："……"

夏皎补充："或者 Baga。"

温崇月："……"

三秒后，他纠正夏皎："Baka 这个拼写更接近日语。但是，皎皎，猫咪也是有尊严的，你还是给它取个我能听的名字吧。"

夏皎想破了脑袋，最终敲定了一个不羞耻的名字——夏米。这个名字是跟她的姓，乳名就叫"小虾米"。

小狸花猫活泼好动，天生体质强悍，精力充沛，一路"噼里啪啦"地跳着走路。它的确能站稳，刚刚只是被夏皎晃到"猫脑壳"发晕。

小狸花猫好奇心旺盛，喜欢翻垃圾桶。小小猫躯，却有一颗膨胀的野心，只有喂奶的时候才会乖乖凑过来，喝夏皎手里小奶瓶中的羊奶。

“我请宠物医院的朋友看过了，”温崇月将拆开的猫粮倒入密封袋，用真空机抽出空气，整整齐齐地放在储物箱中，“可以适当给虾米喂一些幼猫粮，但还是要喝羊奶。”

小狸花猫用两只黑色肉垫的爪子努力抱紧奶瓶嘴，用力地嘬。估摸着差不多了，温崇月便示意夏皎将奶瓶移走。小狸花猫支撑着身体站起来，终于愿意让夏皎摸摸它热热的肉垫和小脑袋。

温崇月做事细致。虽然这只小猫来得猝不及防，但在他“绑架”流浪猫的当天，就把该有的猫咪用品都准备齐全了，疫苗需要过几天才能注射，他也约好了时间。

家里忽然多了一只小奶猫，夏皎的乐趣顿时激增。虽然状况百出的工作压力仍旧让人喘不过气，但一想到无论多晚回家，都有猫咪和男人在等待，夏皎的心里又多了不少安慰。

不知是不是家里多了一位美食专家的缘故，夏皎的体重也稳中有升，一路飘红，比她买的基金要强上不少。

发觉体重又增长了一斤之后，夏皎悄咪咪地问温崇月：“以后可以多做素菜吗？”

她问这话的时候，温崇月正在给小虾米剪指甲，刚剪了一只爪子。小虾米乖乖窝在他怀里，冲着夏皎“喵喵”叫了两声。

温崇月问：“是不是天气热了，你想吃些清淡的？”

“那倒不是，”夏皎面露难色，犹豫半天，还是告诉温崇月，“我的体重增加啦，可能需要减肥。”

温崇月不赞同她的说法：“节食有损健康，想减肥应该多运动。”

夏皎说：“我不喜欢运动。”

温崇月低头，将宠物指甲剪圆圆的刀孔卡在猫咪的指甲尖端，在离出血线还有两毫米的地方剪下。他若有所思：“难道是我们的运动量还不够？”

夏皎问："我们什么时候一起运——"话卡在喉咙里，她转过脸，将玫瑰插入金合欢中："那我以后多吃水煮菜。"

温崇月友情提示："皎皎，我们人类进化到站在食物链顶端，不是为了让你多吃水煮菜的。"

夏皎："……"

玩笑归玩笑，在夏皎的强烈要求下，温崇月还是为她多准备了一些减脂便当，适当减少碳水，顶多放两个饭团。凉拌烤鲑鱼、柠檬浅渍海带丝蟹肉、黑醋照烧牛肉饼、酱油蛋、薄蛋烧蔬菜卷、橄榄油浸虾……每日的便当都不重样。虽然每次吃饭前夏皎都抱着这次只吃七分饱的决心，但奈何温崇月的手艺太好，她抵不过诚实的味蕾，吃得干干净净。

温崇月性格随和，夏皎又是个典型社恐宅女，两个人和平共处，基本上不会发生什么矛盾。同居一个月，他们产生的最严重的分歧居然是：元宵节吃元宵还是吃汤圆？

北方人温崇月说："我认为应该吃甜元宵，黑芝麻馅儿，裹上糯米粉。"

南方人夏皎震惊："为什么吃元宵？要吃汤圆才对呀，我们家都吃肉馅儿的！"

温崇月疑惑："元宵节吃咸汤圆？"

小虾米甩着尾巴："喵呜！"可怜的小猫咪吃不了甜元宵，也不能吃咸汤圆，无权参与这对新婚夫妻的第一场纠纷。它的元宵晚饭是一份肉罐头，还有羊奶。

甜咸向来是南北方"大战"的敏感话题，比如"咸豆腐脑派"永远无法理解"甜豆腐脑党"，而"甜粽党"永远不能和"咸粽派"和解。

早餐喝甜豆浆还是咸豆浆？

番茄炒蛋要不要放糖？

月饼要甜的还是要咸的？

…………

幸运的是，温崇月和夏皎在这些争论中尚能达成和解：夏皎是坚定不移的"甜豆腐脑、咸粽、甜豆浆、番茄炒蛋加糖、甜咸月饼都可以派"，而温崇月是“咸甜豆腐脑都可、甜咸粽都行、甜豆浆、番茄炒蛋放不放糖都成、甜咸月饼包容并济党”。

但在元宵节的餐点上，很不幸，温崇月和夏皎并没有达成一致，这是新家庭中第一个值得严肃探讨的问题。两个人为此讨论了半个小时，都没有得出确切的答案。最终夏皎提议，打电话给共同好友江晚橘，寄希望于他人能结束今晚的元宵和汤圆之争。谁知江晚橘悠悠地说：“我今年元宵节吃饺子。”

夏皎脱口而出：“恶魔！”

温崇月叹气：“天啊！”

两个无法接受在元宵节吃饺子的人勉强达成一致，决定今晚启用鸳鸯锅，半边煮温崇月的黑芝麻糯米皮元宵，半边煮夏皎的猪肉咸汤圆。

经过双方友好协商，婚姻的第一道危机得到圆满化解。除此之外，俩人暂时没有发生其他争执。夏皎很满意。温崇月也很满意。

新春偷向柳梢归，东风吹起一川烟草。小区楼下的迎春花灿烂地开了一大片，犹如坠落流金，又像鹅绒锦缎。

温崇月原本想着和夏皎一同拜访她的父母，可惜始终没有合适的机会。夏皎的工作太忙了，忙到完全没有精力回家，根本没办法请假，脱不开身。

情人节原定代言人翻车这件事让夏皎整个部门被迫加班，人人熬到两眼发红，好不容易才妥善解决。现在就连八珍汤也无法拯救夏皎这颗饱经摧残的心脏了，唯一值得庆幸的是有一笔不菲的加班工资，但这也无法抚平她身体和心理上的疲惫。

夏皎对金钱没有太多的追求，她更想辞职了，只是始终没能狠下心来。她想要一个人推她一把，哪怕一把也行。

在这样的状况下，温老师再次从原本的频率被迫降低为一日三餐。不过这些倒无妨，他最先察觉到的是夏皎整天蔫蔫的。

温崇月明白这种憔悴从何而来。原本每天八小时、每周五天的工作时间已经足够让人感到疲倦，更不要说夏皎最近一周的高强度加班。

除此之外，还有微信上的工作群聊。哪怕是休息时间，里面也会发送各种各样的通知和消息。私人时间被占用让夏皎更加不开心，尤其是在温崇月陪她一块儿玩《路易鬼屋》或者夏皎被温崇月吃的时候——她都没有那么多时间分给可爱的小虾米了。

俗话说，“三月三，荠菜胜灵丹”。春天的新荠菜上市，夏皎馋得口水滴答，自告奋勇和温崇月一同去买菜。

“小时候妈妈喜欢给我煎蛋饼，”夏皎对温崇月说，“我第一个学会的菜就是这个，你得尝尝我的手艺。”

温崇月友好地问：“请问在试吃前我需要先去购买一份意外险吗？”

夏皎拍了一下他的胳膊：“只要吃不死，就往死里吃。”

夏皎才不是厨艺白痴，最简单的煎蛋饼她还是会的。她用沸水将荠菜焯一下，挤干水分，切成碎碎的末。初春的荠菜最鲜，切成末仍旧春意浓浓。

温崇月从一家老店里买来炉肉——这是挑了五花均匀的猪肉，经过洗涮、烫皮、挂糖、悬在挂炉中用果木慢慢熏烤出来的。

以前有句话叫“南炉鸭，烧小猪，挂炉肉”，只是如今专门卖炉肉的店不多了，只能去一些烧卤铺里买。

烤制好的炉肉香喷喷的，小虾米已经喵喵叫了好半天，可惜猫咪不能吃太咸的东西。夏皎跑出去给小虾米开了一罐幼猫可食的鹿肉罐头。

炉肉块儿大，温崇月预备做清蒸炉肉，正低头切着，忽然听见夏皎惊讶地咦了一声：“白若琅是谁？给你打电话了，需要我帮忙接吗？”

温崇月这才想起自己的手机放在料理台那边。手下一滑，不慎切了手指，温崇月蹙眉：“不用。”他走过去直接拒接，恼人的铃声终于停止。

夏皎惊呼一声：“温老师，你的手——”

温崇月的手指流着血。他没说话，低头看了看。夏皎扑过来，心疼地捧着他的手指，还好伤口不大。

“怎么切到手了呀？”夏皎小声说。她转身看了看温崇月刚刚切的猪肉，他的血滴了一滴在那猪肉上，还有一滴在案板上。

夏皎大胆发言：“难道你打算滴血认亲？”

温崇月平静回答：“难道你想每日加餐？”

夏皎审时度势，衡量之后，确定自己的确不能再加餐了。她一溜烟儿跑掉，飞快找到放在家中的医药箱，创可贴、棉签、消毒用的碘液……东西十分齐全。她跳过来，认真地示意温崇月伸手。

或许是年龄差距的原因，在温崇月看来，自己的妻子的确年龄尚小。他是同辈人中年龄最长的，天生负担着长兄的责任。夏皎年纪比他小得多，潜意识中，温崇月将她视作需要关心照顾的对象。当夏皎拎着医药箱过来的时候，温崇月自然地伸出手道："我来。"

"不要。"夏皎果断拒绝，凑过来握住温崇月的手腕，硬生生地拉到自己面前："你的手都流血了哎。"

江南的女孩子大多身材娇小，夏皎也是，脸小，手小，脚也小。

温崇月看着她用棉签蘸了些碘液，抿着唇，一点一点地给他擦手指上的伤口，再贴创可贴，一点小伤口而已，严肃得像是对待什么大病。温崇月看不下去她小心翼翼的样子，笑着宽慰她："没事，一会儿就长好了。"

"那可不一定，"夏皎摇头，说道，"万一伤口感染呢？"

"概率很小。"

"不行，不行。"夏皎忍不住看向厨房的方向，"今天的午餐我做，你指挥就行。受伤了就不要碰这些东西了，尤其是肉类，可能有好多好多细菌……"

温崇月哭笑不得："这只是小伤口，不是截肢。"

"你还是休息吧，"夏皎站起来，医药箱收拾好，"我是个很谨慎的人。"

温崇月笑了："看来我需要给自己买一份巨额医疗保险了，不然很难让我的妻子放心。"

夏皎呸了一声，严肃地告诫他："温老师，不能胡说。"

她坚持不让温崇月动手，自己在他的指导下做蒸炉肉。好在温崇月早就将需要用到的厨具取出、清洗，调料也都备齐了，只需要说一说下一步做什么，让夏皎听令动手。

按照传统的蒸炉肉做法，炉肉得在烤到表面出气泡后立刻上锅蒸，最大限度地让脱水的烤肉回软，可惜这点已经无法达到，温崇月告诉夏皎做法：

“将炉肉切成十五厘米左右的长度——”

夏皎迷茫：“十五厘米大概多长？”

温崇月想了想，告诉她：“和你昨天拆的那个儿童玩具一样大。”

夏皎纠正：“那是我纸片人老——”

温崇月今天只穿了浅灰色的 T 恤，但丝毫不减他温文尔雅的气质：“老什么？”

夏皎改口：“——老男神的棉花娃娃。”

夏皎手起刀落，干净利落地切开肉，放入蒸锅中开始蒸。至少要蒸一小时，温崇月拧好定时器，刚想说话，手机再度响起。

夏皎侧身，认真地问：“不需要接吗？”她从始至终都没问是谁打来的电话。

温崇月说：“是不想见的亲人。”

夏皎没说话，拧开水龙头洗手，水声哗哗啦啦。等她洗干净手，手机铃声也戛然而止。

夏皎还惦记着她鲜鲜嫩嫩的荠菜，拿了鸡蛋，就听温崇月说：“猫舍的人联系我了。”

“真的？是不是金吉拉！”她很喜欢白色的长毛猫。前天温崇月为她在猫舍付定金预约了一只金吉拉，本来预期的接猫时间在今年冬天。

“有位客人因为家庭变故取消了订单。”温崇月拿手机过来，放低身体，递到夏皎面前。夏皎看清楚了，圆圆的绿眼睛周围是漂亮的深色眼线，整只猫咪蓬蓬松松一团。

夏皎眼睛都亮了：“好漂亮。”

温崇月征求夏皎的意见：“如果你想要这只，我们下周就可以把它接回家。”

夏皎努力点头。

小虾米呼呼噜噜吃干净了罐头，凑过来用头蹭夏皎的脚，小尾巴蓬蓬松松卷起来，柔软得像是蜻蜓轻点水面。夏皎提出疑问：“小虾米跟我姓了，那这只猫要不要跟你姓？它是公猫还是母猫？”

“可以，”温崇月打字询问，片刻后告诉夏皎，“是雄性。”

“姓温的话，还是雄性……”夏皎若有所思，“温泉蛋怎么样？我最喜欢吃温泉蛋了。”

温崇月赞赏：“完美，不过有必要提醒你一下，确切地讲，猫咪是一个做了绝育手术的雄性。”

做了绝育手术的雄性没有蛋蛋。夏皎握着鸡蛋，愣住了。空气安静片刻，啪嗒一下，夏皎把蛋敲破，试探着问：“那叫……温泉？”

温崇月：“……”

沉默两秒后，他面不改色地说：“非常合适。”

家中大厨负伤，中午的菜没有之前那么多。不过虽然夏皎能力有限，但温崇月也不打算让她学太多，家里有一个人会做饭就足够了。

夏皎也没有说谎，的确会煎蛋饼。蛋液在热热的橄榄油的亲吻下被煎到焦黄，点缀着碧绿青翠的荠菜。春天最鲜嫩的野菜，每一口都是绵延的清香。

蒸锅里的水还煮了鲜嫩的黄心白菜，垫在白瓷盘中，再将炉肉切成小片，整整齐齐码好，搭配韭菜花、青白小葱丝和酱豆腐——“切”这一道工序最终还是温崇月来的，夏皎的手不行。

经果木烤制后的炉肉在蒸锅中吸足水分，肥瘦肉完美交融，酥香而不烂，肥美却不腻。

除此之外，还有一个豆腐茼蒿暖锅。这是夏皎大学时发明的吃法：老豆腐切片、鲜嫩茼蒿取杆，放上鲜香菇和魔芋粉，酌量加入生抽、糖和水，在小锅里慢慢地炖。

吃饭时，夏皎忐忑不安地等温崇月点评，眼睛亮晶晶地看着他。

温崇月咬了一口。她整个人身体都快趴桌子上了，连声问：“好吃吗？”

温崇月微笑：“很棒。”

夏皎松了口气，重重跌回座位，双手托腮，如释重负地说：“那就好。”

温崇月的筷子稍稍一停。

夏皎兴致勃勃地吃着暖锅、荠菜蛋饼以及蒸炉肉。她第一次吃这种做法的炉肉，赞不绝口，而温崇月却突然意识到一点——自己的妻子是一个需要从别人的表扬中寻找认同的女性。虽然她做得很好，但仍会通过别人的评价来谨慎地确认自己是否成功。

温崇月什么都没说，面色如常地和夏皎聊了聊工作，聊了聊未来的规划。

夏皎吃掉了魔芋粉，垂首，想了想说："过两天，我去试着投一下简历。"

她虽然有一点拖延症，但在这件事上没有拖延，很快就将简历写好。晚上，等夏皎趴在床上呼呼大睡后，温崇月用平板看了一下，简单地改了几笔，润色了一下。

改完后，温崇月去了外面的卫生间，又在阳台上安静地坐了一阵儿。小虾米已经睡着了，团成一团。夏皎精心准备了那么多猫窝，它都不喜欢，就喜欢缩在沙发一角。

思考许久，温崇月打开手机通讯录，给列表中的白若琅打去电话。

电话很快接通了。"崇月，"那边的女人似乎并不意外他会在这时候打来，"和你宋伯伯家女孩相亲的事情，你考虑得怎么样了？"

温崇月站在阳台上，隔着落地窗清晰地看到湖面，薄冰已经渐渐消融，街上路灯安静，夜寒冰冷，少有行人。而阳台花架上，最不起眼、得不到阳光眷顾的角落，有夏皎精心照顾的小小青苔盆景，毛茸茸的，一片绿茵。

这东西像她，安安静静，自娱自乐，不喜欢晒太阳，不想被太多人注视。但青苔也有青苔的妙处，"苔花如米小，也学牡丹开"。

温崇月拿着手机，平静地开口："我已经结婚了，不劳您费心，妈。"

卧室内，夏皎感觉仿佛被拆了一遍骨头架子，胳膊和腿有种说不出的难受，不能并拢。她趴着睡了一会儿，可惜美梦不成，又被聒噪的手机铃声吵醒。

夏皎睡眼惺忪，艰难地伸出一只手去摸手机，太阳穴突突地痛，完全提不起精神。看到屏幕上的来电显示后，她感觉头更痛了。

夏皎病恹恹地说："您好。"

"你今天怎么睡得这么早？"对方显然很意外，"还不到十点。"

夏皎垂头丧气地回答："医生说我有些神经衰弱，建议我保证睡眠。"

她相信对方一定能听懂自己的话外音，遗憾的是在总监眼中，只要不死在公司，那就得往死里加班，哪有什么私人时间？即便下班了，关于工作的微信和电话也不该拒绝。

总监说："那没事，我就说几句，你听着就行。"

夏皎从鼻子里"嗯"了一声。

"明天晚上八点和宋总吃饭，咱们这次——"

夏皎打断他："哪个宋总？"

"宋兆聪啊，你忘了？"

夏皎惊讶地问："合同不都签了吗？"

"还有一份补充协议，他拖了一周也没签，"总监说，"也没什么，明天就是问问他。"

夏皎不吭声，把手机放在床上，保持着这个姿态，趴着听。

等了一分钟，总监叹气："小夏啊，还记得吗？你刚进公司那会儿，大学还没毕业，作为实习生，犯了不少错，都是我帮你兜着。"

夏皎没说话。她不是不感激，但感激一个人，必须时时刻刻顺着对方的心意做自己不喜欢的事情吗？

总监说："我为了什么？还不是因为看好你，现在就是最好的——"床上的手机被一双修长的手拿走。

夏皎抬头，看到穿着睡衣的温崇月。卧室中只开了两盏床边氛围灯，暖黄色的光芒温温柔柔地倾洒在地面上。温崇月站在床边，拿着手机，语气温和地对手机彼端的人说："抱歉，夏皎身体不舒服，需要休息。"

夏皎清晰地听到手机里传来总监疑惑的声音："你是谁？"

她双手撑着上半身爬起来，说道："先别管他是谁。"

"总监，"她第一次对着总监大声讲话，"我不干了！"

总监被夏皎的话震住，久久没有回应。

夏皎身上顶着被子，双手撑着身体，口齿清晰地对总监说："我不喜欢酒局应酬，更不喜欢在私人时间被迫接工作电话、听工作安排。"

夏皎一鼓作气："明天我会将辞职信发给您，晚安。"

结束通话后，夏皎用力吸了一口气，侧脸看向温崇月。视线相对，她问："我会不会有点太冲动了？"

"不会，"温崇月摇头，安抚地拍了拍夏皎的手背，"既然不开心，那我们就换个工作。"

夏皎重新缩回被窝。

今日的任务虽已完成，但温崇月似有心事。他关掉灯，轻手轻脚地上床来，手一捞，触碰到夏皎的胳膊。她缩了一下，但没有躲开。

温崇月松开手，夫妻俩躺在同一张床上，仍是两床被子、分开睡。他们极少有相拥而眠的时刻。

大概是疲劳过度，夏皎很快就睡着了，微微蜷缩着身体，背朝床的外侧，手掌贴着脸颊。她睡相很好，几乎不会发出其他声音，就像她精心养的那些植物，安安静静。

温崇月有些失眠。片刻后，他起身，又去了外面。

小虾米蹭着他的脚丫，"喵呜喵呜"地叫着，他俯身揉了揉小虾米的脑袋，拨通了电话。

那边很快接了，声音嘈杂，一听就知道在狂嗨。温崇月捏了捏鼻根，听到那人兴高采烈的声音传来："大哥，怎么了？"

温崇月说："兆聪，妈刚才给我打电话。我听她有些生气，你最近是不是又做什么事了？"

宋兆聪猛然拔高声音，难以置信："啊？"他前些天偷偷跑去澳门赌了一把，输得一塌糊涂。

宋家家风严谨，这事儿宋兆聪一直偷偷瞒着，不敢让父母知道——父亲倒也算了，母亲白若琅性格强硬，就连父亲都极怕她，家里都是她在管事，素来说一不二。

说起来，温、宋兄弟二人的关系也颇为微妙。

白若琅年轻时，不顾家里人反对，执意和温父结了婚。遗憾的是两个人性格并不合适，在温崇月五岁时离了婚。之后白若琅接受宋父的追求，迅速闪婚，并在第二年生下了宋兆聪。

在温崇月成年之前，白若琅的态度都是和温父坚决撇清关系，就像没这段经历，也没有生下过温崇月，更不许他称呼自己“妈妈”或“母亲”。直到温崇月成年工作，白若琅才尝试和他培养感情。

几秒后，宋兆聪又慌慌张张地说：“唉，不就是出去玩了几把吗？和四叔家的孩子相比，我还不安分吗……”心烦意乱地抱怨了好久，他才低下声音，“大哥，这次你得帮帮我，妈最听你的。”

“别着急，”温崇月边说边抚摸着猫咪的耳朵，垂下眼睛，“听我说，这两天你先出去躲一阵，等她气消了，你再回去。”

宋兆聪连声答应，又说了些话，才挂断电话。

温崇月侧身看，卧室中仍静悄悄的。他想了想，又给表弟陈昼仁打去电话，请他帮个忙。目前，夏皎还不适合和白若琅见面。

在辞职这件事情上，夏皎的拖延症并没有犯。她迅速办好了离职手续，顺利交接完工作。辞职第一天，为了庆祝，她在家睡到日上三竿才起床。

她约了江晚橘一同吃粤菜，选的是温崇月上次带她来的粤菜馆，现在有季节特供的炸春卷。粤式茶楼提供的和温崇月做的有不同风味，春卷皮很薄，裹的馅料极为丰富，猪肉丝、鸡肉、虾肉，再加上韭菜黄、笋丝、冬菇丝……炸到焦黄，满口新鲜。

还有温崇月推荐的蜂巢芋角，用荔浦芋和澄面一块儿做成的，橄榄状，小心翼翼地咬下去，鲜香瞬间扑入口中。

江晚橘问了夏皎一句：“你还没有见过温崇月的母亲？”

夏皎点了点头。隔了一阵，她问：“她是不是姓白？”

江晚橘颔首。她对身材的管理比较严格，极少吃油炸的食物，只尝了一点芋角，其他时候在吃玫瑰油鸡。鸡做得不错，肉质嫩滑，咸香有致，略微带些甜味。或许是和前男友在一起久了，她也养出一张刁嘴，极为挑食。

“不见也好，”她说，“白家人好权势利益，和咱们不是一路人。”

夏皎听得怔住。

侍应生端上一份清蒸菜心，放在江晚橘面前。江晚橘仰起脸，跟他说：

“请再给我们两杯大麦茶，谢谢。”她将餐巾重新铺了一下，看到夏皎的眼睛，笑了。“不过你放心，”江晚橘安慰夏皎，“温崇月和他们也不是同类人。”

结账离开时，俩人还遇到了老同学，夏皎高中时的班长，姓杨名叶。一开始夏皎并没有认出他来，正与收银员沟通、开发票呢，就听到旁边的人惊喜出声：“饺子？”

夏皎茫然抬头，看到一个高大的男性，穿着黑T恤、黑裤子，皮肤也晒得黝黑。她有些迷惑地问：“你是……”

“杨叶啊，杨树叶，”杨叶一笑，露出白到发亮的牙齿，“你忘啦？高二那年夏季运动会，你给我送了瓶水。”

夏皎想不起来这件事，但她想起这个人了。

高中时夏皎性格内向，没有交下什么好朋友，和班上所有同学的关系都淡淡的、不远不近。至于杨叶这个班长，她脑子里也只有一个模糊的印象，并不真切。

对于一个社恐人士来说，和很久不见且关系并不怎么好的老同学偶遇是一件恐怖的事。

平时走在路上，无论听不听歌，夏皎永远都戴着耳机；如果同学聚会推托不掉，她会拼命地玩手机，试图降低自己的存在感。但以上措施在面对社牛时完全无效，尤其杨叶还是一个极度话痨的“社牛”，“社牛”中的“Plus”。

就算夏皎不怎么回应，他也能兴致勃勃地谈天说地，就连当年同学聚会夏皎突然早走这种事情都能聊起来。幸好旁侧还有江晚橘，夏皎才顺利告别，临走前两人还交换了新的微信号。

夏皎本来以为这次偶遇只是巧合，然而隔了两天，她再度遇到了杨叶。

她重新投了简历，并顺利收到了好几份面试邀约。前两家的人力对夏皎颇为欣赏，但夏皎对他们的加班时间和薪酬不太满意。第三家是一个国产美妆品牌公司，加班时间在夏皎可接受的范围内，每周双休，薪酬工资也不错。

这家公司还有一个优点——它和温崇月如今的公司在同一座大厦之中，离两人的家开车只需要半小时。至少在温崇月去苏州之前，夏皎都能够蹭他的车上下班，堪称完美。

不过面试的结果并不尽如人意，人力客客气气地送夏皎离开。在玻璃门边，夏皎听到了男人惊喜的声音："哎，夏皎！"

夏皎转身，看到杨叶拎着几杯咖啡走了过来。人力笑着叫了声"小杨总"，杨叶将咖啡递给她，笑意盈盈地说："遇到老同学了，我送她出去。这些咖啡麻烦你拿回去，给我们组的人分一分——我的那杯送你了，麻烦你帮我走这一趟。"

人力笑着说好，看了看夏皎，才离开。

杨叶问夏皎："你怎么在这儿？"

夏皎晃了晃简历："面试呢。"

杨叶说："我记得你大学专业是英语？"

夏皎点头："是。"

杨叶问："面试什么岗位？"谈话间，电梯到了，门缓缓打开，杨叶示意夏皎先进去。他原本想跟上，但手机响了，只得抱歉地笑笑，走开去接电话。

电梯里站着好几个人，夏皎没细看，重新戴上耳机，盯着自己的脚趾，站得规规矩矩。抵达一楼后，夏皎站到一边，打算等所有人都离开后再走。

大部分人步履匆匆，唯独最后一个男性不紧不慢地迈着步子往外走，夏皎尚沉浸在自我世界中，心不在焉地想对方为什么走得这么慢。忽然那人伸手拉了夏皎一把，是她熟悉的声音，带着笑："发什么呆呢？没电了？"

夏皎茫然抬头，摘下耳机，惊喜道："温老师！"

温崇月拉她出了电梯，问道："这次面试结果怎么样？"

夏皎说："似乎不怎么样。"虽然还没有出结果，但从进去到离开总共谈了不到十分钟，凭她之前的经验，这次面试多半要黄了。

不过也没关系，夏皎重新打起精神："这份工作和之前的差不多，面试真要是不过也就算了，反正我也不擅长搞人际关系。"

温崇月未置可否，问她："刚才和你聊天的那个人是谁？"

"谁？"夏皎问完才反应过来，"啊，是杨叶呀，他是我高中班长。"

温崇月浅淡地应了一声，俩人并肩离开大楼。

外面阳光灼目，走出几步，温崇月回头，看到刚才和夏皎说话的男人跑了出来，似乎在寻找夏皎的身影。

温崇月将夏皎拉到自己前面。夏皎“咦”了一声，有些吃惊：“怎么了？”

“今天风大，”温崇月不着痕迹地用大衣挡住她，“别冻感冒。”

夏皎觉得温崇月完全是大惊小怪，冬天都过去了，难道她还会冻感冒吗？笑话。哪里想到回家她就开始鼻塞，纸巾擦得鼻尖都开始发红，次日也没出去面试，在家中喝着温崇月点单送来的莲藕排骨汤。

夏皎不对这次面试抱有希望，但晚上七点钟，她收到电话通知，面试过了，邮箱也收到了邮件通知。

夏皎难以置信。她回忆起当天人力的态度，不用猜都能想到，其中一定少不了杨叶的帮助。这让她心里十分纠结。

温崇月将新鲜的虾沥干水分、取出，问道：“你在想什么？”

夏皎带着鼻音回答：“在考虑要不要接受 offer。”

温崇月毫不意外：“是昨天的面试？”

“嗯，”夏皎还在权衡利弊，“其实我也没抱太大希望……过了当然是好事，但这样的话，可能和上一份工作没有太大区别……”她忧愁地说着，温崇月伸手过来，递给她一枚硬币。

夏皎疑惑：“啊？”

温崇月说：“既然很为难，那就抛硬币决定吧。”

夏皎接过硬币，选择困难症又犯了：“那猜正面还是反面？”

“正面，今晚拒绝；反面，明天早晨拒绝。”温崇月镇定地开口，“如果硬币立起来，你就接受这份工作。”

他说：“来，抛吧，天意不可违。”

夏皎接过硬币，在温崇月的注视下，犹豫两秒，将它立着放在台面上，开始旋转。硬币和大理石材质的料理台互相摩擦，声音清脆硬朗，犹如玉碎。十秒后，硬币啪嗒一声，稳稳地落下来。

温崇月说：“看来这是天意。”

夏皎说："我觉得这叫作弊。"

"别在意，"温崇月笑了，洗干净手，干净利索地开始挑虾线，"你工作的目标是什么？"

夏皎谨慎地回答："给国家创造 GDP。"

温崇月的手一顿，问："有没有稍微个人一些的回答？"

夏皎说："赚钱。"

温崇月问："赚了钱做什么呢？"

夏皎说："氪金、养纸片人老……老男神，为国家 GDP 做贡献。"

温崇月修长的手指将虾放入干净的瓷碟中，总结道："工作就是为了让自己生活得更好，我可以这样说吗？"

夏皎诚挚地说："也让游戏公司的老总生活得更好。"

温崇月忍俊不禁："那为什么要本末倒置？工作的目的是让自己开心，如果已经影响到你的生活了，为什么还要勉强自己去接受呢？"

夏皎呆呆地说："嗯……话是这么讲，但我活下去也是需要钱的。"

"或许有更合适的工作，"温崇月说，"不着急，我们慢慢来。"

"慢慢来。"这是温崇月对夏皎说得最多的一句话。他性格平和稳重，同居这么久，夏皎从没有见过他因为什么事情而生气或者红脸。

夏皎太喜欢情绪稳定的人了。

这一点或许和她并不算糟糕但也绝对算不上好的童年经历有关。夏皎的父母都是暴脾气，两个人常常因为琐事发生争吵。幼年和成长期的孩子最依赖父母，也最害怕父母不和。成年后，夏皎仍会因为别人突然发火或者生气而感到一丝恐惧。

"情绪稳定，心态平和"，这也是夏皎向江晚橘说过的择偶要点。她自觉心思敏感，和性格激烈的人不适合做伴侣。只是很少会有这样的男人，更多的是一言不合就说"你们女人啊就是 ×××"或者"你再说一句试试"之类话语的人，以为只要自己大声说话就不会被轻视，以为胡搅蛮缠、撒泼打滚儿就能得到想要的东西。

夏皎本不对这段婚姻抱有过多期许，她只是想有一个人来应付家人。或者是一个人在这个城市太孤单、太冷清，她想找个人同吃一碗粥、同享一道菜，彼此依偎，互相取暖。

夏皎也赞同温崇月的观点，有些事情本末倒置了，就像“工作”与“生活”，也像“婚姻”——结婚这件事，应该是因为两个人的感情更进一步，所以自然而然地进入新的阶段，而不是稀里糊涂地为了结婚而结婚。

这就像一道数学题，本应该按部就班、水到渠成，夏皎却跳过了解题过程，直接到达结果。庆幸的是，目前看来，这个结果还不算错得很离谱。

她并不奢望俩人之间会产生爱情，其实相敬如宾、互相扶持，倒也不错，对吗？

夏皎庆幸自己是那个幸运的人。

第五章 红冰酒

幸运的事情远远不止这一点，一周内夏皎陆陆续续又面试了四家公司，都顺利地拿到了 offer。不过四份工作都不算十全十美，在进一步尝试沟通后，她最终回复了拒绝邮件。

或许见她疲惫异常，在休息的这段时间，温崇月竟一次也没有和她亲密。夏皎心中有些惴惴，不过生理期如约而至，她便也将这件事抛在了脑后。

此后的第二个周末，温崇月忽然提出："要不要去苏州玩两天？"

彼时夏皎正趴在桌子上认真地回复猎头的消息，闻言抬头："苏州？！"

"对，"温崇月颔首，"散散心，然后去拜访你的父母。"

夏皎一口答应。

说来惭愧，哪怕从小学就开始背诵"姑苏城外寒山寺"，哪怕就在江苏省，夏皎也从来没有好好地看过苏州。人在出去玩的时候总会优先选择和自己生长环境不同的地点。现在提起苏州，夏皎的印象也只剩下那客船到达的夜半钟声，还有一句"姑苏林黛玉"。

温崇月刚好要回苏州处理一些事情，又申请了年假，便直接带夏皎回了自己在苏州的另一套房子。

这里比北京的房子更大，视野也更开阔。房子在三楼，双阳台。背阴面的落地窗外是一株巨大的银杏树。虽然才刚初春，但夏皎已能够想象这株银杏在春夏秋冬一年四季的美丽。朝阳一面的阳台上则种满了植物，大大小小，浓绿鲜妍。

夏皎惊喜地叫了一声，转身问道："你还雇了人负责照顾这些植物吗？"

温崇月将新的门禁卡装进夏皎挂着玉桂狗吊坠的钥匙扣，铁环之间生硬地摩擦。他说："我付钱委托了花店员工。"

夏皎可太喜欢温崇月在苏州的房子了。她躺在阳台的躺椅上，一边喝茶，一边透过阳台看向不远处种满樱花的大道，等到三四月份，想必就能看到如海的粉白樱花……

来苏州度假的第一天，温崇月做了腌笃鲜和扣三丝。

苏州菜和无锡菜口味偏甜，杭州菜以清且鲜出名，而上海菜则兼容两者，精致、讲究。遗憾的是如今很少再见到做正宗本帮菜的餐厅了，就连做最简单的生煎馒头，也多是依靠装入肉皮冻来出汁。

温崇月是个讲究人。他虽不是江南人，但带妻子来苏州的第一天，就做了极为精致的一餐。

夏皎是扬州人，对淮扬菜也算了解，原本说好让温崇月做饭的时候叫她，可惜她自己太困，下午开着空调在卧室舒舒服服地睡了一觉，醒来时晚餐已经准备好了。

温崇月解了围裙，笑着叫她："吃饭。"

春天的江南少不了一道腌笃鲜，"鲜"有三——咸肉、鲜肉和鲜笋。现在还有一种升级版的"腌笃鲜"，用火腿、竹笋、鸡肉，不过温崇月并不喜爱，他固执地选择最传统的做法——知道夏皎吃不得咸，便特意选了江南产的"南风肉"，猪肉选的也是肥瘦相宜的五花，笋是刚上市的新笋，只截取中段，偏嫩而不至于过水。

夏皎小小地吃了一筷。经过黄酒和葱姜小火慢炖过的南风肉和五花已经逐步融入味道。她不知道温崇月是如何处理的，汤并不过咸，南风肉亦保持着特有的淡咸风味。春笋鲜上加鲜，爽口清宜。

她眼睛发光："比我妈妈做的好吃千百倍。"

温崇月谦虚道："你夸我的时候也不用这么夸张。"

夏皎认真地说："真的，你去吃了就知道了。"

她的注意力还集中在另外一道菜上——扣三丝。这本是道扬州菜，还上过《舌尖上的中国》，后来却被纳入了上海的“老八样”里。现在提到扣三丝，都道是老上海本帮菜，极少有人会想到扬州了，但扬州可不只有狮子头和扬州炒饭。

温崇月揭开倒扣的白瓷圆碗，露出菜肴，金华火腿、香菇、冬笋、鸡胸，都切成细细的丝，下面浸润着一圈用大棒骨煲好的乳白汤，按比例调和，加入南瓜汤，淀粉勾芡，色鲜味香。

夏皎幸福地吃圆了小肚子。她极尽溢美之词，夸赞温崇月的手艺：“温老师，您不开店真是老饕的损失。您要是早生几百年，说不定还能被封个‘食圣’……”

温崇月示意她暂停：“别夸了，我这半瓶子水，还是别晃荡了。”

夏皎吃惊：“怎么能是半瓶水呢？像我这样的人，要说水平，那就是半杯井水；您这水平，那得是神仙水。”

温崇月倒了一杯大麦茶，推向夏皎。灯光下，他眉眼清雅，下颌线上的小痣深深掩在阴影中，唯独中指上的痣印在骨节上，颇为动人。

温崇月问：“皎皎，那你愿意让神仙水融入井水吗？”

小狸花猫打着转儿，在夏皎脚下喵呜喵呜地叫着。猫咪吃不得咸，温崇月单独给它煮了一份虾。翘着尾巴吃光后，小虾米在夏皎的睡裤上磨了磨爪子，自然地顺着裤腿往上爬，一直爬到膝盖上，才舒舒服服地躺下，顺带舔了舔毛。

现在是晚上七点钟，春日夜长，一层柔软窗帘垂下，遮蔽了玻璃窗外的静谧长夜。

夏皎小声说：“如果你想要的话，那就可以。”

温崇月观察她的神色，问道：“想喝点酒吗？”

夏皎问：“白的还是啤的？”

温崇月说：“喝点适合你的酒。”

这边的房子更大，空间足够，温崇月藏酒的玻璃柜占据了整面墙。一些需要特别贮藏的酒，譬如冰酒，则有专门的储藏冰柜。

夏皎对酒的研究不深。她讨厌酒局应酬，自己也很少喝，只有和朋友聚会的时候偶尔会喝一些，比如去望京吃小烧烤，那冰镇的扎啤就必不可少。

温崇月拿出来的是冰酒。他略带歉意地对夏皎说：“抱歉，之前选酒的时候，没有想过会这么快结婚。其实这些酒更适合夏天晚上喝——不过适合女孩子喝的就只有这几瓶，可以吗？”

夏皎点头：“什么都可以的。”

温崇月很喜欢征求夏皎的意见，哪怕是这种在夏皎看来无关紧要的小事。兴致盎然的时候他也喜欢询问夏皎，从她那里得到反馈，不过那多半就只是征求，而不会完全听从。和他温和的外在不同，某些情况下，他的行为绝对称不上“君子”。这也是夏皎有一点点胆怯的原因。她当然知道这很正常，自己在网上和朋友闲聊时也会直白如“……一整晚”，遗憾的是网络和现实终究存在差距。身高体形差、尺寸不相当的纸片人图片会让夏皎戳着屏幕发“么多么多”，而现实中她只会推着温崇月的肩膀说“快出去”。

温崇月问夏皎：“你想喝白冰酒还是红冰酒？”

夏皎不了解，问他：“有什么区别吗？”

温崇月解释：“白冰酒的酒液多半是金黄色的，相较而言，口感更清爽一些；红冰酒则颜色更深，口味更醇厚。”

夏皎说：“红冰酒吧。”今天的菜肴味道并不重，她想，或许白冰酒更适合夏天。

酿造冰酒的过程和贵腐一样复杂——葡萄成熟后并不收割，而是留在藤上等待自然带来的结冰；等到十二月或来年一月，藤上被冰霜裹住的葡萄才会被采摘、分选、压榨、过滤，耐心等待发酵，再陈酿、冷冻……

这个过程对温度的要求极高，因而并非每年都能生产冰酒：太冷了，葡萄会冻坏；太热了，葡萄又难以结冰。

每一滴冰酒都是自然的馈赠。

温崇月给夏皎倒了一杯。夏皎好奇地晃了晃，酒杯中的液体如红宝石般通透，莓果气味馥郁。她喝了一口，蔓越莓和草莓的味道在口腔中剧烈地躁动，她眼睛一亮，脱口而出：“好喝。”

温崇月说：“酒精度数不高，你可以慢慢喝。”

但酒精度数不高的酒，喝多了也会微醺。

酒能打开人的心防。夏皎起先并不相信这句话，她的酒品一向很好，很少喝到烂醉；无论什么情况，都守口如瓶，绝不酒后失言。可是今天有些意外，温崇月和她聊着那些琐碎的小事，夏皎不觉得有什么需要瞒住他，于是全部说了出来。

跟随爷爷、奶奶生活、成为“留守儿童”的孤单；被父母接到身边、在城市读初高中的离群；其实她很感激温崇月，他不经意的一句话，让她重新找到了生活和学习的目标……温崇月不记得了：“什么？”

夏皎不说话，喝光了杯中的酒，有些倦了，捧着脸看他：“那是我第一次吃蛇皮果，看上去很恐怖，但其实味道还不错。”

温崇月明白了，走过来扶夏皎：“你喝多了。”

夏皎趴在他身上。冰酒的温度只有零下十摄氏度，她整个人轻飘飘的，凉凉的酒香伴着莓果气息顺着她的口腔飘落。温崇月低头，压住夏皎还想反驳的唇。

温老师尝起来香香的。他不抽烟，刚才又和夏皎一同分享了红冰酒。夏皎从不知道，原来唇齿在酒精的催化下相贴，会爆发出这样的魔力，完全抚平了她的恐惧和不安。

她没有排斥温崇月的触碰，小狸花猫喵呜喵呜地叫着，她低头去看：“小虾米。”

“没事，”温崇月将她抱到餐桌上，“我来照顾。”

夏皎不知道他是怎么照顾小虾米的。她双手撑着身体，看着温崇月坐到椅子上，向她俯身。她一只手下垂，触碰着温崇月的头发，微微蹙起眉。

酒精的作用终于渐渐发挥，夏皎的世界犹如被石头击破的水面，倒影被水纹吞噬，又像是莫奈的作品，悠悠莲花在水面摇曳。

她像一杯红冰酒。经过冰霜历练的葡萄被摘下、压榨，酿成这杯红宝石般的酒液，被温崇月尽数饮下。

的确是喝醉了，醉到无论温崇月如何，她也只是睁大眼睛。被拥抱也好，被反剪双手也好，她都没有拒绝。

她就是结了冰霜的葡萄，在温暖中渐渐消融。

温崇月是将她带离寒冬干枯枝头的人。

生平第一次，宿醉后夏皎没有头痛欲裂，倒是温崇月付出了血的代价。小虾米护主，也和夏皎亲近，不知道为什么，它愤怒地用爪子在温崇月的腿上抓了三道痕。温崇月当时没有理会，白天才严肃教育它，不能随便对人露出爪子。

小猫咪哪里懂这些，只顾呼呼啦啦吃完罐头，满足地抖了抖身体，趴在地上伸了个懒腰。

之前预订的那只金吉拉也来了。温崇月的朋友特意乘飞机送来，温崇月开车去接。这是一只七个月大的帅气公猫，蓝绿色眼睛，已经绝育，带着一种介于呆呆和忧郁之间的神秘气质。

小虾米并没有排斥家庭新成员，只隔离了一下午，就扑腾着穿越护栏去找温泉——温崇月满足了夏皎的取名欲，金吉拉的名字就叫温泉。

温泉有洁癖，它的专属饭碗擦得亮闪闪，只要猫粮掉在外面，它就绝不会垂下优雅的猫颈去触碰。小虾米则与它完全相反，千方百计地翻倒垃圾桶，试图扒拉出东西来玩；而只要是食物，哪怕掉在桌子缝下，它也能灵活地掏出来。

当刚钻完垃圾桶的小虾米快乐地奔向温泉时，爱干净的温泉避之不及，终于发出了到新家后的第一声沙哑猫叫：“啊——呜——”

夏皎没有参与两只猫咪的打闹，她在为和温崇月的姑姑见面而紧张。

温崇月的姑姑随母姓于，单字名昙，比温崇月的父亲小十岁，没有结婚。她的男友和夏皎年纪差不多大，还在读研，身材清瘦，说话时会脸红，名字也有趣，叫张抱林，姑姑叫他小林。

姑姑的房子就在邻近的小区。她是真正的爱花人，房子在一楼，家里装扮得犹如植物花房。且不说栽种的几株樱花，就是院中的花境分布也颇为讲究，紫竹与古铜色路灯互相映衬，白色碎石小路两侧，糖米草颜色动人，龙胆花尚未开放，大花绣球的支柱和蛇鞭菊、三角梅交相呼应，而特意营造的小院低坡上，金心也门铁和铁冬青傲然挺立。

温崇月还带了一尾新鲜的鮰鱼，三四月份的长江鱼最鲜，正是品尝的好时候。

于昙有着和温崇月一样的眼睛，不过面容更冷淡一些，说话时语气也慢，客气熟络。她留下夏皎喝茶聊天，打发小林去给温崇月打下手。

初次见面，夏皎有些拘谨，回话时声音也小，不过于昙并不在意，就跟她聊些家常琐事。

于昙不爱笑，是标准的冷美人。夏皎心里忐忑，思考良久，终于主动提起于昙的小院子："姑姑的院子打理得真好，是您自己做的吗？"

谈到植物花草，于昙才露出真心的笑："是，费了我不少力气。"顿了顿，她又问，"听崇月说，你也喜欢植物？"

厨房中，温崇月正在料理鮰鱼。这鱼个头大，灰白色，没有鳞，腹部膨胀，看上去就像大号的鲇鱼。这一条是温崇月托朋友寻来的，刚捞上来不久，肚子雪白，身体两侧都是淡淡的绯红。

温崇月料理鱼时，动作干净利落，拆刺破腹，流利娴熟。张抱林看得目瞪口呆。

温崇月打算多做几道菜，看到张抱林不敢下手的模样，也不勉强，笑着说："你先出去休息吧，这边我一个人来就好。"张抱林客气了几句，才离开。

温崇月将鱼切块，心中已经想好怎么料理这条鱼。不单单是鱼肉，鱼头也可多吃，鮰鱼的吻部软肉肥厚，充满胶质，适合用火腿、冬笋来搭配……正思考着，厨房门口传来脚步声，温崇月只当是张抱林去而复返，仍旧低着头，说："这里不用你，出去休息吧。"

脚步声轻轻，片刻后，夏皎探出小脑袋，小声回应他："但是，我觉得你应该需要我。"

温崇月双手都是鱼腥味儿，碰不得她，哂笑："学生来帮老师？"

"昨天你……嗯，"夏皎说，"教了我那么多，我现在应该也能帮上忙。"她还是羞赧，一句话不好意思直说，吞吞吐吐，惹得温崇月发笑。

"现在这么害羞，一句话也说不全，"温崇月低头看她，问道，"在微博上发‘裤子飞飞’‘老公亲亲’的气势跑哪儿去了？”

夏皎愣了几秒才猛然醒悟：“你怎么知道？”

温崇月抬手：“不招人喜欢的大数据，将你的账号推给了我。”

眼看着夏皎的脸像煮熟的虾一样骤然红起来，温崇月将鱿鱼吻部的软肉取下：“不用担心，我只看了推荐给我的那一条——我不想侵犯你的隐私。”

夏皎松了口气。她在现实生活中很少露骨地发泄，大部分情绪和烦心事都是分享在网上，包括但不限于吐槽酒局、沉迷各种“乙女”游戏……

温崇月将肉盛在干净小碗中备用，又将鱿鱼身上膘多的部位细细切割：“不过，我还有个疑问。”

夏皎问：“什么疑问？”

温崇月说：“为什么你从来不叫我老公？”

夏皎：“……哎，这个……”

鱿鱼刺少，给鲜鱼切片是项技术活儿，温崇月一手按着鱼，一手持着刀，嫩生生的鱼肉在他指间如花朵般绽开。他想了想，问道：“难道你害羞？”

夏皎说：“恭喜您，温老师，答对了。”

温崇月问：“答对了有什么奖励？”

空气炸锅叮的一声，浓郁香甜的地瓜和芝麻香味散开。夏皎挽袖，洗干净手，小心翼翼地夹了一个芝麻芋圆地瓜丸，吹了吹，递到温崇月唇边，说：“奖励一个地瓜丸。”

温崇月看着她避重就轻的模样，笑了笑，俯身咬住。芝麻被烤得酥香，丸子内里的馅儿香甜可口，虽然是买的半成品，但味道不错。

夏皎放下筷子，转移话题：“我能帮什么忙吗？”她不怎么下厨房，但温崇月很乐意让她做些力所能及的小事，比如剥蒜瓣、切火腿。

夏皎站在料理台前，咕咕唧唧地和温崇月聊姑姑院子中的花草，小声赞美姑姑的衣着和家居配饰的品位。

鱿鱼的烹饪讲究火候和火功，急不得。

温崇月切了一部分做红烧鱿鱼。油锅烧热，切成雪花片的蒜瓣和姜下锅爆香，加绍酒、老抽、蚝油、糖盐。夏皎胃不好，吃不了辣，温崇月犹豫了一下，将小米椒重新放了回去。

做鮰鱼讲究的就是“两笃三焖”，两次用旺火，每次持续三分钟，其余时间用文火慢焖，少说也得半小时。

文火慢焖时，温崇月就回答夏皎那关于鮰鱼的好奇心：“其实鮰鱼是不是鮰鱼，我也很难给你答案。同理的还有‘江鲅’‘鲅鮰’，有人说长到一两斤的鮰鱼才能被称为江鲅……”

“暂停一下，”夏皎举手，“温老师，学生绕不过弯，申请暂时休息。”

温崇月将夏皎切好的火腿丝和冬笋归拢：“可以。”

温崇月将一条鱼做得细致：鮰鱼唇肥而厚实，加火腿、豆豉、软豆腐、上海青煲汤，汤汁香白似乳；鮰鱼膘肥的部分用蒜瓣烧，汤汁黏稠，香气醇厚；鱼头也不浪费，和剩下的一些肉和骨一起，加竹笋煲汤。

张抱林也过来了，他贡献了一道荠菜拌香干。春天就要吃些鲜菜。焯熟的荠菜切碎，和香干丁、炸熟的花生碎放在大碗中，用芝麻油和盐拌匀。

于昙忙于经营花店，他偶尔过来，也会分担家务，尤其是做饭。于昙挑食，他挖空心思学了好几种菜式。

张抱林也是温和腼腆的性格，俩人聊不到两句，外卖员按响了门铃。外卖是于昙从一家本帮菜餐厅订的，一份百叶结红烧肉，一份葱油蛤蜊，一份酒烹草头，一份酱爆猪肝，两屉蟹黄小笼包。

姑姑不吃米饭，温崇月蒸的米饭分量稍少。熟了之后，夏皎掀开盖想要盛饭，被温崇月默不作声地拦住：“去外面。”

夏皎说：“啊？”

“你是我的新婚妻子，”温崇月说，“你陪我来我姑姑家做客，端饭分筷这种事，不需要你动手——出去和姑姑聊聊天，这里有我和抱林。”

夏皎明白他的意思，也不勉强，放下东西去了外面。其实她和于昙的共同话题也只剩花草了。

温崇月和张抱林将饭菜一一端出。席上不喝酒，于昙亲自泡了茶，洞庭的碧螺春。得知夏皎刚刚辞掉工作，于昙问：“我正在招花艺师，皎皎，你有没有兴趣？”

夏皎愣住：“花艺师？”她小心翼翼地说，“可是我没有相关经验……”

于昙说：“东西都是要学的。崇月应该和你提起过我的生意？”

夏皎点头。

温崇月将盛好的米饭放到她面前，用的是青浦薄稻，蒸熟的米晶莹剔透，微微闪青，软糯清香，犹似初阳渐升。氤氲的热腾香气中，夏皎想起了温崇月提到的事：于昙名下的花店在苏州有两个店铺，同时还接许多花艺的委托设计——比如某明星的婚礼、和奢侈品牌的展柜合作。她的花艺作品在业内获得过不少赞誉。

“审美这种东西，可以培养，天赋很重要，”于昙颔首，“我招了两年了，没有一个合心意的。”

说到这里，她叹口气，看了眼张抱林：“原本抱林可以，不过他马上要研三了，还是把精力用在学习上比较好。”

张抱林答：“姐姐，我能安排好学业和工作。”

于昙不置可否，摇了摇头，重新问夏皎：“不过丑话说在前头，我这个人就是挑剔，要求高。你想来我这里工作，也得先学习——听温崇月说，你过两天还要回北京？”

夏皎说：“是的。”

于昙想了想：“我有个小徒弟也在北京，不过他学得不多，都是些皮毛……等会儿我打电话给他，回北京后，你先跟着他上几天课。等崇月回苏州，你也刚好能过来了，我再把你带在身边教。”

温崇月笑：“姑姑，你让我再想想。”

于昙说：“怎么，舍不得老婆？”

夏皎的掌心出了汗。她向来不是擅长做选择的人，于昙说了很多很多，噼里啪啦地往脑子里钻，她一下没办法回过神。还好有温崇月。他往夏皎的小碗中夹了一块红烧鮰鱼，说：“总得让我们想想，这是大事。我知道姑姑喜欢皎皎，但这是我好不容易才娶到的老婆，你总得让我们商量一下。”

于昙笑了：“那就再等等，不着急。吃饭。”

这可真是夏皎近期吃得最努力的一顿饭了。

温崇月做的红烧鮰鱼十分地道，没放一点芡粉，仍旧烧得汤汁浓郁，鱼皮毫发无伤，色泽红亮，蕴着一层淡淡酒香。夏皎咬了一口，黏稠的汤汁可口，鱼肉鲜嫩而不腻，就连蘸了汤汁的米饭也是味道绝佳——光用汤汁下饭，夏皎都能吃掉两碗米饭。

汤的味道也妙，味嫩似鲜乳，肉白如脂，肉质鲜嫩，吻部和皮滑而韧，吸足了火腿、豆腐、青菜的香味儿。夏皎的减肥计划再度失败。

房子离得近，回去的路上，俩人并肩散步。初春的苏州刚蒙上一层烟雨的底蕴，树干尚未发出浓绿。道路两侧的石头尚带寒冬的冷，周围绿丛却已泛起春意。

夏皎长长地伸了一个懒腰。于昙订了点心礼盒，和她自己做的一些浮游花搭配好，交给温崇月拎着。

月光皎皎，夏皎慢悠悠走出好几步，忽然问温崇月："我做花艺师的话，薪酬会开到多少？"

温崇月想了想："我们去看看姑姑之前的招聘信息？"

夏皎赞叹："完美。"

回到家中，夏皎第一时间翻出于昙曾委托人挂出去的招聘消息，薪酬区间内最低的数字和夏皎在北京时的薪酬一模一样。高是真的高——如果花艺师能够独立接单的话，还会有相应的分成。这简直是夏皎理想中的工作。于是沟通后，温崇月将信息传递给于昙。于昙办事也速度，马上将自己小徒弟的联系方式给了夏皎。

夏皎盯着对方严肃古朴的头像和"妈妈风"的昵称许久，看着添加成功的提示语，熟练地敲开场白。

夏皎："你好，我是夏皎，朋友们都叫我小虾饺。"

夏皎："请问老师怎么称呼呀？"

忆江南："叫我老张吧。"

夏皎："好的，张老师。"

没有透露名字的张老师性格高冷，话不多，先是给夏皎列了一些名单，然后发了一些他平时授课的教学视频，让夏皎先看看，等她回北京再手把手带她。

夏皎先啃视频。不过她最近犯春困，躺在沙发上，手机投屏在电视上，认真看了半小时，就不知不觉睡了过去。

她只想稍微眯一小会儿，谁知醒来时天色已然黑透，房中亮着温暖的灯光。温崇月下班归来，正在松领带，侧身看着她笑了："怎么在这里睡午觉？别着凉。"

夏皎站起来，揉了揉脑袋，解释说："啊，不，我在学习。"

温崇月的视线在她身上停留几秒，又看了看她面前的茶几，上面摆着一本崭新的书，还没有拆塑封。小虾米趴在沙发靠背上睡得正甜，就在夏皎头顶打着小呼噜，斑纹小尾巴温柔地贴着沙发。

夏皎："……"

好吧，她这样看起来完全不像在刻苦学习，就是在家和猫咪睡懒觉被抓包。

温崇月问："躺着学习？"

夏皎想要解释："……那个……"

"我明白了，"温崇月沉吟片刻，"你的学习方式——是想让老师给你托梦？"

夏皎的"托梦学习计划"暂时中止。她的梦境里面没有严肃的张老师授课，只有各式各样的美食。

夏皎发现辞职真的能让人心情舒爽，尤其是在她下定决心换工作之后。她吃东西更香了、入睡更快了、喝水频率更高了、精气神更足了，也能早晨晨跑、晚上散步了，还有更多的精力去欣赏路边花草、尝试没吃过的小吃和水果了，就连掉的头发都大幅度减少。

如果非要说辞职带来的负面效果，那就是她的体重增长了两斤。

夏皎对这件事耿耿于怀。一大早，夏皎拒绝温崇月立刻吃早餐的邀请，先去卫生间洗净脸颊和头发，擦干所有的水，只穿着一条睡裙，屏住呼吸，虔诚而庄重地赤脚踩上体脂秤。

很好，依旧是重了两斤。夏皎捂着脸，难以置信："我居然重了一公斤！"

温崇月取出散发着奶酪和黄油香气的洛林咸派，镇定地将温热的鲜牛奶倒入夏皎那盛满蓝莓和麦片的专属早餐杯中："忘记告诉你了，我的体脂秤有误差。"

夏皎无法接受现实，却又冷静回想："昨天晚上在便利店门口称的比这个还重。"

温崇月平静道："家用秤都有误差，更何况是外面的？"

夏皎捏了捏腰上的肉，忧愁地说："难怪我最近感觉衣服变小了。"

温崇月说："是衣服缩水了，和你没关系。"

夏皎抬头："温老师，您说话永远都这么好听吗？"

温崇月将盛着胡萝卜坚果仁小菜的小瓷碟放在饭桌中央，顺便往搭配了烤茄子、西葫芦、南瓜、花椰菜、虾仁的虾仁蔬菜沙拉中滴入意大利香醋。早餐的香气慢慢飘过来，试图诱惑体脂秤上的夏皎。

温崇月说："我只是在陈述事实而已，皎皎，你不要为了身材如此焦虑。"

夏皎慢慢地呼出一口气。也是，她的新工作不需要保持固定身材啦。

温崇月摆好筷子和勺子，宣布早餐和新的一天开始："开饭。"

的确是开饭。猫咪的早饭也准备好了，新开的罐头、清水煮好的鲜虾和鸡胸肉，以及特意栽种的绿油油的猫草。小虾米翘着尾巴呼呼噜噜地吃，它喜欢把猫碗里的东西扒拉到地上啃。温泉不紧不慢地吃着罐头，决不允许弄脏一点美丽蓬松的领毛。

夏皎和温崇月回扬州的时候，两只小猫咪并没有跟随。考虑到夏皎家中没有猫咪用品且猫咪容易应激等多重因素，小虾米和温泉暂时被留在了温崇月家中，于昙答应每天过来帮忙照顾一下。

从苏州到扬州并不算远。春天的阳光好，夏皎涂好防晒霜，认真地翻看于昙之前的设计图册以及她私人的设计理念。和部分花艺设计师不同，于昙并不过度追求使用从国外空运过来的昂贵花材，更倡导花与建筑、场景、自然的和谐相融。还有一些配色很大胆的作品，夏皎以崇拜的眼神从头看到尾。

夏皎的父母在天津打拼多年，然而赚钱的速度赶不上房价上涨的速度，开水果店的利润也比不上房东收租，于是最终返回扬州购置了房产，重新开了家小水果店，生意还算红火。

回家后夏皎先抱了自己房间的床褥出去晾晒。她是独生女，父母照顾着店铺，也没有额外雇用员工，很忙。一直等到五点钟，夏母才急匆匆赶来，有些好奇、有些满意地招待温崇月。在得知温崇月会下厨以及他的具体收入后，她更满意了。

"坐下，我来就好，"夏母阻止温崇月站起来，"哪有让客人动手的道理？皎皎，过来，来搭把手。"

夏皎跳起来，答应一声，示意温崇月坐在沙发上看电视。

淮扬菜口味偏甜，夏母亲自做了狮子头。家里人不爱吃肥肉，她选了三肥七瘦、刚杀完就拿出来卖的新鲜五花，细切粗斩，剁成石榴粒般大小。

夏皎负责切荸荠，同样切成细细碎碎的粒。她忽听夏母说："你们打算什么时候要孩子啊？"

夏皎哭笑不得："婚礼还没办呢。"

"听我的，"夏母说，"年轻的时候生孩子好，你的身体恢复得快。趁着我还能动，给你们照顾一段时间孩子，等我老了，恐怕就带不动了。"

夏皎说："不要不要，我先赚钱。"

她完全没有考虑过孩子的事，好在妈妈只提了这一句，后面话题就转移到温崇月的性格和为人处世上了。夏皎按照之前和温崇月对好的说辞，一一回答。什么工作中认识的朋友，互相有好感后就尝试交往，没和家里人说是因为不想让家长多想……好不容易才圆过去。

肉馅剁好了，夏母赶着夏皎去订盐水老鹅，顺便拌个皮蛋。

难做的还是夏母的红烧狮子头。剁碎的肉馅儿和荸荠粒混在一起搅，打了鸡蛋，加了葱姜末、生粉进去，团成圆圆的狮子头，放进热油里炸。

若是按照扬州狮子头的传统做法，得先煮、定型，再低温炖上一宿。可惜时间不充足，晚上就得拿来招待客人，夏母只好做了红烧。大火定型，小火慢炸，荸荠和猪肉的香味儿在热油的催化下扩散。夏母将炸好的狮子头捞出来，重新热了锅——热好的油不能浪费，交给夏皎去炸冰箱里冻着的淮扬春卷。

她另起了一个油锅，加了一勺底油，倒入姜片葱段和红烧汁，兑了清水，等沸水煮开，才将炸好的狮子头放进去，慢炖入味。等汤汁浓了，再搁冰糖化开，勾芡。

夏皎闻着味儿就饿了，偷吃了一块炸好的春卷，被夏母逮了个正着。夏母无奈地笑道："小馋猫——好了，出去看看崇月吧，这边我来。"

夏皎把当青头的小油菜烫熟了，临走前又顺了个春卷，填在口中香喷喷地吃，在外太久了，还是想念家里的一口饭。

夏父今天也早早关门回家。往常水果店都开到八点半，今天六点半他就关门回来了，还捎带了些水果——客人在家，他拿回的不是不新鲜、卖相不好的，个个都新鲜个大、卖相佳。

夏父极力想表现出庄重严肃的老丈人模样，遗憾的是经验不足，平时和客人打起交道头头是道，第一次面对女婿，最终却只憋出一句："家里人都还好吧？"

温崇月说："谢谢伯父，都很好。我爸还想着登门拜访您，就是不清楚您什么时候方便。"

夏父答："都方便都方便……皎皎在你那里，也还好吧？"

夏皎吃着草莓，听温崇月说："皎皎很温柔，聪明伶俐，谢谢您二老，把她培养得这么好。"

夏父脸上笑开了花，看起来就像第一次和舍友吃饭、拼命找话题的社恐："那，喝点？"

温崇月说："我也带了一些酒，您要不要尝尝？"

温崇月深谙夏父这个年龄段的人的喜好，没有带什么珍藏葡萄酒。老一辈的人，就爱白酒，给他们送东西，还得是茅台，他带了八瓶，取了个吉利数。果不其然，两杯下肚，夏父就对温崇月夸赞不停，看那欣赏的目光，恨不得拉着温崇月歃血为盟、拜个把子。

夏皎担心的“婆媳不和”，哦不，“岳父和女婿不和”的事情完全没有发生。大概是因为温崇月脸长得好、演技也好，爸爸妈妈也不知道他俩是闪婚，相信了温崇月口中所说的“一时赌气领了证”这种事情。

温崇月诚意满满地道歉，说不该瞒着您二老，谁知道夏父大手一挥，说道：“没事，我生的女儿我还不知道？她就这脾气，你以后多担待。”

夏皎：“……”

除此之外，温崇月还从其他地方顺利俘获了两位老人的满意度。这次登门拜访的礼物都是温崇月选的。夏母的是一件昂贵的羊绒大衣和同色系羊绒围巾，她穿上去刚刚好，美得一直照镜子。夏父的除了酒，还有一套高端钓鱼工具，晚饭刚结束，他就迫不及待地拆礼物，研究钓具的搭配和功能。

夏皎目瞪口呆：“这么简单吗？”夏母已经亲切地称呼他为“小温”，夏父更是一口一个“崇月”，熟得像温崇月才是他儿子。

温崇月摸了摸她的脑袋说：“伯父伯母都很通情达理。”

夏皎“嗯”了一声。

他们的房子小，总共三个卧室，背阴面的小房间被当成了储藏室，温崇月晚上就睡在夏皎的小床上。洗漱后，温崇月推开门，就看到只穿着睡衣的夏皎趴在床上，跷着脚丫津津有味地看视频。

温崇月提醒她：“你这样对眼睛不好。”

夏皎转身：“真的？”

温崇月用毛巾擦拭着脸颊上的水：“嗯。”

夏皎试图撒娇：“那我就玩一小会儿，就一小会儿嘛。”她其实很少这样做，大概是因为今晚在家，比较放松，语气不自觉地亲昵柔软了起来。

可惜温崇月铁石心肠，他走过来，想把平板拿走：“趴在枕头上玩平板会影响视力。”

夏皎顿悟，立刻将枕头抽出来丢在旁边的椅子上，继续心安理得地趴下，双手死死压住平板。

她说：“那我不趴枕头，就不会影响视力啦。”

温崇月伸手，夏皎把平板藏在身下，拼命用身体护住：“不能耍赖！”

温崇月惊奇地问：“是谁在耍赖？”

夏皎整个人都压在平板上，伸长胳膊护在身下，对温崇月的话置若罔闻：“就这一会儿了，我看完这个就睡觉。”就像小猫护食，护得严严密密。

温崇月去捞平板，铁面无私地说：“你需要休息。”他没捞到平板，倒是捞着一手软香。

夏皎“呜”了一声，不动了，犹如躲在墙角装死的小仓鼠。

温崇月的手移走了。

房间中的旧空调在沧桑的启动音后终于开始吭哧吭哧地制暖，夏皎脸贴着床单，感觉有点热。她说不出是哪里不对劲，反正就是越来越热。

温崇月把被夏皎抛弃的枕头重新捡回来。两个人都没说话。过了一阵儿，夏皎老老实实地将平板抽出来，递给温崇月：“……那我今天不看啦。”

温崇月不言语，将平板拿走，放在旁边的小桌子上。平板上的软件还没来得及退出，停在播放页面上，骤然的定格让两位主角看起来滑稽又可爱。桌上的花瓶是空的，没有花，倒是钉在墙上的架子上摆了一个佛手柑，散发着幽幽甜甜的清香。

夏皎两手握着被子，睁大眼睛看着天花板。

温崇月上床的时候手脚很轻，但仍不可避免地发出一些声音。床是木板床，夏皎记得买的时候两千出头，不知道能不能承担两个人的重量……

床的大小和家中的被褥不允许俩人分开睡，只能盖一床被子。南方的寒气还没有退去，夏皎的身体发凉。她能感觉到热源的靠近，想要往旁边挪挪，一双手阻止了她：“想去床下睡？”

夏皎说：“不是。”伴随着她的回话，木床吱呀响起来。

房间外的声音隔着木门传过来，夏父的咳嗽声，夏母的埋怨声，听不清楚内容，却能从语调中判断出俩人闹了小矛盾。

温崇月侧躺着。这是俩人第一次睡同一床被子，他松开手：“别掉下去。”

俩人在扬州生活了三天。夏皎请温崇月吃了扬州的早茶。三丁包子面皮松软，肉沫、竹笋、香菇、胡萝卜卤的馅儿泛着淡淡的甜香；富春的大煮干丝，冶春的翡翠烧卖，锦春的青菜包；更不要说外皮酥到必须轻轻提起的双麻酥饼，表层白芝麻焦香，内里的黑芝麻馅料浓到令人惊叹；蟹黄蒸饺皮薄馅儿多，满溢出来的汁水香甜。

虽然是北方人，但温崇月对淮扬菜适应良好，不像夏皎的其他北方朋友，不适应甜口的菜肴。其实温崇月的粤语说得也好，还会做许多粤菜。夏皎不是没好奇过他的经历，不过静下心来仔细想想，似乎也没有特意询问的必要。

夏皎总觉得自己无法摸清温崇月的想法。她好像永远站在比对方低一个台阶的位置，只能仰脸看他。这倒无关他平时的作风或话语，她猜，大抵是年龄和阅历带来的差距。和温崇月聊天让她感觉舒适，但他不会将自己的过去清晰地展露给她看。

夏皎曾读到过这样一个理论：如果和一个人相处让你感觉愉快，那么多数情况下，对方的情商和交际能力都远高于你。夏皎认为这个理论是有道理的。她清楚自己在社交方面的短板，担心过度探究会影响他们的和平共处。为了避免这种糟糕的情况发生，她将自己的好奇心悄悄地关进了盒子里，反正相敬如宾已经满足了她对婚姻的追求了。夏皎绝不奢想爱情。

在扬州的最后一天，夏皎从储藏室里找到了一个只用过一次的烤箱，还有一整套烘焙工具，无人问津、孤零零地躺在这里。

夏皎叹口气，刚想放回去，就被温崇月拦住了：“放回去做什么？”

“爸爸妈妈用不到的，”夏皎向他解释，“他们不会烤蛋糕。”

温崇月未置可否：“谁说烤箱只能用来烤蛋糕？”

夏皎说：“嗯……还能烤水果？”

温崇月挽起袖子，从她手中接过烤箱，叹了口气：“西方人餐桌上的料理，用到烤箱的占了半壁江山，你怎么会认为这么重要的工具只能烤面包、水果和蔬菜呢？”

夏皎郑重地向烤箱道歉："对不起，烤箱。"

温崇月检查了一下冰箱和厨房的食材，沉吟片刻，侧身问她："伯父、伯母吃羊肉吗？"

"啊？吃的！"

夏皎第一次见识到烤箱在烘焙料理中的魅力。

温崇月将新鲜的圆南瓜对半切开，内外都均匀地刷上一层橄榄油，抹上黑胡椒粉和盐，放在一旁静置。她啃着鱿鱼干，看着温崇月将烤箱打开，好奇地问："南瓜要直接放进去烤吗？不用切成小块吗？"

她吃过几次烤南瓜，都是去皮去籽、抹上粗盐和黑胡椒粒再烤，烤好后一片金黄，表层微焦。盐烤的南瓜香甜味更足，算是懒人厨师的烤箱必学菜式。

"先预热，"温崇月说，"温度适中能让料理更快定型。烘焙蛋糕时，需要的时间也会缩短。"

夏皎用力咬了一口鱿鱼干。这是爸爸刚买来不久的，韧性十足，咬住扯出去的时候，上下牙齿重重抵在一起，有种小人儿手拉手在天灵盖上跳舞的错觉。她似懂非懂地问："那不追求时间的话，是不是没区别？"

温崇月的手指从调节温度的旋钮上松开，摇头回答："口感和外表都会受影响。"

趁烤箱预热的时候，他将剁碎的羊肉、蒜末、洋葱馅儿搅拌均匀，撒入孜然、肉桂粉、鲜柠檬汁、黑胡椒粉、橄榄油和盐，填在刚才挖空的南瓜中。

夏皎承包了放南瓜的工作，小心翼翼地将托盘放入烤箱中，选择了两百度，十五分钟。

温崇月拍拍她的脑袋："好了，等会儿浇上酱汁和薄荷就可以直接吃了。还有十五分钟，你想不想晚餐再来一份比萨？"

夏皎误以为他要自己做，苦恼道："我家只有一个烤箱哎。"

温崇月提醒她："小区门口不是有家比萨店？你一天没运动了，刚好去散散步，就当锻炼身体了。"

夏皎：“……”对于一个“社恐”来说，哪怕是下楼去小区门口买比萨，都是“出远门”。

幸好现在天气冷，夏皎穿了裤子和毛衣，外面套了一件包到小腿的羽绒服，又戴上口罩，裹得严严实实。口罩就是社恐的盔甲，能让社恐的安全指数大幅度提高。如果再给她一副蓝牙耳机和墨镜，那么她将刀枪不入。

全副武装完毕，夏皎才跟着温崇月下楼。现在是下班时间，一路上遇到不少“点头之交”——那些住了段时间的邻居只有脸熟，其他一概不熟。夏皎庆幸有墨镜和口罩保护，让她省去了打招呼的时间。她不自觉地贴近温崇月，拉着他的袖子，抿着唇，寸步不离。

温崇月低头，自己的新婚妻子看起来就像一只被抢走所有过冬松果的小松鼠，夹着尾巴小心翼翼地靠着他，聊天声音也很小，生怕影响其他人。这样的交谈的确不会给路人造成困扰，但温崇月必须集中精力才能听清她在说什么。

温崇月忽然感觉自己的妻子就像一只小蜗牛，一旦出门便立刻将自己缩入壳中，绝不对外露出分毫。只有在无人处，她才会偷偷露出可爱的小触角。

比萨店里人不多，一个外卖员等着拿餐，点餐处的服务员正在聊天。夏皎却没有直接过去，而是下意识地寻找店里的自助点餐机，走到机器前，认真地查看屏幕上的比萨分类。

她边看边征求温崇月的意见：“你觉得‘鲜香麻辣海鲜’好，还是‘炙烤牛肉芝心’好？”

温崇月说：“炙烤牛肉。”话音刚落，比萨店的玻璃门被大力推开，身着鼓鼓囊囊的黑色羽绒服的男人火急火燎地进门来。

夏皎刚下了单，还没和温崇月说话，就听到一个熟悉的声音：“我要两个‘超级至尊花轮’……芝……芝心……这名字真拗口，还有‘炙烤西’……啊，就这个，来一份，还有那个，这个，都要。”

温崇月看着身边的小蜗牛悄悄地挪了挪脚，罕见地伸出她缩起来的小触角。

夏皎侧身，看着不远处的男人点完单，转身将手肘搁在柜台上。

温崇月看到了男人的脸。他没戴口罩，皮肤很黑，牙齿很白，像一只光长个子不长脑子的“哈士奇”。

夏皎想要转身躲避，但杨叶已经锁定了目标。他笑起来，露出一口大白牙，响亮的声音在店铺内回荡：“小饺子！”一句话让店里的工作人员都抬起了头，看向声音发源地。而杨叶大步流星地走过来，完全没有在意这些目光。他乐呵呵的，又惊又喜：“你也回家啦？”

夏皎避无可避，没想到自己戴着口罩还能被认出来，只好说：“回家看看爸爸妈妈。”

“缘分啊！”杨叶乐了，“要不说咱俩有缘呢，我也是——”这样说着，他下意识地想拍夏皎的肩膀，但刚伸出手就被人捏住了手腕，他这才注意到了温崇月。

这么冷的天气，温崇月却只穿着一身黑色大衣。难得见到穿着这么考究的男人，长得也不错，杨叶愣了愣，觉得眼熟，但一时半会儿想不起来在哪见过。

温崇月文质彬彬地说：“我理解你见到老同学的激动心情和过度热情的举动，但请不要拍打我的妻子。”

杨叶惊愕，问夏皎：“你什么时候结的婚啊？怎么也不在同学群里说一声？”他嗓门儿大，在公共场合和他对话，实在需要消耗太多勇气。夏皎真想拉着他去外面谈，至少不要在店内引起其他人的围观。

夏皎绞尽脑汁地寻找理由，脑袋都要愁到爆炸了。她本来就不擅长撒谎，更何况是在这种难堪的情况下。她慢吞吞地说：“快过年的时候……”一只温热的手搂住她，顺势将她往身边带了带。

“年前领的证，婚礼定在四月份，”温崇月自然地说，“还没有发请柬——你知道的，皎皎性格内向，不喜欢太高调。”

杨叶不知道。他只记得烈日炎炎，夏皎红着脸递给他一瓶水，只记得夏皎被太阳晒红的额头和脸庞，眼角好像也发着红。人的记忆有限，杨叶只记得这一点红和一瓶水，忘记了夏同学是不是性格内向、是不是喜欢低调。

杨叶“哦”了一声，僵硬地抬头，拍了拍温崇月的肩膀说：“恭喜啊！”

温崇月说：“杨先生别忘了来喝喜酒。”

杨叶客气道：“一定一定。”

烤制比萨的香味儿在店内渐渐散开，仿佛气味也带着体积，让周围的空气忽然拥挤起来。外卖员拿着打包好的比萨离开。店员核对着号码——夏皎忙不迭地取了比萨，温崇月自然而然地接过，一手拎着比萨，一手牵着夏皎的手，和杨叶告别。

夏皎的手掌心微微发热，奇怪，明明天气算不上多暖和。

俩人走出好远，温崇月不经意地问：“你和高中同学还经常联系？”

“不，”夏皎迟疑着摇了摇头，“上大学后不经常见面，关系就淡了……大学同学也是，毕业以前天天见面，一块儿吃火锅、吃烤肉，一毕业大家各有所忙，见面机会少，也就不怎么聊天了。”说到这里，夏皎有些怅然。

社恐更多的是不愿和无交集或者不熟悉的人打交道，并非完全没有朋友，更不意味着不和人交流。在自己喜欢的领域和圈子里，他们也有相处舒适的、可以自在交流的同好，正如夏皎，在现实生活中见到生人很沉默，但在朋友面前很欢脱。

她高中和大学时都有要好的朋友，遗憾的是不可能永远在一起。大家毕业后选择的职业方向、城市、地点各不相同，也就渐渐地分散了。除了结婚这种大事，她们都不会主动去见对方。掰着指头算下来，她如今最要好、基本上每周都联系的好友，也只剩下江晚橘了。

想到这里，夏皎感慨：“读书的时候觉得工作了好，既有钱，也不用考试，没想到工作后更累，钱不多就算了，还得加班……考试的确不经常有，加班却成了常事。”

温崇月说：“你放心，新的工作不需要经常加班。”温崇月没有骗夏皎。她不用再加班，会有很多时间好好休息。

第六章 香烤羊排

两人次日返回苏州。

正是暮冬初春，万物复苏，连着几日细雨蒙蒙，春泥带寒。

南方的湿冷天气能要人命，家里的空调开着除湿，出去转悠一圈就瑟瑟发抖，原定的外出计划只好暂时搁浅。在南方湿冷充满穿透力的攻击下，没人想外出闲逛，游玩赏景。

于是大多数时间里，夏皎都躺在阳台上那把铺着柔软毛毯的椅子上，一边搂着温泉，一边用带着铃铛的仙女棒逗小虾米。

新买的黄色郁金香有着油画般的光泽，剑兰开出浅色的花苞。窗外春雨浅浅细细，杏霭流玉。温崇月在厨房清洗刚买的草莓，刚刚洗过澡的温泉用软乎乎的粉色肉垫在夏皎腰上踩奶，在猫咪的呼噜声中，夏皎渐渐睡着了。

三天后，两猫两人回到北京，夏皎终于见到了于昙的徒弟——张云和。他在一个知名的花艺家居品牌做总监，和温崇月同岁，是一位喜洁、严肃的男性。据说他曾结过一次婚，但并无子女，目前独居。

张云和不是那种高傲自大的人，但也不平易近人。他很沉默，经常穿着黑色的衬衫和裤子，就连外套也是黑的，背着一个简朴的黑色双肩包，整个人像是刚从墨水里捞出来。

张云和极少说话，下属做错了事也不会发脾气。但如果说他有耐心，也不尽然，每天辅导夏皎的时间到了，就算夏皎心有疑问，也得留到明天——他绝对不会加班，单独辅导夏皎已是看在于昙的面子上。

夏皎学得也勤奋。

早在几年前，国内就取消了花艺行业的资格认证，国外倒是有一系列的花艺师认证，相应的，其课程和报考费用也要比国内其他考试高出一截，辅导机构遍地开花，在社交平台上罗列出考取资格证的各种好处和途径。在于昙眼中，这些不被国家认证的证书并非必要。比起证书，她更看重个人能力。

夏皎的生活又忙碌起来。张云和的工作时间固定，一般是每周的一、三、五。这三天夏皎会跟在他身边默默学习，看他如何处理花材。等到张云和下班后，她就听张云和的单独授课。

其余的时间，夏皎就自己啃于昙和张云和列出来的书籍，或是在店里观摩其他花艺师的作品，看一些内部资料——基本上是顾客的反馈。笔记密密麻麻，花店为每位顾客创建了档案，记录着他们对每一束花和作品的反馈和意见。

于昙要求她培养个人审美能力，于是夏皎就去观看各类艺术展、去博物馆看画、在家看美术风格强烈的电影。温崇月偶尔会陪她看电影，不过他并不喜欢这种风格，很多时候看着看着就睡着了。

或许是因为即将去苏州，温崇月的工作也渐渐忙碌起来，偶尔会加一两次班。他会提前发消息给夏皎，抱歉地解释自己加班的原因，告诉她自己下班的大概时间。这时夏皎就会主动承担起做晚饭的责任，不过她会的料理不多，都是些基础菜式。

新鲜香椿刚上市时，夏皎买了一碟香椿芽，全是最顶端的嫩尖尖。有句俗语说："雨前椿头嫩无丝，雨后椿头生木枝。"香椿最嫩的时候，就是三月末、四月初，清明雨前。

嫩嫩的香椿颜色带点紫，叶脉细绒，像是能掐出水来，最适合配娇滴滴的内酯豆腐。把香椿过水烫一下，切成碎末，不需要太复杂的佐料，加点芝麻油、生抽、醋、盐就能拌得嫩滑鲜香，一口清汁。

温崇月吃不得香椿，却仍旧给面子地吃了些，十分配合地夸赞夏皎手艺好。

夏皎追问："真的好？"

温崇月喝下一大杯水，面不改色地回答："真的好。"

夏皎问："好在哪里？"

温崇月赞美道："你做的香椿味道很鲜，鲜到我仿佛看到了极光，看到了清澈的小河，还有白色的小石桥，以及河对面盛着汤招手让我过去喝的老婆婆。"

夏皎："这么美味的香椿，怎么会让你吃出去奈何桥喝孟婆汤的感觉啊！！！"

夏皎不甘示弱，恰好今年的明前龙井上市，于是她买了一些，认真地做龙井虾仁。她查遍了菜谱，外加远程请教妈妈，做出来的成品大获成功。滑炒过的虾口感细嫩鲜甜，明前新茶解了鲜虾的微腥。玉白虾仁配绿茶，勾出的芡汁如一场清凉苏州雨。

四月初，豆荚嫩。夏皎就做蒜香培根炒荷兰豆。这时候的豆荚脆中带着丝丝甜味，粉色的培根做陪衬，只为衬托咬开荷兰豆后留在齿间、舌尖的微甜清香，锁住一抹春意。

夏皎吃惯了温崇月做的菜，偶尔也忍不住按照温崇月的料理方法，笨拙地使用自己不熟悉的烘焙工具，比如烤箱。

烤箱实在是懒人料理的神器，只要食材备好，按照温崇月写的温度和时间设置好，就绝不会翻车。夏皎已经学会了用口蘑、香菇和剔除骨头的带皮鸡大腿做香喷喷的双菇烤鸡卷。烤好的烤鸡卷外表泛着淡淡金黄，用牙签戳一下，会流出带着口蘑和香菇气味的清澈肉汁。

还有吐司奶酪焗土豆泥。只要四十分钟，就能用烤箱烤出有浓郁黄油香味的焦黄酥脆吐司。这是夏皎本来就会的一道料理，温崇月教她怎么改良：将土豆捣成泥，再拌入牛奶、无盐黄油、黑胡椒粉、肉豆蔻粉和格吕耶尔奶酪碎等调料。这样做能让土豆里的蒸气更容易散开，烤制后的土豆泥口感也会更加顺滑。夏皎都不知道温崇月怎么会知道这么多小诀窍。

他会用几滴色拉油、面粉、猪排和烤箱做出健康的炸猪排和可乐饼；会做可爱的章鱼香肠、橘子桶、火腿花和莲藕花；会用粗制酸奶、柠檬和滴漏式咖啡壶做奶酪；会用卡芒贝尔奶酪和白酒做卡芒贝尔蛋白酥……

不仅仅是料理方面，衣帽间也被他整理得整整齐齐，悬挂的衣服没有一件有褶皱。两只猫咪的食物也是他一手负责，将拆封的猫粮抽成真空，一袋袋地放在专门的储藏箱中。

温崇月甚至修复了夏皎一本珍爱许久的漫画书——那是日本某大师的绝版画稿，还是夏皎读高中时从国外买的，因为时常翻看，书封已松散脱落了一半。

温崇月用被水稀释后的树脂和纸筒修复脱落的书封，黏合后用重物压着静置，两小时后，书封便和书页粘得结结实实，不用再担心会散开。

夏皎将书捧在手中，左看右看，惊道："天啊，你从哪里学的？"

温崇月说："爸爸教我的。"

"真好，"夏皎羡慕地说，"我爸爸只教过我在路上遇到熟人该怎么礼貌地拉下帽子、假装不认识，然后快速地跑走，避免打招呼。"

温崇月沉默了一段时间，想到了一个合适的词语："伯父十分懂得韬光养晦。"

夏皎珍惜地将书贴在胸口："没关系，你可以偷偷说他尿，我不会告诉他的——他也天天跟妈妈说我胆儿小，一样的。"

温崇月赞叹："真是家风淳朴，父慈女孝。"

然而孝女也会遇到头痛的事情，比如在试婚纱的时候，夏皎经历了几乎每个人都会遭遇的问题。成年人的生活，除了"变秃、变胖、变穷"很容易之外，样样都不容易。而夏皎幸运地遇到了第二件事——她胖了，腰围粗了三厘米。

正是这三厘米的差距，让她又是吸气又是呼气，用力拔高了身体，想象自己是被农民伯伯从地里往上拽的一头蒜，才好不容易拉上拉链，绑好背后的绑带。

店员体贴地告诉夏皎："夏小姐，我们这里提供免费的婚纱改尺寸服务，如果您想要更改的话——"

"不要，"夏皎摇头，"不改不改，谢谢你。"

悄悄摸了摸自己的腰，夏皎忧郁地跟着温崇月回家。电梯中只有两个人，夏皎站稳，掷地有声地和温崇月约好法则："从今以后，我要规范饮食，我要开始吃素，我要减肥。"

温崇月平静地提醒她："吃素不能减肥。看过西游记吗？猪八戒西天取经，一路吃素也没有瘦。你得运动。"

夏皎说："运动不能减肥。看过西游记吗？猪八戒西天取经，一路步行也没有瘦。"

温崇月双手抱起她来，掂了掂："皎皎，说真的，你一点也不胖。"

夏皎举起手道："但我重了好几斤！"

温崇月冷静地说："因为你最近一直在学习，这是你灵魂上知识的重量。"

夏皎说："我宁愿不要这些知识的重量。"

温崇月逗她："什么都不学，那不就成了小猪？"温崇月用钥匙打开家门。夏皎张开双手，猛地从温崇月背后扑过去，撞到温崇月的背上，疼得她鼻子一酸。她不在意，继续说："那现在就让你尝尝小猪灵魂上知识的重量，看看温老师能不能经得住……"

她双腿自背后夹住温崇月的腰，一只手搂着温崇月的脖子，另一只手去摸他的锁骨。温崇月只能托住她，动作忽然停住，他声音冷静地说："妈。"

夏皎笑着闹他："叫妈妈也没用，不过叫爸爸的话倒是可以考虑一下，大不……"

温崇月动作迅速地将她放下，伸手捂住她的嘴。夏皎在他怀抱中，费力地探头，看到了沙发上坐着的人。

一位姿态优雅的贵妇人，身穿香奈儿黑白套装，看上去四十出头，保养得极好。夏皎认出了那套衣服，是今年的春夏新品。

贵妇人冷漠地转过脸，看向温崇月和夏皎，目光没有丝毫温度。

温崇月捂住怀中瑟瑟发抖、好不容易伸出触角跳舞，又被魔女吓得缩回壳子的小蜗牛。他问："妈，谁给你的钥匙？"

这是夏皎第一次见白若琅。

温崇月的母亲有着柔软的黑色头发，整个人像是冬天落在梅花上的一片雪花，透着生人勿近的凉意。她审视着夏皎，嘴角牵出一丝笑，客客气气地说："夏皎是吗？我听老温提起过你，夸你很懂事。"

夏皎说："谢谢伯母。"她不知道这种情况该如何应对。

温崇月搂着她，再次问白若琅："你找我爸了？"

白若琅避而不答，微微仰脸，看着夏皎："从知道崇月结婚我就很惊讶，想着得是多懂事的人，才会在毫无准备的情况下和他闪婚。结婚和恋爱可不一样，这是两个家庭的事情。崇月胡闹，难为你也跟着他一起胡闹。"她的语调温柔平和，不疾不徐。

夏皎琢磨不透她话中的意思，没说话。

白若琅继续温温柔柔地说："不过婚都结了，上来还是叫伯母，我看你也不是特别懂事。"

夏皎拽住温崇月的衣服一扯。温崇月将人搂在怀中，问白若琅："您是打算自己走，还是等我报警？"

白若琅笑起来，眼角的皱纹漾起："天底下哪有报警赶自己亲妈的？"

温崇月说："所以您现在还可以自己走。"他语气平静，看了眼手表，"您还有一分钟的时间考虑。"

白若琅不笑了，看着温崇月，过了好半晌，才慢慢地说："我早和你说过婚姻不是儿戏，你不听劝……算了，今天我也就是来看看皎皎。"

她叫得亲密，夏皎听在耳中却不舒服。没有人会否认白若琅的美丽，但她似乎只是一个精致的空壳，内里像存钱罐一样空荡荡的，只有在投入金币后才能听到悦耳的回响。

白若琅兴致索然，拿了包离开，走出门后，又停下脚步，慢慢转身，看着房间里的二人。她说："记得提醒你爸，多吃药，听医生的话，好好接受治疗，保持身心愉快。"夏皎觉得她似乎只有这一句话带了温度。

温崇月说："您少去看他，他的心情自然好。"白若琅不说话了，在辩论方面，她永远不是温崇月的对手。

她刚离开，温崇月就关上了门，拿出手机冷静地打电话，联系换锁的人。做完这一切后，温崇月向夏皎道歉：“抱歉，我和我妈的关系不太好——她针对的是我，不是你。”

夏皎点点头。过了一阵，她小声问：“温爸爸是身体不舒服吗？”

温崇月停顿一瞬，回答：“不用担心，已经动过手术，恢复得不错。”

夏皎不说话了。有了江晚橘之前打的预防针，夏皎隐约能猜到温崇月着急结婚的原因：一是为了避免被母亲安排相亲，二……或许就和温父的病有关。

温崇月让人换了家里的锁，又去给父亲打电话，俩人具体说了些什么，夏皎不知道。

两天后，他们去探望温父，这位老教授以茶代酒，为自己前妻的言辞轻声向夏皎道歉：“她一生过得顺遂，没吃过什么苦，脾气有些傲慢。皎皎，我知道你委屈，也不好说什么原谅不原谅的话——我只能保证，这种事绝不会再发生。”

夏皎受宠若惊，连忙说不敢，将水一饮而尽。夏皎与白若琅的初次交锋，以温父的道歉和安抚结尾。

且不说她。夏皎的当务之急，是尽快减掉“多余”的肉，让自己顺利穿上婚纱。她的节食计划被温崇月统统否决。

温老师见不得她这样虐待自己的胃，俩人商议许久，最终勉强定下一个均衡膳食的菜谱。早餐的面包全部换成低脂全麦，控制糖的摄入，补充蔬菜纤维和优质蛋白质，牛奶也换成黑咖啡。

温崇月家里有一个烘焙炉，他每周烘焙两次咖啡豆。烘焙完的咖啡豆需要先释放二氧化碳，才能碾磨出动人的味道，在放置九十六小时后，这些咖啡豆会达到风味的巅峰。

众所周知，咖啡豆只能生长在“咖啡带”上，在北纬 25 度到南纬 25 度之间，不同的地貌风情、种植条件培育出了不同风味的咖啡豆。作为对食物研究极为透彻的人，温崇月家中储藏着品种众多的咖啡豆，都放在规格统一的玻璃大罐里，外面贴着标签，用钢笔写着英文标注。

温崇月对这些贴着标签的咖啡豆如数家珍：“这些豆子源自肯尼……”

夏皎插嘴：“肯尼迪？”

“不是，”温崇月笑道，“来自肯尼亚，你闻闻。”

咖啡豆放在了她的鼻尖下，她用力嗅，是咖啡的味道，还有一点点的酸。她没忍住，偷偷伸舌尖舔了一下——哇，还有点苦，她皱起眉。

“好酸，”夏皎小声说，“冲出来的咖啡也是酸的吗？这是你这里最酸的咖啡吗？”

“不，”温崇月回答，“它的酸度只能排第三，苦度倒是可以排第一。我认为它像风干的杏子干，有酸酸甜甜的果香，我一般拿来中深烘焙。”

夏皎品不出什么酸酸甜甜的果香，只觉得它又酸又苦。

温崇月打开红色的烘焙炉，往里面均匀地放入咖啡豆。在高温的催动下，慢慢旋转的咖啡豆散发出浓郁的芳香。

在等待的过程中，温崇月和她分享了他的其他收藏。比如夏皎最熟悉的蓝山咖啡，实际上产自牙买加多雨雾的蓝山山脉，颗粒饱满，馥郁扑鼻；危地马拉产的咖啡豆颗粒最大，坚硬得像是小石子；温崇月认为最酸的咖啡豆是哥伦比亚生产的，也是他笑称烘焙难度最大的；苏门答腊岛北部产的曼特宁咖啡豆有着柔和的香气；卢旺达产的咖啡豆颗粒小、均匀，兼具红茶香味和水果酸……

温崇月最爱的是也门产的咖啡豆，有着摩卡风味红酒的复杂香气，而夏皎喜欢最后一个玻璃瓶中的咖啡豆，闻起来有淡淡的柑橘香，酸度和苦度都很低。

夏皎举着瓶子问：“这是哪里的？”她没看到标签。

温崇月看了眼，回答：“洪都拉斯。”

夏皎小心翼翼地将玻璃瓶放回去，说：“我只听说过拉斯维加斯。”

温崇月问：“想去拉斯维加斯玩吗？”

夏皎拼命摇头道：“不了不了。”

“等有机会，”温崇月说，“重新给你补一次蜜月。”夏皎点头。

出于减肥的考量，温崇月为她冲泡的咖啡里没有奶，也没有糖，只有浓郁的咖啡香气。

闲着也是闲着，夏皎跟随温崇月学习了该怎么在家手冲一杯咖啡，如何挑选烘焙好的咖啡豆磨粉，如何精密地计算豆子的克数和矿泉水的量，冲煮咖啡需要多长时间，浅、中、中深、深焙的区别，以及常见的咖啡豆适合怎么烘焙……夏皎对温崇月的崇拜简直与日俱增。

平日里的温崇月温文尔雅，唯独到了某些事情上会索求过度。夏皎不想用“野兽”这个词形容对方，然而对方的确展露给她不少恶劣面。夏皎初尝滋味，被牵着七荤八素地转，什么都学着玩了一遍。他总有许许多多的新花样。

不知道是不是早晚运动外加食疗起了足够的效果，总之一个月后，夏皎顺利地穿上了定制的婚纱，腰间甚至还有足够的余量放进一根小手指。

温崇月变着法子给她补。

春江水暖，成群的刀鱼顺着长江逆流而上，桃花流水，江涛翻雪，艳阳下，闪闪银印几道白亮。

清明前的刀鱼肉质最嫩，入口即化。温崇月购来开捕后最新鲜的一批，配上香菇，加葱节、姜丝等佐料清蒸。高温将鱼身融为脂，暗香盈盈，嫩到筷子都夹不起来，只能小心翼翼地挑着吃。

夏皎小时候被鱼刺卡过，现在也吃不了多刺的鱼，温崇月就剔了刺一点一点地喂她，或者直接揭掉鱼皮——刀鱼的细刺大多连着鱼皮，去掉了鱼皮，软刺也被自然而然地带了出去。

温崇月还学来温父的一个妙招——把猪皮垫在去了皮的刀鱼下面，用刀背轻轻敲刀鱼，将那些刺和骨全部戳到猪皮上，再用雪亮的刀去轻抹刀鱼肉。细嫩无刺的刀鱼肉被剁成细细的馅儿，拿来包小馄饨，下水煮开，撒点小香葱和佐料，鲜美扑鼻，夏皎一口气能吃两碗。

往年的青团，夏皎都是在商店里买现成的，或者去路边买。今年不同，青团是她和温崇月齐心协力包的。温崇月是北方人，没有做青团的习俗，不过夏皎会包。温崇月看了教程，两个人一块儿买了红小豆、红糖、白糖、糯米粉和新鲜的艾草，先打碎红小豆、拌上红糖做馅儿，取新鲜艾叶嫩芽焯水、过凉、打泥，和糯米粉一块揉成团。

温崇月团的青团扁扁的，夏皎团的就好看多了，圆圆滚滚，可可爱爱。

晚餐时，夏皎一口气吃了四个青团，临睡觉前又开始懊恼，碎碎念自己热量超标，一定会胖、穿不上婚纱，温崇月被她吵到无法入睡。

婚礼前夕，江晚橘给夏皎办了一个快乐单身派对。夏皎请了一些高中、大学时熟悉的好朋友过来，热热闹闹地玩到了晚上八点钟，才给温崇月打电话，说预计半小时后到家——时间快慢视堵车程度而定。

温崇月在家看书，顺便给夏皎煮了些蜂蜜柚子茶。八点半的时候，花店的派送员送来一束火红的玫瑰花。核对地址无误后，温崇月签收。他在花束里发现了一枚小小卡片，只有几行字："祝你新婚愉快，岁岁平安。"署名"水瓶里的胆小鬼"。

温崇月抽出卡片，垂眼看了几眼，用打火机点燃边角，慢慢地烧掉。他冷静地审视着火焰吞噬掉整个纸张，包括上面被人小心翼翼用钢笔写下的字迹。

夏皎和温崇月举行婚礼时，白若琅没有来。

毕竟是人生大事，哪怕一切从简，也少不了基本的流程仪式，夏皎唯一的印象就是累。

至于洞房花烛，她原以为温崇月并不会过于注重，然而事与愿违。夏皎困到眼睛都睁不开，想要撒一个善意的谎言："我是一个很传统的女性，我们那里有个习俗，就是新婚夜一定要好好休息。"

温崇月颔首："我明白。"没想到他如此通情达理，夏皎开心了。

夏皎开心得太早了。温崇月的确很传统……传统的新婚之夜需要做的事情，他一件不落地全部完成了。

婚礼结束后，夏皎跟随温崇月迁往苏州，带着两只猫咪，还有俩人种在阳台上的所有花花草草。

夏皎正式去了于昙开设的新分店里上班。和夏皎同一批进来的还有两位花艺师。一位活泼些，叫高婵，刚毕业不久，师从国内某知名品牌的首席花艺总监，来这里是历练的；另一位更温柔，名字很特别，叫郁青真，毕业两年了，分店店长十分欣赏她，说服于昙将她挖了过来。

于昙最近不常来新店这边，忙着另外一个奢侈品牌的单子，为七夕节做展台布置——此类活动向来都是好几个月前就开始竞标的，因此新店的人都不知道夏皎和她的关系。

有人的地方就有江湖。如今店里带她们三个新人的，是一位资深的花艺师，大家都客气地称呼她“蓝姐”。蓝姐性格外向，做事雷厉风行，和高婵聊得最开，也更看重高婵一些。

郁青真拉着夏皎小声抱怨过几回，夏皎全当没听见，低头认真削花泥，根据客人的订单尝试搭配不同的花朵。结婚戒指她没有戴，穿了根项链，挂在了脖子上。从最基础的花艺师开始做，少不了要剪枝换水，戒指戴在手上容易被划伤。

时间久了，郁青真和高婵也就当夏皎是块木头。或许因为夏皎不喜欢跟她一起吐槽高婵，郁青真觉得她“不是自己人”，渐渐也就和她疏远了，倒是高婵喜欢约夏皎一块儿回家。

高婵的房子离夏皎家很近，刚好顺路。刚毕业不久的高婵性格活泼，一路上叽叽喳喳地说话，自从知道夏皎已婚后，便立刻对她的婚姻状况表现出极大的热情，想看她丈夫的照片。

夏皎老老实实地说：“我手机里没有。”这是真的，她和温崇月很少自拍，甚至没有合照。

高婵想了想，笑得更灿烂了：“没事没事，有空了叫姐夫一块儿喝茶。”

夏皎点头：“有机会一定。”

不过后来一直没有得空，毕竟在“社恐”的潜台词中，“以后”就是“本月三十二号”，“改天”就是“今年十三月”，“下次”等于“这周星期八”，“有时间”相当于“一百年后”，“有机会一定约”则代表“等我死了之后再说”。

转眼苏州进入了梅雨季，绿荫梢头，黄梅雨始，整个江南都浸润在雾蒙蒙、连绵不断的轻丝雨线里。也是在烟雨中，新店接到了一笔大订单，而订单的主人是白若琅。

这是夏皎第二次见白若琅。白若琅是品牌 VIC（Very Important Client，非常重要的客户），说是为了儿子的生日会订购鲜花布置服务——她和她儿子同天生日，不过这并不是巧合，而是当初选了同一天剖宫产的。

高婵神神秘秘地跟夏皎说，有钱人都迷信，白若琅迷信得很不一般，她相信同一天生的孩子会旺她。高婵的师父和白若琅常去的品牌店主熟悉，才知道这些私下流传的八卦。

夏皎对白若琅没什么感想，她已经从江晚橘和温父口中拼凑出了白若琅的一生。

白若琅出生显贵之家，从小锦衣玉食。她在读书时与清贫的温父坠入爱河，不顾家里人反对，毅然选择和温父结婚。遗憾的是，两人在婚后以及孩子降生后被现实折磨得不堪忍受。

如温父所说，白若琅是娇生惯养、含着金汤匙长大的人，一点苦也吃不了。二人婚后别说大手大脚地花钱，她甚至要日日辛苦上班，才能拿到一份不够买她一双鞋的薪水……富家千金受不了柴米油盐的折磨，而温父当时的工资也无法让她过上富裕的生活。他只是一个刚任教不久的老师，更何况为了能和白若琅在一起，他放弃了原本薪酬优渥的大学教师职位，去了外校。

两人最终离婚，温父带着年幼的温崇月继续教学、生活，白若琅则回到富贵家中，继续做她那眼都不眨就能刷掉几十万元的大小姐，而不用在售价二十九元或三十九元的 T 恤之间犹豫不决。

白若琅的第二任丈夫是她的青梅竹马，从小追她追到大，对她言听计从，两人育有一子，在外人眼中是和美团圆的一家人。

夏皎对白若琅的过往八卦并不感兴趣，低头核实着客户的需求。

VIC 自然由资深的花艺师负责接待，她们这些新人只是被带着看一看，按照图稿来做一些花的陈列，其他具体的设计细节则完全插不上手。

某奢侈品牌专门为白若琅和她儿子举办生日派对，也派了人过来沟通用花情况、登记生日礼。

白若琅在生日前一天亲自到店检查用花情况，高婵和郁青真好奇地去看这位能让奢侈品牌庆祝生日的富婆到底长什么样，本来还想拉着夏皎一起，不过夏皎没有去。她留在自己的工作位置上，斜着剪掉洋桔梗的梗，琢磨着该怎么搭配才能让挑剔的客户满意。

夏皎只观赏了白若琅生日宴的最终成品。无数空运而来的鲜花之间缀满梦幻的星星和藤蔓，流淌着优雅而纯净的白。不论其他，光这花材的成本，就得几十万元。

布置完场所后夏皎就离开了。花艺师就是这样，永远在灯光亮起时转身离开。

回去的路上，高婵和郁青真都被刚才的景象震住了，感叹有钱人真是奢侈浪漫。蓝姐边开车边说："今天给你们放一天假，中午请你们吃个饭，下午都回去好好休息，明天再来上班。"

高婵和郁青真欢呼，夏皎想了想，摇头说："我就不去了。"

蓝姐顺口问："行啊，有事就不用去了，你先忙你的。怎么了？是家里有事？"

"今天我丈夫过生日，"夏皎老老实实地说，"我想回去陪他。"

蓝姐不勉强，点点头。高婵笑眯眯地说："姐夫可真幸福。"她嘴巴甜，一口一个姐姐，对未曾见面的夏皎的丈夫，也是一口一个姐夫。

郁青真叹气："女人啊，不该结婚，结婚后就从珍珠变鱼眼珠子了。"

夏皎没再吭声。

她没有几十万元，但通过员工内部折扣，认认真真地插了一捧鲜花带回家去。

今天也是温崇月的生日。他没有奢侈品牌庆生，也没有铺天盖地的鲜花海洋，他的父亲远在北京，母亲有更亲近的小儿子相伴。

但没关系。夏皎低头，轻轻地嗅了一下怀中的玫瑰——温老师有她精心挑选的花朵，白若琅和她的小儿子可没有。

将花带回家中，夏皎本想下厨给温崇月做一顿丰盛大餐，可惜出师不利，新锅用得不顺手，边缘冒起了一层黑烟。夏皎手忙脚乱地开了抽油烟机，关了火。在等待浓烟散去的过程中，她认真思考着起黑烟的原因。

还没等她想清楚，温崇月就到家了。他循着烟味儿来到厨房，一眼就看到对着锅思考人生的夏皎。

温崇月问："你在做什么？"

夏皎说："我想烧菜。"

温崇月松了口气，说："谢天谢地。"

夏皎不解地问："你谢什么？"

"幸好你只是烧菜，"温崇月说，"我以为你要烧厨房。"

夏皎说："其实我菜烧得不错。"

温崇月表示认同："是的，烧得一手好菜，也烧得一手好厨房。"

夏皎："……"

这个话题暂时结束。温崇月挽起袖子，收拾夏皎留下的"残局"。

其实也很容易清理，烧出黑烟的原因被温崇月顺利找出来，原来是锅底不太干净。这是口新锅，温崇月拿回家后还没来得及收拾，就被夏皎用上了。

温崇月不紧不慢地将东西整理好，问夏皎："今天想吃些什么？"

这可能是温崇月最常对夏皎说的一句话了，如果给两人的对话排一下名，温崇月的高频语应该就是"今天吃什么"和"放松"，而夏皎的高频语应该就是"温老师求求你"。

平时温崇月准备晚餐时，夏皎会去客厅照顾猫咪。如今它们已经如胶似漆了。或许因为年龄小，小虾米很少去光顾自己的猫窝，总喜欢窝在温泉的肚子下面睡觉。一个月要洗三次澡的金吉拉无法容忍经常在垃圾桶觅食的小狸花猫凑过来贴贴，反复用猫语威胁，无果后也只能自暴自弃，任由小虾米在它洁白优雅的长毛上打滚。

夏皎洗干净两只猫咪的小瓷碗，开了新鲜的猫罐头，重新加了水。小虾米蹭着她的腿"喵呜"一声。温泉摇晃着蓬松的大尾巴，优雅进食。

夏皎今天没有撸猫。她刚洗完手，恰好生日蛋糕到了，于是偷偷地接进门藏起来，才溜进厨房。

小炖锅中例行炖着给夏皎的雪蛤花胶汤，正“咕嘟咕嘟”冒着氤氲的香气，小蒸笼里正在蒸蛤蜊干。温崇月将碧绿的西芹切成规整好看的菱形丁，手指沾染上蔬菜的清香，他低着头问：“饿了？”

“没有没有，”夏皎摇头，“我看看有没有什么能帮你的。”

温崇月想了想，说：“拿个小旗子，站在我旁边喊‘温老师加油’？”

夏皎说：“君子动手不动口。”

温崇月笑了：“能请夏同学帮我去摘一些迷迭香、百里香和甜罗勒吗？我今天带回来一些新鲜的羊单排，可以做香烤羊排。”

夏皎说：“收到，温老师。”

温崇月不太会照顾植物。阳台上种的许多常用香料，以前都被他养得病恹恹的，瘦瘦小小。夏皎来了之后，才妙手回春，将阳台打理得井井有条，植物肉眼可见地挺了起来。

此刻正值春末，夏尚未至，落地窗外细雨蒙蒙。植物比人更先感应到空气中温度和湿度的变化。

夏皎看到茉莉花已结了小小的白色花苞。她半蹲着贴上去嗅了嗅，香气清幽，还不算很浓。

一方造景方坛中，硬币大小的碗莲叶片下游着几尾红色小鱼。这是夏皎从夜市上买来的，一元一条，没想到不仅活了下来，还游得十分欢快。

夏皎主动请缨，在温崇月的指导下，亲手烤了羊排——做法并不复杂，先将采摘下来的迷迭香、罗勒叶和百里香混在一起切碎，再加上黑胡椒、橄榄油和粗盐混合，调成腌肉的调料。

碾碎的植物香料散发出迷人的香味儿，尤其是甜罗勒的细腻甜香，和轻柔花香混合在一起，恰到好处地遮住了肉类的气息。

羊排备好，均匀地抹上几层腌料，晾三十分钟，等腌制入味后再抹去香料叶子，放到油锅中煎到双面上色，再切些洋葱圈搭配，放到烤箱中高温烘烤。

夏皎还做了南乳空心菜，顺便拌了一个水果沙拉。

温崇月终于注意到了夏皎今日的勤奋。

他将蛤蜊拌西芹盛在盘子中。锅中正煨着他独家改良的冬瓜莲子汤，里面还加了香菇蒂——这是平常吃新鲜香菇时他特意保留的，晒干储存，在煲汤、卤味或者炖煮时放进去，天然提鲜解腻。

温崇月捏住夏皎的肩膀，要求她看向自己："说吧。"

夏皎问："什么？"

温崇月说："你有什么事情想请我帮忙，还是做了对不起我的事？"

夏皎睁大眼睛，说："没有啊，你在想什么？"

"那你今天这么殷勤，"温崇月猜测，"遇到麻烦事了？你可以和我商量。"他摆出一副洗耳恭听的模样。

"因为今天是你生日啊！"夏皎说，"我给寿星做几道菜……不犯法吧。"她说得轻轻巧巧。

温崇月怔住了。厨房中香味弥漫，所有锅里的、碗里的、蒸笼上的、凉拌盆里的食材都要手拉手一起跳舞。

温崇月的手仍放在夏皎的肩膀上，他没有说话，深色的眼睛像是有春天经过的雪谷。

夏皎意识到不对劲，忍不住确认："……你忘记了吗？忘记今天是你的生日了吗？"

温崇月缓过神来，笑了笑，轻描淡写地说："可能是最近太忙了。"他将夏皎抱起来，唇轻轻贴在她的脸颊上，说，"谢谢你。"

夏皎觉得不可思议，世界上怎么会有人忘记自己的生日呢？可温老师的确是这样，他甚至没有买长寿面，也没有准备包饺子——在北方某些地方，包饺子就是对节日最高的礼节。

温崇月吹灭了夏皎点燃的蜡烛，听了夏皎唱《生日快乐歌》，欣然接受了夏皎精心包好的花束，称赞她的眼光。

两人将花分开，插了三个花瓶，一个摆在客厅，一个放在书房，还有一个放到了卧室。

夏皎为温崇月偷偷准备的生日礼物是一套漂亮的茶具，适合两个人慢悠悠地煮茶喝。

雨下了一整天，淅淅沥沥。梅雨梅雨，梅子黄时雨，永远是剪不断地连成线。东山的白玉枇杷已经上市，清甜可口，阳山的水蜜桃还要再等一段时间，但“皎皎牌”水蜜桃已经熟透了，一咬就冒甜水。温崇月钟爱这一口鲜美。

注重养生、每天早晚固定运动一次的温崇月难得破戒。夏皎挣扎着往外爬，被拽着脚腕扯回去。她小声提醒温老师，已经够了。

“不够，”温崇月说，“今天是我生日。”

夏皎说：“就算是生日也不可以杀鸡取卵呀。”

温崇月握着她的头发，纠正她的错误：“不是杀鸡取卵，是检查。”过生日的人最大。心肠软的夏皎迁就了寿星，身体力行地证明了何为“舍命陪君子”。

结果就是君子满意，皎皎要断气。温崇月变着法子炖的滋补汤品也没能让她容光焕发。在温崇月的生日结束之前，夏皎同情他连自己的生日都忘记，但在他的生日结束之后，她难过地同情了自己。

夏皎夜里醒来，并没有看到他的身影。她感到口渴，卧室中没水了，便趿拉着拖鞋下床，去外面喝水。

卧室外只有一盏朦胧的夜灯，昏黄如豆。温崇月坐在阳台的藤椅上，桌子上摆着夏皎送的茶具，这是他生日收到的唯一礼物。

小虾米跳到他的膝盖上躺下。温崇月沉默地抽烟，外面是朦朦胧胧的夜色、连绵不断的雨水。他的背影萧索孤单，像是无意间溅到泼墨山水画中的一笔重彩，如玉山，如松柏。

夏皎缩回脑袋，悄悄地回到了床上。

在这个夜晚，她忽然窥见温崇月沉寂的一面。他身处浓暗夜色，只有手指间一点微光。

梅雨并未结束，天气却渐渐热起来。花店里的生意照旧，每日鲜花开谢，错过最佳花期的又做成干花，包好后继续售卖。

其间虽然无法避免和人打交道，但夏皎真心热爱这份工作。她喜欢花朵，喜欢植物，喜欢那些前来买花的客人。

什么是奢侈品呢？她曾在一线的奢侈品牌公司工作很久，接受了相关培训。很多人将奢侈品定义为富豪和部分中产阶级的日用品，认为奢侈品就是花时间制作出的精美商品，真正为物品赋予“奢侈”价值的并非顾客支付的金钱，而是技艺精湛的匠人为它们所花费的时间。

现在夏皎不这样想了。在温饱之外，人们为自己的生活装点出来的情趣才是真正的奢侈。

夏皎的第一位客人是个上了年纪的老人，约莫六十岁，来时背着手，站在玻璃橱窗外。他穿着一件并不怎么合身的冲锋衣，款式年轻，又已过时，看上去像是儿子淘汰下来的。

当天的鲜花陈列是蓝姐亲自做的，以春天的小茉莉为主调，搭配了珍珠金合欢、桉树叶、常青藤、洋桔梗等。

细雨绵绵，又非节假日、没有大型订单，店里不算很忙，蓝姐和高婵去了工作室，聊接下来的订单。蓝姐很中意高婵，平时有什么活动也乐意带着她。郁青真百无聊赖地用小刀反反复复切花泥，有一搭没一搭地和夏皎聊天：“蓝姐很赏识高婵啊！”

夏皎说：“嗯。”

郁青真说：“昨天我还看到高婵给蓝姐带咖啡。”

夏皎说：“嗯。”

郁青真说：“看来讨好上司的确比老老实实工作更有用。”

夏皎不“嗯”了，她将新到的玫瑰花梗斜斜地切开，插在细长颈的花瓶中。郁青真侧身看了看，问她：“怎么不去掉刺？”

夏皎说：“我觉得刺也是玫瑰的一部分，留着更天然。”

郁青真嗤笑一声：“那等顾客被扎到、投诉的时候，你可别哭。”

夏皎专心致志地将玫瑰换了个角度，回她：“没关系，这一瓶只摆在这里，客人不会接触到。”

郁青真看向玻璃窗外，那个老人还在橱窗前，头发花白，像是一棵落了雪的老旧枣树。

郁青真抱怨道："怎么站着不走了？影响我们的品牌形象……不行，我得让小刘把他劝走，别影响其他客人进店。"

夏皎还没来得及说话，老人已经推门进来了。郁青真懒得动。很多老人马路上看到一毛钱也要揣兜里，菜市场为了一斤菜几毛钱能磨好几分钟，买根黄瓜还得让人送头蒜，完全不是花店的目标用户。

夏皎过去接待。她本不抱太大期望，只是礼貌性地对老人笑了一下。

老人问："你这旮旯儿有没有玫瑰花啊？"

夏皎为他介绍了一下店里的玫瑰，老人听了一长串，最后只买了一朵。

等他结账离开，郁青真用胳膊肘轻轻地捅了一下夏皎："早说这些人抠啦，你不用讲那么详细。"

夏皎笑了笑，说："没关系，反正闲着也是闲着。"

郁青真说："那要不，下班后一块儿去 KTV？"

夏皎拒绝："不了，我想回家喂猫。"事实上，对于"社恐"人士来说，KTV 简直是大杀器，进去听歌还好，被鼓动着唱歌才是酷刑。仿佛大家传递的不是话筒，而是一枚炸弹。

郁青真叹气："你看你呀，被婚姻生活折磨得无聊到这种地步了吗？已经没有任何夜生活了吗？"

不知道为什么，郁青真认定夏皎就是早早步入婚姻坟墓的可怜人。可夏皎并不觉得自己的婚姻无聊，她夜生活可丰富了。当然，这种话她不会说出口，她不是那种为了逞口舌之快而过多暴露自己的人。婚姻到底如何，如人饮水，冷暖自知。

下班时间，夏皎拉黑了宋兆聪尝试联系她的第十七个手机号码，照例带了一束花回去送给温崇月。

温崇月今晚做梅菜扣肉。夏皎喂完两只猫咪，跑到厨房和他兴致勃勃地聊自己卖出去的第一朵玫瑰。听她絮絮讲完，温崇月笑着说："我今天也有趣事和你分享。"

夏皎猜测："你下班路上捡到了钱？"

温崇月提醒她："我开车出行，皎皎。"

夏皎又问：“你开车捡到了从运钞车上掉下来的钱？”

温崇月笑了：“皎皎，虽然我明白你对频率高有怨气，但也没必要幻想我进监狱这种事。”

夏皎：“……”

温崇月切了一块肉，给夏皎看：“瞧，这是什么？”

夏皎说：“二师兄的肉。”

温崇月忍俊不禁，说：“这是‘淮黑猪’，江苏本土猪。”

夏皎沉默两秒，小心翼翼地问他：“那今晚，我岂不是在吃老乡？”

温崇月：“……”

“皎皎，你的共情能力让我惊叹。”温崇月高度赞扬夏皎，继而低头，认真对着案板上的猪肉诚挚道歉，“抱歉，淮黑猪，今晚我可能要和你的老乡同床共枕了。”

温崇月要和夏皎分享的趣事，当然不是他打算和淮黑猪的老乡进行友好切磋，而是多年前和他一起办辅导机构的朋友忽然致电，告诉他找到了当时带课学生的一些作业和试卷，其中就有夏皎的。

夏皎呆住了：“这么长时间了，怎么还留着？”

“没办法，”温崇月叹气，“李联是个收集控。”

李联就是当初和温崇月一起办辅导班的合作伙伴，夏皎听过他讲的写作课，印象中是个高高瘦瘦、戴黑框眼镜的洁癖狂。他从不轻易坐下，每天上课第一件事就是掏出消毒湿巾，将讲台反复擦上五六遍。

李联有两套房子，专门被他用来做仓库，里面分门别类地存放着他的所有“纪念品”。他认为这都是他一生留下的痕迹，万一今后飞黄腾达，成了名人，可都能进博物馆。

夏皎并不觉得找到过去的作业是一件多么有趣的事。她已经忘了自己当时写了什么，不过能够想象得到，一定非常羞耻。她曾在整理房间时发现了自己的语文作文，哪怕是当时被老师高度称赞的内容，现在看也是要昏厥过去的黑历史。

三天后，温崇月收到了李联寄来的作业和试卷。

事实上，夏皎几乎已被温崇月淡忘，假如不是夏皎主动提起，他早已想不起自己曾经教过这样一个女孩，更不用说下雨天送她回家这种小事。

温崇月的记忆力不差，只是这些细枝末节很难给他留下深刻印象，此时隔着多年光阴回望，已像是铅笔留下的痕迹，只剩下淡淡一团晕染。

教夏皎的时候，温崇月已在读大学，性格也收敛了很多。他年少时轻狂气盛。高中毕业和朋友组地下乐队，他这个贝斯手就是乐队里性格最好、打架时最“人狠话不多”的那个。

读大学后，他痴迷计算机技术，和几个同学组建了黑客团队。彼时红客联盟早已解散，网络环境也缺乏监管。他带着几个伙伴乘飞机来去，参加比赛。有的同学经济困难，他便包揽了整个团队的花销——这些钱都是他自己赚的——和朋友合伙开辅导班也是他的赚钱途径之一。

温崇月年少时跑过的地方多，做过的事情也多。和温室里长大的富家子弟不同，父母失败的婚姻让他提前感受到人性的复杂。他的物欲并不高，却乐于尝试其他享乐、略带有危险性的事情。他在斯图加特尝试过高空跳伞，在福克斯挑战过冰川徒行，在阿拉斯加体验过直升机滑雪，还和表弟一起考取了帆船证，驾驶游艇出海。

在这些东西的刺激下，温崇月早就忘记了自己短暂辅导过的学生。他不会想到，顺手帮助的一个腼腆女生，会在多年后成为他的结发妻子，他此生的伴侣、枕边人。

周六，夏皎回家探望父母。温崇月白天去户外攀岩，归来后拆开李联寄来的包裹，拿到了妻子补课时写的作业和一些零散照片。

难为李联花费心思找到当年的旧物，温崇月打电话过去道谢，李联声音发坏：“行啊你老温，没想到你看上去挺为人师表的，结果找了自己的学生当老婆。”

温崇月笑骂他：“贫嘴。”

都说字如其人，夏皎的英文字体规规整整、毫不出格，是当时学生统一练的字体。毕竟是为了高考拿分，一切都以整洁干净、易辨认为重。

温崇月慢慢阅读着夏皎彼时写下的东西，尝试在回忆中拼凑出这个不擅长社交的女生形象。

当时的辅导班是小班制，学生数量少。温崇月骨子里有点温父的平和从容，随着年龄增加而越发凸显，授课也更有耐心，下课时找他问问题和倾诉烦恼的人不少，但夏皎从没有来过。

李联还寄来了当时的照片，夏皎的位置就在窗边。彼时她身骨都没定型，比现在还纤弱可怜得多，像只伶仃无助的鸟。就算在合照里，她也微微低着头，眼睛里是一种游离在外的茫然，像无法融入族群的幼鹿或失了队伍的雏鸟。

温崇月捏着照片，想起夏皎在相亲时说过的话："有天晚上，我错过了车，您开车送我回了家。"

家中无人，窗外只有清风动枝，月色越过玻璃入户。温崇月抚摩着膝上乖巧的温泉，终于从记忆中捕捉到一些残片。

他的确送过夏皎回家，不过也是看她可怜。班上的学生里只有她是外地人，说一口并不怎么标准的普通话，常常分不清"n"和"l"。同学们逗她讲"刘奶奶"和"牛奶奶"，她讲不出，憋得脸红、眼也红。

虽然少男少女之间的玩笑并无恶意，但也给人带来了切实伤害。温崇月从未见夏皎和其他人谈笑风生。课余时间她永远低着头看书、写作业，背影瘦弱纤细，像甩上去的一道墨痕。

温崇月并不记得自己和她讲过什么话。一个沉默胆怯的学生会让老师说话时也变得谨慎。他说的大约是一些鼓励的话，但也仅仅是鼓励，不伤害学生敏感而脆弱的内心，仅此而已。

小虾米钻进了垃圾桶。哪怕流浪生活已经结束了，它也会去垃圾桶中翻一翻，看看有没有什么好东西。猫重桶轻，摇摇晃晃地"啪嗒"一声摔倒，惊醒了温崇月。他放下照片，若有所思。

那时的温崇月的确从未曾想过，自己会和顺手帮助过的学生结婚。

卷二

长夏

上弦月

月相

初七

七月

清水涌，绿荫浓

古莲绕堤，喜中带吉

宜 赴任

宜 祈福

宜 裁衣

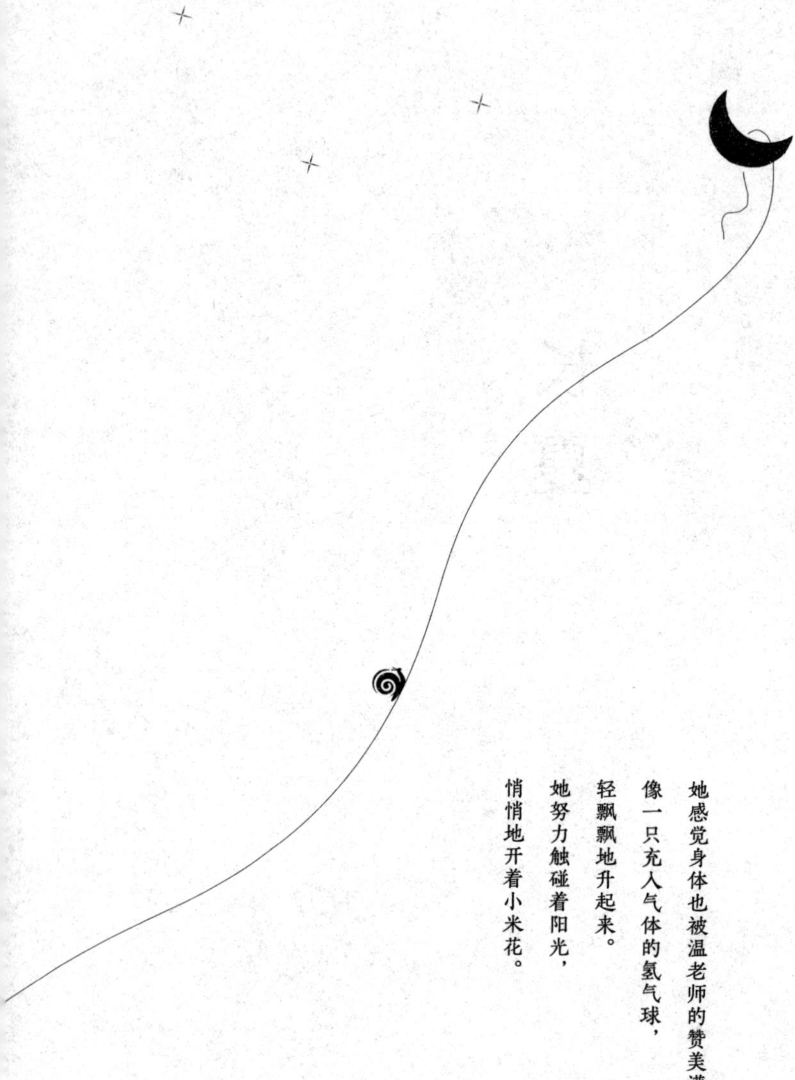

她感觉身体也被温老师的赞美灌满了，
像一只充入气体的氢气球，
轻飘飘地升起来。
她努力触碰着阳光，
悄悄地开着小米花。

第七章 枫镇大肉面

夏皎没有想过，自己会选择在苏州定居。她长于江南水乡，早就习惯了接近一个月的梅雨天气里，衣服只能烘干，到处都潮乎乎、湿润润，呼吸里似乎含着缠缠绵绵的雨。

她原以为自己永远都会待在江苏，但后来有了不同的目标，辛苦读书，终于得以在心仪的城市读大学。北方没有梅雨，四季分明，冬天也没有湿冷，只有踩上去暖热暖热的地板。虽然"春脖子短"，偶尔有雾霾，但夏皎努力适应了那个干燥、快节奏的城市。

如今再度回到梅雨中，夏皎竟也并未觉得很难适应。大概令她感到舒适的从来都不是城市，而是城市里的那个人。

花店里有专门的员工用餐休息区，也有微波炉。其他人大多点外卖，或者去附近的店里吃，夏皎不用，她有温崇月做好的便当。

温崇月选择的玻璃便当盒可以直接放进微波炉加热，密封性也好，放到包中不用担心书会染上食物的味道。

大学时看日剧，夏皎对日剧中的妈妈为孩子准备的便当盒惊叹不已，没想到自己上班后居然能享受到这个待遇。

前天晚上，夏皎和温崇月一块儿用酸奶、番茄酱、蜂蜜、咖喱粉和酱油等调料腌制了鸡肉。第二天夏皎还蒙着脑袋睡觉时，温崇月就已经起床，先用纸巾吸去鸡肉表层的料汁，再放进烤箱中烤。

温崇月为她准备的还有菌菇饭，用五常大米混合香菇、蟹味菇、白玉菇，吸足了芝麻和柴鱼的香味，每次加热后都会惹得同事赞叹。

当然，夏皎最喜欢的还是三明治。她简直是三明治的狂热爱好者，以前工作时，早餐永远是三明治，方便快捷不脏手，吃完包装袋就可以丢入垃圾桶。

温崇月变着花样做——最简单的蔬菜沼三明治，搭配烟熏三文鱼；奶酪法棍三明治中包裹着苦苣、牛油果和水煮大虾，旁边永远是切得整整齐齐的厚蛋烧。

在夏皎拒绝工作日的晨间运动后，精力充沛无处用的温崇月重新开始了晨跑。不过在晨跑前，他会先在烤箱里放一份蔬菜鸡蛋麦芬或蓝莓酥饼。等晨跑结束，烤箱里的东西也散发出迷人的香味。温崇月将烤制好的点心放进夏皎的便当盒中，增加她背包的重量，也增加她摄入的热量，以此作为自己失去晨间运动权的无声抗议——是的，如今俩人只剩下夜间运动。

在经历了好几次晨起锻炼导致精神不振后，夏皎和温崇月开诚布公地谈了一场。双方权衡利弊，同时以体检报告作为重要参考依据，最终达成共识：无意外情况，在双方身体健康的前提下，一日三餐，坚持不动摇。

新的家庭规则试施行以后，获得夏皎的强烈好评，她有了更多睡眠时间，上班时精神也更好，就连陪猫咪玩耍的次数都多了。

温崇月则拒绝对此做出评价。

七月夏日长。

绿荫浓，梅雨停，绿塘清水涌。吴江地区有首民谣：“六月六，买点馄饨落一落；七月七，买个西瓜切一切。”

事实上，七月的苏州不只西瓜熟了，太湖西山的杨梅也熟了，李子红，蜜桃甜。

夏皎对桃毛过敏，碰不得桃子，偏偏又爱吃，只能笨拙地戴着手套剥皮——西山的水蜜桃甜啊，又大又白，透着点淡淡的粉，一只手握不住，得捧着，小心翼翼地在桃子上戳个口，低头吮吸满满的蜜桃汁。然而对桃毛过敏的人不能这么吃桃，夏皎只能可怜兮兮地揭掉桃皮，在尽量不触碰桃毛的情况下吃桃肉。

夏皎当然知道自己这样吃太浪费，可别无他法。

直到被温崇月发觉。“早该和我说一声，”温崇月有些无奈，他手法熟练地揭开桃皮，将白白净净的桃肉喂到夏皎唇边，“咬——你以为丈夫的作用是什么？”

夏皎咬了一口甜丝丝的桃肉。

到底是做菜熟练的人，就连水蜜桃的皮也能揭得这样好。她满足地喟叹一声，回答温崇月的问题：“嗯……丈夫的作用，家里的顶梁柱？”

温崇月说：“皎皎，说心里话不犯法。”

夏皎松了口气，想了想，认真地说：“满足食欲和性欲？”

“你这样理解也没有问题。”温崇月说，“我们是伴侣，皎皎，你明白伴侣的意思吗？再遇到这种小麻烦，我希望你第一时间想到的是我，好吗？”

夏皎就着他的手，一口一口吃桃，苦恼地说：“但会不会太麻烦你了？”

温崇月说：“不会。”的确不会。温崇月并不介意剥一颗水蜜桃，喂给对桃毛过敏的妻子吃。

随着七月的到来，锦溪古莲长堤长，拙政园中菡萏碧波如荡，太湖东山花西山果香，或在同里摇橹悠悠，或提一盏灯，夜游网师园。来苏州游玩的人比平时更多，苏州博物馆前的队伍能排到百米之外，大大小小的园林都难觅清净，太湖边的农家乐也纷纷爆满，花店的生意更好了。

虽然夏皎还不具备参与大型设计的资格，但在花店里和植物共处让她感到放松自在。现在的工作环境不需要夏皎再去购置昂贵的服装首饰来衬托自己，只要清爽干净就好。何况处理花材时总有意外，也不适合穿材质娇贵的衣服。

之前那位老人已成了花店的常客。他还是一脸严肃，不爱说话，每次来都急匆匆的，也不多买，雷打不动，每天一朵玫瑰。

夏皎尝试向他推荐店里的会员制度，表明会有优惠，可惜老人并不领情，冷淡地打断她：“别想哄我办卡，我不充钱。”

夏皎说：“是这样的先生，不需要您充卡，只需要您留下手机号和姓名——”

"不要，"老人硬邦邦地说，他还在坚持用现金，掏出钱包，"不用。"

夏皎没把这件事放在心上，倒是郁青真"哧哧"地笑起来，颇有些同情地拍了拍夏皎的肩膀："我都说了，没必要把心思花在这种购买力低的客人身上。"

夏皎不赞同她的说法，说："客人都是一样的。"

郁青真不这样认为。她看不上这些零零散散、按枝买花的人。在她眼中，像白若琅那种一出手就是几十万元、一卡车一卡车买花的，才是真正需要耗费精力去维护的优质客源。

上次去布置场地的时候，郁青真也看到了宋兆聪的照片，虽然称不上一表人才，但也五官端正。这是郁青真第一次接触到与自己截然不同的世界，不免有些心猿意马。她若有所思："有钱人购花的订单提成，得赶上我们好几个月的基础工资了吧？"

夏皎不搭话，她正在为自己的第一份订单而烦恼。

花店中有一项特殊的定制服务，是客人先给出预算，并说明自己赠花对象的性格、赠花的场景，花艺师再根据客人填写的要求定制专属花束。

夏皎接到的订单，客人是位女性，想要送花给暗恋的男生。

这位客人腼腆内向，还在读大学，预算只有一百五十元。她想要一束能够委婉表达心意的花束，不喜欢玫瑰这类寓意太过招摇的花材。

夏皎尝试了很多种搭配，都没有找到感觉。

屋漏偏逢连夜雨，在离交单还有四天时，夏皎感冒了。她没有发烧，只是鼻塞、头晕。症状是从周五傍晚开始显现的，原定的周末出游计划也全部取消。温崇月煲了糖水。夏皎病恹恹地喝完，躺在沙发上裹着小被子，一只胳膊搂一只猫，老老实实地发汗。

屏幕中放着老电影《苏州河》，阳台上的茉莉花终于开了，幽幽的清香一直飘到了客厅里。

温崇月在用夏皎送他的茶壶煮茶。他做事永远都是这样，不紧不慢。

两只猫窝在夏皎的身上睡觉，舒服地打着呼噜。夏皎将胳膊抽出来，用湿纸巾擦了擦红红的鼻子。

她问："温老师，你暗恋过人吗？"

温崇月语调平静："我不会暗恋。"纯净水煮开了，"咕嘟咕嘟"地冒着细碎的小气泡，蒸气升腾，温崇月继续说，"喜欢就去表白，暗恋只会感动自己。"

夏皎狠狠地擦了一把鼻涕。

温崇月转身，挑眉道："皎皎暗恋过？"

夏皎的回应是模糊不清的一声"嗯"。

这很正常啊，少女嘛，情窦初开，喜欢上一个人，就算身份差距很大，就算明知不可能，就算清醒地意识到可能性为零……可要是能控制住那就不叫情窦初开了。

温崇月看着夏皎抽出湿巾狠狠擦着鼻尖，视线重新落回面前的茶壶上。他似乎应该说"听起来很有趣"。

温崇月语调平静，换了个话题："今天想吃什么？"

夏皎闷闷地说："枫镇大肉面。"

如果不是这场病，两人原计划去虎丘玩儿，去七里山塘街，去寒山寺，在清晨去吃一份枫镇大肉面，这个被《舌尖上的中国》带得更火的面。遗憾的是夏皎生病了，最好不要出门。

温崇月想了想，说："要不要试着做做看？"

夏皎说："啊？"

温崇月是一个乐于尝试的人，除了"今天想吃什么"，他还喜欢说"要不要试着做做看"。夏皎害怕失败，很难坚定地迈出第一步。温崇月不一样，对他来说，成功固然好，失败也无妨，试错也是一种经验的积累。夏皎已经被他鼓励着试了好多次，这次做枫镇大肉面也是。

苏州人吃面讲究浇头，面如何倒是其次，重要的是汤如何。这汤得"吊"，还要卤，卤红汤白汤，搭不同浇头。甚至还有苏州人早早起床，只为去尝一碗"头汤面"。一碟阳春面，配几碟不同的浇头，精致又雅致。

浇头也讲究时令划分，春天食三虾面，夏时点特供的枫镇大肉面，秋日吃"秃黄油"拌面，冬寒要来一份冻鸡面。

枫镇大肉也是在夏天才会出品。这个倒不难，温崇月已经购置来，难的是吊汤。

做面汤的师傅，往往凌晨三点起就开始吊汤，更不要说每家老字号的独家卤方了。

茶水“咕嘟咕嘟”煮着，香气悠悠飘散。温崇月在网上查阅资料，思考在家里做枫镇大肉面的方法。夏皎凑过去，感冒让她的声音听起来软绵绵的：“姑姑让我周四陪她去昆明看花，说是先坐飞机过去，到了那边就得开车了。”

温崇月“嗯”了一声：“昆明？老秦在那边有车，你用得到的话，我把他的联系方式给你——对了，你有驾照吗？”说到这里，温崇月才想起这个问题。他不知道妻子有没有顺利拿到驾照，会不会开车。

夏皎说：“有啊，二〇一四年就拿到了。”

温崇月刚想说把自己的车钥匙给她，在心里算了算时间，讶然道：“二〇一四年？你那时候还没成年吧？”

夏皎点头：“对啊！”

温崇月不解：“你拿的什么驾照？”

夏皎无辜地笑：“QQ 飞车的驾照。”

温崇月叹气：“真不错，可惜我没有碰碰车让你开。”

夏皎刚想说什么，鼻子一痒，重重地打了个喷嚏。她立刻扯了湿巾，用力擦着鼻尖，不想在温崇月面前失态，即便对方已见过她很多次失态、失控甚至失禁——泪失禁。

温崇月顺手捏了捏她的手腕，说：“瘦了。”

夏皎沉默两秒，告诉温崇月：“你知道吗？你刚才捏我的感觉，和挑猪肉似乎差不了太多。”

温崇月否决：“不可能。卖猪肉的可不让随便碰。”

夏皎：“……”

难得的好天气，却不能出行。玻璃窗外树荫浓浓。背阴面的阳台上可以看到漂亮的树冠以及栖息在树上的鸟雀，向阳面的阳台视野开阔，樱花开的时候，遥遥看去一团粉海，阳光之下，若灿灿锦缎，如今绿意葱茏。

猫咪贪玩，平时总是眼巴巴地守着窗外偶尔停驻的鸟雀，这会儿一大一小都缩在夏皎的怀中。蝉鸣还未始，夏皎看着温崇月寻找枫镇大肉面的配方。

季节交替，一般讲究食疗滋补。

温崇月喜好吃肉，春天做酱汁肉，红曲米和酱汁调出樱桃的颜色，浓香馥郁。他也善做鱼，就像太湖上歌谣唱的那样，正月捕塘鳢细肉头，二月桃花流水鳜鱼肥，三月补菜花甲鱼，四月昂刺鲜掉舌头，五月吃太湖银鱼细炒蛋，六月有白鱼。

除了鱼以外，还有滋补汤，流水一般补着夏皎的身体。冬末春初，他用蜜枣和藕煲章鱼，炖花胶更是必不可少，不过花胶不易消化，吃多了容易胀滞，就改成木瓜汤，往里面放一些墨鱼提鲜。天气渐热，夏皎偏好素淡的汤水，他改炖玉米胡萝卜马蹄汤，加了瑶柱慢慢煲……如今入夏，温崇月刚好买了鳝鱼，原本想做紫苏黄瓜鳝鱼，现在看来，可以换个做法，将猪骨、鳝骨剔出来煲汤。

温崇月在厨房里有条不紊地处理着。沙发上，夏皎裹着毛毯，闷出来一些汗，身体开始发热。两只猫咪从毛毯下面拱出来，蹦蹦跳跳地去阳台上爬通天柱，在剑麻柱上磨爪子。

厨房门开着，夏皎能闻到淡淡的香味，电影还在播放，但她已经困得看不下去了，蜷缩着身体睡觉。她想，就眯一会儿，然后过去看看有没有什么需要自己帮忙……

人的大脑总是违背心意，夏皎做了一个长长的梦，梦到了夏季潮湿闷热的北京。她坐在并不熟悉的人的车里，音响正放着一首节奏缓慢的歌曲，她这个英文差生也能听清歌词。

“Two drifters, off to see the world……”歌名是*Moon River*[1]。

[1] 歌名意为“月亮河”，歌词大意：“两个漂流者，去畅游世界”。——编者注

车在下雨的北京穿梭，隔着被打湿的玻璃车窗看出去，霓虹灯光闪耀如织，仿佛能牵扯出通往月亮的道路。

夏皎低着头，懊恼今天怎么穿了旧鞋，出门时还不小心踩到了水坑，将老师车里铺的地毯踩脏了。夏皎小声说了抱歉，老师笑了：“你为什么总是小心翼翼的？”

夏皎说：“我不太会说话。”

“是害怕说错？”

“嗯。”

他笑着说：“人都会犯错。”

夏皎抿唇，抱紧了书包。

“后面有个水果礼盒，”老师说，“拿着，作为你英语进步的奖励。”

这份奇特的水果，是夏皎来北京后收到的第一份礼物，是来自他人偶然的一份善意。

Moon river. 车子在月亮河中穿梭，月亮在空，雨水成河。

皎皎月明，明月何皎皎。

“皎皎。”月亮河戛然而止，她从雨天的梦境回到晴朗的现实。

夏皎睁开眼睛。她出了一身的汗，大口大口喘着气。

阳光越户，将地板和室内的一切都映照得亮灿灿。她眯了眯眼睛，看不太清。

温崇月说：“吃饭了。”

夏天适合吃白汤面。猪骨和鳝骨熬得久，一团软软脂香骨汁全融到了汤中。温崇月尝试往里加了酒酿吊香，用螺蛳来配，带着淡淡的清香气，丝毫不腻。

鳝鱼肉也没有浪费，单独剔出来做了一份紫苏黄瓜炒鳝肉，蔬菜鳝肉三二分，更显清香。

爱吃苏式面的人，浇头得来上好几碟。家中材料有限，温崇月只做了两份，一份卤鸭碟，一份三虾碟——虾脑、虾籽和虾仁。梅雨季已经结束，再往后的虾就不如此时鲜了。好菜都得赶时令吃，过了时令，美味要大打折扣。

除此之外，温崇月还做了其他小菜，一碟清灼菜心、一碟葱油香菇、一碟糖醋藕片、一碟细细生姜丝。“生姜丝？”夏皎愣了，难以置信，“直接吃吗？”

温崇月泰然自若，夹了一筷子放在自己的面上，示意夏皎：“试试？”

夏皎猛烈摇头。她看着温崇月面不改色地将姜丝和面一起吃掉，感觉自己的舌头也跟着辣起来，哆嗦了一下。夏皎决定暂时不尝试，先吃面。

温崇月擅长做肉，夏皎没有吃过正宗的枫镇大肉面，但现在这份味道也不错。肉肥而不腻，软烂不柴，筷子夹的时候要小心，一不留神就夹断了。焖得更好，入口即化，香味像是乘着滑梯，“嗖”的一下稳稳落入胃中。

汤底也鲜，清汤中有酒酿米粒，清爽可口。难得夏天吃热汤面而不热不急，舒适宜人。

趁着温崇月不注意，夏皎偷偷地夹了一条姜丝——她看温崇月吃得镇定，总感觉这平平无奇的姜丝也具备奇妙的鲜味儿，毕竟这可是温崇月做的菜！

怀着美好的期望，夏皎咬了一口。的确很鲜，鲜姜带着让人一口咬破整个春天的嫩，清爽似强劲东风刮过青青草木林。

然而再鲜嫩也掩盖不了这是姜的事实，夏皎的眼泪“唰”的一下辣出来，强忍着吞下去，才开始吃面。

她听见温崇月闷笑了一声，起身离开，过了一会儿，端来一杯柠檬水，里面加了鲜切的柠檬片和冰块，杯子边缘点缀着薄荷小苗。

夏皎“咕嘟咕嘟”地灌水。她尝试着挽回自己的颜面：“看上去很清爽。”

温崇月没有坐下，确认道：“想要清爽的？”

夏皎说：“嗯。”

清爽的小菜很容易做。温崇月之前做了柠檬风味泡蔬菜，原本是预备放在夏皎的便当盒中做配菜的，放在冷藏箱中储存着，现在刚好派上用场。

泡蔬菜放在冷藏箱中储存。鲜柠檬、香醋、粗盐、砂糖、月桂皮、黑胡椒粒和小红椒混合的底料里，细细的芹菜梗和黄瓜仍旧不改翠绿，甜椒红润，盛在白底绘着小草莓的瓷碟中，诱人品尝。

夏皎夹了一块脆生生的小黄瓜，黄瓜特有的清香在柠檬的催化下到达奇妙的巅峰，凉凉的口感让味蕾都要跳起来。她满足极了：“好吃。”

夏皎夸赞温崇月：“太厉害了，我感觉你好像什么都会做。”

温崇月说：“你做的菜味道也不错。”

“不一样的，”夏皎摇头，坦诚地告诉温崇月，“其实我感觉自己有点笨，什么都想学，但真正学好的很少很少。我好像总比同龄人晚一步。”

温崇月不吃了，静静地听夏皎说话。

“比如说，”夏皎说，“上高中的时候吧，我感觉身边的朋友都是高一就有了目标，要去哪所大学、要选哪个专业，他们都有清晰的想法。我没有。我只想着考一所北京的大学就好，哪所都行。我想去北京。”

“读大学也是，大家好像刚入学就知道自己以后要做什么，考研、考编、申请出国……”夏皎说，“我没有目标，就顺着安排来，上学、实习、就业，走前人的老路。我没有自己的目标。”

温崇月说：“随遇而安也是一种能力。”

夏皎不认同：“我觉得自己只是随波逐流——你能明白吗？好像我的人生本末倒置了。就像结婚，应该是感情到了浓处，两个人确定要互相扶持才结合，应该是感情上升后的一个台阶，而不是为了结婚而结婚。”

温崇月看着夏皎，没有说话。

夏皎还没有意识到自己说错了话，继续说：“以前我感觉自己似乎是为了上学而上学，为了工作而工作……直到不久前，我才有了目标。然后我就发现我的朋友，比如橘子，她早就有了目标。再比如你，读大学的时候就已经开始兼职赚钱了。但我到了大四才收到人生第一份工作的薪水。”

桌子上摆着一束漂亮的洋桔梗。这种花便宜，也漂亮，随手就能拍出油画的质感，夏皎喜欢，买了很多回来。

温崇月说：“每个人的花期不同。”

夏皎说：“嗯？”

“桃花在春天开，茉莉在夏天开，但它们都很美。”温崇月说，“不要有年龄焦虑，你也有很多我不具备的优点。”

夏皎眼睛亮亮地问：“我有什么优点？”

温崇月如数家珍：“你很擅长照顾植物，唱歌好听，善良，很容易共情别人，能体谅他人，宽容，以及……温柔。”

温崇月说：“你很温柔。”

温柔？

夏皎从没想过温崇月会用这个词来形容她。她只是一个患得患失、不太擅长和人打交道的家伙罢了。温柔的人不是她，是温崇月自己，所以他看什么都很温柔。就像月亮照在白沙地上，明明是白沙借了月的光辉，月亮却夸赞沙子洁净。

夏皎老老实实地吃感冒药，多喝热水，多去厕所，终于在上班前恢复精力，成功踹跑了感冒。

蓝姐这两天不在，高婵和郁青真俩人不太对付，聊着聊着就开始你一言我一语、夹枪带棒地拌起嘴。夏皎全当没听到，沉浸在为客人选择花材的思索中。

她加了客人的微信，对方给她的名字是“柠檬”，说想在男生生日的时候把花送给他。柠檬还给夏皎发来生日预订的餐厅名称，夏皎看了看，是一家装饰着许多花和植物的餐厅，正是因为对方爱花，柠檬才想送花。

餐厅离这里并不远，大概一千米，夏皎保存了餐厅的地址，预备下班后过去看看。花束需要和送花的场景契合。这是夏皎接到的第一笔订单，她想要认真对待，务必做到完美。

思考着，夏皎的脑海中隐约出现了花材的搭配思路。她垂首，用笔在纸张上简单画一些线条，忽然听见身后高婵惊呼了一声。夏皎转身，看到郁青真的裤子和鞋子都湿了，脸色很不好地站在原地。

原来高婵在挪装睡莲的醒花桶时不小心撞到了郁青真，水溅出来弄了郁青真一身。高婵连忙道歉，郁青真硬邦邦地说了句“没事”，走到一旁，扯出纸巾擦身上的水。

恰在此刻，花店的玻璃门被人推开，每日一朵玫瑰的老人走了进来。

高婵在收拾睡莲，夏皎在用抹布擦地上的水，郁青真离他最近。

老人对郁青真说："我要一朵黄玫瑰。"

郁青真湿了衣服，心烦意乱地将纸巾抛进垃圾桶，随手取了朵黄玫瑰，草草剪了茎，递给他："十块钱，谢谢。"

老人不接，问："不包装吗？"

"十块钱，爷爷，"郁青真说，"只买一朵花，不提供包装服务哦。"

老人提高声音，问："谁说的？"

夏皎已经擦干地面上的水。她洗干净手，出来时刚好听到这句。

她走到郁青真旁边，向老人解释："我们店里只对百元金额以上的订单提供可选的复杂包装服务，如果您的订单金额不足的话，我们只能提供简易包装。"

老人脸色稍微缓和一些，说："我也不要多复杂，和之前一样就行。"

夏皎笑眯眯地说："好的。"

今天老人选的是黄玫瑰，她就剪了一份印刷着英文小诗的手工纸。包好之后，她用棕色细缎带仔细扎紧，打了一个双耳蝴蝶结。

老人付了钱，也没说谢谢，转身就走。郁青真说："结了婚的人就是不一样，做事情也仔细，显得我们多落后。"

高婵笑着说："别加'们'啊，我可不落后。"

夏皎笑了笑，解释道："品牌形象。"

郁青真说："又不是慈善机构，要是每位客人都只买一朵，估计花店早就倒闭了。"

夏皎说："花艺师不都是从一朵花开始练习的吗？"

郁青真不说话了，她扯了纸巾，继续擦身上被水弄湿的地方。

傍晚时候，她给朋友打电话，抱怨声断断续续传来："……真的，结了婚真的就不一样了，太可怕了，一想到结婚后我也会变成那样，我就恐婚……"

高婵小声地叹着气，"哗啦啦"整理着玻璃纸，将郁青真讲电话的声音遮盖了一些。夏皎低头，将手绘稿最后一笔添上。

离开前，夏皎照例买了一捧花朵。

下午温崇月发了短信给她，说有两个老朋友来苏州，他们晚上聚餐，大概九点到家，今晚不能回家做饭了。夏皎决定自力更生。

前往餐厅的路上，她经过一条商业街，晚霞如织，铺金陈锦，不少大学生、年轻情侣出来约会、逛街，也有街头歌手坐在不妨碍交通的地方，捧着吉他对着架好的话筒自弹自唱。

夏皎驻足听了一会儿，对方唱了一整首《忽然之间》，嗓音低哑，歌声动人。

离开前，夏皎从怀中的花束里抽了几朵粉蔷薇，静悄悄地放在那人的书包上。歌手看着她，笑着说了声"谢谢"。不习惯被人注视的夏皎顿时涨红了脸，捧着花，头一低，匆匆就走。

不远处，温崇月坐在车中，看着她弯腰给歌手悄悄送花，看着她骤然红脸，看着她怀中捧花急急忙忙地走开。

主驾驶座上的陈昼仁看过来，问："你老婆？"

温崇月答："嗯。"

陈昼仁说："没想到她喜欢听人唱歌。"

温崇月答："嗯。"

陈昼仁说："可惜你五音不全，我记得你上次唱歌，橘子一听就吐——"

温崇月转脸，纠正他："上次她吐是因为你亲她，不是因为我唱歌。"

陈昼仁并不在意："但你唱歌走调是事实吧？"

温崇月捏了捏眉心，车内开着冷风，仍没来由地让人感觉燥热。他换了话题："先过去，别让老秦等太久。"

老友相聚，自然少不了喝酒。即使三个人都不是酒鬼，也没有灌酒的陋习，温崇月也喝到了微醺，找了代驾。代驾很年轻，还在上大学，非常健谈，说话一口京片子，和温崇月一路聊天聊地，侃大山。温崇月有一搭没一搭地应着，半合着眼。

停好车后，代驾还笑着问温崇月能不能给个好评。温崇月应下，听见代驾手机又响起来。他急忙接了，问清楚地址，显然附近还有一单。

温崇月问："怎么这么晚了还接单？晚上能赶上门禁吗？"

代驾笑了，露出洁白的牙齿，还有两个小酒窝，毫不掩饰甜蜜："过几天我过生日呢，我想攒点钱，给暗恋的女生买东西。"

温崇月也笑了，看代驾拿出折叠小电车，便顺手将车上一瓶未开封的水递过去，嘱咐他夜间别太急。

暗恋。

青春期的暗恋。

听起来就很有趣。

不曾有过这种青涩体验的温崇月没有乘电梯。他独自上了楼梯，习惯性地要输密码，才想起家中不再只有他一人。

温崇月按响门铃。

不到一分钟，穿着家居服的夏皎打开门，有点不好意思地探出小脑袋问："……你怎么提前回来了呀？"

的确是提前。温崇月看了眼时间，八点四十分。

夏皎一脸的心虚，很难不让人联想到不好的东西。温崇月没有说话，迈步进门，敏锐地嗅到空气中的味道。

温崇月走进厨房，这里干干净净，看起来并非事故现场。他的视线落在烤箱上，问："里面是什么？"

夏皎说："苹果派。"

"哦，"温崇月若有所思，"里面还放了麻将桌？"

夏皎迷惑："什么麻将？"

温崇月说："我听见苹果派在里面尖叫'和了''煳了'。"

虽然夏皎极力掩盖，但仍旧无法遮掩苹果派在烤箱中"大煳特煳"了这件事。

"我就是按步骤来的呀，"夏皎迷惑不解，"二百三十度，四十分钟……"

"是二百一十度，半小时到四十分钟。"温崇月关掉烤箱，脱掉外套，挽起袖子，洗干净手，将烤箱中烤焦的苹果派及时抢救出来，同时纠正夏皎，

"时间上不需要这样一板一眼，还要看你做的苹果派大小和派皮薄厚。看到派皮表层有棕黄色时，就可以取出来了。"

夏皎似懂非懂地"哦"了一声。

烤煳的苹果派并没有被直接丢进垃圾桶，温崇月为夏皎做坏的食物做善后工作。他将外面煳掉的地方切掉，剩下里面还没有被烤煳、可以食用的部分，切成漂亮的小三角形，均匀地撒了一层糖霜，挖了两个完美的冰激凌球放上。

他还鼓励有点丧气的夏皎："馅料做得不错，下次稍微注意一下时间，就完美了。"

于是，蔫蔫的夏皎重新昂起了头，抖擞精神："会的！"

夏皎闻到温崇月身上的酒味，并不算浓，清清淡淡。他一直很注重锻炼和个人仪表，这一点似乎没有随着年龄增长而改变。

夏皎悄悄靠近，习惯性地嗅了嗅。她曾经看到过一个说法，当一个人喜欢上另一个人的时候，会闻到他（她）身上独特的香味，这种味道是其他人闻不到的。这也可以说，是你的基因选择了对方。

虽然夏皎不知道这个说法有没有道理，但她的确能嗅到温崇月身上清新的草木香，如山间清风，像林中晚月，沉静悠然。

第一次见面时，她贴近了就能闻到，俩人超越社交距离后，她嗅到的就更加清新了。他很干净，就连气味也是干净的香气。

夏皎一个人的晚餐很简单，牛奶冲谷物麦片，撒一把水果干，还有黄油烤蔬菜。厨房里的白菜、菌菇、土豆和芹菜，撒上一层孜然和胡椒粉，还有一块黄油，放到烤箱里烤一下，鲜香水嫩，健康又美味。

比起肉食派的温崇月，夏皎其实更倾向于素食。不过不能否认，温崇月确实能把肉做出令夏皎口水滴答的味道。他的手似乎具备某种魔力，引导着夏皎不自觉地沉浸其中，无论做的是菜还是爱。

其实夏皎天生是个不适合竞争的性格，并不是她没有上进心，而是不喜欢消耗精力去博取更高的赞誉。这种慢吞吞的脾性也延伸到了周公之礼上，她不太适应太过猛烈的方式，温崇月却总有办法让她渐渐沉迷。

温崇月的唇稍薄，在老人口中，这叫薄情，但夏皎不信这个。夏皎越来越习惯在朦胧灯光下近距离地了解温崇月，在他的引导下好奇地探索他的一切，不是温老师，而是坦然无掩饰的温崇月本人。

他的手指宽大，能将夏皎的拳头整个握住，手背、胳膊和腹肌上的血管清晰可见，犹如蓬勃粗壮的大树，根繁枝茂。

他的一切都能给夏皎带来快乐。

不过对方微醺后的体验还是首次，略微超过了夏皎的阈值。她不确定对方是不是有心事，但没有拒绝。次日，温崇月意识到自己昨夜的失态，歉意满满，首次放弃了晨练，下厨做了一顿格外丰盛的早餐。

青柠煎鸡腿肉搭配小麦饭。小麦饭是用小麦粉温水泡开蒸熟的，加了些许橄榄油和胡椒调味。被黑胡椒粉、芫荽粉、青柠汁和薄荷叶腌过的鸡肉浸透了香料的香气，和黄椒一起烤得表层焦香。吃的时候要小心点，一不留神就会被热气烫到舌尖。

还有一道柚子凉拌大虾，是温崇月从某个泰式餐厅得到的灵感，自己又改良、换了些配料。炎热的夏天需要一口柚子的清凉。他剥了冰水里泡过的柚子肉，拆开后撕成碎块，和灼熟、去壳挑肠的大虾一起凉拌。虾肉嫩滑，温度被他掌握得刚好，堪堪烫熟又不至于太过，汁水被牢牢锁住，肉质最嫩。

夏皎爱拣里面烤到金黄微焦的松子吃，偶尔吃掉一颗香喷喷的辣椒籽，蘸着酱汁更是美味，清新爽口，回味无穷。

夏皎对酱汁很感兴趣，之前从来没有尝过类似的味道，猜测酱汁的成分：“你加了蚝油吗？”

“不是，”温崇月摇头，“是从一家日料店买来的味噌酱，我加了一些鱼露和橄榄油。”

夏皎听着就觉得复杂。她兴致勃勃地吃着撒了一层碎海苔的煎蛋，还有一碟白灼西蓝花。小虾米跳到夏皎的膝盖上，“喵呜喵呜”地叫，明显是被早餐里的虾吸引住了。温泉矜持一些，蹲在桌子上，时不时地舔一下粉粉的湿漉漉的小鼻子。

温崇月将小虾米抱走，给一大一小两只猫开了罐头，马鲛鱼口味的。

趁着两只猫咪大快朵颐，温崇月洗干净手，坐到夏皎面前。他说："昨天晚上很抱歉，我不该对你那样粗暴。"

夏皎心里惦记着客人订购花束的时间，好半天才回过神来，立刻摇头："没关系没关系。"

不知道为什么，夏皎还是不习惯和温崇月谈论这种事，明明可以和姐妹肆无忌惮地瞎侃，却在面对他的时候口燥唇干。为了掩饰窘迫，夏皎特意举起杯子，夸赞道："你今天挑的牛奶好新鲜，新鲜得像是牛亲自挤到我嘴里！"

温崇月说："谢谢你的夸奖，不过也不用这么夸我——你的语气像是我亲自将奶挤到你嘴里。"

夏皎："……"

无论如何，夏皎都没有生温崇月的气。她的可接受度原本就高，更何况对方并不会给她造成身体伤害。但温崇月却为此感到愧疚，以唇以舌安抚他微醺后犯下的错误。

他最近两天的事情稍微有点多，免不了又饮酒。代驾凑巧又是上次的年轻人，不过这次他穿得很正式，还带了一个大礼盒，包装绸带上有可可爱爱的柠檬挂饰。

温崇月笑着调侃他："准备送出去了？"

年轻人笑着说了声"是"，语调中满是欣悦。

年轻最为可贵。

温崇月喝了酒，闭上眼睛休息，冷不丁地想，夏皎读高中、读大学时，是否也曾遇到过这样珍贵的心意？

她应当拥有，她值得。

温崇月让男生将包好缎带的礼盒放在后座之上，柠檬吊坠滴溜溜地晃，闪着灿烂明亮的光辉。

纤细的手将鲜柠檬切开，取了几片，泡在冰水中，夏皎一边喝着水，一边耐心地等待着那个叫"柠檬"的客人过来。

事实上，夏皎上大学时并没有遇到羞涩的追求者，只有一个野驴般狂放不羁的宋兆聪。

她害怕在公众场合被注视。宋兆聪却大晚上跑到宿舍楼下摆蜡烛、用扩音器表白，幸好被舍管阿姨和警卫叔叔联手剿灭，她才避免了那次“社会性死亡”。

她不喜欢和不熟悉的人打交道。她过生日时宋兆聪却不请自来，浩浩荡荡地带了一群人，说是为她庆生。夏皎尴尬得快哭了，幸好有学姐江晚橘解围。

更不要说宋兆聪私下里针对夏皎的其他追求者，甚至“警告”和夏皎稍微亲近一些的异性朋友……总而言之，托宋兆聪的福气，夏皎大学时桃花一朵也没开。

不过这并不妨碍她为客人精心挑选表达暗恋心事的花朵。

夏皎看过餐厅的位置和装潢风格后，摒弃了大多数人选择的绉纱布和绸带。她用鲜花专用胶带和十四号细铁丝编织出一个鸟巢形状的底座，选了十根柳条，顺着铁丝脉络将整个底座装饰好。店里有很多编织用的藤蔓，她将其团成球，插上短树枝，又用麻绳和茶色胶带将底座和圆球相连。

同样是螺旋式组合技法，这一次她是从底座由上而下地放入花材。费约果树叶、香桃木参差不齐，桉树叶从枝头微垂，像是害羞低眸，革叶蕨婉约，如少女心事……在客人的预算范围内，夏皎又精心挑选了未开的郁金香花苞、多头小菊花、花毛茛、五加等花材，依次放入，最后用粉色蔷薇将圆球围起，又选择了红、绿常青藤缠绕，在底座填充了洋柠檬。

花束不需要辅助，就能稳稳地放在桌子上。从上往下看，深绿浅绿之间，花枝摇曳，沉静不发。

柠檬很喜欢这束花，眼睛亮闪闪地对夏皎说：“如果表白成功的话，我就将花送给他；不成功的话，我就将花带走。”

夏皎笑：“一定会成功的。”

的确成功了。晚上锻炼前，夏皎看到了柠檬的朋友圈，发了她和男友的合照，两人捧着花朵，离得很近，开怀大笑。背后的桌子上放着系了绸带的漂亮礼盒，上面挂着一颗可爱的柠檬，闪闪发亮。

温崇月洗过澡，用毛巾擦着头发，看到夏皎趴在床上，跷起脚丫，捧着手机傻笑。

温崇月问："你第一个十连就抽到了喜欢的卡？"

"不是，"夏皎放下手机，"我找到自己的工作目标啦！！！"

工作目标。

幼儿园时，夏皎在"工作目标"后歪歪扭扭地用拼音写：我想养恐龙。

小学时，夏皎在"工作目标"后一笔一画地写：我想养熊猫。

初中时，夏皎在"工作目标"相关的计划中写：我想养猫。

高中时，夏皎在"工作目标"的高考命题作文里写：人生在世，犹如沧海一粟，世间之大，好似浩瀚星空，唯独在有限的生命中为人民奉献自我，才不枉活这一生……为世间更美好而努力奋斗，为他人之幸福而拼搏。

大学时，夏皎熬红了眼睛，给朋友发自己的"工作目标"：不要"996"，拒绝酒局。

小时候的夏皎绝对不会理解，长大后的她工作目标卑微到只要不加班、没有酒局应酬就好。就像现在的夏皎猛然回顾，才发现自己小时候的梦想并不是在北京买一套房。

但是没关系，她重新找到了自己的小目标。

就像多年前那个错过了公交车的阴雨天，老师为她打开了回家的车门。

第八章 小荷叶儿小莲蓬汤

这次的昆明之旅比夏皎想象中时间更长，选择靠谱的合作商并没有那么容易。他们在这里待了两周，仍旧没有签下合同。

他们这次还真是借用了温崇月的朋友老秦的车，对方刚好和妻子在这里度假。老秦的妻子是一个苍白、有些病弱的女性，语调柔和而坚定，交谈时让人感觉很舒服。不过几个人也就在一起吃了一顿饭。老秦找了两个人轮流给他们开车，一来能让他们省下精力用在正事上，二来也是为了保护他们的安全。

除了夏皎外，于昙只带了张云和。师徒俩十分默契，有些事情不用于昙开口，张云和就能理解其意。夏皎极为佩服。

不过只剩下温崇月一人独守家中，虽然俩人每晚都会有短暂的视频通话，但遗憾的是这并不能令温老师满意。

夏皎偶尔会跟温崇月吐槽一些事，比如她在这里吃米线、米粉都要吃得爆炸了；比如当地居民生活安逸，日上三竿才慢悠悠起来做生意，他们找不到早餐店，只能吃酒店提供的早餐；比如当地人的酒量好得恐怖，不愧是“我们云南人，喝酒都是用缸滴”……

温崇月耐心地听她讲着，顺带友好地提醒：“皎皎，你知道后天是什么日子吗？”

——夏皎完全不记得。

——这可真是个送命题。

在心中急速计算片刻，夏皎小心翼翼地问：“我们结婚第 191 天纪念日？”

温崇月：“……”

他好脾气地说：“是七夕，情人节。”

“我买了一条很鲜美的鲤鱼，”温崇月说，“小虾米和温泉都馋疯了，你不想回来尝尝吗？”

“嗯……”夏皎小声说，“但是我可能还得过几天才能回去。”

于昙挑选东西很严格。出差的时间意外延长，这不是夏皎能够控制的。

温崇月叹气：“难道今年的情人节要我一个人过？”

夏皎郑重地安慰他：“温老师，我们是合法夫妻，不是情人，所以我们不过情人节。”

夏皎的安慰没能抚慰温崇月的心灵。最终，温崇月友好地告知夏皎，他会尽量养着那条肥肥的小鲤鱼，争取养到夏皎从昆明回去。

国内的鲜花供应基地有两个，一个是云南昆明的斗南花卉市场，另一个是广州芳村的岭南花卉市场。国内市场上百分之九十的鲜切花都来自这两地。

夏皎跟着于昙这么久，外加之前在店里和别人的交谈，多少了解点鲜花批发的途径。对于需求小的花店来说，来源一般是当地的二级批发商。像他们这种动辄订单超过六位数的花店，则是直接从斗南花卉市场或岭南花卉市场订购。而为这两个市场提供花朵的，则是花农——产地花业公司基地。

于昙看重鲜花的质量和“独家性”，要求高，直到最后三天才终于敲定合同。供货合同不能马虎，于昙带着夏皎按条款逐一检查、核对，尤其是进货单，中英文花名、照片、颜色，甚至花秆的长度、花冠的直径等都必须清晰标明，不会给供货商任何造成错漏的机会。

夏皎老老实实地记着笔记。和她比起来，张云和明显轻车熟路得多。他经验丰富，有时候于昙多看一眼花，他便会意，自觉和供货商攀谈、询价。

夏皎只听说以前张云和是于昙的得意弟子，苏州这边的店都是他在打理，后来不知道为什么，两人闹僵，张云和被于昙赶去了北京。两人已很久没有联系，直到最近两年才开始联络。

现在恰好是昆明的雨季，几乎每天都要下一会儿雨，不过不要紧，不为烘干衣服而发愁的话，就能发现雾蒙蒙的昆明别有一番风味，难怪这里的菌子长得肥美茂盛。

合同签订、打算返程的前一天，又淅淅沥沥地下起雨。夏皎没有出去，自己定了份“老奶洋芋”，这是一种类似于土豆泥的食物，绵绵软软，她很喜欢。她一边吃着，一边慢吞吞地看书，看到一半，肚子还是有些饿，便索性去行政楼层吃东西。

在云南吃饭躲不开米线，这家酒店的焖肉米线味道极佳。

夏皎坐在青蓝色的沙发上，窗外绿荫浓浓。她原本在安静地等待自己的米线，不想却听见后座传来一声响亮的巴掌声，吓得夏皎忙缩了头。和喜欢看热闹的人心理不同，有时候公众场合下遇到难堪的事情会让夏皎想要快速离开，无论这件事和她有没有关系。她极怕惹上麻烦，今天也是。

夏皎听见后面传来熟悉的声音，是张云和的。不同于以往那种一板一眼的腔调，他的声音此刻听起来甚至有些愤怒：“老师，为什么抱林行，我就不行？”

夏皎的汗毛齐刷刷地竖起来。她有种微妙的感觉，摸了摸自己胳膊上的鸡皮疙瘩，简直像是倒了一碗疙瘩汤在上面。

她听见于昙漠然冷静地说：“挨打了也不长教训？”

张云和说：“什么教训？我犯什么法了？”

夏皎要缩成一只虾了。她努力低着头，用菜单遮挡自己的脸——还好，她听见于昙站起来，从另一个门拂袖而去，间隔不到一分钟，张云和就追了出去。

还好，还好，俩人都没有发现夏皎，夏皎心惊胆战地吃完了自己的焖肉米线。

次日从昆明回程，夏皎没看到张云和的身影。她犹豫很久，还没等问出口，于昙先说话了：“北京那边有事，他直接回去了。”

夏皎老老实实地说：“嗯。”

这个小插曲并没有为旅程带来太多不愉快，于昙面色如常，张云和晚上照常给夏皎发课程、展览等信息。非要说有什么令夏皎揪心的话，那就是独守空巢的温老师，以及那条被温崇月尽力养着，但还是没有撑到夏皎回来的鲤鱼。

最终温老师和两只猫咪孤独地分吃了那条鲤鱼。

夏皎不想过多地回想她回家后和温崇月的细节。

她昨天下午五点到苏州，六点吃晚饭，六点半进卧室，次日十点钟在床上睁开恍若隔世的一双眼。

今天周六，温崇月微笑着问夏皎："要不要试试 Brunch？"

Brunch。这个来自英国的词语，将早餐和午饭合二为一，称为"早午餐"。听起来极为精致，但事实上，夏皎大学和工作后的周末，选择性赖床、将早午餐合并为一顿也是常有的事。

读大学时的周末，她一般睡到十点才起床，慢悠悠地去学校食堂买一份热腾腾的砂锅；工作后的周末，她会报复性地睡到十点，再睡眼惺忪地在外卖 APP 上下单，买一杯热腾腾的咖啡或牛奶，搭配一份加热的恺撒鸡肉卷或荞麦沙拉。

但正式地来一次 Brunch，这还是第一次。

温崇月已经预订好了位置。他租了一个干净整洁的小院子，正宗的苏式园林，中式花园。围绕着水池建着四季亭阁，早春可观牡丹芍药，秋有银杏红枫，冬赏白雪蜡梅。如今初夏，只开了半池菡萏，下有锦鲤啄食，上有微风送香，映衬着假山石和带有瓦片屋檐的小廊桥。

这个小院子自带厨房和食材，因此温崇月自己动手做了午餐。

在滴了白醋的深锅中用勺子卷出漩涡，轻柔滑入鸡蛋，慢慢地煮出水波蛋。再用水洗去表层，和烟熏三文鱼、牛油果片、英式司康搭配，最后淋上用青柠汁、蛋黄、白胡椒粉等佐料调配好的荷兰酱汁，就成了完美的班尼迪克蛋。

Brunch 需要慢悠悠地吃，因此温崇月准备的菜式繁多，但分量都很少。蜜桃烤排骨，加了酸奶油的土豆煎饼，烤过的厚片杂粮面包铺上百里香炒蘑菇，烤得香喷喷、蓬松柔软的可颂，玉米奶油浓汤，蔬菜沙拉，红心猕猴桃酸奶，还有一份温崇月自己煮的奶茶——里面加了一点点盐，茶味很浓，口感极好。

夏皎坐在四面通透的亭子中，微风送荷香。窗子上糊着薄薄的丝绢，只开了两扇，让清风随意进出。另外两扇关闭，隔着窗纱望出去，外面都似朦胧写意画，颇有幽深意境。

温崇月问这次旅行的感受，夏皎说得眉飞色舞、手舞足蹈。永远喧闹的翠湖南门，漂亮的卢汉公馆，还有驻扎着许许多多小餐馆、咖啡馆和各种个性小店的文化巷与文林街……她有好多好多有趣的事情想要和温崇月分享——除了于昙和张云和之间奇怪的氛围。

温崇月笑吟吟地听着夏皎说话，只在夏皎提起那些酒吧的时候，问了一句："你去喝了？"

"没有没有，"夏皎的头摇得像拨浪鼓，"我不太习惯那样热闹的场合。"

温崇月说："下次陪你去。"

下次？

夏皎完全无法将温崇月和那些驻扎着许多流浪歌手、地下乐队的酒吧以及小酒馆联系在一起。在她心里，温崇月就是温老师，看起来并不会去到处都是酒鬼、充斥着摇滚乐的地方。

夏皎在温崇月租了两日的小院中度过了悠闲自得的周末。唯一对不起的是家里两只猫咪，一个个委屈地贴着主人蹭蹭抱抱，夏皎不得不给两只猫咪都放了鹌鹑干作为加餐。

次日，夏皎照常去上班。她刚到花店就觉得气氛不太对劲，问了其他人才知道高婵和郁青真吵架了，具体原因不明，只知道两个人闹得很僵。那天恰好是店长来的日子，郁青真哭哭啼啼去告状，高婵这个月的奖金也泡汤了。

夏皎不蹚这摊浑水，全程眼观鼻鼻观心。中午郁青真叫她一块儿去吃午饭，夏皎婉言拒绝了。她独自在就餐室吃便当时，高婵拎着外卖走进来，坐在夏皎对面。

她提醒夏皎："别和郁青真走太近，说不定哪天她就偷偷找店长打小报告了。"

夏皎笑笑，说："谢谢你。"就算没有高婵提醒，夏皎也不会和郁青真走得太近，她们理念并不一致，注定无法成为朋友。

郁青真没耐心接待散客，私下里吐槽那些只买一朵花的客人。夏皎不同。她安安静静地包装好每一枝花，那位脾气不好的老人每次光顾，也都认真地根据玫瑰的颜色来选择合适的包装纸。

如果说真有什么让夏皎感到困扰的话，那就是宋兆聪的纠缠。

不确定是不是上次的酒局重新激发了对方的逆反心理，哪怕夏皎已经离开了北京，这位仁兄仍会时不时地发来消息，被拉黑了就换朋友或者其他人的号码继续，夏皎不胜其烦。偏偏白若琅又定了花朵，郁青真和人聊天时常常提到这位"宋公子"，言语之外，颇为神往。

"白女士的基因那么好，"郁青真羡慕地说，"眼光也好，不知道会喜欢什么样的女孩。"

高婵翻了个白眼："反正不会喜欢爱打小报告的。"

郁青真被她噎了一下，淡淡地说："肯定也不会喜欢只会甜言蜜语哄上司的。"

看夏皎正整理小雏菊，郁青真问："皎皎，你说我说得对吗？"

夏皎茫然抬头："啊？"

高婵快言快语，将刚才的话又复述一遍。夏皎不好意思地笑笑："这个……白女士都结婚了，肯定喜欢异性，而不是同性呀。我们都没有嫁给白女士的希望了，她喜欢什么样的女孩对我们来说毫无意义。"

高婵愣了一下，大笑出声。郁青真转过脸，对着镜子整理头发，小声说了句"笨蛋"。

夏皎真不在意白若琅女士喜欢怎样的女孩。她知道对方不可能对自己满意，刚好她也不擅长让人满意。

转眼又是周末，夏皎挣扎着起了个大早，跟着温崇月去买新鲜的食材。

挑肉，听上去简单，实际上是一项技术活儿。举个例子，做牛排，单单和牛这个分类下，就有许多不同，比如神户牛、近江牛和松阪牛雪花状脂肪更多、肉质更加软嫩，而褐毛和牛的肉质偏瘦，口味也更具野性，还有短角牛，精肉产出率不高、但有深厚浓郁脂香……

提到猪种类就更多了，汉江黑猪、沂蒙黑猪、粤东黑猪、滇南小耳、金华猪、武夷黑猪……中国地大物博，华北、华南、华中，江海、西南、高原，各地皆有本地品种的猪，肉质不同，口感更不同。

夏皎听得晕晕乎乎，钦佩地看着温崇月："好厉害，我完全分不清楚猪和猪的区别，只能分清楚人和猪。"

温崇月接受了她的赞扬，告诉她："能分清人和猪，你已经比很多小猪都聪明了。"

夏皎想了两秒才反应过来，气恼地拍了下对方的臀部。温崇月蒙了一下，才伸手揉她的脑袋，惊奇地叹气："要造反啊你？"

夏皎一本正经："温老师，请您注重自己的言行，不然等会儿我就要大叫'老师你要做什么'了。为人师表，请您谨言慎行，不要对祖国的花朵做出什么奇怪的举动。"

温崇月被她逗笑了，表面上说得正儿八经，实际上连问价格都要鼓足勇气才能开口——他才不信夏皎敢喊出来。他倾身，捏了捏夏皎的脸，带着询问的口吻："祖国的花朵？"

夏皎认真点头。

温崇月说："我就偷偷摘一朵。"

夏皎小声说："为人师表啊，温老师难道没有罪恶感吗？"

虽然知道温崇月当时很着急结婚，但关于这一点，夏皎还是想确认一下——他是真的不在意那段短暂的师生关系吗？至少夏皎曾经为了这件事悄悄纠结过很久。

夏皎冷不丁地又想起那天在行政酒廊，听到张云和压抑着声音称呼于昙"老师"。身为学生的心情，她应当能够体谅，但身为老师的呢？老师是如何看待这种伪"师生恋"的？

人渐渐变多，温崇月拉住夏皎的手，往自己身边带了一下。他认可夏皎的说法："正常人都会有罪恶感。"

夏皎眼睛亮晶晶的："所以今天有罪恶感的老师要放过学生了吗？"

温崇月坦然地说："所以我是变态。"

短暂的沉默之后，夏皎说："温老师，如果我上学时知道有今天，我一定不会报您的辅导班。"

"哦？"温崇月扬眉，笑着回答，"夏同学，如果我兼职时知道有今天，那一定会倾尽全力辅导你的功课。"

夏皎问："您当时没有尽全力教我？"

温崇月答："毕竟谁也不知道，当时教的学生中，有一个会成为我的妻子。"

夏皎忽然发现，相亲时计较伪"师生恋"这个层面的只有她一个人，或者说只有她的道德感让她对伪"师生恋"这件事敬而远之。事实上，温崇月完全不在意这层关系。

清晨来买菜的多是一些上了年纪的人。人渐渐多了，温崇月自然地向夏皎伸出手。夏皎正神游天外，愣了一下，才迟疑着将手放入他的掌心。

虽然已经结婚，但印象中俩人这样牵手的次数并不算太多……夏皎转脸看着周围菜摊上的东西。苏州地理位置优渥，现在能看到许多当季蔬菜和水果，什么茭白、莼菜、慈姑……还有一种长得像小萝卜的菜，夏皎好奇地多看了几眼，提出疑问："这就是你说的小樱桃萝卜？"

温崇月看了一眼，摇头："不是，这是芜菁。"

"wújīng？"夏皎念了一遍，迷茫道，"《战狼》里的那个吴京，还是蜈蚣精？"

温崇月拉着她的手，凑到她面前，低头，用手指在她掌心一笔一画地写："芜菁"。

他问："还记得上次我们去灭渡桥吗？"

夏皎点头。

"那边有个地方叫葑门，还有个葑门横街。"温崇月说，"葑，就是芜菁，最新鲜的时候是冬天，过了三月就不当季了。"说到这里，他看了眼菜摊上的芜菁，用手捏了捏，和摊贩聊了聊，买了一些。

夏皎小声问："不是说不当季了吗？我没那么馋，这个看上去就像萝卜，不一定好吃……"

"虽然不当季，但拿来做腌菜不错的。"温崇月屈起手指，用指节敲了一下她的额头，"夏同学，挑食不是好习惯。"

夏皎当然知道挑食不好。但某些科学研究表明，有些人的基因就不适合吃某些蔬菜——比如香菜，夏皎有个舍友能够生吃香菜，或者用香菜涮锅，而另一位舍友闻到香菜的味道就要吐；比如羊肉，有人就爱羊肉的特殊气味，有人就一点也吃不得；再比如醋，有人爱在饭里加醋，有人尝到醋味儿就要撂筷子。

夏皎还好，她只是单纯地讨厌吃萝卜，长得像萝卜的芜菁也一并不喜欢。

但温老师总有将她不喜欢吃的东西变废为宝的方法。

将小芜菁去皮、切成块，放到阳台上晾干。按照温老师的经验，在阳光晴朗的时候，怎么着也得晒上几天才能彻底晾到可以腌的地步。不过温崇月用了个小小的法子，将切成块的芜菁放到烤箱中低温烘一会儿，再拿去晾晒。

"虽然风味会打折扣，"温崇月看了眼天气预报，叹气道，"但现在的天气的确很难晒干。"

夏皎认同。

温崇月精心挑选了猪前肘，炖煮后放凉，等待着汤熬煮出来的脂肉自然凝结成冻。好东西都是需要等待的，但夏皎的肚子已经无法等待，饿得像是有摇滚乐队在里面开演唱会。

为了拯救饥饿的妻子，温崇月简单地做了一份慈姑红烧肉。混合了泰国香米和东北大米的米饭恰好蒸熟，温崇月盛了一碗出来，先给夏皎，让她垫垫肚子。

夏皎也不去餐厅，就坐在厨房吃了几口。慈姑有种特殊的味道，如茶似草木，细品，舌尖微微甜。慈姑的料理讲究手法，料理不好就有股苦味，遮住了食材本身的清香。温崇月手法娴熟，保留了慈姑的淡香回甘，软软糯糯。红烧肉酱色上得极好，夏皎吃掉了两大块肉，忽而忧愁地叹气。

温崇月说："再等一会儿，茭白马上就好。"他在炒青红椒素茭白，皆切成形状相仿的细丝。这菜熟得快，大火翻炒几分钟就行。温崇月在调味方面比较克制，只加了蚝油、生抽和盐，别的一概不用。

小锅里还炖着莼菜鸡丝羹，闷闷的香味儿偷偷摸摸地顺着锅沿溜出来。夏皎说："我忽然发现自己最近一直在吃猪肉。"

温崇月问："吃腻了？"

"不是，"夏皎摇头，双手托脸，想了想，认真地告诉他，"我觉得，再这样下去，猪该讨厌我了。"

温崇月被她的话逗笑了，关火起锅，将炒熟的青红椒丝并茭白一起盛在盘子中。他说："不会。"夏皎仰脸。

温崇月将有着淡淡清香的清炒茭白放在旁边："能满足你的食欲，它很荣幸。"

难得的周末，夏皎不必急急忙忙地吃完一餐饭。

餐桌上必不可少的一道菜是菜心，今日份的是清炒菜心。菜心这东西炒起来简单，炒得好吃却难，太生了有青草味，太老了又过于绵软。温崇月炒菜心有一手，必须用铁锅，往猪油里滴上几滴绍兴酒，不用盐，不用蚝油，用鱼露，这样清炒出来的菜心既保有绿意，又口感不脆不软，恰到好处，满口鲜。

说来也奇怪，温崇月煲得好汤，粤菜也做得好，但他父母都是北方人——终究忍不住，夏皎悄悄地问了一下温崇月。

"我没有告诉过你？"温崇月说，"我在香港读的研，和昼仁一块儿。"

昼仁这名字听着耳熟，夏皎反应过来："晚橘的前男友？"

温崇月颔首。

夏皎对温崇月的了解其实并不多，两个人在一起聊吃的、聊喝的、聊工作上的事，大部分时候是夏皎倾诉，温崇月安静倾听，适时地给出建议。

温崇月很少说起自己的过去。

夏皎之前没有发觉这一点，只感觉和温老师相处颇为自在。今天她忽然意识到，温崇月对她的人生和现况一览无余，而她对温崇月仍旧知之甚少。

温崇月很好相处。他几乎没有特殊的嗜好。如果不谈床上的表现，那么用一句“谦谦君子”形容他再合适不过。但也正因他的情绪稳定和不外露，夏皎难以揣度他的喜好。

他就像一汪安静的潭水，瞧着温和，走下去之后，才知深不可测。

夏皎悄悄地咬着红烧肉，一边吃，一边努力地想了一下。不过没关系，这样的相处已经是她想要的了。

她不贪心，这些就够了。

下午，夏皎躺在阳台上抱着猫咪晒太阳，温崇月练了一会儿字。这本该是一个悠闲的下午，遗憾的是公司那边打电话，让温崇月赶紧过去——

夏皎睡得迷迷糊糊，温泉在她怀里睡得正香，小肚子一起一伏，小虾米绕着温崇月的腿打转。他已经穿上了衬衫，正在穿西装外套，对夏皎说：“项目上有急事，我得过去一趟——晚上等我回来。”

夏皎“哦”了一声。她困得厉害，蜷缩着身体，抱着温泉继续甜甜地睡，直到太阳悄悄溜到阳台边缘，她才从这个沉静的梦中惊醒。

周末没有什么需要做的，温崇月已将一切收拾得井井有条。不过这次走得急，他没来得及收拾桌上的纸，夏皎看到了他写的一副字：“今日归来如昨梦，自锄明月种梅花。”

温崇月的行书写得很好，笔锋稳中有狠，如冷冷冰川。夏皎对着这字看了许久，忽然想起来了，竟是锄月亭上的楹联。上次匆匆一见，夏皎喜欢，就记了下来。

她知道温崇月平时写的东西都会卷起来，这次他走得着急，夏皎就顺手帮他收起来，慢慢卷好，放入专门装字画的白瓷阔口圆肚盆中。

夏皎本以为温崇月会在晚饭时归来，她不会处理厨房晾着的肉冻，就简单炒了一些素菜，安静地等着温崇月。但一直到桌上的饭菜渐渐变凉，一大一小两只猫咪打架、和好又打起来，温崇月还是没有回来。

她用手托着脸，犹豫很久，还是决定给温崇月打电话。

第一次没人接，夏皎预备打第二次的时候，听见门铃响了。

她跳起来，开心地打开门，却看到一位女性。

在看清楚她的脸之前，夏皎先闻到了她身上浓郁的香水气息，微熟的甜，像是太阳下灿烂的花田。她就像芍药牡丹，明艳活泼，对着夏皎露出一个甜甜的笑容，落落大方。

“夏皎，对吗？”这位女性自我介绍，“我叫宋萧，崇月的新同事。”

夏皎客气地说：“你好。”

夏皎的注意力并不在宋萧身上，视线微微后移，越过她的肩膀，看到了被男同事搀扶着的温崇月。他喝醉了。

温崇月身材高大，常年锻炼身体，那位身高不足一米八的男同事扶着他有些吃力。夏皎立刻倾身过去——她闻到了温崇月身上的酒味，但没有烟味。

夏皎的个子要小很多，已经做好用小身板支撑他的准备了，只祈祷不要在温崇月的同事面前丢脸，被压到摔倒。幸运的是，夏皎一扶，原本看上去烂醉如泥的温崇月却稳住，默不作声地依靠着她。

宋萧没有立刻离开，她似乎看不出来夏皎在吃力地撑着温崇月，仍旧笑着解释，说是项目组一块儿吃饭，大家都高兴，一不小心喝多了……

夏皎全部心思都在温崇月身上，只跟着点头，认真地谢过宋萧后，请他们关上门，自己艰难地将温崇月扶进卧室。

还好，温老师酒后不失德，酒品也好，任由夏皎扶着，跟着她走。

夏皎没有照顾过醉酒的人，好不容易将温崇月丢到床上，又开始犯愁。她正犹豫着该从哪里下手，忽然听到温崇月含糊不清地说了一声：“水。”

夏皎立刻倒了凉水给他。温崇月慢慢喝完，闭着眼睛躺在床上。

夏皎不确定温崇月醉到了什么程度。她微微俯身，半趴在床边，试探着问：“温老师，你知道自己现在在哪里吗？”

温崇月不睁眼，语调听起来有些模糊：“家。”

夏皎松了口气。她没见过醉酒的温崇月，起了兴趣，想要逗逗他。

她换了一个稍微大胆一些的问题："你的手机支付密码是多少？"

温崇月说了六个数字。

夏皎胆子更大了。她连续问了好几个问题，温崇月都回答了。

他始终闭着眼睛，看上去随时可能会睡过去。

夏皎已经彻底放松。她伸手戳了戳温崇月的脸，手感很好，忍不住又戳了几下，问："那你知不知道我是谁？"

温崇月"嗯"了一声："谁？"

夏皎偷偷打开手机，放在一旁，调整好角度，确定能够清晰地拍到两人后，才满意地趴回来，试探着用指尖戳他的脸颊，郑重地说："我是你老大，你是我小弟。现在，你要对我说'老大晚上好'，知道吗？"说完之后，她心满意足地低头，恰好看到温崇月带笑的一双眼睛，哪里像是醉酒。

夏皎傻眼了。愣了两秒，她第一反应就是跳开。

温崇月准确无误地抓住了夏皎的手腕，声音清明，没有丝毫醉意："去哪儿？"

夏皎大脑一片混沌："喂猫。"

温崇月说："等会儿再喂，我这里有要紧事。"

夏皎问："什么事？"

温崇月拉住她的手腕，轻轻一带。夏皎重心不稳，趴在他的身上，嗅到了淡淡的酒味，却不脏，很干净，也不带任何香水的味道。

温崇月瞧着旁侧正在录像的手机，那是夏皎的，屏幕上正清晰地映照出夏皎手肘关节的一点红。

他嗓音清淡："别急，我们有一晚上的时间来确认谁是老大。"

夏皎问："你刚才……装的？"

空调的温度开到了二十四摄氏度，夏皎的胳膊和手背被吹得发冷。温崇月抬手，触碰着她的脸颊，像是发现了什么宝贝，捏了捏，低声说："只有一点点。"

夏皎不太相信他的话。

不过夏皎理解，工作嘛，偶尔会有难以推辞的应酬，她也经历过这种酒局，只有装作醉酒才能“逃过一劫”。温崇月之前提过一次，他不喜欢喝这种以应酬交际为目的的酒。

夏皎的手搭在他的肩膀上。温崇月侧着脸去亲吻她的手肘内侧，呼吸像是疯狂摇晃后的可乐，攒足了密密麻麻的气泡，疯狂地往外冒。

夏皎要被这种迷幻的氛围给击毙了。当温崇月用唇轻轻触碰她指尖的时候，她想起一件事，问他：“那我们这样算不算酒后乱性？”

“算，”温崇月说，“所以请夏同学不要出声。”

连周围的空气也被他带动着有了温度，低温中唯有他能给予温暖。温崇月捂住她的唇，低声告诉她：“不要被别人发现，我们需要隐蔽一点。”他已经彻底融入角色，衬衫扣到顶端，领带也没有解，端正严谨，表情严肃，像极了一位斯文变态。

犹如置身温暖海洋，夏皎发不出声音，自然而然地被温崇月带动到酒后胡闹的氛围中。她含糊不清地叫着温崇月的名字。

夏皎终于注意到桌上的手机还开着，原本想要拍到温崇月醉态的东西，现在却成了温崇月逗弄她的工具。她抬手想拿手机，温崇月却自她身后越过，扣下她的手，捏着她的脸，让她看清楚手机上的影像。

“很美。”温崇月夸赞。他挪开一只手，让夏皎自由呼吸，若有所思地说：“我们可以考虑加一面镜子。”

夏皎不能想象那种场景，只是看着手机屏幕，就已经脸热。她看着屏幕中的人姿态如同猫猫伸懒腰，而温崇月的衬衫和西裤穿得好好的，只露出一双压在她肩背上的手。手指骨节突出而修长，隐约能瞧见青色血管，指节上的痣不太清晰。

夏皎说：“从风水学上说，卧室里放镜子并不吉利。”

温崇月浅浅地“嗯”一声：“或许有时间了我们可以去看看大师，请大师帮我们做决断。”

如练习书法字，他不紧不慢地持笔压住白纸，浓色墨汁缓慢浸入纤细纸张的纤维间隙，将白纸染成墨汁的色彩。

在夏皎出声前，温崇月捂住她的嘴，喟叹一声，告诉她：“嘘，小点声。”

夏皎被他带入氤氲幻想里，一点一点步入他话语中的场景，仿佛置身潮湿闷热的夏季，正在房间里与温崇月偷偷分享一颗裹着杏仁的巧克力。温崇月手指上那粒漂亮的痣，被夏皎和着巧克力一起吞下。

其实这里很安静。小虾米和温泉在外面通天柱上蹦上跳下，玩得不亦乐乎。家里并没有其他人。可夏皎似乎能感觉到父母就在外面，像往常一样做饭、看电视，吵吵嚷嚷。温崇月贴在她耳侧的呼吸声像一层一层铺上来的墨，夏皎紧张地打了个寒噤。温崇月低声安慰她。

他总能这样轻而易举地带动人的情绪。夏皎确信自己没有喝酒，但她却在这种迷离氛围中醉倒了。

她朦胧中记得，后半截小虾米蹦蹦跶跶地跳了过来，这大概是温崇月最无奈的一次。他穿了衬衫下去，将小虾米赶出去，确认两只猫咪都无法越门后，才半坐着给了夏皎一个温和的吻。

他身上有股好闻的味道，温暖的手掌轻拍夏皎的背，很好地安抚了战栗不安的她。

夏皎模糊不清地想，温崇月好的不仅仅是酒品。他绝不是那种在床上只顾自己畅快、不在乎伴侣感受的人，刨除口味辛辣的正餐外，无论是餐前酒，还是餐后甜点，温崇月都做得极为温柔，确保她体验愉快、在被温暖拥抱的状态下入睡。

不谈爱的话，他是一位合格的丈夫。

夏皎喜欢这样。

那段视频也没有保存，结束后删得干干净净。

厨房中静置的肉冻经过一段时间的等待，也终于成形。其他肉冻往往用猪皮熬成，温崇月则完全剔除了猪皮部分，只用了猪前肘的肉，不肥也不腻，肉多冻少。

次日的早午餐里，就有这道水晶肴肉，切成了厚片，肉质冰凉，肉冻部分入口即化，只留下香气在味蕾上荡秋千，肉的部分绵软香浓，只加细细姜丝和香醋来调味，口感细腻。

温崇月煮了桂花赤豆粥——如今不是桂花开的季节，这些干桂花是于昙亲手收集、晒干的，用来煮粥再好不过。

除了每日必有的水果蔬菜沙拉和双面煎到金黄的藕丁饼外，今日的餐桌上还多了一位不速之客——圆圆滚滚的白色糯米里包裹着笋丁肉沫木耳干、虾仁扁尖黄花菜，看上去清爽可爱。

夏皎转身，疑惑地问："这是什么？"

温崇月端了盛着橙黄馅汤的碗过来，示意夏皎用勺子轻轻舀一些，顺着馅料兜头浇上去。他说："这是炒肉馅团子，夏天了，就吃这一季。"

汤汁均匀地自最顶端的开口浇进去，夏皎浅浅地咬了一口——像是在吃灌汤包，却不用担心会烫到舌头，汤汁经过缓冲，已经降到了温热、适宜入口的温度。晶莹剔透的糯米团，馅料里的肉其实并不多，满是蔬菜的清香，鲜嫩可口。夏皎吞了一个，好吃到发出长长的叹息声。温崇月一共做了六个，五个进了她的肚子。

桂花赤豆粥也好喝，温崇月没有放糖，桂花的淡香、赤豆的绵软微甜、长粒香米的清甘全都被细腻地熬煮出来。只是夏皎吃了太多团子，喝两口粥就不得不缓一缓，站起来走几圈，再坐下来继续喝。

温崇月忍俊不禁，友好建议："喝不下就先休息，明天早上再煮给你喝。"

夏皎问："真的吗？"

温崇月说："真的。"

往后三天，夏皎都美滋滋地喝到了桂花赤豆粥，第四天才换了新花样，煮了糖粥。苏州的糖粥和别处不同，红豆和粥分开煮，等熬好后再浇上豆沙，因此虽然叫粥，但更像甜品，夏皎爱极。

蝉鸣渐响，荷风渡塘，夏日暑夜，同里退思园开放了夜游，网师园的《牡丹亭》也开始唱。

俩人结束工作后过来游玩、听戏，十块钱可以买到两个大大的莲蓬。夏皎努力地撕开莲蓬，剥出莲子，揭掉绿皮，剔除了莲子中的苦芯，递到温崇月唇边，喂给他品尝。

温崇月低头，不经意间含住了她的手指。夏皎哆嗦一下，没有抽离，仍旧努力地看着水榭楼台，听着“咿咿呀呀”的唱腔。

都说“吴侬软语”——最软不过苏州话，糯糯嗲嗲，语调平和，音节又有韵律抑扬，像是小调低唱。温崇月觉得有意思，让夏皎讲了几句——夏皎是扬州人，虽然同属江苏省，但有些苏州话她也一知半解，听不太懂。

她倒是知道什么是“滴灵滚圆”(圆形)、“触气”(让人不开心)，还有“弗”就是“不”。苏州人喜欢用“哉”“来哉”这种语气词，听起来悠悠扬扬的。

但初夏时，卖花的老奶奶挎着小篮子卖小白花手环，问：“阿要买朵花？”扬州话就不这样讲，夏皎讲不出。

不过也有些话是相通的，形容东西辣不是“辣”，是“辣嚯嚯”，形容甜是“甜咪咪”，形容苦是“苦嗒嗒”。叠字用得多，就自带一股软和气。

温崇月听得有趣，故意骗夏皎多讲。说多了，夏皎也意识到不对劲，转过脸闷头吃莲子，剥好了也不给他。

桌上的蟹粉小笼已经被吃光了，香甜软糯的酒酿圆子还剩半碗，这道菜做得不如温崇月——夏皎的胃已经被养刁了。

夏皎闷头剥莲子，温崇月要拿，她便将莲蓬整个拿走，抱在怀里，不给他。

温崇月想了想，逗她：“怎么，生气气了？”

夏皎“扑哧”一下笑出来，一个字一个字地念，争取字正腔圆：“叠词词，恶心心。”

温崇月倾身过来，夏皎恶作剧地将剥了一半的莲子塞到他嘴里。莲子没有剥掉莲芯，苦苦的，温崇月整个吃掉，面不改色。夏皎好奇，自己也吃了一粒，苦到喝了好几口水。

夏皎好奇地问：“你喜欢吃苦啊？”

温崇月说：“吃点苦对身体好。”

夏皎不赞同这个理论。她一点苦也不想吃。

他起身去卫生间，嘱咐夏皎乖乖在这里坐着，别乱走。夏皎点头。

今天是工作日，出来玩的人算不上多，夜色颇为怡人。她独自坐着剥莲子，夏天吃这个最爽口。

温崇月的手机铃声打断了夏皎的勤奋努力，她探身看了一眼，备注很简单："测试组"。夏皎犹豫两秒后接通，那边传来一个醉醺醺的女声，含糊不清地说："总监，我喝多了，您能送我……"

"不好意思，"夏皎告诉她，"我是温崇月的妻子，请问你找他有事吗？"那边骤然安静。

夏皎继续说："如果有事的话，可以先告诉我，我会替你转告……"她看着温崇月走过来，停下话头，想了想。

温崇月坐在夏皎旁边，看到自己的手机在她手里，并不惊讶。夏皎将手机递过去，小声告诉他："好像是你的同事。"

温崇月面不改色，接过手机："你好。"

夏皎隐约听到那边说："……我喝了好多酒，现在在车上，你可不可以过来一下，帮帮我，不然我……"后面便听不清楚了。

温崇月礼貌地听她说完，温和地问："你希望我帮你什么？打 122 联系交警，帮忙阻止你酒驾？"

那边的人叫了一声"总监"。

"宋小姐，"温崇月说，"喝酒后不能开车，请联系代驾，而不是打这种无意义、影响我和我妻子心情的电话。"

夏末的风微凉。夏皎剥开莲子，塞到嘴巴里面，淡淡的苦涩扩散开。她小声"咦"了一下，才意识到自己忘记剥掉莲芯，苦涩的味道把莲子的清香遮住了。

温崇月结束通话，对着夏皎解释："新同事。"

夏皎低头剥莲子："嗯。"

温崇月说："她是我妈第二任丈夫的侄女。"

夏皎惊讶："咦？"她不太会算这些辈分关系，想了想，只能得出"没有血缘关系"和"平辈"这两个有效信息。其他的也就无所谓了吧？

"我想，我应该告诉你，"温崇月慢慢地说，"当初我着急结婚，和他们也有一定关系。"

夏皎明白了。她“啊”了一声，剥好的莲子从手中掉落。温崇月重新剥了一粒，剔了芯子，塞到她口中。

夏皎慢慢地嚼着，问：“他们想让你们在一起吗？”

温崇月说：“也只是他们想。”

夏皎抬头看去，月辉落在他的脸上。相隔一汪水的亭台上，“咿咿呀呀”的唱腔被风传送过来。

温崇月握住夏皎的手掌，说：“你不用担心。”

夏皎“哦”了一声。莲芯苦苦的，但是莲子的清香慢慢扩散开了。

如果真的要说她的担心，那或许就是这段婚姻可能存在的不稳定性。

倘若做一个评估，那夏皎的生存能力就属于“薛定谔的良好”，在“极强”和“很废”两者之间疯狂摇摆。她很讨厌变故。

如果和朋友约好第二天十点逛街，她就会提前一天规划好自己的行程——八点起床洗漱、穿衣化妆，确定自己能够准时或提前二十分钟到达。如果在这个过程中，朋友忽然打电话说不能约会了，那她的心情会瞬间跌落谷底，一整天都因为这个小插曲而感到不愉快。不是因为生朋友的气，而是因为计划被迫改变，感到不开心和失落。

夏皎喜欢安稳的生活，极度讨厌频繁地搬家、换工作、换生活环境，想到就觉得抗拒。如果非要下定论的话，那么她这种行为就是“因害怕未知后果而不敢轻易改变”。

现在的这份工作，夏皎十分满意。虽然薪酬算不上高，但是她喜欢和这些植物相处，更何况这份工作不需要与太多人打交道，也不需要喝酒应酬。有时候，让人感觉累的并不是工作本身，而是工作所带来的挫败感和无力感。

真要说有什么让她感到头痛的话，大概就是相处并不融洽的高婵和郁青真二人。好在暂时面上还过得去，夏皎不站队，她们知道夏皎的脾气，只会偶尔当着她的面抱怨对方几句，也不算什么大问题。

那个老爷爷仍旧每日来买一枝玫瑰，不爱与人说话。不过有一天，他忽然问夏皎："你们这里能不能代写贺卡？"

夏皎正在系绸带，听到他的话，回答："可以的。您有需要的话，我们会提供免费的卡片供您选择。"

她取来免费的卡片。老爷爷挑了许久都不满意，觉得质量太差，又问她有没有可以付费的卡片。

夏皎去仓库将一整个大盒子取出来，耐心地等待老爷爷挑选，为他介绍了每一张卡片的材质、尺寸和推荐场景……老爷爷难得没有打断她，认真听着，最后要了一张用玫瑰干花花瓣和纸浆做成的压花纸，请夏皎帮他写字。

老爷爷倚着柜台硬邦邦地念："祝爱妻心情愉快。"

夏皎写完，安静地等着。他又从牙缝里挤出来一句："早日康复。"

夏皎写完，老爷爷付了钱，拿着玫瑰离开。玻璃门上的风铃丁零作响，阳光照耀着外面的路，明晃晃一片。他的背影融入阳光里，只剩下被太阳照得发蓝的一团。

夏皎转身，将粉雪山小心翼翼地插入待售的瓶中，轻轻松了口气。嗯，就这样平平淡淡，不要有什么惊喜，也不要有什么惊吓。

比起她这样慢吞吞、"守稳"的性格，温崇月更乐于尝试新事物，也喜欢带动夏皎一起来。

比如在得知夏皎从未玩过鬼屋后，他鼓励夏皎一起去玩，效果十分显著，夏皎整个人都挂在了温崇月身上，尖叫到嗓子破音。

比如温崇月带着夏皎租小型游艇出海，夏皎时刻担心俩人会不会掉下去、遇到风浪、被鲨鱼追杀……但这些恐怖的事情都没有发生，体验很棒。

再比如闲暇的节假日，有选择困难症的夏皎正在思考中午要点什么菜，温崇月则抽出一本书，递给夏皎："选一页。"

夏皎茫然地看着他递过来的书——精装版《红楼梦》，是脂批的版本。她问："什么？"

"选一页，"温崇月说，"我们试试做着吃。"

夏皎："……咦?!"

夏皎清晰地记得温崇月谦虚地说自己厨艺有限，不会做复杂的样式——

比如《红楼梦》中的那些。显而易见，温老师从来都不是安于现状的人。

夏皎记挂着“茄鲞”这道美食，只迷迷糊糊记得是在“刘姥姥二进大观园”的情节里，特意往前翻找，却没翻到，倒是翻到了宝玉挨打后凤姐遣人送小荷叶儿小莲蓬汤那一页。

这个听起来也很清爽，夏皎眼巴巴地看向温崇月。温崇月笑道：“刚好是夏天，能买到新鲜荷叶，那就做这个。”他夸赞夏皎，“皎皎真会挑。”

夏皎都被他夸得不好意思了。

她哪有这么多优点呢？温崇月才有，却时时刻刻夸奖她。

她原本只是一丛生长在安静角落里的小苔藓，被他天天夸奖、日日赞美，自信心都要开始膨胀啦。她感觉身体也被温老师的赞美灌满了，像一只充入气体的氢气球，轻飘飘地升起来。她努力触碰着阳光，悄悄地开着小米花。

温崇月和夏皎开车去了种藕的人家，采买新摘下来的莲蓬。他说明来意，对方便大方地表示新鲜荷叶随便摘，不值钱，就是赠品。夏皎摘了三片嫩嫩的荷叶，颜色还没有变深，有着温柔的、如阳光照嫩芽的浅浅暖绿。

荷叶、面粉和鸡汤易寻，难的是书中提到的银模具。不过这个难不倒夏皎，她举手表示自己会捏——初中时她捏的橡皮泥还在学校拿过奖呢。

去掉梗的嫩荷叶洗干净，在榨汁机中压榨、用纱网过滤，只留清清绿、淡淡香的荷叶汁儿。中筋面粉加荷叶汁儿揉成面团，放在旁边，让面“慢慢醒”。

温崇月查阅了书籍和美食节目，确定要用鸡汤来做底。于是半只鸡用来熬高汤，剩下半只鸡腹里掏空，填上鲜糯米、凤眼果。凤眼果是传统粤菜里常用的食材，又叫“苹婆”，每年七夕前后成熟，看着像栗子，吃起来味如银杏。温崇月将凤眼果剥壳去皮，只留中间的嫩芯子，焯水后和其他鸡件腌一会儿，最后和糯米一块儿塞进了鸡腹里，裹上整片大荷叶，用水去蒸。

捏小荷叶、小莲蓬的任务落在了夏皎身上，她认真地用醒好的淡绿色面团捏啊捏，用牙签戳啊戳。她做得细致，小荷叶边缘微微翘起，还单独做了梗；小莲蓬也不是单纯戳上孔就结束，而是认真地用牙签戳出洞洞，再捏了小小的“莲子”填进去。

做得兴起，她还尝试捏了小莲花，遗憾的是难度太大，成品歪歪扭扭，也不容易熟透，于是拆开改为煮莲花瓣。

除了莲花瓣，其他捏好的面食不是下锅煮，而是需要蒸——刚好和温崇月做的荷叶糯米凤眼果蒸鸡一块儿蒸，浓浓的糯米和鸡汁香味儿全浸到绿绿的小荷叶、小莲蓬里。夏皎一边咽着口水，一边拌苦苣玉米圣女果沙拉，调油醋汁。温崇月则开了前几天腌好的芜菁，淡淡的酱红色，撒上白芝麻粒、小葱花和小磨香油调和。

夏皎没吃过这个，好奇地看着。腌好的芜菁看起来和超市里卖的小咸菜没有太大区别，非要说的话，大概是颜色略微不同，因为没加辣椒油，也没加多余的香料和调料，所以看上去是浅浅的、自然的红。

夏皎赞叹：“这个颜色看上去好健康啊！”

温崇月问：“你还有喜欢的食物颜色？”

“当然啊！”夏皎说，“其实不是我喜欢的颜色。严格来说，大家都会被暖色调的食物所吸引。举个例子，紫甘蓝煮出来的汤是紫色的，就不怎么受人欢迎。还有蓝色的可乐鸡翅，也会让人丧失食欲。”

温崇月将拌好的腌芜菁均匀倒入绘制着一枚小草莓的白瓷碟中：“那除了食物呢？皎皎，你喜欢什么颜色？”

夏皎毫不犹豫：“黑白灰吧。百搭不出错，也不引人注目。”

她说到这里，好奇地问：“温老师，你的衣服似乎也都是这些基础色……你也喜欢这些颜色吗？”

温崇月没有正面回答，他说：“你觉得我喜欢什么色？”

夏皎想了半天，认真回答：“我觉得你喜欢色色。”

温崇月用了两分钟才醒悟过来什么叫作“色色”。他刚洗干净手，挽起袖子，没有擦手便躬身去闹夏皎。夏皎拔腿想跑，遗憾的是已经晚了，被人老鹰捉小鸡似的抱起来晃。

“小皮猴，”温崇月下了这样的结论，在夏皎求饶后弹了一下她的脑门儿，叹气道，“越来越皮了。”

夏皎捂着额头，提防着攻击，顺带提醒他："温老师，不要叹气，空气中二氧化碳浓度增加，温室效应会加剧，全球气候也会受影响。"

温崇月称赞她："很有大局观。"

很有大局观的夏皎守着小荷叶、小莲蓬，看着温崇月将它们取出来放入汤碗中，浇上一勺吊好的鲜美鸡汤。浮在表层的油已被温崇月用过滤勺去掉了，碗里的小荷叶、小莲蓬慢悠悠地漂起来，蒸熟后面粉的颜色稍稍深了些，更像盛夏的荷叶和莲蓬了。

夏皎早早拿了筷子守着，等温崇月将最后一道荷叶糯米凤眼果蒸鸡端上来。

她迫不及待地先尝了一口小荷叶儿小莲蓬汤。加了荷叶汁做出来的小莲蓬带着嫩荷特有的鲜香，莲蓬和圆圆的荷叶吸足了汤汁，裹挟着浓郁的肉香，她两口就能吞下一个。

鸡肉也蒸得好，荷香酒香糯米香，果香杞香鸡肉香。因为做了面汤，所以今天的糯米饭用了小碗来盛——夏皎总是抵挡不住美食的诱惑，忍不住大吃特吃，她经历了几次胃胀后，温崇月不得不改了方法，给她用小碗盛米饭。一勺鸡汁浇在糯米饭上，她吃着嫩嫩的蒸鸡肉，再夹一块腌芜菁条，搭配清爽的蔬菜沙拉，舒舒服服地吃了一顿午餐。

其实温崇月比夏皎想象中还会做鸡肉。他太擅长做粤菜，以至于夏皎疑心他的研究生生涯是否在一心钻研吃食中度过。

温崇月甚至会花一下午的时间来做茶香太爷鸡。

茶用寿眉茶叶，鸡挑的是龙岗鸡。先在鸡身上涂抹一层由寿眉茶、花雕酒、盐、汤、姜和干葱调和的调料，再往鸡腹中塞上特制腌料。

做粤菜不能急。就像时间久才能煲得一手好汤，这鸡得腌上五个小时再蒸，还不能一次性全蒸熟，七八成熟时就得取出来。

夏皎没有这么好的耐心，或者说，她不可能为了一顿饭花这么久时间。要知道，她是连泡面都不煮、直接拿开水泡的人，花一小时准备饭菜已是她对胃的最大尊重。

可温崇月偏偏喜欢这些费时间的东西。

“食色性也，饮食男女，”温崇月将炒香的寿眉茶叶铺在锅里的锡纸上，又加了米、糖和竹蔗，将八成熟的腌鸡放上去，文火慢焗，“不能亏待自己的胃。”

夏皎心想，他何止没有亏待自己的胃，全身上下每个器官他都没有亏待过。

不过她喜欢温崇月的生活态度。

以前没有对比，夏皎察觉不到自己过得很“粗糙”。她习惯了依靠外卖、泡面、小炒菜生存，每每看到新闻爆出什么“地沟油”“假鸭血”“发霉的菜”“僵尸肉”都会吓得暗暗发誓，以后再也不吃外卖，可惜并没有时间自己动手做饭，还是不得不小心翼翼地打开外卖软件订餐，尽量避开那些差评居多、上过新闻的店或菜品。

夏皎每次点餐都像扫雷，在吃完之前，永远无法预料下一秒会不会踩到雷。是温崇月把她从雷区轻轻地提溜起来，放到他的小车上，顺带给她系好了头盔。

在衣食住行方面，夏皎真的感激他，套用北方人常说的话，简直就是“沾了他的大光”。

不过平时做饭，温崇月还是会挑一些简单易做的菜，比如：清炒豆苗配小炖肉、上汤灼芥蓝搭配虾仁、慢炖黄蛤豆腐蔬菜汤、凉拌羽衣甘蓝燕麦沙拉等。

温崇月买菜首先考虑时令，他不仅能将这些时令菜做出它们最美味的味道，还会教夏皎如何挑选购买。比如蚕豆一定要挑有饱满豆荚的，随用随剥，已经剥了壳的蚕豆虽然方便，但表层风干，口感不好；丝瓜要挑根部带花、瓜蔓新鲜的，含水量足，肉质紧实；茭白要选外形均匀、肉质洁白的；豇豆须选粗细匀称、籽粒饱满的……

选菜的学问很深，除了蔬菜本身的品质，还得考虑做法。

挑番茄，如果想生食、凉拌，就选粉红色，酸味淡，甜味低；如果想煮汤或者炒菜，就选红色深的，味道浓，酸甜度足。吃茄子，想红烧、炖炒，就选圆茄，皮厚、水分少；想油焖、蒸拌，就选长茄，皮薄肉嫩。市面上少见青茄子，因其皮厚、肉硬而不受待见，不过温崇月遇上总会买一些，去皮切块，炒肉丝最香。

还有生食或炖煮，首选旱黄瓜，乳黄瓜更适合腌制或者凉拌，碧玉黄瓜则可以直接拌沙拉。

夏天南方产节瓜。夏皎按照温崇月教的方法，专选茸毛密、太阳光下看有光泽的，果然个个瓤少肉丰。温崇月又是一顿夸，顺带晚上做了咸蛋节瓜汤，味甜香清，夏皎喝掉两小碗。

然后——夏皎从体重秤上下来，垂头丧气地告诉温崇月："我真的要减肥了。"

温崇月提议："'锻炼身体'这个词更合适。"

夏皎才不在乎温崇月这个时候的用词，就像在床上时温崇月也不会在意她叫哥哥、老师还是叔叔——只要不是大爷就好。俩人脾气都随和，不会因为自己的喜好去强行指导另一方。夏皎喜欢打游戏，但不会强迫温崇月和她一块儿玩；温崇月做饭很好，也不会要求夏皎和他一块儿做，俩人都是"严于律己、宽以待人"的性格。

夏皎想了很久，最终决定跟温崇月一块儿夜跑，早晨她实在起不来。上班的人工作日只想休息，而休息日的早晨只想补偿亏待了一周的被窝。

夜跑加晚间运动的直接后果，就是夏皎每天睡觉的时候都很累，比盖了一天金字塔的工人还累，比《流星花园》里的花泽类还累。

她简直就是"累中累"，超级加倍。

奇怪的是，她的睡眠质量反而好了起来，清晨上班时精神百倍。她谨慎地想了半天，只能勉强推测——身体素质这东西就像逆水行舟，用进废退。

第九章 私房六月黄

八月。

苏州最热的时候到了，动辄就是四十度的高温，把鸡蛋放车里都能闷成大公鸡。

夏皎每天早上八点到花店，晚上五点下班，中午就在店里吃便当，倒是避开了炎炎烈日的困扰。这样清闲自在了没几日，花店里迎来一对新客户。

这对客户是一对老少配——大约六十岁的白发优雅夫人和看上去二十出头的小伙子。本来大家都以为他们是亲人，但夫人亲昵地称呼青年为“卿卿”——这个有些老派的亲密称呼让夏皎愣了几秒。

不过新客户并没有指定要夏皎接待，他们选了郁青真，订单要求是结婚三周年纪念日的餐厅花束布置。等客人走了后，郁青真捂着胸口，喃喃地说：“结婚三周年纪念日？我没听错吧？还‘卿卿’……天啊……”

夏皎倒是接受良好。以前的新闻报道中，爷孙恋、一树梨花压海棠的比比皆是，如今反过来不也很正常吗？现在这个年代，不要说年龄、性取向了，还有人喜欢纸片人，选择与一次元、二次元的人谈恋爱呢。他们既没违法犯罪，也没妨碍他人。

不过今天老爷爷来得迟了些，卡片上的字照旧，夏皎认真写完。对方明显有些走神，拎着花就走，忘了找零。夏皎追出去，递给他钱。他心不在焉地说了声“谢谢”，慢吞吞地往前走，走出五米开外，忽然重重地叹了口气，仰脸看了看灿烂晴空。

夏皎悄悄地回了店。

或许人天生就是不知足的生物，总有许许多多的烦恼。夏皎小时候最大的烦恼是父母不让她出去玩，大一点时的烦恼就是无法选择自己的衣服，接着就是小升初、初升高、高考、考研考编考公……年龄一点一点增长，烦恼也越来越大，其实最大也不过生老病死。不过夏皎如今还没有经历、也不想经历最后这个阶段。

而跟温崇月结婚后，夏皎一开始的烦恼是他的母亲白若琅，但这个烦恼很快就被解决了，白若琅的手再长，也伸不到苏州来。后来，烦恼就变成了自己似乎无论如何也不能像温崇月给她提供情绪价值般，反馈给他更多婚姻的正向作用。

“每个人的花期不同。”温崇月曾这样安慰过她。

然而这种看上去并不匹配的婚姻交换，让夏皎不可避免地产生了一些焦虑。为了缓解这种焦虑，她开始细心地帮助温崇月打理他的阳台。将多余的想法挪到如何做一个漂亮的阳台花园上以后，她的焦虑心态终于得到了良好的缓解。

只是……温崇月发现妻子最近对自己有些冷淡，全身心地扑在阳台小花园上。以往她下班后还会趴着看漫画，或者和他一起看电影，现在下班就直奔阳台照顾植物，或者拿笔勾勾画画，思考下一步该怎么改造。

做饭的空隙，温崇月不自觉地将视线投注在夏皎身上。她正在热情洋溢地给多肉植物换盆。盆换到一半，夏皎接到电话，飞奔去开门。一位与她相识的男性——或许是同事，瘦瘦高高的，将花送上了门。

夏皎向来胆怯，却和对方有说有笑，十分熟悉的样子。

温崇月把花带到阳台，挽起袖子帮夏皎抬到小木架上，不经意地问：“刚刚是你的同事吗？”

夏皎专注地摆放着花盆：“是呀，不过他是负责另一块业务的……说起来不太好意思，我就订了两盆花，他还特意送过来。”

温崇月说：“这不是很正常吗？”

“不正常呀，”夏皎认真地给温崇月科普，“我们店里平时订这种盆栽，都是达到一定金额才会配送……他是不是超级温柔？你知道吗，大家都说他的性格很像之前那个电视剧男主角，外号就是‘温柔的神’……”

温崇月不知道，现在知道了也不开心。

他将花盆摆了摆，强迫症似的确保它在木架中间，两边留出了同样的距离。

“温柔的神”？

简称“瘟神”吗？

幸好夏皎暂时只订了这两盆花，“温柔的神”没有继续提供送货上门服务，温老师的领地仍旧安全，他的妻子和两只猫咪仍旧舒适地生活着。

温崇月房子里的阳台是封闭式的，南北向各有一个。

北向阳台光照少，种的植物不多。征得温崇月的允许后，夏皎将一些耐阴的植物搬了过来，粗肋草、合果芋……阳台的玻璃窗外就是树冠，树影婆娑，适合喝茶。温崇月重新规划了一下布局，放了可以喝茶的小茶几，旁侧收纳着夏皎买来的茶具。

南向阳台光线充足，面积很大，有一扇门可以通往主卧，夏皎花在这里的心思最多。家里种植物，不仅要考虑植物的喜阴、喜光，还要考虑风的大小、温度、湿度、家庭装修风格、植物的开花期……夏皎简单画了设计图后，才开始认认真真开工。

温崇月最近工作稍忙一些，好几次吃晚餐时接到电话，沟通工作上的问题。起初他还会走到阳台上去接，后来也不避讳夏皎，就坐在桌边和对方沟通。

夏皎没怎么见过他工作时的样子。原来他和工作伙伴交流时态度也同样温和。他似乎永远都不会发脾气，不管什么冲突，到了他这里，都会心平气和、游刃有余地解决。

但是……世界上应该不存在从不发脾气的人吧？人非圣贤，总有情绪失控、不开心的时候。可温崇月不是，除双人运动外，夏皎没听他说过一句脏话，没见他情绪激动过一次。

他似乎不会生气，什么东西都无法激起他的情绪——这就像往湖心掷去一枚石子，却沉沉地落下去，一点声音也没有。可是以前的温老师分明并非如此——以前的温老师是会愤怒的，夏皎曾无意间窥到过一次。

夏季多雨，生理期撞上周末，夏皎定了两点的闹钟，美滋滋地睡午觉。

不知道为什么，闹钟没有响，夏皎醒来的时候，温泉在她枕头旁边蜷成一个毛茸茸的团，虾米在床尾转圈圈，捉自己的尾巴玩。外面下着雨，卧室通往阳台的门开着，清凉的风徐徐送进来，和淡淡的茉莉花香一起悄然扩散。雨水打在玻璃上，隐隐传来雷鸣，还有壶中水的沸腾声。

她隐约能听到温崇月打电话的声音："……我告诉你，这件事绝不可能……不要用父亲的病来威胁我，你应该知道他是因为什么……"

夏皎迷迷糊糊地又闭上眼睛，怀里的温泉用软乎乎的肉垫踩她的胳膊，热热的。带着倒刺的粉红小舌舔舐着她的脸颊，像是小时候躺在草地上，被草叶的边缘划过。

她被朦胧的雨声带回了读书时的雨季。

水顺着竹叶落下，"啪嗒"一声砸在洁白的地板上，将积水的水面弄成皱皱巴巴的阴影，也打破了倒影里的世界。

还在读初中的夏皎穿着白裙子，独自站在教室外，站了好久。

她叹了口气。今天下雨，辅导班只提供自习服务，学生可以选择过来，也可以选择不来，欠缺的学时安排在明天下午补上。这条消息是早上六点钟就通过飞信群发给大家的，可惜她向来没有看手机短信的习惯。

虽然身边的人都在加价购买 iPhone 4，但夏皎没有那么多零花钱——这部手机的价格足够她上三年的补习班。她用的还是白色翻盖的步步高手机，听歌很棒，也能通过固定的网络链接去 QQ 空间"偷菜"。不过身边很少有人再玩这种过时的游戏，他们热衷于主机网游，谈论的话题不是《地下城与勇士》，就是《梦幻西游》，站在鄙视链顶端的则是《魔兽世界》……夏皎只会开电脑玩 4399 或者彩虹堂，顶多上一下奥比岛和小花仙。

她错过了通知，顶着大雨来到辅导班，发现同学们都没来。就这样回去似乎不太妙，尤其是出门之前，她还听见大伯和妻子在吵架。她这样千里迢迢过来暂住已经十分打扰，现在回去可能又要打扰他们……

没有其他同学，也没有老师，夏皎决定在教室里自习。

她先是将练习册上的题做了一遍，又开始背课文。她的口语很差劲，只敢在没人的时候放开嗓子练一练。

她磕磕绊绊地背诵着课本上的句子："I can open up my students' eyes to the…the…"。

她卡住了，"the"了半天，也没有想到后一句是什么。

"The outside world and give them a good start in life."

蓦然补充上的一句话，惊得夏皎"啊"了一声，转身看到温崇月。

夏皎说："温老师。"

温崇月看上去十分困惑："只有你一个人吗？"

夏皎结结巴巴地解释："……我忘记看手机短信了……嗯……想学一会儿……"

温崇月颔首。他拿着电脑，没有去讲台，而是坐在了最后一排，对夏皎说："我在后面，有问题直接找我。"

夏皎小声说"好"。她第一次体会到如芒刺背的感觉。老师就在身后，她很难集中精力看书。她不敢再念课文，担心自己的口语惹老师发笑，于是默默地写，一边写一边记：单词、固定搭配、课文……她老老实实地写着，听到后面键盘声响个不停，温老师似乎一直在专注地做着工作。

大约过了半小时，夏皎听见李联老师笑着叫："崇月，原来你躲这儿来了！"

门打开，外面遮不住的雨声"哗啦啦"先一步涌入，空气中充满潮湿的泥土味道。李联拎着东西，"咦"了一声。

夏皎硬着头皮站起来，再次结结巴巴地解释。

李联"哦"了一下，表示明白。他只带了两份杏仁豆腐，但当老师的不给学生吃似乎不太好……正犹豫着，温崇月将自己那份给了夏皎。

"我记得你是南方人？"温崇月笑着说，"尝尝这个，正宗的老北京'伏天豆腐'——解腻。"

夏皎推辞再三才收下，慢吞吞地吃着。

她早餐确实吃得不多，炒肝、包子加豆浆。豆汁儿味道奇怪，她实在喝不来。

这果然是“伏天豆腐”，冰冰凉凉的，桂花糖水调和得浓，半透明的杏仁豆腐漂起来，洁白滑润，清香很足。

夏皎吃完，隐约听见后面俩人在聊天，大概都把她当小孩，没有一个避讳的。

夏皎不太懂，只听李联问温崇月的事情，似乎和家事、妈妈有关，温崇月不想多谈，转移了话题。

这场雨始终没有结束。守到中午，天气还没放晴，夏皎便撑着伞离开。她走出一段距离，才想起装杏仁豆腐的空塑料盒还放在桌洞里没丢。她急急忙忙地回来丢垃圾，不想刚推开门，就看到温崇月抓着一个男人的领口往墙上砸。

温崇月没什么表情，就问他：“姓白的还说什么了？

“她不是我妈。”

他的语气很吓人，藏着压不住的愤怒，把夏皎吓呆了。她第一次看到打架——不对，是单方面的殴打——吓得捏着伞就往外跑。

夏皎从漫长的梦境中醒来，看到温崇月站在阳台上，正用逗猫棒逗着小虾米。听到动静，他转身，看到睡得迷迷糊糊的夏皎。

“醒了？”

“嗯。”

逗猫棒顶端的小铃铛被小虾米抓住，温崇月又逗了一会儿，才走过来。夏皎没有立刻靠上去，坐着感受温崇月抚摩她的头。

“这周末我回去看看爸爸，”温崇月问，“你一个人在家里，可以吗？”

夏皎说：“你放心。”

温崇月叹气：“不知道怎么回事，之前觉得你很独立，但现在把你一个人留在家里，却觉得不放心。”

夏皎也觉得奇怪。之前没有温老师，她一个人也过得很好，虽然活得粗糙了点，但除了“打工人”的烦恼之外，再没有其他顾虑。可现在却有些不一样了。

温崇月离开家的第一天，夏皎觉得房间很大很大，似乎有些空旷。

温崇月离开家的第二天，夏皎把家里的电视都打开了，放着声音，好像就没有那么冷清。

温崇月离开家的第三天，夏皎把空调温度调高了两度，不知道怎么回事，似乎总觉得有些冷。

不过也仅此而已。

虽然这几天温崇月不在家，但夏皎没有点外卖。他走之前采购了一些食材，分门别类地装好，放到了冰箱里。有些还打包在盒子里，详细地标好了食用教程和方法。

比如标着“胡萝卜思慕雪”的食材盒子，里面放着干净的小胡萝卜、鲜木瓜块。便签上写着：“盒中食材加入120毫升的无糖豆奶和100毫升的酸奶，倒入搅拌机里，加5毫升糖浆和四个冰块，搅拌五分钟。”

再比如标着“羽衣甘蓝火腿沙拉”的食材盒子，里面有切好的羽衣甘蓝、芝麻菜、煮熟后放凉的三色藜麦、切成片的西班牙火腿。便签上写的是：“加适量烤甜椒油醋汁（放酱料的第一个柜子中第三层、从左数的第四个瓶子）搅拌，记得放黑胡椒粉调味。”

更不要说他提前做好的卤肉，还有其他许许多多的半成品。

温崇月实在担心她早餐凑合，甚至准备了豌豆泥、花椰菜泥等四种蔬菜泥，以及黄甜椒杧果酱和法式蘑菇酱，写着便签，说明可以直接拌在煮熟的意面上吃，或抹在烤好的吐司切片上——是的，他甚至还将烤好的全麦面包切好了片。

温崇月没有禁止夏皎继续小心翼翼地点外卖“扫雷”，只是提供了让夏皎可以不选择外卖的舒适条件。

温崇月在周一赶回来，晚上八点到家，看上去心情不怎么好，心事重重的。

夏皎煮了温暖的糯米粥，做了莴笋烧鸡和家常豆腐，还开心地分享了空荡荡的冰箱——她将温崇月留下的那些食材全部吃光了，一次外卖都没点。

夏皎做的晚餐被温崇月捧场地全部吃光光，不过他还是不太开心。夏皎猜测温父的身体不太好，或者和白若琅有关系……这些都属于敏感话题，夏皎没有问。她想等温崇月自己讲，而不是贸然触碰他的伤口。

晚上，夏皎换了新的睡裙，用了新的香水，被子、枕头和床单也都是新的，而温崇月似乎没有察觉，并没有赞美她。

关灯后，他安静地躺着。

夏皎也安静地躺了两分钟。她感觉温崇月有些反常，于是小声地问："温老师，你要不要……"

黑暗中，温崇月靠过来。他摸了摸夏皎的头发，闻到一股香香的味道，像夏日刚刚成熟的无花果的气息。

温崇月说："不要。"

夏皎乖乖地"哦"了一声。

又过了一阵，温崇月问："你不打算再劝一下？"

夏皎说："啊？"

"平时你说'不要'的时候，我都会试着再邀请或哄哄，"温崇月问，"你不继续试试？"

夏皎说："可是，温老师，你刚刚说'不要'的时候很正经啊！"

"因为我说'不要'的时候都很温柔，"她想了想，想到一个绝佳的形容词，"你刚刚说'不要'时很'铁骨铮铮'，我担心自己勉强的话，你会宁死不从。"

温崇月沉默了一阵。

黑暗中，夏皎睁大眼睛，感觉温崇月在抚摸她的唇，指腹温暖细腻。

"你提的这个角色扮演很新鲜，"温崇月说，"希望你有让我宁死不从的机会。"

夏皎往他的方向悄悄贴了一下，温崇月顺势搂住她。虽然两人分别盖着两床被子，但夏皎的头抵到了温崇月的胳膊上，变成了很亲密的姿态。

温崇月说："爸爸的病情不太好。"

夏皎问："在吃药吗？"

"是的，"过了一阵，温崇月又说，"他不肯接受手术。"

夏皎的眼皮跳了一下。

人上了年纪，有些慢性病是无法避免的，比如夏皎的爷爷、奶奶，一个高血压，一个高血糖。这类病只要平时注意饮食，按时服药，就不会有太大的问题。可如果涉及手术……她本能地觉得是关乎生死的重病。

温崇月说："复检结果出来了，是心脏方面的问题。"

夏皎短促地"啊"了一声。

温崇月轻轻拍了拍夏皎的背。夏皎仰脸，额头蹭到温崇月的下巴上，明显感觉到没有以往那样光滑。受雄性激素影响，男性的胡楂儿生长速度很快，夏皎之前每天都能看到温崇月使用剃须刀和须后水，但现在碰上去感觉有点扎，就像一下子扑在夏天的草地上。

"没事，"温崇月说，"睡吧。"

温崇月没有再多提他爸爸的病，次日才告诉夏皎，是冠心病。患心脏病的人，最应该提防的就是心脏猝停。温崇月不能放弃工作搬回去，于是请了家庭护工照顾父亲的起居，如果有什么意外，能及时发现。

温父显然没有将这个病放在心上，后来通视频电话，他仍旧满不在乎，乐呵呵地说"一切随缘"。

他活得十分通透，或许是因为阅历宽广，所以不会为这种事情拘泥。他甚至在电话中嘱咐温崇月："夏天了，有没有给夏皎做一份三伏面呢？"

有句俗语："头伏饺子三伏面。"北京的三伏天里，芝麻酱是必不可少的。夏皎读初中时，语文老师还讲过一个关于老舍先生的趣闻，说他曾经呼吁政府解决芝麻酱的供应问题。在那个还用粮票、布票的年代，北京的副食本上还有一项叫作"芝麻酱"。

夏皎对面食并不热衷，相比偶尔吃馒头或者饼的温崇月，她可以一个月都吃米饭。如果非要她在面食里挑一个最喜欢的，夏皎会首选面条——方便快捷，无论是龙须面还是板面，煮熟后加上酱料或浇头，就可以开吃。

温崇月选择自己做面，用温父新磨的面粉。

之前温父回了老家一趟，探访亲友，带回来一些亲戚种的麦子——新麦充满了麦香，是陈年麦子不能比的。他请人把麦子磨成面粉，没有添加任何东西，面粉看起来没有夏皎想象的那样白，反倒是带了一点近乎透明的棕。

面粉寄来的那天，夏皎在花店里忙了很久，临近下班时，那位老人再度出现。这次他罕见地买了三朵玫瑰，要夏皎替他想一下贺卡上的句子。

“想点好听的，”老爷爷说，“长一些。”

夏皎问：“您有什么其他的期望吗？”

老爷爷不说话，倚着柜台，看着被夏皎细心包装好的玫瑰，过了半晌才说：“她最近刚做了手术，正好出院，我想不出来什么话，你来写吧。”

夏皎想了想，低头写得满满当当，一整张贺卡都写满了。老爷爷付完钱，拿走了花。

这只是一个小小的插曲。

夏皎的手机振动，温崇月发消息提醒她，今晚有面吃，不要晚回家太久。

夏皎解下围裙，往前走。她低着头看着手机，听见“哎哎”两声，有人拽了她一下。她吓了一跳，一个悬挂在架子上的南瓜吊花瓶落在地上，砸得粉碎。刚才要是没有人拉，被砸的就是她了。

郁青真心有余悸：“以后走路注意点啊，幸好没砸到你……”

夏皎道谢，两个人合力收拾了满地的碎片。郁青真仰脸看着其他的瓶子，嘟囔道：“看来还是不能绑太松。”

郁青真最近脸色不太好。她的客户——那对“忘年恋”——十分挑剔，将她提出的方案从头到脚批评得一无是处，夏皎听见郁青真下午打电话时暴躁地向朋友吐槽。但是没办法，还是要继续出方案，毕竟是服务业。

下班时间已经到了，郁青真背上包离开，夏皎才想起还没有回复温崇月的消息，连忙敲上一行字：“我马上到家。”

不知不觉中，夏皎已经习惯性地称她和温崇月住的地方为“家”了。

她其实是一个不容易和人建立起深厚关系的人，社交恐惧症迈出第一步并不容易，而深入交流同样困难，尤其在无法确定对方是否和自己性格相投的情况下。

大学期间，大家一起逛街时，夏皎永远被埋没在人群里；遇到活动、出谋划策时，她的任务永远是听从、跟随。而在电子支付还没那么普及的高中时期，她在商店购物，事后发现店家少给了零钱，也不好意思去要回来。

她买衣服也永远去明码标价、谢绝还价的店里，因为她讷于言语，不擅长砍价。第一次被朋友鼓励、去可以讨价还价的街边小店，夏皎鼓起勇气才说了一个原价七折左右的数字，店老板说："啊呀啊呀，妹妹，这价格真的不行……"

没等店老板长篇大论，夏皎自己就先红了脸、妥协："嗯，好，那就这样吧，帮我包起来。"然而第二天，朋友从那家店五折买到了一模一样的裙子。她从此就告别砍价这个锻炼口才的活动了。

夏皎到家的时候，温崇月刚刚将切好的面放到锅里开始煮。

吃三伏面，最好的是抻面。一般人做抻面，套八次扣已经顶天了，抻出来细细长长的，干净利索。在北京的时候，温崇月带夏皎去一个手艺好的师傅那里吃饭，师傅套了十三扣，抻出来八千一百九十二根面，远看如瀑布，近看似丝，无一根抻断。

不过温崇月不会这门手艺，他做的是手擀面。

外面的手擀面大多又宽又粗，没什么嚼劲儿。温崇月自己擀的就不一样。他做菜讲究精益求精，面条也切得均匀分明，下在锅里慢慢煮。

夏皎将带来的花插入玻璃瓶，和两只猫咪玩了一会儿，给它们倒了冻干，泡在温热的水里化开，又掰了猫草片混进去。做完这一切，她才拍拍手，去厨房看有没有什么需要帮忙的。

温崇月已经做好了香菇烧鸡翅，正在用花生油炸花椒，暂时不需要她的援助。

外面卖的芝麻酱面，大多是撒上芝麻酱，再切些黄瓜丝充数。正宗的老北京风味比这个讲究，得先倒半碗好酱油，加切碎的香葱花。切葱花时那种比人高的大葱不行，得要嫩葱，辣少微甜、没有渣的。而浇上去的花椒油，必须用门头沟斋堂镇产的花椒来炸，四川的花椒太麻，不合适。还有用芥末面儿现焖的芥末酱、清爽味薄的米醋。

这些都是基本的料汁，配菜得有细细的黄瓜丝、青蒜末、腌香椿末、胡萝卜丝、小水萝卜丝、开水焯过的豆芽菜。东西都不算精贵，难得的是去一一凑齐。

夏皎眼巴巴地看着，感叹："没想到一碗正宗的三伏面这么费事。"

温崇月笑说："努力工作，不就是为了吃好喝好玩好睡好吗？我要开始炸花椒了，会很呛，你先出去。"虽然开着油烟机，但这种特殊佐料的味道仍然很冲。

夏皎不肯出去。她觉得看温崇月做饭也是一种享受。温崇月做菜时不慌不忙，游刃有余，和"处理"她的时候一样干脆。

花生油烧到微微冒烟，下了麻椒，呛鼻子的麻香味儿扩散开来，在小小的厨房中蔓延。

夏皎鼻子一痒，转过身，打了个喷嚏。温崇月的手机又响起来，麻椒已经在锅里滋滋啦啦地炸响，冒着金黄色的小油泡。他告诉夏皎："帮我接一下电话，我腾不出手。"

夏皎刚打完喷嚏，揉着鼻子，从他口袋中取出手机，看着屏幕上的人名说："是宋萧。"

温崇月说："你接，开免提。"

夏皎接了。对方开口就是"总监"，听到她的声音后有些茫然。夏皎开了免提。宋萧一改那晚醉酒后的姿态，公事公办地询问温崇月一件工作上的事。

温崇月将炸焦了的花椒油倒入碗中，平静地指点。末了，他看向夏皎——后者微微低头，盯着调料碗，似乎那里面的东西比他更有趣。

她完全不在意。

通话结束，温崇月往碗里倒了芥末面儿，用水搅拌成糊。夏皎凑过来问："这是什么？"她捂着鼻子，明显有些受不得芥末的呛鼻味儿。

温崇月说："冲芥末酱。"

夏皎“哦”了一声：“好辣。”

温崇月说：“伏天闷热，吃这个提神开窍。”

开窍……想到这里，温崇月又说：“她是被父母塞进来的，并没有通知我。等这个项目结束，我会建议将她调到其他部门。”

夏皎茫然地“啊”了一声：“为什么要调走？”

她看上去似乎并不明白。温崇月将调好的芥末面儿放到小锅上蒸，正宗的是倒扣在锅盖上用热气焖，但妻子脆弱的鼻腔大概无法接受这种刺激。

他顺手拿了米醋，低着头，没看夏皎：“你吃醋吗？”

夏皎看了看他手里的瓶子，犹豫半秒，其实她有点怕酸，但又担心不放醋就尝不到正宗的三伏面味道：“……那就少吃一点点？”

温崇月往调料碗中加了少许醋。

不是少吃一点点，她压根儿就不吃醋。

心胸开阔是件好事，但妻子心胸开阔到甚至能容下整个海洋，温崇月无法判断这件事是好是坏。他没有往更深层想，只是察觉到自己正因此有一点点说不上来的不悦。

是的，一点点不悦。这种奇特的感觉从心底泛出来，又被他克制地压了下去。

他不欲多想，将此归结为男性的劣根性，没再细究，专心为妻子准备这份经典菜肴。

正宗的吃面法，得配头蒜。最最朴实的，就是直接剥一头蒜，去掉雪花似的蒜皮，留下中间白白胖胖的小蒜瓣，一口蒜一口面。不过大部分南方人对生吃葱蒜这种事都敬谢不敏，夏皎也吃不了气味太冲的食物。于是温崇月只加了一点点蒜末调味，不至于让夏皎觉得过于刺激。

煮完的三伏面得过三遍凉水，才能将面的热气滤掉、冲掉面汤。温崇月切了西瓜，一分为二，用挖球器将里面的瓜瓤挖出来，放在小碟子里，留下青白的西瓜皮。再将过了凉水的面放进去，均匀地浇上调料、配菜。

夏皎的眼睛都亮了，捧着西瓜惊讶：“西瓜碗！”

她小时候也试过用勺子挖干净西瓜，努力吃掉西瓜瓤，然后捧着西瓜碗眼巴巴地瞅着爷爷奶奶，恳求他们给自己盛饭。不过家里人觉得这样冷热混吃，对胃不好，从来没有满足过她的愿望。

温崇月说："我小时候还拿挖空的西瓜当帽子戴。"

夏皎不能想象那种场景。她心里的燥热被西瓜和凉面全部去除了。凉水冰过的面嚼起来有韧劲而不黏腻，裹着温崇月调好的芝麻酱和调味料，香喷喷的，还沾着冰西瓜特有的清爽，一口下去，好像一整天的炎热都被一扫而光。

温崇月说："我不太擅长做炸酱面，不过如果你想吃的话，改天也可以试试。"

夏皎咬着面咽下去，忽然想起一件事，问："那个'蛤蟆骨朵儿'是什么？我听北京的同事提过一次，不过我没试过，她们说吃的时候要放很多醋，又酸又辣。"

温崇月笑了："是凉粉，形状像半透明的蝌蚪，所以叫这个名儿。调料其实和三伏面差不了太多，不同的是得用半碗凉开水兑上芝麻酱、炸花椒油、小香葱、香醋……也不叫吃，叫喝'蛤蟆骨朵儿'……"

夏皎的手压在西瓜碗旁边，专注地仰脸听温崇月讲。

其实夏皎很少吃酱。她妈妈不爱吃，家里很少买腌菜和酱料。

虽然温崇月自谦，说自己不怎么会处理这些酱类的食物，但仍会遵照时令做酱，盛一碟当作餐桌上的佐味小菜。

春日里有"炒黄瓜酱"，夏伏则是"炒豌豆酱"，秋天得吃"炒胡萝卜酱"，寒冬要食"炒榛子酱"。按书上的说法，这就是"宫廷四大酱"。至于真正好不好吃，合不合胃口，还得食客亲口尝一尝。

夏皎缺乏的，就是"尝一尝"的精神。她害怕失败。万一吃了以后不喜欢呢？会不会倒胃口？会不会浪费钱？会不会破坏心情？最重要的是，如果努力去做了某件事，结局却并不如她所愿，会不会加倍失落？

就像白萝卜，夏皎本来十分抵触，但吃了温崇月做的以后，感觉还可以，也不是那么难以接受。然而加了猪肉渣、碎油条的咸豆浆，就是真的不行，夏皎喝了一口就拒绝，认定自己此生无福消受这道美食。她接过温崇月递给她的水漱口，看着他将剩下的一整碗都喝掉，不禁感叹他的接受能力真强。

就试试看吧。

损失不了什么。不试试看，怎么知道自己喜不喜欢呢？

俗话说“青鱼尾巴鲢鱼头”，七八月正是垂钓的季节。太湖禁捕，温崇月便带夏皎去了阳澄湖。

阳澄湖半岛上有条环湖观光自行车道，大约三十千米，温崇月以前骑行过几次。夏皎咬咬牙，跟着他挑战极限——挑战她自个儿的极限。刚骑了不过五千米，夏皎就开始气喘吁吁。温崇月停下来，从背包里拿出苏打水，拧开瓶盖，嘱咐她慢慢喝。运动后喝得太急对嗓子不好，吞咽过快可能会伤到咽喉。

骑行之前温崇月就看了天气预报，今天是难得的凉爽天气。昨天刚下了大雨，气温还没有完全回升，阳光也不刺目。夏皎出了一身的汗。她裹得严严实实，捧着瓶子喝水的时候，温崇月就摘掉她的护目镜，用纸巾仔细地给她擦拭脸颊上、锁骨上冒出来的热汗，顺带着替她补了一层防晒霜。

“等秋天到了，”温崇月说，“带你过来吃阳澄湖大闸蟹。”

夏皎问：“昆山巴城？”

“上海人去那边比较多，”温崇月说，“苏州人一般去工业园区的唯亭镇，或者相城区的莲花岛。”

夏皎“哦”了一声。她休息了会儿，吃了根能量棒，才重整旗鼓，再度踏上骑行之路。

正值莲花盛开，湖边的空气带着特有的潮润，将莲香拢在一起，犹如朦胧美人帐中香。夏皎出了很多汗，一些深藏于心的纠结和烦恼似乎也随着汗水排出了体外。她大概明白了温崇月为何选择户外运动，这样的确能够消耗掉多余的精力，释放压力。

骑行结束，俩人归还了自行车，温崇月便开车带着夏皎奔向最终目的地——重元寺附近的草地。这里游人稀少，只有一些本地人在休闲放松，不远处是绿荫遮蔽、红墙黛瓦的重元寺。足下绿草如茵，湖水清澈，天空的云朵要比北京低很多，点缀在碧穹之上。时至下午，隐约可见远方的余晖，铺锦叠彩，映照得湖水也泛起粼粼的碎金光芒。

夏皎靠着温崇月的肩膀，闭着眼休息，听他讲一些有趣的小事。原来重元寺本名“重玄寺”，康熙年间，为了避皇帝“玄烨”的名讳，才改为重元寺……温崇月似乎对这里的每一处草木都极为了解，而夏皎的知识储备没有这么多，今天之前，她甚至不知道这里有个重元寺。比起玄烨和重元寺的渊源，她更了解玄烨他儿子和纯元的故事……

天色渐晚，温崇月今日的收获是一尾鲢鱼，约莫两斤，装在清水桶中。晚上俩人没有开车回家，而是住在独墅湖附近一家对外租赁的院落里，这里不如金鸡湖名气大，因而更为安静，无人打扰。

院落也提供做饭的地方，温崇月提前选购了食材，在夏皎冲凉的时候，将花鲢鱼头一拆为二，烧草菇鱼头汤喝。

鲢鱼肉也没浪费，打成蓉，和淀粉一块儿做成鲢鱼丸汤，加青菜煮鱼丸。再加一碟三杯土豆，一碟生拌西葫芦，还煮了一碟盐水青豌豆，晚餐后可以一边闲聊一边慢慢剥着吃。

鱼头汤被煮得奶白，撇去浮油后，草菇若隐若现。温崇月做鱼有一套，煮出来的鱼肉没有一点腥味儿，鱼头炖得极烂、极鲜美，就连鱼骨头都浸透了味道。夏皎吃得极为开心，把骨头上的味儿吸干净了才丢到骨碟上。

三杯土豆中的“三杯”，并非指杯子，而是麻油、米酒和生抽，还加了姜和九层塔。九层塔是温崇月从家中阳台上采摘带来的，又往里加了些糖提鲜。夏皎爱吃老豆腐，因此里面除了土豆片，还有煎好的老豆腐片，味道也不错——可见美食的料理，绝不是按照菜谱一板一眼地做。温崇月做菜时喜欢多试一些搭配，正如他喜欢和夏皎多解锁一些新鲜事物。

夏皎今天骑行较远、十分疲惫，晚上和温崇月再三申明，拒绝尝试新鲜事物。莫说心有余而力不足，如今她既无心也无力，只想躺平享受。

对于常年不出门的“社畜”而言，今天的环岛骑行已经抵得上她一个月的运动量。温崇月体谅她，不断亲吻和爱抚，直到夏皎打着冷战抱紧他。

窗外月色正好，穿窗入户，二人相拥而眠。夏皎脑中不再有什么烦琐杂事，唯有清风明月。

次日清晨，她难得地起了个大早。这里的烤箱是一个粉粉嫩嫩的小可爱，她自告奋勇，接下了烤制面包的任务。

可惜她与烤箱的初次沟通并不怎么愉快，以至于定错了时间和温度，等意识到不对劲的时候，面包已经被烤得硬邦邦、焦黑焦黑的了。

夏皎打开烤箱门，和温崇月面面相觑。

温崇月说："皎皎，这是你发明的'夏皎牌黑森林面包'吗？"

夏皎说："呃……大概不是。"

温崇月闻了闻味道，赞叹："倘若现在还有'刑部'，我觉得你可以立刻上任刑部尚书。"

夏皎："……"

她戴上厚厚的手套，小心翼翼地将发黑、冒烟儿的面包捧出来："浪费不太好，要不我们拿出去喂鸟？"

温崇月拿了根筷子，戳了戳面包壳，若有所思："这么硬，只有啄木鸟才能啄得动。"

夏皎："……"

"还有，"温崇月注视着妻子，"对野生鸟类投毒是犯法的。"

夏皎认为自己和烤箱有些犯冲，不过烤面包的确无法再食用。温老师挽起衬衫袖子，系上围裙，开始为学生处理"事后"事宜。他先冲泡了牛奶燕麦，让"嗷嗷待哺"的妻子用小勺子喝，暂时安顿好她的胃后，又炒了一份鸡蛋。

温老师做这道菜，不单单是下油炒鸡蛋这么简单，往里面加了糖、盐和奶来调和蛋液，用小火炒，再加一点芝士，出锅的鸡蛋就又黄又嫩，软滑适口。

还有两份鲜虾芝士焗饭，用的全是现成食材，胡萝卜粒、玉米粒、洋葱、虾仁、培根……翻炒后加了些牛奶炖煮，用黑胡椒和盐来调和味道，倒在铺好的米饭上面，再撒点芝士碎，放进烤箱。

“十五分钟，一百八十度，”温崇月正在切拌沙拉用的小番茄，口中叮嘱妻子，“如果你自己做的话，时间不必这么准——”

“我明白！”夏皎对他比了一个“OK”的手势，“要观察饭，等表面泛起焦黄就可以啦！”

温崇月满意道：“孺子可教。”

夏皎回应他：“诲人不倦。”

徒弟尊师重道，于是名师高徒相处甚欢。

今日起得早，俩人做好早餐时也不过七点。清晨伊始，清风动竹，杳霭流玉，莺雀相鸣，啄食窗下芭蕉。

温崇月将饭菜端到碧纱窗下的枣木桌上。南方梅雨后的夏天潮湿炎热，唯独晨曦时分明朗舒适，夏蝉尚未乱鸣，只能听到鸟雀声。

小园台榭，薄纱素屏，夏皎坐在湖光水色里，慢悠悠地吃着今日份的早餐。

温崇月做事情也是最不着急的，对他而言，周末就是放松的时间。即使工作不可推却，也要考虑自我休息。早饭后，夏皎在院子里用昨天剩的鱼饵喂金鱼，听温崇月在廊下开着电脑，和工作伙伴通电话。大抵公事不要紧，他姿态放松，说话也多带着笑。

不过明显在和朋友通话时更放松，夏皎听他笑了好几次，称呼对方“昼仁”。

夏皎悄悄地撒了一把鱼饵下水，看着满池锦鲤游过来争食，惊起池水荡漾。荷动莲摇，清风徐来，吹上一身莲花的香气。

夏皎最近和江晚橘联系并不多。江晚橘刚刚升职，又拿到了北京户口，付了房子的首付。虽然聊天时她戏称自己“负债累累”，但夏皎很钦佩她，几乎没有向家人伸手索要帮助，一个人做到现在这样，实属不易。

她想，自己大抵是有慕强心理，总是忍不住为强者的能力折服，无论是江晚橘，还是温老师。

温崇月好像什么都知道，了解这里每一处好玩的、好吃的。白鹭园里，笔挺的树生长在水中央，沿着曲曲折折的栈道前行，可以到达白鹭洲，遗憾的是他们并未看到白鹭踪迹，只从地上捡到两枚白羽。

离开这里回家时，温崇月穿越独墅湖大道，走了隧桥，一段在湖面上，另一段在水底。温崇月放了一首歌 *Moon River*。柔软的调子传来，夏皎闭上眼睛，跟着音乐慢慢地唱。

温崇月没有开口，安静地听夏皎的歌声。夏皎鼓励他一起唱，温崇月笑着拒绝。

“不了，”温崇月说，“我不喜欢唱歌。”

夏皎不勉强他。其实她也不太会，就偶尔跟着哼几句。她去 KTV 时永远缩在角落里，被朋友塞来话筒怂恿，也只是小声磕磕绊绊地唱几句。如无必要，她会尽可能地避免这些活动。

夏皎轻轻地呼出一口气，听见温崇月问：“你似乎不习惯被人表扬？”

夏皎呆了两秒才说：“啊，因为我不知道该怎么回应……”听起来蛮糟糕的，可事实的确如此。老师突如其来的夸赞、忽然获得的奖励，都会让夏皎难以直视身边人投来的目光，尽管可能只是老师随口说的一句“夏皎同学这次进步很大啊”。

从小到大，夏皎从未在班级群中发过除了“收到”以外的其他信息。和并不熟悉的人线上交流时，她打完字会反复检查，确认没有问题再点击发送，在此之前，还会在心中反复思考，这样说合不合适、对方会怎么想、要不要更委婉一些。买高铁票时，明明喜欢靠窗的位置，但她还是会选择购买靠近过道的座位，这样不用麻烦陌生人，万一真坐到了靠窗的位置，就只能开启不吃不喝不去卫生间的旅程……

她也尝试过改变，比如默念自己是一个社交能力正常的人，试着刻意和人打招呼，结果仍旧冷场，为了不至于太尴尬，只能极力地寻找新话题。直到意识到自己有轻微讨好型人格，她才中止了这种尝试。

“总之，”夏皎下定论，“我的社交能力太逊了。”

温崇月安静地听完。

两人正置身湖底隧道，头顶是钢铁水泥，唯有灯光照亮前路。温崇月问:“从什么时候开始的?”

夏皎稍加思考，不太确定地回答:“似乎是……初中?”

在初中以前，夏皎还是个“野孩子”，和爷爷奶奶一块儿长大，在乡野、小镇、小城里都有一帮好朋友。上初中后，她随爸爸妈妈转到了“城里的初中”，开始和周围环境格格不入。

“异类”——夏皎就是在那时学到的这个词。

她融入不了班级讨论，没有上学放学一起走的朋友，学习成绩退步，父母无法理解:“你才多大呀，整天想这么多干吗……”

她没法控制自己不去想，思想是不能控制的。对青春期的孩子来说，社交和吃饭同等重要。可惜家里人不懂，他们觉得，我们辛辛苦苦赚钱供你读书，让你上好学校、辅导班，已经对你很好了，我们年轻时哪有这条件……孩子不对他们感激涕零已经很不对了，更不该有这样“矫情”的想法。

夏皎慢慢整理思绪:“……大概是害怕被嘲笑，害怕犯错。”她穿着宽宽松松的衣服，收敛个性，保持沉默，路上尽量避免遇到熟人，永远戴着耳机。假装看不到、假装没遇见，这样就不用做什么，不做就不会犯错。

温崇月说:“你认为自己去做，就一定会得到糟糕的后果?”

夏皎点头。

“你觉得这种糟糕的后果会让你出糗、完蛋、一蹶不振?”

夏皎说:“嗯。”

温崇月问:“那你这样过吗?”

夏皎犹豫地说:“虽然有时候结果的确很糟糕，但不至于让我‘社死’……”

“失败没有你想的那么可怕，”温崇月笑道，“皎皎，我想，或许我应该帮你扭转这种观念。”

夏皎侧脸:“嗯?”沉默半晌，她问，“那你失败过吗?后果糟糕的那种?”

温崇月不说话了。过了一阵儿，他轻声说:“有过，刻骨铭心。”

他说话的语调很低，有那么一瞬，夏皎感觉自己又瞧见了初中雨季那个按着人往墙上砸的温老师。她眨了眨眼睛，温崇月的表情绝对说不上温和。

夏皎猜他应该是想起了什么，一定是令他不愉快甚至愤怒的事。

“失败不丢人，”温崇月说，“皎皎，我们不是失败，是在为成功积累经验。”

前方的路渐渐明亮，湖底隧道已到尽头。车子开上地面，正午的阳光洒落车中，温崇月打开车窗，清新干净的湖风吹进来，夏皎用力地舒了口气。

她问：“那我们今天吃什么？”

黄雀风，濯枝雨。洞庭满载瓜果，杨梅终于上市。它的储存难度高于荔枝，刚摘下来的时候最是美味。温崇月路过时买了一份，借用店家的水龙头洗干净，又买了个漂亮的大杯子，装满了递给夏皎，让她坐在车上吃。

夏皎羡慕极了。温崇月能这样毫无障碍地和店主提出这些请求，换作是她，可能宁愿吃没洗的杨梅，也不会开口问店家有没有水龙头。

温崇月说得对，她害怕的不仅仅是被拒绝本身，还有被拒绝后导致的丢脸和尴尬。

路上又遇到卖水蜜桃和葡萄的，温崇月也买了一些，他知道夏皎对桃毛过敏，特意放在了后座上，避免让夏皎直接接触。

在温崇月眼中，午餐是三餐里十分重要且正式的一顿，不可以用水果垫肚子。他开车载夏皎去了一家私房店，吃“六月黄”。

“六月黄”指的是农历六月以后上市的童子蟹。阳澄湖大闸蟹要等入秋才有，现在这种童子蟹要小一些，还不到二两，刚刚经历过第三次脱壳，肉嫩黄多，壳薄味美，堪称“暑热第一鲜”。

私房菜馆的老板是温崇月的老熟人，俩人寒暄过后，温崇月介绍夏皎给他认识。对方笑着伸手过来，直接称呼“嫂子好”，叫得夏皎有些羞赧，不知怎么回答，憋了好久才说出一句“你也好”。

其实对方比夏皎还要大许多，善意地大笑着拍了拍温崇月的肩膀。他是掌勺，比较忙，还得去后厨照看，没空招呼他们，于是请温崇月和夏皎先喝茶，等他那边忙完了再过来。

他离开后，夏皎才彻底放松。她伸了一个长长的懒腰，终于感觉全身松泛，于是双手捧脸，看着正在倒茶的温崇月。

夏皎说："温老师。"

温崇月应："嗯？"

夏皎说："我学姐和你表弟曾经是男女朋友，你刚刚那位兄弟看上去也比我表哥年纪要大很多。"

温崇月将倒满茶水的杯子放在她面前："所以？"

夏皎双手捧脸："所以忽然感觉你在老牛吃嫩草。"

温崇月正在给自己的杯子斟茶，闻言笑了一下。他的眼睛长得极好，很明显的双眼皮，略有些桃花眼——也不对，不是桃花眼，他的眼睛没有那么多情，更加温润文雅，笑起来尽是清俊。夏皎判断不出他的眼型，只知道他笑起来很好看。

笑起来很好看的温崇月说："如果可以的话，以后在外面能不叫我温老师吗？"

夏皎不理解："为什么？你怕丢人吗？"

"不是，"温崇月从容不迫地说，"老牛觉得太刺激了，会忍不住想亲亲嫩草。"

夏皎："……"

嫩草脸皮薄。

嫩草左顾右盼。

嫩草搭桌子等饭。

夏皎发现自己真是超级容易脸红。相比之下，温崇月简直像是被她分走了害羞，他既敢这样一本正经地说"亲嫩草"的话，也敢晚上开着氛围灯一口一个"虾饺"。无论是动口，还是动手，他从未表现羞涩，要让他害羞，可能比让鸡跳《四小天鹅》还难。

难道这就是时间赋予人的厚脸皮吗？

夏皎被温崇月一句话刺激到只敢低头喝茶。据店主说，这碧螺春是他亲手采摘、亲手炒制的。虽然不若其他茶叶名贵，但胜在心意可贵，她尝不出多好的味道来，只好细细地酌。

上菜时间长，店家先送了些小点心上来。一碟蟹壳黄——这东西和螃蟹可没有关系，是一种外皮覆满芝麻的小酥饼，口味有咸有甜，轻轻咬一口，小酥皮都能掉下来。还有一碟酒酿饼，瞧着像月饼，热气腾腾的，得趁热才好吃，凉了就没风味。夏皎选了豆沙馅儿的，浓郁的蜜豆味儿香喷喷地铺满了口腔。

温崇月不能喝酒，他得开车，不过倒是给夏皎要了一小杯。苏州有的人家仍旧保持着自己酿酒的习惯，酿好后装在小坛子里封起来。温崇月给夏皎要的就是自酿的米酒。不过夏皎酒量不好，就尝了一点点。

吃一口糕点，再喝一口茶，夏皎舒服地叹气。

“苏州人喜欢吃这些糕团，”温崇月说，“下次可以去木渎，那边做的麻饼不错。”

夏皎伸手摸摸自己的肚子：“我觉得自己的肚子大概要鼓起来了。”

温崇月不动声色，剥了新鲜的莲子放进瓷碟中：“我想，被食物填鼓，是一件幸福的事。”

夏皎认为他说得很有道理。

店家又陆陆续续上了些其他菜肴，多是些清淡素菜，不会遮盖等下吃螃蟹的鲜味儿。有南乳空心菜、用青椒末和鲜肉末填充现炸的茄盒、雪菜毛豆，还有干煸苦瓜——夏皎吃不得苦，但这道菜还好，苦味稍淡，她提筷勉强吃了几口。

温崇月解释，苦瓜切好后用盐稍稍腌一下，冲洗后放入沸水中焯，能减轻苦味，但会影响苦瓜本身的风味。

重头戏六月黄姗姗来迟。这道螃蟹的做法最简单，用了他们自己做的酱油烧，配了花雕酒去腥。大圆盘中，六月黄只只赤油浓酱，色泽金红。蟹虽小，但蟹膏饱满，肉质丰盈，壳薄脂厚。夏皎一口气吃了两只，配上米酒，眼睛发亮：“没想到小蟹也这么好吃！”

吃螃蟹是件麻烦事，温崇月扯了纸巾递给她，示意她擦一下唇边的汁痕。

温崇月说：“忘了你之前教我的话吗？‘苔花如米小，也学牡丹开。’大闸蟹有大闸蟹的美味，小螃蟹也有小螃蟹的妙处。”

夏皎问：“那你喜欢吃大的还是小的？”

温崇月说：“合适就好。”

的确是“合适”。夏皎想，关于婚姻呀，住处呀，工作呀……温崇月的确优先考虑合不合适。

但或许在这份合适里面，她也能偷偷肖想一下喜欢？这些喜欢又在合适里面占着几分呢？

她说不准，也猜不透。

第十章 太湖一锅鲜

夏皎贪美味，螃蟹性寒凉，就算有酒暖着，也不适合多吃，好在其他素菜味道也美，颇对胃口。

吃到一半，温崇月的朋友摘了围裙过来，夏皎快吃饱了，就品尝着对方带来的云片糕，安静地听他们聊天。

不擅长说话的人大多精于聆听。夏皎听对方讲大学时的趣事，猜测对方多半是温崇月的大学舍友。读大学时的温老师对夏皎来说几乎是“最熟悉的陌生人”，她在脑海里悄悄地将当时的温崇月拼凑了出来，只是形象仍有些许模糊，并不清晰。

夏皎听对方说，才知道温崇月大学时还组织过团队飞来飞去地参加比赛，真是不可思议。

夏皎的大学普普通通，和她比起来，温崇月的大学生活多姿多彩得犹如拍电视剧。那是夏皎并不认识的温崇月，却又十分符合真正的他。

聊天叙旧的老板热情得夏皎几乎抵抗不住，一口一个“嫂子”，将夏皎砸得七荤八素。对方笑称温崇月这是铁树开花头一遭，半开玩笑地说：“没想到找了个嫂子，比我们都小。”

温崇月笑斥他胡闹。

得知夏皎是头一回吃六月黄，老板起了兴致，颇为自得地为俩人介绍挑选六月黄的诀窍：“蟹钳的毛一定得是软的、得是褐黄色，如果是硬黑毛，别想了，那肯定是隔年的小蟹。还得看腹壳凸不凸，只有凸出来的才证明蟹膏丰实……”

夏皎认真地听，神情就像一张传神的表情包，满脸都写着“虽然不知道有什么用处，但先记下来再说”。

一顿餐饭，宾主尽欢。

不过回到日常，家中采购食材的事照例由温崇月负责，毕竟他是“主厨”，大部分时间是他思考今天吃什么。

最近工作稍稍空闲，温崇月还做了“阿婆菜”，这种用菜苋腌制出来的小咸菜，味道比雪菜入味得多，比霉干菜更鲜，算是下酒配粥的家常小菜。夏皎喜欢拿它凉拌或者炒菜，味道也不错。

夏皎还是不太擅长挑菜，家里的水果和鲜花由她负责。花店附近有一家很漂亮的水果店，店主一直在花店订花，还会给夏皎一个极好的折扣。

不过夏皎最近忙起来了。起因并不复杂，还是郁青真的嘴巴惹的祸。她自己平时没少吐槽那对老少配的顾客，大约是话说得多了，接待时难免有些轻慢。那位挑剔的夫人将郁青真提出的方案全部否决，直接要求换人。

这是一笔大单。店长来得少，蓝姐看重高婵，内部开了个简单的小会，重点批评了郁青真接待客人的态度问题。

郁青真是店长花高薪请来的，当下沉了脸，回去就请了三天假，说是身体不舒服要休息。现在是旺季，少了一个人，夏皎不得已忙了起来。

她接待的多是散客。虽然价格低，但极少遇到挑剔的客人，大多在第一遍或第二遍方案时就点头支付定金。

高婵接手了这笔大单，忙到飞起。她在花朵的配色上极有天赋，这就注定了一个特性——喜欢她风格的人会觉得高婵的花艺作品够艺术、够独特，不喜欢的人就觉得她在随意乱插，毫无重点，“我来我也行”。

很不幸，挑剔的客人属于后者。

这位上了年纪却依旧美丽的女性在一位年轻女性的陪同下忽然到访，将高婵提交的第一方案一顿批评，从花朵的数量说到花朵的颜色，骂得高婵坐在店里哭了一下午，快下班的时候依旧很忧郁。

“早知道我就不来这里了，什么人嘛……”高婵蹲在装满大丽花和大星芹的玻璃桶旁边流眼泪。

“我做错了什么，要受这种折磨，花艺师就没有尊严的吗……”她把鼻子擦到起皮，又抽走了最后一张纸巾。

夏皎递过去一盒新的：“喏。”

高婵看着夏皎，眼睛都快红了：“皎皎。”

夏皎陪她一块儿坐下，现在人很少了，店里准备关门，休息的牌子也挂好了。地板很凉，但这一角有氤氲的花香，形式各异的玻璃瓶上映照着两个女孩的身影，窗外的阳光轻盈地跳进来。

高婵脑袋一拱，窝到夏皎胸口，开始“呜呜呜嘤嘤嘤”：“好难啊！工作好难啊！我好想回家啃老啊！呜呜呜！她们凭什么呀……”

高婵稀里哗啦地哭够了。夏皎轻轻地拍了拍她的背，就像温崇月安慰失落的自己一样。

“没事啊，”夏皎说，“哭够了咱们慢慢想，不着急。”

高婵好不容易止住了眼泪，哽咽着说：“好。皎皎，你的胸好软啊！”口中喃喃，“为什么我的没有这么大？”

夏皎：“……”

这个问题还真没办法回答。

高婵小声地又和夏皎说其他话。她不能大声倒苦水，就试图转移注意力，聊些乱七八糟的东西，但仍不可避免地想到下午挨的骂，又是一阵难受。

夏皎能理解她，工作嘛。很难说工作等于快乐，或是为了能足够快乐才开始工作。

听见门上悬挂的风铃响，夏皎站起来，示意高婵先不要动，她出去接待客人。高婵现在哭得乱七八糟，的确不适合见人。

来访的客人是那对老少配的男性，打扮得西装革履。他有些赧颜，主动自我介绍：“你好，我姓唐。我听说唐女士下午过来了？”

“是的，”夏皎说，“她来看了我们的鲜花。”

唐先生问：“她是不是为难店里的花艺师了？”

夏皎犹豫了。

“具体的情况……我已经听护工说过了，”唐先生伸手，指了指自己的脑子，解释道，“她有一些……呃，脑部萎缩，脾气不太好，希望你们能见谅。”

夏皎还能说什么，她当然只能微笑着说没事。客人永远是对的。

“下午让她出来是护工的失职，”唐先生说，“您放心，今后不会再让她这样独自出行了。至于预订的鲜花数量和装置方案……这周日，我会带她和设计师谈谈——当然，像今天下午这样的事不会再出现。”

夏皎客气地送他出去，转身看到高婵从花丛中露出一个小脑袋。

高婵说：“看来富婆的钱真的不好挣。”

夏皎没有做出评价。她只是觉得有一点点疑惑，唐先生、唐女士，情侣一个姓氏？还真的好巧。

夏皎并不是一个好奇心旺盛的人。她虽然觉得这对客人有种说不出的古怪，但也只是稍微想一想。她只是一个花艺师，并不是警察、侦探，不需要了解客人的隐私，只需要满足客人的需求。

今天晚上，温崇月尝试着做了泡泡小馄饨，出乎意外地大获成功。

苏杭的东西精致，苏式小馄饨也是小巧玲珑。馄饨皮薄到近乎晶莹，肉馅儿少，少到如只滴了一滴进去，就像是往气球里吹了一口气，泡泡腾腾地鼓起来了，漂亮又可爱。

泡泡小馄饨本身没有太多味道，就是新鲜剁成蓉的肉，用熬好的骨头汤煮开、吊味，汤香柔和，稍不注意一个泡泡小馄饨就滴溜溜进了胃。

原本放在冰箱里冷藏的糖醋泡仔姜，被温崇月捞起来、切成条，放在冰块上贴着，又凉又爽口。

这时候的小丝瓜嫩到切开能滴水，都不见籽瓤，正好拿来烧豆腐。夏皎担心体重，温崇月便先煎了豆腐，煎得两面焦黄，盛出来备用时用厨房纸吸去表面的油，和丝瓜一起烧出来，味道香而不腻。

夏天的夜晚，惬意果腹。夏皎趴在沙发上，用逗猫棒逗着小虾米，温崇月用宠物梳子给温泉梳理毛发。

电视机播放着关于动物的纪录片，空调开到了二十七摄氏度，茶几上还放着半个西瓜。小虾米玩够了，跑去喝水，夏皎才洗干净手，捧着西瓜去阳台上看茉莉花。

抬头看了看远处天空，夏皎叫：“温老师！”

温崇月抽出湿巾擦拭着双手：“怎么了？”

夏皎一手捧瓜，一手挖西瓜肉，抬手——温崇月顺势倾身，将她勺上的西瓜吃掉。夏皎感叹：“你看看月亮，多圆啊！像不像你明天准备给我买的双酿团呀？”

温崇月仰脸：“是很像，就是不知道更像豆沙芝麻馅儿的团子，还是更像椰丝黄豆粉馅儿的？”

夏皎毫不犹豫：“豆沙芝麻馅儿的！”

温崇月颇为赞同：“我也这样认为。”

两个人并肩看月，愉快地敲定了明晚的点心。夏皎一口一口吃掉半个西瓜，又觉得胀。温崇月兴致不错，索性就在阳台辅助她运动。

月色皎皎，夏夜静好，夏皎像只树袋熊勾着对方的脖子和腰。阳台上花香浓郁，植物气息清新怡雅，浓而多的石楠花开，铺落雪肌红桃。

周五晚上，于昙邀请夏皎和温崇月过去吃饭。

八月酱油焖鳗鱼。于昙刚得一尾颇好的鳗鱼，小林不在，她自己又吃不完，于是特意请师傅烧好了送过来，邀请俩人一块儿吃。

温崇月和夏皎过去的时候已经下午六点了，天空晚霞如织。于昙的小院子特意收拾出了户外餐桌，周围紫藤花已经谢了，但藤蔓尚在，玫瑰和彩虹藤蔓的月季开得正浓。

几人席上聊的也多是家庭琐事。于昙很关心温父的身体状况，又开了视频通话，嘱咐对方一定要按时吃药，不可以糊弄。

夏皎偷偷尝了一口“辣根”，于昙说这是一个山东的学生带来的家乡菜——大家都知道于昙喜欢吃，带些家乡特产远比其他礼物更好。

夏皎咬了一点点，被辣得忍不住“啪嗒啪嗒”掉眼泪。温崇月闷着笑，取了凉茶给她漱口。剩下的带了她齿痕的辣根，被他面不改色地慢慢吃掉了。

他似乎从不在意吃夏皎的剩菜或者剩饭，做这种事的时候无比自然。夏皎觉得自己的胃似乎也被养得挑剔了许多，大概这就是由俭入奢易、由奢入俭难。

温崇月胃口大。他喜美食，也不挑食，即使他不喜欢的或者夏皎吃剩的食物，也总能打扫得干干净净。这一点令夏皎十分钦佩。

唯一不好的是，他们这顿晚餐来了不速之客——白若琅和宋萧。

起初白若琅给温崇月打了两个电话，问他在哪里，温崇月没告诉她。对方或许是联系了温父，这才敲开了于昙的门。

她们进来的时候，夏皎刚好在回朋友的消息，一抬头就看见白若琅——仍旧是那副矜贵的姿态，小黑裙，披了一大方丝巾做披肩，耳朵上挂着两枚水滴形的翡翠，盈润有光。宋萧跟在她身侧，黑衣白裙，干净利落。

夏皎说："阿姨好。"

白若琅没有对这个称呼再表示异议，只是笑着对于昙说："我给你带了些糕点，都是正宗老师傅做的，比那个——"

于昙打断她的话："我血糖高，医生嘱咐我少吃甜的。"

被这么刺了一下，白若琅也面不改色，仍旧泰然自若："可惜了。不过也没事，皎皎，你吃甜食的吧？"

突然被点名，夏皎蒙了一下，说了声"哦"。温崇月拉着她的手，示意她不用站起来，说："我最近监督她。甜食这种东西，吃多了不好。"

白若琅说："稍微吃点没事。女孩子年轻，多吃甜食不打紧。"

她有事找于昙，没怎么寒暄，就和于昙去了房间里聊天。院子里只剩下温崇月、夏皎和宋萧三人。温崇月夹了一筷子鱼肉，仔细确认没有刺后才放入夏皎的碗中。

宋萧坐在对面的凳子上，说："白姨带来的糕点都在车上呢，我想拿过来，又不认识路，温总监，你陪我去拿呗。"

按照辈分，她应该称呼白若琅为婶婶，但白若琅觉得这个称呼很难听，统一要求小辈叫她白姨。

夏皎不作声。她小口地吃着饭，鳗鱼和米饭拌在一起，酱汁和米粒、鱼肉全都融在一块儿，她喜欢这种吃法。

温崇月说："门口有保安，他们很乐意帮忙。"

宋萧不放弃："那些点心和礼物都很重，你应该知道，我一个人拿不动。"

温崇月说："多找两个保安帮你搬。"

"万一那些人不愿意呢？"宋萧转脸看向夏皎，笑眯眯地说，"嫂子，你借温哥给我用一下，让他帮我搬搬点心和礼物？嫂子这么大方，应该不会介意吧？"

话都说到这里了。夏皎最怕的就是这种情况，逃也逃不掉。她能怎么办呢？她和宋萧又不熟，只能硬着头皮说："不介意。"

为了掩饰尴尬，夏皎抬筷去夹鱼——一双筷子将她的筷子强硬夹住，按下去。夏皎盯着筷子的主人，温老师看上去似乎有点不太开心。

温崇月说："我很介意。"

温崇月将夏皎的筷子压下去，拿湿巾擦了擦手，对宋萧说："白女士年纪大，糊涂了。我不爱吃甜食，东西拿回家里也是浪费。刚好，你觉得礼物重，也不用搬过来。"这话说得稍微重了些。

宋萧笑了一下，面色如常，并无异样。

于昙明显不怎么欢迎她们，也没给两位"客人"准备碗筷。宋萧手指点着桌面，换了话题，对夏皎说："嫂子，你瞧，总监还舍不得你。"

夏皎说："可能所有的丈夫都这样。"这样说着，她看到温崇月脸色稍霁。

嗯，夏皎在心里悄悄给自己打了一个对钩，就是这样——确认夫妻身份，似乎能让温老师开心。

宋萧说："是呀，新婚夫妻嘛，能理解。"

其实三个人没什么共同话题。夏皎不擅长和不熟悉的人聊天，温崇月和宋萧也没什么可聊的。这样一来，反倒是宋萧和夏皎慢慢谈了起来。宋萧性格活泼，主动提起于昙院子里的植物花草，夏皎聊了些。他们喝了两杯茶，于昙和白若琅终于出来了。

于昙捏着鼻根，声音断断续续飘来："……不可能，小林的事和你们没什么关系……怎么，你们一个个娶比自己小二十多、三十多岁的人就行，我就不能找比我小二十多岁的男友了？先理好自己家的糊涂账，再来和我说，至少我没狠心丢下孩子十多年。”

白若琅说：“你哪里知道我的难处。”

“我看你过得挺好。”于昙说，“恭喜啊，有人牵挂你几十年，你还是能继续舒舒服服地做富太太。”

话说到这里戛然而止，白若琅微笑着和温崇月、夏皎告别，宋萧站在她身侧。月色皎白，她们的身影藏在玫瑰花叶的影子里，像是被鲜花吞噬。夏皎的神色有些怔忡，没有明亮灯光的地方，白若琅保养得宜的眼睛藏不住衰老，眼角皱纹横生。

于昙的心情明显不太好，等俩人走后，她要温崇月过去，有话想对他讲。温崇月拉着夏皎的手说：“您现在说就好，皎皎不是外人。”于昙犹豫片刻，又坐下来。

坦白来讲，夏皎对温崇月的原生家庭并不了解。于昙说的时候，温崇月就握着夏皎的手。夏夜清凉，夏皎却出了一手的汗。她觉得有些羞赧，似乎弄脏了温崇月的手——他并不介意，仍旧握着。

于昙说了很多，建议温崇月少和白若琅联系。她明显被白若琅弄到烦躁不安，中间还宽慰夏皎，不必搭理白若琅——温崇月的亲人都很喜欢夏皎，不要在乎其他人的看法。

离开的时候，夏皎还能听到她给温崇月的父亲打电话，语气有些不开心：“早和你说过了，别和她联系。她当年不闻不问十多年，你怎么觉得她会……”后面听不清楚了。

夜风温柔，俩人信步穿过竹林，枝叶婆娑。温崇月忽然说：“皎皎。”

夏皎答：“嗯？”

温崇月问：“如果刚才我真的去帮宋萧，你会怎么想？”

夏皎说：“很正常啊！”她听见温崇月叹了口气。

他说：“可以用你的小脑壳认真地想一下吗？你不会生气？”

夏皎揣摩着：“嗯……大概生一点点气。”

温崇月问："为什么？"

夏皎想了想："想不出来原因……但我觉得你不可能帮她，所以这个假设毫无意义。"

温崇月不说话了，把手压在夏皎的脑袋上，轻轻地揉了揉。

夏皎问："你在做什么？"

温崇月说："想办法把你这个漂亮小脑袋里的水吸出来。"

夏皎："……"

夏皎真没觉得这是一件大事。温崇月已经表明了他的态度，更何况，倘若温崇月真的对对方有意，当初就不会为了拒绝这门亲事而选择她。

夏皎从来不是一个贪心的人。

温崇月总结得很对，只要她不去做，就不会失败，同理，只要不去给予希望，也就不会被失望伤害。说她懦弱也好，说她畏惧也好，夏皎承认自己就是一个发育不完全的笨鸵鸟，大部分时间都将头埋在温暖的沙子里，呼呼噜噜地晒太阳。

可惜温崇月并不想让小鸵鸟晒太阳。

温崇月的确适合做老师，羞人的话也能一句句教给夏皎，要她说出来。以前她不知道温老师上课这么需要学生的反馈，如今清楚了，温老师在某些时候必须要她发出声音，要她重复两人彼此拥有。

温崇月往死里折腾一番后，次日仍旧系上围裙，在厨房中准备早餐，将便当盒放进她上班时用的小背包。

郁青真重新回来上班。她的心情明显变好许多，甚至还主动向高婵打了招呼，让高婵心里惴惴不安，悄悄地问夏皎，该不会是幻觉吧。

不是幻觉。郁青真一整天都表现得十分温柔，下午还主动请大家喝了奶茶。夏皎在整理花材时从其他人口中得知郁青真心情愉悦的原因，原来是坠入爱河了。

高婵心情也好。下午的时候，挑剔的年龄差夫妻过来，唐女士明显还有些不满意备选方案，不过她准备斥责的时候，唐先生率先说："我觉得她们选的花不错，很漂亮，很衬你。”

唐女士有些不安：“真的吗？”

“真的，”唐先生说，“我确定，很适合你。”

唐女士握住他的手，说：“你这次出差得早点回来。你得记得，那天是咱们结婚纪念日，也是我的生日。你得早点回来，不然我要生气。”

说起来也奇怪，唐女士对其他人语气强硬、说一不二，对唐先生却温温柔柔、深情款款。

唐先生轻轻拍了拍她的手，说：“我一定回来。”得到他的保证后，唐女士才继续看店里的花，高婵微笑着低声为她介绍，声音轻柔。这一次唐女士没再挑刺，出奇地温和下来。

唐先生手机响了，他出去接电话，高婵和夏皎陪着唐女士看花。或许是敲定了方案，唐女士平静了很多，甚至还笑着和夏皎聊天，说她长得很像自己一个姐妹。

高婵恭维她夫妻和睦，唐女士却又有些不开心了，像是好久没找人倾诉似的，一股脑儿全倒出来：“也就最近忽然对我好点，我知道他娶我的时候有些勉强，觉得是我家里人逼他……要不是看他学历高、人长得好，我才不愿意嫁给他。”说这话的时候，她语调明显轻快了不少。如果不是知道她的年纪，夏皎都要以为是刚陷入恋爱的少女在倾诉烦恼了。

“……结婚后连个照得清楚的镜子都没有，”唐女士不开心，“催了他好多天，一直没给买。不过还好，还知道买花……”

高婵笑着说：“可能唐先生喜欢给您特别的浪漫呢。”

唐女士横她一眼：“什么唐，他姓郑。”

高婵愣了一下，恰好唐先生推门进来。唐女士迎上去，语气有些不悦地抱怨店员居然连他的姓都能记错，讲了好多好多……唐先生有些无奈，细声安抚着她。等护工将唐女士接走，他想过来道歉，又被唐女士叫走，无奈之下，只能对着高婵和夏皎做了个对不起的手势。

高婵捧着单子，说：“我怎么感觉唐女士……有点正常，又有点不正常呢？”

夏皎说："可能是年纪大了，糊涂吧。"

高婵认真点头。

今天的最后一位顾客又是常来买花的老爷爷，不过今天不再是独身一人，他推着轮椅，上面坐着一个瘦弱的白发老太太。花店的台阶做了方便残障人士通行的小缓坡，老爷爷顺利地推了轮椅进店。

夏皎笑着和两位老人打招呼。

老太太明显久病初愈，精神不太好，说话慢声细气的，颇有涵养。老爷爷一改之前那种不耐烦的语气，低声问她喜欢什么花，并让夏皎推荐。

最终他们选了九枝玫瑰。老太太喜欢"九"这个数字背后的寓意，老爷爷付了钱，推着轮椅慢慢离开。

夏皎为他们感到开心。当初老爷爷让她写卡片的时候，她还担心对方妻子患了什么重病，现在看来，俩人仍旧相依相伴，真好。

八月的尾巴尖尖，夏皎定做的、放在阳台上的植物架终于到了。她自己搬不动，温崇月又恰好回了北京，不在苏州，"温柔的神"主动帮忙，帮夏皎把东西搬到了阳台上。为了答谢，夏皎送了他一些海棠糕和赤豆糕。

温崇月晚上才返回家，到家的时候，夏皎正在思考究竟是点外卖，还是煮面。

温崇月先拆了带来的点心给夏皎，暂时填一下她那响到能开摇滚演唱会的小肚子。吃了好几天"速食式餐饮"的夏皎，终于再度被温老师的厨艺所填满。

他以水面筋做皮，拿鲜虾仁、猪腿肉、鸡脯肉做馅料，放到鸡汤里煮熟，起锅，就是三味圆。熬鸡汤用的鸡肉单独拎出来，剔去骨头，撕成小块儿，加干丝、基围虾、青菜心、干香菇和鸡蛋，做了鸡火煮干丝，再配上青红椒蚝油炒茭白。

夏皎埋头吃晚饭的时候，温崇月主动提起阳台上的植物架："工人帮忙装的？"

"不是呀，"夏皎说，"我同事帮忙的。"

温崇月问："男同事？"

夏皎点头："对呀。"

温崇月不说话了。

夏皎思忖，可能温崇月觉得这样劳烦同事不太好？想到这里，夏皎心情稍微安定一些，解释："女同事的话，力气都小。你放心，我给他礼物啦，按照你之前说的，有来有往。他平时在店里就很照顾人，我送了他一些糕点……"

温崇月问："平时在店里就很照顾你？"

夏皎说："他对每个人都很好，经常请我们喝奶茶。"

温崇月问："是请你，还是请你们？"

"当然是我们啊，不然只请我做什么？同事不能厚此薄彼的。"夏皎奇怪，她总结说，"所以你不用担心，我真的没有让别人白白帮忙。"

温崇月说："我担心的不是这个。"

夏皎试探："你担心他来我们家会吓到温泉和小虾米吗？"她的眼睛清明，充满疑惑。

温崇月叹了口气，低头道："笨蛋。"

夏皎才不是笨蛋，她可聪明了。

聪明的夏皎，主动分担餐后的整理工作，并在温崇月洗澡时穿着睡衣主动推开浴室的玻璃门，把睡衣丢出去。她微微踮脚，在淋浴的水下亲了怔住的温崇月一口。

夏皎只能够接受看得到的东西，包括一份能切实提供给她益处的工作，一份放在眼前、香喷喷的点心，一位能够和她谈心聊天、肆无忌惮一起玩的朋友，以及一份能够触碰到的爱意。

夏皎担心自己会错意，只能确信看得见、摸得着的喜欢。她曾经思考过很久，关于自己这种"鸵鸟心态"的成因，最终确认，大概是源于成长中的不自信、孤单以及失败的暗恋。

或许暗恋这个词用得并不恰当，毕竟她并没有真正地靠近，或者为对方做出努力，那更像是年少时的一场朦胧仰慕。

提起年少时的事情，似乎永远充满遗憾，夏皎不太想回忆过多细节，但她的确因此遭到一些嘲讽和若有似无的伤害。青春期的小孩子不懂得分寸，盲目、从众。能够伤害人的方式未必是殴打，也有可能是一场哄堂大笑和若有似无的孤立……

眨眼，到了约定好给客户送花的时间。

高婵央求夏皎和她一块儿去，她不敢独自面对那位严厉挑剔的唐女士——郁青真是不能再跟去了，毕竟她和唐女士之间产生了一些微妙的不愉快。

郁青真也不在意这些，她现在全心全意地沉浸在爱河中，无论见谁都带着笑。

高婵悄悄地说，郁青真的男友来头非凡，帅气多金。夏皎左耳进右耳出，核对着明天送往唐女士家的花的种类和数量，感叹："真幸福啊！"

能和自己喜欢的人在一起，的确很幸福。高婵颇为赞同。

前两天吃晚餐时温崇月告诉夏皎，他已经将宋萧平行调职到了另一个部门。夏皎的回应也就是一声"哦"，然后开心地分享自己最近遇到的趣事，什么老爷爷天天推着老奶奶过来买花啦，什么遇到一个哭唧唧的小学生问玫瑰能不能哄他同桌开心啦，什么水果店店主今天多送了橙子啦……某些方面的"钝感"，能让夏皎更好地发现生活中的有趣，比如她完全不会在意宋萧的事。被别人倾慕很正常，她没有必要因此让温崇月不开心或者给他带来麻烦。

遗憾的是温老师不这么想。不过夏皎不是心理大师，她没有过多地深究这件事情，而是打起精神投入次日的花店工作中。

唐女士的房子在一个环境清雅的小区里。夏皎和高婵过去的时候，唐女士还在休息，唐先生接待了俩人。

一开门，夏皎就有种时空错乱的感觉。颇有年代感的装修，和小区环境格格不入。这里的窗帘、桌布、茶盘垫儿都是用米白色、近乎米黄的线钩成的，房中摆着水曲柳木做的"捷克式酒柜"……恍然间，让人觉得像是回到了二十世纪八十年代。

这种奇特的感觉让夏皎在门口愣了几秒。

高婵年纪小一些，没有夏皎这么好的心理素质，有点胆怯。虽然现在时间还早，阳光不强，但到处都拉着窗帘，乍一看，处处透着一股怪异。她怀中抱着象征“百年好合”的大束百合，站在门口迟迟不敢迈步。

唐先生摘下眼镜，明白高婵在犹豫什么，简短地解释：“唐女士患有阿尔茨海默病，记忆混乱……这些东西，都是按照她记忆中的场景布置的。”

高婵讶然：“啊？”

俩人将花搬进来。唐先生请她们坐下喝茶，夏皎摇头拒绝，示意他看时间：“我们想尽快为唐女士布置好花朵。”花店提供的花艺特订展示服务价格高昂。

高婵和夏皎简单地讨论了一下布局，就开始着手行动，按照敲定的方案布置。今日的花朵主色调是白色。白百合、小花茉莉、勿忘我、白玫瑰、绿蔷薇……白绿色调的植物慢慢地分布在房间里。

夏皎看到了桌子上的结婚照——老旧黑白影像里骑马的年轻女性和牵马的男性。那女性分明是年轻的唐女士，而男性则是一张陌生的脸。

“唐女士是我的养母，”唐先生主动说，“郑先生，也就是我的养父，是她的丈夫。”

高婵“咦”了一声，转脸看夏皎，俩人面面相觑。

“我本来不想说这件事情，但……我想，等会儿唐女士醒来时，或许需要你们暂时配合一下。”唐先生犹豫着开口，“事实上，唐女士的丈夫，也就是郑先生，已经去世了。”

这件事在夏皎的意料之中。她看到相片右下角有一行钢笔小字：“爱妻婉淑，摄于一九七六年七月二十日。”后面还有一行小字。她避开这张美丽的相片，在周围轻轻放下洁白的百合。

唐先生说：“唐女士年纪大了，患了病，记忆始终停留在郑先生去世前的那段时间，也就是结婚纪念日。”说到这里，唐先生停了一下，“七月二十八日，农历七月初二，是唐女士的生日，也是郑先生过世的日子。”

这个时间……夏皎盯着相框上的日期，片刻后转身，看向唐先生：“唐山？”

“是的，”唐先生说，“郑先生在那场地震中过世。”

高婵听见俩人的对话，手一抖，一朵白色的玫瑰掉在老式风格的花砖上，摔掉一片花瓣，传来柔柔的玫瑰香。

卧室中的白发老人，嗅到淡淡的玫瑰香气，从睡梦中醒来。

她做了一个很长很长的噩梦，梦里屋顶突然塌陷，地板动荡，泥呀瓦呀砖石呀……全都掉了下来，砸向她。

唐婉淑吓得哭了起来。

她一直是家里的掌上明珠。父母能干，她从小到大没吃过一点苦，上学识字算数，毕业后直接分配到办公室当会计，算盘珠子打得比谁都快，数字算得比谁都准。非要说受过什么委屈的话，那就是追着嫁给厂里那个沉默的大高个，委屈都是那个大高个给她的。

大高个有个好听的名字，叫郑韫卿，是他爷爷取的。

唐婉淑当然知道对方穷，往上数几代还“成分不好”。但这并不妨碍唐婉淑喜欢他、要嫁给他，谁让他长得好看呢。

可是丈夫很冷淡。他从来都不会对唐婉淑说“我爱你”，不会给她讲那些甜蜜的情话，很少跟她聊天，也不和她一起去看露天电影。他看起来一点也不喜欢她。

结婚三年，唐婉淑被他气哭过好几次，闹着回娘家。他也不阻拦，只是等她过去住一晚，就沉默着骑自行车去接她回来。

唐婉淑每次生他气，和家里人赌咒发誓说肯定不回去，但一看到郑韫卿露面，立刻又欢欢喜喜地收拾包裹跳上他的自行车。

他连句哄人的话都不会说，就像一块木头，又硬又笨，不开窍，唯一和浪漫沾点边的，也就是在结婚纪念日给她带花。

可也就是这块木头，在深夜中，在动荡混乱里，在石头砸下来的时候，第一反应是翻身将她护在身下，抱紧她。唐婉淑敢打赌，新婚夜对方都没抱这么紧。

噩梦是倾塌的黑夜，是摇晃破裂的房子，是被沙石呛到不停地大声咳。

她哭得稀里哗啦，反复念他的名字："郑韫卿，我们的房子是不是塌了呀？"

郑韫卿说："没事，房子塌了有个高的顶着。"

唐婉淑说："你在骂我个子矮。"

"我没有，"郑韫卿说，顿了顿，又说，"就是你的脾气，得改一改，以后要吃亏的。"

唐婉淑被突然的震荡吓哭了。她抽抽噎噎："我都快吓死了你还在教训我，你就是不喜欢我。"她好像听到郑韫卿叹气了，又好像没有。

他没有说喜欢不喜欢，只是低下头，轻轻地用唇蹭唐婉淑的脸。脸上都是泥土，唐婉淑爱美，不肯让他亲，对方就亲了个空。

唐婉淑后来才意识到那是地震。

天上又开始下雨，她又冷又怕。泥水往下滴，时不时还会震荡。但没事儿，郑韫卿和她聊天，说肯定会有人过来的，要相信国家，不过在那之前，唐婉淑不能睡着，睡着的话可能就要被人发现她丑丑的样子了……

爱美的唐婉淑坚持住了，她从来不知道原来丈夫能说这么多话。他们聊了好多，比之前一周聊的都要多，唐婉淑都担心他要把一辈子的话全说完了。她打起精神，就算很困，也撑着和郑韫卿聊天，但是对方的声音越来越低。

"没事，"郑韫卿说，"个子高的撑久了，有一点累。"

唐婉淑问："那你要不要放松一下？我抱抱你。"其实唐婉淑没办法抱对方，她的手被卡住了，动不了。

好冷啊，可是郑韫卿是暖和的。她又感觉可以忍受在泥水砖瓦里等待了。

郑韫卿说："我累了，先睡一会儿，你帮我听着，要是有人来了，你叫我，好吗？"

唐婉淑说："好。"

郑韫卿又说："以后脾气别这么倔，要吃大亏。少和工友吵架，大家也都不容易……别去郑二家吃包子了，他们家用的馅儿不好……"

唐婉淑不喜欢听他唠叨："好啦好啦，我知道了，你快睡吧。"

郑韫卿说："唐婉淑，我娶你的时候其实很高兴。"

唐婉淑别别扭扭地说："谁稀罕。"她觉得自己好像疯了，在这么脏的泥水里泡着，居然感到开心，真奇怪。

郑韫卿说："那我先睡了。"

"睡吧睡吧，"唐婉淑催促他，"等来人了，我叫你。"

…………

白发苍苍的唐婉淑睁开眼睛，光亮乍现，噩梦消散。她躺在自己的床上，身下是熟悉的碎花床单，眼前是熟悉的米白色针钩吊帘，就是身边没有熟悉的人。

唐婉淑下了床，她看不见自己长满皱纹的手，只是凭着记忆推开门："卿卿？"

郑韫卿不在，唐婉淑看到满屋子的花，还有三个陌生人——一个瘦高的男人和两个小姑娘。

唐婉淑有些惊慌，手扒着门框："你们是谁？"她警惕地看着四周，大声叫，"卿卿！郑韫卿！"

没有郑韫卿。

郑韫卿留在地震的噩梦中，骨头被石头压断，体内脏器多处出血，慢慢地死去。

夏皎站起来，说："唐女士，我们是来送花的。"

"送花？送什么花？"唐女士不解地看着他们，"谁让你们进来的？"

唐先生从口袋中取出一张老旧的纸，是一封信。他说："我是郑韫卿同志的工友，他今天在厂里加班，让我回来和你说一声——这些花都是郑韫卿买的，想让您高兴……"

唐女士低头看信，仔细描摹着上面熟悉的字迹。这封信放得太久，纸张泛黄，有些地方已经不清晰了。

她抬头，有些局促地说："啊，那你们先坐下，我给你们倒茶……"

夏皎和高婵客气地说不用。她们已经布置好了花，唐先生也签了确认单、付了钱，正准备离开。

唐女士很喜欢这些花，难得地对俩人说了声“谢谢”，四下看了看，又问：“韫卿呢？”

夏皎微笑着说：“他很快就回来了。”

唐女士懵懵懂懂地点头，唐先生细声慢语地请她去沙发上坐下。夏皎和高婵悄悄离开，出门时，仍能听到唐女士在问：“韫卿什么时候回来啊？”

唐先生回答：“等您吃了早饭就回来了。”

唐女士像个小孩子，又问：“我吃了早饭他就来呀？”

夏皎轻轻关上门，想起刚才在照片上看到的那两行小字：

爱妻婉淑。

死生契阔。

八月的太阳毒辣，哪怕到了下班时间，仍旧照人眼睛。

下班途中，温崇月顺手买了一份糖粥——夏皎爱吃甜，不过女孩子爱吃甜也不是什么糟糕的坏毛病。卖糖粥的是对老夫妻，老奶奶在教小孩子唱苏州的老旧童谣：“笃笃笃，卖糖粥，三斤胡桃四斤壳……”

温崇月看着小孩，笑着递了一块巧克力。小孩子怕生，怯怯懦懦的，直到奶奶同意了，才接过去。

温崇月笑着问：“多大了？”

小孩子剥开巧克力纸，说：“八岁啦！”

温崇月不讨厌小孩，相反，他还蛮喜欢孩子的。不过他不确定自己能成为一个优秀的父亲，做过的错事时时刻刻提醒着他——他尚不能以身作则。

八月丝瓜鲜，不过皎皎并不怎么爱这种蔬菜。挑食不太好，温崇月想了想，又去买了基围虾，预备给她做丝瓜鲜虾盅。冬瓜也不错，再买些鲜排骨做汤。遇到有卖新鲜南瓜花的老人家，他又买了些南瓜花……

终于到家。温崇月打开门，就闻到一股饭菜香和鲜嫩的水果香味儿。他愣了一下，厨房里穿着睡衣的夏皎跑过来，伸手抱住他，将脸贴在他的胸口蹭了蹭。

温崇月被她抱了个猝不及防，怔了好久，才叫她的名字：“皎皎？怎么了？”半晌，他听到夏皎闷声说：“没怎么。”

过了两秒，她又说：“能这样抱着你真好。”

温崇月不知道妻子为何忽然变得黏人。她今天下班早，还煮了汤圆，扬州的正宗四喜汤圆，芝麻、鲜肉、芥菜和豆沙馅儿的，团团圆圆。

温崇月起初担心她工作上遇到了问题，但没有。夏皎不是难过，只是意外地比之前更亲近他——温崇月做饭的时候，她就像个小尾巴一样跟在附近打转，就连今晚吃丝瓜这件事都没有异议，还主动分担了给基围虾去头、挑虾线的任务。

温崇月给丝瓜去皮，嫩生生泛着青绿的瓜肉有股淡淡的特殊气息，他切成小段，挖掉一部分丝瓜瓤。夏皎抬手，将剥掉壳的虾递过来。

小虾米馋得喵喵叫，温泉很矜持地蹲在厨房的角落，柔软的尾巴圈着爪爪，眼巴巴地看着俩人剥虾。征得温崇月同意后，夏皎跑过去，给每只猫咪都奖励了一只虾。

温崇月将虾的背部剪开一个小洞，把虾尾折起来塞进去，叠成一个虾球，塞进丝瓜盅里。做这一切的时候，他问夏皎：“今天的工作不顺利？”

夏皎摇头：“很顺利。”

红椒细细地剁碎，填上捣好的蒜泥，再添一汤匙的蒸鱼豉油。温崇月想去拿白糖，夏皎已经递过来小半勺，分量拿捏得不多不少。

温崇月仔细地看着她的眼睛：“哭了？”

夏皎说：“没有。”

滴点植物油，蒸料拌匀，和丝瓜鲜虾盅一块儿端到锅上慢慢蒸。热气催发下，鲜虾仁白里透红，丝瓜盅翠绿软嫩，蒸出来的丝瓜汁浸泡着渐渐变熟的虾。

温崇月刚做完这一切，夏皎便自背后抱住他，双手搂着他的腰，小声地叫他：“温老师。”

温崇月握着她的手：“嗯。”

夏皎贴了贴，才松开。她的眼睛其实还好，并不是特别痛，可能是被百合花熏到了。

为了安慰她，温崇月炸了南瓜花——这是温父的拿手好菜，加入鸡蛋、玉米淀粉、无铝泡打粉、盐和面粉，搅成面糊糊，南瓜花剔去花蕊，挂上一层糊糊下锅酥炸。炸出来的南瓜花透着一股太阳的金黄，柄还是嫩绿的。鲜花不等人，这道菜也就这时候能吃到。

夏皎没尝过这东西。第一朵花酥炸后，温崇月用筷子夹着，另一只手虚虚靠在她下巴处，低头看着她一点一点吃。

南瓜花炸得酥脆，温崇月知道她不喜欢太油的，用吸油纸擦了一遍，热气散得刚好可以入口。她认真吃着，说："好鲜。"

温崇月发现了自己的另一个爱好，他喜欢做一些她没有尝过的东西，期待她会给出什么样的反应。这种"投喂"，他很满意。

这晚，温崇月第一次发现妻子如此热情主动，让他有些吃惊。和之前不同，她现在似乎很需要拥抱，好像只有这样才能心中安定。温崇月不确定发生了什么，不过他很乐意给夏皎慰藉。

只是夏皎因为某件他不知道的事情陷入的忧郁，好几天都没有好转。温崇月决定带妻子去周围散散心。

九月初，温崇月陪夏皎去了太湖边的鼋头渚，去看传闻中的"太湖第一胜景"。今年湖里的蓝藻控制得比往年好，没有让人想要掩鼻逃跑的味道。荷花开得正好，连绵不绝。从樱花谷到长春桥一路樱树繁茂，虽然不是樱花季，但在水榭亭台的映衬之下，绿荫青浓也别有一番风味。

"我们可以多出来走走，"温崇月说，"或许能找到解决你社交方面困扰的办法。"温崇月说这话的时候，两人刚离开灵山胜境。虽然都不是佛教徒，但温崇月和夏皎仍旧去拜了佛，捐了些香火钱。夏皎拜得虔诚，许愿也认真。

夏皎轻轻应着，又问温崇月："你刚才许了什么愿？"

温崇月怔了一下，才意识到她在说拜佛的事情。他摇头："我不信这个。"

夏皎惊奇地问："难道你从小到大没许过愿吗？"

温崇月笑："生日愿望算不算？"

夏皎阻止他："不行，这个说出来就不灵了。"

温崇月说："事在人为，求佛没有用。"

夏皎若有所思："那要是一个不信佛的人忽然去拜佛了呢？"

温崇月仰脸，看着如洗碧空："或许是有真心想求的东西吧。"

晚上俩人在南长街慢悠悠地散步看夜景，在河边吃一碗豆腐花。砖雕门楼马头墙，门环生锈墙斑驳。夏皎看着长了青苔的瓦片屋，冷不丁又想起唐女士的旧照片，垂首，轻轻叹了口气。

无锡菜口味偏甜，两个人钻研了好半天，终于找到好吃的玉兰饼。无锡人似乎都爱吃肉，口味又甜，当地有句话叫"淡不入味咸不鲜"。无锡人做菜，一道道做得赤酱浓油，就连小笼包也是，一口咬下去，酱汁丰富，鲜中裹甜。

酱排骨、酒酿面筋、梅汁翅中、脆鳝、糟煎白鱼……夏皎最爱的，还是本地人常说的"小笼馒头"。

无锡人不叫包子，无论有馅儿没馅儿，统一叫馒头。没馅儿的叫白馒头，荤馅儿的叫肉馒头，素馅儿的叫菜馒头，半荤半素的就是菜肉馒头。

无锡小笼和其他地方的不同，皮特薄，肉多汁浓，不能夹起来吃。夏皎刚开始吃的时候，夹起来，一口下去，汁水四溅，弄到了温崇月身上。

夏皎连连说着抱歉。温崇月倒是无所谓，随意地用纸巾擦了擦衣服上沾到的汤汁，仔细教夏皎怎么"低风险"吃无锡小笼。

吃无锡小笼动作得柔，要慢。得轻提，夹小笼三分之一的位置。温柔拎起来，轻放，蘸一蘸醋，慢起，凑到唇边，轻咬一小口。慢慢吸里面的肉汁，等把鲜美微甜的汤汁全吸净了，再大口咬。

不能着急，急了溅一身油，又得头痛。

当地人吃小笼还喜欢配馄饨，一个小笼一口汤，再配一个小馄饨，滋味甜又鲜。

往肉馅里加晒干海虾和榨菜的开洋馄饨，用了紫菜、蛋皮和豆腐干丝熬煮出来的汤汁清清爽爽。不加碱水的手推馄饨得趁热吃，手擀的馄饨皮韧劲儿十足，口感滑嫩。遗憾的是现在还不到螃蟹大量上市的季节，尝不到蟹粉馄饨和上过《舌尖上的中国》的蟹粉小笼。

夏皎沉郁的心情终于被美食治愈，得到些许缓解。

俩人在无锡的最后一站是蠡园，传说中范蠡和西施生活的地方。园子依蠡湖而建，并不大，小巧别致。东南西北皆有可以赏花的四季亭，园中又植松柳、月桂，郁郁葱葱。

夏皎走上石拱桥，听见温崇月问："现在可以和我说说前几天为什么不开心吗？"

假山石洞，长廊花窗，湖风轻荡，碧水摇摇。夏皎盯着石板，说："我以前觉得书上呀电视上呀，那些为保护爱人付出生命的情节都不真实。"

温崇月安静地听她说。

"我还认为用一生怀念故去的爱人也不现实，"夏皎说，"人怎么能受得了孤独呢？"

温崇月问："这个话题和你的客户有关？"

夏皎摇头，又点头。她说："但这些真的存在。"

温崇月握住她的手，从石拱桥上走下，桥下锦鲤戏水。他说："皎皎，你的想法没有错。人的本性都一样，贪生怕死，害怕孤独。正因为这样，你看到的那些才珍贵。"

夏皎默然不语。

温崇月说："皎皎，来谈个现实点的话题吧，我比你年纪大，将来可能先你一步走。"

"如果真有那天，你不用顾忌什么怀念爱人之类的看法，可以继续寻找新的伴侣——我希望你自私一些。"

夏皎猛然抬头。她皱眉，提高声音："新的伴侣？"

温崇月颔首："比如一起跳广场舞，一块儿晒太阳。"

夏皎不太开心。她觉得好像有哪里不对劲，胸口有些发闷发胀，不是生理期的胀痛，也不是吵架后的闷气，而是说不出的酸溜溜，好像早晨吃小笼包时蘸的醋碟被打翻，全泼在了她心口，浸泡得一颗心也酸酸软软的，不舒服。

她找不出不舒服的源头，想用力甩开温崇月的手，大声骂他“笨蛋”。

这样很不礼貌，夏皎忍住了。

温崇月很理智、很冷静地和妻子探讨将来自己衰老、死亡之后的事情。他不迷信，不避讳谈论这个。即使有那么一点不高兴，但倘若他真的先夏皎一步离开，温崇月仍旧希望她能开开心心地度过余生。

温崇月压着心底的不适，宽慰自己——毕竟死都死了。假设真有那么一天，与夏皎怀着思念生活相比，温崇月更宁愿她自私一些，不要那么好。

“即使我们两个人寿命相同，”温崇月仔细分析，“你想想，我会比你早八年过世，你一个人会不会感到孤单？”

夏皎不吭声。

两人经过假山石，她想把温老师狠狠按在假山石上，告诉他不要再继续这个话题。

温崇月理智地建议：“基于女性大多比男性长寿的事实，我建议你届时选择比自己小一些的人，比如和自己相差七八岁——”

夏皎说：“温老师。”

温崇月问：“怎么了？”

夏皎晃了晃自己的右手：“你看，这是什么？”

温崇月说：“你的手。”

“是的，”夏皎点头，“你继续说的话，它将会出现在你的脸上。”

夏皎不开心。她有那么一点点生温老师的气了。

事实上，夏皎从来没有考虑过“衰老”这件事。平时看小说也好，看电视剧也好，她都坚决不看男、女主人公衰老死去的部分。很多人觉得彼此牵手直到衰老死亡，才是完整的一生，但夏皎并不觉得这样算圆满，反而更像悲伤的结局。

之前看《射雕英雄传》，看到黄蓉重伤，说她允许郭靖在自己死后娶华筝，不过不许对方来自己坟前祭拜，夏皎看到这里的时候差点把电视砸掉。

她——不——允——许。

就算她意外去世，温崇月也不可以继续遇到其他“真爱”，继续寻找伴侣，继续给另一个人做饭，继续一日三餐、携手到老。

人都有独占欲，夏皎承认死后的事情无法掌控，但她的态度就是不可以。

温老师怎么可以这样说呢？他怎么会觉得他会早一步过世？他怎么可以这么坦然地分析利弊呢？

不开心的夏皎在晚餐时和温崇月沟通，她表现得很坚决：“你要继续锻炼身体，争取和我一块儿死掉。”

温崇月微怔。

说这话的时候，两人吃着地道的无锡菜——太湖一锅鲜，河虾、螃蟹、黄鳝、鲫鱼都被烩成一锅，蒸气升腾，氤氲着荡开。温崇月将桂花糖芋艿放到夏皎面前的白瓷碗中，笑着说：“看来我得彻底戒烟了。”

店员端上冒着热气的太湖汤丝螺和香味儿浓浓的圆盅蹄膀，还有一份藕片。素菜不多，温崇月特意要了一份水煮菜，只加了盐稍微调味，让吃不了太多肉的夏皎清清口，又额外要了份嫩生生的生菜。

夏皎啃着菜叶子，就听见温崇月说：“同时，夏皎同学，你也需要锻炼身体了。”

夏皎嘀咕：“我健康着呢。”

夏皎真的健康了很多。她已经远离了外卖和速食，也不用每天都在通勤上花三小时。花店的上班时间是八点半，乘公交车只需要两站。中午有温崇月做的午餐便当，搭配精心，几乎不会重样。晚上五点半打卡下班，夏皎喜欢步行回家，顺带在附近的小店挑一些水果，或者去书店看看有没有喜欢的漫画或书籍。

遥遥回看，夏皎不禁觉得以前的生活过于拥挤。她穿着光鲜亮丽的衣服，却只有一副疲惫不堪的躯壳。

一日三餐

下册

多梨 著

百花洲文艺出版社
BAIHUAZHOU LITERATURE AND ART PRESS

卷三 商秋

满月

月相

八月

十五

桂花新，千里明

如月之恒，人间情浓

宜 出游

宜 裁衣

宜 团圆

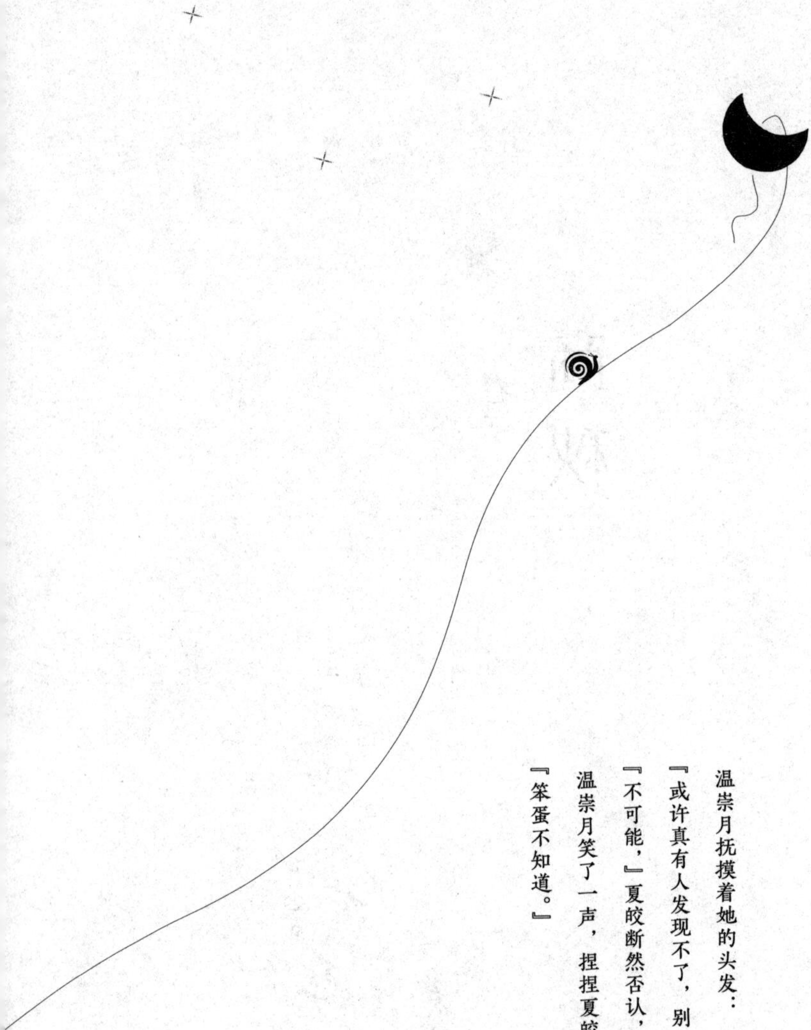

温崇月抚摸着她的头发：

『或许真有人发现不了，别人在偷偷地爱她。』

『不可能，』夏皎断然否认，『笨蛋都能知道。』

温崇月笑了一声，捏捏夏皎的脸颊：

『笨蛋不知道。』

第十一章 夜开花塞肉

暑热渐渐散去，苏州的游客渐少，景色却依旧怡人。

太湖畔，芦苇摇，桂花正攒着劲儿准备开放。鸡头米已悄然成为苏州人饭桌上的新宠。

夏皎遇到老人家在叫卖，瞧着新鲜，也买了一些回家，和温崇月坐在桌前慢慢地剥。

小虾米和温泉在打架，电视机中放着旧电影《夜半歌声》，窗外淅淅沥沥地下着小雨。烤箱里面，夏皎在温崇月的指导下做的黄油欧芹烤青口，青口贝和欧芹、柠檬的香味慢悠悠地散出来。

九月“鸡头米赛蚌珠圆”——苏州话里的“鸡头米”就是芡实，长得像鸡头，有硬壳，刺手，难采难剥，一斤顶多剥出二三两。俩人剥了几粒，夏皎的手就受不了了，温崇月便指挥她去泡茶，自己一个人将剩下的慢慢剥完。

鲜嫩的鸡头米生嚼都软弹可口。温崇月做菜追求本味，做得简单，没有加复杂的调料，就用鸡头米和百合搭配着煮粥，又做了鸡头米炒虾仁。

夏皎也终于露了一手，展示自己的厨艺——螃蟹炒年糕。

这其实是一道江苏的家常菜，不过江苏是著名的“散装省份”，同样的一道菜，不同地区有不同的做法。

不过很多做法都得先把年糕煮熟，再和螃蟹一块儿炒。夏皎不是这样，她先把螃蟹煮出汁，然后用汁去煮年糕，这样入味更深。年糕吸足了汁，软滑又鲜美。

晚饭后，夏皎洗过澡，哼着歌儿半躺在沙发上，对着温崇月拿来的地图，认真研究周末该去哪里玩。

时间有限，适合在附近转转，只是杭州、上海两个目的地之间，夏皎有些难以抉择……

夏皎和上海的第一次接触，源于初中时的暑期辅导班。

辅导班贯穿整个暑假，每周都有一次测验。温老师在第一次测验结束后就告诉他们，每次测验进步最大的学生会得到一份奖励。

这份奖励，夏皎直到第四次测验结束才拿到。

奖品是一个漂亮的笔记本，中间夹了一张上海景点的明信片，上面盖着店里的路标印章。在此之前，上海只存在于夏皎看过的影视剧里，但摩挲着明信片背后印章的那一刻，她忽然很想去上海看一看。

可惜还在上初中的夏皎始终没能说服爸爸妈妈，让她一个人去上海玩……

一场秋雨一场寒。夜雨淅淅沥沥地下着，两只猫咪头抵着头，亲亲热热地窝在一起睡觉。

相隔一扇门的卧室里，夏皎和温崇月各盖着各的被子，只有小蘑菇夜灯散发着暖暖的光。

夏皎两只手抓着被子，认真地注视着黑暗，小声说："温老师。"

温崇月回应："嗯？"

夏皎说："我忽然感觉有点冷。"

温崇月明白了，他将自己的被子往夏皎身上盖了盖，伸手隔着夏皎的小被子拥抱住她，问："现在呢？"

夏皎沉默了两秒，说："有点重。"

温崇月作势要开灯："我把空调温度调高些。"

夏皎从被窝里伸出手，飞快地抓住他的手腕，说："……万一又热了呢？"

她的手不凉，带着微微的暖。温崇月停顿一秒，从安静的夜色中判断出一些隐蔽的、没有说出口的东西。

夏皎拉着他的手，掌心出了汗，慢慢地拽着往自己的身边靠。

温崇月重新躺下。他侧着身体，掀开盖在夏皎身上的被子。她只穿了一件浅绿色的真丝裙子，平日里阳光晒不到的肌肤雪白柔软，像是春日里柳条的柔软嫩芽。

温崇月没有睡前喝水的习惯，此刻喉咙有些干，夏皎新换的身体乳带着浅浅的椰奶香味，混合着新鲜碾碎的无花果叶的气息……

他问："如果抱着我，会不会好点？"

夏皎声音干巴巴地说："我没试过，大概会。"

温崇月说："那我们试一下？"

夏皎说："好。"

温崇月躺在椰奶和无花果叶香味的柔软温暖中。夏皎贴过来，张开双手搂住他。

俩人都是第一次与人相拥而眠，没有经验，调整了好久姿势。

夏皎一直在抖，她想要控制一下，但心跳不听话，总是蹦蹦跶跶地想从胸口跳出来。温崇月也有些伤脑筋，不是硌到了她的身体，就是不小心压到她的胳膊，还有压住她头发的风险，对于女孩子来说，头发是很珍贵的。

好不容易才找到两个人都能接受的睡姿，温崇月一手搂过她的脖颈，让她的脖子正好枕在自己的胳膊上，另外一只手由着她抱住。

夏皎终于舒服地闭上眼睛。

她说："不冷了。"

温崇月轻轻地"嗯"了一声。

"我想，"他说，"从节约的方面考量，或许以后我们只要一床被子就够了。"

夏皎说："真好，那晒被子的时候只要放一个晒被架就可以啦。"

她把额头抵在温崇月的胸膛上，慢慢地闭上眼睛，闻到对方身上的味道，清新干净，像雨后的松林。

卧室温暖安静，外面小雨滴滴答答，藏在角落里的苔藓正悄悄生长。

夏皎缩在温崇月的怀中，慢慢睡着。

他们没能去成上海。

准备订票的前两天，温崇月接到一个来自北京的电话——他父亲在浴室摔倒了，左手轻微骨裂。

夏皎立刻请了假，跟温崇月赶回北京。

他们抵达的时候，手术已经做完了，温父在休息。请来的护工三十多岁，十分自责地告诉他们："我不知道温教授摔倒了，当时也没听到声音……"

"没事，庆姐，"温崇月安慰她，"听医生说，你也一晚上没休息了，先去睡觉吧。这边有我和皎皎。"

庆姐点点头，等她走后，温崇月让夏皎也去休息一会儿。夏皎不肯："你守着爸爸吧，我去买些早餐回来。"她看得出来温崇月有些神思不宁。人上了年纪，最忌讳的就是摔倒、伤筋动骨，更何况温父的心脏本身就出了些问题，受不得太大的刺激。

温崇月不勉强，嘱咐夏皎早去早回。

夏皎吃不得豆汁儿，就打包了豆浆、炒肝儿、酱肉包，又买了些焦圈儿和烧饼，还有蔬菜水果沙拉，一块儿带过来凑成早餐。

温父睡到上午十点才醒过来。他没想到温崇月会来，连连叹气："哪里用得着这样麻烦，就是暂时动不了胳膊——"

温崇月不说话，倒了热水。温父现在身体不好，得忌口。夏皎听从医嘱，特意点了一份病人套餐，其中有碗蔬菜面，软和又美味。

温父很在意夏皎，微笑着和她聊了很多，工作近况、生活情况……他知道夏皎喜欢花，还和她聊了些植物方面的话题。

中午温父困倦，饭后又继续睡午觉，等到观察时间够了，才出院回家。

下午，温崇月接了电话，委婉地谢绝了几个前来探病的学生，温父的身体不太适合见客。不过有两位老教授拒绝不了，他们就住在这几栋楼里，拎着东西就过来了。

一直到晚上，温父休息后，护工守着，温崇月才有时间和夏皎去散步。

温父的心脏病让温崇月很是在意，夏皎理解他在担忧什么，她说不出什么安慰的话，就牵着他的手，陪他去附近的公园里转了一圈。

月光皎洁，夏末的夜晚，来散步的教授很多。小区的邻居基本都是温父的同事，大都认识温崇月。他们亲切地叫他的名字，停下来寒暄，夸夏皎漂亮温柔。

等到人渐渐少了，夏皎才问："你从小就住在这里吗？"

温崇月说："不是，中学才搬过来。"顿了顿，他又问，"我之前是不是没有和你说过我父母的事情？"

夏皎摇头。虽然她很好奇，但温崇月不说，她也尊重对方，耐心等待他主动告诉自己。

夜色如水，温崇月慢慢走着，难得地向夏皎提起他和父亲之前的生活，以及白若琅，他的亲生母亲。

温崇月的父亲温启铭，出生于普通工人家庭，家中虽没有太多的钱，但对他读书上学鼎力支持。二十世纪八九十年代，哪怕考上中专、大专，也已很不容易，毕业后都有国家分配工作。

温启铭选择的是数理方向，照理说，他大学毕业后，将前途无量——

然而温启铭遇到了白若琅，一个娇生惯养的富家千金。

白若琅被好友拉来看大学生的篮球友谊赛，一眼被温启铭迷倒，就此坠入爱河。在她眼里，温启铭灌的不是篮，是她怦然而动的少女心。

白若琅当然要拉温启铭一同"下河"。从小到大，她想要的东西就没有得不到的。

温启铭在食堂买了四两米饭、一份素炒青菜，白若琅热情地打开自己的饭盒邀他品尝，饭盒里码着厚厚的、香喷喷的红烧牛肉。

温启铭自知天壤有别，婉言谢绝，劝她珍重，但仍旧抵不过少女的一腔热血。

白若琅捧了大束的玫瑰花去他宿舍门口堵他，委屈自己和他一块儿吃食堂，打篮球的时候大声呐喊、为他加油，全然不顾旁人的眼光。

没有人能够拒绝这样纯粹、不顾一切的热情，温启铭也一样。

在白若琅因为他的冷淡而掉眼泪的时候，温启铭终于忍不住递过手帕，说：“我们试试。”

事实远不止“试试”这么简单，温启铭没少遭受来自白若琅“竹马”和家人的“劝告”和殴打。

最狠的一次，也是最后一次。下雨天，天还没亮，温启铭早早去排队，买白若琅喜欢的一份邮票。那时流行集邮，白若琅也不例外，喜欢去月坛公园的邮市，每个月定期去东区、西区排队买套票和小型张。

温启铭囊中羞涩，能为白若琅做的事情并不多。他终于买到了邮票，揣进口袋往回赶。他在快到学校的时候被人套了麻袋，四五个人聚在一起，不由分说地对他抡起棍棒。双拳不敌众手，何况他起得早，还没有吃早餐。

这一次挨打是瞒不住的。温启铭身上、脸上都挂了伤，避着白若琅，但对方永远有自己的一套倔脾气，不信他的借口，直接闯进了宿舍。事情就这么露馅儿了。

庆幸的是没有弄坏白若琅收集的邮票，挨打的时候他把包护在身下，雨水没浸透。他笑着将完整无缺的邮票递给白若琅，后者却红着眼睛爆发了。

白若琅回家后和家人大闹一场，简单收拾了几件衣服，拎着行李箱就来投奔温启铭。

富家小姐哪里吃过苦，身娇肉贵，就连收拾行李也只傻乎乎地放了几件当季的衣服，没有考虑即将到来的秋天和冬天，带的鞋子甚至不是同一双。

温启铭没有辜负白若琅，他利用课余时间接了几份工，租了间小房子，让白若琅住——俩人同睡一张床，中间放一个碗，碗里满满盛着米，都不越雷池一步，发乎情止乎礼。

毕业后，温启铭和老师沟通，放弃了公派出国深造的机会，选择参加工作。单位分配的新房子要稍微大一些，一室一厅，还有个单独的小厨房。晴天的时候屋里有温暖的阳光。缺点是浴室和厕所都是公用的，洗衣服也只能在外面。

白若琅没有经济来源、不想读书，温启铭用自己的工资给她交了学费、住宿费，劝她继续去上课。每日下班后，温启铭都会去接她回家，顺带买她最爱吃的豌豆黄、牛舌饼、枣花酥……白若琨喜欢琼瑶，温启铭就去各大书店买琼瑶的书给她。晚上，白若琨着迷地坐在板凳上看书，温启铭用厚厚的毛巾仔细擦拭她湿漉漉的头发。

温启铭舍不得明珠蒙尘、让千金跟着自己吃苦，更不忍她每日洗澡也得排队等待。牡丹就该高高在上开着，而非坠落尘土。

彼时除了邮票，兰花也是热潮，炒君子兰的人不比炒房的少，一盆花能卖出天价。

温启铭意识到风口，早早入行，看了不少资料，精心挑选了“花脸和尚”“短叶”“圆头”等精品花，沉住气慢慢养着，等市场上君子兰一点一点地升值。一盆花被炒到几千、上万时，他一盆不留地卖了出去。

他身边有人入行晚，花大价钱收了君子兰，就等着价格继续往上涨，看温启铭这时候脱手，都不理解，觉得他傻。

温启铭不傻，拿赚来的钱买了房子，构建他和白若琨的新家，从此浴室和卫生间都不必和人共用了，还给白若琨打了她最想要的带大镜子的梳妆台。

搬入新家的第一天，他和白若琨做了真正的夫妻。

婚后第三年，温崇月出生了。

温崇月五岁生日时，白若琨向温启铭提出离婚。

大约过了一个月，温启铭挽回无果，点头同意。

他要求抚养温崇月，白若琨没有任何异议，她不想让这段过往在自己身上留下痕迹。她是典型的精致利己者，不想要拖累。

白若琨什么都没带，干脆利索地离开了温启铭买的小房子。白家人开车来接，她脱掉沾了泥的鞋子，从车窗丢了出去，只穿走一件温启铭送她的连衣裙。这件裙子花了他两个月的工资，真丝裙摆上有淡淡的植物纹样，颇为时髦。

温崇月自此跟着温启铭生活。五岁的孩子其实已经上幼儿园了。温崇月从小性格就好，只问过一次为什么妈妈要走，之后就再也没有提过，只是会偷偷地翻看白若琨和温启铭的照片。

温崇月小学时吃过一段时间的苦。小孩子哪里懂得这些，骂起他来就是“没娘的家伙”“你妈跟野男人跑了”。温崇月一声不吭，捡起砖头往比他高一头的孩子头上砸，后果自然是温启铭带着他去道歉、赔医药费。温启铭没苛责温崇月，问清楚原因后，只是摸了摸他的头。那一年，温崇月十岁。

从五岁到二十二岁，温崇月一直和父亲生活，再也没有见过自己的母亲。温启铭头脑灵活，虽不经商，但在股市刚开始时就赚了不少钱，足以支持温崇月读书、培养其他爱好。

后来，温启铭与白若琅结婚时买的房子拆迁，温启铭就带着温崇月搬到了现在这个房子——学校建好后以低于市场价的价格卖给教授。

温启铭并不掩盖那段失败的婚姻，说是俩人性格不合，不过除此以外，再不提任何有关白若琅的事情。

温启铭没有告诉他妈妈去了哪里、叫什么名字，温崇月也不再询问。他知道母亲想要忘掉这一切，没关系，他们都尊重她的决定。

然后，白若琅出现了。

她打算认回温崇月，以一种矜持高贵的姿态等待儿子对迟来的母爱感激涕零。在得知温崇月并无恋人时，白若琅开始精密算计，作为对温崇月的补偿，也作为对母子关系的助力，为温崇月寻觅合适的、他会喜欢的姑娘。

温启铭对白若琅始终无法狠下心拒绝，而成长中不曾感受母爱的温崇月不同。大学毕业以前的他，加入地下乐队玩摇滚，带领编程小队斩获多个奖项，在老师的器重、朋友的信任、学弟学妹们的仰望中尽情享受着自己的人生。

年少轻狂的温崇月第一次和白若琅发生正面冲突，就受到了令他刻骨铭心的教训。那是温崇月犯的最大的一次错误，也是一场失败。

“可能已经过了需要母爱的年纪，”温崇月对夏皎说，“她是我的母亲，我无法阻止她和父亲往来，但我不会让她操纵我的人生。”

夏皎安静地听着。

温崇月握紧她的手：“抱歉，让你这样草率地嫁给我。”

“啊？不，”夏皎用力摇头，说，“我觉得现在很好啊！”

夏皎这么说不是安慰温崇月。她并不认为婚姻是多么神圣美好的事情。虽然她年纪尚浅，身边经历过婚姻的人不是很多，但每日看新闻、看报道，结婚后一地鸡毛的事情并不少。倘若用商业合作来比拟，很多女性怀揣着资金信心满满地投资入股时，都很难想到这些公司只是报表做得光鲜亮丽，一旦她被套牢，对方就会原形毕露，让她亏到血本无归、身心皆疲。

夏皎选对了合作伙伴。她本没抱太大期望的温老师，的确是一位合格的丈夫。夏皎怀揣着资金加入了这家“公司”，升值了。

归家途中，夏皎被炸串店勾了魂。温崇月停下付钱，让夏皎挑了一份。年糕、玉米、鱿鱼、土豆塔、面筋、酸奶包……酱汁一浇，调料一撒，喷喷香。夏皎吃得津津有味，生活嘛，不能只吃精细的，偶尔吃些高热量、重口味的，调剂一下也无妨。

俩人在这里住了两天，温父精神已然大好，温崇月与他约定，下周末回来，陪他去医院检查。

他们离开的时候是中午。午饭后，温父嘱咐着，让温崇月多带了些点心，豌豆黄、牛舌饼、枣花酥……夏皎没有辜负他的心意，乖巧地全部收下。温父松了口气，笑着让他们走，别误了飞机。

护工送他们下楼，顺带去买水果。

温启铭独自坐在沙发上。阳光大好。他戴上眼镜，看今日的报纸。他仍旧保持着很多旧日的习惯，看报、订杂志、养花弄草、散步。

房门响了一下，他只当是护工回来了，头也没抬：“小庆，你去休息吧，我有事再叫你。”没有得到回应。

温启铭摘下眼镜，抬起头，一个洁白的影子站在门前，烫着精致的卷发。温启铭顿了顿，重新戴上眼镜，他看清了。

白若琅说：“他们都说你摔伤了胳膊，我这两天正好在北京，顺路过来看看你。”

温启铭合上报纸，平静地问：“你想喝点什么？还是金骏眉？”

他另一只手还能活动，拿走茶壶盖，拎着热水注入：“左边柜子里有你最爱吃的牛舌饼和枣花酥，尝尝味道变没变。”

“你居然连《海贼王》都没有看过？”下班后，夏皎抱着小虾米梳毛，震惊地问温崇月，“你不看吗？”

温崇月摇头：“我只看过《灌篮高手》。”

“那《龙珠》呢？《死神》呢？《火影忍者》呢？”夏皎不死心地向他确认，“传说中的四大民工漫，你一部也没有看过吗？”

温崇月叹气：“皎皎，或许我们之间存在……嗯……年龄差距导致的代沟？”

夏皎不想赞同，但对方说得很有道理。温崇月开始解方程、求证曲线的时候，夏皎还穿着开裆裤满大街地跑。

虽然没有看过《海贼王》，但温崇月并不介意陪夏皎看她口中的“童年记忆美食”，为她还原路飞爱吃的大骨肉。

当然，这不是一部美食番，现实中也很难找到和动漫里一模一样的东西，只能说尽力找一些类似的食材，去努力“打破美食的次元壁”。

温崇月对打破美食番的次元壁并不怎么感兴趣，和这个比起来，他更想和夏皎打破一些其他番的次元壁。

夏皎捧着搜罗来的周边食谱书：“先煮四个溏心蛋，然后……呃，然后……我们家里有翅根吗？”

温崇月正在预热烤箱，说：“如果皎皎同学想要的是鸡翅根，那我们家里还有八个。如果是天使或者恶魔的翅根，那很遗憾，我们家一个也没有。”

夏皎合上书：“那我先做溏心蛋！”

温崇月做复原美食这种事可谓得心应手。精通厨艺的人，无论怎么做都不会特别难吃。他先把翅根去皮，沿着骨头细细地将肉剔下来——保留一部分肉和骨头的连接，让它看上去更像一朵花。然后撒上胡椒粉和盐，静置在一侧备用。

夏皎哼着歌，是《友谊地久天长》的调子。温崇月听得发笑，暗暗忍着，将鲜牛奶倒入面包粉中，均匀混合。鲜牛奶是晚上刚送到的，温崇月本来打算明天煮给她喝。夏皎有些缺钙，做一些动作的时候，关节会发出让温崇月忍不住担心的声音，也容易抽筋。

夏皎开心地问："温老师，咱们什么时候再尝试《红楼梦》里的美食呀？"

温崇月说："夏同学，你想吃里面的什么？"

夏皎想了想："你还记得吗？有一回芦雪庵大雪——"

"鹿肉？"温崇月很快明白，"你想吃烤鹿肉？"

夏皎点头，说："我还没吃过鹿肉呢。"

温崇月想了想："这个倒是不难，不过想要新鲜鹿肉……"

夏皎补充："冷冻的也可以。"

牛奶将面包粉浸透、打湿，散发出特有的味道。温崇月说："我有个德国朋友，他喜欢猎红鹿，也爱吃鹿肉。有机会可以带你去他那边吃新鲜的鹿肉。"

夏皎"哦"了一声。她守着溏心蛋，又问："鹿肉怎么吃呀？我们也是烤吗？"

"鹿肉脂肪低，炖煮的话，的确不如烤的味道美，"温崇月说，"你想试试炖煮的也行。"

夏皎立刻摇头："不不不，怎么做最好吃怎么来。"她又提出一个新的疑问，"那为什么现在我们不常吃鹿肉呢？"牛羊肉不用说，卖驴肉火烧的店也不少，却很少见鹿肉馆。

温崇月说："我不确定其他人为什么不吃鹿肉，只知道自己不常吃鹿肉的原因。"

夏皎好奇："为什么？"

温崇月垂眼看她。厨房里的光暖亮，他穿着灰衬衫、黑裤子，系着一条加长的深绿色围裙，低头时下颌线上的痣分外生动。他说："鹿肉纯阳，热血，太燥了。"

夏皎的脑袋"轰"的一下，想通了。后宫剧都这么演，什么鹿血酒壮阳……

温崇月说："等周末你休息时间多了，我们再一起吃鹿肉。"

夏皎："……"

温崇月已将牛奶和面包粉打好了，顺手捏了一枚小番茄，摘了绿色的柄，示意夏皎张口，投喂给她。

小番茄塞进口腔，脸颊鼓起一个小包，夏皎咬破小番茄，酸酸甜甜的汁水满足着每一个欣悦的味蕾。她将煮好的溏心蛋郑重地交给温崇月：“希望温老师好好表现。”

温崇月剥掉溏心蛋的壳：“与君共勉。”

刚打碎的肉糜黏黏糊糊的。新鲜生肉的味道绝对说不上好，不过也不坏。夏皎盯着温崇月将生鸡蛋打碎，温崇月看过来，她便往里面倒入胡椒粉和盐。

温崇月称赞：“夏同学真是心灵手巧。”

夏皎谦虚回应：“多亏温老师言传身教。”

温崇月言传身教的何止这些。他是一位极其注重伴侣体验的人，不会只顾自己快活。他和夏皎一块儿寻找让她感到快乐的姿势或力道，不厌其烦地一起尝试，鼓励她讲出自己喜欢的东西或模式。他很坦然，从不觉得这是什么难以启齿的东西，也不避讳和夏皎交流。

这也是夏皎乐意与他亲近的原因之一，没有人能拒绝这样一位耐心体贴的爱人。

温崇月将肉糜均匀地放入加了牛奶和面包粉的碗中，手上抹了一些橄榄油——肉糜太黏了。他颇具技巧地将大块的肉糜捏成一个球体，轻轻拍打出藏在其中的气体，分成同等大小的四份。

夏皎双手撑着料理台，眼睛也不眨一下。她发自内心地认为温崇月做饭是一种艺术，甚至比绘画还要动人，毕竟画无法充饥，而温崇月做的美食能填饱肚子。

温崇月修长的手将肉糜捏成均匀的扁平椭圆形，手背上的血管微微凸起，沾了一点肉和面粉。专注观察的夏皎探身，好心肠地帮他抹掉，发现温崇月停下了动作。

夏皎问：“怎么了？”

温崇月看着夏皎。她的头发绾成了一个马尾，白T恤、牛仔裤，眼睛又黑又亮。她的装扮很普通，表情却很不普通——恐怕连她自己都不知道，她此刻崇拜的目光和神情有多么吸引人。她简直不是在看自己做饭，更像是在看他做核弹。

夏皎总是用这样近乎倾慕的姿态看他。

温崇月说："没什么。"他低头，往扁平的肉糜椭圆饼上放了奶酪、煮好剥壳的溏心蛋，末端是翅根。

温崇月用肉糜将这些东西包裹，慢慢地做成鸡腿的模样。虽然这道工序并不复杂，但他做得格外缓慢，刚才被夏皎触碰过的手背有些发痒，像是有人掐了春天的狗尾巴草来挠他的肌肤，酥酥麻麻，一直透到了骨子里。

温崇月的喉结动了一下，心跳短暂混乱，像是在随着那根并不存在的狗尾草轻轻荡荡地晃。如今已到秋天，他却仍不受控地嗅到春日青草的淡香，混着若有似无的椰奶和无花果汁液的气息……

温崇月低头，手背上干干净净，并没有被夏皎触碰过的痕迹。

夏皎已然跳起来，她很乐意参与到美食制作中，已经等待很久了。烤箱早就预热到两百摄氏度。她记得每一个步骤，给烤盘放上烘焙纸，将温崇月做好的大骨肉放进去，口中念念有词地回忆刚才俩人研究出来的烤制方法和教程："先烤十分钟，再翻面烤十分钟……呃……然后……然后……"

温崇月醒过神，说："然后刷烧烤酱，烤两分钟，翻面，刷酱，再烤……一直到上色为止。"

夏皎快乐地对他比了个"OK"的手势。

温崇月炖上冬瓜干贝虾皮汤，做了西葫芦烩番茄。最后一道菜最简单，将生菜切开，淋上橄榄油和调味汁拌匀即可，清凉爽口。这本是最没有技术含量的一道菜，但温崇月今晚却难得地失手了。

夏皎迫不及待地等着试吃，然后夸夸夸，刚刚拌好就尝了一口："咦？好甜。"

温崇月夹起一筷，尝了尝，皱眉："抱歉。"他好像将糖误当作盐放进去了，这种失误本不应出现。放了两遍糖的凉拌生菜味道奇怪，甜得让人干渴。

温崇月正想倒水，夏皎已经捧了干净的水过来，喂到他唇边。温崇月微怔，犹豫片刻，才低头，就着夏皎的手将水慢慢喝掉。

他说："谢谢。"

夏皎说："没事啦，就是一次意外而已。我和你讲过我第一次做饭时的情况吗？家里的胡椒粉瓶口堵住了，我使劲儿晃，结果'哗啦'一下子，半瓶胡椒粉全倒进去了，我爷爷那天一直打喷嚏……"

聊起以前的事，夏皎很开心，不过提到爷爷、奶奶陆续过世，又有些感伤。温崇月听她讲着这些，自觉心率仍旧有些不太正常。

那只抚弄他手背的狗尾巴草悄悄转移了，挪到了刚才触碰夏皎手中杯子的唇。他疑心杯沿有薄荷留下的痕迹，不然为何唇也有所感应？

不仅仅是这些。

寝中，俩人已经彻底默认同盖一被，温崇月躺下，夏皎就自动靠过来。她已经学会了寻找乐趣。温崇月触碰着她的手腕，听见她的呼吸轻轻颤颤，如春日风，催发万物。荒野上的青草疯狂生长，在每一处接触地摇曳不停。夏皎搂住温崇月的脖颈，闭眼贴着他的唇。她的齿舌都是淡淡的甜橙香味，她的呼吸、声音都像被赋予魔力，她简直就像猫薄荷，吸引着温崇月去沉迷。

温崇月无法确定这种吸引力的来源。和刚开始亲密时那种原始的冲动不同，不仅仅是躯体，仿佛灵魂也在与她拥抱、纠缠、融合。温崇月第一次感受到那首情诗的意蕴，"我中有你，你中有我"——他甚至渴望将自己剖开，把战栗的夏皎藏起来，永远完整地留在自己身体里，无论去哪儿，都不将她丢开。

他竟然起了这样糟糕的念头。

这些怪异的想法让温崇月触碰着夏皎的脸颊。他的猫薄荷，他的春风嫩草。

夏皎并不知道他在做什么，细伶伶的脚钩着月牙腰，脚跟顺着脊骨的位置往下滑。她的表情看上去有点蒙，口水润湿了真丝枕巾，全凭本能地需要他。于是温崇月深深地埋入椰奶与无花果叶的香气中。

夜色荒唐，客厅里的大小猫打斗终于结束。

温崇月双手搂着夏皎思考，古书里的神交莫过于此。

夏皎枕着温老师的胳膊，暗想，今天的温老师好热情啊！她喜欢。

第一场彻底降温的秋雨来的时候，温崇月提前和蛋糕店沟通，为夏皎订好了生日蛋糕。她快要过生日了。

虽然温崇月也会烤一些小甜点，但生日这样重要的日子，他希望对方能够品尝到美观与美味并存的蛋糕。

夏皎不太喜欢很多人的聚会，所以只邀请了好友江晚橘过来庆生。生日刚好是周末，江晚橘最近在上海出差，来苏州很方便。

温崇月上午接了宋兆聪的电话。他对这个弟弟没有太深的感情，始终客客气气的，和普通朋友差不了太多。宋兆聪性格古怪，既不像父亲宋良舟那般心思深沉，也不像母亲白若琅那般精致利己，更像一个白瓜，又傻又白，愣头愣脑。

宋兆聪打电话给他，不外乎那些抱怨：父亲不怎么理他，最近事业又忙，工作上的事情也不交给他；母亲最近也不怎么在家，前段时间本来在度假，不知为何接了电话就焦急不安地往北京冲……

温崇月当然知道宋良舟是为什么奔忙，不然白若琅也不会如此急切——她早已嗅到了不祥的气息。

温崇月客气地安慰对方几句，宋兆聪才心满意足地结束通话。温崇月按按太阳穴，还没想清楚，又接到陈昼仁的电话。对方刚到苏州，特意邀他一起喝茶。

陈昼仁这些年做得不错，一点一点不动声色地换掉了公司里困住他的旧人，稳步往上走，褪去了纨绔的模样。表兄弟相见，不需要太多寒暄。陈昼仁松了领带，看着外面的艳阳，感慨万千：“没想到这么多年，还是你稳，不显山不露水，没一点征兆——去年这时候你还宽慰我单身的益处呢，一眨眼，自己就成了已婚人士。”

温崇月说：“是我运气好。”

陈昼仁未置可否，和他谈了些公事。说是公事，也不尽然，多是交换一下近况和资源情报。

在知道俩人有血缘关系之前，温崇月就和陈昼仁成了好友。说来也巧，温崇月比陈昼仁早出生两天，从中学到大学，再到研究生，俩人一直都是同一个学校。

陈昼仁的家庭情况比温崇月的更糟糕一些，父母是协议婚姻，虽有夫妻之名，实际上各玩各的。父亲无缝衔接各种情人，口口声声称自己爱她们，加上他有钱有势有貌，哄得小情人一个个对他死心塌地——实际上，他两年换一次情人，对每个情人都这么大方、这么好。母亲倒是不玩感情游戏那一套，流水般地养着小男友。

陈昼仁在青春期展现出非同一般的逆反，和一些社会渣滓相交。温崇月和他建立革命友谊的开端，就是陈昼仁和人起了争执，势单力薄，温崇月恰好经过，拎着本厚厚的大词典救了他。

大学时，俩人依旧互帮互助。相对而言，温崇月性格稳一些，颇受师长器重，而陈昼仁更擅长和三教九流打交道。有什么矛盾或者问题，俩人互相通一下气，没有摆不平的——直到临近毕业，白若琅忽然找上门来。

温崇月无法接受对方在此刻来临，更何况第一次见面，白若琅就带了宋萧，微笑着介绍他们认识，说年轻人要多交些朋友……

温崇月怎会不知白若琅的目的。他年少气盛，不知轻重，反唇相讥，白若琅当年抛夫弃子，如今又来施展她的“慈母形象”。白若琅一辈子被人宠惯了，第一次遭受如此重话，气得哭着离开，差点犯了哮喘。

再然后，温崇月就被白若琅的第二任丈夫——宋良舟——绑到空房子，威胁他去给白若琅打电话道歉、哄她开心，不然就打断他的腿。

温崇月不肯，但宋良舟有的是办法。他用温崇月的手机给温启铭打电话，骗温启铭过来，让人压着温启铭下跪——对于男性来说，这无疑是最折辱尊严的事情，更何况还是在儿子面前。

温崇月不愿过多回想那天的细节。纵使他和陈昼仁一同挣脱束缚，纵使后来宋良舟亲口道歉，但温启铭被人压着下跪的场景始终刻在他的心上，刻骨铭心。

这是温崇月尝过的最大的教训，从那时起，他极少再表露出负面的情绪，遇事开始三思，不让身边的人为自己的轻狂埋单……往事已如烟。

温崇月和陈昼仁喝完茶，临走前不经意地提了一句："皎皎打算邀请晚橘一块儿庆祝生日。"

陈昼仁顿了一下，问："什么时候？"

温崇月说："还有三天。"

陈昼仁说："表嫂生日，我去送份礼物，很合理吧？"

温崇月笑着与他碰拳："非常合理。"

这件事温崇月也告诉了夏皎："昼仁想要过来给你庆祝生日。"

夏皎正在用激光笔逗温泉，闻言呆了一下："哪个昼仁？"

"陈昼仁。"

夏皎确认："晚橘前男友？"

温崇月："嗯。"

夏皎放下激光笔说："那我得和晚橘说一声。"

温崇月没有阻拦。他将西瓜挖成一个个的小圆球，又将哈密瓜切成四四方方的小块，还有雪白的梨、洗干净的草莓……铺在冒凉气的冰块上面，放在了桌子上。

茉莉花香从阳台上飘过来，凉风一吹，更浓郁了，再过一段时间，楼下的桂花也要开了。苏州月饼正在上市，阳澄湖大闸蟹也马上就可以吃到……秋冬季，好吃的东西可多可多了。

夏皎低头，认真将重要情报共享给晚橘。对方没回复，大概还在健身房。夏皎倾身，尝了一块冰块上的西瓜球，被凉到了，牙齿发颤，哆嗦一下才咽下去，连带着喉咙里都是凉凉的。

她看着温崇月坐下，蹭过去："嘴唇好冰啊，温老师……"她拉着温崇月的手，唇轻轻地贴在温崇月的手掌心，证实自己真的被冰到了。

啪啦。

像是触电。

又像被鲜花"呼呼啦啦"地砸了下来。

温崇月没有动，这是夏皎最近常做的事情——下意识地贴近，蹭蹭、触碰、亲吻。但今天不太一样，被夏皎的唇贴过的掌心格外敏感，像春天成千上万只莺雀放声高歌。心口韵律不齐，急促如蝴蝶绽翅、春草疯长。

小虾米跳上桌子，晃着尾巴想要吃西瓜，伸出黑色的软绵绵的肉垫扒拉夏皎。夏皎牢牢记得猫咪不可以吃高糖食物，手疾眼快地把果盘端起来，严肃地教训它："这个不能吃的，知道吗？你会嗝屁的……"

温崇月低头，看了看微微发热的掌心，片刻后，他伸手贴在了自己的心口。

他感受到了。

夏皎教训完小虾米，转身看到温崇月一副若有所思的模样，仍旧是刚才那个姿势。

夏皎放下果盘，跪坐在沙发上，关切地问："怎么啦？你的胸肌锻炼得更好了吗？"

温崇月摇头："不是。"沉吟片刻，他说，"皎皎，或许我该抽空去做个体检，最近心跳有些快。"

温崇月不能确定自己的心脏问题是否来自遗传，不过温家人里只有温启铭的心脏有些小毛病，奶奶于箴和姑姑于昙都没有这方面的困扰。

温崇月约了体检，报告显示很健康，没有任何需要特别留意的地方。但这种奇特的心率失常仍旧会偶尔发生，或在夏皎忽然从背后拥抱他时，或在晴朗的午后看到夏皎躺在沙发上抱着猫咪睡觉时，抑或在俩人依偎着看电影时。

而夏皎对这种变化浑然不知。她本身就不会过多留意温崇月的心跳问题，更何况本性使然，她已经习惯了自己触碰温崇月时心跳加快。

九月，虎丘山的庙会开始陆陆续续地办起来，还有各色大大小小的"美食节"，夏皎不对这类美食节做过多评价，唯一的感触就是不如平日里小街小巷里的小店好吃。

温父的恢复情况良好，只是平时还需要护工帮忙做饭，他的左手仍固定着，不能随便动。不过他心态好，让温崇月不必来得那么频繁，还是多陪陪夏皎，过好自己的生活。

温崇月终于带夏皎去了木渎，吃“天下第一绝”的枣泥麻饼。

苏州甜食多，馅料也丰富，而木渎的枣泥麻饼用的是黑枣泥，混合了松仁、瓜子、芝麻和糖等。木渎的麻饼壳子也是撒一层芝麻，外酥脆、内绵软，焦香十足。麻饼得挑大的买，馅料多，口感也更好。

不过夏皎的胃容量有限，吃了不到三分之二就饱了。她手里拿着剩下的一点，正不知所措，温崇月已经自然地接过去，也不在意，吃掉了她剩下的这些。夏皎怀疑他胃里装了个粉碎机，无论俩人点多少菜，她剩下的东西都会被温崇月全部包圆儿。北方男性的胃口果然大。

他们还买了一些盒装的麻饼，预备回去寄给父母朋友。

木渎和几乎所有的古镇一样，最适合慢悠悠地步行游玩，不过不同的是，特色并非小桥流水。温崇月一手拎着礼盒，另一只手牵着夏皎，背上的双肩包中装着夏皎的防晒喷雾、水、纸巾、一件以防万一的厚外套。

虽然木渎名声远播，但实际上并不像苏州的其他古镇一般“古”，最值得看的是严家花园、虹饮山房，还有灵岩山上夫差为西施建立、又被勾践一把火烧掉的馆娃宫。灵岩山顶有个小平台，虽然不大，却能远眺整个苏州城，还能看见天平山，不过如今天平山的枫叶尚未红透，要等到十月中下旬，才能见到“漫山尽染枫叶红”的盛景。

时节还未入冬。虽然饭店到处打着卖藏书羊肉的招牌，但温崇月还是带夏皎去吃了鲃肺汤。这道菜的名字听起来奇怪，其实是用斑鱼的鱼肝、鱼皮和鱼肉来熬煮的鱼汤。入秋后，鱼肉滑嫩，鱼肝肥美、细腻、柔软，煮出来的汤也是一年里最鲜美醇厚的。

夏皎边听温崇月的解说边捧着碗认真喝汤。品这道菜，最好先喝汤，汤是精华。其次是吃肝。鱼肝嫩生生的，不用咬，更不用嚼，最好是用口抿，一点一点地细品慢尝。

吃鱼的时候，温崇月提到了温启铭的心脏问题。温启铭的身体一直十分健康，在温崇月的记忆中，他只在他们第一次搬家时生过一次病，还是轻微的低烧。医生说温启铭现在最好不要接受太多外界刺激，心脏病患者最忌情绪大起大落。温崇月和父亲相处颇为和睦，俩人都是平和内敛的性格，基本不会起太大的争执——除了遇上和白若琅有关的事。

温启铭是一个重视旧情的人。哪怕几十年过去，他早已不再和白若琅有什么联系，也不会去伤害前妻。因为怕疼的白若琅当年差点丢了半条命，为他生下温崇月，也因为白若琅年少时毅然选择什么都不要，跟着他吃苦。哪怕后来她反悔离开，温启铭也曾对温崇月说过，很感激对方为自己诞下孩子。

“我不能评价父亲的选择是对是错。”温崇月垂眼，“不过他答应我，今后不会再出现之前那种事情。”

夏皎在吃乌米饭，这是一种将乌饭树叶子的汁水加进来煮成的饭，软软糯糯的，自带一股特殊的清香，可口而不黏牙。她看着温崇月，有片刻的怔忡。

现在的温老师看上去比之前那种礼貌疏远的状态好多了，至少能让人感觉到他的情绪，而非永远是一汪平静的湖水，这样很好。

夏皎吃掉一小碗乌米饭，说：“温老师。”

温崇月问：“怎么了？”

“我不会走，”夏皎说，“你不要担心。”她的手搭在温崇月的手背上，指腹轻轻地压着温崇月的血管，认真许诺，“在你不犯错的前提下，我不会提出结束这段婚姻。”

温崇月笑了：“我的荣幸。”

夏皎说的是真心话。她能理解白若琅的选择，婚姻和伴侣都是私人的事情，旁人很难知晓个中滋味。或许是因为在前一份工作中见多了那些事情，她对婚姻的态度是很冷静甚至悲观的。不同人选择伴侣时的要求和标准不同，有些人心里身高排在前面，有些人倾向于选择相貌更好的，还有金钱、权力、性格、感情……没有非得是真爱才能结婚的道理。每天都有无数人去登记结婚，真正坠入爱河的或许寥寥无几。

但白若琅既然选择离开，如今又想插手温老师的生活，夏皎不太理解。

既然做出选择，就要承担后果，哪里有这样的，得陇望蜀，贪心不足。

生日的前几天，夏皎仍旧老老实实地上班、工作。不知道为什么，郁青真最近请假的频率有点高，偶尔来店里也心不在焉，经常打电话。

上班摸鱼没什么稀奇，打工人嘛，真正从上班到下班完全不偷懒、奉献自己热血的人很少，就连夏皎偶尔也会走神发呆。

郁青真上班还经常拎着包包，都是当季热门款。夏皎看了一眼，总觉得有什么地方不对劲，大概是品控的问题。近几年奢侈品的价格一路上涨，但品控却远不如前几年，有些品牌的包甚至频频出现散发异味、油边融化的问题。夏皎这样想着，没再放在心上。

悬挂在门上的风铃碰撞，声音悦耳清脆，夏皎放下手中的花朵，下意识抬眼望去。

唐女士神色倨傲地打量着店里的一切，旁侧的唐先生陪着她。她那掺着银丝的头发梳得整整齐齐、一丝不苟，带些亲昵地问："卿卿，纪念日买这么多花，会不会花很多钱？"

"不会，"唐先生耐心地说，"你喜欢就好。"

夏皎站到两人面前。四目相对，唐先生笑了一下，继而以平静的语调说："你好，过段时间是唐女士的生日，你能为我们推荐一些花吗？"

洁白的百合和玫瑰在阳光下轻轻摇曳，承载着花朵的玻璃瓶将阳光切割、折射成琉璃般的光泽，光影渐渐倾斜、移动，一晃眼就入了黄昏。

小虾米从盛着玫瑰的玻璃瓶旁跳下桌子，正好拱到地上睡觉的温泉身上。温泉惊到"不成猫样"，发现小虾米身上有垃圾桶的气味以后，这只洁癖大猫发出"喵喵"声，惊慌地后退，坚决拒绝给小虾米舔毛。

高贵的猫咪绝不会翻垃圾！

厨房中，夏皎将垃圾桶扶起来，认真洗干净双手，问温崇月："你了解阿尔茨海默病吗？"

温崇月说："不太了解。"

夏皎说："我爷爷过世前就患了这种病。他之前是个很体面的人，但患病后开始偷东西、捡垃圾、和人吵架。当时我们还不知道，只觉得爷爷的脾气突然不好了……后来才意识到，他得病了。”

之前很体面的爷爷，非要戴着袜子看书，会忽然骂人，会将桌子上做好的菜丢掉……就像个孩子，一点委屈也不愿意受，没人知道他的脑子里在想什么。

他就是病了。

夏皎的奶奶和爸爸被他折腾得筋疲力尽。当爷爷再一次偷偷将馒头和饭菜藏在被窝里时，奶奶抹着泪花说再也不管他了，下一刻却又继续换弄脏的被褥。

当时夏皎也在，爷爷还记得她。被奶奶骂了好久的爷爷像个犯了错的孩子，坐在床边，不知所措，但看到夏皎后，立刻笑眯眯地朝她招手，将那些藏好的东西宝贝似的递给她。

“皎皎吃啊！”爷爷说，“好吃的我都偷偷给你留着呢。皎皎慢慢吃，别被人发现了……”他什么都不记得了，疾病把他的尊严、体面、思维都摧毁了，唯独本能和爱不能磨灭。

水“哗啦啦”地流，夏皎关上水龙头，深深地吸了一口气。“我觉得这个病真的很糟糕，”夏皎说，“让人丧失理性。”她看到后只觉得难过。

温崇月倾身过来，喂了夏皎一粒樱桃，说：“至少他们自己是快乐的。”

夏皎仰脸，咬开了樱桃，酸酸甜甜的汁水在口腔中流淌。

是的。虽然他们已经基本丧失健康的思维，日复一日、年复一年地重复着过去深入骨髓的事情，但也弥补了遗憾。就像唐女士，她的世界里不再有地震，那只是普通的一天，唐先生为她买来了她想要的花朵，和她一起庆祝生日和结婚纪念日。就像爷爷，他的世界里妻子儿孙都在，他将好吃的东西宝贝似的偷偷藏起来，准备留给最疼爱的小孙女。他们是快乐的。

夏皎很少去回忆亲人衰老过世时的场景，或许内向天生和敏感挂钩。大学时，她去敬老院做义工，看到走廊下沉默寡言、坐轮椅的老人。他们不聊天，只木讷地坐着，头发花白，像是秋天里枝头干枯的叶子，就等着一场寒风。这样的场景已经令夏皎不忍直视，更何况疼爱自己的亲人离世。

唐女士仍旧沉浸在她的世界里，常来光顾花店，开开心心地为结婚纪念日做准备。那个不爱说话的老爷爷也每日推着老奶奶过来买玫瑰，老奶奶健谈，常常和夏皎聊上许久。

郁青真那位素未谋面的男朋友也下了大手笔，请了花店里的人喝咖啡。或许是恋爱让人心情变好，郁青真和高婵这两天也说说笑笑，不再像之前一样针尖对麦芒。

在这样温和惬意的气氛下，夏皎的生日到了。

这天恰好是周六，夏皎美美地睡到十点，才从被窝中拱出来。温崇月早就已经用鲜花装饰好了房子，有一些花还是于昙送的——于昙最近在北京忙某个奢侈品的中秋展览，分身乏术，只送了礼物过来。

俩人请的宾客也不多。夏皎就请了江晚橘，温崇月只通知了陈昼仁。这俩人几乎同时到达，巧的是带的礼物也是同一品牌——江晚橘给夏皎带了某品牌的香水，而陈昼仁送的，则是和香水几乎同系列的一款丝巾。

夏皎开心极了："好巧啊！"

江晚橘："才不巧。"

陈昼仁："不巧。"

俩人对视一眼，顿了顿，又移开视线。

温崇月在厨房做饭，夏皎是女主人，开心地邀俩人坐下，又跑去泡茶。

江晚橘很喜欢夏皎养的两只猫。虽然她是"狗狗派"，但没有人能拒绝小猫咪。她忍不住抱着猫咪亲亲贴贴。陈昼仁去了厨房，帮温崇月打下手。

夏皎泡好茶，和江晚橘一块儿窝在沙发上聊天喝茶看电视。

不过夏皎也闲不住，看到陈昼仁被温崇月打发出去买水果，她扑到厨房中，自背后抱住他的腰，深深吸了一口气："温老师。"

温崇月："嗯？"

夏皎问："需要我帮忙吗？"

"陪陪你的朋友，"温崇月说，"劳烦你招待好客人。"

夏皎说："晚橘被陈昼仁拐走啦，我现在一个人在客厅很无聊。"

温崇月建议："那不如去看看书，我记得你好像有一个什么考试。"

夏皎闭上眼睛："是我们花店内部的一个考试啦，题目很简单的。"

"再简单也不能掉以轻心，"温崇月不赞同她的说法，"听话，现在去看看书，等会儿开开心心地切蛋糕。"

夏皎说："后天再看。"

温崇月不理解："为什么是后天？"

"你没有听过那句名言吗？"夏皎瓮声瓮气地说，"成功来自后天的努力。"

温崇月腰上挂着皎皎牌挂件，挪去水池前洗干净手，转身捏了捏夏皎的脸蛋儿。他笑："你还知道什么名言？"

夏皎不肯回答。她心情好，厨房里的一切在她眼里都是金灿灿的。她小声地哼着调子，没有歌词。

温崇月问："你在唱什么？"

夏皎努力回想歌词："阳光彩虹小白马，就是那个'我是内内个内内……阳光彩虹小白马'。"

"小白马？"温崇月若有所思，"我倒是想起来一句名言，马无夜草而不肥。"

夏皎愣了一下。她谨慎地用右手食指隔着衬衫轻轻地戳了戳温崇月的腰窝——她晚上的鼓点、她的快乐窝窝，在脑海中确认他的话……

夏皎叫起来："温老师！你你你你你——"

她早就知道温崇月疯起来是个什么样子。他平时从不说脏话，礼貌温和，但在某些事情上，偶尔就像是换了个人，热衷说一些下流话，臊得夏皎脸红耳热。

但——现在是白天，就算是狼人和吸血鬼，也不能在白天暴露本性。

夏皎谴责地看着他。

温崇月只是笑，用手腕拍了一下她的脑门儿："好了，出去陪陪温泉或者小虾米。寿星不用动手，只管等着吃饭。"夏皎这才出去。

生日蛋糕已经到了，暂时被放在另一个房间。两只猫咪都喜欢蛋糕的香味，得提防这两只小坏蛋打翻蛋糕。

夏皎去阳台上认真地看了一圈自己种的花，该浇水的浇水，该挪位置的挪位置，让每一片喜欢太阳的叶子都能均等地享受光芒。

太阳温暖和煦。她哼着歌，隔着玻璃窗冷不丁地瞧见楼下的陈昼仁和江晚橘。

俩人原本各走各的，忽然陈昼仁加快步伐，向江晚橘伸手，做出一个像是要牵手的动作。江晚橘顿了顿，把手里的水瓶递给对方，于是俩人一人捏着水瓶的一端，有些怪异地并肩走着。

夏皎收回视线，小猫咪在桌上打打闹闹，她一手一猫，吃力地将两只猫崽搬下来。

她闲来无事，踱着步子，又溜进了厨房。温崇月拿了新鲜的瓠瓜，正要削皮。瓠瓜两端表层长着绒绒的毛，又粗又直。

夏皎脱口而出："瓠子？"这是她熟悉的蔬菜，妈妈喜欢拿来炒虾仁吃。不过她很难分辨它和葫芦、西葫芦的具体区别。

"嗯，"温崇月回应她，"上海、宁波以及苏锡常这边，还叫它'夜开花'。"

"哇，"夏皎由衷感慨，"好特别的名字。"

温崇月原本正在找合适的削皮工具，闻言看着夏皎，沉吟片刻："皎皎。"

夏皎："嗯？"

温崇月赞叹："你的联想能力很好，我很喜欢。"

夏皎："？"

温崇月买的瓠瓜嫩生生的，都不用削皮刀，用刀背轻轻刮，外面一层嫩绿的皮就下来了，被他刮得干干净净，不留丝毫翠色。

夏皎认真地看温崇月切瓠瓜。他切得均匀，半指长短，白生生的，一段接一段。中间的瓤已被掏干净，他用调羹将事先剁碎的肉糜填进去，塞紧。

夏皎问："嗯？像做茄盒一样炸吗？"

温崇月摇头："先炸，再拿水炖煮、收汁。"

只是听他讲做法，夏皎的口水就要流下来了。

温崇月笑了："等会儿炸好了你先尝一个，味道也不错。"夏皎连连点头。

她没能一直守在厨房等待温老师的投喂。客厅里手机铃声响起，小猫“咪呜咪呜”地叫着，全当提醒，夏皎不得不出去，认真接电话：“爸爸？”

打电话的是温父，他语态平和地祝夏皎生日快乐，询问她是否收到了自己送的礼物。生日礼物是昨天签收的，一条有山茶花点缀的裙子，还有一幅裱好的画，是夏皎喜欢的艺术家的作品，还有签名。夏皎很喜欢这幅画，已经挂在了房子里。不过裙子被放到衣柜了，她想不出来什么场合才适合穿它。

夏皎向对方道谢，拿着手机跑到厨房，举着手机让温崇月和温启铭也聊了一会儿。温崇月照例嘱咐父亲注意吃药和散步，末了，才说了一句：“以后皎皎的礼物，不用她挑。”

夏皎听不清对面说了什么，只听见温崇月态度坚决地补充了一句：“我明白您对当年的事情有愧疚……嗯，妹妹夭折和这件事没有关系……好，嗯，再见。”

夏皎问：“什么妹妹？”

温崇月看着她的眼睛，低头安抚她：“没事，明天再讲这个。”

夏皎乖乖地“哦”了一声。她一直很听话，如果谈话的另一方不想继续，她绝对不会追问到底。

温崇月坚决不让“寿星”动手。江晚橘和陈昼仁拎着水果和啤酒回来后，夏皎就去客厅里和江晚橘一块儿开心地打游戏。俩人玩了会儿“双人成行”，一人身边卧着一只小猫咪。而厨房中，陈昼仁和温崇月一边洗菜、切菜，一边聊着天。

陈昼仁意有所指：“最近小姨经常往温叔住的地方去。”

温崇月没有抬头，低低地应了一声。

陈昼仁说：“温叔是有点老好人脾性，不过在这些是非上分得清……”

新鲜的圣女果在水龙头下洗得干干净净，陈昼仁说：“你我都明白，小姨一直对那个没有活下来的妹妹耿耿于怀……她把宋萧当亲女儿，有点魔怔了。”

温崇月叹气：“昼仁，今天是皎皎的生日，不谈这个。”

陈昼仁说：“抱歉。”

说起来也奇怪，先前温崇月并不在意这些或忌讳什么，但在关于皎皎的事情上，却变得很慎重。白家人笃信风水，白若琅同样如此。温崇月不赞赏她的行为，如今却下意识地规避有可能和皎皎“犯讳”的东西。他不信鬼神之说，却不愿意在皎皎的生日提这些糟糕的事。他想，或许自己只是不想让这些事情影响生日的氛围。

有了陈昼仁帮忙，今天的生日餐做得满满当当：荷叶金针云耳蒸滑鸡、芋头蒸鸭、凤吞翅、白灼九虾、咕噜肉、夜开花塞肉。

两位男性都是“肉食动物”，不过皎皎偏好素食，吃不了太多的肉。温崇月还做了番茄丝瓜面筋煲、蘸水茄子、松仁玉米、草莓芝麻菜沙拉、迷迭香烤风琴土豆等素菜。

夏皎吃得开心，在座的除了陈昼仁，一个是她的丈夫，一个是她多年的好友，几乎没有什么避讳，几杯啤酒下肚，打开了话匣子，开心地分享自己工作上遇到的趣事。

温崇月含笑听着。他第一次见到朋友面前的夏皎。大概是受到酒精和气氛的双重影响，谈到有趣的事情时，夏皎开心地举起双手，像个不用手势就说不了话的意大利人。

她喝酒喝得太早了，以至于许愿的时候已经有一点醉了。温崇月把蛋糕推过来，点上蜡烛，关掉灯。夏皎合拢双手，闭上眼睛：“我想要温老师恢复到——”

温崇月打断她，提醒这个有些醉的小酒鬼：“皎皎，默念，愿望说出来就不灵了。”

夏皎发出迷茫的一声“咦”，虽然不太懂，但还是乖乖地听话，不出声，默默许愿，然后一口气吹掉所有蜡烛。

温崇月打开灯，扶着夏皎的手切蛋糕。

夏皎感受到温老师手掌的温度和力度，温暖而舒适，她想整个人都贴上去，让这温度顺着她的头顶一路往下揉。她已经醉到不太清醒了，切好的第一块蛋糕递给温崇月，眼巴巴地看着他说：“温老师先吃。”

温崇月听见陈昼仁的闷笑，无奈纠正："温崇月。"

夏皎仍旧固执："温老师。"

温崇月并不打算和一个喝醉酒的小家伙争执，顺从地接过夏皎的蛋糕，扶她坐好，以免她将奶油抹到自己身上。醉酒的夏皎很乖巧，小口吃着蛋糕，时不时地抬起脸冲着温崇月笑。

温崇月移开视线。但夏皎还是贴过来，要温崇月抱着她。她在温崇月耳侧小声说："你知道我刚刚许了什么愿望吗？"

温崇月洗耳恭听："什么？"

"我希望温老师能够恢复到以前那样，"夏皎小声说，"不要对每个人都很礼貌，温老师。"

温崇月没有说话。

夏皎说："我觉得你不是机器人。"

事实上，她意识有点模糊了。温崇月轻轻拍了拍妻子的背，抱歉地对着两位客人笑笑，低头："皎皎？"

夏皎不出声，喝醉酒的人都会感到疲惫，想要睡觉。

温崇月拿走她手里的蛋糕，安顿好妻子后，和陈昼仁聊了聊。江晚橘和陈昼仁知道温崇月要照顾夏皎，于是也没有久坐，站起来，准备离开。

温崇月送他们出门，问他们住在哪儿。

江晚橘客气地说："我订了凯悦的房间。"

陈昼仁说："巧了，顺路，我送你。"

江晚橘看着他："这么多年了，还顺路呢？"

陈昼仁笑道："咱俩不是一直顺路吗？"

眼看俩人达成友好协定，温崇月放下了心。他回到家中，刚关门换鞋，走了几步，就看到夏皎躺在沙发上。她神色清明，眼睛明亮，捧着一本书在翻。两只猫在地上打闹，撕撕扯扯。

温崇月抬手捏了捏鼻根，庆幸及时送走了朋友。

夏皎尚未察觉，她开心地从沙发上跳下来，蹦到他怀里，亲热地喊："温老师！"温崇月及时搂住她，又软又香又滑，他差点没抱住。

她搂着温崇月的脖子，想要往上爬，喃喃：“我想骑大马。”

温崇月说：“你现在醉了，最好去睡一会儿——”

夏皎反驳：“我没有喝醉。”她口齿清晰，据理力争，看上去和清醒的人没有任何区别，“你看，我还能好好地和你说话，我一点也没醉。”

温崇月说：“是的，我相信你没有喝醉。”他扶住正在如树袋熊一样吃力爬“树”的妻子，“所以夏皎同学，你能先穿好衣服再和我聊天吗？”

……什么？夏皎听不太清楚，她张开手臂，依恋地贴在温崇月的脸颊上。他不怎么喝啤酒，只喝了一点桑格利亚汽酒，淡淡的橙汁和其他的果香混合，熏得夏皎飘然欲飞。

夏皎踮起脚尝他的唇，葡萄、草莓、蛇果……是蛇果，不是蛇皮果……

夏皎第一次见到蛇皮果，就被这种水果看上去有点像蛇鳞的奇怪外壳吓到了。

热带的水果总有一些奇特的味道，爱的人极爱，不爱的人闻到都要捂着鼻子离开，比如榴梿、波罗蜜、蛇果。相比之下，蛇皮果的味道并不重，至少，比榴梿和波罗蜜“清新”得多。

温老师给她的果篮中有很多招人喜欢的水果，但夏皎只小心翼翼地品尝了这个陌生到看起来有些危险的东西。蛇皮果的外壳很容易剥掉，就像蛇的鳞片。

潮湿闷热的房间中，空调发出“吱吱呜呜”的不堪重负声，外面伯父和伯母在忙着卖馒头、和客人笑着聊天，阁楼上的表姐在和男友打电话，偶尔笑起来，脚用力跺着地板，发出清晰而沉闷的声音。

夏皎站在狭窄的浴室里。她已将温老师给她的水果篮分给了伯伯、婶婶和姐姐，只悄悄藏下几个蛇皮果——表姐怕蛇，连带着这种果子的外壳也讨厌。

她偷偷地吃掉一个果子——水分并不充足，只有零星的、不太出众的甜味。的确说不上香甜，不过她很喜欢，连中间的核也保留着。

果核起初是软的，中间有天然的、可以捅掉的东西，用细针挑走，就成了一个洞穿的圆孔。夏皎将红绳从孔中穿过去，悄悄地留着，看着它慢慢发干、变硬。

蛇皮果有点怪异禁忌的味道，就像温老师。

似乎关于夏天的记忆总是和雨相关，无论是影视剧里，还是现实中。彼时大火的《言叶之庭》里有这样的台词——“隐约雷鸣，阴霾天空”，雨水像是能从屏幕中的画面一路延伸到看电影的人心中，绵绵不绝。

青春电影中总不乏雨中奔跑、表白、接吻的情节……都说春日万物生，而夏雷亦能惊醒破土的嫩芽。

譬如夏皎趴在教室的桌子上一觉醒来，手肘和脸上都沾了试卷上的油墨，胳膊被压到发麻。夏皎支撑着坐起来，相隔一个过道的同学善意提醒，她摸出小镜子照脸颊，第一遍没有对准，镜子中反射出后门的温崇月。他站在教室门口，白色 T 恤，牛仔裤，干净清爽的发型，正在和李联聊天。阳光落了他一身，好像他才是太阳本身。

夏皎的手一抖，调整好镜子的角度，抬手心不在焉地擦着脸颊上的油墨痕迹。镜子始终倾斜，阳光若隐若现，夏皎擦得脸颊发红，终于擦干净试卷印下的痕迹。

片刻后，她又悄悄将镜子转移，偷窥阳光。

夏皎听见自己慌乱不安的“怦怦”心跳，如骤然而起的风。

其实夏皎一直是很乖的学生，从来不会反驳老师的言论。无论老师说什么，她都安静地听从，是最听话的，也是最不惹事、不引人注目的学生。

她开始喜欢上早早就到班级，因为温老师总是七点半准时到辅导班的办公室，没有课的时候，他就坐在办公室里敲键盘。

夏皎经过办公室的次数越来越多。对同学来说，每天穿过办公室、将辅导班的垃圾倒掉是件苦差事，于是夏皎主动承担了这份责任。她经常拎着一袋子废纸经过办公室，隔着窗户，听见温崇月和其他老师谈笑。

从办公室的前门走到后门需要一分钟，这一分钟的路程，因为偶尔听到的声音而变得熠熠生辉。

夏皎喜欢上了杏仁豆腐，可惜的是走了好多家，都没有找到温崇月递给她的那一份美味。

刚开始教学的时候，每个辅导老师都留了联系方式，方便学生课下问问题。夏皎重新翻出之前记在本子上的笔记，第一次认真存下温老师的号码。不过夏皎从来没有发过短信或打过电话。她在百度上悄悄搜过这个号码，遗憾的是毫无痕迹。

她留意着温老师喜欢的衣服品牌，寻找他用的钢笔，认真记下对方读过的书名。

夏皎没有别的想法。她从来没有主动和温崇月打过招呼，也没有主动发过消息。

她只是想要了解另一个世界。

她只是倾慕，仰望，期待。

记忆中最明亮的时刻，是那日晚霞铺天，夏皎成功拿到奖品，来自上海的笔记本，被她小心翼翼地装进书包里。

她背着书包穿过夏末尚有燥热的风，遇到拿着篮球的温崇月。他难得地穿了一身运动衣，灰白色，手腕上戴着护腕。

温崇月笑着说："夏同学，路上注意安全。"

夏皎说："谢谢温老师。"

这是俩人最后一次私下里谈话。

温崇月拿着篮球离开，夏皎背着对方奖励的笔记本飞快地往前跑。

暑假的辅导班持续时间很短，不过几周时间。

夏日雨后初霁，夏皎在穿长袖前离开了首都。临行前，夏皎在教育意见反馈表上给每一个授课教师都打了圆满的五星，唯独给温崇月的五星画得最认真，星星的每一个边角都涂得满满当当，规规整整。

这是属于夏皎的燥热的夏天，从一场困住她的雨开始，从一颗有奇怪味道的蛇皮果开始。

温崇月肯定不知道，因为夏皎藏得很好，不会让任何人发现马脚。在守口如瓶这件事上，她做得比谁都优秀。

迷迷糊糊中，守口如瓶的夏皎感觉到渴，低声喃喃着，想要喝水。她仰起脸，双手掬着，呆呆地看着淋下来的水，好像记忆中夏天落的雨。

她张口去接，舌尖尝到淡淡的温热雨水，耳畔却听到无奈的一声："……皎皎，这是洗澡水，不能喝。"

夏皎说："温老师？"

对方叹气："醉酒后只记得温老师？"

夏皎当然只记得温老师。

温崇月关掉水龙头，柔软的大浴巾将她整个人都裹起来。

她趴在对方肩膀上，晃晃悠悠地叫他："温老师。"

"嗯。"

吹风机的声音说不上大，不过再标榜"静音"，也会有一些动静。暖暖的风吹出，夏皎的头发被一双手拨弄开，往下滴的水被吹干。她的耳朵后侧到脖颈一溜儿的红，说不出是吹风机的暖风吹的，还是刚才的温水烫的，抑或只是因为温老师的手指。

夏皎乖乖地任由温崇月为她吹干头发。她还是想念当年的晚霞，当初找好多借口经过的办公室的窗，当初早早起床乘公交车到教室，一边默诵单词一边注意着的窗外……好多好多的记忆。

夏皎真的不贪心，从来没有患得患失，从来没有想过要有一个结果，她只是悄悄地经过。

这只是属于她一个人的酸甜秘密，为此考上优秀的学校，为此了解另外一座大城市……她从不曾拥有鲜花，只是得幸偷偷拍了一张花的照片私藏。

她从来都不贪心。

水杯递到唇边，夏皎认真地喝光了一整杯。杯子被移走了，温老师说："你该睡了。"

夏皎点头，乖巧地脱掉鞋上床，缩在被窝里。

温老师没有过来。他的手机响了，不知道是谁打来的。他语调平和地回应着对方，很有礼貌，但和夏皎记忆中的并不一样。

夏皎躺着发呆。

温崇月结束了通话，问她还想不想喝水。他的语气、措辞让人挑不出任何毛病，完美得像是接受过培训。

夏皎摇头，沉浸在自己杂乱、纠扯的回忆之中。她不明白分开的几年到底发生了什么，为什么再见温崇月，他礼貌和煦如旧，却好像被剔除情感，成了一个礼貌生疏的机器人。他所有的情感仿佛都被封闭，只展露给人一个完美无瑕的躯壳。

“这样不对，”夏皎小声嘀咕着，“你应该生气。”温老师为什么从来不生气呢？他为什么要把自己的真实感受隐藏起来呢？

温崇月听不清她在说什么：“什么？”

夏皎说：“温老师，你不要那么温柔。”

温崇月明白了，向她确认：“你想要另一种风格的吗？”

夏皎感觉他的话有些不对劲，但又说不出是哪里不对。她伸出手指，在虚空中认真比画：“你应该带有很多很多情绪，有很多很多冲动。不需要想那么多，我是你的妻子，你可以做任何想做的事。”

温崇月精准地提取有用信息：“做任何想做的事？”

夏皎用力点头，动作幅度太大，晃了晃。温崇月将差点拱出被窝的夏皎顺手捞起来塞好。

“谢谢款待，”温崇月说，“那我开始了。”

夏皎：“嗯？”她的脑子不太理解这句话，什么叫作“款待”？这不是应该在吃饭时说的话吗？温老师想要吃东西吗？

夏皎的小脑袋迷迷瞪瞪的，处理不了这么多信息，不过对方的确开吃了。

酣醉的夏皎就像美味的餐前点心，含着樱桃、草莓和桃子的芬芳。

温崇月压抑太多年，大学时那件事一直影响着他，那日的折辱刻骨铭心，没齿难忘。温启铭并未说什么，他一生教了温崇月太多道理，最终也在这个教训上无言地教他忍耐，教他忍耐不等于忘记耻辱。

但夏皎不这样。人人都喜欢他的礼貌外衣，唯独夏皎会问他，为什么非要做一个机器人呢？为什么不把真实的喜怒哀乐都表现出来呢？为什么要伪装自己呢？不累吗？

温崇月看着妻子，唇张开，微微蹙眉，若春柳不堪折，似冬雪不承握。汗水从鬓边慢慢流下来，她的眼睛一片迷茫，就像是不知道自己为什么会被这样对待。

夏皎的思维就像杏仁豆腐，干干净净一片白，晃啊晃啊，无论你怎么晃，都只有清凌凌的东西。

夏皎也被他晃得糊涂了，糊涂人做糊涂事，在一塌糊涂中酩酊大醉……

第十二章 柠檬香煎三文鱼

直到清晨“喵”语花香，夏皎才悠悠转醒。她将手搭在脑袋上，努力回想，只想起血管暴起的手用力压在她的嘴唇上，后来……

哎？夏皎努力回想，奈何她醉得断片了，什么都记不得了。

“早上好，”温崇月推开卧室门，愉悦地和夏皎打招呼，“你想吃点什么？”

电视剧中经常出现的女主角的早餐——萝卜糕，被切成规整的方块，煎到表面酥黄。新鲜泡好的黄豆打出来的无糖豆浆只有豆子的浓浓香味，还有从外面买的脆烧饼——旧式铁炉里烤出来的，表面微焦，中间夹着油条。一个溏心蛋，一个温泉蛋。混合了圣女果、胡萝卜粒、牛油果、玉米粒、燕麦等的玉米甜碗，花菜扇贝橙汁腌渍沙拉，焗鹰嘴豆，煎培根，以及刚烤好的番茄面包。

夏皎挪到餐桌旁，温崇月贴心地给她的小餐椅铺了软绵绵的坐垫。

温崇月说：“谢谢款待。”

夏皎没有动，坐在椅子上，感觉自己就像泡在柠檬酱里的软豆子。她尝试寻找断片的记忆：“我怎么款待了你？”

温崇月有些惊讶：“你不记得了？”

夏皎摇头。

温崇月沉思两秒，微笑回答：“也好，我想你应该不愿意想起来。”

夏皎说：“……你先说吧，先告诉我，我再考虑要不要选择性失忆。”

温崇月指指自己的脸颊：“那好吧，请夏皎同学支付一个吻，加入会员，解锁昨日剧情回放。”

他说得一本正经，夏皎不得不站起来，又挪着两条软塌塌的腿过去，在他脸颊上亲了一口。

温老师的脸颊有着淡淡的须后水味道，很清新的薄荷气息。他每天都剃须。亲完后，夏皎问：“现在我可以看了吗？”

温崇月说：“恭喜夏皎加入会员，获得查看资格。关于昨天的事情，我可以明确地告诉你，温老师和夏同学做了。”

夏皎等了两秒，没等到他的后续。她说：“我当然知道这个！我是想知道，呃，有没有太过火？”

“哦，”温崇月泰然自若，“你想知道具体细节？那或许需要支付更多。”

夏皎：“……”

温崇月又指了指自己的右脸：“请再支付一个吻，详细内容需要会员超前点播。”

夏皎安静了两秒，才俯身捧着温崇月的脸，大拇指不自觉地触碰对方下颌线处的痣。她似乎吞了口水，也可能没有。她心跳有点乱，半晌才低头，努力地将唇贴在对方脸颊上。

淡淡的薄荷味散开。夏皎后退一步，说：“好啦，现在可以——”她还没说完，就被温崇月捞着腰轻松一带，带到了怀里。

夏皎差点没站稳，身体晃了晃，双手抓住了温崇月的领口。温崇月任她触碰，压着她的后脑勺，温和地与她细细密密接吻。

夏皎迷迷糊糊的脑袋更不清醒了，想不起来昨天这人是不是也这样温柔，印象中似乎没有，那些模糊不清的影像都被齐刷刷地删掉了。

“皎皎，”温崇月露出宽容的笑，“亲蒙了？”

他的唇已经离开，手指抚摩着夏皎柔顺乌黑的头发。

夏皎迟迟才反应过来，坐在桌前，认真地问他：“昨天有做很丢人的事情吗？”

温崇月示意她先吃饭：“先吃饭，吃完再说。”

夏皎不疑有他，慢吞吞地吃掉了这顿 Brunch，等最后一口填满胃的水果沙拉入腹，她也记不清温崇月要说什么了。

两只猫“咪呜咪呜”地跳过来，温崇月示意夏皎先用逗猫棒陪猫玩，他自己将餐桌收拾干净，将盘子放入洗碗机，整理垃圾。

两只猫崽子你追我赶，从阳台一路打闹到客厅。鱼缸里的充氧机在认真地工作，“咕嘟咕嘟”地响着，大量氧气气泡被制造出来，鱼儿甩着尾巴。被温泉压住的小虾米大声叫嚣。

夏皎将脚搭在温崇月的腿上，电影的对白渐渐变得模糊，只感觉温崇月有一下没一下地揉着她的膝盖和小腿，动作不疾不缓。

夏皎放心地陷入梦乡。

从小到大，夏皎好像很少有大段大段可以放松下来休息的时光。小学时候还好，那时初中择校还没有现在这么卷，夏皎顺理成章地进了一所不好不坏的初中。难的是中考——一半的人得分流去职高。而就算顺利考上了普高，也并不意味着可以放松、休息——江苏的高考是出了名的“地狱模式”。想上大学，就不得不继续苦读，跑操时背单词、课间休息时解题……

夏皎的高中记忆，是校服单调的蓝白，是偶然抬头从玻璃窗望到的阳光，是夏日里一罐清凉的可乐，是冬天食堂里热腾腾的丸子汤。除此之外，平平无奇。

学生生涯最糟糕的一段记忆在那个不好也不坏的初中里。

夏皎始终保存着辅导班结束前的最后一张合照——和以往的合照不同，这张照片里学生站在前面，老师站在后面。

辅导班的规模不大，学生少，师生总共站了两排，女生一排，男生和老师一排。刚开始拍照，夏皎的心脏就“扑通扑通”地跳，下意识地祈祷能够和对方离得近一些。过度的慌张影响她的听觉，干扰她的思维能力，直到李联指挥，旁边的同学拉着她，让她往右侧站。

夏皎的后面就站着温崇月，温老师。

夏皎当时还在长个儿，头顶刚到对方胸膛的位置，沉默地站着，闻到后方传来淡淡的清香，不是香水，更像自然皂洗过的衣服的味道。

夏皎后来在超市中寻找过很多肥皂、洗衣液……都没有那种香味。

她始终没有询问温崇月那是什么气味，就像那天直到拍照结束，她都没有和对方说一句话。照片很快就洗了出来，标准尺寸，夏皎谨慎地夹在笔记本中。

初中时，夏皎和同学产生争执，对方一怒之下，放学后把夏皎的笔记本丢在了学校统一的垃圾收容处。那是温老师送的本子，还夹了那张照片。夏皎打着手电筒找了很久，直到被路过的老师看到。她抽抽噎噎地解释自己在找东西，老师二话不说，打着手电筒和她一起找，终于完整地找了回来。

和同学的争执自然是瞒不住了，第二天，老师就当众批评了对方，狠狠地斥责了这种丢弃同学物品的行为，并要求对方给夏皎当众道歉。

然后，夏皎就遭到了将近两年的孤立，原因是“她会告诉老师”……

按照往常，九月初太湖会结束长达七个月的禁渔期，正式进入捕鱼季。但出于保护环境和生态的考量，近两年太湖禁止捕捞，禁渔期或长达十年之久，给足时间，让鱼儿自由繁衍。

夏皎对此没有任何看法，她之前不怎么吃鱼，还是在温崇月的带动下才开始品尝鱼的鲜美。对她来说，如果养殖的鱼同样好吃，那就没必要去野外过度捕捞。

不过温崇月仍旧托相熟的朋友带了一条野生的黑鱼，为夏皎做羹汤。

夏皎其实很喜欢喝汤汤水水。冬天的滚热羊汤，暖腹又热身；低调的萝卜小排骨汤，鲜得能让讨厌萝卜的她喝掉一整碗；鸡毛菜和洋山芋一块儿炖汤，清新怡人……不过她很少喝鱼汤，一是怕刺，二是自己和父母都做得不太好，失了鲜味。

鱼汤以浓白色为佳。把汤炖煮得浓酽酽、白嫩嫩，搁点豆腐，切一些青葱和姜丝，补气养身。

不过夏皎之前吃的黑鱼，大多是做成了酸菜鱼，直接拿黑鱼做汤还是第一次。

夏皎这几天终于报了驾照考试，科目一容易过，下了APP刷了几遍题库，就拿到了90多分——虽然不值得怎么庆祝，但温崇月还是将夏皎一顿夸，夸得她都不好意思了："……其实大家好好刷题，都能过的。"

"不一样，"温崇月掐着黑鱼鱼身，黑鱼身上有一层滑滑的黏液，用手拿着容易滑落，得用指甲去掐，"专注学习也是一种能力，你具备这种能力。"

夏皎不说话，眼睛亮闪闪地看着温崇月将黑鱼斩成几段。她有点害怕杀鱼的场景，温崇月刚才让她去给两只猫咪喂了鹌鹑干。古人云"君子远庖厨"，显而易见，温崇月不信这个，他的心肠不会对食材心软。夏皎怀疑，就算给他一只鸡，他也会料理得干干净净、清清楚楚。

现在市面上的黑鱼大多是塘养的。温崇月兴致勃勃地教夏皎如何分辨是野生还是塘养——主要看底色，黑鱼身上有大块大块的不规则的黑色花纹，如果腹部底色发白，就是人工饲养的，如果腹部底色黄中带一点绿，就是野生的。

除此之外，夏皎还知道了黑鱼的另外一个名字——乌鳢，听起来像是古代的腹黑贵公子。温崇月用手指在夏皎掌心一笔一画地写"鳢"字："黑鱼性情凶残，不能和其他鱼一块儿养……"

等油锅热了，夏皎恍惚的心神才重新飘回来。

"……不从众也是好事，"温崇月说，"至少不会同流合污。"

夏皎："啊？"温崇月看她一惊一乍的，失笑，摇了摇头。

"考试太紧张了，没睡好？"温崇月说，"冰箱上面第二层有奶油泡芙，你先吃个垫垫肚子。"

夏皎没吃，看着温崇月做饭。家里的油锅尺寸不足以生煎整条黑鱼，更何况黑鱼的肉紧实，一受热就变得硬挺挺，中间不容易沾到油。

温崇月先将鱼斩段、切厚条，等油锅里的葱姜一出味，就下黑鱼条煎。抽油烟机的声音响起，夏皎闻到了鱼肉的特有香气。

她盯着锅里的鱼，目不转睛，良久才说："今天天气不错。"

黑鱼得煎熟了再熬汤，温崇月专注翻锅里的鱼："嗯。"

"我今天晚上买了些豆腐丝，你知道我们扬州有道菜叫'大煮干丝'吗？"夏皎说，"很出名的，属于国宴级别——"

"皎皎，"温崇月翻动着锅里吱吱响的黑鱼块，含笑说，"你想做饭就直接说，不需要铺垫这么多。"

夏皎说:“我要让你做好心理准备嘛。”

温崇月笑道:“我已经做好了——刚好，前两天买了人身意外险，受益人是你。”

夏皎用双手比了一个大大的“×”，纠正道:“我做饭其实也还可以。”

“是的，”温崇月俯身，“是‘很可以’，只是偶尔会犯一些无伤大雅的小错误。”夏皎这才满意。

浓白鱼汤的诀窍在于煮汤的鱼必须用油煎过，煎时不能用大火，容易煎煳，要用小火，将两面都煎透。这一步至关重要，鱼肉煎得透不透，决定了接下来汤汁能不能煮成奶白色。

鱼肉煎透了以后，温崇月只加了一点料酒进去，煮一煮，再放进汤锅里，先用大火煮沸，再用小火慢慢地炖。

单单喝鱼汤肯定不行，晚餐应该注重营养和食材丰富度，尤其对于都上班的夫妻来说，只有晚上这顿饭才能慢悠悠、自在地一块儿吃。

温崇月还买了茭白。无锡产的茭白最好，又嫩又肥，糯糯香香。一方水土养一方人，也养一方植物，别处的茭白不会如无锡这般嫩生。温崇月买的这种茭白是种在藕塘里的，形状偏扁圆，壳子里面有点毛糙，不像其他地方的茭白那么浑圆、光滑。

温崇月挑茭白时要求高，壳子要水灵灵、淡绿色的，整根茎要毫无黑点的，有黑点就代表老了，不够嫩。

食材新鲜，做法便简单。茭白切成块，放油锅里翻炒，用水淀粉和酱料薄薄勾芡，不过两三分钟，汁水烧干即可出锅。

培根片裹着焯水后的秋葵，放到平底锅里中火煎至两面焦黄，盛到瓷白盘子里，摆成一朵花的形状，中间放糖和果醋凉拌的金瓜丝和海蜇丝，再往煎好的培根秋葵卷上撒一层奶酪粉即可。

夏皎认认真真地做了大煮干丝。虽然不如国宴上的淮扬菜隆重，但她竭尽全力，每一个步骤都力求完美。现在这个季节的笋味道不好，不能再用传统的冬笋，她就加了基围虾、鸡脯肉和干香菇提鲜。温崇月没有干扰，偶尔看一眼忙碌的妻子，笑笑，又低头切火腿丝。

好的黑鱼汤不需要用太多盐调味。温崇月看着鱼汤煮出奶白色，往里加了切好的火腿丝，压味提鲜，这样做出来的香味更厚重、不轻浮。

事实的确如此，夏皎感觉自己的每一颗味蕾都要被黑鱼汤治愈了。温崇月笑着说，自己以前有个同学喜欢拿鱼汤泡饼和米饭。夏皎试了一下，简直打开了新世界的大门。不过她在控制碳水的摄入，没有吃太多米饭，更多的还是直接喝汤。鱼汤鲜美适中，全无外卖鱼汤的那种油腻感。

妙的是鱼肉的味道也好，香煎到金黄，表层咬起来有股特有的筋道，中间的鱼肉嫩生生的。黑鱼刺少，不必担心被刺卡住。夏皎吃掉了两大块鱼肉，剩下的吃不下，全进了温崇月的肚子。

夏皎对秋葵的唯一印象就是“壮阳”，毕竟高中时班里有些恶劣的男生，天天拿这个和韭菜调侃。或许是不太喜欢这种不分场合的“玩笑”，整整一个高中，夏皎都没再碰食堂的秋葵，后来也很少吃。

她尝了一口温崇月做的培根秋葵卷，培根煎得香喷喷的，秋葵特有的清爽和蔬菜香恰好地呼应着培根的肉香。盘子中间拢在一块儿的凉拌金瓜海蜇丝又脆又爽——金瓜在热水中烫过后立刻捞起来放到冰水里，自然地散落成丝，加了葱花、香油和盐，跟海蜇丝一块儿凉拌，材料简单，味道却不简单，清新怡口，就像夏夜从森林里吹来的风。

温崇月对夏皎做的大煮干丝给予了最高的评价和毫不吝啬的夸奖，很愉悦地全部吃掉了。

九月时节，桂花起，燕南归。

碧波万顷，千帆齐发，马上就是大闸蟹的季节了。工厂正在加急制作写着“阳澄湖大闸蟹”的纸壳子，超市也准备好了相应的展柜，只等着蟹上市，人尝鲜。

夏皎对螃蟹不是很感兴趣，但她日日经过小区栽种的桂花树，总会仰脸看，小小花苞如米，不知什么时候才会开。春日迎春，秋季桂花，这是夏皎最喜欢的两种季节限定黄。

秋季的苏州也在缓慢向旅游淡季过渡，而夏皎和高婵跟随蓝姐去了北京布展，客户不是奢侈品牌，是国内一个服装品牌。这样的庆典活动需要的花量不会少，现场很大，人多手杂，还好有张云和从旁盯着，才没出什么意外。

在外出差，她们订的都是双人间，夏皎和高婵一块儿睡。次日就要返回苏州，晚饭自由，高婵拉着夏皎一块儿去 La Pizza（那比萨）点比萨外带。她们到店里时已经是晚上了，或许因为这家店能够提供其他意大利餐厅不多见的比萨饺，所以这边的国际友人稍微多一些。俩人没有留在店里堂食，顺着太古里下沉广场一路散步回去。

晚上俩人吃了一份比萨、两份比萨饺，还有蓝姐送的奶油卷。奶油卷一共有六个，有原味、巧克力、树莓三种口味，香酥不甜腻。蓝姐说她是特意找了外卖跑腿买来的，幸亏买得早，再晚一步什么都没了。

高婵不怎么在乎身材管理，夏皎现在的工作性质也没必要保持魔鬼身材，俩人看着电视上播放的电影，一边吃比萨、喝汽水，一边聊天。

薄底比萨味道很棒，夏皎慢慢吃着，听高婵提到张云和与大老板于昙的八卦："……张云和是于昙带的第一批学生，学到一半，都说有人看见张云和亲于昙呢。"

夏皎喝了口果汁，问："你想喝气泡水吗？我让人送些过来。"

高婵说："好的，谢谢你。"

夏皎打电话给酒店的工作人员，请他们送些水上来。服务员动作很快。水拿到了，高婵拧开瓶盖，喝了一口，继续讲："张云和培训结业后，就和老婆离婚了，那时谣言很多，都说于昙是第三者——"

夏皎打断她的话："我觉得她不是这种人。"

高婵耸肩："蓝姐私下里也说都是胡说八道，咱们老板有钱、有才、有貌，不可能做这种破坏别人家庭的事情。但你也知道，流言嘛，没有污点都得硬往上泼，恨不得把人拉下水——喏，后来为了避嫌，于昙就把张云和赶走了。"

夏皎默不作声，听着高婵感慨："反正张云和之后再没结婚，也没有对象，咱们老板倒是换了两任男友，都是小鲜肉……我以后要是也能这样，那值了。"

夏皎冷不丁地想起于昙身边的张抱林，瘦瘦高高，有些腼腆，爱穿黑衬衫，经常沉默。

……算了，都是别人的生活。夏皎晃晃脑袋，把这些乱七八糟的想法赶出去。

她只要认真走好自己的路就好了。

温崇月最近周末都是北京和苏州两地跑。温启铭的胳膊还没有完全痊愈，心脏病他也拒绝做手术，只接受服药。温崇月劝不得，也只能由父亲去了，只是这件事始终令他有些忧虑。夏皎返回苏州，晚饭后陪他一同散步，才知道了这些。

温崇月和她提及的琐事渐渐变多，不再吝啬说起自己的过往，不再将那些或沉闷或压抑的记忆拢在箱子里，而是打开一条缝，展开一些有趣的东西，拿给夏皎看。

比如，温崇月第一次打篮球赛，被教练按着头狠狠骂了一顿，他回去后和队友苦练，第二次篮球赛结束，教练终于笑着和他轻轻碰了碰拳头。

说这些话的时候，俩人正在平江历史街区散步。夏皎馋这里的卤鸡爪，温崇月才开车到了附近。俩人顺便在附近转转，散散步，消消食。

平江路上有许多卖卤鸡爪的店家，还有大名鼎鼎的哑巴生煎，哪怕已经入夜，店门前仍旧有不少人排队拿号。夏皎已经吃过晚餐了，不然少不得得来上一份，搭配热气腾腾的牛肉粉丝汤。她最爱的卤鸡爪店藏在平江路的一个小巷子里，卖的不单单是鸡爪，还有鸭胗、鸭舌。

卤鸡爪店门口人不算太多，俩人排了两分钟就到了。热乎乎的鸡爪用纸袋包着，丰厚的卤汁有点烫，得小心翼翼地咬。鸡爪炖得酥烂，一口下去，上下唇都沾着汤汁，喷喷香。

夏皎吃不了太咸的东西，吃掉一个鸡爪就站定脚步。还没等她说话，温崇月已经取出套着老虎杯套的保温杯。杯里是温崇月自己调的柠檬水，新鲜的小青柠打成汁，搭配苏打水，放了几块小冰块，生津止渴。

夏皎一只手戴着一次性手套，另一只手捧着鸡爪，温崇月就端着杯子喂给她。夏皎慢慢地喝，听温崇月说："其实，我原本有个妹妹，比我小四岁。"

夏皎睁大眼睛："啊？"

"她夭折了，"温崇月说，"因为高烧，当时父亲在外地出差。"

温崇月对这个夭折的妹妹只有模糊的印象。那时他尚不到五岁，只记得妹妹夭折之前，父母的感情很好，自那以后，白若琅就开始长时间地发呆，还会摔东西、哭泣、大声呵斥孩子。

妹妹名叫白怡萧，只可惜还没来得及在户口簿上留下姓名，就匆匆忙忙离开了人世。或许她是对这个世界不太满意，所以才只在这里逗留了三个月。

新生儿发高烧是件极恐怖的事情。恰逢温启铭出差，两天后才能回来，白若琅照顾着温崇月和女儿，还有一个保姆帮忙。保姆上了年纪，很多时候全凭"育儿经验"带娃，新生儿发高烧，她信誓旦旦地说滚鸡蛋、用毛巾冷敷降温就能好。以前温崇月大多由温启铭照顾，白若琅毫无照看孩子的经验，对保姆深信不疑，孩子烧到没有哭声，她还以为是保姆的方法起了效果，等到次日醒来，孩子已停止了呼吸。

温崇月记得白若琅当时拿着刀，崩溃地逼保姆离开家，她抱着妹妹不说话，像往常一样让温崇月去拿奶粉，要给妹妹冲奶粉喝。温崇月拿着奶粉回来，就看到白若琅将脸贴在包着妹妹的小被子上，默默地流眼泪。

"因为这件事，爸爸一直觉得亏欠她。"温崇月将保温杯移开，拧上盖子，"抱歉，这种事情，现在才告诉你。"

夏皎猛烈摇头："没关系。"

她吃掉了卤鸡爪，丢掉一次性手套，用湿巾擦拭嘴唇和手指，确定自己手上没有丝毫油污后，才悄悄地用小手指钩了钩温崇月的手。他感应到，动了动，自然地抓住夏皎的手掌。

夏皎说："我能理解白妈妈的心情，也知道你和温爸爸都很疼我。嗯……所以，那些事情我都懂，你放心。"

"倒是你，"夏皎说，"温老师，以后有什么事情你不用一个人藏着，和我聊聊，可能会好很多。"

温崇月仔细地看她："皎皎这是打算当我的老师？"

夏皎若有所思："或许可以试一下？"

温崇月只是笑："虽然有点为难，但如果你喜欢的话，我愿意牺牲一下。"

他才不会"牺牲"。夏皎小声"呸呸呸"，拉着温崇月的手，让他收回刚才的话。

夏皎不太喜欢"牺牲"这个词，即使只是调侃，这个词背后的含义也不太吉利，她也有点忌讳。她觉得自己有点迷信了，居然会在意这么一个小小的词语。

花店的花仍旧每日开放，不过随着季节变化，花的种类也变了。天堂鸟、翠菊、星芹、大丽花、袋鼠爪、凤尾花……秋天顾客更喜欢带有季节性基调和颜色的花朵，而夏皎也开始了苦兮兮的科目二考试。

作为一个只在《QQ飞车》和《侠盗飞车》中飙过车的人，夏皎的科目二练习可以说得上是"地狱模式"。和所有学车的人一样，夏皎也有一个极度"凶恶"的教练，严厉到让夏皎不敢主动和对方聊天，尤其是在见识到对方只用了三分钟就骂哭了一个女学员后。

夏皎战战兢兢地上车，离合、油门、刹车，简单地学完这三样后，再了解转向灯、方向盘……

夏皎本来就不擅长和外人打交道，面对凶神恶煞的教练，她越紧张，记住的东西就越少。还好教练没有大声骂人——夏皎报名的驾校是温崇月的朋友开的，这个号称学员通过率最高的教练也是温崇月的朋友介绍给夏皎的。或许是顾忌到这层关系，夏皎手忙脚乱转方向盘的时候，教练一言不发，只是脸憋得通红，手握成拳，一下又一下地砸着车门。

离开的时候，夏皎关心地问了一句："教练，手疼吗？"

教练说："没有脑子疼。"

夏皎："……"

调侃归调侃。夏皎的周末活动变成了吃早餐，练车，吃午餐，练车，被温老师接回家，休息，和猫咪玩，和温老师睡觉。而温崇月的周末，仍旧是送皎皎去练车，去做户外运动，接皎皎回家，买菜，做饭，睡觉。

完美。

花店的工作算不上太忙碌，老爷爷天天推着老奶奶来。老奶奶健谈，经常和夏皎聊一些有趣的琐事，偶尔会点评一下花店展示橱窗的色彩搭配。高婵和郁青真对此不以为意，夏皎听得仔细，后来深入聊了聊，才得知老奶奶姓宋，是个画家。

“什么画家不画家的，”宋奶奶笑道，“说白了也就是画匠，现在年纪大了，握不动笔了。”

说到这里，如往常一样，老爷爷买好了玫瑰，宋奶奶抱在怀里，微笑着和夏皎告别。

偶尔也会遇到一些奇怪的人。高婵偷偷告诉夏皎，有个奇怪的男生站在橱窗外三天了，留着寸头，穿着黑色短袖、职高的校服裤子，校服外套扎在腰上，看着流里流气的。他站在玻璃橱窗外，盯着里面的花看。

“他该不会想‘零元购’吧？”高婵忧心忡忡地说，“我真担心他哪天冲进店里搬起花就跑。”

夏皎低头计算花材的花销：“没事，附近有派出所呢，我们的橱窗玻璃都是‘防弹级别’的，还有监控。再说了，他就一个中学生，咱们店里有好多人呢。”

高婵说：“你不知道啊，现在有些不学好的人，钻《未成年人保护法》的漏洞，就喜欢干坏事……”

俩人说着，夏皎抬起头，恰好看到橱窗外的男生已经快要趴到玻璃上了，目不转睛地盯着店里的花。夏皎看到他的眉毛上有一道疤，像是小时候被什么东西砍伤过，断眉使他看起来很凶恶。夏皎中学时曾被孤立，打心底不喜欢这样的“坏孩子”。

下班时间快到了，她整理好花材，离开的时候，看到那个男生还在橱窗外。或许察觉到有人看他，他转过头来，俩人四目相对，他匆匆离开了。

对方的学校就在这附近。从那之后，夏皎又偶遇过他几次。一次是经过某条小巷，看到有一群人在打群架，寸头下手最狠；第二次是等公交车时，寸头脸上贴着创可贴，低着头抽烟，旁边的人纷纷捂着鼻子后退；第三次是在傍晚，刚从于昙家里走出来，就看到重重树影下，寸头叼着烟吊儿郎当地站着，穿着万年不变的校服，站在他面前的中年男人数了钱递给他。

本来没觉得有什么，但几次偶遇后，夏皎也开始担心对方会“抢花店”。虽然花店里的员工多，但轮值的大都是女孩子，真要遇到意外，她们不一定占上风。

庆幸的是，目前还没有即将出现这种糟糕情况的迹象。

“不可能的，”郁青真将装着泡芙的纸袋子递到高婵面前，示意她品尝，“青春期的男生嘛，就是喜欢看美女而已。外面这小子估计就是来看我们的，别理他，反正被看也少不了几块肉。”

夏皎没吃泡芙，这两天有点换季导致的轻微鼻塞，不想吃甜食。

吃了郁青真的泡芙的高婵礼尚往来，分了一瓶酸奶给对方。郁青真看了一眼，说：“我不喝外面的酸奶，老王说了，外面这些酸奶添加剂多，不健康。我想喝的话，他给我带他们家厨师自己做的，自然发酵的酸奶和机器加工出来的完全不一样……”

老王就是她的富豪男友。高婵默默把酸奶拿回来，拆了吸管，用力地吸了一大口，说：“我就喜欢喝些不健康的。”

郁青真笑着说：“女生啊，得学着对自己好点。青春就这么几年，不得用点好的、吃好喝好？别早早踏入婚姻的坟墓——”她止了声音，抱歉地对着夏皎笑笑，“对不起啊，我没说你。”

夏皎茫然抬头：“啊？什么？”

郁青真见她什么都没听到，笑了笑，说：“没什么，继续吃。”

高婵已经要对着夏皎的午餐便当盒滴口水了：“呜呜呜，我看到了，皎皎！你今天带的饭盒里，是不是有金枪鱼寿司？我能用我的宝藏狮子头和你换一个寿司吗……”

夏皎笑着和她交换。她不是吝啬的人，更何况在得知同事喜欢和她交换午餐后，温崇月做的东西都是成双成对的。她和高婵换了狮子头，便当盒里还留下一个金枪鱼寿司。

郁青真不屑于和夏皎交换午餐，慢慢地喝着男友为她准备的瓶装私人鲜奶，这是凌晨刚从牛身上挤下来、用机器专门过滤净化过的，保证新鲜。一想到交给男友的钱正在迅速增值，郁青真感觉阳光更明媚了，未来可期。

周末，夏皎的教练请了假，说是头痛，去看病了。夏皎趴在床上，愉悦地和温崇月分享了今天不用练车的好消息，谁知对方摘掉围裙，沉吟片刻："那需要我教你吗？"

夏皎："啊？"

温崇月谦虚地说："我的车技算不上好，不过教皎皎科目二，还是可以的。"

夏皎说："不要谦虚了，温老师，您的车技是这个——"她竖起大拇指。

温崇月笑着拍她的脑袋："好了，别贫了，下来吃饭，猜猜我今天烤了什么？"

——他烤了香喷喷的抹茶红豆司康。

原本打算装进盒子里，让夏皎在练车间隙当零食，现在正好，温崇月打电话给驾校的朋友，对方痛快地答应让温崇月使用驾校的车和场地，"单独教导"夏皎，给她好好补补课。

夏皎一边喝温热的茶水，一边认真地吃掉了温崇月亲手做的抹茶红豆司康。

毋庸置疑，温崇月是个好老师。

上车后，他先耐心地教夏皎重新熟悉车内每一个仪器的位置。和之前的教练不同，温崇月让夏皎彻底地熟悉了车子的每一个功能，而不是单纯地为了考试而了解那些考试时会用到的东西。

夏皎深深呼吸。温崇月为了让她熟悉车子，先不教最难的入库，而是让她绕着考试场地低速缓慢行驶，熟悉转向灯的使用。

饶是如此，在过第一个弯的时候，夏皎还是用错了方向灯。

夏皎及时打了回来，舒了口气，解释："刚刚太紧张，打反了。"

"你是不小心打反的？"温崇月恍然大悟，"我还以为你在故意迷惑敌人。"

夏皎："……"

温崇月赞叹："皎皎，你具备成为一名优秀间谍和飙车手的天赋。"

夏皎礼貌地说："温老师，请您暂时保持沉默。不然，今晚您可能无法和我这个优秀飙车手愉快相处。"

夏皎从来没有想过，低速开车也能难成这个样子。

从小到大，受家庭教育的影响，她对文字和理论的学习能力大幅度增长，动手能力相对要略逊一筹，包括但不限于学车。

几乎用了一整天的时间，她才马马虎虎地掌握了入库的技巧，可惜还是菜鸟一只，十次里面只有三四次能准确无误地停进去。

温崇月大力称赞她、夸奖她，说已经很棒了。夏皎感觉他简直像小时候电视机里鼓励别人"你也试试看吧"的尼尔叔叔。不过温崇月并没有瓦楞纸、旧报纸和白乳胶，他只会在夏皎停车失败后耐心地告诉她刚才犯了怎样的错误以及该如何补救。而在夏皎尝试成功后，他会给她一个庆祝的拥抱。

在温崇月这样的激励下，夏皎觉得学车好像也不是那么痛苦了。

晚上，作为对妻子辛苦学车的奖励，温崇月带着夏皎去松鹤楼吃松鼠鳜鱼。《天龙八部》里乔峰和段誉的结义之地就叫松鹤楼。不过温崇月不怎么看武侠小说，比起结义，他更在意的是这里菜品如何。

苏帮菜偏甜，代表菜中最出名的就是松鼠鳜鱼、响油鳝糊、秘制酱方和清熘虾仁。挑剔的食客往往不单单挑饭店，还挑厨师。温崇月事先打电话确认擅长做松鼠鳜鱼的师傅在这里，才带了夏皎一同品尝。

与苏州如今的市中心相比，古城区一带别有一番风味，出名的餐厅都集中在一起。碧凤坊和太监弄多是一些经典老字号，先不论菜肴如何，首先价格就偏高，想吃实惠点的家常菜，更适合去十全街或者凤凰街，这里本地人也常去，还有其他菜系的馆子可以选择。

不过今天用餐和平时不太一样——温崇月没有那么"照顾"夏皎。

松鼠鳜鱼口味酸甜，俩人又点了一份苏州枣泥拉糕、一份草头、一份鸡头米甜豆、一份清熘虾仁，分量不算多也不算少，夏皎胃口小，温崇月胃口大，刚好可以吃光。夏皎提出疑问："这里的虾仁是河虾吗？好好吃！"

温崇月建议："你要不要问问店员？"

夏皎猛烈摇头："算了算了，一点小问题而已，不给他们添麻烦了。"

她在外吃饭，会尽量避免和人说话。之前住酒店发现备品中少了压缩浴帽，她也只是默默地没有使用，而不是打电话给前台让她们送上来。除非迫不得已或者需要转移话题，不然夏皎会尽量避开这种“麻烦”。

温崇月不赞同：“这不是添麻烦。”

夏皎不说话了，盯着桌子，听到温崇月说：“有什么问题，自己告诉他们。”

夏皎说：“你知道我不太敢……”

“你是顾客，”温崇月难得这样和她说话，“皎皎，你想想看，顾客在点餐之前想了解菜里有什么，这很自然，就像平时花店里的客人向你询问关于花的问题。我陪着你。”

夏皎纠结：“但这样会不会增加他们的工作量？我看现在客人也不少……”

“他们的工作就是解决客人的问题，”温崇月握住夏皎的手，“说吧。”

他的手很暖，夏皎鼓起勇气，叫来服务员，轻声细语地询问：“不好意思，我想问一下，清炒虾仁这道菜里的虾是河虾，还是海虾？”

年轻的服务员温和地回答：“女士，这道菜我们用的是河虾，是经过精心培育……”对方娓娓道来，介绍了这道菜肴，末了，问道，“还有什么能帮到您的吗？”

夏皎摇头：“没有了，谢谢。”

“祝您用餐愉快。”

对方离开后，夏皎才轻轻地呼出一口气，用纸巾擦拭手心的汗水，喝了口水，察觉到温崇月的视线追来。

“瞧你，”温崇月笑道，“和人聊个天，像是相亲。”

夏皎反驳：“还不如相亲呢！相亲时还好，我不紧张，因为知道反正也不会成功……”

温崇月敏锐地捕捉到信息，不动声色地问：“不紧张？第一次见面时，我看你紧张得像打算偷花生的小松鼠。”

夏皎说：“我又没说是和你相亲——咳咳，吃菜吃菜。”顿了顿，她又解释，“你应该也知道，现在嘛，大家相亲时多接触一些人，是很正常的……你应该也见过好几个吧？”

温崇月说：“我就相了一次亲。”

夏皎：“……”

他说：“是我运气好。”

夏皎：“……咦？”她还以为温崇月会多找几位“合作伙伴”聊一聊。就像她，在遇到温崇月之前，也经历过各种奇葩相亲的摧残，让她对婚姻更不抱什么幻想。

夏皎以为温崇月也是这样。

她的运气这么好吗？在温老师刚考虑结婚的时候就出现了？

温崇月往她杯子里添水：“这么说，我还要感谢排在我前面的那几位。”

夏皎木木呆呆：“感谢什么？”

“感谢他们没有死缠烂打，才让我顺利找到妻子，”温崇月笑道，“缘分。”

夏皎深以为然，颔首，也是她运气好。十七岁时埋头苦读、在演算纸上列方程式的夏皎，也没有想过会有机会和仰慕的人在同一个被窝里睡觉。

驾照的考试有时间要求，报考驾照的人也多，科目二的考试最快也得在十一假期后了，在此之前，夏皎还有很多很多的时间用来练习。温崇月宽慰她不要着急，别担心，慢慢来，机会多的是，这东西和中考、高考不同，不会决定未来几年的生活。

在他的鼓励之下，夏皎渐渐放松了。

于昙的学生来探望她，带了不少糕点。她自己不怎么吃甜食，于是全转送给了夏皎。苏州的糕点多，不过夏皎最爱吃的还是现做现卖的，味道比放凉后更香。

赤豆猪油糕甜甜糯糯，料放得足，味调得美，放到微波炉中“叮”一下即可食用，一入口，赤豆甜和肉丁香在味蕾上手牵手跳舞；海棠糕需趁热吃，一口咬下去，满满的豆沙馅儿，外表的甜焦糖香而不腻；小蛋筒形状的梅花糕，表面撒一层青红丝和瓜子仁，松软可口。

更不要说还有即将到来的中秋——苏州的月饼做得好，大的小的都有，馅料也多，五花八门。夏皎最爱吃这里的酥皮小月饼，一口气能吃好几个不同馅儿的。

遇上中秋节，花店免不了要准备月饼送给老主顾。在店里聊天时，蓝姐也笑着提了一句，等过几天就该准备给各大客户的中秋礼了，一些酒店、品牌也会给指定客户送花送礼，到时候她们还得忙一阵子。

逢年过节，花店里的生意都会变好。夏皎做好忙碌的准备了。

夏皎、高婵和郁青真三人正观摩着于昙的新作品——她为某个度假村酒店做的中秋花艺陈设。

对方之前一直和另外一家大型花店合作，直接采购陈设好的鲜花。或许是节日将近，或许是出于其他考量，对方新上任的总经理很不满意这次度假村的花艺陈设，认为热带色调的花卉和度假村自身的气质迥然不同，这才找到了于昙。

工作中于昙一直没有表明自己和夏皎的关系。夏皎当然明白这是为了避嫌，也是为了自己工作方便。

和对待其他花艺师一样，工作时于昙极少和夏皎聊天，更多的是和酒店相关负责人攀谈，在酒店中散步，观察度假村附近的生态和装潢基调。

于昙选择花材也颇有门道，和其他动辄宣称“进口花材”的花艺师不同，她采用的花艺材料甚至可以说得上简单、低廉，从不通过价格或者罕见度来判断，而是就地取材、因地制宜。

苏州本地度假村的花艺布置，于昙倾向于采用松枝和檵木来造景，同时考虑到空间挑高，于是遵循“不整形、不对称”的江南山水风格，完整地完成了花艺作品。

作品很受甲方喜爱。在于昙和他们进一步谈论的时候，夏皎三人就坐在度假村的休息茶室中，一边喝茶，一边聊天，等店里的人开车接她们回去。

郁青真最近花钱很大方，不单单是午餐上升一个等级，穿着、用品也都上了个台阶，这些东西一半是她财大气粗的男友送的，另一半则是她自己花钱买的，和之前的勤俭作风截然不同。

高婵是标准的月光族，每个月总有几天要囊中羞涩。工作党大多不好意思向家里人伸手要钱，只是高婵还没有戒掉糟糕的消费习惯，距离发工资还剩一周，她的小金库就已经空空如也了。她凄凄惨惨地大倒苦水，怪纸片人掏空了钱包、游戏简直是抢钱……以后一定吸取教训好好管理自己的小金库。

郁青真想了想，给她出主意："要不你买一些理财产品，强迫自己存钱？"

高婵摇头叹气："算了吧，像我这样的，无论买股票还是买基金，都是让人当韭菜割的。上次基金亏惨了，现在还没缓过来。"

郁青真问清楚她买基金的时间，笑着说："笨啊，你当那些人是财神爷？那段时间基金都上新闻了，你想想，还能让大家都赚钱？咱们消息不灵通，知道哪个基金赚钱时就已经晚了——人家故意放出风声来叫咱们接盘的。"

高婵猛烈地摇头，一想到亏掉的钱就肉痛："反正从那时候起，我就决定了，基金这种东西，我再也不碰了。"夏皎喝着茶，她很赞同高婵的说法，跟着点头："买银行理财吧，最稳妥。"

"银行理财利息低啊，"郁青真想了想，建议道，"我男友认识证券公司的人，他们现在有个产品，利息可高了，年化有百分之十二呢，一个月就分一次利息，你要不要试试？"

"哇！"高婵心动了，"这么高！"

夏皎不说话，皱了眉。

"是啊，"郁青真说，"这个和之前那些爆雷的理财产品不一样，安全多了，按月分息，利息你想拿走也行，直接转入下一期也行，我这个月就拿了不少，你看我这鞋子……"

高婵蠢蠢欲动了，问："多少钱起投啊？"

夏皎将杯子放在桌上，沉吟片刻，问郁青真："你觉得这事靠谱吗？"

郁青真就像看傻子："我还能骗你？"

"不是，我是说，你男友提到的这个产品，"夏皎说，"听起来很不靠谱。"

“银行大额存款还能谈高息呢，”郁青真不以为然，“这个年化率又不是特别离谱。”

不，夏皎认为特别离谱，钱没有这么容易赚来的。她从小保持警惕，知道天上不会有掉馅饼的事情。

郁青真四下看了看，凑过去，压低声音：“这是有内部消息呢，等过了这个村，就没这个店了。”

夏皎联想到一些糟糕的新闻，提醒郁青真：“真真，你看新闻了吗？遇上非法集资可能血本无归。”

“我男友会骗我吗？”郁青真未置可否，“你不信就算了。”

高婵兴致勃勃地继续问郁青真相关的问题，郁青真倒是不藏私，只要能回答的都回答了。

临走前，夏皎还是不放心，嘱咐郁青真：“别太相信人，涉及金钱的事最好还是慎重一些。”

“我知道，”郁青真说，“还是那句话，我男友不可能骗我。”

夏皎见实在劝不动，只好放弃。刚刚陷入爱河的人，会受身体激素的影响，听不进去其他人的话。无论夏皎如何说，都不可能劝服郁青真，说多了，对方反倒会觉得她不怀好意，对她产生警惕。这就像劝闺密和渣男分手，永远都那么困难。

不过夏皎私下里还是提醒了高婵一句，劝她不要轻易将钱交给对方。

高婵点头苦笑：“我现在也没那么多钱呀！”

夏皎真希望是自己想多了。

八月十五月亮圆，月桂悄悄香。

中秋节，温崇月拿回公司发的月饼，外盒中规中矩。里面有苏州经典的鲜肉月饼，鲜甜不油腻，酥皮小巧；有杭州比较出名的榨菜鲜肉月饼，咸香微辣，外酥里嫩；也有其他馅儿的，椒盐百果、玫瑰红豆沙、苔条果仁……满满当当。

夏皎也拿到了花店里发的月饼，口味比较单一，没有温崇月公司的那么多种类，只有最传统的霉干菜鲜肉馅儿。

不过夏皎的月饼盒子好看！

花店自然要在包装上下功夫。专门定做的竹篮框，提手上扦插着鲜花，篮中放着月饼礼盒，上面覆盖着一层花——送给每位客人的花篮，花材都不相同，是根据他们以往的喜好特别定制的礼物。

夏皎她们拿到的只有玫瑰，不过不要紧，她自己又从花店里选购了一些花材，固定在花泥和专门的广口瓶中，放在了篮子里。

中秋节，和温崇月的晚餐桌上，这份美丽的花篮就摆在餐桌最中央，赏心悦目。

温崇月夸了妻子好久，从她的心思到厨艺。

经过几天的努力，夏皎终于成功让温老师对她的厨艺改观。

温崇月也没有吝啬，他察觉到了，妻子就是需要激励教育、需要夸奖、需要适当亲亲抱抱举高高。

今晚的饭菜就是夫妻俩合力完成的。

这时节的扇贝正肥美，温崇月做了蒜蓉粉丝蒸扇贝，青红椒点缀在扇贝上，汁水鲜甜，连带着吸足扇贝鲜的粉丝也柔软可口。细火慢炖出来的咖喱牛腩味道浓烈，汤汁浓稠，最适合用小勺子舀汤浇在蒸熟的香米饭上，混合在一起大口吃。

莲藕排骨汤清凉下火，汤饮清澈干净，漂着嫩生生的小香葱末，香浓入肺腑。九月的三文鱼肉质最鲜，用黑胡椒轻微煎一下，就很美味，和着煎好的芦笋一块儿装盘，点缀金黄的柠檬片，就是夏皎的最爱。

温崇月还做了一道莲蓬豆腐，将豆腐泥、干淀粉和草鱼泥混合在一起，放到特定的莲蓬模具中，八粒青豆做莲子，点缀在上。莲蓬蒸熟后放入鸡汤里，又白又嫩，宛若盛了一碗荷塘清风与明月。

更不要说迷迭香烤土豆、咖喱香茅烤鸡块、玫瑰苹果之类的用烤箱做出来的小食……

两只猫咪也开了盛宴，每只猫都有一个不掺水的马鲛鱼罐头，“呼噜噜”吃得正香。

温崇月开了餐酒，微笑着和夏皎共饮。

一杯酒下肚，俩人聊起以前的一些趣事，夏皎正笑着，冷不丁听见温崇月的手机响。他拿起来看了一眼，夏皎也看到了屏幕上跳动的白若琅的名字。

温崇月明显没有想好要不要接，还是夏皎出声："接吧，今天过节呢。"

温崇月轻轻地舒了口气，接起电话，语调平和："你好。"

"嗯。"

"你也是。"

"中秋节快乐。"

他这个通话简直比放学后的小学生还要速度快，简单几句就挂断了电话。夏皎观察温崇月的神色，谨慎地判断出这通电话还算心平气和。至少温崇月看上去很平静，没有和对方发生争执或矛盾。

夏皎认真地吃了块烤土豆，香喷喷。

但晚上温崇月有点情绪失控，俩人不小心弄破了防护用品，幸好家里备着紧急药物，夏皎不放心，吞了一粒。

温崇月倒温水过来的时候，有些歉疚："抱歉。"

夏皎坐在床上，觉得不是很严重："没事啦，医生说了，紧急情况下吃一颗没什么的。"她目前并不希望有孩子。虽说她也没有多么宏大的事业抱负，但现在还不是生孩子的时候。

温崇月收拾好一切，重新上床，夏皎抱着他贴贴，依恋地搂着他，亲亲他的脸，捏捏他的耳朵。妻子总有许多奇奇怪怪又亲密的小动作，温崇月纵容了她。只是没想到夏皎竟一路往下吻，温崇月无奈坐正，捧起她的脸，手指捏着她仍有润泽的唇。

"不行，"温崇月着重强调，"除非你现在想生孩子。"

不知道为什么，说出这句话的时候，温崇月掌心有一层薄汗。这种感觉很怪异，包括刚才被她亲吻时，情感上想继续，但理智提醒他，妻子需要好好休息……

早已入秋，天气转凉，温崇月的身体很热，尤其是在说出"现在生孩子"的话后，他惊愕地发现自己隐隐有些兴奋、有些期待。

俩人早已约法三章，商议好婚后五年内不考虑孩子的问题，而如今——

如今，温崇月竟有些期待她继续说下去，说“好啊”，或者“现在也不是不行”。

坦白来讲，俩人的婚姻开始得很“正式”、很“严谨”，像是谈生意订合同，所有事一五一十地摊开了说，毫无感情基础，只是利益交换。曾经的他能清晰冷静地和夏皎分析利弊、直接谈“条款”，现在却做不到了，无法再平心静气地聊这些。

仅仅是一句玩笑话而已。温崇月有些口渴，他如夏皎一般躺着，掌心发汗，头脑清醒，暗含期许。

夏皎陷入放松后的昏沉。她打了个哈欠，抱紧温崇月。“那就算了，”她说，“我现在还不想。”

温崇月没说话。这个答案在意料之中，他想，今晚或许不该吃和三文鱼搭配的柠檬，现在他的胃里像是被柠檬汁水滴了滴。

“是的，”温崇月板正地回应她，“所以早点睡觉。”

夏皎很听话。她疲倦不堪，真的呼呼睡着了。

温崇月喜爱她的内敛沉静。虽说乖巧懂事并不能称为优点，但他承认，此前自己的确感觉乖巧懂事的夏皎很可爱。然而现在他不这么想了。温崇月觉得她太乖了，居然真的“早点”睡着了。

温崇月不确定自己这些纷乱的思绪到底为何，只能归结于是今晚的月色太美、妻子太温柔，所以得不到满足和抚慰的心才会向大脑传递这么多毫无头绪的想法。

一定是这样。

第十三章 盐烤秋刀鱼

国庆节即将到来之际，夏皎再度跟随于昙出差。这次的目的地是杭州，与苏州相隔不远，不过遗憾的是，她仍要在那边住上三晚才能回来。

温崇月独自一人喂猫、养鱼，根据妻子的嘱咐谨慎地给花浇水、晒太阳。

第一晚，温崇月发觉自己做晚饭都没有太大动力。或许是因为工作太累了，他这样想。

第二晚，温崇月在睡醒后第一时间去拥抱妻子，想要给她早安吻，却搂了个空。大概因为头脑还没清醒，他如此下结论。

第三日，温崇月习惯性地做了两份便当，才意识到夏皎还未回来。可能是肌肉记忆，温崇月对此深信不疑……

温崇月打开手机，聊天界面上的时间停留在昨天下午。温崇月看到天气预报，特意发消息提醒夏皎——今天杭州降温，出门记得穿外套，没有外套可以在附近买一件。和夏皎一起收拾行李时，他确认过自己的信用卡在她常用的包中。

聊天记录止步于此，他昨天晚上九点十五分发的消息，现在已经早上八点钟了，而妻子迟迟未回复。

温崇月稍加思考，给夏皎发出来自丈夫的关切问候。

杭州的酒店里，夏皎听到手机在响，趴在干净的枕头上，挣扎着拿起手机，睡眼惺忪地看到来自温崇月的消息。

温崇月：“现在能否回我消息？”

温崇月："我想确认一下自己认不认识字。"

昨天晚上，夏皎疲倦不堪。

当天上午工作结束，用过午餐后，她和郁青真溜达着去西湖散步。这时候游客多，执勤的人员在路口指挥交通。

郁青真听进去了夏皎的话，和夏皎聊了许多，心中对自己那个男友的事情也有点犯嘀咕了——导火索是她最近在网上刷到某款包的真假鉴定对比图，于是顺手给男友送的包包拍了照片，谁知越看越觉得不太"真"。

这不是一个"品控问题"就能自我安慰得了的。她在专门的鉴定软件上付费请人鉴定，毫无例外，对方给出的判断都是"假"。

她本来在想要不要找代理商，送到中检院鉴定，得知夏皎以前在该奢侈品母集团工作过，就试探着问了问夏皎。夏皎当然是乐于帮忙的，不过她自己也不具备鉴定真假的能力，只能帮忙联系可以把包送去检查的人。郁青真有她帮忙，松了口气，多少也能听进去劝了。

"我在社交软件上认识他的，"郁青真说，"我刷到了他做公益的帖子，在为流浪猫狗募捐……于是发了一条留言，他通过私信联系了我。"

夜风微凉，西湖断桥上的灯已经关了，人们陆陆续续地往岸边来。郁青真简单地说了俩人相识的来龙去脉，就这么简单——她欣赏有爱心、有魄力的男性，而对方和她也很谈得来，第二天，对方就开启了对她的热烈追求。

郁青真和他视频过，也有照片，她翻出来给夏皎看，是个五官端正的男性。

郁青真说："你也知道，我们都工作了，不可能再向家里人要生活费……就算我爸爸非要给我，我也不能要啊！我和他提过一次这事，他就说有这么一个理财产品……"

说到这里，郁青真认真地说："最近一个月的利息他都分给我了，一分不少，我要他就给。"

夏皎未置可否："涉及金钱，最好还是慎重一点。"

郁青真喃喃："虚荣不是错，人都有虚荣的时候。真要是假包，他倒是和我说一声啊……”

夏皎宽慰了她几句。离酒店不远的地方有条热闹的街，街道两旁有很多卖东西的摊位，亦有各色的美食小店。郁青真心情郁结，俩人就在酒店旁边的音乐酒吧喝了两杯酒，才回了酒店。

大抵就是这两杯酒的缘故，早晨起床后夏皎感到有点头痛，不过还是及时给温崇月打了电话：“温老师。”

她解释昨晚为什么没有及时回短信：“当时在陪同事，她心情有点不好……你放心，我行李箱里有件防晒服。”

温崇月说：“防晒服不御寒。”

“今天下午两点才有事，我保证等会儿就去买外套。”夏皎说，“放心好啦，我不会被冻到的。”

温崇月站在阳台上，太阳初升，小虾米趴在温泉身上，强行给对方舔毛。

他低头看着花盆中的茉莉。这盆小花看起来不起眼，实际上花期颇长，“呼啦啦”地开了一整个夏天，到现在还有幽幽暗香。

温崇月说：“茉莉又开了。”

夏皎“咦”了一声。

“还有，你养的青苔最近长得也不错，”温崇月说，“不过你还是早些回来，我担心自己照顾不好它。”

夏皎笑了一声：“好的！”

夏皎愉快地吃了早餐，顺便去和酒店相连的嘉里中心逛了逛，买了件外套。微信提示音响起，是温崇月给她发照片——盛开的小茉莉、旺盛的小青苔，还有两只猫咪。

温崇月的确不会照料植物。神奇的是，他种菜倒还可以。家里有个空闲的花盆，他往里面撒了生菜种子，长势喜人。还有冬天时他代为照顾了一段时间的水仙，不开花，疯长叶子，一盆“凌波仙子”成了“疯狂大蒜”，一眼望过去，就像盆生命力旺盛的蒜苗。

上午没什么事情，郁青真错过了早餐，单点了一份沙拉和干煎三文鱼。

她病恹恹的，没太大胃口。不过倒没有影响下午的安排，等见于昙的时候，她又恢复了神采奕奕的模样。

郁青真喜欢八卦在这个时候展现出了好处，她来花店的第三天就摸清楚了老板于昙年轻时的爱恨情仇，并在上午时一边喝茶一边慢吞吞地讲给夏皎听。

国内花艺行业起步稍晚，其他国家已经流水线一样出相关课程和培育的时候，国内花艺行业仍是一片蓝海。二〇一六年是国内花艺市场最繁荣复杂、混乱不堪的一年。资本家就像闻着血腥味而来的鹰，眼见互联网花艺行业刚刚起步，便不管市场如何，更不在意什么质量和发展，直接投入巨额资金，想要抢占市场。

一如二〇一五年的租车市场以及共享单车，那一阶段，市场空前膨胀，也空前混乱，有些国产花卉的价格甚至比进口的还要高昂许多。

在这种情况下，于昙个人创立的花艺品牌能够屹立不倒，稳稳地躲过被资本吞并的命运，其个人魄力、业务能力、铁血手腕可想而知。

"……只有那些碎嘴子才会拿老板的私事说事，"郁青真没怎么提于昙的花边新闻，"谁不想和二十多岁的男大学生约会呢？"

夏皎惊讶："你转性子啦？"

"是看开了，"郁青真说，"男人靠不住。"

夏皎深以为然，还不忘提醒："你记得早点把钱拿回来，谈恋爱阶段，最好还是不要牵扯太多金钱。"

郁青真闷闷地应了一声，夏皎也不确定对方有没有听进去。

夏皎很注重和人交往的"边界感"，尤其是面对陌生人和不那么熟悉的朋友时。

初中时，夏皎目睹过校园欺凌，她主动给老师打了电话，结果被殴打的男生并不怎么领情，反倒责怪夏皎，本来他只要挨一次打就能完事，现在闹大了，以后说不定还会继续被揍……

她这才意识到，有时候她眼中的"善意"，也会让人避之不及。

从那之后，夏皎就很在意和人相处时的距离，斟酌对方"是否需要帮忙”。大学时舍友的男友劈腿，恰好被夏皎撞见，她思考很久，最终选择用匿名号码给舍友发消息，提醒对方男友出轨。

事实证明她做得很对，舍友看到了短信，得知了真相，但并没有选择和男友分手，而是逼着对方“二选一”。俩人直到毕业，才因为工作原因分开。

每个人在意的东西不一样，选择也不同。夏皎想，自己应当从中吸取教训，不给他人添麻烦，增加没必要的苦恼。

一直以来，她也是这么做的，尽量避免没有意义的社交。明明是消费者，她却总是想着“不要给他们添麻烦了”，口袋中的手机常年静音，耳机是必不可少的东西。网上和人沟通，永远是打字，即使对方发来语音，她也会先转文字。

夏皎努力给自己制造了一个不受别人干扰的小花园，并想方设法地用玻璃罩子将自己的小花园保护起来，不用声音和气味去干扰别人，也不希望别人来打扰自己。

直到有一天，温老师来了，带着饭盒，礼貌地敲开小花园的漂亮木门。

江浙一带的美食常常被归为一类，但其实杭帮菜和苏帮菜有细微的差别。杭帮菜更看重原材料，讲究刀工和火候。

于昙对饮食要求高，连带着出差的人也跟着她饱了口福。入味的笋干上面码着一层蒸煮后连刀切成片的五花肉，一片一片，叠成金字宝塔，红亮油润。龙井虾仁清新怡口，虾肉滑嫩透红，点缀几片青绿悠然的茶叶。还有“炸响铃”，腐皮透明纤薄，往上面薄薄地涂一层细细的肉糜，卷起来，热油烹炸，一口酥脆。

夏皎和郁青真还跑去尝了杭州一些有名的平价店里的美食。

知味观的猫耳朵、馄饨配鲜肉小笼包，总店味道最好。羊汤饭店的羊肉烧卖，据说是用了三七比例的羊后腿肉做馅料，搭配羊肝、羊脑、羊杂碎一锅煮成的羊肉汤，夏皎对羊肉不算特别热爱，但同行的郁青真对此赞不绝口。更不要说阿良面馆的两面黄、虾爆鳝面，菊英面馆的片儿川，外婆家的糖醋里脊、葱包烩儿……

临走前，夏皎也给温崇月带了一些特产——素烧鹅、盐件儿、糟鸡爪和熏鱼。

郁青真没想到她带回家的特产竟如此“淳朴”，笑了好一阵儿。夏皎认真纠正：“对于食物来说，美味要排在颜值前面。”

郁青真摇头：“我宁愿带好看不好吃的。”谁知郁青真无意间尝了夏皎带的素烧鹅——其实是用豆腐皮卷的，便忍不住连夜下单，让外送带了一盒过来。

妻子终于归来，温崇月却没法完全放松。每一个季度末，都是温崇月最忙碌的时候。在这个阶段，他的工作时长会比平时延长半小时，晚饭后有段时间会用电脑工作，在无意外的情况下，这种工作状态要持续一周。

温崇月并不是一个喜欢加班的人，与其说他是工作狂，倒不如说工作中总有一些身不由己的时候，譬如说现在——周末和夏皎的度假计划被临时取消。她并没有生气，反倒主动安慰他，笑着说正好可以在家里好好休息，晒晒太阳、补补觉。

白若琅近期常和温启铭走动，温崇月并不赞同，父子俩意见无法达成一致，温崇月有些无奈。

温崇月尊敬温启铭，对方是他的父亲，也是他的最佳老师，不过在白若琅的事情上，俩人很难和平讨论。

夏皎在客厅快乐地和猫咪玩耍，她已经洗完澡，温崇月却不能和妻子聊天，而是在和异国的同事开网络会议。书房里，除了温崇月的工作台外，还有夏皎那集手作、阅读、玩游戏等功能于一体的桌子，现在空荡荡的。

会议结束后，温崇月躺在椅子上。这段时间琐事太多，他有些疲倦，伸手按按太阳穴，耳侧听见书房的门被轻轻打开的声音。对方的动作又轻又缓，谨慎地问：“结束了吗？”

温崇月将椅子掉了个方向，看到夏皎抱着温泉，露出来一个小脑袋。在确认他的电脑屏幕黑了之后，她松了口气，三步并作两步跳过来，先把温泉塞进他怀里，又站在温崇月椅子后面，说：“是头痛吗？”

这样说着，夏皎便伸手揉着温崇月的太阳穴。温崇月的身体轻轻震了一下，对方毫无察觉，仍旧和他聊天：“以前小橘子头痛的时候我就这样帮她按一按，你和她一样，是不是最近工作压力太大了……”

她的头发、手指都有着淡淡无花果叶子碾碎的香气，语调温柔，手下动作又轻又暖。冷不丁地，温崇月想起江晚橘建议他和夏皎吃饭时说的话。

“皎皎是个很温柔贴心的女孩，”江晚橘说，“温崇月，我可是非常非常信任你，才舍得把她介绍给你认识。”

的确温柔贴心，只是江晚橘还漏了一点没有讲。夏皎其实很聪明，只是怕被人误解，才养成内敛的习惯。她心思敏感，总是体谅他人，从不和人在小事上争论。

温崇月了解夏皎的这么多优点，只是现在——在夏皎的好心安抚下，他的心脏，那种熟悉的高频心跳再度出现。

温崇月伸手触了一下。

怦、怦、怦。

像是冬日暖阳下，跌落在篮球场上的一枚硬币，又像盛夏中午，单手拉开的疯狂冒气泡的可乐。

风一吹，久居花海者终于嗅到茉莉花的香味。夏皎轻轻揉着温崇月的太阳穴，很努力认真地替丈夫缓解身体的不适：“周末要不要你休息，我来做饭？让你好好感受一下敲碗等饭吃——”

她想着让温崇月休息的办法，冷不丁地，对方握住她的手，要她暂停。

夏皎呆呆地看着温崇月。

这只是两个人很普通的日常相处，夏皎给他按过好几次额头，不过之前温崇月都没有中途叫停。

温崇月眉目舒展，带了一点笑，眼睛很亮，像冷冷清泉中洗出来的黑宝石。

夏皎问：“怎么啦？啊，对了，你这周要不要再去做个体检？我记得你上次说心脏不舒服，最近还有吗？”

“不用做体检了，”温崇月捏着她的手腕，收紧，含笑，“我想我知道心率过快的原因了。”

夏皎问：“是什么？”

温崇月不说话，只是捏着她的手腕，指腹轻轻摩擦。

片刻后，夏皎恍然大悟。她压低声音，小声问：“是那个会让你丧失良心的东西在蠢蠢欲动吗？”

夏皎很体谅温崇月这点无伤大雅、她自己也很喜欢的爱好，于是主动低头，亲了亲温老师的唇。如果这样可以帮助对方解压的话，其实也不错，至少比抽烟喝酒好多了。

不过，夏皎发现温老师最近举动有些怪。

温老师每天亲亲热热的兴致更高了，还喜欢很多小动作，比如说亲亲贴贴、触碰拥抱，简直就像一只海马爸爸，要把她整个儿藏进育儿袋里。

夏皎思考：难道是秋天即将来临，气温下降，连带着温老师也需要温暖的抱抱了？为了双重取暖，夏皎很配合他的拥抱。

下厨房时，温崇月喜欢让她一块儿参与，哪怕分配给她的是一些拌沙拉、倒牛奶之类的小事，也会和她聊很久。

夏皎猜测：是不是因为工作压力大，他需要一个人来聊天、转移注意力？为了替他减缓压力，夏皎每天分享的趣事更多了。

除却工作外，俩人例行看电影时，温崇月也喜欢搂着她，要求夏皎坐在他身上，时不时地捏捏她的胳膊、玩她的头发。

夏皎琢磨……琢磨不出答案。夏皎放弃思考，说不定是温老师觉醒了新的爱好。

夏皎很体谅对方这种行为，就像她，也患了肌肤饥渴症似的，喜欢搂着温老师的胳膊，忍不住想要依靠他、想要咬他一口、想要掐掐他身上的肉。

都是很奇怪、很糟糕的小念头，夏皎深深地谴责自己，并极力控制自己不要真的去做。

国庆节一到，刚好赶上大闸蟹旅游节，无论是莲花岛、美人腿岛，还是沙家浜，都是以蟹为主题。不过，在温崇月看来，要等到十月中旬，螃蟹才会到最肥美的时候。毕竟吃阳澄湖大闸蟹，遵循一个原则，“九雌十雄”。

农历九月吃雌蟹，而农历十月才是雄蟹膏黄脂满的时候。

秋高气爽，国庆节来苏州的游客络绎不绝，尤其是盛名远播的拙政园和狮子林。苏州博物馆门前，没有提前预约的游客更是排起长队。温崇月工作忙碌，终于迎来假期，首日和夏皎在家中休息了一整天，除了吃喝就是睡觉。

夏皎喜欢触碰对方下巴上偶然被漏下的几根胡楂儿。温崇月使用的仍旧是手动剃须刀和泡沫、须后水，夏皎很好奇刮胡子的感觉，主动提出帮对方剃一剃。温崇月满足了夏皎的请求，由她动手，他提醒步骤，做动作示范。

夏皎小心翼翼地按照他的示意来刮，然而说到底还是新手，不太会，不小心刮破了一点点，露出一道浅浅的血痕。夏皎对此愧疚万分，温崇月却笑着说："我第一次刮胡须时，也刮破了一点——不过是右边，和你这个位置对称，看来我们的确有缘分。"

夏皎很喜欢他这个说法，忍不住悄悄雀跃，在心脏里藏了一整个冬天的那只松鼠，一边唱歌一边在阳光下跳舞。

呀呀呀呀，缘分！这个词语给人一种命中注定要天生一对的感觉，仅仅听着，喜悦就像碳酸气泡，从疯狂摇晃后被打开的可乐瓶口唱着歌儿溢出来。

开心之余，夏皎为这个小伤痕感到由衷的歉意，主动凑过去舔了舔血。温崇月顺势将她抱到洗手台上。洗手台的边缘有些凉，夏皎只穿了裙子，有些不适，身后是明晃晃的镜子。温崇月大拇指压在夏皎脸颊旁侧，垂眼注视着她。

她刚刚亲自为对方刮了下巴，干干净净，清清爽爽，他现在闻起来就像夏皎的猫薄荷，像夏日阳光下刚洗干净的白床单。夏皎捏着温崇月的耳朵，听见他低声叫她："皎皎，皎皎，小娇娇……"

夏皎被最后那个称呼刺激得有如电流从尾椎骨升起。她好似看到烟花在夜空中绽开，苍苍穹空，万星零散。

温崇月将她抱起来，夏皎从镜中看到自己的脸，似秋日熟桃，又如晚霞绯红。她几乎要认不出自己了。而温崇月垂眼看她的脸，不再温文尔雅，君子失了端方。

国庆节假期过去两日，夏皎发现温崇月染上了一个了不得的“恶习”。他意识到夏皎对“小娇娇”这个爱称反应强烈，非但不知收敛，反倒变本加厉地逗她。夏皎难以改变温老师的奇怪称呼，只能无奈接受，真是奇怪的男人。

温崇月和夏皎都无意在人山人海中逛园林，不过温崇月倒是带了夏皎清晨去爬虎丘，毕竟这里有地标建筑云岩寺塔。

和北方巍峨高耸的大山不同，南方的小山丘大多秀气，更适合散步，慢慢观赏。昨夜刚下了一场雨，清晨竹叶清，时闻鸟鸣。

温崇月带了一个双肩包，里面装着水和蟹黄酥，时刻准备投喂夏皎。

元稹有一句诗，其中有一句“晨前独对朝霞”。清晨的虎丘山上人不算太多，显得更加清幽。温崇月清晨烤了奶酪鸡蛋吐司杯，不太习惯早起的夏皎胃口不太好，没有吃下，就装在透明的小盒子中带来。吐司边缘烤得焦黄酥脆，内里的奶酪和蛋黄的味道完美融合，夏皎两口一个。

虎丘地方小，没多久就逛完了，两人顺着仍有居民的七里山塘街往阊门走。比起已经完全商业化的山塘街，阊门的白墙黛瓦明显更有老苏州风情。

夏皎好奇地看着周围的民居，这些房子是典型的江南水乡风格。

巷道狭窄，有穿着白衬衫的人骑着自行车优哉经过，温崇月顺势拉了夏皎一把。夏皎冷不丁地贴靠在他的胸前，嗅到干净的植物气息。

夏皎要沉溺其中了。

中间俩人路过一个热闹嘈杂的菜市场，有人在卖莲子，温崇月挑了几个大的，剥开剔除莲芯，喂给夏皎吃。

第四天俩人几乎走遍了苏州大大小小所有的博物馆，夏皎最爱的是丝绸博物馆和扇子博物馆，小巧精致，藏在民居之中。她看到一副清朝的象牙骨扇，雕琢仔细，栩栩如生，精巧美丽。夏皎被这把美丽的扇子吸引了，眼巴巴地看着，无意识地喃喃：“好漂亮啊，心动……”

这样说着，借着眼角的余光，她窥见温崇月取出手机，低头看。

夏皎担心地问：“是工作上的事情吗？”

温崇月摇头："不是，我在搜抢劫博物馆要判多少年。"

夏皎："……"

她回头四下看了看，没看到保安的身影，才松了口气，严肃地捂住温崇月的唇："请不要继续说下去了，温老师，目前我还不想守活寡。"

温崇月镇定地收起手机，握住夏皎的手腕，轻轻一挪："舍不得我？"

夏皎移开视线，她其实羞于直白地表达，尤其是对方的这种提问。她说："嗯……主要是守也守不住。"

温崇月叹气："没良心。"

夏皎说："才不是。"

为了证明自己话语的真实度，她特意知恩图报、投桃报李，用烤箱精心烹饪了香喷喷的蓝莓酥饼，用以表达对温崇月投喂的感谢。

最后三天假期，俩人回了扬州。女儿、女婿归家，二老自然欣慰。

扬州不如苏州大，生活节奏更慢一些。闲来无事，夏皎去钟书阁读书。今日客多，钟书阁人满，她就和温崇月一起坐在面对玻璃窗的高脚椅上。

夏皎看了许久，不经意地抬头，对上温崇月的视线。很明显，对方在看她，目光专注。

夏皎摸了摸脸，紧张兮兮地问："我今天的妆是不是太浓了？"

"没有。"

夏皎松了口气，仍旧奇怪："那你在看什么？"

温崇月转移视线："看阳光。"

夏皎深以为然。

今日阳光颇好，照在书页上，阴影淡淡，有种穿着运动服扑到柔软草地上的踏实感。她喜欢这样的生活，不需要光鲜亮丽，不需要显贵于人前。

夏皎以前供职于奢侈品行业，没少见那些"达官贵人"，因工作原因，也接触过不少明星和"上流人士"。她承认那种纸醉金迷的生活和精益求精的享受很迷人，但总像悬浮在高空之上的一场梦，随时会有跌落破灭的危险。

夏皎更喜欢安稳的生活。她不觉得如今平淡，更何况，自己还有大把时间去欣赏花开、吃吃喝喝。

夏皎确认自己胸无大志，不求大富大贵，只求温柔和睦，一日三餐，两人四季，猫狗——

夏皎小声地对温崇月说："我们好像还没有猫狗双全呢。"

温崇月讶然："你喜欢狗？"

夏皎想了想："如果非要说喜欢的话，大概喜欢朋友家的狗。"

温崇月稍加思索："昼仁倒是养了只巨型雪纳瑞，下次带你去看看。"

夏皎用力点头，不过隔了一阵儿，她想了想，提出一个问题："可以随便摸吗？"

温崇月翻开书："摸我可以，摸狗不清楚。"

夏皎："……"

"不过不用担心，"温崇月指指自己的脸颊，"你可以用吻来贿赂我。我想，如果皎皎愿意给她丈夫一个吻的话，我会很乐意去帮她寻一只狗。"

"不用了，"夏皎掰着手指，安静地数，"现在我们家里有虾米和温泉两只猫猫。"

说到这里，她抬脸，指了指温崇月，一本正经："还有你。我发现我们家其实已经猫狗双全了。"

温崇月说："错了。"

夏皎不躲不避，理直气壮地与他对视："什么错了？"她也不知道自己哪里来的勇气。反正无论她说什么，对方都不会生她的气，只会说她是笨蛋。

"咱们家怎么能是两只猫呢？数一数，虾米、温泉，"温崇月模仿着她刚才的动作，轻轻点一下夏皎，目光含笑，语调和缓，"还有皎皎。咱们家明明是三只猫，猫狗双全。"

夏皎："温老师，不要以为你突然夸我，我就会原谅你刚才恶意骗吻的行为了！"

好吧，夏皎还是悄悄原谅了。没有办法，她承认自己完全抵抗不住温老师的"魔力"。

说来也奇怪，夏皎是个慢热内敛的性格，很难交到肆无忌惮、什么都可以聊的朋友。大学四年，她唯一交心的只有学姐兼闺密江晚橘，而毕业后，她和每个同事都保持着不远不近的友好关系，但远远上升不到密友或闺密这一层面，始终固定在普通朋友这一范畴。

可是温崇月不一样，算起来，两个人住在一起才半年多，夏皎却已经和对方熟悉到仿佛认识了好多年。

不对，这句话也有一些偏差。夏皎对温崇月还算不上特别熟悉，因此经常有一些惊喜的发现。

比如温老师看似什么都能吃，但其实不可以吃太多的葱、蒜和小米椒之类的刺激性食物。他没有胃病，很健康，只是过量食用（生蒜的上限是两瓣、生葱是一颗、小米椒是两根），会让他胃痛、胸口发闷。这大概是基因的问题，温教授也是如此。

比如温老师能够细心地照顾家里的一切，但他有轻微的强迫症。不是要求伴侣必须遵循条例生活的那种强迫症，而是体现在他每天晚上入睡前都要确认两只猫咪好好待在安全区，确认夏皎必须在床上、必须给他晚安吻、必须贴着他，潜意识中他似乎缺乏安全感。

比如温老师的眼睛其实并不近视，他看书时佩戴的眼镜是远视镜。温老师有些轻微远视，这是天生的，具体原因未知。

再比如温老师看上去完美无瑕，似乎没有他搞不定的事情——实际上，他五音不全。在扬州的最后一天，夏皎怂恿温崇月唱歌。

“唱一首试试嘛，”夏皎这样说，“我都没有听你唱过呢，也没有听你哼过。”

温崇月委婉地说：“我在唱歌上没有天分。”

夏皎鼓励他：“怕什么？你之前不也鼓励我吗？”

温崇月无奈：“这是为了你的耳朵着想。”

夏皎将耳朵贴近他：“那你小点声，就让我一个人听见。”

温崇月拗不过夏皎的小小请求，只好答应。夏皎欢呼一声，搂住他的脖颈，快乐地强调：“唱火辣点的，听过《红色高跟鞋》吗？我要听。”

温崇月再度让步，低声哼唱。

他刚起调时，夏皎一脸兴奋；他唱第一句时，她意识到不对；等到他唱第二句时，她悄悄、自动地将耳朵挪远了一些；他唱到第三句——幸好他在第三句的时候停了下来。

温崇月坦诚："的确有些不太好。"

夏皎一脸凝重，说："倒也不是说你唱得不好……"

安静两秒，她说："毕竟能将火辣唱成毒辣也很不容易。"

温崇月："……"

没有十全十美的人，夏皎再度确定了这点，温崇月已经足够好啦！

假期的最后两天，吃饱喝足的夏皎和温崇月一块儿去三山岛，从东山长圻码头乘船前行，一直到三山岛先奇码头，耗时二十五分钟。这个时候游人稍少了一些，更多的是苏、沪的家庭出游。微风从太湖上悠然吹来，夏皎嗅到湖水特有的淡淡气息弥散在风中。

有了上次骑行的经验，这次夏皎不再横冲直撞地往前，而是优哉游哉地与温崇月并肩环岛骑行。

小岛虽不大，但景色优美，毕竟有"小蓬莱"的称号。说起来也有趣，真正的蓬莱在山东，却不是岛。

途中休息，夏皎兴致勃勃地和温崇月提起这件事："上大学的时候，我们宿舍就有一个山东女孩，她就是蓬莱的。你知道吗？我一直以为去蓬莱要坐船，毕竟大家都说蓬莱仙岛嘛……蓬莱怎么可以不是岛？"

温崇月用消毒湿巾擦干净双手，拧开苏打水的瓶盖，递给她。夏皎小口喝着，继续讲："但是蓬莱的樱桃好好吃，美早大樱桃，比一元的硬币都大……温老师，是不是山东什么都大？那里的葱都比我高。"

温崇月示意夏皎伸出右手，夏皎左手拿苏打水瓶，乖乖照办。

温崇月捏着她的手腕，用消毒湿巾擦拭她的右手，一根根擦过手指："或许。"

夏皎若有所思："他们那边的人也都长得高高大大的。"

温崇月的手指干净，捏了烤好的小曲奇饼干放进她的嘴巴里。他出门前装了满满一小袋子巧克力碎小软曲奇和蔓越莓饼干，都是昨天刚烤好的，香喷喷的，酥到掉渣。

夏皎口齿不清："是不是也——"

温崇月用力按了一下曲奇饼干，轻声斥责她："不许乱想。"

夏皎咬掉饼干，舌尖被他的手指擦了一下，赶在温老师弹她舌头之前，乖乖地将宝贝舌头藏好："我没有想糟糕的东西。"

温崇月说："不糟糕的也不能想。"

温老师真是双标，夏皎想，他自己天天做糟糕的事情，却一本正经地阻止她的求知欲，真是一个不合格的老师。

三山岛位于东山与西山之间，顾名思义，山上有三个山峰相连。夏皎对名胜古迹一头雾水，全靠温老师兼职导游进行讲解，比如那些历史悠久的四世同堂石、唐代的古佛、明代的石桥……

岛上虽有大大小小不少农家乐，提供各种炒菜，但明显不太合温崇月的口味，他自己带了调配好的酱汁和调料，租赁了店里的烧烤架，挽起袖子，亲自动手，料理食材做烧烤。

至于夏皎……

夏皎负责喊"加油"和夸夸夸。

温崇月刷酱。夏皎："一看温老师这腕力，苍劲有力，就是练过书法的。"

温崇月均匀撒调料。夏皎："如此均匀缜密，不愧是理科出身的温老师。"

温崇月翻铁签。夏皎："看看温老师这手法，这技巧——"她卡壳了，努力想了半天，也没想到合适的关联词。

温崇月抬脸看她，笑道："我技巧怎么样，你还不知道？"

夏皎将手里咬了一口的燕麦棒塞进他口中，温崇月被她逗笑了，叹着气，摇摇头。

只有两个人的烧烤同样香喷喷。羊肉烤到"吱吱啦啦"地冒着油脂，一点一滴地往木炭火上落；鸡翅膀被温崇月重新剪了几刀，酱汁腌到深处，浸透了味道，外面一层皮焦香，咬起来有种自然的焦脆满足感；猪肋条肉切成小块，和青椒串起来一起烤，一口没了辣味的青椒，一口猪肉，脂香满口；还有肉肠，温崇月见烤得差不多了，便准备拿出来，被夏皎按着手放回。

夏皎说：“肉肠要烤到爆皮、裂开才好吃。”

温崇月失笑：“容易烤焦。”

“没关系，”夏皎眼巴巴守着，“我就喜欢吃焦的。”

不单单是猪肉和鸡肉，还有剪成段的青豆角、烤出来焦香焦香的蘑菇、茄子片、大虾、金针菇、年糕、玉米、娃娃菜……以及必不可少的毛豆花生拼盘，外加一袋花生米。不过后两样都是在店里买的，口味和普通烧烤店的并无差异。

唯一遗憾的是温崇月要开车，不能喝酒，只有夏皎美滋滋地喝了一罐冰镇啤酒。

吹着湖风，夏皎和温崇月慢悠悠地吃了两个小时。

有句俗语，“苏湖熟，天下足”，太湖物产丰饶，来这里必然少不了体验亲自采摘的乐趣。

俩人租船去摘了些荷叶和莲蓬——这时候的荷花已经不太多了。蜜橘虽然还不到最甜的时刻，但也有人去采，夏皎和温崇月跟着一块儿摘了些。她讲了件有趣的事情：“虽然晚橘的名字里有‘橘’字，但其实她不怎么吃橘子，说是吃多了皮肤会发黄。我不信，过年吃了一大堆，然后……不仅脸黄了，我还得了口腔溃疡，痛死我了。”

温崇月揶揄：“我看不只是脸。”

夏皎手里拿着小橘子，不满地用肩膀撞了他一下。

温崇月笑着转移话题：“适当吃没事，维生素 C 含量不低——说起来也有趣，昼仁倒是挺喜欢吃橘子。”

夏皎举起橘子：“那如果我用橘子贿赂他，他会愿意让我摸他的狗吗？”

“小娇娇，还是那个答案，”温崇月将摘下的橘子放进夏皎围裙上的小口袋里，“与其求他，不如贿赂我。”

夏皎哼了一声。

秋天的阳光不算毒辣。虽然会将人晒出汗水，但风一吹便凉爽起来。

她从包里翻出纸巾。这时候成熟的蜜橘个头算不上大，皮厚。夏皎用纸巾裹着，费力地扒开，这是一个舍友教她的“野蛮”吃法。她狠狠地咬了一口，汁水丰沛，甜若蜜糖，略带一点酸，刺激得她一哆嗦，轻轻地舒了口气。

都说绿水青山，实际上，太湖的水并不是纯绿的，而是带了一点灰，迷迷蒙蒙，像落入洗笔池中的一滴墨水，缓慢温柔地扩散出浅灰色的调子。

黄昏时节，俩人去岛的西方看落日，晚霞挑染湖面，三万六千顷湖光山色，可窥一斑。

晚上俩人没有住在这里，倒是买了些“太湖蟹”。本地人对此颇为自豪，信誓旦旦地告诉他们：“这些都是正宗的太湖蟹，没有假的！”

夜晚的太湖，大桥若长虹，似游龙卧波，环山公路亮若星河，闪耀流光。车内放着*Moon River*，夏皎的手搭在车玻璃上，轻轻哼唱。

她又想起了朦胧的雨季，和这首曲子淡淡的调子缠绕在一起，像温柔的、湿漉漉的梦境。

倚着车玻璃窗的手指率先感觉到震颤，玻璃窗缓缓降下，夏皎看到外面山水连绵，夜风卷着湖水的气息轻轻渡来，头发被风吹乱。她吸了口气，转身看向温崇月。

他将车窗打开了一条细缝，放慢车速，让夏皎更好地感受夜风吹拂，晚湖荡漾。夏皎转脸看着湖水，和着音乐的节奏轻声哼唱，听见温崇月不经意地问：“你好像很喜欢这首歌？”

夏皎仰脸：“嗯。”

“为什么？”

手指尖悄悄点着玻璃，夏皎说：“可能是因为能让人想到初中、高中时的事情。”

温崇月眼角的余光瞧见夏皎的表情，像一个陷入懵懂往事的少女。

哦，她曾经的暗恋。一个合格的成年人理应不用这种小事来打扰妻子——理应。

温崇月不动声色：“青涩的青春，真好。”

夏皎模糊地应了一声。她想偷偷地笑，又怕被温崇月瞧见马脚，便强忍着低下头：“真的很好。”特别、极其、非常地好。

她拥有了青春期敢设想的、不敢设想的一切，曾经仰望的人成为她的丈夫，她养了两只可爱的小猫，住在有很多阳光的漂亮房子里，还不用担心每天晚上吃什么——

这样欣悦地想着，夏皎转脸，开心地问温崇月：“今天晚上我们吃什么呀？”

温崇月镇定地平视前方，回答妻子：“吃醋。”

醋怎么吃呢？

凉拌菜和蘸饺子要用酸而不涩、微微带点甜味的香醋；做酸甜口、浓肉红酱的菜要选酸甜味重、回味悠长的老陈醋；醋熘白菜之类的炒素菜和腌肉首选色泽微黄的米醋；熬排骨炖汤最适宜加透明清澈的白醋。

之前夏皎很容易感冒，江晚橘给了她一个小秘方——吃苹果醋，据说能预防感冒。当然不是生吃，凉拌菜的时候稍稍加一些进去，清爽可口。夏皎靠着那瓶苹果醋安然无恙地度过了流感季，不过从那之后她就很少吃醋了。

无论是以上各类醋，还是橙醋、梅醋、柠檬醋……都不常吃。

最近吃的一道专用醋做的菜，是西湖醋鱼。民间有个极为传奇的故事，说这道菜原本叫“叔嫂醋鱼”。名字暧昧，故事却不暧昧，讲的是小叔子和嫂子齐心协力报仇、杀贪官的故事。

温崇月今晚做的却不是这个。

一道糖醋茄子，一道糖醋脆皮豆腐，又酸又甜又香，旁观的夏皎馋得口水滴答，猛喝用豆浆机打出来的南瓜汁。

一个小南瓜，三分之一榨汁，放冰块当饮品；三分之一切片，加了鲜百合、芦笋做了南瓜小炒，香喷喷的，干净漂亮；最后三分之一和栗子一起熬成了稠黏的粥。

当然，今晚的主角还是带回来的太湖蟹，都是温崇月亲手挑的，一水儿的雌蟹，大小均匀，保证只只蟹黄厚、蟹脂肥。

温崇月用新牙刷将蟹洗刷干净，和姜片、啤酒一块儿放进蒸锅里蒸。

吃太湖蟹的蘸料也少不了醋。嫩嫩的小香葱切碎，姜剁成末，少许白糖，大量醋，泡在一起拌匀，就是最简单的姜醋蘸汁。

夏皎看旧版《红楼梦》电视剧时，对第一集中贾雨村他们吃蟹的那些器具很感兴趣，据说当年拍摄时，剧组为了研究这些东西，没少花心思。现代人吃蟹，自然不用这样费力气地在器具下功夫了——一双手、一把剪刀、一根筷子，够了。

温崇月却拿出蟹八件。

螃蟹性寒，他中午没有喝酒，晚上倒是倒了一些绍兴黄酒，简单泡了菊花茶和菊花水，前者用于漱口，后者便于吃完后洗手除味。

夏皎上礼仪课的时候学过蟹八件的用法，不过时间太久，早就还给了老师，只隐约记得蟹剪用来剪蟹腿利毛，蟹针用来剔蟹腮蟹胃，长柄斧用来开背壳……后面便记不太清楚了。

温崇月很有耐心，重新教了一遍，不过最后也笑了："其实只要吃得开心就好，用什么东西倒都无所谓。"

夏皎捧着被温崇月开了壳、剪了蟹腿的螃蟹，深以为然地点头——温老师就是最好的吃螃蟹工具，他负责开，她负责吃。

今晚醋的含量增加，不过温崇月倒是没有再问其他问题，只是微笑着主动提起夏皎的初高中时光，全是一些琐碎的事情。

夏皎发现，或许因为是北方人，温崇月似乎对江苏的校园生活很有兴趣，和她聊了很多，比如她那时的学校啦，班级啦，老师啦，同桌啦……

夏皎感觉或许是自己想多了，温老师应该只是单纯地想要用醋做菜，毕竟如今已经入了秋，流感猝不及防。或许他只是想让她多吃醋、杀杀菌？

无论如何，这个悠闲自在的国庆假期的最后一天，以两人的完美恩爱结束，画上一个圆满句号。

休假结束，第二天，夏皎精神抖擞地去店里。

国庆后会有一小段的疲软期，郁青真面色看上去还可以，午餐时简单地和夏皎、高婵汇报了一下目前的情况。

夏皎总结出两个重点：第一，男友说包是托朋友买的，他完全被蒙在鼓里，东西没拆开就转交给了郁青真，自己也不知道包竟然是假的；第二，郁青真打算要回自己之前投资的钱，然后和对方分手。

夏皎第一个鼓掌，真情实意："就应该这么做。"

高婵猛烈点头："恋爱前期，最好还是别我给你钱、你给我钱……不过，万一他真是骗子呢？"

郁青真冷静地说："不管他是不是骗子，这件事在我心里始终是个过不去的坎儿。他说的话，难道我就得全信？万一只是说辞呢？我见过太多这样的男人了嘴上'画大饼'，实际上偷偷买假货。不信的话你们可以去购物软件搜'钻戒'，看看评论区的那些男人，拿假货换真心。女友看不出来，那就白得一个死心塌地的老婆；女友看出来了，就说是托朋友买的，被人骗了——"

顿了顿，她有些心灰意冷："有的男人，什么事做不出来。"

高婵若有所思。

夏皎对郁青真说："我真佩服你这种快刀斩乱麻的魄力。"

"别，"郁青真吃掉一块炸鸡排，轻描淡写，"最主要的还是，我发现他的衣服也是假的。"

高婵一口水呛住，咳得惊天动地。

夏皎抽了纸巾递给她，顺带着对郁青真竖起大拇指："慧眼如炬。"

这是一件好事，夏皎彻底地见识了同事的变换之路。论如何快速坠入爱河又火速游泳上岸，郁青真排第二，就没有人敢排第一。

不过投出去的钱还没拿到手，郁青真一边抱着花，一边面无表情地用温柔声线给对方发语音，放下电话就是一顿疯狂输出。她顺带咨询了律师和朋友，询问在必要的情况下，能否强硬地要求对方退还这笔钱，毕竟投资时对方说了随用随取。

只是郁青真的钱还没拿到手，店里又遇到一件令人困扰的事情。

之前那个始终在花店外徘徊的职高男生，在十一假期结束后，又开始频频来这里转悠，吊儿郎当的。

职高似乎对学生的仪表并无要求，他染着一头糟糕的红发，耳朵打了骨钉，脸颊上总是带伤，校服永远不好好穿，有时候甚至只穿一件短袖，露出有文身痕迹的胳膊，看上去像是努力洗过了，但没洗干净。

郁青真不怕这些熊孩子，这种时候，她性格里那种强硬就体现出来了。她拍着胸脯吹嘘："我以前上高中的时候，没有人敢惹我。"

夏皎谨慎猜测："大姐大？"

"那倒没有，"郁青真撇嘴，"我可不搞校园霸凌那一套。"

她男友已答应下个月月初把钱提出来，眼看收钱在即、分手可望，郁青真感觉未来可期。现在花店里没什么客人，她一边吃着夏皎带来的烤布丁，一边颇为骄傲地谈起自己的辉煌史。

上学时，郁青真属于天赋不够、勤奋来凑的那种学生，只能死学，去食堂都跑着去。真正令她一战成名的，还是冬天去公园里背单词，见到有几个小男孩推搡着一个小女孩下了湖。

郁青真暴脾气上来，先是把那个被欺负的小女孩捞上来，又抄起棍子揍了这帮熊孩子一顿。有熊孩子的父母找到学校，郁青真的班主任问清缘由后，没有批评她，而是晓之以理、动之以情，将那些父母说得很是惭愧。

夏皎由衷地说："你真的很勇敢。"如果是她，可能只敢抱起小女孩，顶多呵斥一下那些孩子，绝对不敢动手。

郁青真哼了一声："我就是烦这样的熊孩子。"说到这里，她看向外面，瞧见那个男学生的侧面，对方好像蹲在花店前面了，头发乱得像鸟窝。

郁青真不高兴了，拎着花剪出去，说了一顿，把对方赶走了。

周五晚上，花店员工聚餐，夏皎给温崇月打电话报备，放心地去参加聚餐。

聚餐活动就在附近的一条商业街上，几个人先是一块儿吃了饭，又跑去KTV点了酒水唱歌，费用蓝姐报销——花店每个月都有团建经费，花不完。

高婵看上去甜甜美美，实则是个麦霸，唱起《煎熬》来，高音飙得极漂亮，一点也没有破音。光她自己就唱了一个半小时，嗓子都喊哑了，才丢掉话筒过来和夏皎笑着聊天。

温崇月给夏皎发了好几条短信，问她什么时候结束活动，他好过来接她。

夏皎认真地告诉他不用，这里离家很近，她等会儿步行回去就好，而且她也不是一个人，郁青真和她一块儿走，去小区附近的地铁站。温崇月勉勉强强同意。

没想到就是这一小段路上发生了意外。

散场后，俩人没走几步，夏皎就听郁青真哆嗦着说："后面有人跟踪我们。"

这话把夏皎吓了一跳，她回头，看到隐隐约约的"红毛"，是那个在花店门口鬼鬼祟祟了很久的家伙。

似乎是注意到她们停下了脚步，对方也僵了一下，顿了顿，若无其事地往旁边走。

郁青真说："不行不行，我今天喝酒了——哎，老王是不是和咱们一块儿出来的？你给他打电话，让他送我们回去。大晚上的，怪吓人的。"

老王就是"温柔的神"，热心肠的同事，长得高高瘦瘦的。接到夏皎的电话，他连臭豆腐都不要了，快步跑过来，护送俩人回去。他先送郁青真进了地铁站，又把夏皎送到离小区大门不到三百米的距离。

夏皎向对方道谢，但老王仍旧执意送她。"就这么几步路，"老王笑着说，"一会儿就到了。"

夏皎刚刚也受了惊吓，点头同意。俩人有一搭没一搭地聊着，果然很快就到了——

夏皎看到了温崇月。

他站在小区门前，原本在和警卫大叔聊天。他就是这样，和社恐的夏皎完全不同，只要是人，就没有温崇月不能沟通的。

看到夏皎，温崇月和对方说了两句，大步走来。

他客气地介绍自己的身份，和老王握手。或许是没想到夏皎的神秘丈夫如此俊美，老王愣了半天，才慌忙地自报身份，一板一眼的，像报简历似的说：“我是王年，山东人……咳咳，我是皎皎的同事。”

温崇月微笑：“辛苦你送她回来。”

老王摇头：“不辛苦，不辛苦。”

客气寒暄结束，温崇月牵着夏皎的手回家。

夏皎低头思考着要不要把刚才被尾随的事情告诉他。她心里很矛盾，想说出来让温老师心疼，最好再亲亲抱抱举高高，但又不想让他太担心，毕竟什么事都没有发生，而他每天已经很累了。

夏皎正想着，忽然听到温崇月问：“刚刚那个就是‘温神’？”

夏皎纠正：“是‘温柔的神’。”

温崇月说：“听起来差不多。他是山东人，看起来也不是特别高。”

夏皎说：“人家一米八八呢，已经超级高了——温老师，我发现你对他有很深的偏见，为什么？”

“为什么？”温崇月重复了一遍，“你说呢？”

夏皎感觉对方的手在收紧，又潮又热，她不知道是自己的掌心出汗，还是对方。

温崇月也没给夏皎猜测的机会，说：“毕竟所有的丈夫都会忍不住留意潜在的情敌，不是吗？”

秋夜桂花香。夏皎的神志有些恍惚，良久，才轻轻地“咦”了一声。

“情敌”，温老师说了“情敌”这个词。他会将她身边的男生当作假想敌吗？只是想了一下，夏皎就忍不住想要笑。她努力忍住，保持自然的神态。

夏皎慢慢地想起相亲时俩人的交谈，几乎瞬间就理解了温崇月的意思。他的母亲在他很小的时候离开，这应该让他对婚姻产生了一种不那么乐观的看法，所以温崇月提出的结婚要求，是需要陪伴、需要共同维持，不能接受背叛。

她安慰对方：“放心好啦，我会对我们的婚姻保持忠诚的，不是说好了吗？”

夏皎以为这样的说辞能够让温崇月安心，对方却更用力地捏紧她的手，力气大到她的手感觉到痛了，才听到他并不怎么愉悦的声音："是的。"

夏皎小小地打了个哈欠，才提起刚才疑似被尾随的事情。说完之后，温崇月微微皱眉："以后需要我接你下班吗？"

"当然不用，"夏皎很吃惊，"我一般不会这么晚回来，而且从花店到咱们家的路上很安全。"

温崇月说："今晚就应该去接。"

夏皎说："没事，这不是还有同事嘛。"

温崇月凝视着她："就是因为有同事。"

夏皎："嗯？"她不太明白，温崇月却不肯继续多说了。他握着夏皎的手，掌心暖流源源不断地传输到她身上。夏皎听见他低声叹气："真是小虾饺。"

夏皎："……咦？"

她怀疑温崇月在隐晦地骂她笨，遗憾的是找不到证据。

虽然已经吃过了晚饭，但温崇月知道她喝了酒后，仍旧为她炖了一道汤饮。南瓜栗子桂花羹，用了一整个小贝贝南瓜，去皮的栗子十个，撒了一把干桂花。桂花是从于昙院中摘的。她家种了一棵好大的桂花树，正是成熟时节，摘下来晒干，盛在干净漂亮的玻璃大罐中密封，拿来做汤饮，香味儿沁人心脾。

夏皎坐在椅子上，小虾米坐在她的腿上，温泉蹲在桌子上，老老实实地任由温崇月将它的爪子拽出来修剪。

电视上在放老电影《夜半歌声》，画质有些老旧，但谁的心思都不在屏幕上。夏皎小口喝着粥，看着温崇月专注地为温泉修甲，忍不住又想起刚才被人尾随，感到心有余悸。即使郁青真说对方不过是个高中生……但夏皎不确定自己能否打得过高中生。

她晃了晃脑袋，把这些糟糕的想法晃飞，以后多多注意一下。

然而事情大多不遂人愿，即使夏皎想要注意，也阻止不了这个"红毛"在花店附近转悠。

接下来的一周，对方又不定时来花店周围露面。他从来都不进来买花，只是在不远不近的地方看着，偶尔看花，偶尔看店内的情况。郁青真的钱还没到手，脾气火暴，出去和他吵了两次，对方仍旧我行我素，即使默默走开，过一段时间还会再回来。

郁青真气得嘟囔："我的乳腺都要被气出问题了。"

高婵买奶茶回来，笑眯眯地递给她一杯："冷静冷静，喝杯奶茶，深呼吸。"

常点的奶茶店有满减优惠，她们一般都是凑单。花店的外送小程序也上线一周年了，她们最近搞了活动，有固定的满减折扣，还有针对大学生的校园推广——学生情侣购花九折，还会有随机的盲盒公仔赠礼……

夏皎忙了一下午，手腕有点发酸。刚喝了两口奶茶，就听到熟悉的宋奶奶的笑声，她立刻站起来。

这对老夫妻如今已成为花店的常客，每次都是夏皎接待。宋奶奶和夏皎聊得开心，偶尔也会多买一些花回去。夏皎和她分享花朵保鲜、延长花期的方法，或者在花谢之前将花倒着挂起来，放到通风口，晾晒成干花的办法。

老爷爷不怎么爱说话，他看上去要节俭一些。聊了一会儿，他发现保温杯里没水了。夏皎立刻拿了店里常备着的矿泉水给宋奶奶。宋奶奶还没说话，老爷爷先硬邦邦地开口了："她不能喝凉水。"

宋奶奶说："谁说的？"

"医生说的，"老爷爷说，"你这毛病就是年轻时不爱惜身体导致的。"

夏皎主动说："我们员工休息室有饮水机，我去帮你接。"

郁青真站起来说："我来吧。"闲着也是闲着，她领了老爷爷去接热水，只剩下夏皎和宋奶奶聊天。对方很喜欢夏皎，问了年龄后，展眉道："比我那个乖外孙女小三岁。"

夏皎笑着说"真巧"，宋奶奶不知为何却叹了口气，或许是想到一些不太好的东西，她转移话题，又挪到老爷爷身上去。夏皎说老爷爷很细心，天天买花送她。

宋奶奶笑眯眯地摆摆手，说："他年轻的时候脾气硬着呢，现在老了，才稍微软了点，抠门了一辈子，也就这时候大方。”

说到这里，老爷爷拿着保温杯过来了，中气十足：“又在背后说我什么坏话？”

夏皎没忍住，笑了一声，宋奶奶也笑：“没什么，夸你好呢。”

老爷爷哼一声，小心翼翼地拧开保温杯的盖子，在瓶盖里倒了水，吹了吹，才让妻子喝。

夏皎猜测对方并无儿女子孙时刻相伴。那个比夏皎大三岁的外孙女在苏州工作，也是一周过来探望一次。今天周五，又是外孙女过来的日子，所以宋奶奶请夏皎帮忙多挑一些花朵，好带回去装饰房间，让外孙女高兴高兴。

不知道为什么，夏皎总能从这对老人身上看到爷爷、奶奶的影子。父母大多都有身不由己的苦衷，比如为了家庭外出工作、做生意……不得不把孩子留在老家，托老人照顾。

夏皎小时候被两位老人抚养长大，一养就是十多年，感情自然不同。后来因上学问题被爸爸、妈妈接走，她依稀记得临走前，奶奶给她缝书包的肩带——那种黑色的尼龙双肩包，肩带最好再用针钉一圈，不然书包里装的东西多了，容易脱线、松开。

奶奶缝东西的手艺好，钉肩带时也一样，先缝一个“口”字，里面再缝一个“X”，针脚细密均匀。她那时眼睛已经花了，穿个线都要举起针，将线头用嘴唇抿一下，带出一个小尖尖来，再眯起眼睛，把针孔对准灯，另一只手拿线，好久才能成功穿进去。

夏皎在时，一直都是她替奶奶穿针引线。但那时候她不太懂，帮奶奶穿好线后，看着奶奶用针尖在头发上挠一挠，问：“奶奶，要是我跟妈妈走了，以后谁给你穿线呀？”

奶奶侧坐在床上，只是笑：“奶奶自己也能穿——要是皎皎想奶奶了，多回来看看我行吗？”

夏皎认真点头：“我一星期回来看您一次。”

她还翻出奶奶所有的针，给每一根都穿上线。一半白色，一半黑色，老人家年纪大了，不怎么绣花，常用的线就这两种颜色。

奶奶大笑，在灯光下将她的肩带钉得结结实实。爷爷正看着电视里的新闻联播，等着一会儿播放的天气预报，闻言也夸她听话、懂事。

但听话、懂事的夏皎没能履行诺言。

家里人不放心让一个未成年的孩子每周乘火车来回，更何况路费也是一笔开销。夏皎只能每年寒暑假回家陪伴爷爷、奶奶。

老人家从来都不怪她，每次她回去，都变着法子做好吃的。夏皎进家门，奶奶总会先捧出一大堆攒了很久的饼干、糖果、水果、奶制品……都是其他人送的，他们舍不得吃，都给她留着。

有时候也有意外，奶奶欢天喜地地拿出奶制品和饼干时，夏皎却发现这些东西已经过期了，她和奶奶说了后，对方明显一愣，继而心疼地感叹："保质期怎么这么短……"她又难过又不舍地看着那些东西，懊恼自己的粗心，懊恼这些东西的保质期太短，但绝不懊恼夏皎来得太晚。

夏皎每一次回家，都能发现奶奶的牙齿掉了更多，爷爷越来越矮。爷爷年轻时干重活儿，年纪大了以后腰就渐渐伛偻，拱了起来，像一张弓，弦越绷越紧。

奶奶常常抱怨爷爷太节俭，年纪越大，越是什么都舍不得丢；抱怨爷爷晚上睡觉开着电视，每次她关的时候还问她为什么关，绝不承认是自己看着电视睡着了……爷爷笑嘻嘻的，全然不管奶奶的埋怨，将牛奶和饼干往夏皎的书包里塞。

他们每次过年离开，爸爸的后备厢总是装得满满当当，爷爷、奶奶恨不得把家里所有能带的东西全让他们带上。

后来爷爷患病，夏皎终于随父母搬回扬州，短暂的团聚之后，夏皎又考上大学，去了北京，仍旧只有寒暑假才能回家，陪陪两位老人。那时爷爷神志已经不太清醒了，但迷迷糊糊中总记得要藏着好吃的给夏皎，装满她的小书包。

每次放假，夏皎都陪两位老人聊天、晒太阳。奶奶那时牙齿刚刚全部拔掉、定做假牙，暂时只能喝流食。她喝着南瓜粥笑眯眯地点头，精神矍铄，花白的头发在阳光下像漂亮的银子。

患病的爷爷其实已经不太能和人说话了。他就坐在轮椅上晒太阳，像一棵很老很老的沉默的大树，偶尔会含糊不清地喊“小云”，那是奶奶的名字。

夏皎说：“等我毕业了，就买大房子，咱们住一块儿。”

“等我工作后，我就把你们接过去，好好地享福。”

“等我……”

夏皎大三那年的冬天，爷爷去世了，而奶奶也没能等到夏皎毕业。

夏皎看到老爷爷第一次驻足花店门前时，恍然间，似乎看到了爷爷的身影。

她精心为两位老人挑选了花朵。宋奶奶说自己的外孙女是很活泼开朗的性格，说她喜欢画画，很有艺术细胞，遗憾的是她母亲并不支持……夏皎给了两位老人自己能争取到的最大折扣，并赠送了他们三枝康乃馨。

只是离开前出了点岔子。老爷爷推宋奶奶出去的时候，“红毛”正好蹲在店门口，堵住了玻璃门。老爷爷大声叫了一下，要求对方让开。“红毛”勉强站起来，不吭声，夏皎送两位老人离开，回来的时候听见“红毛”嘟囔了一句：“老东西。”

夏皎很不喜欢这种轻蔑的称呼。她返回花店，郁青真出去和“红毛”恶狠狠地吵了一架，吓唬他：“你再过来我就报警了！”

“红毛”不吭声，拎着校服外套就走。气温开始下降，他却仍然穿着洗得有点发白的短袖，露着有洗文身痕迹和瘀青的胳膊，晃晃悠悠的，走起来有点不平稳。夏皎这才发现，对方有点微微跛脚。

不过夏皎并未将工作中的不快带回家。

秋天要吃秋刀鱼。温崇月将去了内脏和鱼鳃的秋刀鱼洗干净、沥干，两面各划三道，撒上小姜葱蒜粉、黑胡椒碎和海盐混合的调味料，均匀地抹上。

夏皎舔了一口切成片的柠檬，酸到眼泪差点掉下来，“咝咝哈哈”地吸着空气。她低头，将切成块的两个柠檬递给温崇月：“好酸呀，温老师。”

温崇月说：“对身体好。”他将鲜柠檬汁均匀地淋到秋刀鱼身上，放在一旁腌制，至少得腌上三十分钟，才能入味。

厨房外的两只猫咪，已经被鱼腥味馋得不停地“嗷呜”了。

温崇月给两只猫咪另外煮了一条秋刀鱼。他细心，给猫咪吃的秋刀鱼也去掉了主刺，放进猫咪专用的碎食机中打碎成末，蒸熟，才让夏皎端出去喂。猫咪都有各自的饭碗，夏皎铁面无私，两只猫咪的分量都一样多。她一边倒鱼肉泥，一边轻声哼歌：“秋刀鱼的滋味，猫和你都想了解……”

厨房中响起节奏相和的剁肉声，温崇月在剁排骨。猫咪的尾巴尖尖轻柔地绕过夏皎的掌心，温泉舔了舔夏皎的手指，猫咪舌头上有肉刺，夏皎在这种粗砺温热的示好中，一颗心脏融化成水。

好吃不过连骨肉。温崇月并不介意整个啃，夏皎则更喜欢稍微文雅一点的吃饭方式。反正剁肉骨费不了太多力气，温崇月便将这些肉骨剁成方便她夹起的大小，放到水中泡血水。

葱姜末准备好，再来一根香葱斩段。白糖、生抽、白胡椒粉……诸多调料拌在一起，等十分钟，排骨泡好后捞起来，继续腌制。

温崇月打算做粉蒸排骨，在排骨腌制的空当中，他将秋刀鱼放入烤箱，顺带做了三白汤——薏米是一早就泡好的，皎皎爱吃米，又加了一些大米保证口感。原则上讲，做这道菜的铁棍山药最好不要去皮，但皎皎不喜欢吃山药皮，就全刮干净，切丁，和白玉菇一块儿放进去……

夏皎在研究用空气炸锅炸红薯片，刚上市的红薯切成薄薄的片，不加糖、不刷蜂蜜，直接放进去烤。她喜欢烤出来的自然的红薯甜味儿。

一个半小时后，周六的午餐终于准备好。

夏皎用手机投屏，选了一部电影《小妇人》。她不常用英文，逐渐退化，在低头吃饭的时候，容易漏掉电影里的台词——不过无所谓。今天能迅速地找到想看的电影，已经超级不容易啦。

秋刀鱼被烤到金黄焦香，表层被烤出一层香喷喷的油。温崇月洒了柠檬汁上去，去腥提香。一口咬下去，焦薄外壳下，鱼肉的鲜味被海盐提升到极致。夏皎满足地“啊呜”吃掉一大口，才和温崇月讲：“我有个坏毛病，吃东西的时候喜欢看电视，《武林外传》《甄嬛传》《老友记》《红楼梦》……都看过了，好像边看边吃会更美味。”

温崇月想了想：“因为会有陪伴的感觉。”

以前温崇月独居，做饭、吃饭时也会开电视，好像有声音响着，就会显得热闹一些。

夏皎觉得他说得很有道理：“不过有时候也有意外。你知道吗？在这些电视剧轮着看完一遍时，我就会陷入无剧下饭的可怕地步。可能会打开好几个视频 APP，挨个儿看排行榜，找适合下饭的视频……有时候可能要花二十分钟才能找到想看的剧，饭菜都放凉了。”

温崇月忍俊不禁：“你有选择困难症吗？”

夏皎用力点头，去夹他做好的粉蒸排骨。

温崇月用的是五香蒸肉米粉，排骨的肉汁让米粉吸足了香浓滋味，连带着垫在下面的南瓜尝起来也有浓郁的肉汁味道。夏皎认真地吃掉一整块排骨，就听见温崇月问：“你有过毫不犹豫的选择吗？”

夏皎说：“有呀，高考结束后，选择大学。”她毫不犹豫地选择了北京，就连家里人都感到吃惊，问她为什么一定要选择北京的学校。

温崇月饶有兴致：“你很喜欢那所大学？”

夏皎盯着碗，不知道为什么，提起这件事，总能让她脸颊烧红。

她隐晦地说：“高中三年，一直是我的目标。”

温崇月笑了，给夏皎盛了一碗桂花马蹄粥，垂下眼睛：“那挺幸运的。”被小虾饺暗恋的那个男生，真的很幸运，幸运到温老师有些吃醋。

嗯——只有那么一点点。

第十四章 桑寄生莲子蛋茶

虽然因为一个人选择一座城市，听起来特别特别愚蠢，但那座城市是北京，于是夏皎的父母、老师都认为她颇有志向。

江苏的高考难度很高。夏皎早上会早一点到教室，有时候是第一个，有时候是第二个。和所有的高考大省一样，“内卷”其实是从学生开始的，而非学校强硬施压。在这种近乎残酷的竞争中，不是天才的人只能付出更多的努力。

高三生的晨读从早上六点开始，晨读结束才是早餐时间，上午和下午的大课间固定跑操，几乎所有的学校都是这样的安排。

夏皎一般早上五点四十分左右到教室。即便在夏季，这时候天也不是特别亮，一片朦胧。学生们起得比太阳还早，能看到负责清扫垃圾的环卫工人，还有背着书包陆续往教学楼走的学生和老师。

晨读课上，很多学生犯困，就主动离开教室，站在走廊上默读。夏皎也试过。夏日清晨的风是微微凉的，裹挟着南方空气中特有的潮湿从脖颈间擦过，她就像落入了阳光下的大海，慢慢地在微凉的海底清醒。

夏皎在这样的环境中翻来覆去地背诵英文单词、努力练习口语、背课文、背语文古诗词……

她对自己未来的规划并不怎么清晰，和许许多多的高中生一样，若是此刻谈起她的人生理想，必定是“考一个好大学”，至于未来的职业规划、人生目标……都是空谈。

晨起背书绝不是一件轻松的事，如果人人都能保持勤奋，那勤学苦读就不会是一种稀缺的优点。至少夏皎记得晨读时昏昏欲睡，记得站在走廊上被风吹到清醒的感觉，记得晨读结束后要去食堂排队买包子和粥时，短暂松下来的那口气。

学校食堂的包子皮松松软软的，一捏就迅速扁下去。她最爱吃的是三丁包，一口下去是浓郁的猪肉香味儿。食堂里的粥大多不会很烫，夏皎常点八宝粥，熬得黏黏稠稠的，红豆和糯米都煮得又软又烂。那时她可能一周都吃同样的早餐，下一周再换另一种搭配。

而支撑她勤学苦读、向最好的学校进发的一切动力，就是如今正将她拥抱在怀里的人。

仿佛夏天还没有过去，还在暑热之中，夏皎的背有些微微发热发痒，她听见温崇月低声叫她“小娇娇”，这个过分肉麻的称呼成了他的爱称。夏皎想要捂住他的嘴，阻止他继续叫。

温崇月的手指按着她的后脑勺，就好像夏皎抱着小猫咪一样，而她同样被爱人温柔地拥抱。

夏皎承认自己的幸运。她达成了一个几乎不可能的目标，因此真诚地感恩目前所拥有的一切。

夏皎悄悄地用牙齿咬他的肩膀，被逮到了。温崇月不但没有阻止她的行为，反而笑着逗她：“馋了？想吃什么肉？话说在前面，咱们可不能吃人肉。”

夏皎被他逗乐了，想了想，问：“那这个季节最好吃什么肉？”

温崇月思索片刻，说：“想不想吃老鸭煲？”

夏皎“咦”了一声，犹犹豫豫地问：“酸笋老鸭煲吗？其实我觉得酸笋的味道有点大……”她之前尝试过一次，敬谢不敏。

“笋干老鸭煲，”温崇月说，“不喜欢酸笋，直接用笋干就好。记不记得春天的时候我们晒了一些笋干？现在可以吃了。”

“呀。”夏皎迷迷糊糊的小脑袋终于想起来了，春天吃笋时，温崇月的确买了很多，有一些就做成了笋干。

清明之前，温崇月精心挑选了春笋。做笋干，得剥皮、去老桩、焯水、晾晒……这些工序说难也不难，最重要的是要有耐心。晾晒春笋的时候，整个房间里都是春笋的清香，就像刚从竹林中转悠了一圈。三十多斤春笋最后只能得两斤左右的笋干，然后被妥善地储存起来，等着天气冷了拿来煲汤喝，比如秋天。

这不是一道快手菜，笋干泡发的过程很慢。取出来的笋干整个用热水浸泡，每隔十二小时换一次水，泡上两天一夜，捞起来后，还要放进高压锅中焖一段时间。

煲汤的老鸭选的是绍兴老麻鸭，长了两年多，肉质紧实，温崇月已请熟悉的店老板直接斩成了块。如今的温崇月认为，在妻子面前剁肉的确有些不雅观。

这道汤的重点是用小火砂锅慢煲，要有耐心。温崇月还加了一些火腿、芋艿、沙参进去。沙参滋阴，能让夏皎好好补一补，免得她换季感冒。临出锅前五分钟，他又添了些虫草花和枸杞。

杭州人大多是在夏天时吃老鸭汤清补，不过秋天吃也别有一种风味。这时候的老麻鸭味道好、韧，炖出来的肉酥而不烂，汤汁浓鲜。笋干在热水的浸润下彻底泡开，吸足了老鸭汤的汤汁，又脆又嫩，不输春笋。

夏皎吃掉了几乎一半的笋干，捂着肚子躺在沙发上，让温崇月给她揉吃到满满的小肚子。

秋雨淅淅沥沥，电视上播着《情书》。这部被奉为“鼻祖”的初恋电影节奏舒缓，夏皎之前看过三次，都睡着了，今天倒是一个例外。或许因为他们刚吃过午饭，人也倦倦懒懒，才能这样自由安心地看下去。

温崇月给她慢慢揉着肚子，忽然问：“你喜欢这种纯洁的电影？”

夏皎含着酸梅干，摇头：“不，其实比起慢节奏的电影，我更喜欢快节奏的。比如上来就步入正题、你追我逃的，故事情节很刺激。”

温崇月扬眉：“比如？”

夏皎想要给他举例子，但半天没想出来，憋出一句：“和很含蓄的少男少女锯嘴葫芦式的爱情电影比起来，我更喜欢那种情节跌宕起伏的。”

温崇月大笑出声：“我明白——”

夏皎将手里的酸梅干塞进他嘴巴里："请温老师在心里偷偷地想，毕竟我还是会害羞的。"

回想一下，现在的夏皎胆子已经大很多了，开心、不开心，都会直接讲出来。

午后的阳光惬意，秋天的苏州安静，气温也舒适，俩人约好今天好好休息，等下午夏皎午觉结束，再去周庄古镇好好地玩一天，明日返程。

忙碌的生活中，双休日要好好休息，也要外出转一转，放松心情。上午夏皎在家睡到自然醒，温崇月则是去了健身房，十一点钟回到家准备午饭。等明天从周庄古镇回来，好好休息一晚，周一便重新开始工作。

温崇月仔细地安排着每一个周末，权衡和妻子相处、约会的时间。

两只猫咪互相舔毛，小虾米猫小胆大，每次企图骑到温泉背上，都会被反压，只能"喵呜喵呜"地惨叫，被糊上一脸一身的口水。

猫咪饮水机正常工作，自动喂食机中粮食充足，温崇月给两只猫又开了罐头、处理了猫砂，将一些暴露在外的可疑因素处理干净后，才洗干净手，陪躺在沙发上的妻子一块儿看电影。

看视频的时候，夏皎总是闲不住嘴巴，即使已经吃撑了，还是会忍不住再塞一点东西磨磨牙。原本的笋干花生米和山楂片吃光了，今天的磨牙小零食是酸梅干，硬邦邦、酸溜溜，开胃解腻。她一边吃，一边目不转睛地看着电影，叹气："为什么藤井树那么喜欢（女）藤井树，后来还娶了和她长相一模一样的人呢？"

温崇月低头，夏皎手中的酸梅干本来快要塞进嘴巴了，又举起来喂给他。

梅干酸溜溜，用的糖不多，酸味压倒了甜味。温崇月含在口中，盯着她，慢慢地说："或许无疾而终才叫初恋，人不可能一直活在过去，更不能为了不可能的暗恋就抛弃眼前人。"

夏皎摇头："我不这样想……嗯，怎么说呢，你听过一句话吗？'要么一切，要么全无。'"

温崇月问："兰波？"

“对，”夏皎用力点头，她说，“我眼中的爱情就是这样。还是那句话，如果你给我的东西也给了别人，那还不如不给我，我不要这种人人都有的东西，我要独一无二、要唯一。”

温崇月若有所思：“那过年我给下属发红包，给你也发，你还要不要？”

夏皎安静三秒：“钱除外。”

温崇月含笑：“不是说不要和别人一样的东西吗？”

“但钱不一样！”夏皎认真解释，“钱是特殊的、高贵的。每一张现钞的编码都是独一无二……而且电子货币也是独一无二的。”

温崇月大笑出声，他的梅子整个吃掉了，低头去抢夏皎手中的，舌头轻轻擦过她的指尖。梅子酸酸甜甜，好像经过她的手指触碰，味道格外不同，就像在蜂蜜罐中滚了一圈。

几年前掀起的古镇潮、西藏潮、丽江潮、大理潮始终没有衰退，随着经济发展，外出旅行的人越来越多，大大小小的古镇古城，服务设施也越来越完善。

相较之下，江南水乡似乎更适合避开节假日出行，尤其是太湖流域大大小小的古镇，大多名声在外，淡季都有游客前来。

夏皎和温崇月抵达时，已经临近傍晚，江苏的水乡夜景大多不惊艳，但临河而建的客栈别有一番风味。俩人入住在南湖附近的一家店，圆床搭配纱幔帐，颇具雅意。

晚上自然要吃大名鼎鼎的万三蹄，周庄到处都是卖这个的熟食店，味道却不好保证。夏皎晚上吃不了太油腻的，就点了一份奥灶面。这种面名字听起来怪异，其实就是用鸭肉做的浇头。再配上一份万三蹄，一份清蒸白丝鱼，一份水面筋皮儿的三味圆，两条红烧鲃鱼，一碟阿婆菜，就是完美的一顿晚餐。晚饭过后，游客还能沿着古镇闲逛，倦了还能去酒吧喝酒泡吧。

晚上就住在临湖房间，圆床很好，温崇月很满意，甚至想将家里的床也换成这种。

夏皎对镇上的茶馆更感兴趣。她简略了解过，听说三毛曾在此品茶，茶馆老板还张贴了和三毛的往来信件。温崇月当然满足了妻子的期待。他就是这样的脾气，宽容随和，只要是不过分的要求，基本上都由着夏皎。也是因为这点，夏皎才愿意和他聊天，敞开心扉——无论她说什么，对方都会认真倾听，耐心地帮她分析、开导她。

“你知道吗？”临湖的茶馆中，夏皎双手托腮，认真地和温崇月讲，“我在爸爸、妈妈身边上学读书的时候，他们常对我说的，就是‘家里穷，你得争气’。”

温崇月安静地听着。清冽的风从窗户送进来，将茶香冲淡，夏皎低着头，睫毛看起来像干净温和的蝴蝶翅膀。

“我们家比不上他们有钱。”

“上学不比吃不比穿，你得比学习啊！”

“知道我和你妈妈供你上学有多不容易吗？”

夏皎在窘迫的青春发育期，听着这种话长大。和父母住在一起后，他们常常在餐桌上提起赚钱的辛苦、抚养她的不易，以此劝诫她好好读书。

夏皎当然明白他们爱自己，也知道父母只是不想让她养成大手大脚花钱的习惯。可是对一个还没有成年、三观还没有完全形成的孩子哭穷，会在她的心里自然而然地留下自卑和谨慎的影子。

她不敢犯错，因为下意识会想到父母说的“我们家比不上他们有钱”，她担心某个错误会让家庭遭受不能承受的负担。整个青春期，她都小心翼翼地控制欲望，将自己蒙在灰扑扑的阴影下。

父母总是夸她乖巧懂事，但她心里明白，自己不喜欢这样的“乖巧”，更不喜欢这种“懂事”。

她不能因此而指责父母，毕竟他们是从“能吃饱穿暖就不错”的年代过来的，在他们眼中，孩子穿着干干净净的衣服、每天吃得荤素搭配、有书读、有补习班上，已经很不错了。谁都是第一次做父母，夏皎理解他们。可她还是忍不住想，如果小时候父母不这样教育自己的话，她是不是也能在社交上游刃有余，就像温老师。

“其实我很羡慕晚橘那样的女性，”夏皎说，“她聪明，不怯场，社交能力很强，好像无论什么场合都能应付得来。”顿了顿，她又说，“还有宋萧，她很勇敢、很大方。”

温崇月没想到她会在这时候提起宋萧，自然地说：“从上司的角度来评价，她的工作能力的确不错。”

夏皎点头。

温崇月说：“听起来，你似乎想解决这个困扰。”

夏皎叹气：“试过……但好像没什么用处。大学时晚橘帮我做过脱敏治疗，嗯，结果就是你看到的这样，工作的时候会好一些，但……自己作为消费者的时候，就很难大大方方地面对其他人。”

她低头：“小时候经过那些商场里面的专柜，妈妈总是拉着我的手快走，说‘不是我们买得起的’。我一直觉得那些东西价格一定很高很高，可能爸妈要赚一年才能买得起，后来才发现，那些面霜甚至不到一百元。

“妈妈只是觉得没有必要。我没有抱怨的意思，就是想说这件事对我的影响很大很大。

“你知道吗？直到上大学后，我才敢去高档的商场，在此之前，我看到都下意识绕着走。青春期随便的一句话，影响就这么大，大到我这么多年才终于走出阴影。”

温崇月握住她的手，她的掌心很软。她的确已经成长了，也和他更熟悉了。之前她从没有讲过这种事情，但今天，她悄悄地向他坦诚。

只是夏皎说完后，又有一点不好意思，好像把青春期那个敏感又有点自卑的灰扑扑的女孩推给了他看。这种略带羞赧的心情让她小声说：“你是不是觉得我太敏感了？”

“没有，”温崇月慢慢地说，“我只是有些难过。”

夏皎不理解：“你难过什么？”

温崇月说：“如果我早点认识你，那么小皎皎或许会更开心一些。”

夏皎松了口气，说：“其实现在我已经很开心了。”

温崇月摇头：“如果你是我的妹妹——”

夏皎用力比了个“×”，说：“不，我很庆幸自己不是你的妹妹。”

夏皎并不为年少时没能和温崇月熟知而感到遗憾。

那时的她比现在更加不擅长与人交流，早晨去店里买早餐，到学校后发现对方少找了两元钱，她也不好意思再去索要，担心对方不承认、说她斤斤计较……她总有许许多多的困扰，这些古怪的、特异的东西绑住了她的手脚，让她无法坦然面对。

夏皎庆幸，如今移动支付的普及让她基本避免了这种尴尬的场景。

在读大学的前两年，夏皎仍对那种看上去消费高昂的商城或购物中心敬谢不敏，经过时也很少进去，哪怕兼职赚来的钱完全足够夏皎适当地消费。

直到好友江晚橘察觉这一切。那时她刚准备投实习的简历，什么都没说，就径直带夏皎去逛了奢侈品店、吃饭。被她带着转悠了一遍，夏皎才意识到——这些东西的确都没什么，都是用的东西而已。

江晚橘早就计划好了要去时尚品牌工作，对其如数家珍，她还鼓励夏皎一同学习，最终用内推的名额顺利地将好友带入公司。

不过夏皎也差点陷入报复性消费的泥潭。她刚毕业就职的时候，被穿着光鲜亮丽的同事和工作环境迷花了眼。那几年自媒体贩卖焦虑的情况也很严重，加上工作环境使然，连带着夏皎也有些焦虑，一头栽进了消费主义的陷阱。她每天浏览分享平台和购物软件，急切地想将自己套入那个美丽的壳子，成为光鲜世界的一员。

公司内部员工每年都有固定的内购折扣，或许是小时候及青春期被压抑得太狠，她被折扣价迷惑，疯狂地买过一些奢侈品。

在第一次内购结束后，她看着银行卡的余额，清醒了很多，意识到自己不能再这样下去，于是详细地列了计划和需求，从此只挑刚需和特别喜欢的买，及时将自己这种报复性花钱的行为扼杀在了摇篮里。

没有办法，年少时没人教给她的东西，长大后总要花更多时间才能想明白。

夏皎并不为此感到遗憾，一切都是最好的安排。所有好的、坏的、遗憾的，都组成了现在的她。

比如，如果她在辅导机构时就主动联络温崇月，俩人未必能走到如今。

温崇月虽然嘴上开着玩笑，但心中很注重这些道德方面的问题，而夏皎也不认为老师对学生产生别样的感情能够被称为“浪漫”。

她庆幸自己在刚刚好的时候与对方重逢。虽然自己仍有许多这样那样的缺点，但温老师也更有耐心，会更温柔地纠正她、教她。

下午离开周庄的时候，天空朦朦胧胧地落了一场雨，并不大，毛毛雨细如针。温崇月放慢了开车速度。反正总能到家，不必急于一时。

有些人开车有“路怒症”。开车的人那么多，总有不遵守交通规则的，忽然超车、不打转向灯就直接变道……夏皎坐父亲的车时总是提心吊胆，因为她不确定什么时候父亲就会被路况惹怒，开始咒骂。

温崇月没有骂过一句，总是不急不躁，心平气和。

他关掉了音乐，和夏皎聊着天，只保留了导航的自动提示音。只是夏皎有些粗心，走了很长一段路，才意识到导航的定位地点被她输错了，重新修改目的地要多走一段路。夏皎以为温崇月会像父亲一样指责她，继而开始抱怨，烦躁地嘟囔。

可温崇月没有。

雨越下越大，几乎看不清路况，这种情况下继续开车明显有些危险。恰好不远处就是国家湿地公园，温崇月将车暂停在空荡荡的停车场中躲雨。

夏皎一直说着“对不起”，低头重新定位。雨水顺着车顶、车窗往下落，铺天盖地，她听见温崇月叹气：“为什么一直在道歉？”

夏皎不解：“我弄错导航了呀。”

“一点小事，”温崇月说，“不要这么紧张，放松。”

“我紧张了吗？”这样问着，夏皎低头，发现自己又打错了字，删掉，重新打。

温崇月示意她放下手机。他伸手，触碰着夏皎的后脑勺，顺着她的头发轻轻地拍了拍，像是安抚不小心弄丢了菜叶子、担心回家会被妈妈骂的小蜗牛：“你在怕什么？怕我生气吗？”

夏皎先是摇了摇头，迟疑着，又点头。

他问：“为什么？”

“因为弄错了导航，等会儿就要多绕路、多花油费，你也会浪费时间……”夏皎说，“有点糟糕。”

的确很糟糕，现在下着雨，回程的时间大大延长。天公不作美，皎皎心肠碎。

雨声越来越大，敲在车身上。温崇月的手指无意间碰到夏皎的脖颈，他顿了顿，默不作声，调高了车内空调的温度。他专注地望着夏皎的脸，笑了：“在你心里，我什么时候变得这么小气了？”

“不是不是，”夏皎呆了一下，连忙澄清，“不是小气，就是觉得给你添麻烦了。”

“夫妻之间，难道还要论麻烦不麻烦？”温崇月声音低下去，“皎皎，你太懂事了。”

很多父母教育孩子，都要求他们听话、懂事，遇事要先考虑别人的感受，再想自己如何。正如夏皎，被家长教育成了完美的听话小孩。温崇月却觉得她这样让人心疼，怎么会觉得一点点粗心，就要被批评呢？

夏皎不说话了。温崇月解开自己的安全带，又躬身将夏皎身上的安全带解开。她穿得并不多，是一条绿色的长袖连衣裙，像夏末竹叶的颜色，裙子随着呼吸轻轻颤动。

温崇月将车的座椅往后调了调，空间大了些，夏皎明白了，她轻而易举地从副驾驶座越到主驾驶座的位置，坐在温崇月的腿上，侧脸贴在他的肩膀上。或许是下午在茶馆的谈话让她有些失落，现在小蜗牛需要一个温暖的拥抱。

温崇月一手揽着她的腿，另一只手托着她的后脑勺，安抚地拍了拍。夏皎喜欢这样有安全感的拥抱，好像被对方稳稳地托住了所有的不安。

雨水声势浩大，丰沛充足，“哗啦啦”地顺着车窗往下，窗外模糊一片。温崇月关掉雨刷器，很快整个车子和外面渐渐模糊的世界分隔。

“考虑别人的想法是好事，不过我们也可以试试不去那么在意别人。”温崇月说，“太敏感的气泡在碰到其他东西之前就已经破碎了。我们皎皎要不要试着‘自私’一点？”

夏皎被他逗笑了，嘟囔："其他人都是教我宽容大度，只有你，教我自私。"

温崇月也笑。他微微低头，以唇触碰她的脸颊，手指摩挲着裙摆柔软的边缘。冷气刚好吹到夏皎的腿上，激起一层鸡皮疙瘩，汗毛都要倒竖起来。温崇月用掌心的温度消除冷气带来的寒冷，夏皎主动亲吻上对方的喉结。

不可思议，甚至说得上大胆、混乱，这个空旷的下雨天。

夏皎一直循规蹈矩地生活，按部就班地学习、上学、工作，最出格的一件事大概就是不告诉父母便闪婚，现在又多了一件。

温崇月的衣服咬起来有些钝，他今天的香气很清新，如雨后被冲刷干净的森林。皮带扣很凉，在夏皎温热的腿上硌出金属印，像浅浅的文身。

雨后的车子颠簸行驶，温崇月将夏皎用过的湿巾收敛在塑料袋中。夏皎扒拉着小纸盒，举起来，盯着看了许久，转过脸问："……你的车上为什么会有这种东西？"

温崇月面不改色："以备不时之需。"

"不时之需？"

"就像刚才。"

"……"

夏皎说不出话来了，她将小纸盒子重新放回去，身上披着温崇月的外套，就像天鹅拢住幼崽的翅膀。她有点疲倦，但是睡不着。纸袋里装着中午买的橘红糕，是茶馆里的茶点，她喜欢吃，就多买了一些，最上面一块印着她的牙印，吃不下就暂时放着。

温崇月刚才开了车载电台，将电台的声音调小，看着手机上的导航确认道路。

车子在渐渐变小的雨水中穿梭。"睡一会儿吧，"温崇月说，"到家我叫你。"

夏皎打了个哈欠："不行，现在睡觉，晚上就睡不着了。"

温崇月说："晚上我督促你。"

"不是督促不督促的问题，就是……嗯……"夏皎想了想，告诉他，"我有时候失眠，脑袋里总会翻来覆去地想之前的窘事、糟糕的东西，一想就停不下来。”

温崇月笑道：“因为那些事情很有意思？”

“不是不是，”夏皎疯狂摇头，“一点也没意思，完完全全是因为丢脸。一想到以前干了那么多丢人的事，我就不敢联系以前的朋友和同学了，我觉得她们肯定会想起来。”

温崇月说：“比如？”

夏皎面红耳赤：“晨间跑操，我踩掉了前面同学的鞋子；上体育课的时候，我一头撞到了老师身上……”

温崇月饶有兴趣，听夏皎一口气列举了四五桩糗事，才问：“那你记不记得同桌做过什么丢脸的事情？”

夏皎愣了一下。她努力回想，但大脑空空一片，比刚擦过的黑板还要干净。

“瞧瞧，”温崇月笑道，“没有人会一直记得朋友的糗事，皎皎。”

夏皎若有所思，裹紧温崇月给她的外套，嗅着上面来自对方的安心味道。

“睡吧，”温崇月说，“很快就到家了。”

夏皎很难用语言来形容自己对温崇月的感情。她非常地信任对方。因为年龄和阅历，温崇月自然而然地照顾着她，夏皎喜欢这种相处模式。她会因对方的博学而感到崇敬，而这种感情又能督促她向更好、更积极的目标前行。

夏皎尝试着在买水果时和老板聊一聊，可能仅仅是一句“您今天的衣服很漂亮”，试着在回家的路上帮掉东西的小学生捡起他书包里甩出来的铅笔。

十月很快结束，夏皎的科目二考试终于过了。为了庆祝她考试通过，温崇月买了阳澄湖大闸蟹。

蒸螃蟹时想要不掉腿、不流黄，就得先绑好蟹腿，背朝锅底腹朝天。蟹腹再塞几粒花椒，身上铺姜片和葱段，冷水下锅，一次性加足水。

拿来蒸的都是湖蟹。温崇月也买了一些梭子蟹。夏皎到家的时候，梭子蟹还活着，钳子都被橡皮筋捆了起来。温崇月教夏皎怎么挑梭子蟹，一般来说，得挑饱满的，不过有些奸商喜欢往蟹壳里注水，所以挑选的时候需要把梭子蟹拿起来看看。要是梭子蟹眼睛朝上，就用双手的大拇指一起捏捏它肚脐上方两片白色的壳，如果按上去硬硬的，就是自然成长饱满的蟹，如果一捏就瘪，还出水，就是被注了水的或空蟹。

温崇月还向夏皎示范如何斩蟹：先捏着梭子蟹蟹盖两旁的尖角掰蟹盖，再翻开蟹肚脐，拿剪刀剪下整块儿……

夏皎学得认认真真，直到实在记不住了，才感慨："幸亏家里有你在，我才不用学这些。"

"还是学一些，"温崇月利索地处理着，摘下蟹肚子里像百叶窗一样的蟹肺，"皎皎，万一我不在家，你一个人想换换口味，也能照顾好自己。"

夏皎小声说："还可以点外卖。"

温崇月说："有些做得不干净。"

"不干不净，吃了没病。"

温崇月沉吟片刻："你跟谁学的？"

夏皎说："高婵，女同事。"

温崇月无可奈何地叹气："看来这份工作给你带来了不少收获。"

夏皎眼巴巴地看着温崇月处理螃蟹。

螃蟹忌和柿子、南瓜等同食，因此今天下班后没有喝到温老师亲手打的南瓜汁。她馋得口水滴答："今天晚上除了螃蟹，我们还有什么东西可以吃？"

温崇月说："吃咱们皎皎上班时摸的鱼。"

夏皎说："我上班时可没有摸鱼。"

温崇月略加思索："那需不需要老师奖励你一朵小红花？"

夏皎："不要！"

温崇月笑，低头斩蟹身。这是一件颇具技巧性的工作，首先将整只蟹竖起来，把刀准确无误地从第二只和第三只蟹脚中间插入，讲究一个快狠准，慢了就容易将蟹肉挤出来。

今天要炒好几只梭子蟹，温崇月不打算炒蟹盖，直接将蟹黄挖出来。说了要教夏皎，温崇月就真的认真教她。

蟹的胃不能吃，温崇月剔出来给她看，大闸蟹的蟹胃硬硬的，而梭子蟹的软一点，像沙包。去蟹胃得留心点，一不小心就弄破了。

蟹钳有颜色的一面朝上，用刀背砸碎——手可不能放在蟹钳上，容易被软骨带着钳子夹住，“死蟹夹煞人”这句话可不是平白无故出现的。

夏皎的肚子饿得“咕咕噜噜”叫，小尾巴一样跟着温崇月，主动帮忙。她不擅长处理蟹，可以切姜、切葱，做一些其他简单的配菜。

炒蟹最好用大锅大火，不过家里没有饭店那样的大铁锅，用小火炒完得焖一小会儿，不然堆在一块儿不容易熟。蟹体水分多，稍稍加点盐就能炒出汤汁来，和蟹黄混在一起，香喷喷的。

温崇月拆了蟹脚上的肉，起油锅，等烧热了，打进去三个鸡蛋，蛋白翻成丝丝的形状，蛋黄用铲子切成块儿，再倒进去蟹钳蟹脚肉，添米醋姜糖及一点生抽，炒匀后直接出锅。

眼看着夏皎口水要流成长江了，温崇月忍俊不禁，拿了筷子递过去：“小馋虫，饿狠了？先慢慢吃，我做其他的。”温老师饭量大，单单这三个菜肯定不行。

夏皎夹了一块蟹脚炒蛋，鸡蛋炒得极嫩，蟹脚肉是温崇月挑出来的，和着鸡蛋一块儿吃，蓬松绵密，丰腴柔软。她捧着炒蛋吃得开心，冷不丁听到温崇月问：“上海话里的‘蟹脚’是什么意思？”

夏皎举手：“和狗腿子差不多。”

温崇月称赞：“真聪明——来，张嘴。”

夏皎看到温崇月在切番茄，已经做好接受投喂的准备了，谁知温崇月却俯身亲了亲她的唇。甜甜的，有点香，有些舒服，夏皎睁大眼睛，这感觉像是一头倒在了猫咪蓬松柔软的肚皮上。

温崇月说：“奖励一个吻。”

夏皎愣了半晌："这是对你自己的奖励吧？"

"没错，"温崇月笑得格外道貌岸然，"奖励我将学生带得如此出色。"

夏皎咕哝："……你只会把人带得很色。"

将学生带得出色的温老师，今日的晚餐水平仍旧发挥良好，他的强迫症在摘取黄豆芽的时候派上了用场。和夏皎在学校时经常吃到的那种带根黄豆芽不同，温崇月会保证下锅的每一根豆芽都干干净净去了根、每一粒豆子都饱满水润，和对角剪开的油豆腐一块儿炒出来，又入味，又漂亮。豆芽烧透了以后，没有一点豆腥气，几粒白糖把这股鲜味儿完完整整地吊了出来。

不过橄榄菜炒空心菜让夏皎和温崇月产生了一点分歧。夏皎家吃空心菜习惯只吃叶子，顶多加点秆进去点缀，而温崇月则只吃秆不吃叶子。最终俩人勉强达成一致，连菜叶子带秆一块儿炒，混在一起。上海人称空心菜为"ong 菜"，夏皎以为只是方言，没想到温崇月有耐心，一笔一画地教她，原来是"翁菜"。

温崇月笑着讲了这个读音的来历，最标准的应该是"蕹菜"，上海人叫它"蓊菜"，又有些人认字只认识半边，就成了"翁菜"，上海话里面"翁"就是"ong"。

夏皎狐疑不决："这是真的？"

温崇月说："我什么时候骗过你？"

他总是知道这么多奇奇怪怪的小知识，一种蔬菜也能讲出许许多多有趣的东西来：四川人喜欢讲叠词，就连空心菜也叫"藤藤菜"，潮汕人叫它"应菜"，广东和香港人都说这是"通菜"……

粤港美食不少，名菜也多。譬如橄榄菜，芥蓝和橄榄先用盐腌制，再大火炒，文火慢慢熬，最后调味。潮州人喜欢拿它配白粥吃。温崇月不会做这个，不过可以直接买。橄榄菜本身有油，炒菜时就不必多放油，和空心菜一起炒，香浓入味。更不要说清蒸阳澄湖大闸蟹，入口鲜甜，蟹膏肥美，肉质饱满丰实，配上温崇月简单调制的蘸料，更是回味无穷。

螃蟹性寒，多吃无益。温崇月还煮了五谷杂粮粥，绵绵软软烂烂，夏皎喝掉了一整碗。

晚餐时无意间聊到工作，温崇月提了一句，他们合作的公司在开发一款以粉丝群体为受众的 APP——说到这里，温崇月问夏皎："我记得你上辅导班那阵儿，似乎就已经很流行男团了？"

夏皎专心吃空心菜的秆，不得不承认，温老师的确具有化腐朽为神奇的力量。她愣了一下："什么？哦，男团呀。"

夏皎说："比起男团，我更喜欢美团。"

温崇月说："可惜皎皎以后要和美团说再见了。"

夏皎："……"

事实上，在店里的时候，夏皎和同事仍在快乐地点外卖，不过是奶茶或者咖啡，想喝得健康点就点果茶，备注"微糖"。

花店的工作相对而言比较自由，允许员工犯错，也不会苛刻地要求变相加班或工作。如果非要说有什么忧愁的事，那大概还是郁青真的金钱困扰——她的男友至今都没有将钱还给她。

"说是暂时存在一个虚拟货币交易所里面，"郁青真说，"虚拟货币你们应该知道吧？他给了我一个链接，说他全拿去买了虚拟货币，现在存在这个账户里，这几天涨势好，建议我过几天再取出来。"

吸管的孔被珍珠堵住了，夏皎努力吸了两口，仍旧没有吸上来。她放弃，皱眉问郁青真："你直接买过吗？"

郁青真耸耸肩："我买过基金。这玩意儿估计和基金差不多。我进 APP 看了，他没骗我，的确帮我买了很多……昨天晚上他还教我怎么弄，今天上午我卖出去，一下赚了快两千。"

高婵发出一声惊叹："哇！"

夏皎仍旧不相信天上有白掉下来的馅儿饼，她谨慎地问："能提现？"

"当然能提啊，"郁青真说，"我把赚来的两千全提现了，他还说今晚继续教我建仓、设资金盘……"

"停！"夏皎说，"你还记得一开始是怎么说的吗？钱拿到手，立刻提现，别犹豫。"

郁青真压低声音："可是我一上午能赚两千。"

"虚拟货币这东西……"夏皎按了按眉心，和郁青真说，"我总感觉有些不太对劲。"

"你就是有些神经过敏，"郁青真笑了，拍拍她的肩膀，眨眼道，"钱都提出来了，你还有什么不放心的？而且钱又不是转给他，是在正经的平台上呢。我就再试这两天，赚够这一笔就收手——我和他谈了那么久的恋爱，总得沾点光才行，你说对不对？"

夏皎勉强点头，总觉得这件事听起来好像不太对劲。无论郁青真说得多么天花乱坠，她可都记得清清楚楚，钱还没有回到郁青真的账户上呢。这很重要。

郁青真完全不在意，信誓旦旦地说，错过这个村，就没这个店了。她平时接触的人很少有这样懂金融知识的，对方鸡贼归鸡贼，但是能带着她一起赚钱。她可以暂时和他保持一段时间的感情关系，反正她也不会再和对方私下约见，顶多就是聊几句。对方最近似乎也挺忙，和她有一搭没一搭地线上聊着，正中了郁青真的下怀。

夏皎晃晃脑袋，暗自祈祷是自己想多了——最好是自己想多了。

十一月初，北雁南归，文心兰始，美人蕉开。

这几天"红毛"不怎么来花店门口了，郁青真松了口气。或许是赚了钱，她的心情也好，就把这件事告诉了夏皎。夏皎低低地"嗯"了一声，没怎么放在心上，下班时却无意间撞到了熟悉的一头红发，不过这一头红发短了许多，根部已经开始发黑。

他低着头，在狭窄的巷子角落低着头和一个高中生模样的男生说话。俩人一人一根烟，抽得十分熟练。或许是感觉到了视线，"红毛"忽然抬头，看到是夏皎，又立刻低下头，拉下鸭舌帽遮住了脸。就这么一瞬，夏皎还是看到了对方脸上的瘀青和黑眼圈，像是被人暴打了一顿。

夏皎什么都没说，她是校园暴力的受害者，知道校园暴力有多么恶劣，会如何毁掉一个人。从小到大，夏皎都不喜欢这些所谓的"校霸"。她有些厌恶地别过脸，不再去看。

但晚上她仍旧做了噩梦。

夏皎梦到自己重新回到了初中，一个人孤零零地上课、上厕所、吃饭、放学，小组讨论永远找不到愿意组队的同学，甚至收不到班级活动的通知。

班上很少有人和她一块儿玩。带头孤立她的那个男同学出去旅游，回来会挨个儿给同学送明信片和小零食，但绝对不会给她。夏皎抱着作业本交到课代表桌子上，课代表会立刻抽纸巾擦手，好像碰到了不干净的东西。偶尔有对她示好的同学，也会遭到好友的一番“教导”和“科普”，在流言蜚语中立刻和她撇清关系。

初中生最容易抱团。他们还很天真，无法分辨善良与邪恶，做事不在乎对与错，更在意的是自己是否合群、是否被团体接纳、是否能跟上大部队。

“非主流”流行的时候，很多人的社交网站都装饰着各种黑色和骷髅头，展示颓废风格的照片，他们迷恋背叛与争吵、迷恋“给命”的友谊，为此类故事感动到流眼泪。后来“小清新”风格取而代之，大家立刻又统一买棉布裙子，追求森系气质，吹捧文艺范儿。

他们轻松地切换潮流，今天因为“她告老师，恶心”而悄然孤立夏皎，明天又因为那个带头孤立别人的学生偷东西被发现，默契地孤立他——“他是小偷，恶心”。从始至终，无论是始作俑者，还是跟风的人，没有一个向夏皎道过歉。

高中时，偶然遇到以前的初中同学，他们还会笑着，像什么都没有发生过一样和夏皎亲切地打招呼聊天。

他们怎么能当作什么都没有发生？难道只要不做第一个向她扔石头的人，就不是从犯了吗？

夏皎深夜惊醒，听到温崇月叫她的名字：“皎皎，皎皎？”

夏皎含糊不清地应了一声，睡眼蒙眬中有人擦她的眼睛，像是用湿巾。她不太舒服，只是紧紧地抱着对方，把头抵在对方胸口处，闷声道：“温老师。”

“嗯，我陪着你，”温崇月说，“睡吧，小娇娇。”

他没有再闹夏皎，只是安抚地轻轻拍她的背，不紧不慢。他不擅长唱歌，唯独会一首童谣，哼得有模有样：“猫猫你不走，乖乖瞌睡有；猫猫你不来……”

夏皎搂着他的右胳膊，又被他拍着背，终于入眠。

次日清晨，她隐约记得自己昨日好像做了什么了不得的事情，具体是什么却怎么都想不起来。她慢慢喝着温崇月冲泡的蓝莓燕麦牛奶，面包上抹着香喷喷的榛子酱，一口下去，浓厚中带着醇香。

好吃！

今日工作还算顺利，不过夏皎的眼皮一直蹦啊跳啊。俗话说，左眼跳财，右眼跳灾，夏皎不信这个，全当是玩笑话。然而在中午时分，她还是收到了一个十分糟糕的消息——温父心脏病复发了。护工及时发现，打了急救电话，又立刻通知了温崇月和夏皎。

夏皎匆匆忙忙和蓝姐请假，蓝姐痛快地批准。饶是温崇月及时订票，俩人抵达医院时，也已经到了晚上。

医生抢救得很及时，温父安然无恙，还在观察室中休息。温崇月跟医生、护士长低声沟通的时候，夏皎站在他身后，看着旁侧坐在医院长椅上的白若琅。

夏皎第一次看到这位贵妇人如此憔悴、如此狼狈的模样。妆在脸上的时间太久，口红也花了，她没有去补，已经遮盖不住疲倦和衰老。她的脸色不好，只有刚才看到温崇月和夏皎的时候，犹如网中之鱼的眼睛才隐约透出点光彩。

温崇月向医生道谢，送走他们之后，才走到白若琅面前。

他说：“妈，我们谈谈吧。”

俩人出去谈，夏皎就陪在温父的病床旁边。老人还在昏迷中。温父德高望重，医院这边也很看重，将他安排在了单人病房里。夏皎看不懂那些仪器，就坐在旁边，安静地等待。

中间医生来查了一次房，夏皎不确定是不是自己的错觉，对方好像看了她几眼。不过对方戴着口罩，夏皎心乱如麻，也没有多想。

迟迟没有见到温崇月回来，护工过来照顾温父时，夏皎出了门，从走廊尽头的窗户往下看。她看到白若琅失魂落魄地往外走，却没有温崇月的身影。夏皎心里有些发怵，她知道温崇月和白若琅极为不合，现在温父心脏病复发不知道和白若琅有没有关系……

她紧张地跑下楼，向着刚才白若琅离开的地方大步跑去。她今天穿的是双小皮鞋，布洛克雕花，很好看，但不适合跑步，下台阶的时候扭了一下，不过还好，不算很痛。夏皎心里惦记着温崇月，也顾不上这些，目光紧张不安地四下逡巡，寻找温老师的身影。

夏皎在假山石后找到了温崇月。

北京夜晚的气温已经很低，他却坐在一块石头上，没有抽烟，低着头不知道在想什么。听到声音，他抬起头。夏皎看到温崇月的脸上有一瞬的茫然，但只有一瞬。下一刻，他便切换成她熟悉的那种微笑，自然平和，不露声色。

温崇月说："皎皎，怎么了？"

夏皎走过去，她的脚腕有点疼。她穿过了光，踏入山石阴影，走到温崇月面前，伸手按住他的肩膀，阻止他站起来。

夏皎伸手，搂住温崇月的头，第一次让坐着的温崇月依靠着自己。她的身体单薄，却仍旧生涩地学着温崇月安慰她的方法，轻轻拍温崇月的背，另一只手轻轻摸上温崇月的后脑勺。他的头发浓密，发根也硬，触感令人羡慕。

夏皎不太会安慰人，但此刻她心中都是想要对温老师说的话。

她低声说："崇月，你要是难受的话，悄悄地在我这里休息休息，缓一缓，好吗？不要那么冷静了。"

片刻后，她听见温崇月的声音，语气很镇定："皎皎，如果你确定要我这样脸贴着胸脯的话，坦白来说，作为一个生理健康的成年男性，我真的很难冷静。"

某位成年男性只在这里坐了一小会儿。即使夏皎说可以再陪他坐坐，他仍摇头，问："饿不饿？想吃点什么？"

夏皎说："温老师，请不要以为可以用美食转移话题。"

温崇月只是笑，站起来，顺手按了按夏皎的头，揉了揉："什么转移话题？怎么不叫我'崇月'了？"

夏皎憋红了一张脸："……以后再说。"

真奇怪。她真的不知道自己刚刚为什么忽然脱口而出了这个称呼，听起来比平时亲昵很多。

俩人并肩去了医院，温父还在休息，温崇月和护工阿姨简单地聊了几句，确认一切正常后才带着夏皎离开。

晚餐俩人是在一家顺德老板的店里吃的，用五花腩煮出来的"一夜鲜"，加了墨鱼煲的木瓜汤。顺德人擅长烹饪鱼，不用姜，用陈皮和胡椒来提味儿。

顺德人也喜欢用糖和豉油来调菜品的味道，这是广府菜的基础味道之一。温崇月第一道点的"群英荟萃"——不是小品上的那个"萝卜开会"，就是先将鱿鱼、蟹和蚝油煎到香喷喷，再加烧肉，用白胡椒粉和陈皮粒反复煸炒出香味，下清水，焖到酱汁都如画，再添 XO 酱。

这一套做法听得夏皎头昏脑涨，问温崇月："你怎么知道？"

温崇月说："大厨是我朋友。"

夏皎嘀咕："你怎么有这么多朋友？"

温崇月略一思忖："或许我就是传说中的社交达人。"

夏皎纠正："温老师，你已经跟不上时代啦。'社交达人'这个词语已经不常用了，现在我们管这种叫作'社交牛 × 症'。"

温崇月批评："夏同学，请不要说脏话。"

夏皎小声抱怨："一本正经的，就像你晚上没说过一样。"

温崇月很镇定，喝了一口大麦茶，开始看糖水。温父本来病情安稳，这次犯病的原因是情绪波动太大，受到了外界刺激……温崇月要白若琅发誓少与父亲往来，明确地告诉对方——倘若温父的身体因此不好了，温崇月将再也不会与她来往。

温崇月说到做到，白若琅清楚地知道这一点。

事实上，温崇月并不在意白若琅怎么想。比起母亲伤心与否，他更在意父亲的身体健康。现在勉强算是尘埃落定，他当然优先考虑如何让跟随他千里奔波的妻子吃饱喝足。

他又点了一例川贝莲子银耳炖木瓜，这是给夏皎喝的，最适宜秋冬进补，自己要了一份桑寄生莲子蛋茶，慢慢地喝。夏皎看了看自己的东西，又看了看温崇月的，怎么看都觉得他那一份更美味。

温崇月不小气，很乐意和妻子分享食物。夏皎见他默认，举起勺子尝了一口——哇，味道有点怪怪的。看起来棕黑色，喝起来有一点苦涩茶味，虽然加了冰糖，但分量少，不算很甜，全是普洱焗出来的茶香。桑寄生、莲子和焓熟鸡蛋，这些在夏皎眼中有些怪异的东西搭配起来，却有一股醇和温暖的味道。

不过……夏皎将这份糖水老老实实地推给温崇月："还是我的木瓜汤好喝。"

温崇月只是笑，不多说。吃完饭后，他又去买了牛奶花生鸟结糖，据说是香港铜锣湾皇后饼店的驻店王牌。不过温崇月也说了，这里做得到底不如那边好吃。问清楚夏皎店里有多少同事后，温崇月又买了几份。

"回去和同事们分一分，"温崇月嘱咐，"这次紧急请假，给她们也添了麻烦。同事嘛，每天相处那么久，送些手信，就当是一份心意。"夏皎用力点头。

晚上，温崇月抱着她休息，只是今晚的拥抱和平时有些不同。夏皎曾经讨厌自己的敏感，但现在，她察觉敏感并非坏事，至少能够清晰地感受到丈夫的低落。即使温崇月什么都没有说，夏皎还是忍不住想起坐在假山阴影下的他。

每个人消化情绪的方式都不同，夏皎能做的，只有努力地给他拥抱、陪他聊天。温崇月想说的话，自然会说的。有些事情他不想多讲，夏皎也不会强迫。

温父还得留在医院观察，四十八小时以后才能出院。这几天，饭菜都是温崇月做好了送过来。温父生活习惯健康，年纪大了也没有高血压或者高血糖之类的慢性病。饶是如此，温崇月仍旧做了适合病人的清淡菜肴，不过在送来的时候，会额外再给夏皎准备一份她爱吃的菜，酸甜咕咾肉或者梅菜五花腩，抑或一道水煮肉。

病人要吃得清淡，陪护的人得多吃点好吃的补补。

夏皎总感觉这样下去自己的体重肯定要飙升。趁着温父睡着，温崇月和她一块儿去楼下花园散步，途经走廊，遇到一台体重秤，夏皎立刻站上去。

体重数字被语音清晰播报的时候，她感觉自己的天都要塌下来了："温老师。"

"嗯。"温崇月很沉稳地应了一声，将夏皎从体重秤上拎下来，"这次咱们皎皎没能发挥好，"温崇月说，"下次再来。"

夏皎："……"

温崇月并不建议她按照热量吃饭，在他眼中，只要身体健康就好，没必要非得保持某个数字或者怎样的体型。

温老师对此全不在意，夏皎只能忍痛第七十八次发誓——"下次我一定只吃八分饱!!!"没办法，温老师做的、带她品尝的食物，滋味实在太好，让人很难控制住自己进食的欲望。

不过，在温老师的监督下，夏皎渐渐迷上了饭后散步。晨跑这件事对她来说还是有难度，不过夜间慢跑这件事的可执行度不错。医院里病人很多，温老师就带她去附近的小公园慢跑。夏皎在这个城市生活了许多年，却很少在晚上去这样的地方走走跑跑。

老年人大多睡得早，晚上散步的多是中年人，带着小孩子。还有人在卖那种小小的、可以飞上天的发光竹蜻蜓。

夏皎已经过了玩这个的年纪。她停下来多看了几眼，温崇月便拉着她过去问："多少钱一个？"

那人说："五块一个，十块钱俩。"

夏皎拉了拉温崇月的衣服，小声说："我不玩，我都多大了。"

温崇月不置可否，仍在和那人讲价："便宜点吧，大晚上的，这东西丢了也不好捡。"

那人说："那这样吧，十块钱仨，怎么样？"

温崇月说："我们两个人，三个不好分。"

夏皎的脸已经红成红灯了。她站在温崇月身侧，眼巴巴地看着他心平气和地和人砍价。来回几句，十块钱买下四个发光的竹蜻蜓，让夏皎挑。夏皎挑了两个红色、两个黄色的。天气有点冷，夏皎往手上吹了吹热气，眼巴巴地望着温崇月。

温崇月付了钱，看着夏皎把这些东西当宝贝一样捧着，笑道："这么喜欢？小时候没玩过？"

夏皎说："小时候玩过呀，不过……嗯，总是丢。以前还有那种水果软糖，放在竹蜻蜓末端，还有个小哨子，吃完可以组装起来放飞……"

她很开心地和温崇月谈起自己小时候的玩具。不过那时候爷爷、奶奶攒钱很难。奶奶是典型的家庭主妇，偶尔去打打零工；爷爷是建筑工人，和好几个人一块儿组队干活儿。夏皎见过奶奶包钱的蓝色棉布手绢，就算是一毛钱、两毛钱，奶奶也要整整齐齐地理好，裹在一起。那时候一颗糖就要两毛钱呢！

夏皎总是丢玩具，每次都找不到，慢慢地就决定不再买了。

后来上初中，到了爸爸妈妈身边，妈妈带着夏皎去超市买东西，说想吃什么就买什么，夏皎唯独看中了有软糖的竹蜻蜓。不过城市和乡下不同，超市里早就涨到了一块钱一个。

她表达了自己的意愿后，妈妈很吃惊："皎皎，你这么大了还喜欢这种糖？里面全是色素，吃下去不好……"夏皎最后也没买成。

后来，她再一次拥有竹蜻蜓——就是现在，还是会发光的。

温崇月教她怎么才能将竹蜻蜓搓起来飞高高，掉进草丛了，夏皎再跑去捡。周围玩这个的多是小孩，温崇月也不在意，笑着看她兴冲冲地捡了竹蜻蜓回来。

俩人在外面逛了一个多小时才回医院，到病房的时候刚好是晚上八点，医生来查房。还是昨天那个看了夏皎好几眼的医生。他和温崇月聊完之后，才笑着看向夏皎："夏皎？"

夏皎听这声音有点耳熟，但是分辨不出是谁。她疑惑地问："你是……"

对方没有摘口罩，只是笑着，眼睛弯弯："认不出了？咱们一块儿上初中，你忘啦？我是郭晨材啊！"

夏皎愣了愣。这个名字勾起了她不好的回忆。当初说她"告老师"、带头孤立她的，就是郭晨材。初中班里几十个人，很多名字她脑中只剩下模糊的印象，唯独这个，刻骨铭心。

夏皎迟迟没有动静，良久，才客气地说："好久不见。"她没有打算和对方握手。

对方好像早就忘了那件事情，笑着说："是挺久的，那时候咱们不是一块儿考上的一中吗？高中时也没怎么看见你，后来听说你考到北京了……"

温崇月坐在温父的病床旁，正和父亲说着话，闻言，抬头看过来。妻子似乎有些害羞，微微垂着头，羞涩地和对方沟通。那个自称是她初中同学的医生，表现得倒是十分热情，一直在叙旧，听上去像是十八年没和女生聊过天。温崇月微不可察地蹙眉。

医生再度说："还记得吗？那时候我就坐在你后面——"

温崇月站起来，客气地打断对方："你好，我是夏皎的丈夫，温崇月。"

郭晨材怔住，问夏皎："你结婚啦？"

夏皎："嗯。"

郭晨材忙和温崇月握手，只是言谈间，客套生疏了一些。病房里不是聊天的地方，三个人去了走廊，寒暄几句，才握手告别。一直到郭晨材离开，夏皎都没有再看他的眼睛。她有些发呆。

温崇月平静地问："在这种地方见到初中同学，会不会感到有点温暖？"

夏皎感觉他说话的语气稍微有点不对劲。不过这不是重点，重点在于她刚刚看到了让她半个青春期都蒙在阴影中的人。她闷声说："何止是温暖，我看到他就气到要冒火。"说到这里，她看见温崇月笑了一下。

莫名其妙。

夏皎抬头，奇怪地看着如释重负的男人："我气到冒火你为什么开心？"

温崇月笑着揉了揉她的脑袋："因为温老师晚上可以给皎皎炖下火的鲫

鱼汤。”

夏皎说：“你的眼神看上去很不对劲，不像要给我炖下火的鲫鱼汤，更像准备拿我下火。”

温崇月伸出手指，钩了钩她的鼻尖：“夏同学，请端正你的言行。”

夏皎捂鼻子抗议：“温老师，请不要体罚。”温崇月只是笑，夏皎今天完全摸不透温老师的心意。

第二天上午，夏皎没有去医院。温崇月让她好好休息，睡饱了回笼觉再说，反正医院那边有他，不必担心。夏皎美滋滋地一觉睡到十点钟，发现早晨给温崇月发的那条短信还没有回复。她早晨问对方，昨晚买的冰激凌放在哪里了。

夏皎打着哈欠起床，给自己泡了咸柠檬，一边喝，一边认认真真地给温老师发短信。

小皎皎：“你怎么还没有回我呀？”

小皎皎：“我可是为了你刚学的打字。”

五分钟后，温崇月回复了。

温老师：“冰激凌在冰箱最下面一格的最里面，被挡住了，你拨开看一下就找到了。”

温老师：“抱歉，刚才在和医生讨论治疗方案。”

温老师：“作为补偿，我决定给夏同学一个红包，你等我几个小时了？”

夏皎认真地戳键盘：“两个小时。”其实是一小时四十分钟，四舍五入嘛。

温崇月很快发起转账，两千块。

夏皎愣了愣，点了接受转账，然后——

温崇月看到手机提示：“小皎皎撤回了一条消息。”夏皎将刚才那句“两个小时”撤回了。

小皎皎：“其实我等了你七千二百秒。”

小皎皎：“温老师要给我七百二十万元赔偿吗？那多不好意思呀！”

泡过水后的咸柠檬尝起来依然有些许咸味。其实这东西本是运动或者徒步登山、在日头下暴晒出汗后用来补充盐分的，既能生津解渴，又能提神醒脾。温崇月在广州的朋友给他寄了许多东西，除了咸柠檬，还有川贝柠檬、姜汁柠檬、薄荷甘草柠檬……

其实夏皎最喜欢的，还是和温崇月领证后在粤菜餐厅吃饭时，对方买的一小袋甘草榄。生长在潮州的嫩榄，爽脆可口，干净无渣，被甘草、薄荷、丁香等调料腌制入味。

夏皎的杯子小，只加了一点点水。她小口喝着，盯着聊天界面。良久，对方终于回复。

温老师："晚上给你。"

夏皎好奇，为什么是晚上？不过她仍旧认真地和对方沟通，说自己只是开玩笑。

温老师："没事，反正每天都要给你。"

夏皎："咦？"直到晚上入睡前，夏皎才想明白温崇月那句"每天都要给你"。她搂着温崇月的脖颈，就像刚刚一口气爬了珠穆朗玛峰，又像在草原上驯了一天的马。

无论如何，和体贴又注意伴侣体验的温老师享受生命的美好和谐，和收钱的感觉一样快乐！

次日，夏皎和温崇月接温父出院。这些事情大多由温崇月去做，证件、医保卡、缴费单、钱……温崇月有条不紊地办理着，而夏皎却被一旁独自站立的老人吸引了视线。

那是一个穿着极为简朴的老奶奶，戴着一顶针织的帽子，露出来的头发花白。她个子本就不高，因弓背而显得更矮，手里拎着一个塑料袋，装着病历档案和片子，像是不知道该去哪里。

这会儿来就医的人很多，医院的工作人员都很忙，分诊台的人暂时没有看到她。温崇月注意到夏皎的视线，他说："你要过去问问吗？"

夏皎点头。

温崇月鼓励："去吧，我在这边等你。"

夏皎走过去，低声问那个老奶奶是不是遇到了什么麻烦。对方不会讲普通话，口音很重，但夏皎接触过的人多，勉强能听清对方在说什么——老奶奶是过来复诊的，她眼睛不太好，又不识字，走到这里，找不到上次的标志了。

老奶奶误以为她是医院的工作人员，边说边把病历本掏了出来。夏皎没有阻止，想看清楚她要去的科室，这样等会儿也方便和分诊台沟通。但她没想到老奶奶患的是肺癌。

夏皎愣了一下，听老奶奶絮絮叨叨地讲："本来我孙子今天要陪我过来的，不过他学校里有事，出不来。我想着也没几步路，自己走过来也行……嗐，就一场感冒，没想到吃了这么久的药还没好……"

夏皎听着老人的抱怨，领着她找到护士。老奶奶对夏皎说了许多感谢的话，夏皎只勉强一笑。她心中五味杂陈，慢慢地转身去找温崇月。

温崇月已经办理完出院手续，也结清了钱，站在原地等待。看见夏皎耷拉着脑袋过来，他问："怎么了？"

夏皎摇了摇头，过了一阵，才说："刚刚那个老人不知道自己病得很厉害了。"

不仅不知道自己病得很厉害，老人也不会用智能机，很多事情都不方便。她刚才还在和夏皎聊来路上的事。没有智能机就好像成了被时代抛弃的黑白电视，老奶奶一路过来，迫不得已求助别人，有些人态度很差……

夏皎在想：如果那些人知道阿婆患了这么重的病，会不会对她好一些？不过这听起来也有些像道德绑架，她很为难，不知道这份心情该如何安放。

温崇月只是安抚地拍了拍夏皎的脑袋，说："问心无愧就好，皎皎。"

夏皎抬头："嗯。"她觉得真不可思议，温老师好像能明白她所有的想法。她并没有告诉温崇月来龙去脉，仅仅只言片语，他就能精准地捕捉到夏皎的烦恼源头，并宽慰她。

温崇月这种神奇的能力并非昙花一现。夏皎为中午饭纠结的时候，温崇月主动提出午饭回家吃。

他似乎能读心。

中午在家中吃饭，饭菜是温崇月和护工阿姨俩人一块儿做的。正宗的北京烧茄子，用的是初秋产的本地圆茄，皮薄肉厚，色泽紫黑，茄皮瞧上去锃亮，有一层油光。刚买回来的时候，温崇月还拎着茄子教夏皎认，得挑头上脐儿小的，籽儿少，不至于太老，也不会太嫩……

温父不能喝茶了，捧着杯子喝温开水，笑着责怪儿子：“你教皎皎学这些做什么？咱们家就没有让妻子下厨的。”

温崇月说：“爸，时代不同了，万一我出差，总不能让皎皎点外卖。”

温父的腿上盖了张毯子，平和从容地说：“这怕什么？苏州那边，直接让皎皎跟你姑姑吃，她男友小霍——”

温崇月提醒：“是小张。”

夏皎正在喝水，闻言差点呛住，忍着咳嗽压了下去，憋得脸有点红。她给自己顺气，悄悄竖起耳朵，听父子俩的谈话。很明显，温父不太清楚于昙的男友已经换了好几任，没有跟上进度。

温父疑惑：“张云和？”

温崇月叹气：“张抱林。”

温父又问：“和上个小张比起来，这个小张厨艺怎么样？”

温崇月回答：“也不错。”

温父点头：“那就好，那就好。”

解决完名字的问题后，温父慈爱地看着夏皎：“在苏州那边就去找你姑姑吃，她的嘴巴很挑剔，饭菜口味差不了。等过几年，你们要是回北京，崇月忙的话，你就来我这边吃。”

夏皎简直像是小学生听课，认真点头：“好的。”

温崇月让夏皎在这里坐着喝水聊天，他去厨房烧茄子。这菜听着简单，实际上不然，得让茄子在八成热的素油里炸一遍，煸匀透了再捞起来，控干油，拿酱油、蒜末和吃不出甜味的糖来烧。

护工阿姨买来了用梨木烤的鸭子，温崇月自己拆开片，鸭架没有完全剔干净，放滚油里炸一下，和切成块儿的白萝卜一起儿炖汤。黑木耳炒山药补气血。这时候的胡萝卜甜度足，切成丁和香菇丁一块儿煮熟，拿水淀粉勾芡后一股脑儿浇在锅塌豆腐上。去壳板栗烧鸡、糖醋藕条、白灼芥蓝……还有蒸米饭。

夏皎是南方人，平时还是吃米饭比较多。温崇月买馒头和烧饼的数量都不算多，一般都蒸米饭。和亲人或发小一块儿吃饭，温崇月也都陪夏皎吃米饭。

夏皎第一口先吃的还是烧茄子，经过油煸和酱油焖烧后的茄子口感肥嫩，味道也醇厚。酱油分量恰到好处，刚好能烘托出圆茄子的鲜味儿，又没有丝毫苦味儿。茄肉瞧上去酱红发亮。蒜末是最后加的，没焖熟，有着特有的鲜蒜香味。

烤鸭肉已经被温崇月妥善片好了，盛在白瓷盘中。和夏皎熟知的那种蘸甜面酱、加葱丝黄瓜丝卷进荷叶饼里的吃法不一样，这次的蘸料是蒜泥汁儿，搭配的也是细细的萝卜条，一起裹进马蹄烧饼里，爽口又解腻，就连夏皎这个不爱吃萝卜的人，也吃掉了一大张。

酥脆的鸭皮香喷喷的，温崇月教她新吃法——不蘸酱，蘸点细细的白糖吃。温崇月还调了黄芥末酱，择了生菜，也可以往鸭肉上涂薄薄一层黄芥末酱，用生菜裹起来吃。

夏皎还从温崇月这儿知道了一个不成文的北京老规矩。原来在以前，吃烤鸭也有个讲究，在鸭子快吃完的时候，得把鸭头切成两片儿，和两片鸭尾巴上的肉一并呈给贵客或者长辈吃，寓意“有头有尾”。

夏皎下意识地想给温父尝，但温父笑着摆摆手，示意温崇月端给夏皎：“咱们不讲究这个，多旧的老规矩了，给皎皎尝尝。”

北京人一年四季都吃鸭子，不过夏天的鸭子吃得少些，一来呢，夏季的鸭子都要掉膘少肉，吃起来口感不好，太瘦太柴；二来，和北京的气候也有关系，夏季总是闷热、有湿气，烤出来的鸭皮不够香。

现在秋天过去，正好能吃肥鸭子。温崇月不是专门片鸭子的，不能将每片鸭肉都料理得“有肥有瘦有皮”，但这无伤大雅。夏皎的马蹄烧饼里塞了十多片鸭肉，嚼起来香喷喷，果木香和鸭肉香一块儿在嘴里融化，香到她停不下来。

不速之客在夏皎吃完一张马蹄烧饼后，按响了门铃。

白若琅化着精致的妆，但衣衫素净，拎着一个四格戴妃包，脸上略有憔悴色。瞧见护工阿姨开门，她只轻声问：“还在吃饭呢？”

温父拄着手杖过去，请白若琅进来。温崇月和夏皎站起来。白若琅今天没有以往的那种傲气，显得有些局促：“你们吃，我就是给皎皎送些甜点过来。”

温崇月不说话。夏皎看着白若琅的确还带了一个小盒子，装饰得很精致，主动接过来，笑着说：“谢谢妈。”

白若琅有点惊讶，用手拢了拢头发。夏皎瞧见她头发里的银丝一闪而过。

温父示意夏皎和温崇月先吃饭，他和白若琅单独聊一会儿。果然，温家人都喜欢单独聊天。

夏皎将盒子放在旁边，问温崇月：“你说盒子里会是什么呀？核桃酥，缸炉，茯苓饼，还是槽子糕？”

老北京人忌讳说“点心”。据说古代酷刑里的“千刀万剐”，最后一刀送命刀，就叫“点心”。他们忌讳这个，统一叫“饽饽”。最传统的饽饽铺，漆金木牌，得在上面用汉、满、蒙三种语言写店名。满蒙饽饽一般加奶油，而汉族饽饽常用的是白油，清真饽饽得用香油。

不过这些都是旧时候的事情了，现在讲点心、甜点、饽饽都行，没人守这些无用的死规矩。

温崇月说：“大概是花糕。”

“我给皎皎带了些花糕和茯苓饼，”白若琅说，“我知道送其他东西都不太合适……想来想去，还是送些甜点。”

温启铭问：“你怎么过来的？要不要喝点茶？”

“老林送我来的，他的车还在下面等着。不喝了，我坐坐就回去，”白若琅犹犹豫豫，好久才低声说，“启铭，当年是我对不起你。”

温启铭只是笑道：“都过去了。”

温启铭心脏病发这件事情只有他们两人知道实情。

白若琅的丈夫宋良舟不久前亲自致电温启铭，坦言白若琅和温启铭离婚之前，他就已经和白若琅有了感情。这种时候他给温启铭打电话的意义也不言而喻，宋家生意做得不行，原本依靠着的大树也在反腐行动中倒下、日渐式微……宋良舟见白若琅和温启铭渐渐来往，心里妒忌，又不能对白若琅发火，只能把所有的气都往温启铭身上发。

温启铭承认自己当时的确有些冲动，这种耻辱是无论哪个男人都无法忍受的，包括多年前他在儿子面前遭受折辱。两下一刺激，外加他当天还未服药，急火攻心，才进了医院。

现在温启铭已经想开了。即使白若琅想要澄清，告诉他那些事情都是假的，她没有背叛当时的婚姻，也无所谓了，他已经不再在意了。

失去女儿是俩人共同的责任。温启铭愧疚自己当初在那个时间段出差了。那趟差事本非必要，温启铭是想要出差给的额外补贴，他是两个孩子的父亲，要养妻子、养孩子。白若琅性格娇，跟着他已着实算受了委屈，温启铭不忍心再让她跟着自己受更多罪。于情于理，他都有责任、有义务赚更多钱，养好这个家。

他懊恼自己将白若琅保护得过于天真，她不学习带孩子，也都由着她，以至于发生这种本可以避免的灾祸；也懊恼自己在选择保姆时没有仔细用心……但他们的小女儿的的确确已经夭折了，这是夫妻之间永远无法愈合的裂痕。

从事情发生到现在，已经过去二十多年，从始至终，温启铭都没有指责过白若琅一句。他明白，父母天生爱子，然而从孕育生命、十月怀胎到辛苦产子，母亲遭受的痛苦和折磨远远要比父亲多很多。因此，温启铭认为罪责在自己，他也一直在想办法弥补白若琅。

“都过去了，”温启铭对白若琅说，“若琅，你也该向前看。”

白若琅没想到会从他口中听到这种话，僵了一僵。她被保护得太好了，两次婚姻，两任丈夫都对她呵护得如珠如宝，温启铭是年少时不顾一切、违背家人意愿也要在一起的热恋，宋良舟是待她几十年如一日的疼爱，供给她锦衣玉食，青梅竹马、两小无猜……

但都过去了。温启铭劝她向前看。于他而言，曾经在炉火前烤红薯、寒夜里骑车载她去黑市偷偷买手表、攒钱请她看电影……以及为了他，白若琅挨了父亲两巴掌被打到鼻子出血，所有的事都已经过去了。

半晌，白若琅轻声说："好。"

夏皎和温崇月午饭后才去往机场，没让温父送。

下了飞机，回家的路上，夏皎才打开点心盒子。花糕酥软，她尝了一口，转脸好奇地问温崇月："我记得是不是有个太平歌词，叫饽饽……饽饽什么？"

"饽饽阵，"温崇月说，"小时候还背过，'花糕蜂糕千层饼，请来了大八件儿的饽饽动刀兵'。"

他不会唱，这些古老的太平歌词也有十几年没接触过了，却仍倒背如流。温崇月有一副好记性，但有时候他也希望自己的记性不必如此好，好的也记得，坏的也忘不掉，都在心里慢慢地攒起来。

晚饭后，夏皎发现自己的脚指甲该剪了。她自己不太会修剪，至少很难剪出圆圆的那种好看甲面。温崇月原本在看书，瞧她这样小心翼翼，实在看不下去了，书一丢，挽着袖子过来，从她手里拿过指甲剪，拍了拍自己的大腿。

夏皎的双手压在沙发上，挪着屁股，一蹭一蹭地挪过去，两只脚搭在温崇月的大腿上，乖乖巧巧地任由他剪。

温崇月剪得仔细，甚至还戴了眼镜，每一片脚指甲都被剪得圆圆可爱。

夏皎一顿猛夸："天啊，温老师，您这技术，去我们扬州吧，修脚师傅一定抢着收您当关门弟子。"

温崇月放下指甲剪，顺手捞起逗猫的羽毛棒，作势挠夏皎的脚心，惊得夏皎大叫一声，慌忙想将脚缩回来。但温崇月捏着她的脚腕，她动弹不得。一大一小两只猫也被逗猫棒上的铃铛声吸引了，温泉直接跳到夏皎的怀里，而小虾米出师不利，错估距离，一脑门儿撞在沙发上，摔了下去，却装作若无其事地甩着尾巴躲进了桌底。

温崇月扯着夏皎的脚腕，连人带猫往自己的方向拉："伸爪子，我看看你的手指甲要不要剪。"他松开手，用湿巾擦了用过的指甲剪，换了专门剪手指甲的，又用湿巾连带手指擦了一遍，才去握夏皎的手。

夏皎的手指甲很漂亮，不过如今的工作需要经常用手，手上有太复杂的装饰并不方便，因此常做的美甲很简单，只涂了颜色。

夏皎任由温崇月握着自己的手检查，在他专心看的时候，凑过去摘掉他的眼镜，在他眼睛旁边轻轻亲了一口。现在的温老师是温柔的植物香。

夏皎小声说："温老师，我的指甲不用剪，但你的指甲可能需要剪一下了。"这样说着，她低头，轻轻含住对方的指尖。

夏皎不怎么用自己的手指，但经常用温老师的。

温崇月没有动，他的眼镜被夏皎摘掉了，视线有些模糊。温泉跳下去，蓬松柔软的猫尾巴轻扫过夏皎的脸和他的手背，温崇月清晰地感知到夏皎口腔的温度。

温热包裹手指，夏皎喝奶茶似的吸了一口，像是叼着被燕麦堵住的吸管。

夏皎问："需要学生帮温老师保养一下手指吗？"

温崇月没有移开手，只是摸了摸夏皎的头顶。她的头发柔软如刚刚盛开的蒲公英，轻轻一蹭，仿佛连带着他的心脏也被春天的嫩草尖尖揉了一遍。

温崇月问："今天是检查作业的时间？"

夏皎说："是温老师验收教学成果的时间。"

上次李联给温崇月寄来的档案和书信中，的确有夏皎当时的作业和温崇月的修改批语。虽说当时温崇月和朋友一块儿做这个辅导班是为了赚钱，不过在教导方面也都尽职尽责。温崇月就是这样的性格，要么不做，要做就得负责。

人最重要的是能为自己做的事情负责。既然选择了担任教育者一职，就要对学生负责。哪怕仅仅是辅导班老师，也不能有悖"老师"的职责——至少那时的温崇月和李联，都有着这样的理想追求。

不过在当时的温崇月的眼中，夏皎和其他同学没有太大区别，他对学生一视同仁，绝无偏颇。温崇月在批改她的作业时也是如此，纠正她语法上的错误，勾画出她拼写错的单词，指出时态上的问题。

彼时的温崇月记得，这个学生基础差，因此在前几次的作业批改中，都留下了鼓励的话。尽管夏皎的作文写得并不好，错处颇多，但温崇月仍旧激励她、夸赞她的进步，即便她只是使用了一个小小的高级词语，或者成功地用对了一个从句。

他总能从这些写得磕磕绊绊的东西里找到她的亮点，再微小也不放过。

他向来认可激励教育，对待所有的学生都是如此。不过，那些鼓励是老师对学生，而非丈夫对妻子。

有些鼓励和帮助，温崇月只会耐心地给予夏皎。譬如在日积月累的时间中，他教夏皎如何更好地享受生活，教她了解彼此，鼓励她，拥抱她。但有些事，即便温崇月没有教，夏皎也很聪明，一点就通。

夏皎绝对是优秀的好学生，她信奉努力能比得上天赋。如果拥有的教育条件不好、基础糟糕，那就一步一步积累，积少成多。

在相爱这件事上，她也十分努力。

风从阳台半开的窗户中飘然穿过，夏皎像坐在月亮船上摇摇晃晃，往后倒去，又被月亮拥入怀中。

她的世界光华万顷，月溶溶，水潺潺。

这是十一月的普通一晚，两只猫咪跑去阳台上勾肩搭背。

月光落皎皎。

第十五章 奥利奥脆皮蛋挞

次日工作时，夏皎将温崇月给她装好的那些糖果全都带到了店里，按着他教的说法，向同事道谢、分发。同事们大多笑着接过，唯独郁青真神思恍惚，心不在焉。

夏皎不免追问了几句。郁青真缓过神来，终于勉强出口："……我感觉事情好像有些不对劲。"她说这话的时候，夏皎正在将花剪归类。今天上午店里不是特别忙，夏皎顺手将工作台清理了一遍。她感觉自己仿佛被温崇月"同化"了，没事的时候也喜欢整理一下手边的东西，摆放整齐。

郁青真就站在工作台旁边，慢吞吞地吃着糖，像是牙痛。

夏皎头也不抬，关心重点："钱都拿回来了吗？"

郁青真有点吞吞吐吐："……嗯，还没。"

夏皎转过身来，一脸严肃，盯着郁青真："你疯啦？"

郁青真没见过她这副模样。夏皎是众所周知的脾气好，这么一个老好人，忽然做出凶巴巴的样子，郁青真有点招架不住。

她举起手，无奈地说："但……赚钱啊，皎皎。"

郁青真也有难处。富贵险中求，她见识过基金和股票市场的震动，只是想趁这个机会捞一把，就收手再也不干了。

然而她想到只会做这么一次，就未免有点铤而走险的意味，祈祷再多赚一点，多赚一点就收网。人心总是不满足的，她也就贪这一回。

"怎么个赚钱法？"夏皎冷静下来，直截了当地问，"你又往里面投钱了？"

郁青真眼神飘忽："没有。"

"说实话，"夏皎说，"青真，这是大事。"

最终还是拗不过夏皎，郁青真终于松口，解释说："其实也不算多，就是又往里投了两万元——这两万元里还有五千元是前几天挣的……"

郁青真没见过夏皎这副模样，不知道为什么，她有些心虚，莫名有种上学时没完成作业、面对老师质问的怪异感。

她回顾前几天赚钱的事，向夏皎解释，她现在往里面多投钱是为了"建仓"，按照男朋友的话说，这叫"弄好自己的资金盘"。对方说了，这样能赚一次大的。当然，这样成本也高，郁青真没有那么多钱，对方说他也出一部分，先替郁青真补上。刚才郁青真看了，对方往她账户里转了五万多虚拟货币。

夏皎问："你怎么知道软件没有问题？"

郁青真愣了一下："他不至于为了这点钱，专门造一个软件骗我吧？"

夏皎未置可否："这几天看新闻没有？有人弄了个伪装成学信网的微信小程序，做得以假乱真，学历造假欺骗别人——万一对方是团伙作案，你怎么确定对方不会用假软件和假数据骗你？"

郁青真被夏皎的话吓到了，想起来那个新闻。她喃喃道："但我的钱都还在那个软件里面……"

"前几天不是提现成功了吗？"夏皎果断地说，"现在立刻提现。"

郁青真毫不犹豫。被夏皎一提醒，她也想到了这一层。身边的确没人用这个软件，她心里有点害怕，立刻掏出手机，申请提现。她打算把所有的钱都提出来。不管怎么样，钱还是握在自己的手里更放心。

她用的这个软件始终是虚拟货币交易，得先把虚拟货币从软件中提出来，再把虚拟币换成人民币，转入自己的账户。这个过程听起来复杂，其实倒也不难，郁青真如前几次一样，申请了提现。

但这一次，客服拒绝了，软件弹出提示，提醒她每天限额五万元，请明天再来。

郁青真心里一坠："他没和我讲。"

夏皎很果断："先提五万也行。"

郁青真听了，再度申请提现，只提五万。这一次，消息又变了，告诉她每天只有一次提现机会，刚才已经提交过一次申请，想要再度提交，要等到明天。

郁青真还没有消化完这条消息，她的"男友"就打了电话过来。

夏皎问："你方便开免提吗？"

到了这个地步，郁青真怎么可能还不清醒。她开了免提，清了清嗓子，假装若无其事地和对方聊天。

夏皎在旁边听得真真切切。果不其然，对方上来就问郁青真提现的事情。郁青真的所有操作都没有告诉对方，对方却知道得清清楚楚。

郁青真也不傻，她冷静下来，只是告诉对方，想取钱做美容。"男友"笑着说，不用这么着急，等过几天赚了钱也一样……说到这里，对方终于暴露真实目的，直言自己的资金周转有些困难，恐怕不能帮郁青真再补剩下的那些钱。不过他帮郁青真找了一个"朋友"开的网贷平台，"很靠谱"，让郁青真先贷十万元，兑换成虚拟币，等下个月收网大赚之后再还。

夏皎疯狂摇头，网贷这东西坚决不能碰。她刚读大学的时候，某呗和某条还没有兴起，学校里经常有人发那种贷款的小传单，说得天花乱坠，实际上就是个坑，尤其是对没多少社会经验的学生来说。再后来……就是引起轩然大波的裸贷事件。

夏皎看过这些新闻，知道这种东西碰不得。

郁青真拿着手机，手指一点一点地抠着桌子上的布，说："那得等等，我这边看看能不能再找朋友借点钱。实在凑不齐，我再准备材料，申请网贷试试。"

她"男友"的笑声十分清爽，听不出异样："我朋友在那个网贷公司上班，很好申请。"

郁青真笑了笑，说："好，我看看。"两个人又聊了些别的才结束通话，郁青真差点把手机摔碎。

夏皎帮她想办法："先去报警备案，剩下的两天，你慢慢和骗子聊，就说家里急需用钱、做美容、买东西……什么都行，里面的钱全提出来有点难，咱们能提多少是多少。”

郁青真咬牙点头。

在店里上班没有坐班的拘束，走几段路就是警察局，郁青真和蓝姐说了一声，就匆匆忙忙去报警备案，但网络诈骗这种案子没有那么容易侦破，何况对方的 IP 地址还在国外。之前和郁青真一块儿吃饭约会的那个家伙就是骗子的同伙，早在上个月就做好铺垫，说是要出国工作一段时间。郁青真倒是能提供照片，不过用处不大——她吞吞吐吐地说，照片和那人的实际相貌差距有点大，她以为是对方开了美颜。

饶是如此，警方还是先立了案。

遇到这种诈骗手法，还换了虚拟币交易，很难查得清楚。郁青真上网搜了一下软件的名字，得到的结果让她一颗心如坠冰窟——早有受害者发帖哭诉、报警备案……但这种“杀猪盘”，很难成功追回资金。

夏皎安慰了郁青真好久。高婵今天隐约察觉到什么，也和郁青真和平相处，难得地没有像之前那样取笑打闹、互相拌嘴。

钱赚得都不容易，夏皎已经清晰地认识到，郁青真大约是遇到了“杀猪盘”。这其实是骗子们针对受害者的恶意称呼，他们把目标受害者称为“猪”，将放饵诱受害者上当的过程称为“养猪”。他们打着择偶交友的名义，四处盗图，伪装身份，根据受害者的需求打造完美人设，进而骗钱骗贷、卷款跑路。

郁青真已经算得上心理承受能力强的了，遭遇打击，只想着如何把钱拿回来，没有惊动对方。以目前的情况，把钱全追回来已经不可能了，夏皎提醒她，最好虚与委蛇，能拿回多少是多少。

果不其然，次日在准备提现之前，郁青真先给“男友”打了电话，装作若无其事，说要去做美容，贷款的资料已经在准备了，这两天就签。

或许是因为郁青真前段时间的表现太像“想要赚钱的女友”，又或许是骗子太贪心，还想要郁青真承诺的十万元网贷，总之这次提现没有被卡，郁青真很顺利地提了五万元出来。

第二天又申请提五万元，理由是同事受伤住院了，高婵和夏皎俩人卖力地模拟各种音效和嘈杂声，努力地模仿出一幅摔断腿不小心住院的场景……骗子信了，又让她提了五万元。

第三天，郁青真给骗子打电话，刚开口说："我今天遇到点麻烦……"

对方直接就挂了电话，再打就打不通了。骗子应该是察觉不对，直接把她的号码拉黑了。

郁青真呆愣了好长时间，低头看了眼手机，叹口气，忍不住冒出一句脏话。

因为对方的 IP 地址在国外、软件交易也在国外，郁青真的账号彻底无法登陆了，唯一庆幸的是拿到了一部分钱，但仍损失了六万元。

蓝姐看她状态不好，大概猜到了事情的来龙去脉，午饭结束后，便直接做主给她批了半天假，让她好好休息。

郁青真这次没有走，她去员工休息室坐了一会儿。蓝姐把冰箱里的啤酒拿出来，陪着她喝了一阵儿，看她的状态，实在不放心，犹豫半晌，还是叫了夏皎过来，让夏皎陪陪她。

夏皎正在给宋奶奶和老爷爷包装花束，笑眯眯地聊天。宋奶奶笑着说下个月三号是外孙女的生日，要吃团圆饭，希望皎皎能帮忙挑一些花送来。

这当然没问题，老爷爷先预付了订单的钱，和夏皎商定下周出具体方案。宋奶奶最近几天要去医院复查身体的恢复情况，下周二才能再过来。临走前，她摸摸夏皎的手，微笑着说："真是个乖孩子，像我外孙女一样乖。"

她的手很苍老，有许多皱纹，不再柔嫩，骨头有些硌人。夏皎低头看着她的手，有些恍惚，好像看到了曾经的奶奶。

只是一瞬晃神，蓝姐便把她叫走，小声让她过去看看郁青真，对方的状态看上去不太好。蓝姐知道店里其他人或多或少都和郁青真有过矛盾，只有夏皎脾气和缓，见谁都笑眯眯的。

夏皎答应了。她到休息室的时候，郁青真正在闷头喝酒。空腹喝酒不太好，心里藏着东西喝闷酒，更伤脾胃。

夏皎从包里翻了翻，翻出来一盒从炒货店买的地瓜干，软软的、晾晒加工好的地瓜条没有加糖，很有嚼劲。还有一盒山核桃味的瓜子，夏皎也一并打开，和郁青真分享。

夏皎说："万事朝前看，往好处想，至少我们没有把钱全都亏进去。"

郁青真终于放下啤酒罐，拿了一根地瓜条，良久，才闷声说："皎皎，光靠打工，我得多少年才能攒得起一套房子的首付？别的不说，就说苏州——一套房子光首付就得几十万元，还要再背几十年的贷款。"她知道自己贪心，但没办法，赚钱不易。她太想拥有属于自己的房子了。

说到这里，郁青真笑了一下，头仍旧低着："别说什么父母给我补钱……这么说吧，我下面有一个妹妹、一个弟弟，你应该明白我的难处。"

夏皎明白。

"当年他们超生，要罚钱的，爸爸、妈妈不想交钱，就带着弟弟躲了出去。我和妹妹被留在家，跟着爷爷、奶奶过。"郁青真说，"等了两三年，风头过了，还是得交罚款，才能给弟弟上户口。妈妈生他的时候，我都上高中了，现在我出来工作了，弟弟还在上初中。"

夏皎移开郁青真右手边的啤酒，拿来杯子，找到点咖啡和奶茶是多送的糖包，倒了杯温糖水，推给她解酒。

郁青真已经醉了，捂着脸说："有句话你听过没，叫'没伞的孩子下雨天只能奔跑'。上学那会儿，老师就天天念、天天念，说我们是贫困县、经济差，无论是教育条件，还是师资力量，都比不上大城市，要好好读书，拼不过家境，就拼学习、拼努力……

"我以为死读书就是出路，拼死拼活考上好大学，以为自己终于和大城市的孩子一个起点了——结果不是，他们的英语是实打实地好，不是我这样的'哑巴英语'；他们会拉小提琴、会弹钢琴、会跳舞，我呢，我父母给我培养的特长，就是一边带弟弟妹妹，一边学习。你说，凭什么？"

郁青真脸上没有什么悲戚的表情，很平静、很茫然地问："凭什么我怎么学都比不上他们？我以为的勤奋努力能改变命运，在他们看来就是死读书、填鸭式教育、小镇做题家……我除了做题，什么都不会。人情世故、艺术特长，我都没有。不管我怎么努力、怎么追赶，都没法和他们一样。"

夏皎不说话，安静地听着。

“命好的人什么都不缺，有钱、有爱、有朋友。”郁青真喃喃，“‘麻绳专挑细处断，噩运偏找苦命人。’我命不好，就连骗钱也找我骗……”

她哽咽出声，终于有些崩溃：“我攒了这么多年的钱啊！王八蛋，骗我这么多钱!!! ”

“不是‘没伞的孩子下雨天只能努力奔跑’，”郁青真说，“我没有伞、没有鞋，还得用板车拉着上了年纪的爸爸、妈妈，拉着还未成年的弟弟、妹妹……我怎么跑？皎皎，你说，我怎么跑？”

她终于掉了泪，失声痛哭，妆花得一塌糊涂。夏皎什么都没说，她搂住郁青真。对方个子高，这样依靠在她怀中有些费劲。夏皎拍着她的背，模仿着温崇月安慰她时的动作。

“我也一样呀，”夏皎慢慢地对郁青真说，“我也不会唱歌、不会跳舞，没有任何艺术特长，只会做题，靠着高考上了个大学——我的学校还没你的好呢。

“我和你讲过没有？之前我在奢侈品店里工作，听上去很牛对不对？其实我做得很糟糕，什么事都做不好，也没你会交际，很差劲。”

郁青真哭了好一场，听她说完后，才发问，声音有点闷：“那你怎么调节好的？”

夏皎想了想，告诉她：“我以前也很羡慕那些有能力的人，感觉自己一辈子都赶不上他们的脚步。跟他们相比，我就像角落里的苔藓，不起眼，又小又廉价，只能眼巴巴地盼着有点水，一点点就够了。

“但是有个人告诉我，人就像花，每个人的花期都不同。”

下午五点钟，下班时间到。蓝姐有些倦了，正打着盹儿，就听见脚步声，晃了几下才站起来。她的手按着桌子，眼底有些倦色，看着夏皎走过来。

夏皎应该也喝了些啤酒，脸颊红扑扑的，不过精神还好。夏皎说：“青真刚刚回去了。”

蓝姐看了眼手机，的确到了下班时间。她伸了个懒腰：“今天麻烦你了。”

夏皎连忙说不麻烦。犹豫了一阵，她说：“我想送青真回去，但等会儿还有个顾客要过来取花——”

蓝姐心领神会：“没事，你把顾客的资料发给我，我在店里等一会儿。你送她回去的时候路上小心，一个人能行吗？要不要给小王打个电话？”

夏皎慌忙摆手，笑着说不用。

郁青真的确喝多了。她一口气喝了五罐啤酒，现在走路都晃晃悠悠。夏皎知道她是步行六百米去公交车站，赶紧急匆匆地追上去，想送她回家。

郁青真独自一人在这个城市打拼，又是个女性，今天情绪不好，还喝醉了……夏皎实在放心不下。

意外在夏皎转过弯后发生。

这一片都是有些年头的居民楼，街道两边的小店几乎隔几个月就重新换一批，很少有人能一直顺利开下去。在一家卷帘门上贴着“吉屋招租”的店铺旁，一段堆满杂物的小道上，郁青真神志不清地倒在地上，而经常在花店门口徘徊的“红毛”正低着头，唇贴在郁青真的嘴上。

夏皎热血一下子冲上了脑袋。她将自己的包狠狠砸在那个“红毛”脸上，企图把他砸跑：“变态！！！”

尖叫声终于引来过路人，几个人把“红毛”结结实实地摁在地上。他也在骂人，一嘴的脏话。夏皎扶着郁青真起来，连声叫她的名字。

半醉半醒的郁青真终于迷迷糊糊地站起来。她身上有些尘泥，看上去像是跌了一跤。看到离她这么近的“红毛”，唇上还有刚才他笨拙地企图撬开她唇齿的感觉……郁青真有点清醒了，恶心得要将吃的东西吐出来，她干呕两下，口齿不清地怒骂：“都这样了，还想捡老娘的尸……”

有人报了警，警察很快过来。夏皎和路人都能做证，看到了“红毛”疑似猥亵郁青真。有位路人看到的比夏皎更多，他确认“红毛”扶着郁青真在亲，还以为他们是情侣，没太在意，直到听到夏皎尖叫，才意识到不对劲，冲上来见义勇为。

“红毛”起初还在骂，不肯承认，嚣张地说自己是在帮她，脸涨得通红，嗓子破了音。直到郁青真说“这变态就是想捡尸”后，他才愣了愣，头耷拉下，一声不吭。

他认罪了。他已经成年，按照条例，行政拘留十五天，罚款五百元，外加批评教育。

处理完这件事，天已经黑透了。夏皎仍旧坚持送郁青真回家，确认她安然无恙地走进小区后，才精疲力竭地转身。

天上明月高悬，晚风轻渡月牙尖。

下午吹了好大的风，把温度吹到降落。夏皎没想到这么迟才回家，脖子和脚腕凉飕飕的，她用力裹紧衣服。

刚走没几步，就看到有车灯亮起，一闪一闪的，她停下脚步，好奇地看。

呀!

是温老师!

夏皎几步跑过去，隔着车玻璃，拉下口罩，又惊又喜:“崇月!!! ”

温崇月笑着示意她上车。车里开着空调，还有一杯夏皎最爱的芝士莓子水果茶，纸袋里装着两枚奥利奥脆皮蛋挞。

车里的温暖空气让夏皎放松地呼了口气。温崇月不着急开车，先递了湿巾过去。她把口罩丢进一次性垃圾袋里，将手指和脸都用湿巾擦了一遍，才开心地问:“你怎么知道我在这里? ”

一见到温崇月，她疲倦的眼睛里又跑出来好多星星。

温崇月说:“你打电话和我说要送同事回家，我就问了姑姑，要了你这位同事的住址。我有车，回去也方便点。更何况今天降温，你出门时穿得也不多。”

夏皎美滋滋地先喝了口果茶，又咬了口蛋挞，蛋挞酥得掉渣。她飞快地将嘴里的食物咽下去，和温崇月说:“幸亏你来了，我们今天傍晚遇到了一个变态……”

温崇月耐心地听妻子分享着今日见闻，开车慢慢地往家的方向而去。

夏皎讲了一路，在快到家等最后一个红绿灯时停了一下，举起最后一口蛋挞，贴到温崇月的唇边。他倾身过来咬住，全部吃了下去。

夏皎没有讲郁青真的私事，一直在说那个“红毛”的家伙。或许因为初中时遭遇的事，夏皎极其讨厌这些实施校园暴力的人，更何况他今晚还猥亵醉酒的女性。夏皎慷慨陈词，直到温崇月将车子停在自家地下车库，也没停下来。

真正打断她的是一个拥抱。车子停稳后，温崇月解开安全带，倾身过来抱住她，闭上眼睛，喟叹一声。

夏皎疑惑：“……温老师？”

“太久没看到妻子了，”温崇月说，“让我多抱一会儿。”他说话的声音很自然，嗓音有点低，真诚又动容。

夏皎没有动。温老师……这是在向她索求拥抱吗？！

是的吧是的吧！她一定没有猜错。

夏皎要变成小天鹅，踮起脚尖在温崇月手心跳芭蕾舞了。隔了两秒，她拼命按捺住蠢蠢欲动的心脏，红着一张脸，认真地抱住他的背。

“是的，”夏皎说，“我也好久没有抱到我的丈夫了。”

温崇月显然完美兑现了自己之前相亲时说过的所有条件。他的确无法接受和妻子长时间分居，并且需要稳定的伴侣陪伴和夫妻生活。

手上的工作暂时告一段落，夏皎请了两天年假，和休假的温崇月一块儿去了云南，去腾冲泡温泉！

虽然十一月是旅游淡季，但这时候可以赶在大雪到来之前去迪庆藏族自治州看“日照金山”，去雨崩徒步，去看神瀑、冰湖。

云南的美食也不少，这里不但有《舌尖上的中国》称赞的大理诺邓火腿，七、八、九月还可以去香格里拉品尝珍贵松茸，雨季更是有昆明的关上食菌一条街。如果你想品尝傣味美食，那就去边境城市瑞丽和芒市。还有石屏和建水的烧豆腐……也都不容错过。

腾冲当然也不乏美食。

温崇月和夏皎不住酒店，他的朋友老秦在这里有一座带私家汤泉的房子。他正好和妻子过来休养，听闻温崇月要来，极力邀请他们就住在自己家。

老秦全名秦绍礼，夏皎之前就见过。他的妻子名字很好听，叫栗枝，是一位美丽温柔的女性。栗枝目前在一家游戏公司当执行总监，说话不急不缓，很沉稳。她在这里住得久了，听丈夫说温崇月喜欢在食物上下功夫，一接到人便邀请俩人去吃了地道的腾冲菜。

这里的山水环境得天独厚，蔬菜自带一股清鲜，随便炒炒，滋味都颇好。当地有种名吃叫“头脑”，是一种盖着荷包蛋的甜食，据说以前专门用来招待女婿，不过现在餐厅里都有做，夏皎吃起来完全没有任何心理负担。

香喷喷的松花糕两元钱一块。稀豆粉搭配饵丝和烤粑粑，是最经典的早餐。在餐馆里点几个炒菜，还会送一碗用姜、干腌菜、小米辣冲成的汤，名字很霸气，叫作“青龙过海汤”。还有烤猪肉搭配凉豌豆粉，加了香嫩牛肉的牛筋火锅，经典的过手米线，有着香喷喷烤肉的手抓饭……

唯一让夏皎自觉无福消受的，是“撒撇”。这个名字听起来有些古怪，其实就是用牛苦肠液制作的汤羹，当地人一般拿来和米线、牛杂一块儿吃。夏皎喝不下，最后还是由温崇月收拾了残局。

俩人来到这边的第一顿晚餐，是在住处和老秦夫妻吃的，点了一个具备腾冲特色的土锅子，这锅是用土陶做的，先垫上一层青菜，蛋饺、排骨、五花肉、山药……堆得满满当当，用炭火烧着。送来的土鸡汤，用的是当地人养的土鸡，随便一炖都香到叹气。

几人一边吃一边聊天。吃饱喝足后，夏皎才和温崇月回了房间。

他们住在二楼，距离老秦夫妻至少隔了两个房间。夜晚分外安静，夏皎躺在躺椅上，能清晰地听到鸟鸣。

洗过澡的温崇月出来，用毛巾擦拭着头发，与她交换了一个带着薄荷香气的吻。

他的吻技很好，夏皎犹如融化的雪水，凭借最后一丝理智才勉强推开温崇月：“……你朋友应该还没睡，我刚刚看到了，他在院子里和妻子聊天呢。”

夏皎坐在躺椅上，从这里往下看去，漂亮的小院子尽在眼底。老秦夫妻俩正在下面并肩散步消食，栗枝还笑着打了一下丈夫的肩膀。

温崇月捉住她的手，放在唇上挨个儿亲指尖："怕什么，我给累了一天的妻子洗洗澡，难道犯法？"

夏皎说："温老师，您现在的眼神可不像是单纯地洗澡。"

温崇月捏着她的手腕。她的睡衣宽松，手一抬袖子就往下滑，露出一截雪白的手臂。

夏皎的确比俩人刚认识时长了些肉，手臂也不再骨瘦如柴，脸颊有了血色，健康丰盈。

温崇月为她感到高兴。他的吻落在妻子的手臂上，声音含糊不清，晚上喝了点酒，现在说话竟有些无赖："我要先给妻子洗澡。"

夏皎不喜欢喝酒，很大程度上是酒局所致。无法推掉的交际应酬是她最讨厌的事，就像为了拿高分而被迫学习自己根本不感兴趣的东西。

酒精会放大人的劣根性，所谓"酒壮㞞人胆"，很大程度上也是在讲这件事。女性尚好，情绪更稳定，也更理智，不会轻易被酒精扰乱。但很多男性经常在酒后做出令人难以置信的愚蠢行为，好像所有的缺点都被酒精放大了几十倍。

温崇月不这样，在他眼中，酒就是一种饮料，平时喝的也多是餐酒，和夏皎一块儿分享。他不会无节制地酗酒，更没有酒瘾。在身体管控和健康管理方面，夏皎承认自己不如对方，她完全抵抗不住冰激凌的诱惑，而温崇月却能镇定自若地抵抗美酒。

云南人大多都能喝酒，放眼全国，酒量都首屈一指。今晚他们喝的是茨中种植的葡萄酿造的葡萄酒。这种葡萄是百年前法国传教士带来的品种"玫瑰蜜"，如今在法国已几近失传，不过在云南却仍旧能品尝到。

温崇月喝得不多，神志仍旧清明，除了多说了些让夏皎感到口干舌燥的话语，其他一切正常，甚至还能面无异色地帮夏皎做好清洁。这本来就是度假的房子，每个房间都有独立的卫浴，浴缸大得能容纳两个人。

夏皎被温崇月喂了几口甜酒，晕晕乎乎地任由他忙活，只觉铺天盖地都是水，像是沉溺于海水之中，又如飘浮在云朵之上。夏皎在这种温暖安静的氛围中，品尝到一点被妥善对待的温柔与安稳。

只是对方好像也有些醉了，在她的战栗中，捏着她的脸蛋儿，鼻尖贴着她的脸颊，像猫蹭人般蹭了两下，问她："你觉得我怎么样？"

夏皎头脑有些缺氧，视线模糊。

温崇月带着海盐味的手指触碰着她的下颌，捏着她的脸颊，像极了夏皎第一次见到幼小猫崽时的举动，恨不得抱起来吸一口猫耳朵，又怕咬坏了精致易碎的小家伙。

夏皎当然要说实话："很好很好。"

温崇月问："有多好？"

夏皎说："最好。"她想温崇月应该很满意这个回答。他拥着夏皎，犹如大树的根系深深埋入土壤，重重生根。

夏皎没有想太多，她对某些观点颇为认可，譬如人在热恋时说的话不可尽信。她享受着拥抱与亲吻，也不在意水满渐溢、月光盈盈。

他们在腾冲住了三天两夜，这里有着安静田园、温柔山水，那些古老街巷像是被时光凝固、封存。毋庸置疑，云南是一个极其适合居住的省份。这里的风物和居民，都是那样地不急不缓，平顺和睦。

滇西南的城镇生活惬意，俩人来的时机也好，此时正值银杏金黄，去泡泡地热温泉，或者去图书馆隔着玻璃晒太阳，慢悠悠地看书，都会让人感受到生活的幸福。

临走前，温崇月和夏皎去了埋葬松山远征军老兵的墓园祭奠。青青山麓间，忠魂返故乡。

俩人下一站是梅里雪山，秦绍礼和栗枝则仍旧留在腾冲度假，他们前不久刚从梅里归来，倒是积攒了些经验，告诉了温崇月和夏皎最好订哪一家酒店。

温崇月长期户外运动的体格优势在这时候充分体现了出来，不像夏皎，走一段路就开始气喘吁吁。温崇月一人背负了所有重物，背包中装着食物和水，一只手还拉着夏皎，看她实在累了，就停下来歇一歇。

在明珠拉卡，许多前来朝圣的人会在白塔旁的白色香炉中煨一把松枝，这叫“煨桑”。夏皎擦着汗，认真地看着虔诚的信徒。在藏族同胞心中，雪山是神明的化身，无数朝圣者在初冬之前来到这里，只为一睹日照金山的景象。

在飞来寺时，夏皎也向当地居民买了一把松枝。温崇月还和她一起点了一盏酥油灯，供奉在上。

晚上他们下榻在秦绍礼推荐的酒店。温崇月定好闹钟，准备第二天和夏皎一块儿看雪峰日出。一般情况下，夏天的日出时刻在六点二十分左右，而冬天的第一道阳光跃峰则在七点三十分。夏皎是早起困难户，入睡前就和温崇月说好，一定、务必要早早地叫她起床，她不想错过这样的景色。

确定温崇月答应后，她才放心地入睡。

清晨伊始，夏皎迷迷糊糊中感觉有人抱着她起来，坐在了透明落地玻璃旁的软垫上，温暖的毛毯将她包裹。

夏皎睁开眼睛，第一眼看到的就是窗外光耀夺目的雪山金光。她不困了，本来混混沌沌的脑子一下极其清醒。

夏皎半跪着，掌心贴在玻璃上，裹在肩上的毛毯下滑，也顾不上去捡，只是睁大眼睛看着窗外。温崇月将毛毯拎起来，重新把她裹得严严实实。

夏皎目不转睛地看着巍巍雪山，初晨的日光如金，她惊叹：“天啊——”

最后的“啊”没能拖成长音，温崇月单膝跪在她身后，与她亲吻。他的口腔里是淡淡的薄荷香味儿，嘴唇柔软。玻璃外日照金山，玻璃内暖意融融。温崇月以唇舌拂去她所有寒流。

这个吻持续了大概十秒钟，温崇月用毛毯裹紧夏皎，俩人在玻璃窗前互相依偎，看金色镀满山峰，良久，温崇月才说：“其实，刚才那个场景很适合——”

夏皎不假思索地问：“Make love（做爱）？”

温崇月的下巴搁在她的头顶上，伸手摩挲她手指上的婚戒，深深地叹气：“请问夏同学的浪漫细胞跑哪里去了？”

夏皎说：“会不会是被温老师同化了？”

温崇月："……"

夏皎一路上没少吃。用土陶砂锅炖的土鸡，味道醇厚，回味馨香。市场里卖的鸡豆凉粉，只要三元一碗，味道有一点点辣，吃着很过瘾。来这里当然更少不了品尝藏族的特色食物，酥油茶、奶渣、水汽粑粑、青稞酒、牦牛肉火锅……

虽然云南的风土人情和夏皎长大的环境大不相同，但美食并无界限。

这里物产富饶，夏皎也没少买东西。比如风干牦牛肉，小小一块就能吃很久，挺锻炼牙齿；牦牛奶制作的贡姆奶酪，有着淡淡的咸味儿，口感偏软；还有使用意大利奶酪制作法做出的雅格奶酪，最适合长时间存放，味道浓郁。

她还在书店里花两元买了一张明信片，寄往苏州与温崇月共同的家，预约的投信时间是下一年春天，三月，春暖花开时。

店里也出售一些公益性的明信片，店主说这部分收入将用来资助西藏地区的特困生。夏皎选购了一些，抬头看到墙上贴着店主和许多西藏儿童的合照。

温崇月也买了些东西，藏红花、三七、虫草、松茸干……满满当当、分门别类地装好。这些东西都可以用来做膳补，他最近对食疗滋补很感兴趣。现在已是秋天了，倘若在夏季来，还能从当地人手中买到新鲜的松茸。

从云南回到苏州，夏皎喜提两斤肉。她拍了拍腰，下体重秤，痛下决心："我一定要控制饮食。"她说这话的时候，温崇月正在炖绿豆抹茶水羊羹。

泡了整整一小时的绿豆放进沸水中，小火煮了半小时，已经微微开花，空气中满是绿豆的清香。温崇月将绿豆汤倒出来备用，把煮烂的绿豆放在搅拌机中打碎，"嗡嗡"声在小巧的空间中散开。做完这些，他洗了手，走过来，抱住夏皎，掂了一掂。

"不重，"温崇月说，"再吃点也在标准体重区间内。"

夏皎不能接受。她跑去客厅抱着温泉和小虾米，嘟嘟囔囔地和两只小猫咪聊了一阵子减肥计划，两只小猫一直在"妙啊""妙哇"地回应她。夏皎很满意猫咪们的回答。

她打开电视看了一会儿电影。解下围裙的温崇月走过来，她差点从沙发上弹跳起来："我要减肥！"

"很好，目标坚定，"温崇月夸她，顺便将做好的绿豆抹茶水羊羹放在她面前的茶几上，"先吃，吃完我们再说。"

夏皎犹豫："这算不算甜食？"

温崇月面不改色："无油脂，低糖，我们偷偷吃，脂肪不会发现。"

夏皎认为他说得很有道理，于是毫无心理负担地吃掉了一整碗。

减肥大业一拖再拖，直到第二日饱餐后，夏皎才深刻反省自己的拖延症，极为忧虑地叹了口气。她反思："我这什么事都要拖到最后才去做的毛病，是不是应该改一改了？"

温崇月在给温泉梳毛："如果每次最后都能完成的话，为什么要改？"

夏皎："……哎哎哎？"

温崇月说："你把有些东西放在最后才做，不就证明你确信自己有能力在短时间内完成吗？既然能在短时间内完成，似乎就没必要将其归结于'拖延症'。"

夏皎陷入思考："听上去很有道理，但我总觉得哪里似乎有些不对劲。"

温崇月解释："人的大脑也是多线程工作，或许你本能中给这些要做的事情赋了值。重要性高的排在前面，而排在后面、被你'一拖再拖'的事情，说明它们不重要。"

夏皎："……哎？是吗？"

她想，就像大学考试前复习，越是到了复习周，越是玩得起劲儿，疯狂地看小说、打游戏，把复习的事情往后一拖再拖；也像她想和温崇月提的那件事，从春天磨磨蹭蹭到了夏天，又到秋天……她下意识地想要等到下一年春天再说，难道这也是大脑将其自动归到了"不重要"的那类？

夏皎说："我以为这叫'摆烂'。"

温崇月想了一下，问："这个词语，是不是和'咸鱼'差不多？"

夏皎点头："是的，事情往后无限拖延，总想着'等会儿再做也来得及’‘明天再做也来得及’。”

温崇月笑了：“因为你的大脑根据以往的经验判断，你的确能完成。”

“哦，那倒不是，”夏皎说，“我的大脑在‘摆烂’，它安慰我——往好处想，说不定明天就死了呢。”

温崇月：“……”

夏皎继续说：“死了就不用做了。”温崇月很不赞同她这种消极的态度，将她拎起来关回卧室，狠狠地教育了一顿。

第十六章 大头鲢鱼汤

夏皎重新回到花店，郁青真剩下的钱还是没有追回。她向夏皎吐槽，上次那个“红毛”已经被释放了。“红毛”的爹很有钱，知道儿子被行政拘留后就找了律师，又是查街上的店家监控，又是问路人，最后根据店家的监控显示，郁青真摔倒后，一直跟在后面的“红毛”跑过去抱着她。还有路人证实，听见了“红毛”在喊：“你醒醒，没事吧？”

“红毛”自己则说，当时他看到郁青真摔倒后脸朝着地，担心她被呕吐物呛死，情急之下，想起课上刚学的急救法，想给她疏通秽物，做人工呼吸。关于这一点，职高的同学和老师确认，那天的确刚刚上过意外急救课，的确教了学生如何做人工呼吸。而商家的高清监控放大后，也能看到一开始“红毛”的确做了不太标准的掰开嘴唇吹气的人工呼吸动作。

不过郁青真不信。

她上周刚被骗了钱，又在酒后被“二流子”触碰，正恶心着呢。

“红毛”被放出来，郁青真打心眼儿里觉得这家伙是花钱找了关系。

她向夏皎狂倒苦水：“他的嘴里根本就没有一句实话。还记得吗，皎皎？那天去警察局，他默认了猥亵的事。他还说自己没有爸爸，是孤儿——结果他爸爸活得好着呢……”

夏皎也不喜欢这样的人，但只能宽慰郁青真：“万一他说的是真的呢？别多想，青真。”其实夏皎也不觉得这个有跟踪前科的“红毛”真的会做善事，不过幸好对方没再出现在花店门口。

她全心全意地为宋奶奶的外孙女准备着花束，等到约定的时间，宋奶奶看了她的预设方案，点头同意。老人退休后的空闲时间多，宋奶奶就和夏皎一边聊天，一边看着夏皎挑花做花束。她对夏皎包花材的手法很感兴趣，笑眯眯地问了好多问题。

只是夏皎没想到，宋奶奶的孙女竟是熟人。

下午三点忽然落了一场秋雨，老爷爷来得匆忙，没带雨伞。都说一场秋雨一场寒，这种天气也不适合推着宋奶奶再走回去。好在外孙女打了电话过来，问清楚情况后，急匆匆地带着厚衣服开车过来接人。

雨天客人少，店里的温度不算高，夏皎去申请了给客人准备的毛毯，为宋奶奶披上，又去倒了温热的水，陪她聊天。

宋奶奶看着夏皎手指上的婚戒，兴致勃勃地和她聊了会儿夏皎的个人生活。其实宋奶奶很少和她谈私事，不过夏皎觉得这也没什么，就坦坦荡荡地聊了会儿，家庭、之前的工作……只是谈到丈夫时，夏皎忍不住有些脸红。这是一种很奇特的感觉，就像偷偷藏了一块举世无双的宝贝，既为拥有它而兴奋骄傲，又不舍得展示于人前。

聊到半晌，终于听到门上的风铃响起，高跟鞋敲击地板的“笃笃”声传来，夏皎站起来，看到了正将伞柄捣在肚子上、用力收伞的宋萧。

宋萧有些意外。她睁大眼睛，手不自觉地松开，本来快合拢的伞“呼”的一下散开。她的手颤了一下，才重新握紧。

夏皎笑了：“宋小姐，你好。”

宋萧呆怔片刻，手忙脚乱地收好雨伞，客气伸手：“你好。”

她带了宋奶奶的衣服，先给老人家披上，才听外婆笑着介绍：“这就是经常和你说的那个花店姑娘，是不是很温柔？喏，看看这花……”

宋萧怀抱鲜花，终于整理好心情，笑着和奶奶说：“真好，外婆，我认识她。”

宋奶奶疑惑：“什么？”

“她是我上司的妻子，”宋萧笑眯眯地低头，和外婆说，“你忘了？我和你提起过我的上司，就是白阿姨的儿子。”

“啊呀，”宋奶奶笑道，“想起来了。真好啊，一对璧人，天生一对。”

宋萧面不改色地笑，和夏皎聊着天。店外的雨声渐渐变小，宋萧推着轮椅，老爷爷打伞，宋奶奶抱着花，在夏皎的帮助下离开花店。

雨后的空气带着淡淡的泥土气息，夏皎仰脸，刚想松口气，视线却捕捉到不远处有一点红——她转身，看到那个身影敏捷地藏起来。街角空荡荡的，好像什么都没有。

换季时节最容易感冒，饶是温崇月变着法子给夏皎炖东西补身体，她还是不可避免地中招了，喉咙干痛，有些鼻塞，于是去社区医院挂号，拿了感冒药。夏皎裹着毛毯坐在沙发上，看着温崇月倒好温开水，和药一起递过来，示意她喝下去。

夏皎吃药简直像是在上刑，好不容易喝完，温崇月才给她一颗糖，在口里含着，压住吃药导致的反胃。

温崇月对她脆弱的抵抗力十分担忧，开始思索是否要重新规划食谱，多吃一些补充维生素的食物。

“医生让你多吃些维生素 B_2，”温崇月在平板电脑上写写画画，规划着明天该重点买的食材，“从明天起，你要多吃黄豆、菇类、动物肝脏——”

“等等，”夏皎瓮声瓮气，“我记得咱们家有维生素 B_1 片。你还记得吗？上次我晕船，你买了一瓶。”

温崇月放下平板电脑，伸手摸摸她的额头，叹气：“感冒这么严重？我说你要多吃维生素 B_2。”

“哦，”夏皎慢吞吞地说，“那我吃两片 B_1，不就正好是 B_2 了吗？”话音未落，她看到温崇月拿起她刚刚吃过的药盒，“哗啦”一声抽出说明书，展开，还戴上眼镜，开始严肃审视。

夏皎问：“你在看什么？”

温崇月说：“我在看药物禁忌，有没有‘让聪明的妻子变成小傻瓜’这种副作用。”

夏皎：“……”

天气降温，温崇月穿了件圆领黑色上衣，夏皎靠过去，嗅到他身上好闻的淡淡植物香气。她问："难道我又要开始喝果醋防止感冒了？"

"算了，"温崇月并不赞同，敲了敲她的额头，重新扶正平板，"看来还是得从饮食上下功夫。"夏皎含糊不清地"嗯"了一声。

维生素片当然能够起到为身体补充元素的功能，只是要遵循医嘱，不能乱吃乱补。温崇月也知道夏皎的脾气，她不太爱吃药。更何况，和长时间吃药比起来，当然是平日里饮食营养均衡更好。

夏皎困得回卧室睡觉的时候，温崇月关掉灯，又想了几道菜。

秋天的苏州，当季的水果和水生蔬菜种类繁多。

东山和三山岛、西山岛上的新鲜水果开始陆续上市。如今正当时令的是橘子，无论你身处寺庙还是森林公园，皆会被橘子树包围。还有板栗、石榴、柚子……黛瓦白墙间，硕果累累的柿子树也引得不少人驻足拍照。

大大小小的古镇上，处处可见水乡婆婆卖菱角、卖莲藕。现在水红菱快要下市了。这种菜一年就吃一季，过了就得等下一年。它长得很好看、很特别，如果说市场上常见的那种菱角是端庄的大家闺秀，那水红菱就是娇俏可爱的小家碧玉。它除了长得好看，味道也很特别，生吃时脆生生的，煮熟了又软糯回甘。夏皎最爱生吃，清香中略带一点甜味，不过考虑到寄生虫问题，温崇月买来后，多半是做熟了再吃。

水红菱做法不少，最简单的就是用水煮，熟了直接吃，或者剥开后放在油锅里翻炒，油不用放太多，单炒它也行，和肉丝一块儿炒更香。

一场秋雨，温度下降，该吃板栗了。

温崇月将板栗破开，冷水煮五分钟，再半剥开壳子，刷一层黏黏的蜂蜜水，放进空气炸锅里烤。夏皎守着空气炸锅，一直到栗子的香气散开。

温崇月买的栗子多，除了晚饭吃以外，还剩了一些给夏皎做蜂蜜烤栗子，当作磨牙的小零食。再剩下的，就煮熟了跟芋头、燕麦、牛奶一块儿炖栗子燕麦牛乳喝。

温崇月今天要和海外的同事开视频会议，因此将栗子都准备好后，换上衬衫西裤去了书房，嘱咐妻子等会儿别忘记喝，刚刚做完五十个无绳跳绳动作的夏皎认真点头。

会议持续的时间不算太长，从晚上九点开始，到十点十分结束，中间还出了一点小意外，参与会议的宋萧的视频背景中她的外婆推着轮椅过来送小零食，让海外同事的发言暂时停了片刻。不过，在意识到宋萧在开视频会议后，外婆很快就离开了。

海外同事下线后，苏州这边的同事又沟通、核实了部分细节。会议彻底结束，温崇月刚关掉摄像头，他的公司内部账号就收到了一条消息，来自宋萧。

宋萧:“总监，外婆跟我夸了一晚上您的妻子。”

宋萧:“忘记说了，祝你们结婚愉快，百年好合。”她还发了一个大大的笑脸。

温崇月客气地回复:“谢谢。”回复完之后，他的手机又“叮”地响了一声，相隔一墙的夏皎发来了消息。

小皎皎:“会议结束了吗？快点出来吃栗子啦，栗子燕麦牛乳也好好喝。”

温崇月拿起手机，笑了下，摘掉眼镜，走出去。

板栗不仅适合做甜品，做菜也是一绝。一道板栗炖鸡，汤汁黏稠，快出锅的时候再撒上一层小小的青红椒，味道绝美。板栗直接用来烧排骨、烧鸡翅也很合适，香糯可口。

倘若不想再吃栗子炖肉，想喝栗子汤的话，就加山药炖排骨。如果不想吃肉，就煲斋汤——今年的新鲜甜玉米、粉糯的藕、红枣、腰果、板栗，一块儿大火煮开，再用小火慢慢地炖，出锅前半小时，再撒上从云南带回来的虫草花。

不用担心没有肉就煲不出好汤，坚果自带油脂，经过长时间的炖煮，会慢慢溢出，融到汤汤水水里。食材的本味被炖出来，又香又暖，微微清甜。这种汤饮口味清淡，健脾养胃，也很适合淡口的人吃。

夏皎吃掉了大部分腰果。经过长时间炖煮的腰果尝起来有点像莲子，不过口感更细腻、更滑顺。

斋汤斋饭，大多都是讲究吃食物本身的味道，求个天然。夏皎捧着碗，若有所思：“我好像发现了广东人煲汤的精髓。”

温崇月对她的话题很感兴趣：“是什么？”

夏皎说：“先处理材料，再飞水下料，一锅炖，出锅撒盐，直接喝。”

温崇月叹气：“下次去广东不要说这种话，我担心他们把你也一块儿下锅煲。”

“没事，”夏皎说，“我又不是福建人，他们不会吃我的。”

她小气，只给温崇月吃。

秋日重，天平山漫山遍野尽染枫叶红。山上游人如织，周末来赏红枫的，多是本地人，不过偶尔也有附近城市的人慕名而来，毕竟这里是中国四大赏枫点之一。

不单单是天平山，苏州城中处处秋意浓，虎丘、西园寺、文庙……银杏金黄，灿若流金。道前街落满银杏叶，西山村落金叶如雨，整个苏州都要沉浸在这金色梦乡中。

夏皎长裙外的外套换成针织衫，又换成长风衣，早晚天气凉，偶尔也会穿大衣出门。虽然有句古话叫“春捂秋冻”，但感冒初好的夏皎得到了丈夫难得的严格要求，必须带一件厚衣服出门，以备不时之需。

她们深秋的第一次团建，安排了户外徒步。

在大多数人眼中，苏州城是素雅清淡的，但秋天的苏州会被枫叶抹上浓墨重彩的一笔，明丽如画。

刚开始花店的团建计划是去天平山，不过在内部表决时，发现已经有好几个人去过了，于是改了地点，去灵白线徒步。

苏州的山不高，也不多，看着秀气，其实不乏嶙峋怪石、险峻山路，灵岩山也是如此。夏皎和温崇月来过灵岩山一次，这里离木渎很近。她想念木渎香喷喷的枣泥麻饼，思考着下周要不要再和温崇月去一次。

在户外爱好者的眼中，这一条从灵岩山起始，经过天平寺、大焦山顶、权枪岭，到达终点白马涧的徒步线只能算得上入门级别，适合那些平时不怎么运动，只是想出来体验体验新鲜感的人。

夏皎的装备都是温崇月这个资深户外运动爱好者准备的，内有可以补充盐分的甘草榄一小包，咸柠檬一小包，应急用的能量饮料一小罐，还有巧克力能量棒、盐汽水、矿泉水……不行，太重了，皎皎是和同事一块儿团建徒步，不是负重跑。

温崇月斟酌着，最终将最重的能量饮料取出来，又拿走一瓶矿泉水，还不忘嘱咐夏皎："我给你带两瓶盐汽水，你喝完一瓶后，路上要是遇到卖水的，就买一瓶补充上。别等到渴了才想起来买水，不一定能遇到卖水的——明白吗？"

夏皎点头。

桌子上摆了一大堆东西，夏皎的户外双肩包容量有限，她看着温崇月专注地挑挑拣拣，想让她把东西全都带上，又担心太重……

温崇月给她收拾了半天，叹气："干脆你把我也带过去吧。"

夏皎双手交叉，放在胸前，坚定拒绝："不可以。"

不过温崇月这样给她收拾东西的模样很好玩。夏皎的小学没组织过春游、秋游，初中学校倒有踏青活动，不过爸爸妈妈很忙，基本上都是给她点钱，再让她去店里挑一些卖相不怎么好的水果带上。

夏皎把下巴搁在手背上，看着温崇月拉上双肩包拉链，从背后扑过去，抱住他。她模仿着电视剧的腔调："您这心可真是操得稀碎。"

温崇月冷静地握着她的手："'心'这个主语能换一下吗？"

夏皎："不能。"

出行之前，"一颗心操得稀碎"的温崇月罕见地放弃了晨练，又给夏皎烤了蒜油烤虾，还有薄皮罗勒萨拉米香肠比萨，切成了便于食用的小块，整整齐齐地放进一次性餐盒中。考虑到可能不方便洗手、食物要和同事分享等情况，他又放了一次性塑料手套。

夏皎真心佩服温崇月，不愧是理工科出身，考虑得这样缜密。

在很久很久之前，夏皎也曾以为大部分男性都粗心大意，分不清楚女生的口红色号，永远选不对合适的礼物……不是的。那都是男人发明出来、掩盖自己不用心的借口。

夏皎的生理期、每一个纪念日……温崇月的手机里永远标着各种提醒。他知道夏皎过敏的食物和坚决不能接受的口味，点餐也好，买东西也好，从来不让她接触到过敏源。他知道她每天早晨醒来都要喝水，因此早上床边的桌上永远都有一杯温开水。

他会留意夏皎经常使用的护肤品品牌，拍下照片，在她用完前去专柜选一模一样的买回。他对色彩不是特别敏感，知道挑选口红色号是个挑战，因此一般不送这个类别的礼物，而是选择衣服、鞋子、包或者首饰。

夏皎并不认为那些会买“送给女朋友把她感动哭了”套盒礼物的男性是“直男”，也并不觉得那些老爱拿“我就是个直男”当借口搪塞的男性很幽默，这就是完完全全、彻头彻尾的敷衍。

因为是“直男”，送女友的礼物就能随便搜一搜吗，还是说，凡是遇到“忘掉生日”“惹女友生气”的情况，都可以用大大咧咧的“直男性格”来掩盖？夏皎之前会信，现在不会了。毕竟她见识过男同事在工作上的认真程度，他们揣测甲方心思的时候堪比福尔摩斯。

只是这种户外徒步还是有点超乎夏皎的想象，一路上都是原始山路，崎岖不平，还有各种大斜坡、乱石堆，有些地方甚至需要手脚并用才能通过。下坡路则要扶安全绳，到了这时，夏皎终于明白为什么温崇月要她必须戴手套。

高婵叹气，说不知道等会儿该去哪里洗手，直接用矿泉水洗有点太浪费。

夏皎倒觉得徒步挺好的，难怪温崇月喜爱户外运动，的的确确有很多走常路时见识不到的别样风景。虽然路上有不少岔口，但也不必担心，所有的岔道处都有指示牌，还有前辈们系上的红丝带。有个热衷徒步的同事抚摩着红丝带，一路上讲笑话逗大家开心。一群人走走停停，一上午就顺利到了白马涧。

白马涧号称“江南小九寨”，风景秀丽，还有特别吸引人的“桃花水母”。

一行人欣赏完美景，洗干净手，找了家面馆吃饭，温崇月给夏皎准备的比萨和虾大受同事们欢迎。夏皎分发一遍，到了最后，惊讶地发现温崇月竟然还给她装了一小盒便当，绿芥咖喱鸡肉串，还有水煮的芦笋。

夏皎认真地全部吃光。

和景区一样，淡季的面馆客人不太多。郁青真接到一个电话，本来还有些不耐烦，想挂掉，后面却连着点头，“嗯嗯”回应。她好久才转过脸，对着夏皎说：“皎皎，我的钱追回来啦。”

高婵：“钱？什么钱？”

夏皎开心极了：“警察给你打的电话？”

郁青真点头：“是，说是专门负责网络诈骗这一块儿的，骗子落网了，他在统计受害者……”

夏皎衷心祝福她：“真好。”

郁青真心情好极了。下午一行人在白马涧休息，去咖啡馆喝咖啡聊天，等到快离开的时候，郁青真兴奋地告诉夏皎，钱已经打进银行卡了。

夏皎隐隐约约觉得不太对劲：“不用去警察局？”

“不用去，”郁青真说，“就这么简单。”

夏皎谨慎道：“不会还是骗子吧？”

郁青真说：“怎么可能？哪有骗子什么话都不说，上来就先给我转六万元的？这哪里是骗子，是菩萨吧。”

夏皎觉得她说得有道理。郁青真确认过了，钱的确已经打进了她的银行卡里，银行的短信和 APP 都是郁青真一直用的，作不了假。虽然这样处理似乎有些不符合章程……但说不定是警察叔叔忙呢，这样想着，夏皎的心里稍微好受了一些。

店里包车统一将人从白马涧送到花店门口，大家在这里告别，说说笑笑，各自往回家的方向走去。夏皎有点渴了，在路边店里买了瓶水，一边喝一边想着事情，冷不丁又瞧见了那个“红毛”——哦，这次不是“红毛”了，夏皎全凭他嘴唇附近的疤认了出来。

“红毛”的头发剪短了，直接剃成寸头，只有部分地方还泛着一点点红。其实他很高，只是总不好好站着，显得不精神。他仍旧穿着职高的校服，站在关门的花店橱窗前，隔着玻璃看里面的花。

俩人四目相对，这次“红毛”倒是没跑，问：“你们这里的花卖得贵不贵？”

夏皎不喜欢他，出于职责，回答：“普通市场价。”

“红毛”的声音有点僵硬，像是在练习说话，或在控制自己不讲脏话：“上次那个女的，就是你同事，你们卖的花是不是比其他地方贵？”

夏皎觉得他说话让人听起来很不舒服，不想多聊，只简单地回答：“不会。”

她不再停留，也不想和对方有更多交流，拎着拧紧瓶盖的水离开。走出很远了，她回头，还能看到“红毛”站在老地方，目不转睛地盯着店里面。

花店已经关门了，这个“红毛”还是直挺挺地站着，一动不动。夏皎尝试在脑海中还原了一下那个位置能看到的店内场景，似乎没什么特别，就是花，那一片放的玫瑰比较多，而郁青真的花艺作品喜欢用玫瑰，所以经常站在那边……

夏皎晃晃脑袋，停下脚步冷静思考：是不是该提醒郁青真一句，小心这个看起来不怀好意的家伙？

“可以，”温崇月端上香菇蒸滑鸡，颇为认可，“有些青春期的男性，大脑里有很多怪异的念头。”

他说这些话的时候，夏皎已经舒舒服服地洗完热水澡，换上宽松的睡衣，坐在餐桌前等待开饭。

她刚刚说了自己的困扰，而温崇月给了她肯定的回答，建议她和郁青真以及花店的同事都小心一些。温崇月认为可以报警，对方已经成年了，遇到尾随和跟踪这种事，她们应该向警察求助。

夏皎双手托腮：“真的吗？我青春期的时候就没有很奇怪的想法。”

温崇月说：“男性不同，他们犯错后要承受的代价比女性低很多。”

夏皎好奇极了，追问：“温老师，听起来你似乎认为，相对而言，青春期男性的道德感更低……那青春期的你，是不是也在道德感低的这一类里？”

温崇月笑道：“不在。等下次回北京，我可以给你看看我的成绩单——

我的思想品德成绩始终都是优秀。”

夏皎震惊：“真的吗？”

温崇月疑惑：“你不相信？是什么让你产生这种错觉？”

“根据你晚上的癖好和角色扮演，”夏皎郑重其事地说，“我严重怀疑你的思想品德优秀是作弊拿到的。”

温崇月并不赞同夏皎的说法。他承认：“我认为适当的和有趣味的夫妻生活能加深我们对彼此的了解。”

夏皎说：“很有道理。”

“所以，”温崇月说，“我在思考，是不是要多买一些衣服。皎皎，你喜欢什么？”

夏皎下意识地看了眼卧室，然后摇头：“等等，明天再谈。”

温崇月颔首：“那就先吃饭，你今天需要好好休息。”

思想品德课成绩优秀的温老师今日做的晚餐仍旧丰盛，除了白灼基围虾，他还买了壳硬肉紧的草虾，也就是广东话里面的“弹牙”，做了虾仁滑蛋。这是一道茶餐厅里常见的快速菜，从剥虾打蛋到上桌不过十分钟。蛋黄半凝固，又嫩又香，夏皎用小勺子慢慢地吃。

为了犒劳夏皎，今晚餐桌上还有一道清炖鸽子汤。鸽子的油脂比鸡多，温崇月就往里面加了根扁尖。他用黄瓜丝、胡萝卜丝简单拌了个解油腻的凉菜，最后一道是爽口的香菇冬笋。

夏皎最爱吃的还是虾仁滑蛋，吃掉一份不够，又眼巴巴地看着温崇月，将他的那份也吃掉。

温崇月倒是提到自己的高中时代：“坦白来说，我面对的升学压力，要比你小很多。”

夏皎知道，问：“你们晚自习会一直上到晚上十点吗？”温崇月摇头。

她又问：“那会早晨五点起床晨读吗？”

温崇月说：“不会。”

夏皎羡慕地感叹：“好幸福的高中生活。”

温崇月没有像其他人一样谈高中时的辛苦，或者为了安慰她而编一些不好的体验。他和夏皎分享自己高中时的食堂，印象最深的是鸡汤豌豆肉臊面，味道足，分量多——哦，温崇月还提起来，他高中时饭量大，基本都是吃双份。

夏皎有些不好意思，她读高中时，学校食堂给的分量也多，她连一份都吃不完，吃半份总感觉自己似乎有点浪费粮食。

温崇月的高中不只有肉臊面，还有脆皮烤鸭、猪肉玉米馅的馄饨、皮薄馅多的小笼包……夏皎听得眼睛闪闪发光。

她一直以为这样的高中生活只存在于电视剧中，但不是，在她埋头苦读、熬夜点灯的日子里，有些人就过着这样多姿多彩的生活。他们好像天生命就这么好，做什么事情都不费力，轻轻松松。她也是现在才知道，原来有些人的高中会有十八岁的成人礼仪式。

夏皎喃喃："真好。"

温崇月说："什么？"

"你的高中生活真好，"夏皎说，"我很羡慕，感觉你的校友应该都是很厉害的大人物。"

温崇月亲手剥了一枚基围虾，放在她面前的碟子上。"是的，"温崇月对她说，"不过也有例外。"

夏皎问："什么例外？"

"也有我这样的，"温崇月说，"需要妻子陪伴和亲吻的小人物。"

夏皎并不认可温崇月的话，认为他过于自谦，不过转念一想也是，世界上有这么多人，籍籍无名才是常态，声名鹊起实为少数。她也是一个同样喜欢对方陪伴的小人物。

夏皎不是户外运动爱好者，今天的徒步路线几乎耗光了她所有力气。晚上温崇月要和海外的同事联系，于是提醒妻子早些入睡，不用等他。

温崇月没想到夏皎会过来。书房的门没有关，通话结束，温崇月看到外面若隐若现的身影，问："皎皎？"

她的声音有点不安："你的工作结束了吗？"

温崇月站起来："嗯，你饿了？"

门被推开了。温崇月站在原地，有些愣神。

夏皎端了一碟煮好的泡泡小馄饨，对他露出一个干净澄澈的笑容：“我想和温老师一起吃夜宵。”

她煮的泡泡小馄饨味道很好。温崇月与她相对而坐，谈了许多。那些平凡的、琐碎的往事，从对方口中讲出，仿佛都变成闪闪发光的星星碎片。

俩人都忘了给手机充电，温崇月直到早晨才将夏皎的手机充上电。夏皎一边吃早餐，一边给郁青真打电话，提醒她自己昨天傍晚看到“红毛”的事和自己的猜测，以及——“那个警察没有再给你打电话吧？”夏皎问，“没有吧？”

“没有啊，”郁青真笑声爽朗，“我早就说了，没事……我一大早就把银行卡里的钱提了出来，换了另外一家银行存了定期，这下你放心了吧？”

夏皎松了口气，诚恳地说：“放心了。”

走了一个郁青真，微信上又来一个郭晨材。对方昨晚把夏皎拉进了初中同学的微信群，群里热热闹闹，好像所有人都忘记了他们做过的事情。

夏皎没有看群里的消息，倒是拿着手机去充电的温崇月看到了。今天周末，大概是刚建群不久，群里的人都在追忆往昔，很是热闹，尤其郭晨材，还 @ 了夏皎好几次。有群友打趣，说初中时郭晨材总是找夏皎麻烦，是不是那时候就暗恋人家？

温崇月将手机放回去，重新回到夏皎身侧。夏皎还是困，可能是过度失水，她睡了一觉醒来还是口渴，一直要水喝，吃过早饭后也是懒懒散散地趴在沙发上，抱着猫咪看电影。

温崇月过来，温泉跳下沙发，抬着头让他抚摸。小虾米趴在茶几上，翘起一条腿，正在认真地舔毛。

温崇月坐在沙发上，把夏皎的头枕在自己腿上，陪她一块儿看电影。

温崇月的观影偏好是科幻片或者惊悚片，没有特别厌恶的片子种类，于是夏皎看什么，他也看什么。毕竟这是娱乐，重点是和看电影的人一块儿培养感情。

今天放的是《真爱至上》，其中一个小故事，是刚刚结婚的新娘发现新郎的好友竟然一直在暗恋她。屏幕上播放着这一段，被狼狈揭开暗恋真相的男人夺门而出，在冰冷的大街上几次驻足、彷徨，冷到颤抖，又只能匆匆前行。

夏皎小声嘟囔:“如果真的这么爱，那她怎么会不知道他喜欢她呢?暗恋是藏不住的。”

温崇月低头看她:“真的?”

“反正电影上是这样，听说过一个理论吗?当你靠近爱你的人时，就像靠近冬天的火炉，怎么会感觉不到爱意呢?”夏皎想了想，“你看看他，多明显呀，就差直接对她说‘我爱你’了。”

温崇月低头。他和夏皎，从来都没有说过“我爱你”。他的火炉一直在燃烧，但夏皎好像没发现。

温崇月抚摸着她的头发:“或许真有人发现不了，别人在偷偷地爱她。”

“不可能，”夏皎断然否认，“笨蛋都能知道。”

温崇月笑了一声，捏捏夏皎的脸颊:“笨蛋不知道。”

笨蛋的确不知道。

夏皎昨天暴走那么多路程，现在筋骨还没有舒展开，困到几乎能枕着温崇月的腿睡着，她努力地保持清醒，继续看电影。

温崇月胳膊长，能轻而易举地够到桌子上的玻璃果盘。这盘子还是夏皎在超市购物时抽到的赠品，在太阳下闪闪发光，拿来做果盘，有着干净温润的光泽。

盘子里装着苏州产的蜜橘，个头不算大，皮很紧实。原来用的果盘现在盛了一把刚倒出来的糖炒栗子，不过夏皎刚才吃掉了十多个，暂时不想吃了。

温崇月拿了一个橘子，剥开皮，听见夏皎的手机还在响。

夏皎坐起来，拿回手机，仍旧缩在温崇月怀抱中，认真地研究半天，将微信群的通知消息屏蔽。做完之后，夏皎半趴着将手机放回去，一偏脸，叼走温崇月手指上刚刚剥开的橘子，连带着白色的一层橘子丝络全部吞下去。

她说:“好甜!”

虽说橘子吃多了上火，但架不住好吃。据说橘子丝络清热下火，夏皎就偏爱吃上面这一层。白白的丝络没有味道，绵绵软软的，小时候奶奶还会拿它泡水喝。

温崇月的视线落在被夏皎放在桌面的手机上，问："不想和初中同学聊聊？"

夏皎大惊失色，疯狂摇头："没有什么好聊的。"

她说得上"激烈"的反应让温崇月失笑，问："有不愿意回想的事情？"

这样说着，温崇月抬手将第二片橘子瓣递过来。夏皎凑过去，张嘴含住，甜中略带一点酸的味道炸开。她说："提问：如果一件事情已经过去快十年了，但我还是对此耿耿于怀，你会不会觉得'你怎么又提这个'？"

温崇月问："为什么会这样想？"

夏皎认真思考："嗯……就是，不是有句话吗？时间会冲淡一切。"

温崇月笑道："也不是那么绝对，比如说，就冲不淡夏皎同学煲的咸汤。"

他说的是上周五的事情。温崇月买了一块熏肉，夏皎自告奋勇做汤，结果忘了熏肉本身的咸味就重，煲了一份能咸到人流泪的汤。

夏皎说："我只是举个例子。"

"我也只是举个例子，"温崇月说，"你瞧，我现在提上周的事情，你也没认为我很烦，对不对？"

夏皎："……"

夏皎抱着抱枕，半个身体陷入沙发中，开始思考："好像也对。"

"将心比心，"温崇月说，"我不会觉得厌烦，说吧。"

夏皎挪啊挪，将身体挪过去，说："我初中没有交到朋友。"

温崇月轻轻地"嗯"了一声，问："是忙于学习？"

"当然不是，"夏皎摇头，说，"因为当时班上的同学都不和我说话……"

夏皎将事情一五一十地全部告诉了温崇月。当然，隐瞒了"那个笔记本是温崇月送的"这件事，她只简单说了句，是笔记。

事情的起因，是郭晨材带头的孤立。有男生和夏皎聊天，他就开始阴阳怪气地嘲讽。那时郭晨材家境优渥，人际关系处理得也好，算得上班里的“风云人物”。于是男生大多都疏远夏皎，而女生也默契地和她保持着距离。

温崇月听着妻子阐述这一切。她没有丝毫怨憎，只是在想到的时候仍旧忍不住皱眉。温崇月想这件事一定给她带来了极大的痛苦。

他确认：“在辅导班结束后？”

夏皎安静地点头。“所以我现在不知道该怎么办，很奇怪，”夏皎说，“当时明明是他们犯了错，现在却又表现得好像什么都没有发生……”

手机屏幕又亮了，微信群里还在发消息，他们快乐地叙旧、聊天，没有人记得当时做过的事情。在他们眼中，这件事可能就跟某次考试不及格一样普通。事情都过去了。

但夏皎的初中生活并没有重新来过的机会。

“事情都过去了，”夏皎说，“我觉得他们会这样说。其实我也不知道他们为什么要拉我进群，很奇怪对不对？上初中的时候我甚至没和他们一起参加过集体活动。”

温崇月张开胳膊，夏皎自然地扑过去，抱住他，依赖地贴贴。她苦恼地问：“是我小题大做了吗？”

温崇月摇头：“旧事重提，更能说明它从来都没有得到妥善的解决。皎皎，按照你舒服的方法做吧。”

夏皎拿起手机，看了会儿热热闹闹的群聊，他们还是那样，无忧无虑的。就这样退出去也没什么，不过夏皎还是想说一句。温崇月说得很对，旧事重提，证明这件事从来都没有得到过妥善的解决。夏皎现在要处理这件事了。

夏皎：“抱歉，我不知道郭晨材将我拉入这个同学群。”当初那些孤立她、冷落她的人，现在在热情地欢迎她，问她要不要参加今年的同学聚会。

夏皎：“不参加。”

夏皎：“我不想和曾经霸凌过我的你们一起吃饭。”

群内没有人发言了。

夏皎：“真的很不可思议，当初一整个班的人把我当透明人，现在又来扮演和和睦睦、同学情深，你们在回忆青春的时候自动忘记了做错的事吗，还是觉得时间能够粉饰太平？”

夏皎：“说实话，这么多年过去了，我也看开了当年的事情。”

夏皎：“但我还是要提醒你们一句，当年是你们孤立我。”

夏皎：“真希望永远、再也见不到你们。”

她点了退出群聊，松了口气。

郭晨材没有再来找她。

夏皎趴在温崇月的膝盖上，良久，问：“今天要吃什么？”

温崇月笑了，低头：“今天想吃什么？”

夏皎想吃的东西有很多很多。

初中学校门口卖烤面筋的阿姨，早在那时就已经推出了“买二送一”的活动，买两根烤面筋就多送一根。柔韧的面筋刷上一层酱，放在炭火上烤到焦香，再刷一层辣椒面、茴香面调成的料。

同学们都喜欢成群结队地去买，唯独夏皎要么一口气买三根，要么看着亲亲热热吃面筋的小团体，默默地离开。

还有初中食堂里冬天卖的糖葫芦，裹着厚厚一层糖衣。有天早晨，郭晨材给班里的同学都买了糖葫芦，唯独不给夏皎，要她过去找他要。

夏皎到现在还记得那时满堂的哄笑。她越来越讨厌被注视，好多噩梦场景都是满教室的人在指着她嘲笑。

不过都过去了。夏皎搂着温崇月的胳膊，认真地想了一下。她已经骂回去了，虽然迟到了这么多年，但勉强算扯平了吧。

今天上午，张抱林还罕见地登门拜访。他笑起来腼腆，或许是因为还在读书，身上总有一股文文弱弱的气质。

他带了油墩子和辣鸡脚过来，说是昨天陪于昙去了一趟黎里，买了些特产。于昙让他过来送一送，顺便传话，问问他们下周要不要一块儿回北京，她也想去探望一下温启铭。温崇月微笑着答应。夏皎庆幸自己还没有提去木渎买枣泥麻饼的事情。

张抱林只喝了杯茶，聊了几句就离开了。他和温崇月交集不多，毕竟是于昙这两年刚交的男友，又一直住在南方，俩人很少有聊天的机会。

温崇月送走张抱林，夏皎已经迫不及待地打开了盒子，甜甜蜜蜜地吃着油墩子。

苏州附近大大小小的古镇离得都很近，不过几乎每个镇都有特色的小吃。木渎有枣泥麻饼、木渎乌米饭，锦溪有袜底酥，千灯有肉粽，震泽出黑豆腐干，去甪直一定要买青团子和南瓜糕，去同里不能错过闵饼……

见她吃得开心，温崇月问："饿得这么快？"

夏皎努力点头，说："心里不藏事了，饿得当然快。"

温崇月挽起衣袖，笑道："看来今天我得给夏同学好好准备午餐，庆祝她脱'班'成功。"

秋天的苏州适宜吃扣肉，喝大头鲢鱼汤。太湖边上有首歌谣："……八月湖鳗酱油焖，九月鲈鱼肥嘟嘟，十月大头鲢鱼汤……"

周末，温崇月会在晨练时顺带将一整天的蔬菜鱼肉都买回来。鲢鱼他已请人处理干净、剁成小块，放在冰箱中，取出来就能炖汤。

苏州人吃扣肉，下面一般放绍兴干菜或者豇豆干，最好的自然是菜花头干。温崇月春天选了最嫩的菜尖尖，悬挂晒干，万一菜尖尖蜷缩起来了，还得伸手给它摊开继续晒，一直晒到锁住春光那一抹绿，再储存好。等银杏叶金黄时启封，以待享用。可以说，一道扣肉下面藏着的这抹春天，才是宝贝。

十一月的娃娃菜最嫩，芯子生尝起来都是甜甜的，沸水烫至五分熟，淋一层拌了调料的热油，放进小锅蒸熟，就是开胃发汗的剁椒蒸娃娃菜。这个季节的豌豆尖尖也嫩，买一把回来，将鸡脯肉切成薄片，一块儿做白雪红梅的梅花鸡片，鲜嫩风雅。

夏皎爱吃西蓝花，温崇月打算简单清炒一份。夏皎不怎么爱吃梗，她一一掰开，发现温崇月挑选的西蓝花梗又粗又大，以为对方终于翻车，笑着举起来："温老师，你是不是不会挑西蓝花啊？梗这么多，又难炒熟，又不好吃。"

温崇月笑道："留着，别炒，这些我准备腌了吃。"

夏皎狐疑，慢慢放下："西蓝花梗还能腌？"

当然能腌。不过不是那种长时间的腌制，一晚上就够了。她看着温崇月将西蓝花梗外面的厚皮削掉，切成厚片，放进保鲜盒中，撒了一些盐，盖上了盖子。

等午饭快准备好的时候，温崇月将保鲜盒里面用盐腌出来的水分倒掉，添上醋、糖和生抽拌匀，放入冰箱。回头看到夏皎好奇的眼睛，温崇月说："明天早晨就可以吃了。"

夏皎说："好吃吗？"

温崇月颔首："试试看。"

这其实是温启铭经常做的一道菜。餐桌上，温崇月和她提起了往事。温启铭的父母都是普通工人，却将儿女都送入了大学，于昙后来甚至去国外留学、选修了艺术……

温启铭和于昙的原生家庭并不能给他们提供太优渥的条件，因此他们都有爱惜食物的习惯。这种习惯也延续到了下一代，比如温崇月。

他并不介意吃夏皎剩下的或者不想吃的食物，在温崇月所接受的教育中，丈夫负责解决妻子的剩饭这件事再正常不过。

温崇月似乎天生具备这种优点。他喜欢看夏皎吃自己做的菜，喜欢听她的夸奖，喜欢看她吃饱喝足的满意表情，不过她的胃容量有限，有些东西吃不下，温崇月便也很乐意代劳。

其实不单单是妻子，如果以后她生下一个像他们俩的宝宝，温崇月也会——等等，温崇月想了想，离俩人说好考虑生宝宝的时间还剩下四年。

温崇月看着小口小口喝鲢鱼汤的夏皎。嗯，他目前也不想让一个新生命加入他们的生活，他还没有做好准备。

如果说苏州哪里的银杏树好看，当地人肯定不会说那些园林，而是指引你去道前街。

道前街南侧植满银杏树，秋天风吹金叶纷纷落，银杏叶打着旋儿飞舞，在树下铺成一层松软厚实的金色地毯。

午睡过后，夏皎刷到郁青真的打卡图，被满目的金黄闪亮了眼睛，兴奋地举给温崇月看："温老师！看！好黄！！！"

温崇月："嗯？"他扶着夏皎的手，眯着眼睛，好不容易才看清楚，"原来是这种黄。"

夏皎："……"

"我们去看吧，去看吧！"夏皎摇晃着温崇月的胳膊，眼巴巴地看他，"温老师不想去看银杏叶吗？"

温崇月弯腰，给她摆好拖鞋："走。"温崇月说去就去，充分满足夏皎的小小要求。

银杏叶金黄，小道上铺着鹅卵石。温崇月问："你同事也在附近？"

"不呀，"夏皎说，"她好像是临时有客人约设计稿，去加班……好像是学校元旦订花。"

的的确确是学校元旦订花。

因为是高中，所以学生只有周末才有时间出来，郁青真惦记着提成，匆匆忙忙赶到店里。约定的时间已经到了，她没有看到客人，倒是看到了熟悉的"红毛"，正站在花店门口。玻璃门开着，他却有些踌躇，像是不知道要不要进来。

别的不说，"红毛"剃掉长发后，看起来倒蛮清爽，是个模样俊俏的高中生。

然而再俊俏，也掩盖不了他上次猥亵他人的事实。

郁青真不和他客气。她不在乎这孩子以后会不会留案底或者怎样，她实在太厌恶这个人了，直接拿出手机，想了想，给上次给她转钱的那名警官打电话，准备报警。

电话拨通了。在手机里传来"嘟"声时，郁青真听到花店门外的手机铃声响起。

她愣愣地看着外面的"红毛"拿出手机，对方看到来电显示，一愣，抬头望过来，恰好与郁青真的视线对上。

来道前街观光打卡的人很多，不过一条街消磨不了一下午的时间。喝咖啡的时候，温崇月打电话确认了一下，然后便带夏皎去订旗袍，找的是一位老师傅。

苏州以前的旗袍和现在的不太一样。现在的旗袍都是裁好了布片，再将袖子拼接缝上。以前不是这样，直接一块儿布料都裁好，从下往上缝制。尽管如今的苏州仍有许多旗袍店，观前街的旗袍店样式传统、十全街的旗袍中规中矩、平江路上的旗袍款式新潮……但已很难再找到用一块儿布料做旗袍的老师傅。

温崇月认识的这位，还是他一个德国的朋友提到的，对方找这位师傅做过好几件旗袍。温崇月便早早就约好了时间。师傅工期长，平时又忙，现在终于得了空，可为夏皎量体裁衣。

也是巧，俩人在这里遇到了熟人陈昼仁。他是来取衣服的，一件香云纱做的旗袍。他将衣服检查完毕，笑着和夏皎、温崇月聊了会儿天。

温崇月有些意外：“我以为你在北京。”

陈昼仁说：“最近上海有个活动，想起来上次订的衣服，就顺路过来取。”

夏皎去换衣服了，俩人在店里等着，一边喝茶一边聊天。

陈昼仁有些促狭地对温崇月说：“还惦记着你妻子学生时代的暗恋对象？”

温崇月叹气：“你怎么总是说些我不想听的话。”

陈昼仁笑起来，说：“可惜了，我问过橘子了，她说自己也不知道——就算知道了，也不可能说。”

温崇月慢慢地喝茶，若有所思：“我原本以为是初中同学……现在想想不可能，皎皎应该看不上那些毛头小子。”

陈昼仁惊奇：“你这话说得，她看不上男同学，难道会看上男老师？”

温崇月说：“不排除这个可能性。”他思索，“有没有可能是我？”

陈昼仁忍不住笑出了声：“算了吧，那时候你多大，皎皎多大？”

温崇月也笑着摇摇头。

陈昼仁半开玩笑："不过也说不定。目前可知，你和你妻子的暗恋对象还是有很多共同点的——比如，都是人，男性，活的。"

老师傅上了年纪，店里只带了两个学徒，手上还有好几个客人的单子，旗袍做得慢，于是约好两周后再过来试一试，看合不合身，哪里需要改一改。然后再过两周，才能取走成品。

刚才量尺寸的时候，夏皎换了老师傅准备的一件薄裙子，现在量完了，重新穿上自己的衣服。店里布料多，没有用香水香薰之类的东西，只用了佛手柑，夏皎闻到淡淡的好闻气息。

她从更衣室里走出来，听见温崇月和陈昼仁在聊天。

温崇月问："你什么时候给她送过去？"

陈昼仁说："明后天吧，看她什么时候有空。"说到这里，看到夏皎出来，表兄弟俩握手告别。陈昼仁晚上就得回去，温崇月没留他。

他牵了夏皎的手，看了看时间，问："你想不想吃羊肉？"

夏皎："咦？"

其实，国庆期间太仓双凤镇上就已经羊肉飘香，毕竟有"百年羊肉镇"的美誉。

滚滚长江东逝水，顺着太仓流出江苏，奔流入海。千百年前，郑和就是自此起锚，下了西洋。因太仓的外贸经济发达，所以又有"江苏第一外贸大港"的称号，吸引了很多上海人前来投资。事实上，这座城市比较空旷，倒是古镇上常有人吃羊肉、悠闲度假。

今天已经这么晚了，当然不可能再去太仓双凤镇吃羊肉，于是俩人找了一家太仓师傅开的羊肉店，点了最经典的太仓红烧羊肉。夏皎的肠胃不算好，晚上吃太多羊肉不容易消化，温崇月和师傅单独聊了聊，又给夏皎做了些简单的家常小炒。

粥是店里熬了自家吃的，不对外出售。温崇月笑着和对方商量，按照市场价付了钱。对方端上来两碗，放在俩人面前。

夏皎简直惊叹不已："……他们也是你的朋友吗？"

温崇月失笑：“我还没有到朋友遍天下的地步。”

“不，”夏皎说，“你的表现，让我感觉从楼上丢个床垫下来，都能砸中你三个朋友。”

温崇月大笑：“我有必要提醒你，皎皎，高空抛物犯法。”

谈话间，店主将做好的羊肉端上来，卖相不算精致，但自有一股朴实的美感。夏皎迫不及待地尝了一口，味道果然好，肥而不腻，酥而不烂，香味很足，还没有太重的膻气。

秋冬天适合吃羊肉，不过要注意饮水，避免吃太多上火。温崇月用热水烫了店里的瓷杯，重新斟了一杯，放在她右手旁。

“这里用的羊肉是山羊肉，比东山羊肉的口感要肥一点，”温崇月说，“你要是觉得味道有些淡，咱们下回就去桃源吃，那边的羊肉做出来味道重些。等到了十二月，就吃藏书羊肉，羊是从山东和河南运过来的，做汤也好。”

夏皎忧心忡忡：“吃这么多羊，青青草原的喜羊羊该讨厌我了。”

这部动画片并不是温崇月的童年，他不知道青青草原，但听说过喜羊羊——他笑起来，揉了揉夏皎的脑袋，亲昵极了：“没事，你是贪吃的狼。”

夏皎抬头：“温老师，可以用一种稍微可爱点的动物来形容我吗？”

温崇月想了想：“贪吃的小肥狼？”

夏皎：“……算了。”她低头，认真干饭。

另一边，街边的火锅店中，四宫格锅里一格红油，一格菌菇，剩下两格盛着清水，肥牛片已经煮熟了。

“算了。”郁青真叹口气，将红油锅里的白菜捞出来，在清水锅中涮了涮，放进盛满芝麻酱的蘸料碟中，卷好，压了压，捞出来慢慢吃。

“你给我钱做什么？”郁青真很费解，“你一个孩子，哪来这么多钱？”

“我不是孩子，”“红毛”——哦不，朱孟城固执地说，“我十八了。”

郁青真听得发笑，对她来说这个年纪就是孩子。

火锅已经煮开了，“咕嘟咕嘟”地冒着泡，对方却吃得很少。见郁青真吃辣锅，他就始终在清水锅和菌菇锅中涮东西吃，像是担心她嫌脏。

郁青真威胁朱孟城，说自己要报警，逼不得已，对方才说了实情。

原来上次闹到警察局，朱孟城听到一个协警提到了郁青真被骗六万的事，就想了个笨办法，将钱打给她。钱都是他爹转给他的生活费和零花钱，来路合法。

“很好，”郁青真问，“那你给我钱干什么？猥亵我的赔偿？我先说好，这钱我不收，一会儿去银行，我打给你。别以为给我钱就能解决你猥亵我这件事。”

这句话一出口，她看到朱孟城表现出少年惊慌失措的一面，脸、脖颈直到耳朵后面，顿时如苹果一样红通通的，就像兜脸挨了一盆热水。

“不……不是猥亵，”朱孟城结结巴巴，手足无措，急切地想要证明自己的“清白”，“不是猥亵，我……我见你摔倒了，还是脸朝下。课上说了……喝多的人容易被自己的呕吐物呛住……我……我想帮你清理出来。”

郁青真面无表情地看着他：“编，接着编。”

“我没说谎，”朱孟城脸红得要冒汗，“你相信我。不信的话我们可以去警察局，申请看监控，我没骗你。我要是骗你，让我出门就被车撞死。”

郁青真骂他：“小小年纪发这么毒的誓干什么？那你说，你跟踪我干什么？”

朱孟城不说话了，埋头吃了一块肉，又喝了一整杯水。

他说：“你不记得我了？”

郁青真疑惑：“什么？”

“我们是老乡，”朱孟城说了一个城市的名字，“你是一中的学生，对吗？一中旁边的广场挨着一个小公园，你那时候常去背单词，就在公园的小湖边……”

郁青真：“嗯？”

“你还记得吗？”朱孟城看着她，“有年冬天，你帮了一个小男生。他被高年级学生推下湖，你把他捞了上来，还拿树枝把那群高年级学生揍到尿裤子。”

郁青真惊讶极了：“他们尿裤子啦？……等等，我帮的好像是个女生……是你妹妹？”

朱孟城说：“就是我。”

空气一片安静。红油火锅煮沸了，“吐嘟吐嘟”地冒着泡泡，溅到了周围的锅中，将附近的清水锅染出一点红。

郁青真大惊失色：“你去变性啦？”

朱孟城：“……”他揉着自己的头发，深深叹了口气。

与此同时，夏皎也叹了口气。

不过是满足的一个嗝儿。她吃到肚子圆滚滚，胃部又暖又软，路上遇到卖甜品和糖果的，温崇月停下车，买了经典的粽子糖、花生糖和酥糖，准备在她上班时装在包里，以备不时之需。

七点半，俩人去光裕书厅听了评弹。这里的下午场和夜场不太一样，下午茶便宜，买一杯茶，就能听两小时的评书，晚上消费则高一些，是点唱，另算点唱的费用。

温崇月不在乎这点价格差异，今晚的评弹是名家。

夏皎不太懂得欣赏，只是认真地听完。结束后，她跟着温崇月慢慢步行，朝家的方向走去。

一路灯光璀璨，夏皎却仰起脸，看着天上的一轮明月。

不过现在不需要抬头了，她的月亮就在身边，一伸手就能触碰到。

卷四 玄冬

月相 下弦月

冬月 廿九

麋角解，初雪落
冬至如年，九尽桃开

宜 告白
宜 求婚
宜 厮守

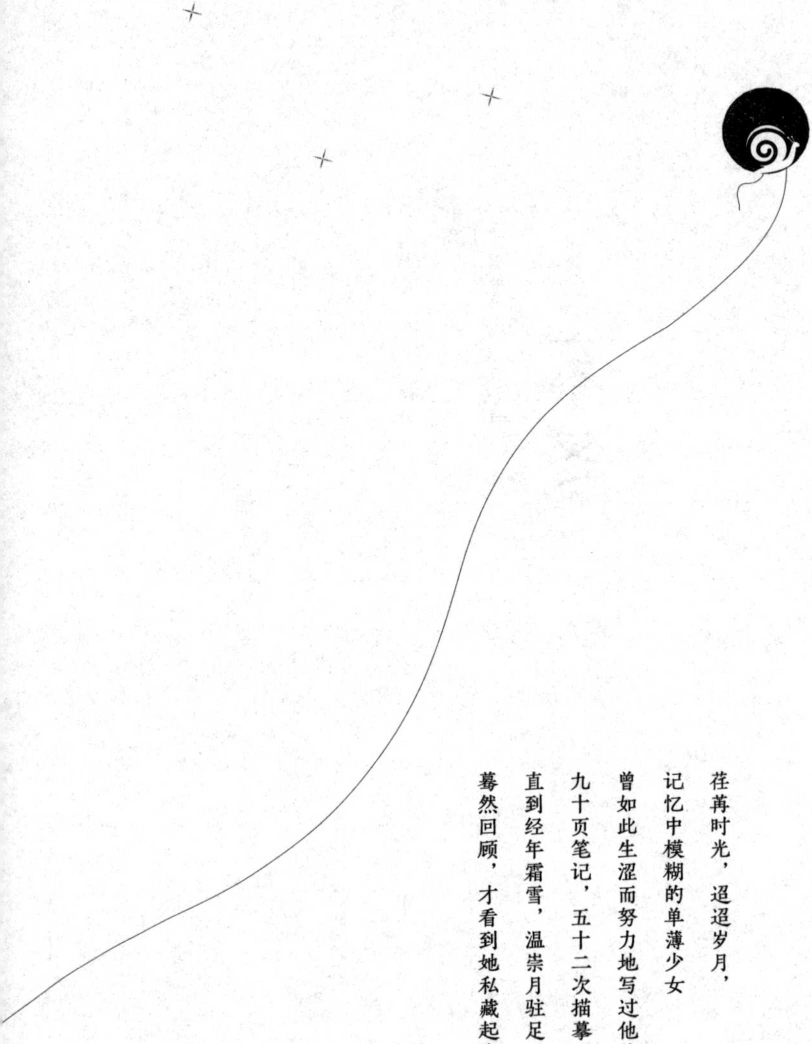

荏苒时光，迢迢岁月，
记忆中模糊的单薄少女
曾如此生涩而努力地写过他的名字——
九十页笔记，五十二次描摹。
直到经年霜雪，温崇月驻足，
蓦然回顾，才看到她私藏起来的心事。

第十七章 牛肉暖锅

夏皎重新回到花店工作，提起郁青真那失而复得的六万元，对方面色如常地笑笑，什么都没说。唯一奇怪的是，看到“红毛”在店外徘徊，郁青真没有再表现出那种强烈的反感，只是叹气，无意间和夏皎说：“也是个可怜孩子，妈妈死得早，爸爸二婚了，也不管他……算了，算了，我劝他好好学习，也不知道他听没听。”

夏皎感觉对方应该是听了。至少最近几天，那个男生都是在五点四十分左右——职高放学后，才会在花店门口默默地坐一阵儿，然后再走。

不知道是不是夏皎的错觉，总感觉对方身上的校服开始变干净了，不再是乱七八糟地穿着，拉链也乖乖拉好——不过也有可能是因为天气变冷，气温不支持他流里流气地穿校服了。

周五晚，他们和于昙一块儿回了北京，抵达时已经到了深夜。次日清晨起来，温崇月开车，一行人去潭柘寺拜佛。

北京有句老话，讲的是“先有潭柘寺，后建燕京城”。这是一座从晋代就存在于此的寺庙，还曾被康熙皇帝赐名为“岫云寺”，自然非比寻常。

到了寺庙里，几人暂且分开。温启铭要去见他的故交，于昙去拜佛，于是只剩下温崇月带着夏皎自在闲逛。

温崇月笑着说：“老秦说这里很灵，难为他了，活了快三十年，忽然信起神佛。”

夏皎肃然：“不要在寺庙里说不敬的话。”

温崇月有些讶然，仔细看着妻子：“怎么，皎皎现在也信了？”

夏皎拿出手机，开始翻找什么："本来不信，但你说秦先生也信了，那就证明他在这里许的愿望成真了。我也得慎重一些——宁可信其有。听说过吗？子不语怪力乱神。"

老人们常说，修建故宫的草图就是仿照潭柘寺画的。整座寺庙中轴清晰，沿中线对称，两侧布局几乎一一对应。天王殿旁有敬香礼仪，还张贴着"潭柘寺进香礼佛须知"，工作人员也在旁侧为游客现场示范。

她跟着温崇月从天王殿走过，殿东侧有一口巨大的锅，看起来能将夏皎整个人放进去做煲仔饭。有些来拜佛的人喜欢去开光室和寺里的师父聊聊禅学、谈谈佛经，不过夏皎自忖没有那样的大造化，温崇月也不信佛，于是俩人就在寺庙中自在踱步，去看乾隆御封的帝王树。

如今银杏叶已经快要落光，夏皎和温崇月一人领了一枚银杏叶书签，是寺里师父制作的，很漂亮。

温崇月告诉夏皎，每年腊月初八，潭柘寺都会舍粥，分量可供三千人食用，一般是用板栗、花生、江米、大枣、莲子等祛寒滋养的材料炖煮。以前温启铭带着温崇月、于昙来尝过一次，还可以直接在寺里买食材回家自己煮。

夏皎眼睛闪闪发光："真好。"

温崇月忍俊不禁："哪里好？"

夏皎说："听起来很棒，算是沾一沾福气。"

温崇月不说话，忽然抱起她，掂了一掂。

夏皎不明所以："嗯？"

温崇月一本正经："我来沾沾我的福气。"

不是让皎皎去沾他的福气，而是温崇月贴贴，沾沾"我的福气"。他的福气是皎皎。

夏皎呆了两秒，想要"噌"地跳起来，又觉得这样实在不够稳重，于是用力压制着内心尖叫、忽闪着翅膀乱飞的小鸵鸟。秋天的阳光暖融融，她轻轻咳了一声，张开双手，抱了抱温崇月："互相沾一沾。"

温启铭有一故友，曾是物理学教授，四年前来此出了家。那时友人正好在带最后一届研究生，倒是没有对学生说“施主，答不答辩都是空”，暮鼓晨钟中，尽力指导学生完成了学业，后来就长居寺中，偶尔才离开，去探望一下俗家亲人。

因了这层关系，他留下温启铭吃斋饭。于昙、温崇月和夏皎逛够了，去了寺外的嘉福饭店。夏皎觉得饭店的名字听起来很有趣，温崇月便耐心地和她讲了缘由。原来潭柘寺以前还有个名字，叫作嘉福寺，而这家饭店的前身安乐堂，就是年迈的僧人们居住的地方，后来才改成了店，有住房，也有餐厅。

吃饭时，于昙还提了一句：“皎皎，你看过《甄嬛传》吗？”

夏皎点头。

于昙说：“清朝皇帝的妃子、太妃修行，就在潭柘寺。”

夏皎吃惊地张大嘴巴：“哇！”

于昙就喜欢看她这模样。于昙性格傲，做事情要求高，寻常很少有谈得来的。小辈里不乏心眼儿多的，赤忱真心的却少。在于昙眼中，夏皎就很好，聪明但不世故，能瞧得出她夸人和赞叹都是出自真心。

于昙笑了，伸出手，看了看温崇月，又遗憾地将手缩回去，只和夏皎说：“下午我带你出去逛逛，去吃肉龙、芝麻糖饼、糊塌子，还有果子干……咱俩出去玩，不带着崇月。”

夏皎犹犹豫豫，转脸看了眼温崇月。温崇月说：“姑姑，我是你亲侄子啊！”

“什么亲不亲的，”于昙说，“你陪着你爸去医院做检查，我和皎皎去逛逛。好不容易有个周末，总得让皎皎好好休息，哪能一整天都跟着你在医院里，累不累？”

温崇月这才放手，不过又是一顿嘱咐，提醒于昙夏皎秋冬季肠胃不好，别给她吃难消化的；生理期快到了，最近两天最好也禁冷饮寒食，少吃凉性食物；到了人流多的地方要戴好口罩……

于昙听得头都大了：“我又不是要拐她走，你瞧你紧张的那样，好像我能弄丢皎皎似的。行了，保管给你好好地看着，一根头发也少不了。”

夏皎想告诉姑姑，最后一句话还是算了，不脱发这件事太困难了。

下午，于昙带夏皎去了什刹海，可惜现在温度太高，还没结冰。以前每到寒冬，什刹海冰场就是大院子弟炫技、“拍婆子（追求女孩）”的好地方。

什刹海分前海、后海和西海三片水域，附近藏了许许多多的胡同，后海多是文艺青年泡吧的地方，要等到夜晚才会热闹起来。

于昙带夏皎去的是藏在老胡同里的小店，能开在这里的，要么是隐秘的私人餐饮会所，要么是传统手艺人的泥塑店、风筝店。于昙买了一堆小东西，和夏皎分了分。俩人原本说好要去看一个朋友的画展，不承想遇到了老熟人——张云和。

遇到他时，于昙和夏皎一人拎着一个沉甸甸的包——虽然戈雅的包经常被人吐槽像编织袋，但真拿它当编织袋使的人并不多。于昙就这么拎着它，看着张云和匆匆忙忙过来，从她手中将包接走，又去拿夏皎的。他还是那样沉默寡言，只是面对于昙的时候，恭恭敬敬地低了眉眼：“老师。”

于昙淡淡地问：“不是说去广州了吗？”

“今天上午回来的，”张云和说，“您来北京，怎么也没和我说一声。”

于昙说：“你工作忙，就不打扰了。”

张云和的车停在巷子外面，这边路窄，他走在前面，声音恭敬：“老师的事情比工作重要。”

倘若之前没有见过师生俩的争执，或者在一小时后没有看到于昙和张云和的对峙，此时此刻的夏皎，真要以为这只是普通的师生情深了。

三人抵达画展的时候，刚好闭馆，其他参观者都已离场。于昙的朋友亲自作陪，和于昙、夏皎、张云和一块儿看画。对方很随和，没有给人一种恃才傲物、目空一切的感觉，在夏皎说话的时候，还会笑着夸她的见解很独特。夏皎在自己的脑子里悄悄翻译了一下，嗯，这大概就是高情商版本的“你的评价很怪”。

中途夏皎去洗手间，再出来时就瞧见张云和站在于昙旁侧，两人距离很近。张云和抬手，像是要触碰于昙的脸，于昙生硬地别过去，抬手把张云和的手重重打下来。

她说："我是你老师。"

夏皎往后退了几步，等了两分钟，听见脚步声离开，才悄悄走出来。

晚上还是张云和送俩人回去，显而易见，温启铭是认得张云和的。刚好家里要吃涮锅，温启铭盛情相邀，他就留了下来。于昙什么都没说，她还是夏皎所熟悉的模样，安静地坐着。

温启铭笑着说，以前从"数九"开始，每个"九"的第一天，都得吃涮锅子，一直吃到"九九"的最末一天。

应典的话，一整个冬天至少要涮十次，而且每次都不能重样，一九必须涮羊肉锅，二九起，就是山鸡锅、白肉锅……九九最末，涮一品炉肉锅。故宫的藏品里，就有一套专门吃一品炉肉锅的餐具，锡制的。

虽然现在还未到一九，但并不妨碍吃涮锅子。

温崇月和父亲商量了一下，今年冬天，他陪夏皎回扬州过年。这是俩人婚前的约定，他们都是独生子女，去年夏皎因故留在北京，今年温崇月就陪她回家和父母一块儿迎新春。

这种事情自然可以，温启铭并不在意这些，还嘱咐温崇月，苏州和扬州离得近，平时也多去看看。

涮锅子里面的经典就是涮羊肉，不过温启铭身体尚未完全痊愈，羊肉属热性，不适合给病人吃。温崇月就准备了一个中间有插片的老式炭火红铜锅，一边涮羊肉，一边涮五花。

羊是从内蒙古锡林郭勒运过来的，阉割后的小公羊肉质嫩，腥膻味儿轻。涮羊肉最好的部位，是羊后脖上的一块肉，鲜嫩，不柴不腻；其次才是羊臀尖部分，得去筋；最后是羊前腿，以及羊后腿上的"黄瓜条"。

一只羊身上，也就这些部位的肉适合涮锅子吃，没多少，全被温崇月买下，请专业的师傅切成片。一斤肉切成八十多片，又薄又透，美丽如花。

除了羊肉和猪五花，还有大白菜、冻豆腐、菠菜、土豆片、酸白菜……

刚刚夏皎他们到家时，温崇月已经准备好了吃涮锅用的小料。芝麻酱加一点点盐，用凉开水慢慢地调开；王致和的酱豆腐用汤磨成糊，山东产的葱姜蒜切成末儿，还有腌好的韭菜花儿、山西清徐的醋、小辣椒现炸出来的辣椒油……满满当当。

也不能光吃涮锅，还有两道凉菜，一道松花蛋，一道海米拌芹菜。热菜则做了一道丝瓜炒鲜核桃仁，用的是今年中秋产的核桃；一道芥蓝炒牛里脊。主食只有芝麻饼，烤得酥香，一口下去，芝麻沾嘴唇。

吃涮锅和火锅不太一样，还有顺序，应是先涮肉，再涮菜和冻豆腐，最后再吃粉丝。红铜火锅中间烧着炭火，锅又高，温崇月担心夏皎吃不惯、烫了手——每年吃涮锅子烫伤的人不在少数，几次都是捞出来先递给她。夏皎感觉有些不好意思，见餐桌上没人故意打趣她，才渐渐地松了口气。

晚饭后，还是张云和送于昙回去。温启铭曾在北京给父母买了一套房，后来父母过世，就给于昙住了，房子离这里也不远，开车十几分钟。

温崇月和夏皎跟温启铭一起住，老人觉浅，俩人没有胡闹，次日中午才回到苏州。

周一前的晚上总是格外珍贵，关于南方和北方居民的体质切磋结束后，温崇月放好热水让夏皎去洗澡，自己开始准备今日的晚餐。

他先将刚回家就泡好的花生捞出来，剥掉红色的花生衣，和糯米一起放进搅拌机中打成浆，过滤后，再加点糖，小火慢慢炖。他一边熬煮，一边搅拌，直到浆汁开始“咕嘟咕嘟”冒泡泡。

夏皎洗完澡出来，花生酪也刚煮好，她一边喝，一边忍不住凑过去，嗅嗅温崇月：“温崇月。”

“嗯？”温崇月没抬头，“怎么了？”他打算将做花生酪剩下的渣加到面里，摊饼吃。从小接受了良好的教育，他十分爱惜粮食，很少浪费。

夏皎贴过去：“你家一直是男性做饭吗？”

温崇月纠正：“是咱们家——是的，一直是男性做饭。”所以于昙不怎么下厨。她小时候以为做饭是男性的工作，后来虽然有所改观，不过交往的男友都会洗手做羹汤，她也就懒得钻研厨艺了。

夏皎羡慕地叹气：“要是我从小就在你——咱们家生活就好了。”

温崇月叫她：“皎皎。”

夏皎：“嗯？”

“虽然我们没有血缘关系，”温崇月缓声说，“但你我都是彼此亲自选择的家人。”

夏皎踮起脚，轻轻亲了亲他的脸，小心翼翼地问：“那，温崇月，今天我们还能玩‘兄妹’游戏吗？”

没想到她的关注点在这里，温崇月忍俊不禁：“可以，只要你喜欢，主仆游戏，或者——”他停下来，在夏皎耳侧说了两个字。

夏皎震惊：“不要！我还没有这么变态！”

十二月。虎丘水杉红，姑苏城寒意深深。

都说春困秋乏夏打盹儿冬无力，气温下降后，就连出门这件事也开始变得艰难。

夏皎的大衣换了下来，变成了羽绒服，里面穿了毛衣，下面也开始穿厚厚的加绒裤子。她本就是南方人，已经适应了南方湿润润阴寒寒的冬天，倒是店里的哈尔滨姑娘被冻得差点掉眼泪，午餐的时候，眼睛含泪地描述室外的阴湿感：“我觉得自己像是走在路上，被人当头浇了一桶冰水。”

长江以南没有暖气，这会让北方人很不适应。夏皎也无比想念在北京时的统一供暖，整个房间都是热烘烘的，可以光着脚在木质地板上走来走去，或者窝在地上读书、看电视，不像这里，羽绒服一潮湿就好像失去了御寒功能。

外面的“红毛”本来还是照例下课时跑来蹲一蹲——郁青真和夏皎慢慢地说了原因，“红毛”——哦不，朱孟城一直为当年的事情感激郁青真，现在这种行为有点像“滴水之恩，无以为报，所以盯梢”。

简单来讲，小时候的朱孟城因为身体弱、个子小，没少被人当成女孩欺负，他现在长大了、发育好了，觉得自己有能力报答当年的恩情了，于是天天跑来这里，看看郁青真有没有什么地方需要他帮忙。

说到这里，郁青真吐槽：“你说一个高中生、小屁孩，他能帮什么？他现在就觉得路上出现个欺负我、劫道的，他路见不平、拔刀相助，才算是互相扯平了——拜托，现在都什么年代了，怎么会出现这种事！”

夏皎："……咦？"

她对这件事仍旧持谨慎态度。她承认自己对一些看上去像"小混混"的学生存在一定偏见。不过这种偏见，在目睹郁青真把只穿校服的朱孟城一通教训后，终于出现了一些裂痕。

"大冷天还穿这么少，耍帅啊？"郁青真气不打一处来，教育他，"冻坏了手怎么办？啊？不是说要好好学习？你得考大学啊……"

郁青真"噼里啪啦"一通教训，就像教育自家不成器的弟弟。夏皎看着朱孟城老老实实地站着，高高的个子，耷拉着脑袋，就像一个……被小鸡崽教训的老实巴交的大鳄鱼。

不过这通教训是有用的，第二天，朱孟城再过来，就老老实实穿了厚衣服、戴着手套。

朱孟城家就在附近，他每次都是送郁青真进了地铁站，再默默地返回。夏皎又撞见过他两次，他好像并没有"金盆洗手"，还是和狐朋狗友一块儿玩，不过到了郁青真面前，总是老实巴交的大鳄鱼的模样。

眨眼间，冬至将近。

温崇月买了冬酿酒——这酒只有在冬至前夕才会有。冬酿酒每年冬至前上市，就卖两周，冬至当天停止销售。温崇月的公司发了一些，夏皎的花店也送了，不过都是精装的，超市里就能买到。

而温崇月自己买回家的是散装酒，他为此还特意去了观前街老酒铺。只是夏皎觉得味道没什么区别，看起来也都是金黄色的酒液，上面漂着一层桂花。夏皎很疑惑："味道差不多嘛，为什么还要排队去买散装酒？"

温崇月说："以前散装酒卖得便宜，所以排队的人多，现在排队的年轻人，大多觉得散装的更有……嗯……那句话怎么说？"

夏皎猜测："潮流，网红，还是散装的更有滋味？等待让酒有了意义？"

温崇月颔首："差不多。"

夏皎疑惑发问："那你为什么排队买？"

温崇月言简意赅："大约是发泄无用的精力，以及让小皎皎也尝尝'正宗'的味道。"

夏皎凑过去，给了他一个安慰亲亲。她这几天比较忙，又是学习，又是出差，的确有那么一点点忽略丈夫。

苏州的冬天是从雪里蕻开始的。苏州的老人都喜欢腌脆生生的雪里蕻，温崇月不会腌，就买了一些回来。还有藏书羊肉，藏书既是地名，指藏书镇，也是指做这种羊肉的工艺，用木桶加工出来的羊肉都叫这个名字。

藏书镇山上养的羊不够食客吃，就从山东、河南运羊过来，做好之后，一样美味。温崇月和夏皎吃的羊腿肉，里面加了羊肚和羊血，还有白菜、油豆腐，熬煮出来汤是乳白色、嫩生生的，上面浮着一层细细碎碎的小葱花。店里还送了一个小碟，让客人蘸蒜蓉辣椒酱。

羊肉吃多了上火，夜半，月中，温崇月忍不住抱着夏皎亲亲贴贴。她刚刚洗过澡，胳膊和脖子又软又滑。空调吹来暖风，她就像一颗又滑又香的熟汤圆。温崇月嘬得汤圆出甜水，夏皎抬手，将温崇月推开。

“困呢，”夏皎含糊不清，“等周末吧。”

温崇月无声叹息，摸了摸妻子的头发，不甘又难受地折返。

“睡吧，”温崇月说，“小娇娇啊小娇娇。”这个外号真是起得一点也不假，真是娇。温崇月明白，若是他再强硬一些或无赖一些，她肯定不会拒绝。只是她这几天一直忙忙碌碌，让人不忍下手。

夏皎忙归忙，冬日的节令菜却一样也没少吃，炒毛豆、炒肉丝、炒冬笋、炖什锦大锅……一眨眼，冬至就到了。

冬至这天，夏皎终于放了一天假。

过冬至，要吃冬至团子。水磨粉做皮，馅料儿分白、青两种，白团子用苏州本地的白萝卜和猪肉做馅儿，青团子是芝麻豆沙馅儿。还有咸鲜味的腊八粥，青菜、赤豆、黄豆、油豆腐、芋头、百叶……温崇月听从同事的建议，又往里面加了荸荠和白果，一块儿慢慢地炖。

冬至清晨，夏皎一睁眼，先精神百倍地去找温崇月问好，伸手要红包。温崇月早有准备，塞给她一个，按住她亲了亲脸、又亲了亲眼睛，才松手要她去洗漱，然后吃冬至团子，喝腊八粥、冬酿酒。

今天于昙给夏皎她们放假，温崇月也请了一天年假，于是俩人一起去店里取旗袍，哪想又遇到了熟人——宋兆聪。

对方看上去气色不太好，到底是老子遭殃，儿子也得跟着受牵连。白若琅对他不怎么上心，或者说，白若琅只对自己上心，其他的一概不管。他爸爸宋良舟又极宠他，活生生宠出来一个纨绔子弟。

宋良舟如今有难，想将宋兆聪送到国外避避风头，去学点东西，可惜计划得晚了些，错过了最佳时机，不但白若琅没能送走，儿子也没能送出去，财产也转移失败。

宋兆聪近两个月灰头土脸的，和自己那些狐朋狗友断了联系，还从白若琅口中得知，心心念念追了那么久的女孩早就成了嫂子。他更是无颜面对温崇月——宋兆聪再怎么顽劣，还是守规矩的，惦记哥哥的妻子这种事说出去实在丢人，现在见了温崇月和夏皎，也躲躲闪闪的。

他这次来苏州，是取白若琅之前在这家店订的衣服以及她在这边的一些店里储值的钱。

夏皎没怎么和宋兆聪说话，倒是温崇月面色如常，淡淡地嘱咐他几句，临走前又问了句："妈还好吗？"

宋兆聪呆了呆，才慢慢地说："还好，没什么事，她被姥姥接回去了，在姥姥家住着，就是受了点惊吓……"

温崇月说："你这几天多陪陪她。"

宋兆聪点头。

温崇月又说："没别的事了。有什么困难给我打电话，说到底，我还是你哥。"

宋兆聪："嗯！"

夏皎却惊异地看了温崇月一眼。她没想到温崇月对宋兆聪仍这么好，也没想到温崇月会再问起白若琅的近况。温崇月面容平静，仍旧牵着夏皎的手。

新旗袍做得很合身，是淡淡的紫色，不过要等春天才能拿出来穿了。店里新来了一种真丝布料，花纹很独特，清爽干净，温崇月便让老师傅再给夏皎做一件。他捏着新领带——用夏皎做旗袍剩下的真丝料子做的，薄薄的一团，非常满意。嗯，情侣款，很不错。

非要说有什么让温崇月不高兴的话，莫过于夏皎的那个高中同学——皮肤黝黑的大高个儿也跳槽了，还不偏不倚地跳到了苏州，和温崇月在同一栋办公楼。

温崇月并不喜欢这种缘分，就像动物界的雄性，总是很介怀在自己的地盘上出现第二只可能威胁到他的雄性，尤其对方还有“夏皎青春期男同学”这种令人介怀的标签。

温崇月克制着自己的求知欲。

这个大高个儿似乎并没有意识到温崇月的敌意，每次相见，都笑得像只快乐的大猩猩，声音洪亮地和温崇月打招呼。温崇月礼貌回应着，心中只希望妻子不要再遇到他。

有时候，人越怕什么，就越容易发生什么。冬至后的第三天，夏皎下午提前下班，早早地来找温崇月，想要给他一个惊喜，没想到还没等到温崇月，就先在楼下偶遇了杨叶。对方先发现了她，笑着大步走过来。老同学见面，自然不一般，夏皎又惊又喜，和他聊起来，问他怎么来这里、怎么换了工作……

正聊到兴头上，杨叶邀请她喝咖啡，夏皎还没拒绝，就听见熟悉的声音：“皎皎。”

夏皎眼睛亮了，开心地转身：“温崇月！”

循声望去，夏皎看到自己的丈夫。他刚下班，穿着黑色的羽绒服，原本戴着的眼镜，被他摘下来用随身携带的纸巾擦了擦。他眯了眯眼睛，好像有些看不清楚。

温崇月微笑，语气和煦：“皎皎，你身边的人是谁？”

夏皎呆了呆，咦？温崇月的眼睛……什么时候近视得这么厉害了？！

夏皎印象中，温崇月的视力其实蛮好的，日常从不戴眼镜，只有晚上看书或偶尔开视频会议时会戴。

夏皎有点呆愣，但还是认真地向他介绍：“是杨叶，还记得吗？崇月，这是我的高中同学……”

温崇月走过来，杨叶伸手。温崇月看了对方半晌，像是在仔细辨认他的脸，终于恍然大悟，微笑着和他握手："是杨先生啊，抱歉，我今天眼睛有些不太舒服，刚刚没认出来。"

杨叶笑着连忙说没关系。

温崇月做了个手势："我听同事说，这附近的咖啡店还不错，要不要一块儿喝一杯？"

杨叶说："不了，我有个老毛病，这个时候喝咖啡，晚上睡不着觉。"

两人寒暄着，结束后，温崇月和夏皎并肩往外走。夏皎心里还有点奇怪，杨叶是不想和温崇月一块儿喝咖啡，还是怎么回事？明明刚才还邀请她一块儿喝呢，现在又说不能喝、怕失眠……

奇怪的事情想不通就不想了，夏皎摇摇脑袋。她问了问温崇月的眼睛，温崇月轻描淡写地说了句："没事，就是下午看屏幕时间久了，有点眼花。"

俩人出去的时候，天空还有些阴霾。南方的冬天最怕这种天气，仿佛空气里飘着随时能冻成冰的小水珠。夏皎看了看手机，告诉温崇月："天气预报说今晚可能会下小雪。"

温崇月应了一声，他不着急，先帮夏皎扯出安全带扣好。车窗外雾蒙蒙的一层，他倾身过来，亲了亲夏皎的脸颊，不太满足似的，又压上嘴唇亲了亲，钩着她的舌出来和自己纠缠。

夏皎受不住，"呜呜"含糊几声，才被放开。

"下雪也没事，"温崇月说，"今晚我们吃牛肉暖锅。"

"哇！"

俩人先去买食材。温崇月牵了夏皎的手去市场，先去挑牛肉。卖牛羊肉的是个维吾尔族男人，戴着一顶帽子，热情地向温崇月介绍："吃羊肉串或者涮肉，就挑后腿肉；如果想吃炖肉，就选腰窝上的；吃酱肉嘛，那最好买牛腱子……"

温崇月要了些牛身上的后腿肉，嘱咐对方切成片。摊主手起刀落，处理得干干净净。

俩人挑了牛肉，又去买菜，温崇月一手拎着东西，另一只手牵着夏皎。

这次他不自己挑了，让夏皎也学着挑。煮锅少不了白菜，来一颗大白菜，一包三颗的娃娃菜，金针菇是论捆卖的，也来一捆，嫩生生的豆腐要一大块，还有虾……

俩人挑完了菜，又去超市买了些啤酒。回家的路上，夏皎贴在车玻璃上，又惊又喜地叫："温崇月，真的下雪了！！！"

温崇月只是笑："嗯，下雪了。"

这是苏州城今年冬天的第一场雪，下得不算大，步入雪中，几乎看不出什么。南方的风景大多秀气温柔，就连飘飘洒洒的雪花也小巧精致。

车子停好后，温崇月没有立刻从电梯上去，而是拉着夏皎的手在小区里散了会儿步，让她看够了小雪花，才重新回到地下车库，拎着菜、肉和饮料上电梯回家。

牛肉暖锅煮法简单，就是一道快速菜。汤底不需要高汤，简简单单放半锅热水，加生抽即可，有点像上海人开玩笑说的"酱油汤"。洗干净的白菜和娃娃菜叶子铺在下面，煮上十五分钟再下剪了根、洗干净的金针菇，花儿似的绕着锅摆一圈，慢慢地煮。杏鲍菇和香菇切成片儿，铺在锅中间。豆腐切成一小块一小块儿的，像是麻将牌，码在菇类上。再加一把白白胖胖的小豆芽，拿小火慢慢地炖。等汤开始煮沸了，最后再往上叠一层牛肉片。

冬天的白菜最好吃，有股淡淡的甜味儿，没有丝。温崇月做了油爆大虾来下酒，和夏皎一杯一杯地喝着。晚饭在餐桌上吃，夏皎想看外面的雪，温崇月就把木质的小茶几搬到了落地窗前，地上铺了厚厚的毛毯，俩人席地对坐，边聊边吃。

暖锅里的菜快吃完了，再煮乌冬面，打几个生鸡蛋进去，煨成温泉蛋，慢慢地吃。

温崇月还熬了枸杞南瓜小米粥，粥从刚到家就开始小火炖，一直炖到吃完饭，暖暖糯糯的，刚刚好。夏皎吃不下太多，只喝了半碗，剩下的半碗进了温崇月的肚子。

夏皎喝了一罐啤酒，温崇月难得没有约束她，随她的意愿，爱喝多少喝多少。只是她的酒量明显下跌，只喝了一罐就晕晕乎乎，任由温崇月摆弄。

对方今天却没说什么花里胡哨的话挑逗她，只是搂着夏皎，温柔而不容拒绝地亲她的脸颊。夏皎皱了眉，这次没有循序渐进。她想推开他，又被牢牢拽回去。

“皎皎，”温崇月叫她的名字，“小娇娇。”

夏皎又羞又恼，模糊地应了一声。温崇月的唇贴在她的手腕上，将她圈住，呢喃着，声音有些含糊不清：“幸好那天我过去了。”

夏皎这时候哪里管他还说什么，什么那天，什么幸好他去了，说的是相亲吗？此时此刻，夏皎的脑袋中已经完全存不住什么事情了，被推倒就推倒，要怎样就怎样，她只管享受。

小虾米跳着推开门，看到男主人跪伏在床上，完全遮住了夏皎的身影，只露出来一条腿，像被拎着耳朵抓起来的兔子。

苏州城初雪，在夜中无声到来，落得不大。毕竟是江南水乡，水汽足，但气温不够。

次日起床，雪已经停了，路上干干净净，瞧不出下雪的痕迹，看一看高处的楼顶、车顶、树顶，留下来的莹白才会提醒你，昨夜的确有一阵雪。

一落雪，冬天的痕迹就更加明显起来。

老爷爷最近又是一个人来买花了，说是天一冷，宋奶奶的身体就不太好。冬日天气寒冷，很多老人容易在这个时候生病。宋奶奶之前做了手术，刚刚调养好没多久，受不了寒气，只得在家中休息。

有时候是老爷爷过来买花，有时候是宋萧来。

宋萧的头发剪短了，整整齐齐，刚刚盖住耳朵。她搬了家，和老爷爷、宋奶奶一起住，如果老爷爷没时间，她就过来买花回去。

“我外婆喜欢花呢，”宋萧无意间提了一句，“现在她病了，出去旅行也不方便，外公就带花给她看，心情也能好些。”

夏皎将包好的花递给她，宋萧接过去，抱在怀中，本来要走了，忽然又对夏皎低声说了句：“对不起。”

夏皎一愣。宋萧怀中抱着花，撩了下头发，急匆匆地走了。

圣诞节将至，店里买花的小情侣也变多了，许多商店的布置也需要花束，夏皎又忙了一个月。好不容易到了平安夜，她本想早早回家，没想到郁青真又出了事——她和一群职高的孩子打群架，被警察带回去问话。

这个理由听得夏皎一脸蒙，匆匆忙忙赶过去才知道，原来郁青真偶遇了朱孟城和人打架。她起初是劝架的，没想到对方连她一块儿打，这下激怒了郁青真，上去一顿身手发挥——发挥到了警察局。

郁青真给夏皎打电话，拜托她来领自己出去。夏皎去的时候，警察也是好气好笑又无奈："……这么大的人了，跟你又没什么关系，怎么掺和到这事里来？一身酒味儿，没少喝吧？行了，你朋友来了就好，回家去吧。"

接受批评教育的郁青真耷拉着脑袋，职高的学生也都被陆续领走了，只剩下朱孟城。他爸爸不在苏州，没人来领他。要是等家长——不，他等不到家长。

还是郁青真和警察说清楚缘由，那边商量后，才把他也放了。事态并不严重，双方都有错，批评教育、调解后，对方的家长也没追究，于是就这么算了。

夏皎本来不看好朱孟城，但这个孩子却认真而笨拙地给她鞠了两个躬，感谢她的帮助。

回去的时候不太容易打车，毕竟是平安夜，天上飘了小雪，出来玩的小情侣也多。夏皎在软件上叫了车，等了五分钟，还没有到。朱孟城见俩人冻得瑟瑟发抖，跑去商店买了两包热奶，沉默着给她们一人塞了一包暖手。

这时候，有车停在旁边，车窗落下，露出杨叶的眼睛来。他又惊又喜："皎皎？"

夏皎："呀，是你！"

说起来也是凑巧，杨叶新租的房子和夏皎住的地方很近，他便先送郁青真和朱孟城去了地铁口，又送夏皎回去。中间温崇月打了电话，问夏皎怎么还没回家，夏皎如实回答，包括自己现在正在被人送回家。

温崇月很平静地答应了一声，没多说什么，夏皎就没有多想。到了小区门口，她竟远远地看到温崇月站在雪中。

杨叶没有下车，夏皎下车后，惊喜地扑过去，抱住他的腰："你怎么在外面等着啊，天多冷啊，你看看你，手都凉了……”

夏皎的手小，温崇月牵着她的手，于是她把自己的双手盖上去拢住，想给他暖一暖。

温崇月却抬起手，嘴唇贴着她的手背蹭了蹭，低声问：“怎么和他一块儿过来？”

夏皎说：“哎？我在电话里说了呀，正好遇见。今晚也打不到车，杨叶送了我们一程。”

温崇月说：“怎么不给我打电话？我一直在等你。”

“家里离那边还蛮远的嘛，”夏皎认真地说，“而且你工作也很累，没必要为了这样的小事过来，我没那么娇气。”

温崇月不说话了，拉着夏皎的手往前走，听着夏皎叽叽喳喳。

他的胸口很闷，雪花落在他的发梢上。气温很低，他的心中却藏了一团蠢蠢欲动的火。

夏皎说：“而且，我发现自己好像真的对某些事情有偏见。”

温崇月低低应了一声：“比如？”

“比如职高生，”夏皎说，“我以前觉得那些职高的‘坏孩子’很讨厌，都不是什么好人……我错了，有些人看上去是个坏孩子，很凶，但其实他们也有善良的一面。”

温崇月说：“嗯。”

夏皎仰脸，小雪花落在她的脸颊上，又轻又软。她抬手去接，感慨道：“我感觉自己做事情，有时候光看表面，真是个傻子。”

温崇月说：“你的确是个傻子。”

夏皎转身：“嗯？”

温崇月停下脚步，他站在雪中，牢牢地握住夏皎的手。

夏皎印象中，温崇月一直是成熟、理智、稳重的。他比自己年长，知世故而不世故，既见乾坤大，又怜草木青。但刚刚这句话却不像是温崇月会说出来的，他只会笑着叫她“笨蛋”“小傻子”，从没有这样直白地说过她是“傻子”。

这不是调侃，他看起来有些不开心。这还是第一次。

夏皎愣了一下，问：“今天有什么事不高兴吗？”

温崇月点头，说：“是的。”

夏皎问：“关于什么？”

温崇月说：“关于你。”

夏皎不动了，她开始思考自己今天做的事。难道是因为她下班后没有及时告诉温崇月自己的去向，还是因为去了警察局，还是……

“说起来怕你笑，”温崇月安静地站着，“我都这个年纪了。”

夏皎惊讶：“啊？你年纪不算大呀！”

“听我说完。”温崇月打断她，“皎皎，先听我说。我已经这个年纪了，按理说，不应该再为一些小事患得患失了，也不该为一些鸡毛蒜皮的东西而纠结、不快。”

夏皎没听懂他要说什么。她握紧了温崇月的手，仰脸看他。

“但是，总有些事情是我所不能控制的，我没有办法阻止它发生，或者约束自己的情绪。”温崇月平静地阐述，“它让我像一个十七八岁的毛头小子，让我开心，让我愉悦，也让我焦灼不安；让我患得患失，让我总是忍不住地去乱想、去嫉妒、去吃醋、去反复无常、去耿耿于怀。”

夏皎问：“因为什么？”

温崇月看着她的眼睛，说：“因为我爱你。

“因为我爱上了一个聪明的小傻子。

“因为我不确定这个小傻子是否也爱我。”

苏州清雪，幽香杳杳。

温崇月牵着夏皎的手，他看上去还很镇定。夏皎低头，看到他的手在轻微地发颤。这双手出卖了他，他其实一点也不镇定。

夏皎说：“……我没有想过。”她的的确确没想过这一层。她知道温崇月的性格脾气，知道他很好、很负责——

“这不仅仅是丈夫对妻子的喜欢，”温崇月说，“和我们的婚姻无关。皎皎，我是以一个正常的成年男性的身份，对你表达爱意。”

他的脸颊和鼻尖都是被风吹出来的红，不，或许这些红的诱因并不是寒冷，不是今晚的雪，更不是风，而是站在他面前的夏皎。

温崇月说："不是责任，不是婚姻……抛开这些不谈，我还是想说今天的这些话。"

夏皎感觉温崇月的语序有些混乱了，但管他呢，她的心脏被轻盈丰足的泡泡完完全全地充满了，明明在下雪，负责她思维能力的每一个神经元却都开出了春日樱花，这种灿烂而热烈的感情让她张开嘴巴："温崇月。"

"我承认，对你和周围正常男性的正常交往怀有恶意地揣测，是一种错误，"温崇月说，"但我没有办法阻止这件事发生。

"我也承认，为此斤斤计较是只有十几岁的男生才会做的事，"温崇月说，"但我也没有办法控制自己不去乱想。

"我甚至会嫉妒你的同事，嫉妒他们能和你一起工作、相处。我也嫉妒你曾经的男同学，嫉妒你们曾经度过的青春和校园生涯。"温崇月说，"原谅我，我没有办法，不由自主。"他第一次不做倾听者的角色，注视着夏皎，将心里话全都说了出来。

"我嫉妒他们的年龄，嫉妒他们能陪伴你的青春，"温崇月说，"包括你——"他顿了一下，"包括你初高中的那些同学、老师。"

夏皎的眼睛闪闪："但我只和温老师最好。"

"我没有想过你会突然表白，好突然……"夏皎的脸颊被风吹红。她很开心，很高兴，就像工作疲惫的社畜忽然中了五亿元的大奖，又像在寒冷的雪中走进了一间开着暖风的房子。

惊喜和兴奋冲走了夏皎的思考能力，她只能笨拙地表达自己最直白的想法："其实我一直以为我们之间只有婚姻——哈啾！哈啾！"风吹得鼻子痒，她冷不丁地打了两个喷嚏，温崇月站在她前面，替她挡了挡风。

"回家再说，"他说，"我们先回家。"

温崇月和夏皎的确有些昏头，天寒地冻，飘着小雪，听起来固然浪漫，但也很冷。俩人紧紧握着手往家走，不知道为什么，像极了两个刚学会走路的小朋友。夏皎有点同手同脚，为了配合她的步伐，温崇月也有些拘谨——

他这辈子可能都没有这样窘迫的时刻。

他能听到自己的心跳，时不时地去看夏皎，紧紧拉着她的手，仿佛担心一个不小心她就跑掉了。

夏皎跑不掉，她控制不住地打喷嚏，风太冷了。回到家后，温崇月先倒了热水让她捧着，又用毛毯严严实实地将她裹起来。

没有浪漫的雪花，没有将她的声音吹到发颤的风，就在温暖的家里，夏皎的体温在毛毯的包裹下一点一点地回升。

她看着温崇月的眼睛，看到了一个小小的自己。

温崇月的眼睛很漂亮，连带着他眼中的夏皎也在闪闪发光。

“你知道，我比较胆小。惧怕失败，所以不敢尝试；害怕失望，所以不敢寄予希望。”夏皎说，“我没有想过你会喜欢我。”

“我……”

夏皎还是羞于说出那三个字，她的脸热得要爆炸，于是放下杯子，对他说：“你说傻子不知道你喜欢她，其实你也是傻子。”

温崇月说：“什么？”

夏皎小声说：“你也看不出来有人喜欢你。我们都是傻子。”

她看到温崇月的眼睛里有什么驱散了冬天。他什么都没说，倾身过来，吻上了夏皎的唇。

夏皎的心脏还在“噼里啪啦”地放着烟花，就像有兔子在心口跳舞，把她紧张不安的心也跳得雀跃起来。

她搂着他的脖颈，尝试着主动。她不需要害怕失败了，也不用害怕失望了。

温崇月将她轻轻地拎起来，放在甜美的胜利果实上。

笨拙的傻子以她的方式，小心翼翼地爱着聪明的笨蛋。

第十八章 黑芝麻汤圆

次日中午，夏皎神思恍惚地睁开眼睛，陷入短暂的疑惑。枕边放着红色的圣诞袜，夏皎用双手支撑着身体爬起来，在袜子里摸啊摸，摸出来一条漂亮的项链。这是她的圣诞礼物。不过昨晚的平安夜并不是很“平安”。

现在已经过了早餐、早午餐的时间。温崇月买了一块酱方肉，精挑细选的二分瘦一分肥，一半切成麻将牌大小，放在干净碧绿的菜叶子上，和饭一块儿吃；另一半和嫩豆腐一块儿小火煲，撒一把小香葱，热气熏得小香葱出味。

其他的倒都是家常菜，三鲜肉片、椒盐平菇、滑蛋牛肉、百花酿香菇，还有夏皎爱吃的香蒸荔浦芋头。

夏皎拿起筷子，手抖了一下，筷子掉了。温崇月捡起来，重新给夏皎换了勺子，温和地问：“需要我喂你吗？”

夏皎疯狂摇头，说：“没见过表白次日要被对方喂饭的。”

温崇月说：“这很正常。”

夏皎说：“也没见过表白后就开始疯狂做爱的。”

温崇月泰然自若：“情难自禁。”

夏皎说：“那他们也做了四次——”

温崇月抬筷，将一块儿嫩生生的滑蛋牛肉填到夏皎的口中，笑道：“我想应该是的。”

她可能并不知道，真正确定心意后，做的才真正是爱，是真真切切的水乳交融，是灵魂契合，合二为一。

温崇月决定尽量控制自己不去乱想，他已经确认了妻子的心意，可以像一个正常的成年男性一样，不再为了妻子年少时的暗恋对象而悄悄吃醋。

无论如何——无论皎皎年少时曾经仰慕过怎么样的人，如今陪伴着皎皎的人都是他，和皎皎一同度过余下几十年光景的人也是他。他不会再为这件事困扰了。

……应该不会。

就算控制不住地想，温崇月认为自己也能稍稍控制住情绪。

冬日的苏州已经进入了旅行淡季，不过这并不影响温崇月和夏皎的周末出行。自十二月起，太湖国家湿地公园就陆续来了许多候鸟栖息，黑水鸡、苍鹭、白鹭……温崇月带了望远镜和相机，跟夏皎一块儿去观鸟。

十二月三十一日，寒山寺中可听新年的祈福钟声，整整一百零八下。温崇月买了两张票，和夏皎去听新年敲钟。他并不信神佛，但倘若真有神佛在上——请庇佑皎皎，愿她事事顺遂如意。

今年的新年，俩人按照约定，准备了礼物，去扬州陪夏皎的父母过春节。夏父、夏母喜不自胜，连连问温崇月：温教授一人在家怎么样？他们是有些传统的父母，就夏皎一个女儿，女儿、女婿在家过年自然开心，但也很关心温教授的情况。

温崇月笑着说："不用担心，我姑姑回了北京，和他一块儿过年。"

夏父说："你们在家过了初二就回北京吧，新年假期少，你父亲身体也不太好，过去陪陪他也应当。"

温崇月推辞不过，说："好。"

下午时，又陆续来了些其他亲戚上门拜访，大部分都是一年见一次的远亲，夏皎认不全，父母让她叫什么，她就跟着叫什么。

这种情况下，温崇月少不了陪在旁边。夏皎不太适应这样的场合，本以为温崇月也会不适应，谁知温崇月泰然自若，无论亲戚聊什么，都能聊得来，说话也有技巧，亲戚都舒舒服服地听、舒舒服服地说，连连称赞温崇月脾性好，稳妥。

夏皎十分钦佩，"社牛"莫过于此了。

只是再“社牛”的人，也抵不过酒桌应酬，温崇月酒量不算好，遇到一个爱喝酒的客人，喝了两轮就有些晕。夏母见状，拉了夏皎，让她将温崇月带走。

“哪能上门喝这么多酒？”夏母一脸不赞同，“你让他去你房间休息会儿，你三表姨夫也是，没一点眼力见儿，哪有这样灌人喝酒的……”

夏皎随便编了个借口，让温崇月进自己的卧室躲躲酒。她自己却不能躲，饭还没吃多少呢，还得出去吃饭。温崇月亲了亲她的额头，才松开手。

夏皎说：“要不然，你先在我的床上睡会儿？等他们走了，我再煮面给你吃。”

温崇月说：“不用这么麻烦，等会儿回来，陪我在床上躺躺就好。”

夏皎说：“就躺躺，不做别的？”

温崇月叹气：“大白天的，我敢做什么？”

夏皎这才满意离开。

温崇月的确有些头痛，大概是酒精作用，但是没有睡意。夏皎的房间不大，书架上摆得满满当当，闲着也是闲着，温崇月过去，想找本书看。

书架上大多是夏皎初高中时买的杂志，还有一些课本，甚至还有习题册。她是个很细心的人，几乎所有的东西都留着，没有丢。

温崇月逐本翻看过去，手指在一个有些熟悉的笔记本上停下。

温崇月扬眉。

那时候他去上海见朋友，挑了些封面有城市特色的笔记本带回，想给辅导班的学生作奖品。他一共买了十六本，自己留了一本做纪念，其他的都以大大小小的理由奖了出去，只是没想到，夏皎还留着。

温崇月忍俊不禁，抽出这个已经记得满满当当的笔记本，摊开来，想看看妻子年少时的笔迹。

年少时的夏皎笔迹工整，无论是汉字还是英文，她都写得很干净。

但在长篇的英语摘抄下，温崇月看到了熟悉的字眼，藏在不起眼的角落里。

那是小心翼翼的三个字——“温崇月”。

温崇月站在原地，从第一页开始，慢慢地翻这个写满字的笔记本。

英语重点词汇的旁边、作文的开头、从句的知识点下面……冬日阳光将窗帘照出一小片灿灿的光亮。

笔记本总共九十页，“温崇月”这三个字，出现了五十二次。

温崇月久久地站在书架前，反复地看着那些笔迹，她写得如此小心翼翼，在扉页上留下轻微的痕迹。他并不知道当时夏皎写下这一切时的心情。

温崇月第一次发觉自己的名字竟如此好听。她的反复描摹让这三个字熠熠生辉。

荏苒时光，迢迢岁月，记忆中模糊的单薄少女曾如此生涩而努力地写过他的名字——九十页笔记，五十二次描摹。

直到经年霜雪，温崇月驻足，蓦然回顾，才看到她私藏起来的心事。

难怪，她从初见时就没有表现出太多的反对。她当时小心翼翼，谨慎而雀跃地提起当年夏季雨后的帮助。而在婚后，俩人对彼此尚不了解的时候，她也没有拒绝他的亲吻和拥抱……

惊喜之余，温崇月又满怀怜惜和愧疚。温崇月本以为，这桩婚姻是俩人的平等协商和契约，其实不是，从一开始，她就带了轻柔爱意，悄悄藏在怀中，拢在袖里。

她一直如此。

手指触碰着她的笔迹，仿佛这三个不起眼的字都变得生动活泛，温崇月隔着几年的月光雨水回看，仿佛再度瞧见当年因为错过车而懊恼、躲在屋檐下的少女，衣着朴素，内敛沉默，如静草青苔。

她从不是青苔。

温崇月将笔记本重新放回书架，按了按眉心，躺回夏皎的小床上——却完全无法入睡，他就这样躺着，直到听到卧室门响。

夏皎小心翼翼地端来一份炸带鱼，还有几个热乎乎的三丁包。她将这些东西带给假装喝醉躲酒的温崇月，眼睛明亮，熠熠闪光。

“快点吃，”夏皎开开心心地说，“下午我们可以一块儿出去逛逛——你喝多了，我开车就好，正好你也看看我的车技！”

夏皎将东西放在书桌上，还没有转过身，就被温崇月从后面抱住。夏皎说："不能做什么，你刚才答应过我……"

"我就抱一下，"温崇月说，"不做别的。"

很暖和的拥抱，连带着夏皎毛茸茸的睡衣仿佛也沾上了他的温度。温崇月闭上眼睛，轻轻叹气："小可怜。"

夏皎不知道温崇月是什么意思，对方却只是亲亲她的额头，不急着吃东西，笑着问她："你的高中学校离家远吗？"

夏皎说："不算远。"的确算不上远。夏皎高中住校，是因为走读的话，一来路上会花很多时间，二来对父母来说也是一种负担，开水果店本就需要早起，如果再晚睡，身体会受不了。

虽然已经放了寒假，学生都不在了，但学校也不允许外来人员随意进入。夏皎想着站在门口远远地看一看就好，但温崇月直接进了门卫室，给门卫递了烟，笑着寒暄几句，又送了一盒刚买的桂圆："我和妻子都是这里的学生，现在放寒假，回来一趟，想进去看看。"

门卫看他温和儒雅，夏皎也是安静乖巧的模样，没再阻拦，提醒他们："可以随便逛，不过别进教学楼。"

温崇月说："谢谢您。"

门卫摆摆手，放他们进去。夏皎还沉浸在"这也可以"的感慨中，小步跟上，与温崇月并肩，羡慕极了："你好厉害。"

温崇月问："嗯？"

夏皎说："我就不敢去说，总觉得会被拒绝。"

温崇月笑了："那也总得试试，不试怎么知道？你看，我们这不是进来了吗？"

冬天的扬州也冷，夏皎裹紧围巾，牵着他的手，用力地点头。

她很羡慕温崇月在社交上游刃有余的模样，好像无论多么复杂的事情，到了他面前都是轻轻松松，不值一提。潜意识中，温崇月也在将她往这个方向带，至少今天夏皎看到了他怎么自然而然地向人提出请求。

校园里的确已经没有人了，教学楼重新粉刷过，很多地方也不再是夏皎记忆中的模样。不过她仍旧认真地指给温崇月看，以前他们在哪里跑操，又是在哪里上课。她上课发呆时会忍不住看向窗外，外面有班级在上体育课，阳光很好，地面上是乒乓球台和网篮的影子……

虽说高中生活很辛苦，但如今回看，仍旧让人怀念。大概是因为在那段时间里，付出的确会有收获，而身边的人和自己目标都唯一且坚定，心无旁骛。

离开学校的时候，温崇月笑着和门卫打招呼。门卫在吃桂圆，笑眯眯地放他们离开。

扬州的新年习俗和其他地方差不了太多，大年三十贴窗花、福字和对联，不过吃的是汤圆和面，一般是芝麻馅儿的汤圆。这让温崇月松了口气。

窗花和对联是俩人一块儿挑的。夏皎还买了些红纸、毛笔和墨水回去，她知道，这是温崇月家的习惯，一块儿写福字，再贴到墙上。去年的福字就是温崇月和他父亲一起写的。今年到了自己家，夏皎也想让温崇月延续这个习惯。

大年三十当天，清晨他们先去贴了对联和窗花，温崇月个子高，一力承担了大部分任务。福字买得不多，剩下的就自己写。红纸很容易裁开，夏皎剥了个干净的橙子，切成块儿，塞到温崇月口中，好奇地探身过来，认真地看他写。

温崇月握笔姿势端正，夏皎以前上学时也学过一段时间的书法，不过后来都忘了。温崇月重新教她握笔，教她写福字。温泉和小虾米跳到了二老的怀中。前天还说养猫无用的夏父，现在正一手一只猫，一口一个“乖乖”。

毕竟是过年，温崇月和夏皎开车把两只宝贝全带回了家。刚到家的时候，小虾米还有点怕生，现在已经会主动向二老撒娇讨东西吃了。

夏母兴致盎然地过来看了会儿，左看右看，说道：“皎皎，不然你还是跟我过来剪窗花吧，这字还是让崇月写，他的字好看。”

温崇月说：“妈，皎皎的字很好，她练字很有天分，我刚学字的时候比不上她。”

天底下没有父母不爱听别人夸自己孩子的。夏母乐了，还是谦虚：“你别夸她，教她写也行，反正福字贴在自己家里面，外人也看不到。”

夏皎抿着唇笑。她端端正正地写了十多个“福”字，感觉家里实在贴不下了，才放开手，凑过去和妈妈一块儿剪窗花。红纸的颜色深，容易掉色，一摸就是一手红，不过大过年的，大家也不介意。

中途妈妈的手机响了一下，是闹钟。妈妈对温崇月说：“崇月，我手脏，你帮我登录一下——点开那个小青蛙，帮我喂喂它。”

夏皎跟着凑过去，“咦”了一声：“《旅行青蛙》呀！妈，都好几年了，你怎么还在玩？”

温崇月点开游戏，他之前没玩过，不过这款游戏的界面简单，夏母说着，让他操作：准备便当、收割三叶草……

夏皎很惊讶，这游戏还是她教妈妈玩的，也就火了那一两个月，风头过了，她就卸载了，妈妈居然还在玩。

温崇月却看到了青蛙的名字：“皎皎。”

夏母叹气：“不行，我看到它就像看到你一样，它没吃的，就感觉你也没东西吃……我怕你饿，怕你回家也没人做饭。这不，怕自己忘了，定了个闹钟，每天打开看一看。”

夏皎的剪刀停下，过了几秒钟，才小心翼翼地继续剪，手中是一家四口，爸爸妈妈牵着女儿，女儿旁边又站了一个高个子。

夏母笑着说：“现在好了，崇月能帮我喂喂你。”

夏皎反驳：“我自己也会做饭。”

坐在沙发上的夏父大笑：“多一个人照顾又不是坏事。”

四个人，两只猫，聚在客厅中吃年夜饭。电视开着，热热闹闹的。虽然没有鞭炮声，但红纸、窗花和红灯笼将房间照得红彤彤的，明亮一片。

夏皎喝了点酒，去阳台上看人偷放鞭炮，两位老人的注意力被电视吸引了，唯独温崇月走过来，站着陪她一块儿看。

夏皎看着楼下几个高中生你追我打，偷偷放鞭炮，乐不可支地说：“青春啊，不单单是恋爱。”

温崇月说：“嗯？我记得某人曾说过，青春一定会有爱恋，明面上或者私下里。”

夏皎转移话题："谁说的？反正不可能是我。"

温崇月笑了："大概是我记错了。"他没有提那个笔记本，没有提少女心事，就让它悄悄地躺在那里，浸泡在迟来的爱恋与欢喜中。

夏皎双手扒着栏杆，正努力地看着窗外的一切，忽然感觉头顶被人揉了揉。她仰脸，看到温崇月的眼睛。

夏皎问："怎么啦？"

"没怎么，"温崇月笑着说，"忽然很想追你。"

夏皎深思："我们已经先领证了耶，你这是打算先领证再上船？也不对……"她想不清楚。温崇月倾身，拉着她往旁边躲了躲，藏在花架后面。他亲了亲她的额头。

"我只是想给你一份正式的追求，给你你本来就该拥有的一切。

"皎皎，新年快乐。"

"啪啦"！楼下被追逐的小孩子终于点燃了鞭炮，发出新年的声音。客厅中，二老一手一猫，酒香菜浓，电视热热闹闹地放着欢乐。

夏皎闭上眼睛，悄悄和温崇月接吻。

她的心思仍如当年雀跃。

曾于青春年少恋慕一人，无奈明月在天，皎皎不可触碰。

星移月转匆匆，她本以为从此山水迢迢，再不相逢。

今日得相拥，于酒酽春浓中。

和其他地方相比，扬州的新年似乎并没有什么特殊的地方，但对温崇月来说，大年初一吃汤圆还是第一次。

软糯糯的皮，黑芝麻的馅儿，煮得圆圆滚滚。温崇月吃得多，夏皎都不知道他怎么做到的，一边泰然自若地和父母聊天，一边吃掉了两大碗汤圆、一碗面，还有几只包子。早晨就吃面的城市并不多，恐怕也就扬州和武汉。

夏皎自己的汤圆才吃掉半碗，还剩半碗，实在吃不下了。感觉胃有点胀，她伸手默默地揉。

父母这一辈人都爱能吃的人，孩子吃得越多，他们就越开心，尤其是温崇月这样的，身材好，个子高，吃得多，嘴还甜，几句话就能恭维得夏父、夏母极为舒坦，而吃得多更像是对他们厨艺的肯定，简直就是“别人家的孩子”。

夏母很满意，笑着嗔怪夏皎：“皎皎，看你，就吃这么点。”

夏皎辩解：“我早晨吃不多嘛。”她刚睡醒就起来吃东西，还不太饿，总觉得吃两口就饱了。

温崇月也站在她这边，解释：“皎皎放假前那几天忙，工作太累了。早晨起得太早，胃口也不好，让她多睡会儿吧。”

夏父爱不释手地揉着猫，头也不抬，随声附和：“是啊是啊，孩子好不容易放次假，大过年的，让她睡去吧。”这样说着，他还研究着想剥两只虾喂猫。

夏母叹气：“你就惯着她吧——皎皎，真困？那你回去睡一会儿。”

夏皎最终还是只吃掉半碗汤圆，剩下半碗推给温崇月。他的饭量很大，至少夏皎看着他又吃掉她剩下的这半碗，面无异色。

夏皎总觉得对方饿极了能将她也一口吞下。

有了妈妈的发话，夏皎也不用去拜年了，跑回自己的房间继续补觉。他们家的房子隔音一般，又有二老镇守，温崇月当然不会对夏皎做什么。只是这几天晚上不知怎么回事，温崇月总像八爪鱼一样牢牢地抱着她，夏皎睡得迷迷糊糊也能感觉到对方亲亲贴贴。夏皎也很喜欢，就是偶尔会被热醒。

早晨吃的汤圆不太容易消化，又是黑芝麻馅儿的，胃在消化，人也犯着困意。

夏皎趴到床上，一大一小两只猫也跳上来，温泉娇气点，受不了南方的温度，钻进夏皎的被子里，小虾米则是大大方方地窝在温崇月的枕头上，盘成圆圆一坨，认认真真、高贵冷艳地舔自己的毛。

小猫咪的呼噜声仿佛有催眠效果，夏皎在毛茸茸的环绕下慢慢睡着，而卧室外，温崇月在帮着二老整理餐桌，打扫卫生。

上午来拜年的亲戚没有久留，略坐了坐就离开。正常情况下，初一大家都喜欢聚在一起打麻将，今年也不例外。但温崇月在这里，二老总觉得把他一个人丢下不太合适，还是温崇月主动说：“我不会打麻将，留在家里陪陪皎皎。”

夏父说：“你要是闷，自己下楼走走也行。皎皎那么大了，放她一人在家也没事。”

温崇月笑着说好，目送二老出门，才松口气。他看了看时间，又轻手轻脚地回了卧室——夏皎趴在床上，还陷在梦境中。

梦里的情形稀奇古怪，夏皎梦见自己和温崇月又回到学校，梦到对方在讲台上拿着教鞭，耐心地教英语，自己坐在讲台下，穿着整洁干净的校服，捏着笔抖着手指写作业，隐约能听到安静的教室里传来嗡嗡蜂鸣、似雀拍翅。

她咬着唇，听见温崇月叫她的名字：“夏皎同学。”夏皎仰脸，看到温崇月捏着什么，微笑着叫她，“请你朗读一下课文。”

……这个荒唐的梦境中，一切都让人很不舒服。冥冥中听见翻书的声音，仿佛从梦境翻到了现实，夏皎猛然睁开眼睛，大口大口地喘着气。温泉早就跑下去了，小虾米舔着她的手指，“咪呜咪呜”地发出小猫的声音。它大抵也是刚刚睡醒，腔调也带着猫咪的慵懒音节。

夏皎坐起来，看到温崇月坐在她的小书桌前看书，她的神经绷起来，扑过去将他手中的书压住、合上：“不要乱看。”

或许因为那个梦，她身上仍带着薄薄一层汗，等看清楚温崇月手中的书后，她才悄悄松口气。不是笔记本，只是一本普通的课外读物。

夏皎转身回望书架，自己的笔记本和课本还好端端地放在上面，没有任何被翻过的痕迹。很好，温崇月还不知道。

她被自己的臆想吓出一身冷汗，冷静下来。一口气还没喘匀，温崇月就倒了杯热水，递到她手中，又抽了张湿巾慢慢地擦她额头上的汗，低声问：“梦到什么了？怎么吓得这么狠？”

“……没什么，”夏皎说，“嗯，就是一些奇怪的东西。”她一口气喝掉温水，坐在床上，还没有从刚才的事情中醒过神，“爸爸、妈妈呢？”

“出去打麻将了。”

夏皎问："你怎么不和他们一块儿玩？我记得你麻将打得很好。"温崇月的记忆力强，计算能力也强，双重叠加起来，无论是玩纸牌还是麻将，都有一手。夏皎还记得上次打麻将，她输得惨不忍睹，全靠温崇月力挽狂澜。

温崇月摇头："不行，现在在你爸爸、妈妈眼中，我不会打麻将。"

夏皎惊诧："为什么？"

温崇月放下书："你说呢？"

夏皎当然知道为什么，但不行，现在是白天，而且还是过年。万一有客人上门，或者爸爸妈妈打麻将回来……她躲开温崇月的视线，轻巧地跳下床："我饿了，去看看还有什么吃的。"

厨房里还有一些三丁包没放凉。夏皎吃了一个包子，喝了两杯茶，捧着手机趴在床上看视频。

温崇月坐在床边，心不在焉地拿着本书看，翻了没两页，就要将夏皎手里的手机拿走："这样看手机对视力不好。"

夏皎说："没事，科学家说了，人成年后视力就基本稳定了。"

温崇月惊奇："哪里的科学家？"

夏皎说："我自己编出来的科学家。"

温崇月被气笑了，放下书，探身就要拿夏皎的手机。夏皎身材纤小，被温崇月单手压住肩膀，动弹不得，两个人闹起来。她一边笑，一边伸出手举着手机，告诉他："你知道吗？我小时候问过我爸爸妈妈，我是从哪里来的。"

温崇月猜测："是不是说捡来的？"他按着夏皎的肩膀，垂下眼睛看自己的妻子，他笑起来时下颌线上的小痣清晰干净，"小时候我妈妈也这么说，不过爸爸告诉我，孩子都是夫妻相爱的产物。"

"不是，"夏皎严肃地摇头，"我爸爸和我讲，我是去手机店充话费送的。"

温崇月赞叹："真好，我出生的时候爸爸还没有手机。"

夏皎将手机贴在自己的脸上，一脸依恋，楚楚可怜："所以手机就是我的家，我现在玩手机就是在寻找家的味道。"她说得情真意切，温柔动人。

然而夏皎忘了温崇月显然并非常人。

温崇月慢条斯理地剥开虾饺皮，夏皎意识到不对劲，想要提醒他："爸爸妈妈一会儿就回来。"

话刚说完，温崇月拿走她的手机，捂住她的嘴巴。

"暂时管不了那么多，"温崇月叹气，"小温也想念家的味道。"

家是什么呢？

小时候，夏皎写作文，一笔一画："家是温暖的港湾，是挡风遮雨的雨伞。"

后来，家是妈妈做的饭，是爸爸带回家的水果和蔬菜。

再后来，夏皎读大学、工作，和同学一块儿租房子住。同学不擅长做饭，做出来的鸡看上去好像稍稍抢救就能继续打鸣，做出的鱼音容笑貌犹在，下一秒就能跳起来用尾巴扇食客的脸。这应该也算不上家，只是两个朋友的相互扶持。

工作变动外加各自感情的变化，同学很快搬了出去。对于"北漂"来说，搬家成了常态。夏皎后来又和其他人合租，搬来搬去，就像漂在池塘上的浮萍，没有深深扎入池塘淤泥中的根，风一吹就荡荡悠悠地漂走，过一阵子又漂回来。

偶尔工作到很晚才下班，夏皎仰脸看浓郁苍穹，高楼林立，万家灯火，却没有她的家。

直到遇见温崇月。他给予夏皎的，绝不仅仅是一日三餐、一张温暖的床和两只可爱的猫咪。温崇月理解她的不擅长社交，理解她的不安、她的恐惧。

缘分是种很奇妙的东西，在此之前，夏皎从没想过有人会理解这些。她就像举着蘑菇伞躲在阴暗角落里的不起眼的小人儿，是一片不敢与人打交道的小苔藓，但有一天，温崇月带了洒满阳光的蘑菇伞走过来，微笑着问她："我可以坐在你旁边吗？"

夏皎没想到对方会给予自己如此多的反馈，她只是想要一点点阳光，但他给自己带来了一年四季的风景。

紧闭的大门被打开，狭窄的房间被突然造访的客人闯入，并不温柔地叩着紧紧遮掩的卧室门。哪怕她将自己牢牢封闭，哪怕她尝试将自己藏起来，温崇月也总能不容置疑地展平她的手，与她十指交握，坚定不移地走进她的心。

温崇月带她领略四季风光，她的房间和世界变得宽广。温崇月温柔而坚定，让夏皎完全无法反抗，变成了砧板上的一尾小银鱼，变成了他亲手料理的一只虾饺，咬下去全是饺子汁，吃到口中喷喷香。

夏皎担心父母打麻将会回来，紧张不安地屏住呼吸，不敢动弹，只能抬头看着他。温崇月侧脸，用唇触碰着夏皎，亲了亲。

夏皎最后一丝理智也荡然无存。

她在自己的家中，温崇月在她的家里，温暖和丰盈的安全感填充着他们交握的手指。夏皎钩住他的脖颈，叫了一声“温老师”。

夏皎被他带坏了，更加大胆。就接着未完成的梦境继续下去吧，梦里的温崇月拿走蜂的嗡鸣，现实中的温崇月还给她更珍贵的东西。两只小猫在外面“喵呜喵呜”地挠着门，而夏皎用指甲在对方身上留下标记。

夏父、夏母直到中午才从麻将的魅力中清醒过来，往家里走，到家时发现温崇月已经准备好了午饭。芫荽炒羊肉片、百叶结烧肉、四只狮子头、水煮鲜菌、碎米芹菜、凉拌脆藕……都是家常菜，但他做出来香味就是浓。米饭也快要蒸熟了，锅里还煮着面。

二老进来时，温崇月正在做番茄炒蛋，准备当作面的浇头，见到二老，笑着招呼他们先休息，菜马上就好。

夏母惊呆了：“皎皎还睡着呢？怎么睡了一上午？”她轻手轻脚地开了卧室门，看见夏皎趴在床上睡得正香，卧室里开着空调，窗户还开着，空气中飘着香水味。

这样很浪费电，夏母走过去，轻手轻脚地关上窗户。她想叫女儿起床，又见夏皎脸颊红扑扑的，蜷缩着身体，睡得很香。

她舍不得了，于是静悄悄地退了出去。

直到菜全都做好，夏皎才慢腾腾地起床吃午饭。她最爱的还是水煮鲜菌，胖乎乎的杏鲍菇在汤水中煮得又滑又嫩，白玉菇口感筋道、吸饱了汤汁，她能就着吃掉小半碗米饭。

夏皎少不了被妈妈念叨，叹气说她挑食，又说一睡睡一上午可不行……温崇月笑着说没事，夏母不赞同："少惯着她，让她早起，早起对身体好。"

夏皎只能用眼神向温崇月表示抗议。如果不是他，她怎么可能睡这么久！！！

俩人在家中也没有住太久，春节假期的最后两天去了北京看望温启铭。临走前，夏父夏母拼命地往后备厢中塞东西，恨不得把整个家都装进去。

温启铭的身体恢复得不错。他今年只见了学生和一些老友，其他人打电话询问是否能拜访，都被他委婉地拒绝了。他本就心态平和，如今上了年纪，对于一些事情更加看淡。

晴朗的午后，夏皎坐在沙发上，怀里抱着两只猫，吃着温启铭的学生带来的水果。阳台上郁郁葱葱的植物旁，温启铭和温崇月正在下象棋。

夏皎不懂纸牌规则，她打的和温崇月、温启铭俩人平时玩的不是同一种；打麻将也不行，凑不齐人——护工不会打麻将。父子俩之间的游戏，也只剩下一个象棋、一个围棋。夏皎起初还默默地看了一阵，后来发现自己实在看不懂，索性又跳回沙发继续看电视。

温崇月专注地捏着棋子，忽然听见父亲说："我听说你妈妈搬家了。"

温崇月说："宋良舟家的房子被拿去抵押了，银行收不回钱，收了房子去拍卖也很正常。"

温启铭落子："她找过你吗？"

温崇月观察棋盘："没有。不过您也不用担心，底子在那儿，她的生活不会差到哪里去，只是不能再像以前那样风光了而已。"

温启铭叹气："我知道。"

他刚刚落下一子，还未抬手，温崇月抬手："将军——您输了。"

温启铭怔住，仔细看棋局，才笑出声音："是，我输了。"

夏皎跑过来，趁着温启铭喝茶的空当小声问温崇月："你怎么也不让让爸？"

温崇月说："君子不让棋。"

夏皎撇撇嘴："说谎。"

她可记得，温崇月在她父母面前装成一副不会打麻将的模样，还是夏父兴冲冲地教他。温崇月不动声色地输给夏父、夏母许多钱，后面偶尔赢一局，还一直夸是夏父教导有方……离开的时候，夏父简直要把他当亲儿子一般看待了。

温崇月正色："这是为了获取妻子的家人的认可而做的必要事项。"

夏皎佩服他的交际能力。无论什么行业、什么年龄段的人，只要温崇月想，就没有搞不定的。他擅长和人打交道，很多在夏皎看来有些困难的事情，他都能处理得有条不紊。

或许是受到他的感染，夏皎也渐渐开始尝试和陌生人交际，包括但不限于和工作中的新同事聊天。

花店来的新同事是张云和的小徒弟，过来实习半年就去北京那边，名叫花璟，是个怯怯懦懦的小女生，和顾客说话时也紧张得结结巴巴。夏皎和她年龄相仿，主动和她聊了聊，花璟就像只雏鸟，黏着她。

夏皎自然觉得没什么，周六公司照例组织团建，一行人浩浩荡荡地去阳澄湖玩了一圈，初冬景色尚不算佳，但野餐颇受人欢迎，还有同事带了钓鱼设备，相约去重元寺一侧钓鱼。

夏皎没带渔具，花璟倒是拿了。郁青真和高婵也从男同事那儿借了一杆钓竿。四个女孩子、两只桶，浩浩荡荡地去了湖边。

郁青真把手搭在眉上赞叹："好家伙，这身材真好啊！"

夏皎下意识抬头，视线触及熟悉的身影，顿时僵住。咦？温崇月？他今天也来钓鱼？

不单单是温崇月，还有陈昼仁，俩人一人一个桶，正站着聊天，不知道在说些什么。

郁青真显然已经不认得。她们在离俩人不远的位置放饵下钩，遥遥地将鱼钩甩出去，激起一片水花。几人终于引起男人注意，温崇月停下交谈，眯着眼，看到自己的妻子。

夏皎站起来。她看着温崇月大步走来，脸颊被太阳晒得有点热，能清晰地听到花璟和高婵小声地惊叹。温崇月今天穿得简单，圆领的浅色羊绒衫、黑裤子，头发泛着健康的光泽。阳光让他的皮肤看上去比平时要更白一些，温润气质更重。

温崇月走到她面前，夏皎抢先一步开口："这么巧啊，你也来钓鱼？我看你桶里鱼挺多的，钓上来不少了吧？"

温崇月顿了顿，过了两秒才说："我和昼仁过来放生。"

夏皎安静几秒，说："我们这样，算不算肥鱼不流外人田？"

温崇月忍了几秒，没忍住，笑道："干脆我直接将桶里的鱼倒给你吧。"

夏皎开始认真思考："这样不好吧？"

当然不好。温崇月深深叹口气，微微侧身，看到夏皎身后的人，都是她的同事。郁青真和高婵等人吃惊地看着夏皎和他聊天。

在此之前，夏皎从来都没提过自己的丈夫。郁青真和高婵几个人调侃过，说夏皎这是藏了个大宝贝，还是第一次如此清晰地看到她丈夫的模样。

如今寒气未退，太阳晴朗，晒得人暖意融融。或许是为了方便，或许是正午阳光晒得发热，温崇月只穿着一件羊绒衫。他原本就继承了父亲的优秀骨相，还有来自白若琅的精致皮相，又兼注重锻炼，看起来要比实际年龄更年轻一些。

阳光炽盛，他的视线受到干扰，略微眯了眯，睫毛浓长。郁青真呆住了。

温崇月友好地自我介绍："我是皎皎的丈夫，温崇月。"

郁青真："……你好你好。"

温崇月微笑着和几个人聊天，得知夏皎要垂钓，嘱咐她小心落水，别的没了，让她好好玩。

郁青真和高婵眼中满是惊艳，包括刚来的小助理花璟。在同事面前，夏皎不好意思和对方表现得过于亲密，无论温崇月说什么，她都是答应。

末了，温崇月才笑着说："这次的鱼真不能给你，都是昼仁放生还愿的。你想吃鱼，今晚我们回家做，怎么样？"

夏皎脸颊发热："我又不是很馋。"

温崇月说："等会儿累了给我打电话，我就在附近。"

夏皎轻轻推他："去吧。"

等温崇月走了，郁青真才一脸惊艳地感慨："真是郎才女貌，天生一对。"

高婵惊了："相亲能相到这种质量的吗？我的天……"

夏皎认真地说："是闺密介绍的。"

高婵问："你的闺密还缺闺密吗？我不是来拆散你们的，我想加入你们……"四个人笑笑闹闹，重新下饵，准备钓鱼。

夏皎却忍不住向温崇月的方向看，他和陈昼仁说了什么，两个人拎着桶往僻静、无人钓鱼的地方走了走，将桶中算不上大的鱼苗悉数倒入湖水中。温崇月的衣袖一直挽到了手肘，他专注的模样真的很好看，以至于夏皎忍不住盯着他裸露的小臂看了半天，悄悄感到开心。

真奇怪，看到他就忍不住高兴，就算他什么都不做、什么都不说，夏皎就是开心。

今天的团建，夏皎离开得稍微早些，也没人说什么，毕竟她丈夫在嘛。不过在接夏皎走之前，温崇月倒是带了一些礼盒装的点心和糖果，微笑着分发给夏皎的同事，感谢他们对夏皎的照顾。陈昼仁开车，温崇月坐副驾驶。一上车，温崇月就先递给夏皎一盒点心。她小心翼翼地拆开，是一盒蟹壳黄。

夏皎"哇"一声："你还给我留了一盒！"

"要谢就谢昼仁，"温崇月说，"他有事情托你帮忙。"

夏皎慢慢地拿起蟹壳黄，外壳太酥了，芝麻"扑簌簌"地掉。她用一只手接着，问："什么忙？"

陈昼仁说："太湖梅花节到了，晚橘明天想不想看香雪海的梅花？"

夏皎了然，说："我会问一问的，不过我可以说你的名字吗？"

陈昼仁说："当然可以。"

夏皎比了个"OK"的手势。

她多多少少也了解陈昼仁和江晚橘的那段过往，吃完一盒蟹黄酥，就收到了朋友的回信，晚橘同意了。

陈昼仁要请他俩吃晚餐，不过温崇月拒绝了。临走前，温崇月轻轻捶了一下他的肩膀，含笑说："好好准备。"

陈昼仁拍了拍他："一定一定。"

光福香雪海是中国四大赏梅地之一，农历新年一过，就是太湖梅花节。去年梅花开的时候，夏皎还在北京精神紧张地工作，今年终于闲了下来，开心地和温崇月一块儿去看梅花。

其实不单单香雪海可以看梅花，西山林屋洞同样有四千余亩梅园，皆是粉白如雪。狮子林也有梅花展，只是地处园林之中，未免显得有些秀气。正月初九，还可以去无锡梅村，这天是吴地先人泰伯的诞辰，梅村会有家祭活动和庙会。

夏皎和温崇月一块儿过去玩，看热热闹闹的舞龙，听腰鼓，还有锡绣、紫砂和二胡，令人目不暇接。

当然，最吸引夏皎的还是吃。酸甜度都恰到好处的梅汁排骨，用鲫鱼、螃蟹、黄鳝、河虾煮出鲜味儿来的太湖一锅鲜……快吃完时，温崇月又点了一份汤丝螺，嘬一口，满嘴的鲜味儿炸开。

临走前再买两盒玉兰饼，表层的糯米炸得酥脆焦黄，肉馅儿满满，汁水丰沛，带着鲜甜，咬的时候得小心翼翼，一不留神就会被烫一下。

温崇月其实吃不了太多甜食，眼看着夏皎一口气吃了四个玉兰饼，才伸手阻拦："别吃了，缓一缓，回去多吃点菜。"

说这话的时候，两人刚刚上车，夏皎手里捧着玉兰饼，温崇月扯了安全带仔细扣好。夏皎目不转睛地看着他，问："今晚我们吃什么？"

如果是往常，温崇月一定会先咨询她的意见，但今天不行。温崇月说："你今天吃了太多油炸食品，晚上吃清淡一些——想不想吃素斋？"

夏皎当然不想。她想吃甜甜的、油炸的或者其他烧烤食物。夏皎决定反向操作："为什么要吃素斋？"

温崇月说："平衡一下，均衡膳食。"

夏皎“哦”了一声，想了想，认真地说：“平衡？那从五行上平衡行吗？”

温崇月对她提出的新理论非常感兴趣：“你还懂五行？”

“是的，”夏皎点头，“五行就是金、木、水、火、土，所以我只要吃含有这些元素的就行——温老师，我们今晚去吃深圳铁板烧吧！”

温崇月铁面无私地把她按回去：“今晚你只能吃草。”

夏皎：“……”

“五行论”失败，夏皎晚上只能吃素斋。不过不是在专门的素菜馆，而是在于昙家中。不知道这半年发生了什么，于昙的小男友——也就是张抱林厨艺突飞猛进，就连一道家常手捏菜炒蘑菇都能做到齿颊留香，嫩生生的，一口包住一汪春天。

于昙吃了夏皎带来的玉兰饼，颇有些怀念，叹气：“还是这个味儿。”

春寒料峭，几个人没在庭院里吃，而是在落地窗前，瓶中的梅花开得疏疏斜斜。

夏皎下午看手机的时间长了，眼球发酸。她闭上眼睛，揉了揉，对温崇月说：“你知道吗？我小时候可喜欢闭上眼睛、隔着眼皮按眼球了，按完后可以看到万花筒！”

温崇月：“嗯？什么万花筒？”

夏皎兴高采烈地趴过去，示意他闭上眼睛，伸手指按了按他的眼球：“……就像这样，能看到吗？有好多好多光，对不对？”

温崇月颔首：“是有很多。”

夏皎离得很近，温崇月反握住她的手腕，含笑示意妻子坐下。夏皎懵懵懂懂，绕过沙发坐在他的腿上，有些疑惑地看着他：“怎么啦？”

夏皎的手腕稍稍丰腴了一些，很健康，这样很好。温崇月亲了亲她的掌心，凝视着妻子，忽然想到她小时候和爷爷奶奶一块儿住在小镇上。小时候的夏皎的确没有见过万花筒。

温崇月清楚地知道妻子不擅长与人交际的原因，初中时被恶意孤立、嘲笑，在辅导班的时候，也因为轻微的自卑而不怎么和别人往来。哪怕她现在已经可以风轻云淡地将这些事当作玩笑讲给他听，但她的性格受到的影响仍未消除。

她常说自己不贪心，温崇月却只觉得心疼。懂事从来不是一种美好的品德，他宁愿夏皎不要这样懂事。

夏皎对此浑然不知。她听见于昙叫她的名字，立刻应了一声，跑了过去。

周一，夏皎接到了一份用花的委托，客户打算布置求婚场地，地点是某个小巧的园林。

这是笔大单，客户付了订金后就离开了。他是所有乙方都会喜爱的那种甲方，策划方案也很顺利，夏皎提交了初稿，对方一点也没有要求修改，直接点头同意，简直顺利得令人怀疑是在做梦。

剩下的就是采购鲜花、按照日期送花上门。客户定的时间是周六晚上，因此夏皎必须加班，从下午开始就过去布置花束，巧的是这次加班的不只她一个人，还有温崇月。

“有个比较重要的会议，”温崇月让夏皎帮他选择衬衫和领带，笑着解释，“开完会我去接你。”

夏皎说：“不用啦，我自己坐地铁就行，别麻烦。”她盯着整整齐齐叠好的领带看了许久，最终选择了和她的发带一样的真丝领带。这些都是用做旗袍剩下的布料做的，花色一致。

嗯，温崇月和她都已经是成年人了，不过夏皎还是会对这样的“情侣装扮”感到雀跃，好像更能向其他人表示：“我们是一对哦！”读书上学的时候，夏皎也蛮羡慕那些穿着情侣衫、情侣鞋的同学。不过现在不羡慕了，因为她也有啦。

临走前，温崇月俯身，亲了亲她的额头：“工作别太累，注意休息。”

夏皎说：“一点也不累，这次的甲方超级好。”

温崇月笑着摸摸她的耳朵。

他走后，夏皎也没闲着，她和花店的人联系好，带着花一块儿去客人定好的场地。做花艺的就是如此，为盛大的活动和宴会准备好美丽，然后悄然退场，永远是在幕后努力的人。

夏皎反倒很享受这点。她能在人少的时候提前观看这些花朵。就像今天，她能在场景布置好后，提前猜想等会儿男主人向女主人求婚的喜悦。

真好，想想都要幸福得冒泡泡。

夏皎确定了花束的位置后，心满意足地给客人发去消息，告诉他一切都准备好了，可以带着女朋友过来了。

然后，她去了旁边供工作人员暂时休息的房间，开心地哼着歌，等一会儿就可以让客人在验收的协议书上签字。

只是到了约定的时间，客人迟迟没有到。夏皎倒是看到了一个熟悉的身影，往花团锦簇的院子走来。

温崇月穿着夏皎下午为他挑选好的衬衫和西装，外面罩了一件黑色的羊绒大衣，领带是夏皎亲手打的。他说今天的会议比较正式庄重，夏皎打了温莎结。

夏皎吓了一跳，匆匆忙忙走过去，拉住温崇月的手：“你怎么提前过来啦？等会儿客人就来了，他们要求婚，你先去我那边坐一会儿。”

夏皎的力气不能和温崇月相提并论，扯了两下，对方仍旧纹丝不动。温崇月反倒抓住她的手腕，往布置好的花海中央走去：“来这里。”

夏皎急了：“我知道我布置得很好看，可是等会儿客人要向他的女朋友求婚——”

说话间，夏皎已经被温崇月拉到中央。

梅花粉白如雪，洁白的百合与玫瑰交相映衬，花毛茛、三色堇、六出花……无数夏皎精心挑选的鲜花簇拥中，夏皎看到温崇月拉着她的手，单膝跪了下去。

周围是夏皎所能想到的、求婚时最美丽的花朵。花艺是维持生活的浪漫、装点柴米油盐酱醋茶的美丽，夏皎相信被求婚者一定会喜欢。

但她没想到，单膝跪在她面前的人会是温崇月。

夏皎呆住了。

温崇月仰脸看她，仍旧握着她的手，语调温和：“皎皎，是我下的订单。”

“今天是我为你弥补的求婚仪式。”

第十九章 陆稿荐酱肉炖豆腐

夏皎最后一次想象自己会如何被求婚，还是读大学的时候。

毕业季，穿着学士服拍照的学长向同级的学姐求婚，那一天，学校的广播里播放的都是甜蜜快乐的情歌。

夏皎也短暂地思考了一下自己未来的求婚仪式，当然，不需要高空上的热气球，也不需要漫山遍野的花朵，比起求婚时的浪漫场景，她更想知道是谁对她求婚——一定要是一个她很喜欢的人，最好有灿烂的阳光，有惊喜。

后来夏皎不去想了。每天的工作都很累，完完全全占据了少女的浪漫心思。且不要说求婚，就连“恋爱”这件事，夏皎都提不起太大的兴趣。偶尔看到网络上、身边人的甜甜蜜蜜，夏皎的第一反应是开心，有点羡慕，想谈一场恋爱。然而一旦身边的男同事或者其他男性表现出示好的举动，她又会立刻回避，敬谢不敏。

夏皎给自己下定论，这叫作“薛定谔的想谈恋爱”。

嗯，的确如此。她甚至要怀疑自己是不是回避型依恋，或者亲密关系恐惧症……不，其实都不是，只是因为她的的确确没有对那些人心动而已。

就像现在，温崇月单膝跪在她面前，系着她亲手打上去的领带，目光柔和。夏皎听不到除他之外的声音了。她的眼睛、耳朵、手指、呼吸，好像只能感受到他了。

“我最近一直在反思，当初向你求婚是否有些过于仓促。”温崇月说，“坦白说，我之前的举动有些过分，包括以公式化的态度来对待我们的婚姻，和你结婚、相处。我很抱歉，当时我对你不够用心。”

夏皎说："其实都没事的，我明白你当时的处境，而且我的目的也不算单纯。"

温崇月说："你很懂事，我知道。但是，皎皎，有时候我们不需要这样懂事——追求、恋爱、求婚、结婚，这是正常的过程，我希望你也有。"

夏皎的脸颊有点发烫，她轻轻地吸了口气，空气中充满馥郁的花香，来自她怀着祝福的心意挑选的花朵。现在，她自己就处在满满的祝福中央。

夏皎笑了："可是我们已经有婚戒啦，你打算用什么来求婚？"

温崇月低头，取出一个红丝绒的盒子。盒子很大，看起来像是能装下三个戒指盒。他打开，里面安静地躺着一柄精巧的小圆筒。纯银的圆筒柄上镌刻着夏皎和温崇月的名字，盛开着大朵大朵的玫瑰，透明的水晶镜片在阳光下熠熠生辉。

夏皎呆住了："这个是……"

温崇月说："万花筒。"

夏皎喃喃："万花筒？"

"皎皎，"温崇月说，"我希望你能做任何想做的事情，我是你坚实的后盾、你的保护伞。"

夏皎抬手，指尖触碰到丝绒，握住银质万花筒，轻轻转动流沙轴，万花筒中填充的芯材是天然高透的宝石，白水晶、玛瑙、翡翠……她看到了璀璨漂亮的光芒，淡淡如初开薰衣草的浅紫、柳树梢的嫩绿、烂漫一树杏花的粉白、如大片大片的雪花盛开。

她听见温崇月说："以后你不用按眼睛，也能看到万花筒了。"

夏皎的眼睛有一点点酸，像是被花香熏到了，又像切开柠檬的时候被汁水溅了一下。她容易泪失禁，并不是难过，而是泪点低，情绪一激动，就容易"噼里啪啦"地掉眼泪。她用力吸了一口气，眨眨眼睛，竭力放松。

夏皎小声说："我想和你一块儿看。"

温崇月亲吻着她的手背："这是我的荣幸。"

这样的良辰美景，夏皎却眨眨眼睛，问："那这么多的花怎么办呀……不要丢在这里，好贵的，好浪费。"

温崇月失笑：“你想怎么解决？”

夏皎有些苦恼：“我们家放不下这么多，而且有的花猫不可以接触。嗯……送人？”

这个主意很好，温崇月很赞同。

夏皎将自己喜欢的花朵带走，剩下的则由温崇月联系了一个在附近乡镇小学工作的朋友，将花朵送去装点小学生的教室，希望镇上的孩子们也能分享这些美丽。

不单单是花朵、求婚。夏皎忽然发现，自从新年过后，温崇月给她发消息的次数也变多了。他偶尔会拍照片，给她看办公室玻璃窗外的如洗碧空；有时候是桌上的小绿植——夏皎得知温崇月一直在给塑料仙人球浇水后，忍着笑从花店里给他买了一盆真正的仙人球。

夏皎嘱咐：“一个月浇一次水，浇透，多放到太阳下面晒晒。”

颇会养人，但在照料植物上却是“绝命毒师”的温崇月颔首，将这盆仙人球端端正正地摆在桌子上，在日历上定好时间，严格地按照夏皎的嘱咐定时定量浇水。

温崇月小心翼翼地照料，仙人球健健康康、绒毛柔软，漂亮得像一个毛茸茸的胖球球。几乎每个工作日，夏皎都会收到温崇月发来的仙人球照片。这团毛茸茸在阳光下生长得格外旺盛，说是独占阳光也不为过。

不过……夏皎问：“你为什么每天都给我发仙人球的照片啊？”

温崇月原本正在切菜，闻言，稍稍一顿，略带抱歉地说：“对不起，我没有追求人的经验。追求女性的时候，不应该多和她找话题交流吗？”

夏皎说：“……哇，哪有你这样的！温老师，你这是要先结婚后求婚再追求吗？”

温崇月满怀歉意：“是迟到的追求。”

的确是迟到的追求。温崇月从未洞察到她曾经的年少心思，如今又怜又爱——他想给皎皎一份圆满的爱情。

皎皎的懂事并没有给她带来多大的好处，反倒让她承受了许多不公。懂事、不会哭闹的孩子没有糖吃，这件事本就不对。温崇月想要给她一颗糖，他只是来得晚了些。

灯光下，温崇月瞧见自己的妻子目光闪闪。她抿了抿嘴，扑过来，头压在他的胸膛上："好吧，那今天晚上我可以奖励你哦。"

温崇月只是笑，没有讲藏在深处的缘由，而是拍了拍她的背："好了，小馋猫，过去喂一下温泉和小虾米，等会儿我们吃饭。饭后去睡午觉，等醒来我们再去姑姑家，好吗？"

夏皎用力点头。

今天是农历二月二。按照惯例，二月二，龙抬头，苏州人要吃撑腰糕。

诗上讲，"二月二日春正饶，撑腰相劝啖花糕"。这撑腰糕，其实就是用油煎的年糕，有一种说法是寓意着年已经过去，还有一个传说，说吃了撑腰糕，会有神仙帮忙撑腰。

无论如何，这都是一个有意义的民间节日。于昙从新年和情人节过后，就开始休假，她的小男友张抱林又时常在学校，她一个人无聊，就邀请夏皎和温崇月过去一起吃饭。夏皎喜欢听于昙讲一些花艺的案例，也喜欢于昙的小花园和她满满当当的藏书，很乐意过去泡在她家看书喝茶。

既然是来做客，那饭菜自然不需要温崇月准备。于昙早早地订好了饭菜，春天要吃加了红曲米做的樱桃肉，切成小细条，筷子夹起来的时候，酱会顺着肉往下颤颤地落；糖醋松柳菜用的是口感最温柔的米醋，用细细的雪花白糖调得酸甜适口；蹄筋海参炖得极入味，汤汁收得少，用鸡汤、火腿和冬笋引出鲜味。还有香炸小小鱼、糟凤爪、乳鸽汤、咖喱椰浆炖锁骨……

只有一道撑腰糕，是于昙亲自用热油煎的，两面金黄，盘子里撒了些去年张抱林收来的干桂花做点缀。

余晖穿窗入户，三人开始吃没多久，就听门铃响，有客至。来客是张云和，还有一个和他年纪相仿的男性，笑眯眯地先和温崇月打招呼。

温崇月介绍："这是我小学同学，曾晨。"

曾晨朝着夏皎笑，露出满口大白牙："嫂子好。"

于昙坐着没有动，张云和递了东西过去："我带了玉兰饼过来，您尝尝，还是不是那个味儿？"

于昙不冷不热，淡淡地说："先放着吧。"她不吃。

人人都知道于昙和张云和师徒俩关系并不算好。

不过这点气氛并没影响到今日的晚餐。曾晨有事找于昙——他在苏州买了房准备结婚，妻子想要户外草坪婚礼，又嫌弃婚庆公司弄出来的太俗气，曾晨联系到张云和，于是对方向他介绍了在苏州这边的于昙。

这事并不麻烦，也就是几句话的事情，于昙很忙，不能亲自操刀，就说让店里其他人做。曾晨也没说什么，笑着聊自己的趣事："小学时，我和温崇月一块儿上学，老师吓唬人说什么呢？他说：'你啊，要是不好好学习，将来是要去挑大粪的！'我一听，这可不得了，我就拼命地学啊学，读了本科又考研，研究生上完了又去读博，读完博去工作，专业是肛肠科……哟嚯！不是挑大粪，我成了掏粪的了……"

夏皎忍着不笑，肩膀憋得一耸一耸的。温崇月叹气："曾晨啊曾晨，我们能不在吃饭的时候聊你的光辉专业吗？"

曾晨举手，笑着说："是我的错。这样吧，以功折罪，我教你们看面相怎么样？"

夏皎对这个话题很感兴趣，手撑着下巴认真地听。

于昙吃得少了，有点心不在焉。张云和看了看桌上的菜，又系上围裙下厨，去重新做新的。巧就巧在，这个时候张抱林来了。他显然没想到今天家里这么多人，但还是笑着一一打招呼，不过，在厨房看到系着围裙的张云和时，张抱林颇为惊讶。半晌，他又红着眼睛出来，看向于昙："你把我的围裙给他用了？"

于昙说："一个围裙而已，上次买啤酒不是送了很多吗？你再去拿个。"

张抱林摇头："不一样，那个围裙是我们一块儿买的。"

张云和也听到声音，探出头不冷不热地说："一个大男人，在乎个围裙做什么？"

张抱林说："你不在乎，行，那你脱下来给我。"

张云和“哼”了声：“幼稚。”这样说着，他重新回了厨房做饭。

于昙有些头痛，按着太阳穴：“行了，小林，厨房里有他一个人就行，你怎么从学校回来了？坐下来吃饭。”

张抱林不肯，最终还是拿了新围裙进厨房，闷声不吭地开始做菜。

夏皎觉得这俩人真好玩，但一个是长辈的男友，另外一个是她的老师，她还是规规矩矩地吃着眼前的菜，继续听曾晨讲“根据面相看病人”之术。

两个男人重新做了四菜两汤端上来，于昙煎的撑腰糕数量不多，他们俩也就一人分了一块吃，也算和睦。只是等到告辞的时候，夏皎刚出门，就隐约听到张抱林对于昙说：“姐姐，你不能这样对我……”

旁边的张云和似是不屑地哼了一声。他和曾晨原本走在夏皎前面，后来略停了停，落在了夏皎后面，因此夏皎听得格外清晰。那语调，让夏皎冷不丁想到了华妃娘娘的经典台词：“贱人就是矫情。”

晚上春风吹，人饱饱。夏皎裹着大衣，和温崇月牵着手往家的方向走，仰脸能见到月亮。此刻月亮并不圆满，一道月牙尖尖。

夏皎感慨：“小时候我有项特殊能力。”

温崇月问：“什么特殊能力？会翻跟头，还是会爬树？”

“才不是，”夏皎仰脸看月，“月亮会跟着我走。”

她说得郑重其事：“无论我是跑还是走，抬头看，月亮永远都是跟着我的。我走，它也走，我跑，它也追。”

温崇月握紧她的手，她的掌心出了些汗，热热的。温崇月说：“或许月亮也爱你。”

夏皎若有所思：“后来，不知道什么时候，我就失去了这项能力。”

好像越长越大，成年后，月亮就不再跟着她走了，而是高高地悬挂在天上，温和地看着她。月亮照着她，也照着其他人。夏皎终于明白，月亮平等地爱着每一个人。

温崇月嗓音清淡：“大概月亮也知道，温崇月会一直陪着你。”

夏皎“扑哧”一笑，说：“是的！”

十几岁时喜欢的好多东西，她现在开始失去兴趣；十几岁时的能力，她也在慢慢地丧失。但是，但是——夏皎悄悄地贴靠着温崇月，额头轻轻蹭着他的胳膊，十几岁时喜欢的人，现在就在她的身边。

无论是夜间散步，还是床上睡觉，温崇月极爱与她手指交握，夏皎也爱。她隔着泪水望着对方，仿佛灵体合二为一，灵魂都被填满。

多好，夏皎想，她偷偷地恋着温崇月，而他不知道。她悄悄地保留着少女时代的尊严和小秘密，并得到了少女时代一直想要的月亮。天上的月亮不再跟着夏皎走，可人间的温崇月会继续陪着她。

江南的春天到来的速度似乎要比北方更快一些。北京的春脖子短，苏州的春天却是一点一点地上色。

嫩芽发，春花渐，夏皎本以为这个春天可以一直这样顺利平稳地过下去，可惜天不遂人愿，还是出了一桩意外。

和郁青真关系颇好的“红毛”，又和人打了群架，这次情况比较严重，得了脑震荡，一站起来就呕吐，不得已进了医院。

打架的地方是一家便利店，他们砸坏了店主的货架，店主报了警。

郁青真气急败坏，咬牙发狠：“要不是看在老乡的面子上，我才懒得管他。一个不学好的家伙，我说过多少次，好好学习好好学习，他偏偏就是不听……”她有弟弟。受大环境落后思想的影响，有弟弟的姐姐大多比较成熟。郁青真嘴上说着不管，最终还是管了，和夏皎一块儿去医院看“红毛”。

“……毕竟还在上学，家里人都不管他，一个人在这里怪可怜的，”郁青真叹气，“好歹听他叫过姐姐，又是一个地方来的。”

夏皎说：“你啊，刀子嘴豆腐心。”

郁青真横她一眼：“多嘴。”

夏皎说得一点也不假，郁青真的确是刀子嘴豆腐心。她嘴巴碎，但其实真没干过什么坏事，这样也不好，容易得罪人——但和她熟悉起来后，就明白这人没什么坏心眼儿。

夏皎本来不想和温崇月说这件事，但想了想上次他说过的话，还是给温崇月打了电话。医院离温崇月的公司不远，下班后，他就开车过来，在医院见到了夏皎。

时间还早，郁青真去缴费，夏皎和温崇月在医院的池塘边散步。天色渐晚，两个人聊起上次曾晨说的通过望闻问切判断身体内部疾病的理论。夏皎兴致勃勃地和温崇月分析："曾晨说了，中医上有理论，'耳朵色泽偏灰黑之气者'，肾亏，还有个理论，'泪堂发黑者'，纵欲过度。"

说到这里，夏皎轻轻"咦"了一声，双手捧住温崇月的脸，仔细端详："你的眼下一点也不黑。"

温崇月平平淡淡："因为某只小虾饺完全不给我过度的机会。"

这个话题再谈下去就危险了，夏皎松开手，转移话题："他还说了其他的面相——呀。"

夏皎抓着温崇月的手，看着前面的人，小声说："温崇月，你看他脸色异常发黑，是肝不好的表现吧？"

"皎皎，面色发黑的确是肝不好的表现之一，"温崇月斟酌措辞，"但是，你有没有想过一种可能——"

"这个人面色异常发黑，是因为他是黑人。"

夏皎："……咦？"

温崇月闷声笑。夏皎拉着他的手，有点恼又有些羞惭："……天太黑了，我看不清楚。"

"是的，"温崇月宽容地说，"我也经常这样，有天晚上就认错了温泉和小虾米。"

夏皎尝试挽回："看来以后真的不能再按眼珠了。"

温崇月颔首："没错。"

俩人散了一会儿步，郁青真那边也缴完了费。病房里的"红毛"——朱孟城也醒了，他需要通过吸氧来缓解头晕的症状，现在还晕沉沉的。

郁青真和夏皎说了没几句，外面就有护士叫她，要和家属聊一聊，而温崇月去了卫生间，病房内只有朱孟城。

护士过来在病床旁边的记录本上写东西，离开的时候，腿不小心撞了一下放着朱孟城书包的椅子。书包掉下来，里面乱七八糟的东西"噼里啪啦"

落了一地，夏皎俯身，帮他捡起来。

高中生的书包里不外乎就是课本和笔记，这些东西都很寻常，算不了什么。夏皎意外的是朱孟城的课本干净整洁，笔记本上的字迹也清秀整齐，和朱孟城留给夏皎的印象完全不同。她还以为朱孟城就是个不怎么学习的坏小孩，但这笔记里的解题步骤逻辑清晰，试卷也是仔细地合拢叠在一起。

有本笔记摊开，夏皎看到里面用铅笔画的人物肖像，虽然画技有待加强，但仍能清晰地认出上面的人——郁青真。肖像旁边板板正正地写着她的名字。

多么熟悉的行为。夏皎的手轻轻一顿，半晌，若无其事地装好，就像什么都没有看到，将这些东西重新放在椅子上。

朱孟城还在吸氧，但用手势认真地比画了一下，是个道谢的动作。

他的长发已经全部剪掉了，包括那些红色的地方，剃成了板寸，干净利索。其实他长相很清秀乖巧，只是之前的“红毛”和邋里邋遢的形象过于深入人心，让人感觉他就是一个小混混。现在看，也只是一个刚成年的年轻人罢了。

夏皎笑着说没事。郁青真那边的事情也处理完了。夏皎悄悄留意，从郁青真进门，朱孟城的视线就没有离开过她。无论郁青真说什么，他都点头，乖得像鹌鹑，耳朵和脖子红了一大片。是的，青春期的喜欢怎么可能藏得住。他连和成年人打交道的经验都没有，更没有藏好暗恋心思的技巧。

这件事夏皎倒是无师自通。

郁青真谢绝了夏皎送她回去的提议，离开的时候，心事重重地唉声叹气：“你说这孩子，怎么都成年了，还是一点事也不懂？”

夏皎说：“什么？”

“刚刚问起来争执的原因，”郁青真说，“有人开他的玩笑，说他和校外的一个大姐姐谈恋爱、造谣……嗐，我当是多大的事，原来就因为这个，他就和人打起来，砸得头破血流，你觉得这值得吗？”

夏皎：“呃……”

郁青真说：“我和小‘红毛’说，你现在成年了，说实话谈恋爱也不算早恋。你和大姐姐谈恋爱也不是什么坏事，就是谨防上当受骗。”

夏皎："……呀！"

郁青真耸耸肩："然后他就红着脸让我不要再说了。"

夏皎："……嗯。"

郁青真看她："今天说话很贵吗？你怎么一个字一个字地往外蹦？"

夏皎郑重地说："我只是忽然想到当局者迷。"

温崇月原本正在拿车钥匙，闻言，抬头看了眼夏皎，忽而笑了一下。夏皎并没有意识到来自丈夫的目光。

三人步行出了住院部的门，天色半明半暗，夏皎黑色的头发原本扎了起来，现在有些松了，落在肩膀上。她似乎并没有察觉到，只是用手随意拢了拢。晚风如许，温崇月看着灯下的妻子，和同事聊着有趣的事，姿态悠闲。

终于察觉到他的视线，夏皎转过脸，看向温崇月，有些茫然，好像不明白他为什么一直在看她。

温崇月很难讲通其中缘由，喜欢一个人是没有理由的，看她也没有理由，只是一种本能在牵动着，让他用视线去追随她。就像现在，没有理由的，他就想看着她，牵她的手，就算没有接吻、拥抱和更亲密的举止。这样牵着她一路散步是极好、极舒心愉悦的一件事。不是欲，胜于欲。

夏皎抬手，茫然地摸了摸脸颊："我脸上有什么脏东西吗？"

"没有，"温崇月摇头，"走吧，我的车停在那边。"

夏皎转身，又问一遍郁青真："要不要让崇月送你——"

"哎呀不用，"郁青真不以为意，"离地铁口又不远，我走过去就行了。正好散散步，就当锻炼身体了。今天麻烦你了，你们也早点回去休息啊！"

夏皎不再勉强。

回去的车上，夏皎捧着手机，看一些软广或销售话语的经典案例。和某些客人打交道，光有作品是不够的，还得下功夫好好介绍自己。

夏皎看得入迷。等红绿灯间隙，温崇月停下车子，示意她放下手机："别看了，光线暗，对眼睛不好。"

夏皎说："我的视力很好。"

温崇月忍着笑："的确很好，十米之外，人种不分。"

夏皎一下子坐起来："只是意外……意外！"

"是意外，"温崇月颔首，"我承认夏皎同学视力很好，今天只是一个小小的特殊情况——不过，为了避免下次再出现这种情况，能否请夏皎同学现在稍微将手机挪远一些，暂时闭上她明亮的眼睛？"夏皎这才将手机放回去。

温崇月问："刚才在看什么？"绿灯亮起，他载着妻子平稳地在夜空下穿梭，目的地是他们的家。

夏皎说："一些形容词对销量的影响。"

温崇月说："比如？"这样真的像极了提问。在学生自己预习过后，老师用提问的方式让学生自己思考、总结。

夏皎不讨厌这种方式，有人说爱就是分享欲，她颇认可这一点。她有好多好多的东西想要和温崇月分享，包括她刚刚了解到的一些小知识。

夏皎说："有些商品的本质是在创造需求，比如说早餐机。很多视频博主会做它的使用视频，向大家展示：'瞧啊，用它做早餐多方便，几分钟就可以做个早餐饼！'其实不是这样，早餐机的存在本身就很鸡肋，它甚至还不如电饼铛方便。"

温崇月赞同："还有吗？"

夏皎一边回忆，一边想："还有就是以'多功能'为卖点的商品，最典型的例子就是那些宣称既可以做沙发、又可以做床的家具，或者几个凳子和收纳盒拼起来的桌子……"

一直到家，夏皎还在讲，不过话题已经换成了衣服，那些层出不穷的形容词，什么"法式""桔梗裙""新中式"，甚至"复古油画感""大艺术家""水墨气质""舞会感""富家千金"……大量的形容词塑造出一种错觉，那就是"你穿上你也是艺术家""你穿上你也是富家千金""你穿上你也是江南美人"。

一些商品的展示图片和标题，都在极力营造这种氛围感。"这点很重要，"夏皎下了定论，"卖花也是这样，'你买了我们的花，你的生活也会变得美好'。"

电梯门开了，温崇月一手拎着今天买的菜，另一只手去解锁房门。他说：“这不是坏事，皎皎。有一定的科学依据显示，合理的花朵和植物搭配能够让人精神放松。买花不仅仅是为了装饰而消费，还有背后的精神寄托——就像书。”

夏皎点头：“对，所以我在想，下次向客户介绍我的作品的时候，也可以适当加入一些修饰词语。”

温崇月拎着菜进了厨房：“比如？”

夏皎拿起他的围裙——温崇月身材高大，普通的围裙穿在他身上的确有些不太合适，家里常备的几个围裙还是温崇月找裁缝做的，尺寸大，花纹简单，红黄蓝白四色构成了大大小小、不均衡的格子。

温崇月俯身，等待着夏皎帮他系好。

夏皎说：“就像现在，温老师，您现在穿的不是围裙，而是蒙德里安风超轻高分子新材料匠人战袍。”

温崇月忍俊不禁：“现学现卖，今晚想吃什么？”

夏皎一脸高深莫测：“想吃法式酸甜口味番茄配特级一品蛋，还有春天顶级嫩绿极细叶蔬菜搭配深海宝藏虾之精华与精品豆类结晶。”

温崇月颔首：“番茄炒蛋、韭菜虾皮煎豆腐，还有吗？”

夏皎系好了他背后的围裙绳儿，打了一个漂亮的蝴蝶结，后退一步，笑着说：“没了，剩下的请宇宙世界无敌第一贤夫温老师自由发挥。”

“今晚要不要喝碧粳粥？”温崇月问，“今天的豆腐好，再来一个陆稿荐酱肉炖豆腐，一个咸水鸭肫？喝汤的话，就冬瓜鱼丸汤？”

上海话里有一句骂人的，就是“陆稿荐”，因为以前只卖生猪肉的店会写上“陆稿荐”三个字。苏州的“陆稿荐”还卖酱肉，比巴掌大的五花肉，方方正正，酿得色泽如樱桃，正是夏天必吃的樱桃肉，适合拿嫩豆腐慢慢炖。

夏皎说：“好呀。”

温崇月转过身，俯身亲了一下她的额头：“很好，那就先请天上地下独一无二良妻夏同学稍作等待，等我们吃完饭，我再和夏皎同学切身体验、深度切磋白居易之弟的代表作。”

夏皎蒙了："我只知道白居易的代表作是'离离原上草'，白居易的弟弟是谁？他的什么代表作？"

温崇月笑道："自己动手查查看。"

夏皎拿了温崇月昨天做好的糖渍橙皮。鲜嫩嫩的橙子用盐搓一遍，橙皮去了白色的部分，只拿橙黄做。清凉爽口又提神，和红茶一块儿泡着喝很香，也可以切成碎碎的，在烤饼干的时候加进去。夏皎喜欢直接吃，她是个懒懒的性格，不喜欢麻烦。她含了一块儿放在嘴里，开始认真搜"白居易的弟弟"……很快，网页跳转，显示出答案。夏皎："……"不愧是温老师。

的确不愧是温崇月，博采众长，熟读众书，学习能力和记忆能力都强。夏皎承认，在和温崇月共同探索、共同成长这条道路上，前期夏皎的确尝了一些苦头，但并不要紧。温崇月擅长观察，总能从她的反应中准确无误地判断，找到她喜欢的点。勤奋的温老师真真切切地贯彻了因材施教这一原则。

夏皎也越来越迷恋丈夫以及这种双方都很开心的事情。

但是，这并不是夏皎被迫疯狂做深蹲的理由，她的腿都开始疼了。"惨上加惨"的是，下周她还要跟着于昙去北京。

温崇月收拾好妻子的行李箱，顺便开始思考给妻子做什么零食，让她路上带着磨牙，思来想去，还是烤了香喷喷的蔓越莓小曲奇。他选的模具是月亮形状的，烤出来也是一枚又一枚的小月亮。

出差前的假期如此珍贵，腿酸的夏皎不想辜负春光，于是和温崇月一块儿下楼逛了逛，然后发现了温老师的另一个短板——他不太擅长给人拍照。

夏皎的摄影技术一流，能将水沟拍成尼亚加拉大瀑布，能把一米九的温崇月拍出两米多的气势，可惜，温崇月拍摄景物的技巧尚可，但拍人物的时候——

夏皎盯着手机屏幕，说："你拍的我看上去甚至不到一米五。"

"抱歉，"温崇月略带歉意，"下次我单膝跪地拍。"夏皎举起手，一拳砸在他的胸口上。

傍晚时分，夏皎接到一个陌生来电。夏皎接通："你好。"

那边的人叫她的名字:“夏皎？”

夏皎认出了这个苍老的声音，是每天都来给宋奶奶买花的老爷爷。冬天过后，老爷爷仍旧天天过来，只是宋奶奶没再出现过。她知道对方体弱，老人也受不了初春的寒气，因此也会向花店申请，多送一朵小花。夏皎开开心心地说:“呀，是您。今天想要买花吗？您可以直接去店里——”

“我想和你谈谈，”老爷爷的声音听起来有些疲倦，“关于葬礼的花束。”

“我的妻子过世了。”

夏皎捏着手机，大脑一片空白:“什么？”

“就在一小时前，”老爷爷说，“正式的葬礼在后天举行……我不喜欢他们准备的花朵。念蓉最喜欢你的花，你能接这份工作吗？”

当然可以，夏皎一口答应下来。

几乎没有任何犹豫，夏皎打了电话给蓝姐，又和于昙商量，将这次出差进修的机会和补贴让给了其他人。征得同意后，夏皎匆匆地赶去和老爷爷见了一面，也见到了宋奶奶的遗容，她看上去很平静，像是静悄悄地睡着了。

宋萧哭得眼睛红肿，几乎喘不上气。她是宋奶奶唯一的女儿的孩子，也是唯一的外孙女，小时候一直由宋奶奶照料，俩人的感情非比寻常。夏皎带了白玫瑰过去，宋萧已经哭到几乎昏厥，见到夏皎，深深地鞠了一躬。

老爷爷镇定地接待了夏皎，他看上去和平时没什么区别，情绪稳定，说话也有条理，还能平静地商议葬礼事项。这让夏皎稍稍松了口气，至少……至少老人没有伤心过度，这样已经很好了。

具体的花艺策划方案，夏皎晚上就开始赶工。她没有休息，温崇月也没有说什么，只是用花胶炖了滋补的汤水，轻轻地搁在她的桌子上。

按照计划，夏皎次日应该和温崇月去木渎，但现在去不成了。夏皎白天匆匆出门，赶往老爷爷家，和他商议方案。她晚上熬了夜，精神不太好，昨晚初步定稿后，爬到床上，枕着温崇月的胸膛默默地流了一会儿眼泪。这种情况下，温崇月不赞成她开车，自己将她送了过去。老爷爷家离得不算远，等夏皎忙完了，他再去接。

回家时，温崇月从信箱里拿到一封信。他摸了摸，信封里像是明信片，还有薄薄的纸张。翻开看信封上的地址和落款，温崇月明白了，这是去云南玩的时候，夏皎在一家店里寄出的时光信封。

就是在那家售卖公益明信片的店，夏皎写完、封好明信片，而对方也按照约定，在春天的时候将明信片寄了过来。

信封的收件人是温崇月。这是去年秋天的夏皎，写给今年春日的温崇月的。

温崇月的目光柔和了许多。他不急着拆信，而是先回家，坐在沙发上。阳光明媚，猫咪慵懒，他没有用蛮力破坏信封，而是用裁纸刀仔细地裁开。

温崇月先抽出信纸展开，娟秀的字迹在他面前显现，是当时的夏皎认真写上去的。

崇月：

展信如晤。

我写这封信的时候，你正在我的身边看书。云南的云朵好低啊，低到好像触手可及，太阳也好，好到让我想抱一抱你。

不过不可以，店老板还在，我还是很胆小，不好意思在大庭广众之下拥抱你。

但你真的很好看，让我忍不住买了信纸和明信片，在你旁边悄悄地写下这样的语句。

说起来真的有些难为情，我已经好久好久没有写过信了。现在写信，也不确定自己的格式是否正确。刚才我还写废了三张信纸，都是你帮我要的……好苦恼。

当你问我“写什么呢”，我只能慌乱地告诉你，在写“寄给朋友的信”，伸手盖住，等你转过身后再偷偷地继续写。我好紧张，幸好你没有追问。

其实这封信不是寄给朋友，而是寄给你的。

当着你的面撒谎好困难呀，我的手心不争气，冒出了好多汗，希望不要留在信纸上。

我记得相亲时，和你说起过，我是一个越着急越容易做错事的家伙，听起来好失败。你笑着和我说，说不定会化拙为巧，一点小小的瑕疵完全影响不了太阳的光辉。

真奇怪，大家都说“弄巧成拙”，只有你告诉我，会“化拙为巧”，告诉我，太阳光下不必在意瑕疵。

我一直认为闪婚是一件很冲动的事，两个对彼此不了解的人因为热血上头而仓促地敲定伴侣，听起来危险又愚蠢。

感谢你，稳稳地接住了我所有的冲动。

你让我明白，我所需要的并不是一个异性，而是一个能够完美沟通、互相理解的灵魂。家的含义也并非一座房子，而是能托住我所有失落的怀抱。

遇到你之前，我从来都没有想过会有人愿意听我讲这么多琐碎又奇怪的事情。我那些乱七八糟的事，在你的聆听下好像都变成了闪闪发光的宝石。

也正因为这样，我想了好久，还是决定告诉你一个我藏了很久的秘密。

我用了五年的时间，悄悄地仰慕着一个人，又用了五年的时间，来说服自己接受与对方的确无缘这件事。但是在我放弃后的第二年，他出现了。

那个人，就是你。

最近，我一直在思考，是不是要将这件听起来很怪的事情藏在心里，毕竟它始终是我的一厢情愿，是我青春时光彷徨时的一点小情绪……听起来还让人这样难为情。你甚至都不知道这件事。但我想，暗恋一个人应当是不犯法的。这不丢人。

我们从“认识”到领证甚至不到二十四小时，时间很短，对不对？你或许会认为我们的婚姻很草率。嗯……好吧，我承认，的确有点草率。

这大概是我这一生做过的最冲动，但也最不后悔的事情。

我想悄悄告诉你，其实，十年前的我就曾偷偷地梦到过我们的重逢，只是十年前的我以为它真的只是一场梦。

我始终感激和你的相遇。

关于我写这封信的原因，其实不是想和你要什么，更不是展示给你看，“瞧啊，我爱你这么久，我好可怜，你以后要好好对待我”。不是的，温崇月，温老师，我不会向你要那些同情和怜惜，我从不为自己的感情后悔。

或许是今天的阳光很好，很舒适，落在你头发上的时候，温柔辉煌，我忽然想要告诉你，想让我藏了这么久的秘密，也能晒一晒太阳。

我爱你。

以前的你让我理解了这句话的含义，现在的你让我拥有了将它告诉你的勇气。

我爱你，始终如一。

爱你的妻子

夏皎

洁白的康斯坦察百合，纯真动人的白玫瑰，被称作“白棉花糖”的洋桔梗……

夏皎没有使用任何华丽的辞藻，更没有运用那些话术，以最诚挚的语言向宋爷爷介绍葬礼的用花。对待葬礼，应该尊重。这是张云和给她上第一堂课时就重点强调的事情。

这是夏皎第一次为认识的人准备葬礼用的花束，在和宋爷爷沟通的时候，好几次，一谈到宋奶奶说过的话或者喜欢的花朵，她的眼睛都会不由自主地发酸发痛。她忍着泪水，深深吸气，但还是忍不住说着“抱歉”，用纸巾擦拭着眼泪。

她很难控制自己的情绪，无论再怎么想忍住，泪水还是疯狂地向外涌出，无法自抑。

老爷爷倒是能平静地谈一些事情。

其实，冬天宋奶奶不出门，一是怕室外又冷又湿的空气，二是已经旧病复发，顶多在房间里晒晒太阳，或者在天气好的时候，叫人推到院子里去稍稍晒一晒。

春天到来，一切并没有好起来，宋奶奶病得更严重了，甚至无法起床，只能躺在床上看老爷爷带回来的花朵。生死皆注定，宋奶奶已经看开了，劝老爷爷做好心理准备。

老爷爷没有流眼泪，给夏皎倒了水，然后说了声抱歉，站起来去了卫生间。

宋萧也在，她的眼睛肿得很明显。夏皎说花束的时候，她就坐在沙发上，手指压着纸巾，抵着嘴唇，安静地听着。看到夏皎止不住掉眼泪，她站起来伸手拉了夏皎一把："我们出去走走。"她的声音也含着哽咽。

宋奶奶的房子在一楼，有个小巧的院子，或许因为她病后时常需要轮椅代步，院里的路十分平整，一直延伸到院外，方便宋奶奶独自出行。不过，现在轮椅被放在玫瑰花丛旁边。如今还不是玫瑰花盛开的季节，叶子因为寒冷而变得萧瑟浓深。

宋萧和夏皎两个人并肩往外走。走出一段距离，宋萧忽然说："之前的事情，我很抱歉。"

夏皎愣了几分钟，才意识到宋萧在说什么，她没想到宋萧会在这个时候提起这件事。夏皎说："没关系，我不介意。"

宋萧微微低着头，三月初的春风仍旧有凉凉寒意，微风拂红鼻尖。她忽而仰首望空，片刻后问夏皎："真奇怪，你一点也不介意吗？"

夏皎想了想，没有骗对方，坦率地说："可能因为崇月已经和我明确说过，他和你是同事关系。"

"你这么相信他？"

"是的，"夏皎点头，"嗯……说出来不怕你笑话，我从他那里可以得到足够的安全感。”这句话说起来有点肉麻，但夏皎却觉得没有更适合的字眼了。这就是事实。

温崇月从来没有避讳过和女同事的正常往来，包括宋萧。他不会把这些东西藏着掖着，不会遮遮掩掩，而是全部一一摊开，坦诚地告诉夏皎。他没有欺骗过自己，夏皎认为自己也应该回以信任，她也的确这么做了。所以……她只小小地吃过一点醋，不过很快就被温崇月做的美食完美抚平了。

当然，也并不仅仅是美食。什么“想抓住男人的心就先抓住他的胃”，这种话在夏皎听来完全就是一种变相的操纵。

喜欢就在一起，不喜欢就直接摊开、和平分手。天可怜见，偏偏有些人，就连出轨也要找个由头：“你家务做得不好”“你饭做得不好吃”“你太……”夏皎由衷地认为，所有以这种原因来伤害伴侣的人，都是无能又软弱的渣滓。

因前一份工作的性质，夏皎见过不少表面光鲜亮丽、背地里混乱不堪的男性，追人的时候情话、钞票一样也不少，追到之后就成了他口中最爱的“小四”“小五”“小六七八”，连个“三”都排不上号。

夏皎认真思考过自己单身的原因，除却青春期那点懵懂的好感塑造的择偶观以外，这种工作上常见的事情也让她对某些男性敬谢不敏。别人是一朝被蛇咬，十年怕井绳，到了她这里，是看到别人被蛇咬，自己也产生了畏惧。她承认自己是个胆小鬼。

“我原本没想到自己会这么信任一个人，”夏皎说，“但他值得。”说到这里，夏皎又道歉，“抱歉，我好像说得有点多。”

宋萧专注地听着，轻轻摇了摇头：“不，你说得很好……和我想象中一样，他人很好。”说到这里，她眼神黯淡，“真好啊！”

三月梨花初绽，遥遥望着一树洁白，宋萧驻足，转身对夏皎说：“外婆和我说，你很好，是那种她都心疼的好。”

夏皎和宋奶奶聊天的次数很多，但其实并没有推心置腹地谈过。宋萧这样说的时候，夏皎怔了片刻，才慢慢醒过神。

“之前那些事情是我不对，现在想想，也就是热血上头，荒唐了几次……”宋萧望着梨花和碧空，“外婆说得很对，人不能囿于局限的情爱之中，要去看广阔的天地。”说到这里，宋萧怔怔出神，“我外婆的脾气很好，但婚姻并不怎么幸福。”

夏皎“咦”了一声：“老爷爷对她很好啊！”

宋萧笑了笑，也不再隐瞒，索性告诉她：“他不是我的亲外公。”

夏皎：“啊？”

“他是我妈妈的继父，”宋萧说，“从小到大，妈妈都和我说，这个外公只是为了我外婆的钱才和她在一起的……我以前不信，现在有点信了。”

宋萧苦笑：“说出来不怕你笑话，外婆的遗嘱分了一半的钱给他。从外婆过世到现在，他一滴眼泪都没掉。”她是晚辈，当然不会对长辈说什么。她只是为这个事实而感到难过。相伴几十年的妻子离开，他竟然连哭都不哭，宋萧认为这不合常理。

夏皎告诉宋萧：“或许是悲痛过度。”悲痛过度的人是流不出眼泪的，只会难受地干呕，身体蜷缩成一只虾米的形状。陆续经历过爷爷和奶奶的过世，夏皎能够深深体会到悲痛过度的感觉。

宋萧怔怔：“或许吧，我外婆已经过世了，她觉得好，那就没什么了。”斯人已逝，如今再多的事也都成了空。

饶是如此，在葬礼这件事上，宋萧和老爷爷仍旧周密地准备着。宋奶奶的遗愿是葬礼不要太奢华、不要大办，只要亲属朋友参加即可。夏皎也会参加，不仅仅是以花艺师的身份，还以宋奶奶朋友的身份。

宋奶奶还给她留了一个小礼物，是宋奶奶生前的一幅画，画了明月夜，光芒皎皎。

离开的时候，宋萧要去预约注销户口，顺路捎了夏皎一程，送她回家。

副驾驶的座位上放着东西，夏皎拿起来一看，上面写着一家快餐店的名字。好几大张纸整整齐齐地排列着，印着诸如可乐、汉堡、圣代、薯条等东西，下面印着小字的使用规则，左边还印着价格，四块钱一个的葡挞，五块五一个的草莓圣代，六块钱能买两块香辣鸡翅……

夏皎还认识这东西：“这是抵扣券？”夏皎记忆深刻，上初中的时候，因为不认识这东西，她还被班里的同学笑话过老土、乡巴佬儿。

宋萧说：“收拾奶奶的遗物时找到的。”说到这里，她接过去，轻轻伸手抚摸着。宋奶奶的东西装得细致，这些券也没怎么褪色，保存得很好。

宋萧说：“小时候妈妈不让我吃，那时候新闻说它们用的鸡都是长六对翅膀的怪鸡，吃了对身体不好……不过，每次去外婆家，她都会给我偷偷留一大张。”

后来，宋萧不常去了。但宋奶奶还是一张张地给她留着，攒着攒着，快餐店都不发这种纸质的抵扣券了。十多年过去，宋萧才终于发现了它们，发现了外婆这么久的安静等待。

十二年了，外婆已经过世了。

夏皎没有说话，宋萧将这些抵扣券认真收好，像宝贝似的，全都放在包里。她用手背抹了一下眼睛，将头发掖在耳后，说：“我很后悔，在她身体好的时候，没有好好陪陪她。”

子欲养而亲不待。学业忙，工作忙，宋萧总认为自己还有机会去好好孝敬他们，但她忘了，岁月不饶人，青春年少蹉跎而过，终点不过是衰老而已。而老人的终点是疾病和死亡，他们等不了。

夏皎下了车，进家门的时候把正在整理房间的温崇月惊到了：“你怎么不打电话给我？”

夏皎什么都没说，她现在情绪低落，心情压抑。她知道这种情绪很不好，但……原谅她，她还不能调节。

将包丢在沙发上，夏皎走过去，搂住温崇月的脖颈，轻轻地贴了贴，额头蹭到他下颌上一根漏刮的胡楂儿上，有点扎，但有种将她拉回家的温暖。

夏皎说：“……以后不要比我先走。”

第二十章 海参花胶炖鸡汤

夏皎经历过两次刻骨铭心的亲人离世，她知道，衰老和死亡不可避免。爷爷奶奶已经仙逝，未来父母也会衰老，会比她早一步离开。终有一日，她会一个人活在这世上，再也吃不到爸爸亲手带来的水果，也不可能在卧室一觉醒来就听到妈妈炒菜的声音。

妈妈喂养的那只名为皎皎的小青蛙，终有一日，回到家中，只能看到院中无人收割的四叶草，还有房间中空荡荡的便当盒。妈妈不能再为小青蛙装满便当，把幸运草塞入行囊。

包括温崇月。他也会衰老，会走不动路，会离开这个世界。到那个时候，就只剩下她一个人。好不容易找到家的小青蛙，变成了老青蛙，拿着旧行囊，独自守着空荡荡的家，孤单地看着窗外旺盛的四叶草。

不会再有另外一个青蛙替她收割四叶草了，夏皎抱紧了温崇月。

温崇月任由她拥抱，微微低头。他看到妻子尚有泪痕的眼睛，看到她眼睛里的红血丝，看到她微微肿起来的眼皮。温崇月没有问为什么，没有问妻子难过的缘由。他清楚地知道症结所在。

夏皎在为她熟悉的一位客人准备葬礼的花朵。死亡，和熟悉的人告别，是很难承受的事。“我会持续锻炼身体，”温崇月说，“我向你承诺，皎皎，我会陪你到最后。”

夏皎踮起脚，亲了一下他的下巴：“好。”

事实上，她的情绪仍旧受到了影响，中午吃得不太多，最爱的桂花酒酿小圆子也只尝了几口。当胃里盛满了伤心和难过，也就装不下食物了。

温崇月担心她这是替代性创伤，等午睡结束后，拉她起来，要她陪自己去逛一逛。

菜市场里有卸货的车，夏皎茫然看过去，瞧见箱子上盖着一层保温物。筐整整齐齐地码着，像是藏宝的盒子，她不知道里面装的是什么，多看了几眼。温崇月注意到，和卸货的人说了两句，示意夏皎走过来："过来，揭开被子看看下面是什么？"

夏皎揭开看了一眼，是盖着被子睡觉的娃娃菜。这时节气候温差大，大概是怕一冷一热冻坏了，才这样盖着。

"买一些吧，"温崇月笑着说，"你这一掀被子，把娃娃菜都吵醒了。"

夏皎说："你简直像在哄小朋友。"

"不是小朋友，"温崇月说，"大朋友也需要哄。"

菜市场里熙熙攘攘，挑菜的、聊天的、付钱的……这么多的人，欢笑声、吵闹声、聊天声。这些热闹终于将夏皎拉回现实，压抑的心情稍稍好了一些。她大概明白温崇月带她来此的用意了，他想让这些鲜活的生命感染她。

晚上温崇月难得地邀请她一块儿下厨房，一起分工合作。俩人做的菜食也简单，上汤娃娃菜、乌骨鸡汤、干烘马鲛鱼、白灼生菜，最后煮了一道美龄粥。

不单单是吃饭，睡前的温崇月也很温柔，始终拥抱着她，给她最喜欢的拥抱和接吻。他始终没有放开她的手。

最后装备不够了，温崇月抽身而退，要去衣柜中拿备用的，被夏皎拉住手。她说："不用也可以。"

温崇月微微一怔，重新坐回来，手指深深插入她的发间，大拇指压着她的脸颊，轻轻地捏了一下，又捏一下。

"现在不行，"温崇月说，"你现在只是单纯地想要我，还没有做好生育孩子的准备。等我一会儿，自己先玩会儿，我很快就回来。至于孩子的问题，等你忙完这阵子，找一个好天气，我们再慢慢商量。这是大事，你要保持理智。"

夏皎轻轻地应了一声，温崇月亲亲她有点失焦的眼睛："虽然我也想要一个孩子，但不着急，我们可以过段时间再谈这件事。"

夏皎和温崇月约定，等她的工作结束、好好休息以后，再认真商议这件事，不能冲动。女性在生育上付出的代价很高，包括但不限于健康、时间、精力。温崇月希望她能够考虑清楚，这绝不是一句轻飘飘的话，而是每个母亲都要承担的固定风险。

人拥有选择成为或不成为母亲的权利，譬如于昙，她的态度就很明确，绝不会生育孩子，只享受爱情。

夏皎最近也没有时间去细细考虑这一点。她将精心制作好的花束和花篮送去了宋奶奶的葬礼现场。她穿了黑色的套裙西装，胸前别了一朵小白花。

她还自带了一束送给宋奶奶的花朵，是白色的洋桔梗和绿菊，还有花菖蒲和八仙花，用了宋奶奶称赞过的黑灰绉纱纸。藏蓝色藏了银线的绸带被她系成了蝴蝶结。这种绸带是春天刚购置的新品，夏皎原本打算和宋奶奶分享，她喜欢这种低调又美丽的颜色。

夏皎将美丽绸带系着的花朵轻轻放下。

葬礼很简单，天空下了小雨。宋萧哭到昏厥过去，老爷爷脊背挺直，有条不紊地处理着这些，脸上看不出丝毫哀恸的模样。看到外孙女昏厥，他让人将她暂时扶到车上，叫了医生，继续主持着葬礼。

夏皎一直守到最后。

宋萧只昏了短暂一会儿。她下午还要带着死亡证明去户籍登记机关注销宋奶奶的户口，按照原计划，是她开车送老爷爷过去办理，但现在——"我来吧，"夏皎轻声说，"宋萧情绪波动大，还是我来开车吧。"

她开车技术不错，开得很稳妥，温崇月夸过她很多次。

老爷爷说："谢谢你。"他没有流一滴眼泪。

从这里到户籍登记机关并不远，小雨淅淅沥沥。春天总是潮湿的，有些凉意，好像一呼吸就会把春天的寒气也吸到肺里。

下车的时候，老爷爷的身体狠狠晃了一下，险些摔倒。不过不用人扶，他自己又稳稳地站定了，一手扶着车，另一只手捏着袋子，里面装着户口本、死亡证明，还有妻子的身份证。

只是这一晃，好像抽干了他所有的力气，原本挺直的背也塌了下去，被风吹过来的雨水打湿了老爷爷苍白的头发，夏皎和宋萧陪他去了办理窗口。流程进行得很顺利，在递户口本的时候，老爷爷红了眼：“销了念蓉的户，户口本上就我一个人了。”

工作人员默然。老爷爷拿着户口本和死亡证明，问：“不销行不行？”

工作人员说：“爷爷，我能体谅您的心情，但按照规定，在死亡后一个自然月内，必须进行销户……”

老爷爷看着手里的东西：“她没了户口，以后就不想回家了。”

宋萧劝他：“外公，您给她吧，这只是一个流程。”

老爷爷不吭声，捏着证件站起来：“我再想——”话没说完，他“扑通”一声摔倒在地。

宋萧惊叫：“外公！”

夏皎慌忙去扶他，老爷爷推开她的手。

办理窗口前，这个一直表现得很冷静的老人，仍旧穿着整洁体面的衣服，却蜷缩着身体躺在地板上，手里死死地捏着户口本和妻子的死亡证明、身份证，压在脸上号啕大哭，状若孩童。

晚上仍旧是温崇月接妻子归家，不出所料，他看到夏皎红肿的眼睛，还有脸上的泪痕，淡妆已哭花了。

夏皎说不出胸口发闷的感觉从何而来，回家后倒头就睡，醒来后，才稍稍好了一些。她承认自己没有太多与死亡道别的经验。她不能接受离开。

夏皎听到厨房里的声音，是温崇月在准备晚餐。

窗外已经完全黑了下来，在这种时候醒来，夏皎的头脑有些昏沉，不太清醒，甚至有种恍若隔世的感觉。

卧室中却不是完全的黑暗，温崇月开了床边的兔子灯。夏皎在这种晕黄的光泽下起身，打开卧室的顶灯。头发散下来，她听到厨房里传来的声音，听到外面猫咪“喵呜喵呜”挠门的动静。

现在是晚上七点五十分，已经过了平时他们吃晚餐的时候。温崇月想让她好好休息，并没有叫醒她。

她按了按脑袋，原本想去找温崇月，无意间扫了一眼四周，视线被搁在床头柜上的信封吸引了。

熟悉的信封，看上去……嗯？夏皎拿起来，是去年秋天她寄给温崇月的明信片。最近工作太忙，她都没有注意到这封信是何时被寄回来的。信封已被拆开，看来温崇月已经读过了。

……但他什么都没说。

夏皎有些失落，但还是打起精神，试探着从信封里抽出纸张。

里面同样放着信纸，同样是密密麻麻的两页信。不过……夏皎打开，看到了第一行字——“致爱妻皎。”这是温崇月写给她的回信。

他没有直接说，而是选择了她选的方式，同样以纸、以笔，慢慢书写，满满两页，来认真回应她十余年的少女心事。

致爱妻皎：

我很遗憾，这么迟才认识你。

和你第一次吃晚饭的那天晚上，事实上，我有些犹豫，犹豫我们的年龄是否相称。

相对而言，你年龄尚小，其实本可以不用这样早就步入婚姻的殿堂。至少，不应该这样草率，还未经历过被追求、恋爱的过程，就直接和我坠入婚姻这张大网。

你还有更广阔的未来，不该被我这样一个人所束缚。

有些惭愧，最初听到晚橘提到年龄差距时，我尚没有太多概念。尤其是在确认你认为这个年龄差距没问题后，我更没有去考虑我们之间的年龄差距问题。直到见你的时候，我才意识到八岁的年龄差距意味着什么。

你比我年幼八岁，又是初出校园，只工作了一年，这意味着你尚未完整地了解这个社会，你拥有着更多的青春，更多可以去试错的时间，你的未来有无限可能，无论是伴侣、生活，还是工作。你比我多八年的时间来更好地追寻自己所希望的东西，棱角尚未被打磨。于你而言，一切都是新鲜和无穷大的。

而我，已经趋向于不变的稳定，少有你的青春，更少有你的试错成本。在你的青春之下，我更加意识到自己的年长和这桩婚姻的不妥。

你甚至还没有去深刻了解婚姻这件事的意义。它并非简单的两人同居，互相解决需要。你对此全然无知，而我却产生了和你共度人生的念头。

我犹豫自己是否要这样自私地享受你的青春。但那天晚上，我们聊得很愉快，这让我蠢蠢欲动，以至于在结束时，忍不住再度向你发出邀请，甚至在你生病的时候登门，在这个并不妥帖的时机和你领证，结为夫妻。

那时候，我自私地想，或许比你年长也并不意味着是件坏事，我可以陪伴你工作，陪伴你去尽情地尝试你的八年，犯了错也不要紧，有我为你托底。有些事情，多一个人商量和参谋，也并不是件坏事。而路上的一些陷阱，或许我可以提醒你早些避开，免得重蹈我的覆辙。即使你不小心摔倒，难过的时候，我想我也能给你一些拥抱和安慰，再坐下来一起分析是因为什么。我希望我能成为你的依靠。

年龄差距是把双刃剑，我坚持让自己去想好的一面，用私心来说服自己。

当然，这些不过是我自欺欺人的念头。无论做什么，都无法弥补我享用你的青春这个事实。可你对此毫无芥蒂，甚至在这时候告诉我，我贪婪得到的不仅仅是你的这“八年”，还有你热忱的喜欢。

我何等荣幸，又何等愧怍。

你本该拥有更热切的青春岁月，却愿意用在我的身上，愿意早早和我结婚。

皎皎，我很高兴你愿意和我分享这些，我既受宠若惊，又觉惭愧有加。我何德何能，能得你垂怜，又如此有幸，能与你结为连理。

我懊恼于在这桩婚姻的初始，并未对你多上心，没有多和你沟通与交流，以至于险些做出让你独自一人留在北京这种事。后期，又因为我的私心，将你带来苏州，带到这个对你来说并不熟悉的城市。

对比你付出的爱意，我真的做了一次坏人。但你对此从未介怀，你在适应着这些，毫无怨言，帮我照顾着植物。

皎皎，你似乎并未意识到自己的那些温柔，这令我更加羞惭。

近些时间，你一直为朋友的过世而伤神难过，甚至夜间也会默默流泪，噩梦缠身，精神憔悴。

我想劝慰你，却也清楚，生死大事，的确很难释怀。甚至我也忍不住想，倘若有一天我也老去，你一个人在这世上，又会如何孤单可怜。

八年的时间很长。我不舍得让你一人度过漫长的八年，那样太过残忍。

为了避免此事发生，我决意多锻炼身体，保证能陪伴你一路走到终点。生死之事，我并不能左右，但我向你允诺，在生之时，不给你我留下遗憾。在终点之前，我会始终牵着你的手，陪你走下去。

而现在，我想，我也可以告诉你八岁的年龄差还意味着什么。

八岁的年龄差距还意味着，我可以用八年时间来积累更多经验，去更好地照顾你。它还意味着我可以亲自去替你试一试风险与波折，提前蹚一蹚、看水中是否有危险。它还意味着，我比其他的潜在竞争者多了八年的经验，来博取你的芳心。

是的，皎皎，你不必妄自菲薄。我欣喜于你对我的喜爱，而我，也想告诉你一个秘密。

我卑劣地嫉妒着你的同学。他们比我更早地认识你，还能参与你的青春，甚至还拥有我所不具备的年轻、热情。这些东西让我正视自己的年龄，因而满是羡慕。

瞧，皎皎，我也会嫉妒你的追求者。这听起来是否有些幼稚？但我的确有这样幼稚的心理，幼稚到写在此处。一想到我接下来要写的事情，还会感到紧张，紧张到暂时停下纸笔，要休息一阵，才能继续往下写。

这听起来很好笑，对不对？我像个毛头小子一样给你写情书，心神不安，处处斟酌用词，思考着如何才能完整地表达我的心意。

我很想用一些能够令你动心的优美话语，但却什么都想不出，我思绪杂乱，似乎无论怎样的词句都难以表达。

只有用最原始的语句——我爱你。你不必对此怀疑。

如果你没有安全感，也不需要担心，你可以随时来向我询问。无论何时，无论何地，我都会告诉你，我爱你。

我爱你，皎皎，我一生幸运的事并不算多，最大的幸运就是遇到你。

原谅我迟到了这么久，到今日才写下这些，才向你承诺。

我爱你，至死不渝。

爱你的丈夫

温崇月

灯光温暖，穿着睡衣的夏皎坐在床上，外面的猫咪还在努力地敲门，只是她现在听不见猫咪的声音了。她的眼睛看着这些写在信纸上的黑色笔迹，里面的每一句话都令她欢喜，令她胸口“哗啦啦”地涌出融化的春日河流。

夏皎捏着信纸，她眨眨眼睛，心脏“怦怦”跳个不停，提醒她这不可思议的一切。春天在此突然向她打开大门，草木蔓发，青山在望。冬寒刚刚消退，她突然跌入了春日柔软的拥抱。

夏皎小心翼翼地展平信纸，从头到尾又读了一遍。她仔细地读着每一个字，和着心跳的节拍。“怦怦怦，怦怦怦，”她为其如此心动，不能自抑。

温崇月的笔迹工整利落，夏皎读第二遍时，快要落下泪来。不是难过，她只是情绪失控，开心到不知该如何言说。

眼睛酸涩，她深深呼吸，把信紧紧实实地压在胸口，闭上眼睛，拼命压制即将溢出嘴巴的尖叫，谨慎地将信放好。她要永远私藏着它，即使将来百年老去，也要随身一同烧化，收拢在骨灰盒中，和她一块儿安睡。

做好这一切后，她离开卧室，大步走出去。

厨房中，温崇月正在准备今日的晚餐，他用花胶和海参炖着一只鸡，炖锅中隐隐约约传出甜美的香气。夏皎闭上眼睛，深深呼吸。

多好。情感真挚的信件和温暖的香气把她重新拉回这个世界。

温崇月没有回头，他尚在专注地做菜，系着围裙：“等会儿就好，你先——”话没说完，夏皎从背后扑过来，拥抱他，脸贴在他背上轻轻地蹭了蹭。

她说：“这次我帮你。”

温崇月说：“不需要休息休息？”

夏皎摇头：“不需要。”

“真的？”

“真的。”

得到她斩钉截铁的回答后，温崇月才让出一步。他洗干净手，又帮夏皎穿戴围裙。俩人的围裙花色相同，和温崇月的相比，夏皎的简直像给小朋友的。围裙刚刚从她头顶罩下，夏皎踮起脚，又抱住他：“我爱你。”

温崇月微微一怔，继而俯身。

他轻声说：“我爱你。”

抱歉，我迟到了这么久。

按照温崇月的建议，夏皎次日请假，在家休息，调整心态。等到第三天，才重新去上班。

花店的花仍旧在开放。苏州的春风渐渐荡漾起来，沉睡在土壤中的动物率先感知到温暖的气息，和花朵一同渐渐苏醒。都说“烟花三月下扬州”，其实春日之中，江南处处无一不秀美，无一不惹人怜。

苏州的春天亦是如此，太湖旁侧，桃花、梨花、樱花即将次序盛开，田野间亦有黄灿灿的油菜花热烈绽放，再迟上一些，就是碧螺春茶香。

似乎春天总能给人一种“想要重新开始热爱生活”“想要成为更好的自己”的感觉，花店里的生意也好起来。

虽然高婵开始早早地为几个月后的梅雨季节发愁，但此时此刻春意正浓，花好月圆。

老爷爷再次走进花店的时候，也是一个阳光灿烂的中午。

他的背没有之前那么直了，头发已完全花白，苍颜银发，面有疲色。就像第一次走进这家店，老爷爷仍旧找夏皎要了一朵玫瑰，是宋奶奶最爱的一种，他曾经每天来买一枝送给她。

夏皎细心地打好包装，递给他。

老爷爷捏着玫瑰离开。走出没几步，夏皎看到老爷爷仰脸望天，春日柔软，他在阳光下轻轻地叹了一口气，步履蹒跚地离开，最终在街巷转角处停步，抬起手擦了擦眼睛。逝者已乘鹤西去，生者仍会留有怀念徐行。

春光如此。

夏皎还和温崇月一块儿参加了马拉松赛事。这还是一月时报的名。报名时夏皎信誓旦旦，觉得到春天的时候，自己的身体健健康康，肯定能行。结果如今赛事将近，一想到要跑这么久，她又有些心慌腿软。

考虑到夏皎的锻炼情况，温崇月这次没有报环湖全程，没有选择无锡国际马拉松，环绕太湖、蠡湖的赛程太长，夏皎肯定吃不消。他最终选择了环金鸡湖国际半程马拉松，还是家庭亲子跑。夏皎跑到汗流浃背，气喘吁吁，温崇月在侧，始终为妻子加油打气，鼓励她坚持跑下全程。

温崇月的拍照技术稍微有了一点提高，但也仅仅是一点点，不算太多。在请路人帮他和夏皎拍了终点站的合照后，温崇月还亲自给夏皎拍了一张，勉强还原了夏皎的真实身高，但还没有达到那种把人拍出大长腿的高超水平，只是从“一张拍得不妙的照片”上升到了“一张无功无过的照片”。

晚上入睡前，洗完澡后，夏皎把照片传到手机上，“吭哧吭哧”地开始修图。她一边修图，一边忧虑地碎碎念："我的手机都开始发烫了，是不是也在为我这种弄虚作假的行为感到羞愧啊……"

温崇月被晾了半天，走过来，想要搂一搂妻子，又担心会打扰她的"工作"："是手机自觉没能还原你的美丽，才羞愧到发烫。"

夏皎说："天啊温老师，您夸人的功力又见长了。"

温崇月揽过她的肩膀："是客观评价。"

夏皎低头："如果您的拍摄技术能像您的沟通技巧一样高超就好了。"

温崇月伸手，仔细端详她手机上的照片："我看着很美。"

"情人眼里出西施。"夏皎纠正。她忽然听到外面有烟花声，惊了一下，也不修图了，跳下床去拉开窗帘，趴到小飘窗上看："哇，是谁在放烟花！"

的确是烟花，不过只放了几朵，轰轰烈烈。只是烟花不能与明月争辉，明月依旧沉静地凝望着世间。

夏皎趴在窗前看了许久，温崇月走到她身后，陪她一同仰脸看。

夏皎喃喃："你看，月色好美，好像在说话。"

温崇月颔首："的确，我听到了。"

夏皎转过身，眼巴巴地看着他："你听到了什么？"

温崇月笑："我听见它说，皎皎再不回去睡觉，可能会有'危险'。"

夏皎大叫一声"温老师"，轻轻一拳落在他的肩膀上，认真纠正："你怎么可以在这个时候讲这样不浪漫的话。"

温崇月说："或许我本身就是一个不浪漫的人，才需要浪漫的皎皎来弥补。"

夏皎脸红红的，说："的确，你都不在信里写何时爱上我的。"

温崇月低头："想知道吗？"

夏皎点头。

温崇月俯身，将她抱起来。

明月皎皎，他抱着妻子，垂下眼睛，凝望着她的脸。

"这是一个很长很长的过程，我们可以慢慢聊。"

番外一 明月皎皎

在初中之前，温崇月都不是广义上的“好孩子”。

他“坏”到什么地步呢？姑姑于昙和他一块儿玩捉迷藏，等到于昙藏好之后，温崇月独自一人跑去于昙的书房，好奇地看于昙的书。于昙自己在房间里左等右等，等不到人，发现温崇月竟然在看书时，气得差点用书砸他，没收了温崇月所有的甜食，并恶狠狠地去温启铭面前告了他一状。

温崇月小时候没有遭受过任何体罚。毕竟他的童年没有母亲这一角色参与，长辈们或多或少都怜爱他一些。

事实上，温崇月对自己母亲的印象不深刻，父母的失败婚姻没有给他带来太多的负面影响。

温启铭解释得很清楚，当初选择结婚的时候，他与白若琅十分相爱。只是温启铭的运气不够好，没能维持这场婚姻。俩人不再相爱，白若琅才选择离开。幼时的温崇月似懂非懂，他大约明白父亲话中的意思，父母离婚这件事并不是谁的错，只是两个人不再相爱了，仅此而已。

说不羡慕其他同学有妈妈，那也不可能，只是受家庭教育影响，温崇月也能理解父亲的不容易。离异家庭的孩子大多早慧，温崇月早早便知道并非事事都能圆满，正如他的名字。崇月，月有盈虚阴晴，道家崇尚“冲而不盈，虚而不满”。在温启铭眼中，最好不过月亮，因此为他取名“崇月”。

月有圆缺，世间事也非十全十美。

这些年也不是没有向温启铭示好的女性。温启铭工作体面、有房子，虽然带着温崇月，但他脾气好、性格好，不乏有人心动，愿意做温崇月的母亲，只是温启铭都拒绝了。

温启铭承担起父亲和母亲的双重职责。有时候周末需要上课，温启铭就把温崇月带到办公室，让他一个人安静地看书、写作业，或者跟几位老教师练练毛笔字、学下棋……

大学的整体环境还是单纯的，偶尔温崇月会离开办公室，去看那些大学生打篮球，看够了再回办公室，等待父亲下班带他一块儿回家。

温崇月初中之前的大部分时光，都是在父亲的大学办公室中度过的，几位老教授见证了他的成长。潜移默化中，温崇月的社交能力也被锻炼了出来。

后来，父亲搬了几次办公室，换了新的楼，不变的始终是那张办公桌，不是昂贵的红木，是老榆木，漆了一层红色，时间久了，有些地方渐渐脱落，就往桌面上铺了一层东西盖住。

温启铭生活简朴，又恋旧，家里也摆着这么一张旧木桌。温崇月起初画画、临字帖都得用力抬手，或者在脚下垫个什么东西。渐渐地，他长到可以正常站立握笔的高度。再渐渐地，他不再用这张桌子临摹，因为桌子过矮，不适合长时间俯身。

到此为止，温崇月没有见过自己的母亲——那个叫白若琅的女性。家中有她的照片，是一整个册子，里面大多是白若琅和温启铭的合照，后面也有零星几张，是白若琅抱着温崇月一块儿拍的，她对着镜头，笑得温柔又纯粹。

之后温崇月再没见过她，也从未听她打过一次电话。

天下父母无不爱子。温崇月认为这句话未必正确，也有如白若琅一般的母亲，她就像丢了一块无关紧要的肉，仿佛不是失去了一个孩子，而是丢掉了一个累赘。

温启铭和温崇月认真谈过。他提到了白若琅当初不顾一切跟他过苦生活的勇气，又提到如今白若琅的处境。温启铭说："她现在的丈夫和家人都不许她和我们来往，崇月，她是爱你的，只是身不由己。"

温崇月相信了这个善意的谎言，决定原谅母亲。初中时的他，对生活、对一切都充满了天然的信任，可惜生活并未将这份信任回报于他。

初三时，身高已经超过一米八的温崇月自然而然地成为学校篮球队的主力。其实温崇月未必多么喜欢打篮球，不过是身高有优势，又不讨厌运动，便进了篮球队。从初一打到初三，他的身高越来越高，容貌也像极了父母亲的结合体。因此，当篮球赛结束，一行人去商场买冷饮时，温崇月一眼就认出了白若琅。

她穿着迪奥当季的套装，拎一只爱马仕包，看起来贵气又优雅。时光并没有损伤她的容颜，以至于让温崇月忽略了她身旁的那个看起来还在读小学的男生。

"温哥，你去哪儿？"同学叫他的名字，温崇月仿佛听不到。他穿过人群，走向白若琅。他很想和母亲聊天，哪怕只是一句简单的问候。

对方也看到了他。对视瞬间，温崇月脱口而出："妈。"

白若琅却皱起眉，向四周看了一圈，才警惕地看着温崇月："你是谁？"

温崇月压着胸口的心跳，说："我是温崇月。"这个名字还是温启铭和她一起取的，温崇月想，她肯定是没认出自己，但母亲肯定记得儿子的名字。

白若琅往后退了一步，说："谁？"

温崇月如生了根的树，一动都不能动。他站在地板之上，感到寒气入侵，商场中冷气开得太足，足到让人四肢百骸都生凉意。

牵着白若琅的男孩仰脸，不解地问："妈妈，妈妈，他是谁呀？"

"不认识，"白若琅警惕地牵着他的手，匆匆转身便走，"走，兆聪，我们回家。"

温崇月重新回到朋友身边的时候，他们笑着打趣问他去做什么了。温崇月摇了摇头，笑了笑："认错人了。"

那天温崇月才意识到，父亲所说的，不过是个白色谎言。但也无妨，他平静地接受现实，整理好心情，继续读书、打篮球、和父亲下棋，或者在父亲的同事家里吃饭时，去厨房做一些简单的菜式。

都说世界上最好吃的饭是妈妈做的菜。但白若琅十指不沾阳春水，温崇月年幼的时候，吃的鸡蛋羹都是温启铭做的，倘若温启铭不在家，还有煮饭的阿姨。温启铭教育温崇月，想吃什么自己做，温崇月也深以为然。他吃不到母亲做的饭菜，但还有父亲，还有自己。

也是那天晚上，温崇月在厨房中做了一份鸡蛋羹，透过厨房小窗，遥遥望着窗外的明月清风。他决心不再对白若琅抱有期望。

高中毕业后，温崇月已经和大学教师家属院的教授们十分熟悉，他自小的数学是温启铭亲自教的，物理、文学……住在一起的教授各有专攻，温崇月从他们那里没少学到东西。

他本身脑子也聪慧，假期打工，赚钱当基础资金，组织了地下乐队，和各行各业的人交朋友，也不是没干过意气风发的事。年轻人，总是眼界高，心气傲。况且温崇月头脑灵活，人脉通广，的确也有傲慢的资本。

篮球、乐队、极限运动、激烈的比赛……温崇月精力旺盛，不拘泥于某一项运动或者爱好，喜欢或者有兴趣，就去做，做到最好。他用奖学金和攒下来的钱当启动资金，通过股票赚到了第一桶金。只能说父子俩的确都有这方面的天分。他成功地在牛市时大赚一笔，在熊市低迷前抛售，全身而退。

这笔钱，温崇月拿去买了郊区的房子，收租金。等到他读大学的时候，房子刚好被划在拆迁范围内。

或许是人生太过顺风顺水，温崇月的性格中傲气更重。他和所有人的关系都好，义气足，朋友有难，慷慨解囊。就算是萍水相逢的人，需要帮忙的，他也会拉一把。

高中时，哪怕是比温崇月年龄大的同学，也会叫他一声“温哥”。然而这么多朋友，真正和他交心的却寥寥无几，陈昼仁算一个，秦绍礼是一个，李联又是一个。四个人都是从小到大的友谊，大学也是同一所大学。

不过这三个人的脾气又有些不同。陈昼仁的父母有背景，对赚钱没什么兴趣，只在意如何更好地享受生活；秦绍礼比陈昼仁好些，既享受生活，又上进，也是几个人中最早就跟着父辈去一些社交场合的；李联是另一个极端，父母都从商，把他当接班人培养，在这种熏陶下，李联的人生兴趣就是赚钱，享受永远比不过赚钱重要。

温崇月则是处于三者之间的微妙的平衡。他心知肚明母亲离开父亲的原因，明白丰厚的物质基础对维持一个家庭的重要性。温崇月认得清自己的矛盾，他对婚姻这件事有些失望，但对自己的未来又隐隐有些渴望。

无论如何，温崇月都清醒地明白，自己绝不愿再重蹈父亲的覆辙。他读大学时享受青春、为自己的爱好付费……计划排得满满当当，婉拒女性的示好。比起恋爱，他对其他事情更感兴趣，包括组队去参加编程比赛，全国的、国际的……温崇月享受和形形色色的团队竞技的感觉。

温崇月的团队中有贫困生，而这些比赛并没能申请到太多资金，至少对于队里的贫困生而言，拿出签证和去往美国的机票、住宿费是一笔极大的开销。

温崇月包揽了这些费用。其实也不止这些，比赛结束后，他还请队员们飞往洛杉矶和纽约玩了一圈儿，兴尽回国。只因在比赛时，他无意间听到一个家境贫寒的队员说，这是他大学四年唯一一次出国。

温崇月没有那么看重金钱，也会享受金钱。这些钱从哪里来？一部分得益于他的投资眼光，另一部分则是和好友李联一块儿办辅导机构。彼时教育市场尚是蓝海一片，只要办好资格认证，暑假短短几个月，就能够轻松赚到一笔不菲的费用。他们的学历和能力就是最大的招牌。

在第一批学生里面，有个叫夏皎的女孩，最是瘦弱，看上去像刚抽出来的麦秸秆，青青葱葱，细细弱弱，寡言少语。

她不是本地人，是南方来的小女孩，说话时“n”和“l”分不清，见到温崇月就小声叫“温脑师”。她自己觉得不对，又叫了一声，终于对了：“温老师。”

温崇月忍着笑：“夏同学。”

她的名字其实很好听，皎皎。山之高，月出小；月之小，何皎皎。叫起来朗朗上口，细究也别有韵味。只是班上的男同学促狭，总是捉弄她，扯着嗓子叫她“虾饺”“虾饺”。

夏皎更加局促不安，简直像是一只小蜗牛，在人群中将自己努力塞进密闭的小壳子里，不肯出来。等到人流散开，她才会静悄悄地露出两只试探的小触角，去偷偷地晒阳光。

温崇月无意间撞到过这只小蜗牛在太阳下晒她柔软的小触角。

雨后初霁，放学之后孩子们大多都走了，温崇月抄近道去看户外篮球场的积水情况，在池塘边看到了拿着面包的夏皎。

少女的身体单薄，身上不合体的衣服像是麻袋。她好像在认真地找什么东西，可惜一无所获。正当她失望叹气的时候，温崇月出声：“你在找什么？”

话一出，温崇月就后悔了。因为这个女孩惊慌地叫了一声，脚下一滑——雨后的池塘旁边青苔滑湿，还好她平衡能力不错，及时站稳了脚步。

“温脑师，”小蜗牛重新缩回壳子，战战兢兢，“我在找鸭子。”

这个池塘里的确有几只小鸭子，摇摇摆摆的，但同学们连天鹅都见惯了，谁会乐意看这几只鸭子。偏偏夏皎不同，还跑来喂。

温崇月说：“你回家吧，鸭子也就偶尔在这儿，大部分时间看不到。”

夏皎有些懵懂，看上去不太理解。她的声音很细，很轻，仿佛一阵风轻而易举就能吹散，问温崇月：“那平时鸭子会在哪里？”

温崇月笑着逗她：“大概在食堂吧。”

这句话说出来后，温崇月看到夏皎脸上浮现又惊又悲的表情，她呆呆地站在原地，手里捏着面包，结结巴巴，快要哭出来了：“温……温老师……”一紧张，她倒是叫对了。

“骗你的，”温崇月笑道，“刚刚不是下雨吗？鸭子多半找地方躲雨去了，今天先回去吧，等明天或者后天，就能看到它。”

夏皎用力点头。温崇月看她就像看一个孩子，她的确也是。

温崇月已经在读大学。在他的眼中，这些还在上初中的人，就是小孩，乳臭未干，和满大街跑的小萝卜头没什么区别。更何况温崇月本身比同龄人思虑多，现在又是他们的老师。

班上的学生里面，就她最安静，看起来胆子最小，不爱说话，文文静静，总是微微垂着头，看人都不敢直视眼睛。

夏皎写作业、记笔记、听课又认真，是所有老师都会喜欢的那种文静学生，学习的好苗子。

温崇月知道她英文底子最薄弱。或许也正因此，在面对他的时候，夏皎始终心神不宁，视线不安地逡巡。

温崇月看了看时间，提醒她："时间也不早了，早点回家。"

夏皎几步走过来，说了声"好"，她的鞋上沾了些污泥，也不怎么在意似的，捏着干面包离开。

路上的积水没有干，温崇月真担心她跑得太快会滑倒，还好没有。她虽然身体瘦弱，但跑得倒是挺快。用蜗牛形容她似乎有点不够贴切，或者说小鸵鸟？害怕的时候就把脑袋埋在沙子里，不和外界交流。

温崇月忍俊不禁，摇了摇头，才继续往前走。

往后，温崇月又撞见了小蜗牛两次。

她似乎很喜欢池塘里这些不怎么受人喜爱的普通鸭子。在没有课的时候，她就会过来喂一喂，或者在旁边的凉亭中小声背单词和课文。夏皎对自己带有口音的英语很不自信，每当有人靠近，她的声音就会低下去、再低下去，低到旁人几乎什么都听不到，等人走远了，才放开声音。

鸭子是杂食性动物，什么都吃，不过来投喂它们的也就夏皎和李联。李联有严重的洁癖和强迫症，每次打完篮球都恨不得将手洗个十遍二十遍。在他反复清洗自己双手的时候，温崇月就会出去转一转，呼吸呼吸新鲜空气，看看池塘里的小鸭子们。

哦，以及喂鸭子的夏皎。

温崇月甚至有些怀疑她的家长没怎么给她东西吃，不然她为何长得这样瘦弱，小胳膊小腿，像竹子上长出来的小枝条，一折就能断。

她拿来喂鸭子的也不一定都是面包，有时候是两个馒头，用塑料袋装着。她掰成块儿，扔到湖面上，鸭子游过来，一个猛子扎进水里，衔着吞下去，"嘎嘎嘎"地叫。

第二次和这个学生单独讲话，是落了雨的一天。

温崇月那天心情并不是很好。

好朋友陈昼仁是他的亲表弟，陈昼仁知道那件事。温崇月明白朋友的意思，上一代的事情牵扯太多，没必要继续牵扯。温崇月和陈昼仁从小玩到大，对方是什么人，彼此都知道得一清二楚。温崇月不悦的点在于对方提前一个月知道了那件事，却到如今才告诉他。

温崇月是个爱憎分明的人，在他眼中，上一代的事情过去了，自家人如何，并不影响他与陈昼仁的友谊。他自己消化了许久才接受这一切，等出了办公室，才意识到天色已晚。

小蜗牛落了单，她没有雨伞，也错过了末班公交。

温崇月知道夏皎家境不算好，也清楚这个年龄段的孩子多半没什么钱。出于老师的责任，他开车送夏皎回家，和她聊了几句。果然，和温崇月想的一样，她是个心思敏感的孩子，虽然年纪小，但人情世故上懂得很多，讲话谨慎，小心翼翼的。

温崇月没有妹妹，亲戚家也没有如她这般年纪的孩子。这个女孩的怯懦和早慧让温崇月有些同情。他宽慰对方几句，临下车的时候，又将李联发的果篮送给她。

这只是一个小小的插曲，辅导班只有一个暑假。往后几周，温崇月看着夏皎的进步越来越大，交上的试卷成绩一次比一次高，但凡他指出的错误，下次绝对不会再犯。

温崇月欣赏聪明的学生。

往后几次见到她，除却班级之外，就是办公室中，或者是休息、和朋友喝茶聊天，也或者是下班后打篮球时。小蜗牛还是小蜗牛，一直缩在自己的小小保护壳中，偶尔伸出触角，谨慎地观察周围的情况。

辅导班很快结束，温崇月给每一个学生都写了赠言，给夏皎的赠言是祝愿她万事遂心如意，鼓励她展翅高飞。很寻常的语句。

辅导班的最后一天，结课后，温崇月在办公室中收拾东西，忽然听到有人叫他："温老师。"口齿清晰，一点也不差。

温崇月转身，看到了夏皎。

她站在教室门旁，夏末的阳光照着她半边身体。她穿着干净的 T 恤和牛仔裤，一双小白鞋刷得干干净净，没有任何污渍。暮色温柔，她身后是葱葱郁郁的夏天。

“温老师，”夏皎说，“谢谢您教我这么久。”她俯身，深深地向温崇月鞠了一躬，“多谢您。”

温崇月笑着说：“回去吧，回去好好读书，以后也考到北京来。”

夏皎起身，眼睛亮闪闪，用力点头：“嗯！”

这是俩人最后的对话，之后多年，温崇月和对方再无交集。他不知道对方有没有好好学习，有没有考到北京来，她只是一个学生。

温崇月遇到过很多很多的人，她不过是他所欣赏的一个勤奋好学的小蜗牛。

温崇月的生活却并没有顺风顺水。

他和陈昼仁一同申请了香港的大学，想着回家方便些，也能更好地照顾父亲。白若琅在这个时候前来拜访，主动上门，带着宋兆聪——温崇月同母异父的弟弟，活脱脱一副纨绔子弟的面貌，不过行事倒也乖觉，老老实实地冲着温崇月喊“哥”。

直到现在，温崇月仍旧不排斥白若琅的登门造访。但当白若琅直白地说出想让他和一个叫宋萧的女生培养感情时，温崇月直截了当地让她走。

此后发生的事情，温崇月不愿再去多想。他的傲气第一次被折损，消沉了一阵才重整旗鼓。

事情不顺利的也不单单他一人。

姑姑于昙刚刚交了新的男友，用情真切。对方名叫张云和，比于昙年龄稍微小了点，差七岁左右。于昙带着男友回家见温启铭，饭桌上，张云和对温启铭毕恭毕敬地叫着“大哥”，称呼温崇月也是“崇月”。温崇月本以为姑姑终于找到了能安定下来的人，没想到流言蜚语来了。

张云和曾有过一段失败的婚姻，这一点，包括温启铭在内的亲人都知道，他们没有干涉，只要于昙觉得没问题，那就没事。张云和与于昙结识，是在离婚之后。只是有些人说得不像话，编出来一堆谣言，说于昙是第三者，破坏学生的婚姻。

起初没人在意，谁知流言越传越离谱，还有人捏造了像模像样的聊天对话截图，四处转发，包括于昙所在的业主群。

这场网络谣言的声势比于昙想象中还要大，后来甚至有人故意去花店搞破坏、泼墨水。

于昙是个骄傲的性格，哪能容忍自己被如此诋毁，花了大价钱告了造谣者，花了近一年时间才终于下了判决。只是无人在意这个结果，大部分人仍抱着那个虚假的第三者上位花边新闻津津乐道。于昙筋疲力尽，也无意再与他们牵扯。

她和张云和分手，搬去苏州居住，远离北京。

有过在小区里被人指指点点的经历，于昙从此心有余悸。

温崇月在香港的生活按部就班地进行着，这是一个高度城市化的地方，虽不过弹丸之地，却拥有惊人的百分之七十的绿化面积。对很多人来说，香港最吸引人的地方，在于维港两岸的璀璨华灯，在于闹市中穿梭不停的叮叮车，在于太平山和狮子山下的老区岭南风光，在于大量的购物商场和米其林，在于光速前行的大道，在于兰桂坊、鸳鸯街和云吞面……

温崇月不这样认为。

他和陈昼仁一块儿住酒店，这比租房好一些，毕竟租房的话还要雇人来做大扫除。温崇月虽习惯做家务，但在学业之外，能省下时间去做更有趣的事情，反倒更好。

周三他们会去跑马地观赛，坐在看台下，和马迷们一起喝啤酒、看赛马，偶尔也玩几把。这东西看运气，也看背后操盘手的能力，输赢皆有。赚了小钱，温崇月就去潜水放松，输了也不要紧，周末就和陈昼仁一道去蚺蛇尖徒步，成功登顶观碧海。

到那时为止，温崇月仍旧没有思考过自己未来的伴侣会是怎样。

他也没有固定的择偶标准，倘若真的要说，那便是“合适就好”。高矮胖瘦，性格外向或者内向，头发长还是短，皮肤黑还是白……这些都没有固定的标杆，温崇月不喜欢按图索骥。

陈昼仁也一样，他的家庭要比温崇月不幸得多，至少温崇月还有个靠谱的父亲。而陈昼仁的父亲是见一个爱一个的风流浪子，母亲是白若琅乘以N倍的极端利己主义者。在这种家庭氛围中长大的陈昼仁，对婚姻就一句话："挺好的，不过我这辈子可能不会涉足了。"

俩人忙着学业、玩儿、赚钱，哪有闲工夫谈恋爱呢？世界上能给人带来强烈满足和愉悦的事情有很多，恋爱是最困难、也最难遇到的一种。

顺利毕业回北京工作后，温崇月一门心思扑在工作上，升职加薪，更没有心思去考虑伴侣和婚姻的事情。说来也奇怪，温崇月自觉择偶标准算不得高，不过是"合适就好"，但直到现在，岁月蹉跎而过，他也没有找到那个让他感觉"合适"的人。

温崇月想，大抵是自己运气不够好。不过也不妨事，毕竟是要相伴一生的人，找不到就慢慢来，他不希望遭遇父亲那样的失败婚姻。

陈昼仁比他运气好些，谈了恋爱，整个人都容光焕发了。陈昼仁的恋爱对象叫作江晚橘，被派到了法国总部工作，是个聪慧坚定的女性。温崇月和他们俩一块儿吃过几次饭，又因温崇月和巴黎某公司有合作，彼此交换了联系方式。

可惜好景不长，因家人的干预，陈昼仁还是和对方分手，黯然回了国。

陈昼仁归国后放不下对方，托温崇月在去巴黎出公务时帮忙照顾一二。温崇月应允了，事实上，他和江晚橘也算不上熟悉。

真正相熟，还是在一次疫情大流行后，温崇月连夜接到陈昼仁的电话，受他委托将大量药物和口罩等物资给她送去。

江晚橘对此颇为感激。

后来温崇月要回国，将自己储存的一些物资和口罩也全都送给了江晚橘。陈昼仁对她怀有感情，在温崇月眼中，俩人未来应当还有机会，顺手帮一下自己未来的表弟妹，很合理。

的确很合理，合理到当温崇月为了伴侣一事头痛时，江晚橘将她的好闺密介绍给了他。

温崇月真正动结婚这个念头，是从白若琅带着宋萧频繁拜访温启铭开始。

他清楚白若琅在打什么主意。白若琅的丈夫宋良舟地位不稳、宋家式微，前几年白若琅动了认回温崇月的心思，他就从陈昼仁口中得知了这件事。宋良舟垮台是早晚的事情，不然他也不会默许白若琅和温启铭联系。

温崇月只觉荒唐，怎么人人都爱白若琅，还爱到如此扭曲。宋良舟明知妻子在他即将垮台时疯狂地找下家，态度也是默认，好像只要白若琅能过得好，就不在乎婚姻破碎。

温崇月忧心父亲被白若琅迷惑了心智，于是决定斩草除根，远离白若琅安排的一切，包括婚姻、伴侣。

他和陈昼仁提了一句，说自己准备相亲。温崇月承认相亲是一件很不浪漫的事情，不过熟悉的朋友介绍，是种高效的方式。

陈昼仁果真十分高效，两小时后，给温崇月打了电话："小橘子有个好闺密，是她的小学妹，年龄嘛，比你小个八岁，很温柔，也聪明，就是有些内向，不是很活泼的性格。你要不要见见？"

温崇月同意了。江晚橘给他发了简短的介绍过来，温崇月再度看到这个名字——夏皎。

当时他对这个名字已经没有印象了，这些年发生的事情太多，那只雨后的小蜗牛只是记忆之树上的小小绿叶，并没有第一时间出现在温崇月的脑海中。

温崇月向江晚橘确认："对方认为我这个年龄可以？"俩人有八岁的年龄差，日常沟通或许会有代沟。对方还很年轻啊！

江晚橘说："没事，她接受十岁以内的年龄差。"

这让温崇月稍稍松口气。江晚橘还说了些其他的，包括这位闺密有轻微的人际关系障碍，心思细腻，体贴又温柔，不过初遇陌生人或在半生不熟的人面前，会很紧张……这些都不是问题。温崇月想，他擅长交际，不会冷场。

当然，最要紧的还是见面。温崇月问清了对方的口味和偏好，提前订好餐馆，是一个安静又雅致的地方，小包厢很适合聊天。

温崇月见到了对方。

出乎他的意料，对方比他想象中更清秀温婉，身高的确不高，是乖乖巧巧报上来的一米五八。南方姑娘大多骨架小巧，她也是，穿着一件简约的素色连衣裙，鸦色的发散开，没有佩戴多余的配饰，像是从江南烟雨中走出来的水墨美人。

然后她惊慌地称呼他为“温老师”。

温崇月多年未曾听到过这个称呼，有些惊讶。江晚橘离开后，她才慢慢地讲，讲她曾经在北京上过一段时间的辅导班，讲温崇月曾在雨中送了错过末班车的她一程……

温崇月想起来了，是她，那个在下雨天拿着面包找小鸭子的小蜗牛。

这么多年过去了，小蜗牛还是藏着自己的小触角，不过的确已经从一个小孩长成了女人，亭亭玉立。

她的身高似乎倔强地往上顶了几厘米，也或许没有。在温崇月眼中，对方一米六和一米五八并没有什么区别。

和江晚橘所说的一样，温崇月能够感受到她的温和与敏锐、她如今的生活状态、曾经对他的感激。哦，还有一点，她很坦诚，真诚到在第一次见面时就直白地告诉他这么多，好像天然地对他充满信任。

这是江晚橘没有提到的优点。她没有告诉温崇月，夏皎是一个温柔且不乏直率真诚的女性。

温崇月想，自己似乎遇到了那个“合适伴侣”，那个迟到的“合适伴侣”。他不否认自己很喜欢夏皎。

在温崇月的预期规划中，他会有一个无话不谈、可以放心地将后背交付给她的伴侣。不过他以为自己会选择年龄相当的女性。

但没关系，夏皎是个例外，例外到让温崇月觉得她就是自己的“合适伴侣”。

在听晚橘说她病了之后，温崇月的理智提醒他，这时候过去探望，未免有些越界，但他的情感提醒他，要过去探望。他天然有股照顾人的责任感，尤其是现在已潜意识中觉得自己会和对方结为伴侣。他精心准备了汤饭，上门拜访。

事情发展得很顺利。温崇月与她成为法律承认的夫妻，以不可思议的速度。他带着夏皎去见父亲，父亲并没有说什么。家中没有女孩，温启铭将她当女儿一般看待。婚姻仓促、夏皎年龄又比他小，温启铭私下嘱咐温崇月，不要欺负她，他占据了年长的优势，更应该懂得包容。

温崇月明白，所以在父亲家中，第一晚与她共枕同眠，当她疼到脸色苍白、害怕到掉泪时，温崇月终止了行动，低声安抚她。他甚至觉得自己是个禽兽了。

第二次要好很多，俩人都喝了一些酒，在温崇月的房子——不，在俩人的家中。温崇月花了许多时间，以阅读科普书籍得到的知识来减轻她的不适，用柔软的语言和耐心的抚慰来帮她放松。

夏皎真的很体贴，只是咬着唇。

温崇月有些惭愧，自己到底不能完全抹除她的痛楚，但她还是努力地接受他的亲吻，尝试着寻找能让俩人都开心的方法。

对于新婚夫妻来说，磨合期需要一段时间。温崇月如约承担了身为丈夫的责任，整理家务，打扫卫生，包括但不限于照顾夏皎的生活起居。夏皎提到过自己的工作性质，温崇月隐约察觉这份与她性格不符的工作是加剧她疲惫的元凶，但……温崇月无权去要求妻子换一份工作。

他只是在后期夏皎不坚定的时候，建议她，或许可以尝试一下新的工作——这份工作如此痛苦，不如我们选择换一份。

无论找什么工作，温崇月都希望她能过得舒心。金钱不是什么问题，温崇月本身年薪不低，更何况他善于理财，积蓄丰厚，哪怕夏皎不工作，也能过上物质丰裕的生活。

不过温崇月不希望她被家庭困住翅膀、羽翼。她的聪慧应当为她打开更广阔的视野，而不是囿于昼夜厨房，困于几室厅堂。

再加上温崇月的工作内容变动，夏皎身边出现了那个看上去让温崇月不太喜欢的高中班长……夏皎考虑过后，答应了温崇月的建议，俩人一块儿搬去苏州。

在温崇月的生日到来之前，他始终认为自己找到了一个合适的伴侣，他很喜欢俩人的婚姻。但就在生日这天，温崇月冷不丁地冒出一个念头——或许，他和夏皎能够更喜欢对方，这场婚姻绝不能只靠责任和合适来维持，还需要有爱。

温崇月的生日和白若琅是同一天，这是一个美丽的巧合。

不过白若琅后面去算命，大师告诉她，她一生有两次避不开的灾祸，唯一的破解之法就是生两个和她同日生辰的孩子。于是白若琅第二个顺利成长的孩子，也就是宋兆聪，是算准了时间怀上、剖宫产出生的。

温崇月对此事没什么想法，反正每年他都能看到白若琅为宋兆聪办盛大的生日晚宴。和当年抛弃温崇月不同，白若琅明显很爱自己这个小儿子，宋兆聪的生日宴会一年比一年奢华。

温崇月从未听她对自己说过生日快乐，就算要利用他的时候，白若琅也不会在生日这天找他。

结束工作，下班时间，温崇月从朋友圈看到宋兆聪发的图，白若琅为他布置的那些花朵，声势浩大，美丽惊人。宋兆聪感谢母爱的伟大。

温崇月从没有收过花朵。

又逢梅雨季，处处潮潮润润湿湿，温崇月独自开车在雨中穿梭，想到家中还有妻子与灯光，心中才稍稍有些慰藉。大概这就是婚姻的意义，总会有人在家中等待你，互相依偎，能让潮湿阴暗的梅雨季变成优哉的“绿绮韵低梅雨润”。

这样想着，温崇月打开门，看到了在厨房中认真忙碌的夏皎。

他那个不善厨艺的妻子，今天推掉了和同事的聚会，放弃在外面一块儿吃喝玩乐，而是独自返家，为他的生日准备晚上的饭菜，为他精心准备花束，为他挑选漂亮实用的生日礼物，在他的生日蛋糕上插上漂亮的小蜡烛，开心地为他唱《生日快乐歌》。

温崇月忽然很想抱抱她，只是抱抱她。

温崇月知道，他年龄很大了，不适合像毛头小子一样长篇大论地说那些肉麻的话。但是他又的确很为对方这种举动而感动，无以复加。

温崇月并不确定性之于他人，是生活的调剂，还是必需品。对他来说，这是一个很好的宣泄自我的渠道。在绝大部分人那里，包括朋友口中，温崇月得到的评价都是温和有礼，有耐性，有度量。

温启铭教育他时，遵循的也是自己认可的一套方法。

“君子慎独，不欺暗室，卑以自牧，含章可贞。”

首要克己，还需慎独，既要守心，更要明性。本源还是一个忍耐，三思而后行，知而后定。温崇月在如此的教育氛围下成长，本身性格就和“毛糙”两个字毫无关系，后来狠狠跌了一跤，更加压抑。

人总要有些地方来释放无穷的精力和压抑的情绪，以前他是通过运动，打篮球、越野跑、骑行、潜水……现在换了，每月给自己安排上一到两次的户外运动，每日在小区附近的公园晨跑，以及晚上和妻子的运动。

温崇月不否认自己对夏皎的喜爱。偶尔他为自己的放纵而道歉，夏皎也是搂住他的脖颈，用唇温柔地贴贴他带着水的脸颊。她的语调温柔，看向他的视线更温柔。

“没关系的，”夏皎说，“我喜欢你这样。”

温崇月很难用语言描述这一刻的心悸，她看上去很累，半坐在浴缸中，头发和脖颈都有一层润泽而干净的光。光芒之中，她抓住温崇月的手腕，半闭着眼睛，脸颊贴在温崇月的手掌上，朝着他笑：“我很喜欢这种方式。”

温崇月心中的那点负罪感并没有消失，反而隐隐更加歉疚。

他承认自己贪得无厌，绝非正人君子。能知道这点的唯独夏皎一人，这就像让她见识到了自己的卑劣。温崇月自觉对她颇有亏欠。可夏皎并不这样想，无论温崇月多么过火，她都会温柔地给他拥抱，小声地解释自己只是泪失禁，并不是真的生他的气或者难过。

用“乖巧”这个词来形容她显然有些不合适，她不是听人命令的那种好，而是发自内心地体谅他人那种好。夏皎太好了，遗憾的是她似乎并没有意识到这一点。

然而其他人都能看到，比如她那个班长，在婚礼前还送了花过来。温崇月没有将这件事告诉夏皎，他存了私心，也庆幸自己先一步遇到了夏皎，否则她可能会选择那个看上去忠厚老实的男性。

再比如温崇月那个并不太成器的弟弟宋兆聪。温崇月早先听说过宋兆聪读书时追学妹追得有点过火，当时没放在心上，哪里想到对方追的居然是自己的妻子。

尚在北京的时候，温崇月和陈昼仁吃饭时才意识到这一点。不过不妨事，温崇月想办法骗得这个家伙往外跑，又把宋兆聪去赌场玩的事情透露给白若琅。白若琅哪里容得下宋兆聪做这种事，也不着急干扰温崇月的“闪婚”了，匆匆忙忙过去逮住宋兆聪回家教育。这招可谓一箭双雕。

夏皎不知道这些，她很喜欢苏州的生活，也喜欢自己换的新工作。温崇月察觉到她在料理植物、植物搭配上有很高的天分，而于昙也证实了这一点。若不是分身乏术，于昙会亲自教导夏皎。她的档期排得很满，就连新交往的男友张抱林也很少能跟她出去约会。

在与张云和分手后，于昙又交了其他男友，张抱林是最像张云和的那个。不过张抱林更年轻，还在读研，笑起来有些腼腆。他其实并不如张云和会做菜，但温崇月每次登门拜访，都能看到他在厨房认真忙碌——他甚至还剪了新的发型，换了穿衣风格，这一切让张抱林看起来更像张云和。

温崇月不确定于昙与历任男友的关系，他只知道张抱林的确是喜欢、仰慕于昙，以至于不惜通过各种调整来让自己更接近于昙喜爱的形象。网络上有句玩笑话叫作“莞莞类卿”，听来多少有些可怜，偏偏张抱林不一样，他就差拿笔在自己脸上明明白白地写着“我就是要类卿、我高仿，请您快来爱我吧”。温崇月于感情之事上并无经验，无法理解这种关系，也无意去深入了解。和这些比起来，更让他在意的，是夏皎口中的那段“暗恋”。

夏皎像是一个小蜗牛，经过一段时间的相处，终于用两根机灵的小触角确认了安全，开始向他放下戒备，认真地和温崇月谈到自己的过往及将来，包括她无意间说起自己的“暗恋”。温崇月想，那应当是属于她的一抹少女情怀，是她珍藏在心的一段往事。

温崇月能够理解，却仍会忍不住为此吃些无可奈何的醋。

他遇到夏皎迟了一点，并无参与她青春悸动的这份幸运。但温崇月想，或许他可以取代夏皎心中的那个青春影子。他明明是夏皎身旁人，怎么会担心一个虚无缥缈的家伙？

他会为夏皎做饭，一日三餐；会在下雨的时候接她回家；会给感冒的夏皎熬煮汤水；会整理好夏皎的衣橱……这些东西，那个仅仅占了“暗恋对象”虚名的家伙，能做到吗？肯定不能。

夏皎去昆明出差的时候，温崇月第一次感觉到寂寥的滋味。

她不是那种外向的性格，但在家中时，总是喜欢叽叽喳喳地和温崇月分享许多有趣的东西。客人精致的衣着，花瓣上的水珠折射出来的光芒，天上的云朵像是冰激凌，今晚的月亮颜色像蛋挞，所以她也买了香喷喷的蛋挞……

温崇月很少会察觉到生活中这些细致而微妙的美好。她聊的这些小事，他都喜欢听。她分享的每一点一滴，都让温崇月感到舒适妥帖。

也正因此，当温崇月下班回家，看到空荡荡的房间时，才倍感寂寞。

两只猫咪仍旧你追我打，只是温崇月却找不到和他分享今日快乐的妻子。夜间寝宿，温崇月的胳膊搂不到妻子，只有嗅着有她气息的枕头，才能稍稍安稳。

习惯是一种很强大的力量，强大到对方不在的时候，会以狠狠的痛楚来提醒你，你有多么需要对方——到现在为止，温崇月还以为这种情绪叫作“习惯”。

等到夏皎回来，他订了私家小院和她放松约会，夜间竹影绰绰，人影亦重重合合。

温崇月也发觉接吻和拥抱比其他都更能让他安心，婚后俩人其实很少会讲情话，说些你侬我侬的东西。但每天晚上温崇月都喜欢搂着她，而夏皎也乐于享受这份温存，总是互相依偎着入睡，或者在闲暇周末午后一起看一场电影。

有些事情的发生总是不知不觉，比如夏天的来临。气温是一场风胜过一场热，也不知道从什么时候开始，有些东西渐渐地变了，变得比性更能让温崇月感到解压。

在温崇月的努力下，她也变得主动，和温崇月越来越契合。每每望见她的反应和表情，总能让温崇月心生愉悦。

伴侣的快乐比他自己的感觉更能让温崇月心理满足。

夏皎向他打开的不仅仅是身体，还有她藏了好久的一颗心。洞庭瓜果盛的时节，杨梅上市，温崇月自驾伴夏皎出游，她讲起自己年少时候的自卑，讲起自己被性格所苦恼……那么多。她似乎永远都看不到自己的好处。

江晚橘说夏皎会保守好秘密，从来不会搬弄是非。于昙私下里也和温崇月说，夏皎和店里面每一个同事都相处得很好，不抱团排挤人，对顾客的服务态度也好。温崇月是她的丈夫，了解到的自然更多，妻子属于高敏感人群，但她并不会因为自己的情绪敏感而将别人往糟糕的方面想，这是多少人难以做到的事情。

她善解人意，作为妻子也同样称职。温崇月不擅长照顾植物，家中的花草都是她一手打理，阳台上的小花园被她照顾得井井有条、蓊蓊郁郁……

最让温崇月在意的，还是某个普通的周六上午，他临时加班，不得已取消了和夏皎的约会——他已经答应了夏皎，并已订好车票和门票，要和她去迪士尼玩。

可惜工作上的事情紧急，温崇月满怀歉意地告诉夏皎，她蒙了几分钟，脸上有些遗憾，又有些失落。“没事，”夏皎说，“你去忙就好啦，咱们时间还有好多。等你有时间了我们再去玩呀。”

温崇月清楚地知道妻子有多讨厌临时更改计划。他昨晚还看到夏皎在开心地挑选出去玩的衣服，现在临时取消，她也很快地接受了这一切，面色如常地继续过周末，甚至在温崇月加班归家后，给他煮了一碗暖暖的红豆粥。

夏皎愿意让步妥协，并体谅他，就算发生这种让她不舒服的事情，也会迅速地调节好心情，不发泄在他身上。

温崇月那天慢慢地喝掉一整碗绵软的红豆粥，味道很好，煮粥的人更好。她有这么多的优点，自己却从未察觉。就像她始终不知道，那个高中班长对她有懵懂的爱意。

温崇月不吃那个黑高个的醋，吃什么呢？夏皎的暗恋对象又不是他。温崇月也不吃那个“温柔的神”的醋，只是男同事而已。

那个让温崇月忍不住嫉妒的家伙，是夏皎无意间提到的“暗恋对象”。那家伙真幸运，居然能得到皎皎的倾慕。

身为一个情绪稳定的成年男性，温崇月明白自己应当保持平静，只是可惜，事情总是超出他的预料。

那天是夏皎的生日，俩人只邀请了朋友，她很高兴，喝了很多很多的酒。等人走后，温崇月理所当然地承担起照顾妻子的任务。喝醉酒的皎皎很乖巧，让做什么就做什么，就是有点呆呆的，感觉到口渴，甚至还会仰脸喝从淋浴头中喷下的水。

温崇月忍着笑，觉得她可怜又可爱，无奈地移开，告诉她，这是洗澡水，不能喝。

夏皎呆呆地叫他温老师，这是她喜欢的一个小称呼，温崇月乐于和皎皎尝试很多角色扮演游戏，皎皎喜欢，他也喜欢。所以温崇月从来没有起疑。他思考着是先让她清理干净，还是先去给她倒水。

夏皎却主动拥抱着他，变得比以往任何时刻都要黏人，索要他的吻，想要拥抱，还和他聊了好多事情。她认真地说她能感觉到温崇月这些年的差距和不同，她能感受到温崇月如今的压抑，能理解他的隐忍。她给温崇月温暖的拥抱，告诉他，有什么不开心，全都宣泄出来，她不介意，她喜欢这样。

她理解自己。温崇月心下恍然一动，她已凑到他唇边。

温崇月自然不会压抑。他听到夏皎含糊不清的声音，她听起来很难过，像是陷入醉酒后难以释怀的陈旧记忆中。

“……我为了你才考上这所大学……”

“……我偷偷喜欢你这么久，你什么都不知道……”

在这种时候，醉酒的妻子忽然提到了另外一个男人，哭得很难过，哭得温崇月既心疼，又有些气、有些酸。温崇月触碰着夏皎的脸，低声问她：

“你暗恋谁？”他承认自己吃醋了，吃了这个不知名家伙的醋。

夏皎不说，还是掉眼泪，又小声叫着“温老师”。这让人怎么舍得，温崇月无声叹气。

热血奋涌，酸酸涩涩的闷痛在温崇月心尖凝结，犹如切开的、还未成熟的一颗柠檬。他捞起夏皎的腿，温柔地在她眉心落下一吻。

她的表情懵懵懂懂，还不知道温崇月想做的过分举动。

温崇月尝着夏皎的泪水和颤抖的呼吸。

——什么暗恋对象。

——混账家伙。

大部分人，最先接受的关于“爱”的定义，往往来自父母和身边人。温崇月同样如此。他在懵懂意识中理解的爱情，源自白若琅和温启铭。

温启铭多年孤身一人，没再选择伴侣，大抵是出于对白若琅的爱。即使对方很快地再度结婚生子，温启铭也没有彻底将这份爱抹除。而怀揣着对前妻未了的感情强行“move on（往前走）”，这是极度不负责任的做法。

也正因此，温崇月早早感受到爱情的忠贞属性。

温崇月的婚姻起始是仓促的，起初他没有抱有太多期待，只想着承担起丈夫的责任，照顾妻子，互相扶持。人生很难遇到和自己志趣相投的人，相亲时的温崇月认为夏皎很合适，倒不是说她满足了他内心的期待或其他，而是“合适”。

怎么算得上合适呢？

不早也不晚，那天赴约的时候，夏皎穿了一件很干净得体的衣服，不需要太显眼的装饰，温和如水。她身上有着淡淡的无花果叶的清香，看向他时的眼睛光彩熠熠，声音温柔轻缓。

就是这么合适，不早不晚。在温崇月考虑婚姻的时候，也在认真考虑结婚的她出现了。两个人聊得很愉快，除却年龄有些差距之外，他们是如此相称。

温崇月曾满意于这种合适，而随着时间流逝，他生了其他贪心的念头。

皎皎对现在的婚姻生活不满意，还是说，她只是在酒后想起了以前的某位暗恋对象，才会哭得这样伤心？温崇月倾向于后者，他知道夏皎绝不会出轨，只是他过于在意，在意到在妻子醉酒后叫出其他男人的时候，嫉妒得心态失衡。

没关系，温崇月可以用无微不至的照顾和嘘寒问暖，将那个家伙从她的记忆中完全驱逐。只是一个暗恋对象而已。

如此想着，温崇月看着夏皎的脸，她好像并不知道自己为何要遭此对待，她在叫着温老师，微微皱着眉，起初在推他，后面推不动，改为抓住他的手腕。小可怜，抓也抓不紧，一动就松开，手指软软的，力气也小。温崇月拥抱着她。

“喜欢谁？”像是恶作剧，温崇月一定要她亲口承认，反复问，“喜欢谁？”

必须要从她口中得到确切的答案，必须要夏皎承认她喜欢的人是温崇月。

温崇月被自己的情绪折磨到无法冷静，在嫉妒、愤怒的驱使下亲吻她的脸颊，放低声音：“喜欢谁？”

夏皎当然会说温老师，她这么好心肠，到了这个时候也只记得温老师。温崇月坏心肠地没有放手。他知道自己有些过分了，但他的确想如此。

普通人会如何表达自己的爱意呢？会不会拥抱着对方认真地说“我爱你”？温崇月很少说这三个字，他只拥抱着夏皎。她很快乐，好像皮肤里也有蒸腾的酒香。温崇月将吻印在她脖颈上，闭上眼睛，呢喃着叫她的名字。皎皎，小娇娇，多么娇气又肉麻的小昵称。

“小娇娇，你喜欢我吗？

“在你心里，更喜欢那个暗恋对象，还是我？

“我们的婚姻让你满意吗？

“你喜欢我这样对你吗？”

这么多的问题，夏皎不能一一回应，她太累了，仿佛一切都超过了承受能力。她赖在温崇月身上，就像小海獭贴靠着大海獭，甚至连眼睛都没有睁开，就这样依赖地蹭着他。

不用说什么甜言蜜语，也不需要她做什么，在享受这一片安静的时候，温崇月的心脏慢慢地软化下来。

他侧过脸，轻轻地亲了亲夏皎的脸颊，低声说着抱歉。他害得对方酒后失态，她却还是这样信任他、依赖他。这份信任令他有些愧怍，但她好像什么都不在意似的，仍旧用鼻尖轻轻蹭着自己。

温崇月确认她是爱自己的。

如果不是爱，夏皎为什么会跟着他周末去骑行呢？温崇月听她说起过，周末的时候，她最喜欢做的事就是一觉睡到自然醒，美滋滋地吃完早午餐，在有阳光的沙发上舒舒服服地晒太阳，看一些节奏轻松的电影，如果有爆米花和水果拼盘那就更好了。

夏皎不太喜欢户外运动，或许是在北京时工作压力太大，她才抓紧在休息的时间睡觉，用周末来弥补前五天的辛苦。但俩人来到苏州后，她主动提起过几次，和温崇月一块儿周末外出，去做他喜欢的户外运动。

“对身体有好处嘛，”夏皎这样说，“而且你一个人骑行很无聊吧？我陪着你，也能和你聊天。”

她这样说着，努力坚持下来，陪温崇月去骑行，和他一块儿爬山。她自己不经常锻炼，常常爬一阵子就累得气喘吁吁，额头和脖颈都出好多汗，温崇月给她递水，用纸巾轻轻擦她的脖颈和脸颊上的汗。

这难道不是喜欢？她完全可以在房间中舒舒服服地吹着空调，看喜欢的书或者电影，和两只猫咪一起睡觉，或者和朋友一块儿去逛街、购物，买自己喜欢的东西。

她完全可以不用勉强自己去接受他的生活观念，完全可以继续以她喜欢的生活方式度过周末，完全可以……

她其实不必做到如此地步，但她愿意。

夏皎愿意努力跟上他的步伐，牵着他的手去爬山、骑行、锻炼身体、出海，在他驾驶小型游艇时一脸崇拜地看着他。

温崇月忘记从哪里听到过一句话，说女性的崇拜是男人的兴奋剂。温崇月之前并不这样想，但现在觉得如果将这句话前面两个字换成“夏皎”，那他认可，认可这是属于他的真理。

温崇月都不知道夏皎从哪里冒出来这么多的夸奖词汇，她好像很崇拜他。

温崇月切块黄瓜，夏皎都要眼睛亮晶晶地夸他，夸他刀工好，夸他切得均匀；温崇月做一道菜，夏皎会认认真真地用筷子夹了大口大口地吃，夸他厨艺好；温崇月带她出去玩，夏皎会牵着他的手，用快乐的声线夸奖他知识储备丰厚；温崇月刚刚结束运动，汗涔涔的夏皎也凑过去，亲亲他的脸颊，小声说很喜欢他……

夏皎会因为他一句“多吃萝卜对身体好”的建议，而努力多吃萝卜做的小菜，即使她不太喜欢萝卜；本来不爱运动的人，和他一起运动，尝试着和他的生活步调一致，包容他的索求。

这些应该是喜欢吧？温崇月不确定地想。

喜欢一个人会有什么样的表现？会有强烈的、快要喷出来的分享欲，你看到什么都想告诉对方。路上看到一株纤细的草要告诉她，天上飘过一朵小狗形状的云也要告诉她，今天买冷饮中了奖、中午的菜有点咸、水果店老板送了一只桃、好想吃干脆面……生活的零零碎碎都要讲给她听，所有美好都想与她联系起来。

喜欢也是看到她就会开心，无意识地在人群中寻找她的身影，在视线即将交会时又不动声色地移开，隔上几秒，又忍不住去看。她的爱好你都悄悄留意：循环听过的歌曲，逛街时多看几眼的连衣裙，提到的想吃的东西……

你会想将她喜欢的所有东西都送给她。这些还不够，你爱她爱到觉得她可怜又可爱，可怜到见不得她情绪低落，在她安静的时候忍不住抱住她，可爱到恨不得将所有她多看过的东西都捧给她，再昂贵的东西都比不过她一句话。

喜欢还是不受控的心跳，让人误以为心脏出了问题。温崇月在感情上如此迟钝，迟钝到连心脏都提醒他——你患了病，你的病叫作“爱上皎皎”。

它会让你寝食难安，会让你像十七八岁的小伙子般失去理智，会让你嫉妒、不安、患得患失。

温崇月确认自己这些矛盾情绪，是因为握住妻子手腕的那刻，那不同寻常的心跳，以及看到她懵懂关切的神情时想要亲吻她的冲动。

他后知后觉地意识到自己的铁树花开、迟来心动。

他爱上皎皎，并为此遭受折磨，却仍旧甘之如饴。

爱会有独占欲，温崇月不受控地吃醋，他吃接近她的异性的醋，也吃皎皎不因为他吃醋的醋。或许有男性喜欢所谓“懂事”的女性，喜欢她们不吃醋，喜欢她们的“体谅”。

但温崇月不喜欢，皎皎怎么能不吃醋呢？他因为她的暗恋对象而尝着酸涩，她却能大大方方地看着宋萧，不在意他和宋萧说什么、做什么。

她难道不爱自己吗？

温崇月无从考证。

坦诚讲，温崇月和宋萧认识得比较早。白若琅第一次带宋萧见温崇月的时候，对方还在上高中，说自己的学习目标是温崇月所在的大学。这没什么，温崇月鼓励了她几句，当她是一个远房的亲戚。

至于白若琅说的那些不堪入耳的话，荒诞不经，温崇月全当耳旁风。温崇月对她没有其他念头。也不仅仅是宋萧，一路走来，遇到的人形形色色，都没有让温崇月产生与其共度一生的想法。

夏皎是个例外。

这些年过去了，温崇月只知道宋萧家里过得不太顺利。她姥姥是位艺术家，虽然和宋良舟有亲戚关系，但却属于并不那么富裕的亲戚，她依附白若琅，或许是真的敬爱白若琅，也或许只是贪恋白若琅对她的好……但这些东西都和温崇月无关，他只知道，不管白若琅有没有说出那些话，他都将宋萧视作亲戚家的女孩。哪怕那时候温崇月还不确定自己和什么人合适，也知道自己和她不合适。

年龄是一个问题，沟通又是另一个问题。温崇月相信日久生情，但这件事的前提条件是他能将对方视作可交往的对象。除了迟到的夏皎，再没有一个人能让温崇月有交往的冲动。

不是她们不好，每个人都有自己的闪光点，不过落在温崇月的眼睛中，唯独夏皎最闪、最亮。

可惜她自己都没有意识到这些。她这样喜欢鼓励、夸奖别人，却没有想过夸一夸自己。

温崇月遗憾自己来得太迟，不过不要紧，他还可以鼓励妻子、给予她勇气、帮助她发现那些珍贵的地方。当然，在这个过程中，如果皎皎也能爱一爱他，那将会更好、更完美。

青春时期的少男少女，总喜欢把爱挂在嘴边，滔滔不绝长篇大论，热烈又坦荡，牵牵手都会满足兴奋到晚上辗转反侧睡不着觉，恨不得再也不洗手，誓要保留爱人牵着自己的缱绻心动。

到了温崇月这个年龄，已难以将“我爱你、我好爱你、你也要爱我”这种话讲出来。他惊讶地发觉自己竟羞于表达。明明初见时就能和对方坦诚地聊天，如今却在这最简单的三个字上被绊住舌头，只敢在对方意乱情迷时低声问“你爱不爱我，我好喜欢你”。

好像爱总要找个其他由头才能宣泄出来，尤其是在无法确认对方心意的时候。忐忑不安如同堪堪冒出来的春草，他开始不敢往周围看，不确定自己是生在麦田还是草丛，只能等待着春风。

瞧，皎皎，他竟出现了这样的心情。

温崇月当然不会故意让皎皎吃醋，他不可能用这种幼稚又伤人自尊的方法来换取那么一点点满足。他只是更精心、更加无微不至地照顾着妻子，美食能够让她放松，也能让她变得更依赖自己。

温崇月承认，他的确有一些坏心思，做美味的饭菜给皎皎吃，带着她四处玩，陪她看电影，和她一起逛街，在她做噩梦的时候安慰她，给她唱摇篮曲……无论什么时候，温崇月都待她很好，好到让她以后再也想不起其他人的好，包括她那个无疾而终的暗恋对象。

成年人会对爱人做什么？

对她好，不求回报、无微不至地好。

这一点，温崇月倒和青春期心意初初萌发的少男少女一模一样。

十一月，温启铭心脏病复发。温崇月起初没想让妻子跟随自己风尘仆仆地去北京，毕竟一路转机再转车，舟车劳顿，她可以留在苏州好好休息。但夏皎果断请了假，一句抱怨也没有，也不在意周末计划被打乱。

温崇月在和白若琅的私下谈话中得知父亲真实病发的缘由，不外乎是宋良舟，打电话给温启铭发泄怒意。宋良舟大势已去，早知回天乏术，又对白若琅接近温启铭的事情一清二楚，他不能像年轻时那样莽撞行事，更不能再用麻袋套温启铭的头，只能无能地愤怒着，咬牙切齿地告诉温启铭：白若琅离婚前就已经和他开始约会，当年俩人的离婚就是他鼓动的，温启铭就是穷小子，哪怕现在当了教授又能怎样，哪怕现在白若琅频频去看望他又能怎样？

白若琅年少时可能还有爱，后来尝遍了没钱的苦头，眼中只有钱。宋良舟供她随心所欲地买奢侈品、供她四处看展，而温启铭那点退休金，还不够白若琅一季的衣服开销……温启铭心脏本就不好，被宋良舟一顿翻起前尘往事地辱骂，受了刺激，这才进了医院。

温崇月尽量压着情绪，请白若琅离他们父子远一些，不要再来打扰他们的生活，立刻、马上离开。

温崇月的确做不到一个好儿子该做的事，至少传统意义上，儿子不该用这种口吻和母亲对话。他严肃、苛责，明确地告诉白若琅，她当年的行为伤害到了自己和父亲，无论如何，他们都不接受“破镜重圆”。

就算摔成两半的镜子还能拼在一块儿，摔碎到掉渣的镜子，也很难再拼到一起了。

于情，温崇月不能原谅母亲这几年的“打扰”；于理，白若琅对温启铭的病情不利。

白若琅被温崇月说哭，流着眼泪离开，而温崇月又何尝能放松，他只觉得疲惫不堪，很累，经历过一场战争的累，而这场战争没有赢家。

温崇月并不想让妻子看到自己此刻的表情。说是逞强也好、自尊也罢，没有男性愿意在心上人面前流露出这种疲态。温崇月明白皎皎生性没有安全感，虽温柔有韧骨，却心思敏感易悲。他希望自己能成为她坚实的后盾，能成为她可以坚定依赖的对象。

所以温崇月没有立刻去找她，独自避开人群，找到一个安静的地方。烟草能够暂时排解苦思烦恼。温崇月摸遍了身上所有的口袋，却摸了个空，才意识到自己已经戒烟许久了。他坐在石头上，安静地、慢慢地调整情绪。

不能这样去见皎皎，不能让她担心，更不能让她为这些无谓的事情忧虑，只是温崇月不知道她是如何找来的。

他听到细微的脚步声，属于他的妻子、爱人的脚步声，踩过碎石子路，向这边走过来，急匆匆的——温崇月能想象到她疾走的画面。他想，皎皎今天穿的是双小皮鞋，很漂亮，但似乎不适合长时间走路，走这样的石子路是不是不舒服——这样想着，夏皎已经快速地走了过来。

温崇月抬起头，看到妻子紧张不安的脸庞，她忧心忡忡，呼吸急促，有些难过地看着他。真糟糕，让她看到自己这样的一面。

温崇月笑着问她："皎皎，怎么了？"

夏皎没有说话，几步走过来，将他搂在自己的怀抱中。

温崇月还坐着，夏皎将他的上半身都抱在怀中，抚摩着他的头。她应当没怎么安慰过男性，动作生疏，却纯真到令温崇月怦然心动。

"崇月。"她第一次用这样的称呼叫他，不是温崇月、温老师，也不是哥哥……崇月，亲昵的称呼。温崇月心跳难抑。

"你要是难受的话，悄悄地在我这里休息休息，缓一缓，好吗？不要那么冷静了。"她能懂他。

温崇月很难用语言来形容此刻的感受，皎皎的双手如此柔软，身上的气味温柔干净。她明明这样小，却还会让他休息，让他依靠。

她也在担心。温崇月不想让她担心。他故作轻松，含笑道："皎皎，如果你确定要我这样脸贴着胸脯的话，坦白来说，作为一个生理健康的成年男性，我真的很难冷静。"

夏皎没有松手，仍旧固执地搂着他，然后悄悄松开："不要在医院这么神圣的地方讲这些。"

很明显，他的谎言起了作用，她轻松了不少，但还是拥抱着他。温崇月猜测她或许低头亲吻了他的头发，不然他不会有这样温柔的心悸。

多好。这一瞬，温崇月想，以前皎皎的那个暗恋对象，可惜了，年纪轻轻，怎么就瞎了呢？他怎么没有发现皎皎的好？也幸好对方没有发现，温崇月无比庆幸，否则他就无法和皎皎结婚。

看见那个叫作郭晨材的男人之前，温崇月都是这样想的。

对方的老师是温启铭的主治医师，因此郭晨材也过来查了几次房，从他第一次频频看夏皎的时候，温崇月就注意到了他。等到郭晨材和夏皎寒暄的时候，温崇月更是观察他的表情。男人在面对竞争者的时候总会格外敏锐。

初中同学。皎皎的初恋……是不是就是初高中那会儿？

温崇月控制不住自己，说了些泛着柠檬酸味的话："在这地方见到初中同学，会不会感到温暖？"

皎皎的回答充斥着辣椒味："何止是温暖，我看到他简直要冒火。"

温崇月忍俊不禁。警报解除，夏皎对这个男人厌恶多于同学情谊。

不知不觉，他的情绪开始受到妻子影响。瞧，一句话就能让他情绪起伏，夏皎，你很了不起。

了不起的夏皎不知道这点，温崇月带她去云南玩，去看日照雪山顶，去泡温泉……夏皎和他聊得越来越多。她讲自己辛苦的校园生涯，提到为高考而早起晚归的那段岁月。她眼睛闪闪发亮，没有丝毫的讨厌，哪怕嘴上说着辛苦。温崇月想，那段奋斗的记忆于她而言始终是无悔的。

渐渐地，温崇月也知道了妻子怯懦的源头：校园暴力。不是只有身体上的伤害才会构成校园暴力，语言、冷落、孤立同样如此。哪怕没有捉弄她，这些情绪上的暴力，丝毫也不比身体上更轻。

冷暴力有多严重？婚后的冷暴力能摧毁一个妻子 / 丈夫前二十几年人生里建立起来的自信心，让人备受打击，更何况，校园冷暴力的对象还是心智不完善、发育不成熟的青少年。温崇月搂着妻子，安静地听她讲那些事情。

这些校园冷暴力让她变得不自信，让她处处反思自己的过错，让她怯懦——如果没有这些，夏皎能够成长为更加优秀、更加自信的女性。

她明明可以拥有更明亮的生活，但现在呢？说完这些话后，她的第一反应不是倒苦水，而是继续反思，自己现在因为这种事和初中同学决裂，是不是显得过于斤斤计较？

怎么会呢？傻孩子。错的从来都不是你啊，皎皎。那些施暴者因为年幼而躲过法律的制裁，难道他们的过错也会因为“年纪小不懂事”而变得可以原谅吗？你是受害者，你不需要原谅他们，我不想让你大度，尤其是对施暴者大度。

那些过错，他们要记一辈子，你得去提醒他们、告诉他们：你们曾经深刻伤害过自己的同学，你们以为时间能冲淡一切，以为一句轻飘飘的“开玩笑”就能磨平这些伤疤吗？不会的。你们要始终记得自己做过什么错事，今后你们班级每一位同学的联系，都将笼罩在愧疚之中，每个人都是冷暴力的帮凶。

温崇月鼓励夏皎去删掉他们，用美食奖励勇敢了一把的她。

夏皎被教育得太好了，他甚至希望皎皎能够自私一些，像白若琅女士那样也无妨，至少自己过得快乐。喜欢一个人就是这样，盼着她好，无论怎样都行。

夏皎有一副热心肠，这样很好。她会送醉酒的同事回家，也会帮忙做那些和她无关的事情，温崇月唯一的困扰在于，她和她那位高中同学好像总是特别有缘分。就算在苏州，对方也会追过来，巧合地遇到夏皎，又巧合地送她回家。

温崇月在家里等了皎皎很久，天上下着小雪。苏州的雪温温柔柔，对于北方长大的温崇月来说，这点冷当然算不了什么，但前提条件是皎皎在家。

现在她在外面，天色已经暗下来，黑暗侵袭。外面又湿又冷，路上积水结成了薄冰，温崇月忧心她打不到车，又担心她看不清楚路，滑倒摔伤。

温崇月给夏皎打了电话。

她没有多想，告诉温崇月她遇到了老同学，老同学会送她回来。

温崇月压着醋意说了声好。

不好。怎么可能会好？为什么对方“阴魂不散”，怎么到了苏州，也能遇到皎皎？

温崇月受不了自己那点占有欲，穿上外套下楼，在飘着雪花的冬夜中前行，去小区门口接自己的妻子。凉凉的雪花落在他的头发上、脸颊上，温崇月心中的妒火却无法冷却。

真傻，他不该这样继续下去，正确的做法应该是去问清楚，不是吗？

去告诉她，我在吃醋，我爱你。

不，或许这样过于幼稚，皎皎会不会认为他小题大做？

温崇月思绪乱糟糟的，走到小区门口，微笑着和门卫聊了几句，拒绝了门卫邀请他去小屋取暖的善意。他站在雪花中，冷静地想着，等会儿皎皎到了，该怎么和她说。

“皎皎，我很高兴你的同学能送你回来。但是，下次再有这种事情，先告诉我好吗？我是你的丈夫，这是我的责任……”

温崇月思考了十种可以委婉表达想法的措辞，但在看到妻子的那一瞬间，最先说出口的，却是一句：“怎么和他一块儿过来？”妒意再也遮不住。

温崇月捏着妻子的手，抵在嘴唇上，想要亲吻她、触碰她，压着内心幼稚的醋意。

她却没有察觉：“哎？电话里我说过了呀？”

傻孩子，傻皎皎。你怎么看不出，你怎么会看不出？我在为你吃醋，我在为了你极力压制内心的糟糕想法，我多想……

夏皎还在解释，温崇月低低应了一声，听着妻子聊她的新发现。她完全不在意这件事情，这让温崇月备受痛楚。

那就不要忍了。

夏皎说：“我感觉自己做事情，有时候光看表面了，真是个傻子。”

温崇月说：“你的确是个傻子。”

你是一个可爱的小傻子。你竟然从来没有意识到我在吃醋，我在吃你的醋。我承认我早就爱上了你，在婚姻之中，在朝夕相处中，在我们的一餐一食中，可你对它毫无察觉。

“说起来怕你笑话，我都这个年纪了。”我年龄这么大了，在你面前，却还像初入爱河的毛头小子一样患得患失。

“但是，总有些事情是我不能控制的。”就像心动，就像吃醋，我恨不得压着内心，藏起这种幼稚的醋意，免得被你发现。我的私欲是如此恶劣，我只想展示给你看我完美的那一部分。

但是我无法控制，失去控制。

因为我爱上了你，皎皎。

“因为我爱你。”

“因为我爱上了一个聪明的小傻子。”

“因为我不确定这个小傻子是否也爱我。”

是的，我不能确定。你爱我吗，皎皎？

温崇月在凉凉雪夜中向她告白，平静克制。他完全没想到会在此刻说出来，但一切发生得这么突然，他所能做到的，只是在理智稍稍回旋后，仓促地握着夏皎的手回家。

他多爱她，爱到怕她被吓跑。

好在并没有，喝了热水后的夏皎同样讲述着她的爱意、她的胆怯、她的珍重、她的温柔。

春草长在草丛中，温崇月记不清楚那晚他和互剖心迹的皎皎做了些什么，两个人如此亲密地融在一起，接吻，拥抱，成为一体。所谓人间至乐，莫过于此。

温崇月决意不去在意皎皎的暗恋对象，他已经确认了对方的心意，不用再在乎这些过往。

然而命运给了他一份大礼。藏在皎皎青春里的身影，是他。一直被自己耿耿于怀的家伙、有眼无珠的混账东西……都是他。

九十页笔记，五十二次名字。

任何语言，都不能描述他当时的心跳。温崇月很想过去给皎皎一个心疼的拥抱，但又压了下去。

他悄悄将笔记本归位，假装没有发现，妥帖地保护好皎皎的秘密。

一生何其有幸，能得皎皎为妻。

六月时，东山和西山的青梅和枇杷陆陆续续地上市，偶尔可以见到早桃的身影，夏皎喜欢吃青梅，酸酸的，可口又开胃。

紧张不已的温崇月，在皎皎第一次说自己喜欢吃酸的时候，就带她去医院做了详细的检查——并没有怀孕，她只是单纯地喜欢吃酸。

这个结果让夏皎松了口气，笑着和温崇月说："是不是最近我们电视剧看多啦，怎么可能一吃酸就是怀孕呢？别忘了我们一直都有做预防措施！"

她说这话的时候，阳光温柔。梅雨季节，这样晴朗的阳光，是很难得的。烟雨蒙蒙时，人的心情也可能会因连绵不断的雨而变得低落。

温崇月将从医院买来的维生素复合药片放到夏皎手中："最近太阳少，你多吃点维生素和钙片补补——是我太紧张了，毕竟孩子是件大事。"

夏皎笑着放好药片，扑过去，轻轻地用鼻尖蹭了蹭温崇月："知道啦，温爸爸。"

温崇月笑着举手投降："好了好了，今晚我们换个角色扮演。"

夏皎倾身。她不爱听车载电台，自己连上蓝牙，放了一首歌——*Moon River*。

温崇月和她商议："这个周末你想去摘什么？枇杷还是青梅？枇杷摘多了可以做枇杷膏，青梅也可以腌一部分，等夏天的时候……"

夏皎想了想："猜拳吧，你赢了去摘枇杷，我赢了去摘青梅。"

两人猜拳，温崇月胜利。很好，那周末就去摘枇杷，就这么愉快地决定了。

夏皎这次看医生，还是请假出来，现在一切安好，自然还是回了店铺。老爷爷拄着拐杖过来，买了一枝火红的玫瑰，又颤巍巍地往外走。夏皎知道他要去哪里，和家相反的方向是墓园，是他的妻子沉睡的地方。

店里的郁青真喜滋滋地和夏皎聊警察抓到的跨国杀猪盘诈骗犯，现在正在统计信息，过段时间会将从骗子那里拦下的资金按比例分给受害者……

夏皎听着她的话，将最后一枝勿忘我插入花泥，抬头看，玻璃窗外，黑色寸头的朱孟城坐在花店前新增的休息桌椅前，正在认真读书。

高婵和店员热切地聊天，空气中有淡淡的植物香气，夏皎闭上眼睛，深深地吸了一口气。

多好。

晚上，夏皎和温崇月去了网师园听昆曲，厅堂水榭，隔水荷花接楼台，唱腔咿咿呀呀，柔软干净。回家的路上，温崇月向卖莲子的老奶奶买了六朵大莲蓬，还剩两朵荷花、四片莲叶，老奶奶全给了夏皎。

碧绿的莲子剥去外壳，去掉苦涩的芯。夏皎叼在口中，试图和温崇月讲道理："明天我们真的不和姑姑、张云和老师、张抱林一块儿出去玩吗？我觉得人多了热闹。"

温崇月叹气："他们三个就已经足够热闹了，皎皎同学，我还是想和你单独约会——给我一个。"

夏皎将刚剥好的莲子塞到他的嘴巴里，车门一关，整个空间内全是轻柔的莲子香气。她只拿了一朵莲蓬，放在裙子上，剩下的全都放在车后座，清香四溢，温温柔柔。

温崇月系好安全带，夏皎已经迫不及待地连上蓝牙放歌曲，还是那首歌，*Moon River*。

"Moon river, wider than a mile..."

温崇月问："你很喜欢？今天已经放了好多次了。"

夏皎用力点头："当然喜欢。"

歌曲很温柔，声调也轻。温崇月吃掉莲子，又问："为什么喜欢？"

夏皎"啪"的一下，将刚扣好的安全带打开，倾身过来，一手搭在温崇月的肩膀上，一手按着他的腿，仰起脸与他接吻。

温崇月尝到她口中莲子的清香。

车外是江南的朦胧水汽，车内放着温柔的歌。

"Wherever you're going,I'm going your way.Two drifters,off to see the world."

夏皎小声说："因为我对温老师第一次心动的时候，车里放的就是这首歌。"

番外二 长日相伴

秋末冬初，苏州意外地来了一场并不明显的小雪，扑扑簌簌，零零碎碎，铺满一地的雪白小碎屑。

在这场初雪来临的时刻，温崇月跳槽了。

这是他权衡利弊后的选择。人都有各自的规划，温崇月对自己的人生规划清晰到犹如树木的年轮，一圈一圈，纹丝不乱。

而新工作的更换自然面临许多问题，比如之前的下属、自己亲手带出来的徒弟以及新工作新团队的更迭……温崇月干净利落地处理好一切，包括那些意料之外的事情。他没有带走团队里的所有人，最看重的徒弟选择了留在原来的公司。

温崇月选中他做徒弟的时候，他还只是一个小实习生。温崇月看中他的潜力，把他叫到自己身边悉心栽培。无论是工作上的事情，还是人情交际往来，温崇月都会带一带，给年轻人铺路。

事实上，对方也没有辜负温崇月的期许。无论是温崇月日常交给他的工作，还是额外的任务，他都做得井井有条。

然而这次温崇月跳槽，他却没有跟随。虽出乎意料，但也不要紧，尚在可控范围之内，徒弟并不是一定要跟着师父走，他自己已经能够独当一面了。老东家于温崇月有恩，温崇月不会在这件事上勉强，只是离开前，难得地同小徒弟一起喝了些酒。

这顿酒不是交际应酬，纯粹是因为这么久相伴的友谊，俩人都喝得不多，大多是在聊天，谈未来的规划。

说不失落也不可能，但人各有志，师徒俩吃过饭后，温崇月拍拍徒弟的肩膀，看着他发红的眼，微笑着祝他今后事业顺利、前程锦绣。

天下没有不散的筵席，温崇月早就知道这点。他已不是二十出头的小伙子，关于聚散这件事，早就已经看淡，习以为常。可惜徒弟似乎并不懂得这些，红着眼眶叫了好几声温老师。最后，温崇月送他上车时，还看到小伙子在悄悄抹泪花。

多大的人了。温崇月无奈地笑了笑。等代驾的时候，抬头看天，雪花碎碎，他忽然有些遗憾，今年的初雪，没有好好陪夏皎看。

她是南方的姑娘，长在冬季少雪的城市里，对雪花有莫大的情结。

已经很晚了，温崇月希望她已经睡了，又矛盾地希望她还没有睡。他或许还可以给她一个初雪时的吻，只是希望她不要嫌弃自己刚刚喝过酒。

代驾急急忙忙赶来，额头都冒出了汗，紧张地道歉，说路上滑。温崇月安慰他，别那么紧张，他不着急。

终于到家。代驾停好车子，告别离开。温崇月安静了几秒，不确定现在妻子有没有入睡。

时间太晚了，他早给她打过电话，提醒她早些休息，不必等他。

每逢酒局，温崇月都会耐心地和妻子说，并向她保证，自己心中有数，不会多喝，要她放心。

温崇月已经做好安静回家、免得打扰到她的准备，在门外脱了鞋子，拎着打开房门，不想让脚步声惊扰了她。

可迎接他的是一室明亮的灯光。

夏皎正在沙发上看电影，门一响，她即刻转身，又惊又喜地跑过来，像终于等到生日礼物的小孩："崇月！"

温崇月嗅到她身上的香味，是她亲自选的沐浴露，两个人一起用。温崇月总觉得，那东西用在自己身上，总不如她用过后香。

气味是个人专属品，同样的产品，在她的皮肤上升温、融化，总能再魔法般地绽放出另一种令他欲罢不能的气息。

温崇月无奈地一笑，放下自己的鞋子，有些歉疚："不是说不用等我吗？"

她跑来是索取拥抱，温崇月想躲："我喝了酒。"

她仍旧紧紧抱住他，温香软玉，那股香气更加贴近了，完全不在意他的气息。

夏皎紧紧拥抱着，额头在他胸口蹭了蹭，颇为依赖："知道你喝酒啦，所以我炖了无花果雪梨汤哦，你快尝尝，和你平时做的味道一样吗？"

温崇月展颜一笑，顺从地任由夏皎扯住衬衫衣角往里走。他本想道歉，脱口而出，却换了词语，低声说："谢谢你。"

夏皎不解，转身看他："谢什么？"

温崇月微笑："谢谢你陪我的每一天。"

这话并不虚假。温崇月一直无比感谢夏皎。上善若水，她就是温柔哺育万物的水，静而柔。

多么神奇，大约因俩人的年龄差距和身份，有些人理所当然地将他们的结合视作传统的"男主外女主内"，但只有温崇月知道，其实在这个家里面，皎皎才是一直在迁就他。

大约是做惯了温和先生，在很长一段时间中，温崇月都难以直视镜中的自己。虽然"君子论迹不论心，论心世上无完人"，但许多时刻，温崇月都觉得镜中的自己，的确有些虚假。

好人做惯了，情绪便越来越少。

情绪稳定是一种被大为称赞的品质，但人就是人，怎么可能始终保持情绪无波动、无变化？温崇月诧异地发觉，自己已经很久没有真正为什么事情而情绪激烈过了。

皎皎是那个例外。

她是一片宁静草滩上的一年四季，是生动又广阔的春夏秋冬。

在与她相处之前，温崇月从未想过，她那样单薄的身体里竟有如此强大——没错，强大而温柔的力量。

夏皎性格内敛，并不擅长和过于热烈的人打交道，但在私下里，同温崇月却很热情，好像要将自己全部的感情都讲与他听。

温崇月承认自己的这种想法有些自私。他会为她的信任而欣悦不已，也因自己能成为她的特殊而荣幸、窃喜。看，他其实也是一个卑劣的人，不过平时都藏了起来，偶尔才会展露。

夏皎爱他，连同这一点卑劣，也开开心心地喜欢着。

工作上的烦忧，还有父母关系上一些难以处理的苦闷，温崇月都很少对其他人讲，更不想让妻子成为自己糟糕情绪的承受者。但有些事情，并不需要他先提起，夏皎也会搂住他，小声安慰。

温崇月认为自己并不是一个多么幸运的人，最大的幸运就是能够同夏皎结为夫妻。

他何其有幸，能同她相爱。

他低头，倾身亲吻她的脸颊，在夏皎的笑声中，又加深一点幸福。

初雪快乐。

他在每年的初雪亲吻她的脸颊。

冬天缓缓造访。温崇月换了新工作、重新组建新团队，起步阶段要比以前忙碌许多，换季时节又多流感，饶是他平时注意，还是不幸中招。没有别的症状，只是发烧，轻微的低烧，后来温度上升，他才觉得难受。

工作忙，温崇月勉力支撑，硬生生地拖了一段时间，等工作基本都步入正轨后，才终于请假，在家休息两天。

夏皎也请了半天假照顾他。现在花店生意好，她这几天归家也晚。有时候太晚了，就带一份粥点回家，做个简单的水果蔬菜沙拉，和他一块儿吃。

温崇月有些说不出的歉疚，歉疚自己没有照顾好她。夏皎原本稍丰腴了些，这几天又瘦了，还要照顾生病的自己。

温崇月的体温在下午五点左右达到峰值。他不太习惯去医院，和夏皎一起吃了晚饭，又吞了一粒退烧药，倒头便睡，梦里还是小时候的事情。

空寂的医院里没有一个人，路上撒满针头，在月光下闪着凉凉的光。温崇月寻找离开的办法，但无论他怎么走，都困在医院之内，如同陷身致命的循环。

温崇月走不出。

他清楚地知道自己在做噩梦，这个噩梦已经困扰了他多年。从幼时到成年，只要生病，他便会重复做同一个梦。

他也知道这噩梦的根源。

大约是妹妹早夭给母亲带来了心理阴影，小时候的温崇月只要有一点不舒服，母亲便会带他去医院治疗。有时候一点小小的擦伤，母亲也会病态地要求医生为他缝合、吊瓶输液，否则就默默垂泪。

虽然温崇月能够理解母亲的心情，但还是留下了对医院不好的回忆。后来他生病就是简单吃药，能不输液就不输液，这次流感也一样。

噩梦将他幼时的惶恐不安放大。温崇月循着道路一直往前，空无一人的医院里，只有他在漫无目的地前行。

他终于听到一个熟悉的声音："崇月。"柔软，清醒，像一滴落在干涸土地上的水。

那是夏皎的声音。

他走出医院，从困境中睁开眼睛。视线还是有些模糊。

温崇月不知自己睡了多久，蒙眬中听见夏皎叫他的名字，于是含糊不清地应了一声，又听她叫他起来喝水。

他太重了，对于夏皎来说，扶他起来十分吃力。

退烧后的温崇月有种置身虚幻的感觉，他轻飘飘地支撑着自己起身。夏皎煮好的糖水已经喂到他的唇边："崇月。"

温崇月张口，顺从地吞下去。他出了不少汗。

夏皎知道他的口味，煮了枇杷糖水，糖放得恰到好处，不多不少。

温崇月又饮了一口，称赞："好喝。"

夏皎说："还是按照你教的做法……别动，再发发汗，估计快好了。"

人有自愈能力，寻常的感冒发烧，自愈周期就是一周。温崇月能感觉到身体转好，他不想输液，再加上检测无碍，于是夏皎陪他在社区医院拿了药，安静地陪他退烧。

夏皎喂他喝完一整碗糖水，又为他擦汗。温崇月没什么力气，就让她擦拭着，等她想走时，又搂着她，将脸埋在她的胸口，低声说："躺下来，陪陪我好吗？"

他在次卧，一开始担心将流感传染给她，分开睡了，算起来也有五天没有和妻子同床共枕了。

温崇月烧得有些恍惚，下意识地索求陪伴。他只是需要一个拥抱，和生病时能温柔陪着他休息的皎皎。

夏皎没有拒绝，轻手轻脚地脱了鞋袜，躺在他旁边，同样搂回去，用力贴贴："温老师。"

温崇月"嗯"了一声，神志还有些不清，迷茫半晌，又叹气："听你这时候叫我，还是有些不适应。"

"哪里不适应，"夏皎反驳，"在生活上，你也是我的老师呀。"

温崇月笑了："那皎皎就是我的主心骨。"

这个称呼让夏皎有些陌生。她搂着温崇月的胳膊，抬手摸他额头的温度，又将脸贴在他的胸口，安静地听他的心跳，沉稳有力。退烧后，他的心率也渐渐恢复了正常，不再如之前那般慌张无序。

他的病快要好了。

"你夸得我都要脸红了，"夏皎低声说，"我哪里算得上主心骨呢，我……"

话没说完，温崇月就握住她的手，贴在自己脸上，笑："你好像不知道自己有多厉害。"

夏皎不说话，依恋地靠着他，听他均匀的呼吸。

"我一直都很感激你，"温崇月缓缓地说，"皎皎，你给了我一个圆满。"

呀！夏皎哪里知道自己能给他什么圆满，不过是做了力所能及的一点点小事而已。但听他这样讲，她十分开心。

她不出声了，听着温崇月呼吸渐渐深沉均匀。他这次的病来势汹汹。

夏皎安静地陪了他好久，等他睡熟后，才凑过去，轻轻地贴了贴温崇月的脸颊。

这是温崇月成年后生病时最安稳的一觉。梦里不再是阴森的医院和满地的针头，皎皎一手牵着他，一手捧着花，和他一步一步，从冷寂无人的医院走向阳光。

皎皎明月。

她是月亮所有的光。

番外三 醒来觉得甚是爱你

今年的新年，俩人是在扬州度过的。

温父本想同妹妹一起过节，遗憾的是妹妹已经有约，于是受皎皎父母邀请，也在扬州度过了这个新年。

恰逢扬州瘦西湖免票，游客如织，人来人往。于是大年初六,一家人浩浩荡荡出门，逛了瘦西湖，又去东关街转了转，最后去本地一家火锅店吃火锅。

火锅店生意红火，客人很多，到处都喜气洋洋。毕竟新年伊始，万象更新，无论是归家的游子，还是在家等待的人，在新年总是充满希望。

夏皎也不外如是。

她许的新年愿望很简单，只愿双方父母健健康康，家人平安。

别的，没了。她不是贪心的人。

一行人找停车位就花了不少力气，幸好提前订了座，座位靠近玻璃窗，外面就是小桥流水。

菜还没上齐，皎皎想起自己的钱包落在车里了。温崇月和她一同去拿。停车场的灯不亮，有寻找车位的车转了一圈又一圈。角落里，温崇月捧着她的脸，亲了一口。

皎皎刚拿到钱包，慌慌乱乱的。她脸皮薄，害怕有人，低声提醒他有监控，但还是被他仔细亲了好多下。

“扬州真好，”温崇月叹息，“就是吃不饱。”

公共场合，夏皎又羞又怕，捶了他好几拳。温崇月笑吟吟的，牵着她的手，面色自若地同她走。

俩人等电梯时，旁边站着一个男人，黑皮肤，个子不算矮，穿得极厚。

温崇月不太注意路人的穿搭。他握紧妻子的手，思考着等会儿要不要给她点一份冰激凌。今天天气不错，阳光也好，吃一份冰激凌应该不会令她腹痛……只是冷热交替，似乎也不太好。

温崇月还没想好，便听见男人叫了一声妻子的名字。

“夏皎。”

这声音有些熟悉，温崇月抬头。

夏皎惊喜地叫了一声“班长”，温崇月这才正眼看那个男人。

他其实已经记不清对方了，本就寥寥几面之缘。刚结婚时，温崇月对这个“班长”倒是印象颇为深刻，那时他直觉对方对自己的妻子有意。

后来长时间不见，夏皎又讲开往事，没了心结，温崇月也就将这个人从记忆中淡化了。

温崇月是那种表面上温温柔柔、实际上寸土不让的家伙。

只是现在夏皎同他心意相通，温崇月对这个班长就没那么多敌意了，只笑着握紧妻子的手，礼貌地和他寒暄，也没说太多，礼貌又客气地询问近况，然后告别。

对方还在看夏皎。

温崇月握紧夏皎的手，微笑着请他注意脚下。

等人走了，夏皎才说：“温老师刚才捏得我手好痛。”

温崇月闻言一愣，立刻拉起夏皎的手，仔细看了看，没有红痕，才意识到自己上当受骗了。

“都说你做饭好吃，我可算是找到诀窍啦，”夏皎笑，“真是一个大秘密。”

温崇月也笑："什么秘密？"

夏皎凑过去，作势嗅他："肯定是因为身藏这么多年的老陈醋。啊，好多年了，醋味依旧。"

她个头小，往温崇月怀中钻，恰好被温崇月抱起。

这下轮到夏皎惊慌失措了，商场中人来人往，离火锅店就几分钟的路程。她害怕被父母看到，又害羞又脸热，捶他，小声求他将自己放下。

温崇月哪里舍得为难窘迫的妻子，笑吟吟地将人放下，装作叹气，趁着给夏皎整理衣服的空隙，凑过去亲吻她的脸颊。

扬州不比北京，冬天温度虽然没有那么低，但室内少有集中供暖，开着空调，总不如有地暖的房间舒适。

苏州也湿冷，不过俩人家里的装修和空调都是新的，不像这里的旧空调，制热时"轰轰"地响。

夏皎近期觉浅，声音稍大就睡不着，温崇月便等房间里的温度上来后，关掉空调。家里不用电热毯，有铜质的热水壶，放在脚边慢慢地暖着。

温崇月还是担心妻子冷，晚上也搂着她，用自己的体温去暖她的手脚。他自己抗寒能力强，这样抱着夏皎，反倒睡得更香，香到……夏皎醒来时，他还在梦里。

温崇月是被妻子的手碰醒的，他尚保持着理智，低头亲亲妻子的手掌心，含糊不清地问："怎么了？"

夏皎捧着他的脸，仔仔细细地看："温老师。"

温崇月问："嗯？"

"我看着你的脸，忽然想到一句诗，"夏皎说，"要不要猜一猜？"

温崇月睁开眼，微笑着问："《当你老了》[1]？"

他蹭着夏皎的手，头发微微有些乱了，眼睛满是笑意，念诗："当你老了，头白了，睡意昏沉——[2]"

---

[1] 爱尔兰诗人威廉·巴特勒·叶芝的诗作，原名为 *When you are old*。——编者注

[2] 此为《当你老了》袁可嘉所译版本。——编者注